재혼은 처음이라

이지환 장편소설

vol. 2

동아

재혼은 처음이라 2

초판 1쇄 인쇄일 | 2022년 1월 18일
초판 1쇄 발행일 | 2022년 1월 26일

지은이 | 이지환
펴낸이 | 박성면
펴낸곳 | (주)동아

출판등록 | 제406-3960100251002007000071호
주소 | 경기도 파주시 문발로 115, 세종대학교출판부 206호
전화 | (031)8071-5201
팩스 | (031)8071-5204
E-mail | bear6370@hanmail.net

정가 | 12,800원

ISBN 979-11-6302-558-0 (04810)
     979-11-6302-556-6 (set)

재혼은 처음이라

이지환 장편소설

vol. 2

동아

목   차

8

정원이 한세를 만나 제대로 된 대화란 것을 나눌 수 있었던 건 그다음 주였다.

그동안은 한세 상태가 생각보다 심각해서 면회가 제한되었기 때문이다.

그나마 젊고 비교적 부상이 적었던 한세는 며칠 지나서부터는 조금씩 기운을 차렸다고 들었다. 하지만 장 파열 수술을 받았던 한세의 어머니는 부상이 너무 심각해서 중환자실에서 올라온 이후에도 한동안 계속 집중 치료를 받아야 한다고 했다.

"그 인간, 정신 병원에 입원했대."

정원이 병실에 들어서자마자 한세가 내뱉은 첫마디였다.

"나랑 엄말 이런 꼴로 만들어 놓고도 감옥 대신 병원이라니. 이거 화내도 되는 일이지?"

'그 인간'이 누구겠는가?

아내와 딸을 이렇게 망가뜨려 놓고도 죄책감 없이 약삭빠른 뱀장어처럼 빠져나갈 궁리만 하고 있을 아버지란 인간이다.

되묻는 한세의 눈빛이 너무 처연하고 절망적이어서, 너무 슬픈 나머지 정원은 아무 말도 할 수가 없었다.

"괜찮아? 이제 막 말해도 돼? 코뼈 수술한 사람이 함부로 안면 근육 움직이면 또 삐뚤어지고 곤란하다던데."

"그 정돈 아닌가 봐. 잘 아물고 있대."

"근데 그런 짓 저지른 사람을 그냥 병원에 보내면 다야?"

"변호사가 그렇게 일을 정리한 모양이더라고. 돈도 많고 힘도 있는 인간이니까 감옥은 안 갈 건가 봐. 또 병원에 입원한 기록이 있어야 일시적인 심신 미약으로 그런 짓을 저질렀다고 변명하기 좋다나. 거기다가 오빠가 입원 치료를 찬성했다니까, 뭐."

"너희 오빠가 다녀갔어? 너랑 엄마가 이런 꼴 난 걸 봤는데도 그렇게 해 주겠대?"

이해가 되질 않았다.

만에 하나 정원이나 효진이 아버지에게 이런 식으로 폭행을 당했다고 치자. 오빠 성운은 아마 살인을 해서라도 그 일을 막았을 거다. 아니, 자신이 대신 맞아 죽는 것으로 두 사람을 지키려 했을 거다.

"……아버지니까. 그래도 오빠한테 아버지니까."

"나라면 너네 오빠도 용서 못 하겠다."

"아버지를 살인 미수범으로 감옥에 처넣는 게 쉬운 일은 아니겠지. 오빠가 울면서 그러더라. 미친 거라고. 미친 거라고 생각하지 않으면 자긴 아버지를 정말 용서할 수가 없다고. 미친 걸로 치자고. 그래야 우리 모두가 산다고. 맨 정신으로 엄마와 나를 그렇게 폭행한 인간을 어떻게 이해할 수 있냐고."

"그래도……."

이거는 아니지!

피투성이로 실려 나오던 한세와 어머니를 직접 목격한 정원으로선 결코 이해할 수가 없는 결론이었다.

"울 나라 법은 뭐 이렇게 거지 같아? 피해자 인권은 없어?"

"아버진 아마 금치산자가 될 거야."

"응?"

"오빠가 그렇게 만들겠대. 무슨 수를 쓰더라도 아버지의 모든 권리를 박탈하겠다고. 일단 그 악마와 엄마를 이혼시키게 되었어. 이걸로 내 목표가 달성된 거야."

"그게 대체 뭔 이야기야……?"

"고마워, 정원아. 나랑 울 엄마 목숨 구해 줘서. 그리고…… 미안해."

"미안해? 뭐가 미안해? 아, 너 때문에 내가 이런 일에 휘말린 거? 에이, 아냐! 애꿏은 사람이 맞아 죽어 나가는 판에 누군들 신고 안 했겠어? 니가 미안한 일이 어디 있다고."

정원은 깜짝 놀라 손까지 흔들며 부인했다.

"내가…… 이용했어, 널."

이게 무슨 소리람.

정원은 얼떨떨해서 한세를 물끄러미 건너다보았다.

그때였다.

노크도 없이 병실 문이 열리고 누군가가 들어왔다. 손에는 꽃병이 들려 있었다.

짙은 구릿빛 피부를 지닌 외국인 여성이었다.

눈빛이 따뜻했고 무엇보다 활짝 웃어 주는 그 얼굴이 풍성한 목화송이 같았다. 그만큼 포근했고 다정한 인상이었다.

"서로 인사해 줘. 이쪽은 다니. 그리고 이쪽은, 정원."

한세가 다니라는 이름의 외국인 여성과 정원을 차례로 손짓하며 두 사람을 서로에게 소개했다.

다니가 경쾌한 웃음과 함께 인사를 건네 왔다.

「안녕, 정원. 한세에게 이야기 많이 들었어요.」

"나랑 같은 회사에서 승무원으로 근무해. 좋은 사람이야."

한세가 침대 옆에 다가온 다니의 손을 꼭 잡았다.

다니가 아까보다 더 활짝 꽃처럼 웃으며 붕대를 감은 한세의 머리에 다정하게 키스했다.

이게 대체 무슨 시그널이지?

얼떨떨해서 눈만 굴리고 있는 정원을 바라보며 한세가 미약하게 웃었다.

"정원아, 정식으로 소개할게. 나랑 결혼할 사람이야. 다니."

"……!"

받아들일 준비도 하기 전에 느닷없이 들이닥친 친구의 커밍아웃.

정원은 그녀를 응시하고 있는 다니와 한세에게 축하의 뜻으로 웃어 주려 했다.

그런데 안면 근육이 뭔가 조금 고장이 난 모양이다. 웃는 게 쉽지 않았다.

잠시 어색한 침묵이 이어지다가 서로 편하게 이야기하라는 뜻인지, 다니가 병실 문을 닫고 나갔다.

"미안. 내가 당황했어. 나 좀 어색하게 웃고 있는 것 같아서 미안한데."

"괜찮아. 내가 너무 갑작스러웠지?"

정원의 당황함에 대해 충분히 이해한다는 표정이었다.

"저기, 한세야. 니가 그때 한국에 다시는 안 돌아올 거라고 했잖아, 다니, 그분하고 결혼하기로 해서야?"

"응. 우리 부모님이든 친구들이든 다니의 존재를 받아들이거나 인정하기가 힘든 거를 아니까."

"한세 네가 엄청 힘든 결심 했구나."

갑자기 딸과 아내를 공격한 한세 아버지의 무차별하고 잔인한 폭행이 한세의 이 커밍아웃으로 인한 것이 아닌가 생각이 퍼뜩 스쳤다.

"맞아."

자신을 바라보는 정원이 시선이 어떤 의미인지를 읽었다. 한세가 서글프게 웃었다.

　"어떤 부모가 딸이 여자랑 결혼하겠다고 나서는데, 그리 쉽고 관대하게 받아들여 주겠니? 각오한 바야."

　"저기, 그냥 이건 그냥 내 생각인데. 어차피 넌 외국에 살고 직장도 거기잖아. 솔직히 거의 안 보고 살 수도 있는데 굳이 이 사실을 알려야 했을까? 몰랐으면 그냥 지나갈 수도 있었잖아."

　"내가 속이면 다니의 존재를 부정하는 게 돼. 다니는 날 자기 가족에게 소개했고 축복을 받았어. 근데 나는 왜 이 소중한 사람을 감추고 부인해야 하는지 죄책감을 느꼈어. 난 그냥 다니의 존재를 내 세상 안에 당당하게 보이고 싶었어."

　"그래도……."

　"우린 둘 다 그냥 미쳤어. 사랑에 불타 버린 미친년들이라고. 앞뒤 가리지 않고 돌진한 거야, 서로한테."

　문득 정원의 뇌리로 승주에게 잔뜩 화를 냈던 자신의 과거 모습이 떠올랐다.

　"그때 난 '사랑에 미친 년'이었다고. 일생에서 딱 한 번 온다는 바로 그거. 운명적 사랑. 살면서 그런 건 절대로 못 해 보고 죽을 줄 알았는데 나한테 왔다고, 당신이! 그래서 있는 힘껏 좋아했어. 같이 좋아해 주기를 바라면서! 내 본성마저 감추고, 속이고, 심지어 내가 불행하다고, 난 실수했다는 걸 인정 못 할 정도로 미쳐 있었다고. 당신은 아직도 그걸 모르지?"

　스스로를 '사랑에 미친 년'이라고 말하는 한세의 마음은 그런 것일까.

　끝없이 스스로를 부정하고 자학하고 미워해도 도돌이표처럼 그 사람에게로 향해 달려갈 수밖에 없는 운명. 그런 마음, 그런 사랑이 존재하는 것을 정원은 알고 있었다. 그래서 한세의 그 말이 무슨 의미인지 알 것도 같았다.

"다니를 만나고 사랑하게 되었을 때 난 비로소 내가 됐어. 다니가 용기와 결단력과 자기 확신을 줬지. 다니는 내 구원자야. 그래서 사랑할 수밖에 없었어."

"한세야……."

"난 남자하고 연애 못 해. 너도 봤잖아. 그 인간, 내 아버지란 인간, 완전 폭력 가장이야. 악질적인 사이코패스. 말로 다 할 수가 없는 폭군이야. 내가 여자를 사랑하도록 태어난 것도 사실이겠지만, 그 인간 때문에 남자가 내 세상 안에 들어오는 걸 견딜 수가 없게 되었어. 참 가엾지 않아?"

한세의 첫인상이 자연스럽게 떠올랐다.

어딘가에 눌린 듯 조금 어깨를 움츠리고 다니는 한세.

늘 조용하고 순응적이던 착한 한세.

상냥하고 수줍던 그녀의 모습은 사실 가정 폭력에 시달리며 살던 무력한 소녀의 생존 방식이었나.

"완전 이중인격. 바깥에서는 너무 점잖고 착하고 경우 바르지. 우리 엄마를 비롯해서 끔찍하게 가족을 사랑하고 아끼는 사람. 그런데 그 본모습은 그래. 고모 덕분에 영국으로 유학 가게 된 게 내 인생 최고의 좋은 일이었어."

한세가 서글프게 웃었다.

"난 간신히 그 인간에게서 탈출했는데 생각해 보니까 엄마가 여전히 그 인간한테 붙잡힌 인질이더라고. 엄마가 왜 암에 걸렸겠어? 그 인간하고 살다 보니 그 지경이 된 거지. 그런데 다니가 내게 그 인간한테 대항할 자유를 줬어."

그래서 한세는 자신의 결혼을 미끼로 그 아버지란 인간의 사악한 광기를 건드리리라 결심했다. 자신의 뼈와 살을 부서뜨려 그 인간의 실체를 낱낱이 세상에 드러내고 다시는 햇빛을 볼 수 없게 만들겠다고 결심하고 귀국했다.

"말로 할 인간이 아니야. 속이고 내가 달아났다면 그 인간은 세상 끝에까지라도 쫓아와서 날 죽였을 거야. 날 죽이지 못하면 대신 엄마를 죽이려 들었을 거고, 엄마를 미끼로 날 다시 자기 수중에 옮겨쥐려고 했겠지. 그렇게 지배하고 길들였어. 또 그 정도의 집착과 힘이 있는 무서운 인간이지. 이런 방법이 아니면 나나 우리 엄마를 그 인간 손아귀에서 구출할 방법이 없었어."

그래서 한세는 정원과 친구들을 자신의 집으로 불러들였다고 한다.

정원이 3시에 도착할 것을 알고 있었기에 그녀는 그 시간에 맞추어서 폭군 아버지에게 결혼 상대 다니가 여성이고, 죽어도 그녀와 결혼하겠노라고 대차게 커밍아웃을 했다.

"다만 그 인간이 날 공격하는 대신 엄마를 향해 골프채를 휘두를 인간이었다는 걸 내가 미처 대비하지 못한 실수가 있었지만."

"너한테 화가 나서 폭력을 휘둘렀다고 치자. 그건 조금이나마 이해가 가지만 왜 아무 죄 없는 너네 엄마를 때려?"

"그러니까 미친 인간이지. 날 때리면 자기 죄가 만천하에 드러나니까. 통제 가능하고 사실을 은폐할 수 있는 약자인 엄마한테 화풀이를 한 거야. 정말 끔찍했어. 너희가 조금만 늦게 도착했어도 나나 우리 엄만……."

한세가 차마 말을 잇지 못하고 두 손을 얼굴에 대고 흐느꼈다. 그 순간의 절망과 공포, 분노와 막막함이 그대로 배어 나오듯 아프디아픈 눈물이었다.

"정원아, 정말 미안해. 널 속여서. 또 너무 고마워. 날 도와줬잖아. 이제 엄마와 나는 자유가 됐어. 다시는 어두운 어제로 안 돌아가. 우린 절대로!"

30분 후.

정원이 한세의 면회를 마치고 주차장으로 내려가니, 마침 승주의 차가 들어오고 있었다.

"얼굴이 왜 그래? 그 친구 상태가 많이 나빠? 어제만 하더라도 호전되고 있다더니."

조수석에 올라타는 정원의 표정이 몹시 안 좋아 보였나 보다. 승주가 걱정스럽게 물었다.

"난 몰랐는데 홀로 견뎌 낸 한세 인생이 너무 힘들었더라고……. 제법 오래도록 알았던 친구였는데 그 친구가 이런 무자비한 가정 폭력의 희생자였을 줄은 난 상상도 못 했어."

속상해서 어쩔 줄을 모르는 정원을 바라보며 승주가 혀를 찼다.

"그 친구, 그동안 정말 많이 괴롭고 힘들었겠어. 하마터면 제 아버지에게 맞아 죽을 뻔한 딸이라니. 그런 인간 같지 않은 인간은 대체 어떻게 처리해야 할까?"

"그러게 말이야. 걔랑 이야기하는 내내 너무 가슴 아팠어."

"그나저나 유정원 대표, 돈 벌어 줄 행사 하나가 날아가 버렸네?"

"상관없어. 한세가 무사하면 된 거지. 돈은 다른 데서 또 벌면 돼."

승주가 손목시계를 내려다보았다.

"식당으로 출발해야 해. 시간 다 됐어."

"아버님은요?"

"회의 마치고 바로 식당으로 오신다고 하셨어. 곧 끝난다고 문자 왔어."

차에 탄 두 사람은 이내 병원을 빠져나갔다.

* * *

"평점이 제일 높은 대신메디컬로 결정하겠습니다."

영국 이하 이사진 대부분이 고개를 끄덕였다.

선정 위원들이 일어서자 명신이 그들 앞에 놓였던 파일을 걷었다.

"이사장님, 점심 하셔야죠?"

병원장이 권유하자 영국이 머리를 흔들었다.

"먼저 나가서들 하세요. 난 아들하고 점심 선약이 있어서."

"알겠습니다. 그럼 다음 주에 뵙겠습니다."

사람들이 이사장실을 나가고 영국과 명신만 남았다.

"조 부장이 좀 섭섭하겠어?"

"뭘요. 공정하게 처리한 사안인데요. 대신메디컬 쪽 조건이 훨씬 더 나은 걸 어떡해요? 또 변 과장님이 그쪽 기기를 더 선호하시는데 어쩌겠어요."

"그렇지? 이런 일일수록 잡음 안 나게 잘 처리하는 게 좋아."

"그럼요. 간만에 이 박사하고 점심이시죠? 좋으시겠어요."

"마침 시간이 났다는군. 아들이지만 난 걔가 좀 어려워. 근데 조 부장, 명 퇴 이야긴 뭐야?"

오늘 아침, 명신은 이사장에게 후반기에 퇴직하겠다고 의사를 밝혔던 것 이다.

"저도 이제 나이도 있고 후배들 생각해서도 슬슬 물러날 때가 되지 않았 나 싶어요. 좀 편하게 살고 싶어요. 이사장님, 저 좀 놓아주세요."

"조 부장이 없으면 내가 누굴 믿고 일을 해? 조금만 더 일해 줘."

"그래도……."

"이쪽저쪽 쓸데없는 말들이 좀 있는 것 같은데 무시해. 자네가 누구야? 30년간 내 복심 아닌가? 자네를 누가 건드려?"

변함없는 신임을 확언하는 영국 앞에서 명신의 입가에 살짝 미소가 어렸다.

"그런데 혹시 들으셨어요?"

"응?"

"지난주에 119에 실려 온 응급 환자가 있었어요. 근데 그분들 지인이라 고 이 박사가 병원엘 왔다더라고요."

"그래? 우리 병원 쪽으로는 발길도 안 하던 녀석이 웬일이지?"

"저기."

영국이 명신을 힐끗 돌아보았다.

"그때 이 박사가 이혼한 유리 씨랑 같이 왔었대요."

"그랬대?"

영국의 덤덤한 반응에 조심스레 말을 전한 명신이 더 놀랐다.

이건 명신이 기대한 반응이 절대 아니었다. 하나뿐인 아들이 이미 이혼시킨 전처와 같이 본진이라고 할 수 있는 세린병원에 같이 나타났다는 건, 두 사람의 관계가 다시 시작되고 있다는 불길한 신호였다. 영국이 알게 되면 왈칵 노여워할 거라고 생각했는데.

"혹시, 이 박사랑 유리 씨가 다시 만나는 걸 아셨어요?"

"장성한 아들 일에 뭘 간섭하겠어? 그런가 보다 하고 넘겨야지, 뭐."

영국이 손목시계를 내려다보았다.

"어이쿠, 시간이 늦었군. 난 나가 볼게. 그리고 조 부장, 이런 일은 봐도 못 본 척, 알아도 모르는 척해. 승주가 우리 병원에 직함을 가진 것도 아니고 걔가 누굴 만나든 딱히 화젯거리가 될 이유가 없잖아?"

"그, 그건 그렇죠."

"중요한 상황이 생기면 제 입으로 말하겠지, 뭐. 아직 아무 말도 없는 걸 보면 우연일 수도 있고. 아무리 아비라지만 아들 사생활에 개입하기란 힘들어. 안 그래? 나가 볼게. 다음 주에 보지."

영국을 뒤따라 명신도 회의실을 나왔다.

그리고 끝까지 웃는 표정으로 엘리베이터를 타고 내려가는 그를 배웅했다.

그러나 돌아서던 순간, 명신의 얼굴에 어렸던 미소는 흔적 없이 사라졌다.

'대체 일이 어떻게 돌아가는 판국이야?'

놀랍다기보다는 어이가 없었다.

'이사장님은 여전히 전 며느리를 예뻐하시나 본데?'

승주의 첫 결혼 때 나서희 회장이 격렬하게 반대했다는 이야긴 알음알음 전해 들었다.

승주와 오랜 친분을 가지고 있었고 모자란 것 없는 제 딸 나현도 재벌가 따님이 아니라는 이유로 감히 발도 대지 못한 판인데, 하물며 고물상 출신 부모를 둔 맹한 아가씨라니. 반대할 만하다 싶었다.

그런데 결국 승주는 맹한 그 아가씨 유리와 결혼했다. 아버지 영국이 뜻밖에도 유리를 흡족해하고 예쁘게 보았기에 승낙을 했다는 것이다. 결혼을 시키고서도 간간 '우리 며느리가 이뻐, 싹싹하고 사람 마음 잘 헤아리고, 착해' 하며 칭찬을 하던 것을 기억한다.

하지만 결국 승주와 유리는 1년도 채 살지 못하고 이혼했다.

역시나, 그럼 그렇지, 다들 아는 결과로군, 싶었던 건 명신이 원래 사악해서가 아니었다.

명신이 두 사람의 이혼을 부추기거나 원인 제공을 한 것은 아니었으니까. 제발 둘이 찢어져라 고사를 지낸 것도 아니었다.

다만 둘이 이혼했다는 소식에 딸 나현에게 어쩌면 한 번의 기회가 다시 생겼을 수 있겠다 싶어서 가슴이 두근거렸을 뿐.

그런데 느닷없이 승주의 전처가 나타났다니?

하물며 영국마저 승주와 전처와의 만남을 오히려 반기는 듯한 느낌이 들다니.

대체 이게 뭔 일이야 싶어 얼떨떨했다.

그때 전화벨이 울렸다. 가현이었다.

—엄마, 뭐 해? 나 잠시 근처 백화점 나왔어. 점심이나 같이 드실래요?

"그래. 같이 식사하자꾸나."

전화를 끊고 명신이 다시 이사장실 안으로 들어가 비서에게 물었다.

"주 대리, 이사장님 예약 식당, 어디야?"

"늘 가시던 대로 백향한정식 예약해 드렸습니다."

"응. 알았어."

엘리베이터를 타고 주차장으로 내려가면서 명신이 가현에게 전화를 했다.

"10분 후에 백향한정식에서 보자꾸나."

세린병원에서 차로 5분 거리에 위치한 백향한정식.

도심 안이지만 근처에 오래된 절 각엄사가 있어서 주변 풍경이 운치 있고 조용하기에 영국이 좋아하는 식당이다.

영국이 도착하자 식당 직원이 승주와 정원이 미리 와 기다리고 있는 방으로 안내했다.

"많이 기다렸지? 회의는 항상 늦는다니까."

"아닙니다. 저희도 방금 도착했어요."

문이 열리고 쟁반을 든 직원들이 들어섰다.

"어서 들자. 시장하겠다."

"네, 아버님."

영국이 빙긋 웃었다.

"새아가, 그 '아버님' 소리는 언제든 듣기가 참 좋구나."

정원의 볼이 살짝 발그레해졌고, 입가에 미소가 피었다. 승주의 표정에도 살짝 웃음기가 돌면서 봄날처럼 풀렸다.

그런 두 사람을 건너다보던 영국이 한마디 툭 던졌다.

"보기 좋다. 그렇게 둘이 나란히 앉아 있으니."

불편함은 하나도 없이 화기애애한 식사가 끝나고 영국이 차를 들면서 정원을 바라보았다.

"승주에게 조금 들었다만 부탁할 일이 있다고?"

"네. 의뢰자 상황이 너무 딱하기도 하고 간절하기도 해서요. 무모하더라도 일단 부딪쳐 보면 어떨까 해요. 할 수 있는 건 다 해 보고 싶어서 이렇게 이사장님을 찾아뵙게 되었습니다."

정원은 영국에게 중환자실에서 집중 치료를 받고 있는 환자의 사정과 그 조카의 간절한 소원을 전했다.

"현실적인 문제는 별도로 치고 뜻이 참 갸륵하구나. 젊은 친구들이 말이야. 자기 살기도 바쁜데 누가 중환자실에 있는 숙부를 생각해?"

"저도 그래서 적극적으로 돕고 싶어졌어요. 이게 참 곤란한 문제이고 감히 청탁을 드리면 안 된다는 것도 알지만요, 허락만 해 주신다면 어떻게든 저희가 병원 상황이나 일정에 방해되지 않게 준비를 잘해 보겠습니다. 병원 안에서가 안 된다면 바깥 휴게실 테라스나 주차장에서라도……."

"중환자를 정원으로 모셔 내 오겠다고?"

"아, 그건 더 안 되겠네요. 죄송합니다."

정원이 풀 죽어서 조그맣게 중얼거렸다.

영국이 희미하게 미소를 짓더니만 승주를 건너다보았다.

"네가 만약 경영진이라고 치자. 이런 민원에 어떻게 할 생각이냐?"

"저는 가능하면 환자 입장을 생각하는 쪽으로 결정 내리고 싶습니다. 일단 주치의와 의논해야겠지만요. 휴게실이나 지하 1층 직원 식당에서 결혼식을 한다면 10여 분 정도는 주치의와 간호사 보조하에 숙부님이 참관할 수 있지 않나 싶은데요."

"흠, 어떻게든 새아기를 도와주고 싶다는 말이로군."

"만약 결혼 당사자와 협의만 된다면, 말이죠. 그 결혼식 장면을 방송에 내보내는 건 어떠세요?"

생각지 못한 승주의 제안에 영국도 정원도 함께 놀랐다.

물론 방송 출연 건은 결혼 당사자와 환자의 의견이 절대적으로 우선이다. 하지만 그렇게 해서라도 도와주고 싶었기에 승주도 정원처럼 가능한 방안을 모두 궁리해 보고 싶었다.

"방송 출연?"

"네. 어지간한 사연에는 눈 하나 까딱도 안 하실 아버지께서도 귀담아들으실 만큼 이번 사연은 특별하고 감동적이지 않습니까? 만약 방송에 나온다면 병원 이미지도 좋아지고 홍보 효과도 엄청날 것 같은데요."

"나쁘진 않아, 방송 출연. 네 말대로 홍보 효과가 꽤 있을 거야."

"인간을 먼저 생각하고 환자 입장을 헤아려 주는 병원이라는 캐치프레이즈에 걸맞은 상징적인 사건이 될 거라고 생각합니다."

"그래. 관건은 역시 병실의 중환자 상태겠지?"

"직접 현장에 나올 수는 없다면 대형 모니터를 병실에 설치해서 결혼식 현장을 볼 수 있게 하면 해결할 수 있을 것 같습니다. 주치의와 기획팀에서만 잘 협의되면 굉장히 좋은 이벤트가 될 거예요."

"아들, 어째 엄청 똑똑해졌다? 와튼 보낸 보람이 있어."

영국이 빙긋이 웃더니만 정원과 승주가 보는 앞에서 휴대 전화를 꺼냈다. 사무장과 통화를 마치고 영국이 정원을 건너다보았다.

"내일까지 주치의와 의논해서 결과를 알려 준다고 하는구나. 그걸 바탕으로 당사자들과 협의 들어가면 되겠지. 좀 기다려 보렴."

"감사합니다, 아버님."

"승인 안 될 수도 있어. 실망할 수도 있다."

"괜찮아요. 누가 뭐라 해도 환자의 상태가 우선이니까요. 환자를 위험하게 만들면서까지 이런 일을 벌이면 절대 안 되는 거는 저도 알아요. 다만 이렇게 제 간청을 아버님께서 귀 기울여 주시고 힘써 주시는 것만으로도 충분히 감사하고 기뻐요. 제가 사고는 안 칠 거라고 믿으신다는 뜻이잖아요."

"새아기는 늘 만사 긍정적이고 좋은 쪽으로 생각하는구나."

"아버님이 절 과분하게 예뻐하신 이유잖아요. 저, 이름은 변했어도 그런 마인드는 안 변했어요, 아버님."

"다행이구나. 그런 심성은 어디 가도 못 산다. 넌 좋은 심성을 타고났어."

"감사합니다, 아버님. 정말 최고세요. 만약 병원에서 할 수만 있다면 저희 진짜 엄청 열심히 준비할 거예요. 세상에서 제일 멋진 결혼식 준비해서 오는 사람들 다 울려 버릴 거예요."

영국이 주먹까지 야무지게 움켜쥐고 다짐하는 정원을 바라보며 고개를 끄덕였다.

생글생글 웃으며 말하는 정원을 승주가 눈부시다는 듯 바라보고 있다. 그런 승주를 영국이 슬그머니 건너다보았다.

"팔불출 같은 녀석하곤."

아버지의 퉁에 승주가 겸연쩍게 웃으며 얼른 시선을 돌렸다.

이혼 후 아들이 진심으로 기뻐하거나 웃는 얼굴을 본 적이 없다.

만사 성실한 모범생의 가면을 쓴 채로, 그러나 사실은 하루하루 살아 내는 것을 귀찮아하고 재미없어하던 이전의 그 얼굴 그대로였다.

그러나 이내 쇳가루가 자석에 이끌리듯이 다시 정원 쪽으로 시선을 돌리고 빙그레 웃는 아들을 건너다보며 영국이 속으로 생각했다.

'이제야 네가 웃는 얼굴을 보는구나.'

한 시간 후.

차까지 다 마신 세 사람은 식당을 나섰다.

"다음에 또 보자, 새아가."

영국이 먼저 차에 올라탔다. 그가 탄 차가 사라지는 것을 지켜보다가 승주와 정원도 차에 올라탔다.

식당 주차장에서 승주가 차를 돌리며 정원을 돌아보았다.

"회사? 집?"

"오늘은 이대로 퇴근. 대신 내일은 새벽 4시 출근이에요. 행사 잡혀 있어서 꽃 시장 들렀다가 바로 행사장으로 출동해야 해."

"내일은 무슨 행사 있어?"

"소소한 합격 축하 파티랄까. 외아들이 미국 명문대에 입학하게 되었다나. 그 아드님이 어머니와 주말에 동반 출국 하실 예정이라 내일 집안 식구들이 축하차 총출동하시나 봐."

"기쁘고 좋은 행사네."

"그렇지? 대부분 행사는 즐겁고 행복한 일을 축하하려고 모이는 거니까."

"당신 집 앞에 내려 주고 난 출근하면 되겠다."

서로와의 대화에 열중한 나머지 승주도 정원도 식당에서 자신들을 쏘아

보고 있는 날선 시선 따윈 알지 못했다. 그러나……

"저게 무슨 뜻이야, 엄마?"

식사를 마치고 홀에서 나오던 가현이 갑자기 휙 돌아서며 신경질적으로 물었다.

명신도 가현 따라 시선을 돌리다가 창문 너머로 보이는 광경에 얼굴이 굳어졌다.

이사장 영국이 차에 타려는데, 그 옆을 승주와 유리가 지키고 있었다.

유리가 인사를 하자 영국이 빙긋 미소를 지으며 고개를 끄덕이고는 차에 올라탔다.

영국의 차가 사라지고, 승주와 유리가 나란히 같은 차에 올라탔다. 두 사람이 탄 차도 이내 사라졌다.

파르르 떨며 캐묻는 가현 앞에서 명신이 시무룩하게 대답했다.

"낸들 아니?"

"엄마 눈엔 안 보여요? 이승주 저 새끼가 또 우리 나현일 뒤통수치는 거 같은데, 난?"

"나도 얼떨떨하구나. 나현이 말로는 이 박사하고 금세 약혼할 것 같더라만 갑자기 전처라니. 거기다 이사장님까지 서로 만날 정도라고? 이건 뭔가 내가 나쁜 꿈을 꾼 것 같아. 그나저나 나현이도 알고 있을까?"

"알고 있을걸. 걔도 지금 어쩔 줄 모르고 있는 것 같았어."

"너, 나현이 언제 만났어?"

"엊그저께. 이 박사랑 사이가 별로 안 좋아졌다고, 답답해서 미치겠다고 풀 죽어서 말하길래 걱정했는데. 걔 걱정이 진짜였어."

명신은 그만 암담한 표정이 되고 말았다.

혹시나 했던 불길한 예감이 역시나 하는 사실로 굳어진 것이다.

또 지난번처럼 아무것도 하지 못하고 승주를 코앞에서 놓쳐야 하나 보다 싶어 훅 맥이 빠졌다.

"아휴, 엄마. 나현이 걔가 또 아무 말도 못 하고 멀쩡하게 눈 뜨고 뒤통수 맞는 중인가 봐. 이승주 저 개새끼가 또 우리 나현일 농락하고 걷어차려는 모양이야. 그것도 같은 기집애한테 홀려서. 진짜 짜증 나네? 저 새끼든 저 계집애든 어떻게 한 방 멕여 주지?"

가현의 눈빛이 삽시간에 표독하게 변했다. 승주에게 두 번이나 배신당한 게 나현이 아니라 마치 자신인 것처럼 원통한 표정이었다.

가현이 이렇게 예민하게 굴며 마치 자신이 수모를 당한 것처럼 흥분하고 화를 내는 데는 다 이유가 있었다.

승주에게 까인 남편 동호가 가현더러 지지부진한 승주와 나현의 관계를 정색하고 캐물은 것이다. 두 사람이 진짜 약혼할 사이냐고, 당신 혼자 오해하고 헛짓거리 한 거 아니냐고 화까지 냈다.

솔직히 기대가 크면 실망도 큰 법. 그동안 동호는 처제 나현을 발판 삼아 승주네 집안과의 인맥을 만들 생각으로 잔뜩 바람이 들어 있었다. 심지어 회사에도 은근히 그 인맥을 스리슬쩍 흘려 놓기도 했다.

그런데 지금껏 실제로 이루어진 게 아무것도 없고, 보이는 게 없으니 안달 나서 아내 가현을 달달 볶고 성화를 부리는 데에 견뎌 낼 재간이 없었다. 동호의 사업에 처제 나현의 존재가 전혀 도움이 되지 못하는 걸 알게 된 시댁조차도 이제는 설레발을 치던 가현을 은근히 원망하는 눈치였다.

"나현이한테 알려야 하지 않겠니?"

"알려서 뭐 하게? 걔가 뭐 제대로 말이나 할 줄 아는 애야? 똑똑한 척은 혼자 다 해도 이승주한테는 천하 멍청이가 되는 애잖아."

"그래도 우린 빠지고 둘이 해결해야 할 문제 같은데……."

명신으로서도 가현의 편을 들고 싶었지만 아까 영국의 반응이 영 걸렸다.

나현과 승주가 사귀는 사이였다면 승주가 전처 유리를 다시 만난다고 했을 때 뭔가 반응이 있어야 하거늘, 영국은 두 사람 사이를 전혀 모르는 눈치였다.

물론 나서희 회장이 나현을 반대한다는 건 알고 있다. 그래서 승주가 드러내지 않았을 수도 있지만 적어도 아버지인 영국은 알고 있어야 할 텐데. 그게 정상이다.

"해결할 게 없으니 문제지, 엄마. 둘이 아직 약혼을 한 것도 아니고 결혼도 더욱 아니고. 둘은 그동안 사귄 모양인데 그렇다고 병원 사람 앞에서 사귄다고 공표한 적도 없잖아. 어영부영하다가 나현인 또 바보처럼 밀려나는 거밖에 할 게 없다고."

"그럼 넌 뭐 뾰족한 수라도 있어? 결국 너도 나도 제삼자인데 어떻게 나서? 나현이한테 말하고 저 알아서 해결하라고 하자. 지금은 그 수밖에 없어."

"아냐, 엄마. 난 이대로 못 참아. 우리 나현일 바보로 만들어도 유분수지. 지가 이사장 아들이면 다야? 순진한 애를 가지고 놀다가 그 잘난 전처 나타났다고 댕강 걷어차는 새끼가 제정신이냐고. 원통하고 분해서 난 안 되겠어!"

가현이 이를 아드득 물었다.

"그만하라니까. 이렇게까지 네가 흥분할 일은 아니야. 진정하고 나현이한테 맡겨. 경거망동하지 말란 말이야. 잘못하다간 여러 사람 곤란해질 수 있어, 가현아."

흥분해서 길길이 날뛰는 가현을 명신이 제지했다.

연륜도 있고 나이도 지긋한 그녀로선 이미 이사장 영국의 미적지근한 반응을 보았다. 억울하고 원통해도 모른 척, 못 본 척 빠져야 한다는 것을 직감했다.

하지만 가현은 아니었다.

"이승주 저 자식 헛짓거리 내버려 두면 제일 곤란해지는 건 우리 나현이야. 엄마 딸이라고. 모르겠어요? 우리 나현이가 차일 땐 차이더라도, 제대로 먹여 줄 거야. 절대 곱게 못 물러나지, 흥! 고 여우 같은 계집애, 어디서 감히 우리 나현일 물 먹이려 들어? 우리 집 생일 파티 하러 올 때부터 내가 쎄했다고. 괘씸한 년. 내가 가만히 있을 줄 알아?"

한편 식당을 떠난 승주의 차가 강남대로에서 신호에 걸렸다.

잠시 멈추어 서 있는 중에 승주가 차창 밖을 내다보았다.

무슨 이벤트나 론칭 쇼를 준비하는 모양인지, 넓고 긴 강남대로에 온통 명품 주얼리 브랜드 로고가 큼지막하게 찍힌 플래카드들이 매달려 나부끼고 있었다.

플래카드에는 해당 브랜드의 주얼리를 착장하고 있는 모델의 얼굴과 손이 커다랗게 클로즈업되어 있었는데, 그녀의 손에 새겨진 타투가 승주의 시선을 끌었다.

"멋지다. 나도 한번 해 볼까?"

"저 팔찌? 아님 반지?"

정원도 승주의 시선을 따라 고개를 빼서 바깥을 살폈다. 그러고는 멋진 모델이 끼고 있는 화려한 주얼리를 응시했다.

"보석 말고 타투."

"엥?"

정원이 승주의 얼굴 한 번, 주얼리 모델의 모습이 펄럭이는 플래카드 한 번을 번갈아 보았다. 믿을 수가 없어 약간 어안이 벙벙한 상태였다.

"타투에 관심 있었어요? 언제부터?"

보수 귀족 가문 도련님 이승주 씨 당신 입에서 소위 '날라리' 혹은 '개양아치'로 취급받을 게 뻔한 타투가 멋지다는 말이 흘러나오다니.

이거야말로 세상이 멸망할 징조? 이 길로 당장 적금을 깨서 소원이던 아프리카 여행을 질러야 하나 고민하게 만들었다.

"타투의 'ㅌ' 자만 꺼내도 당신 어머님, 뒤로 넘어가실걸. 그런 건 당신 인생에 허락 안 되는 거 아니었어?"

"내 몸에 내가 하겠다는데 무슨? 그냥 작은 거 하나 새기고 싶다는 생각

25

은 했어, 오래전부터. 여기 이쯤에.”

승주가 한 손으로 운전을 하며 오른손을 정원에게 내밀었다.

“약지나 손목 위에. 레터링 하면 멋질 거 같아. 반지나 팔찌 느낌 나게.”

“당신이 멋있으니까 타투를 해도 당연히 멋지겠지. 그런데 완전 의외.”

“난 평생 그런 거에 관심 가질 사람으로 안 보였구나?”

“당연. 타투하고 이승주 씨라니. 상상도 못 해 본 조합이야.”

“혹시 당신도 관심 있어, 타투?”

“조금은. 나중에 해외여행 가면 기념으로다가 작은 거 하나 새겨 볼까 생각은 하긴 했지만. 아빠가 왜 귀중한 몸에다 낙서를 하느냐고 하셔서 단념했지, 뭐.”

“할래?”

“뭐를?”

“커플 타투.”

“헉! 잠깐만! 자기야. 당장 차 돌려! 나 은행 가야 해!”

정원이 비명을 질렀다.

“왜 그래?”

“다른 사람도 아니고 이승주 씨 당신이 커플 타투 하자고 그랬어! 이거는 있을 수 없는 일이야. 세상 망할 징조라고! 빨리 적금 찾아서 아프리카 여행권 사야 해. 죽기 전에 가야 한다고.”

“지금 나 웃기려고 하는 말이지?”

호들갑스럽게 소리치며 농담처럼 넘어가려는 정원이 마음에 들지 않나 보다.

승주가 미간에 조금 주름을 잡으며 따졌다.

“우리 둘이 지금 연애 중인데. 커플링을 사든지, 그거 아니면 평소 해 보고 싶었던 커플 타투 한번 하자고 한 게 그렇게 웃길 일이야?”

정원이 호들갑 떨던 것을 멈추고 승주를 다시 돌아보았다. 잠시 물끄러미 그의 표정을 살피더니만 그가 진심이라는 것을 눈치챈 듯했다. 망설이지 않고 시원스레 말했다.

"그래. 좋아."

"응?"

"하러 가자고. 커플 타투."

"정말?"

"못 할 건 뭔데? 우린 만난 지 3개월 만에 결혼도 하고 1년도 못 살고 이혼도 하고 또다시 만나 이렇게 불타는 연애도 하는데 타투쯤이야 뭐가 무섭겠어?"

"아, 그렇군."

"반지보단 타투가 나을지 몰라. 반지는 빼서 던져 버릴 수 있지만 타투는 못 지운단 말이지."

"그건 참 마음에 든다."

그러는 동안 차가 정원의 집에 가까워졌다.

"집 앞에까지 들어가서 세우지 말고 그냥 골목 앞에서 내려 줘요. 더 들어가면 차 돌리기 힘들어."

"알았어. 내일 행사는 몇 시에 끝나?"

"점심 즈음이라서 네다섯 시면 거의 정리 끝날 듯."

"집에 올래?"

"봐서."

"응."

승주가 골목 어귀에서 차를 세웠다.

"가요. 오늘 또 고생하겠네."

"일이잖아. 잘 가."

정원은 차에서 내려 운전석 옆으로 돌아갔다. 그리고 살짝 고개를 기울여 차창을 연 승주의 입술에 쪽 하고 가벼운 키스를 해 주었다.

그의 차가 떠나고 나서 집 방향으로 돌아서던 정원이 순간 얼어붙었다.

집 쪽에서 나오던 승용차 운전석에 앉아 있는 올케 효진과 눈이 딱 마주치고 말았기 때문이다.

효진의 승용차가 조금 움직여 정원 옆으로 다가왔다.

"새, 새언니……."

"내일 제가 많이 바빠요, 아가씨."

당황해서 어찌할 바를 모르고 엉거주춤 서 있는 정원에게서 시선을 돌려 효진이 백미러를 바라보았다. 옆집에서 차량 한 대가 나오고 있다. 오래 정차할 상황이 아니었다.

"내일 우리 세하, 유치원에서 좀 데려와 줄래요? 우리 집에서 저녁 같이 먹어요."

"……네, 네."

"아버님 올라오셨어요. 빨리 들어가요."

효진의 차가 정원을 등지고 멀어졌다.

잠시 그 자리에 멍하니 서서 정원은 멍청이처럼 눈만 깜빡거렸다.

큰일 났다.

단박에 정원의 머리를 내려치던 생각은 오직 하나였다.

분명 하늘에 해가 떠 있고, 밝은 날인데, 그녀의 눈앞만 캄캄했다.

봤어. 어떻게 해?

그 사람을 봤어.

아무런 준비도 없이 마주해 버린 현실.

가족들이 승주의 존재를, 승주와 다시 만나고 있는 정원의 진실을 알아 버리기 시작했다.

승주와 헤어지고 아파할 때 효진은 늘 정원 곁에 있었다. 항상 따뜻하게 이야기를 들어 주고 위로해 주고 힘을 주었다.

때로는 온화한 충고로, 또 때로는 눈물 쏙 빠질 만큼 매서운 질책으로 그녀를 일으켜 세워 주고, 완전히 바닥으로 떨어져 있던 정원의 자존심을 도 닥여 주었다. 결국 정원이 그 모든 아픔과 절망을 이겨 내고 다시 일어설 수 있었던 건 거의 효진 덕분이라고 해도 과언이 아니었다.

그랬기에 효진은 정원을 아프게 한 승주와 그의 가족에게 그만큼 큰 분 노를 가지고 있었다.

그런데 그런 효진이, 가족 중에서 가장 똑 부러지는 그녀가 승주와 몰래 만나고 있는 정원의 비밀을 알아 버렸다. 너무 무서웠다.

대체 이걸 어떻게 수습하고 변명하나. 큰 충격과 걱정 때문에 정원은 집 을 들어서면서도 얼이 반 빠진 채였다.

"어서 와. 상담은 잘했어?"

아무것도 모르는 은정 여사가 정원을 맞이해 주었다.

은정 여사는 정원이 이날 한세 병문안과 함께 병원 관계자와의 미팅을 하고 온 것으로만 알고 있었다.

"어서 와라, 우리 딸."

서재에서 민호가 나오면서 정원을 반겼다.

"아빠? 연락도 없이 어떻게 올라오셨어요? 작품 납기 때문에 바쁘시다 더니?"

"집 문제 때문에 니 엄마가 하도 성화를 해 대서 말이야."

"집 문제라니? 무슨 말이야?"

"그게 말이야……. 아니다. 일단 너 옷부터 갈아입고 내려와. 차 마시면 서 이야기하자."

30분 후에 은정 여사와 민호, 정원이 식탁 앞에 마주 앉았다.

"한참 전부터 부동산에서 연락이 왔었어 가지고."

"네."

"우리 집 팔라고 말이야. 이전부터 너도 여기 골목이 엄청 시끄러워진 거 느꼈지? 여기저기 다 때려 부수고 난리가 났잖아. 먼지도 너무 많이 나고."

"그건 그렇지만."

"옆집이 건설 회사 사장님이시라네. 그냥 이참에 아예 이 골목 안 집들을 다 사서 최고급 빌라를 건축하려고 한대."

"그래서 어떻게 하기로 했는데?"

"우리 앞집은 땅 팔기로 했대. 빌라 한 채 받기로 하고 오케이 했다는데."

"그럼 엄마랑 아빠도 오케이 하려고?"

"정원아……."

"응."

말을 이으려던 은정 여사가 조금 망설이다가 민호를 건너다보았다.

민호가 동의하듯이 살짝 고개를 끄덕였다.

"오늘 아빠랑 같이 병원 다녀왔는데."

"어?"

"아빠가 위염이 좀 심하다고 하시네."

처음 듣는 이야기에 정원이 눈이 동그래져서 은정 여사를 바라보았다.

이미 효진에게 승주와의 밀회가 발각된 상태이다. 너무 놀란 터라 정원의 뇌 한쪽은 온통 혼돈 상태였다.

그런데 느닷없이 오래도록 살던 정든 집을 판다고 하질 않나, 아버지 민호의 건강이 나쁘다고 하질 않나.

순간적으로 완전히 넋이 나가 정원은 아무 말도 못 하고 눈만 껌뻑껌뻑했다.

"아냐, 아냐. 정원아. 아빠 심각한 건 아냐!"

그런 정원을 바라보며 은정 여사가 안타깝게 소리쳤다.

"그냥 단순한 위염이래. 괜찮아, 괜찮아. 여보, 어떡해? 얘가 지금 넋이 나갔어. 정원아! 정신 차려 봐."

"엄마, 진짜지? 아빠 정말 괜찮으신 거지?"

"그래. 그냥 위염이야. 약 잘 드시고 식사 조절 잘하시면 금세 괜찮아지

신대. 큰 병 아냐. 울지 마, 애."

벌써 눈물이 글썽해진 정원의 눈 아래를 은정 여사가 애틋하게 어루만졌다. 정원이 옆에 앉은 민호의 팔을 잡고 조금 울먹거렸다.

"아빠, 왜 아프고 그래요? 너무 속상하잖아."

"나이가 들어서 그렇지, 뭐. 정원아, 너무 놀랄 필요 없다."

"혹시 나쁜 병인데 나 놀랄까 봐 감추고 그런 거 아니지?"

"아니라니까."

"그런데 왜 새언니가 지금 이 시간에 집에 왔다 갔어? 어? 나만 모르게 세 분이서 심각한 이야기한 건 아니고?"

"아냐. 이 집 팔까 생각하니까 세금 문제며 그런 것들, 너희 올케한테 물어보려고 아빠가 부르신 거야. 아빠 몸 때문이 아니야."

간신히 제정신을 수습한 정원이 찔끔 눈 아래로 새어 나온 눈물을 훔쳤다.

"그래서 어떻게 하기로 결정했어요?"

"아까 아빠랑 네 새언니랑 같이 의논했는데, 아무래도 이 집 팔고 엄마가 양평으로 내려가야 할 것 같아."

"응."

"위염이란 게 그렇잖아. 식사 제때 챙겨 드시고 약도 잘 드셔야 낫는데, 아빠가 혼자 거기 가 계시니까 그게 힘들었지."

"맞아요."

"이참에 이 집 정리하고 엄마는 양평 집에 내려가서 아빨 보살펴 드려야 할 것 같아. 정원이 너는 새언니 집 근처로 해서 독립하는 게 어떨까 싶구."

"그럼 경오는?"

"일단 경오한테도 집 판다고 말해야지. 너랑 둘이서 같은 집으로 가든지, 아님 걔도 혼자 자기 집 얻든지. 너희들이 결정해. 나중에 이 집 대신 빌라 한 채 준다니까 정원이 네가 다시 들어와 살면 되고."

"알았어요. 그렇게 결정하셨다니까 제 걱정은 하지 마세요. 경오한테는 내가 말할게. 아빠 건강이 최우선이지, 뭐."

"일단 집 판다고 부동산에는 오후에 전화할 건데, 그러면 아마 한 달 이내로 집을 비워 줘야 할 것 같아."

"뭐가 그렇게 급해? 한 달 안에 이사해야 한다니?"

집을 팔 거라서 홀로 독립해야 한다는 것만으로도 충분히 심란한데 그 이사마저도 한 달 이내에 속전속결로 이루어져야 한다니.

하루아침에 예기치 못한 급박한 상황 변화가 생겼다. 그러한 현실을 따라잡지 못한 느린 머릿속이 띵해졌다.

"건설 회사 입장에서는 시간이 돈이잖아. 어차피 팔 집이라면 가능한 한 그쪽 입장을 고려해서 빨리 움직여 주는 게 맞지. 당장 이살 하든 안 하든 엄만 내일 아빠랑 그냥 양평에 내려갈 거야."

정원의 마음이 다시 급해졌다.

"엄마가 아빠 보살펴 드리려 양평 내려가시는 건 맞지만 그럼 이사할 때까지 여기 큰집에 나 혼자 있어야 해?"

"경오가 있잖니. 정수 엄마도 똑같이 올 거야. 엄마도 주중에 두어 번씩 오갈 거니까 너무 겁먹지 말고. 차근차근 같이 정리해 보자. 일단 정원이 너 독립할 집부터 알아보고."

"……알았어요. 제가 살 집은 제가 알아볼게요. 난 다만 아빠가 걱정이야. 고생할 엄마도 안쓰럽고. 어떡해?"

"정원아, 아빠 아직 팔팔하다. 그렇게 세상에 혼자 남은 것처럼 불쌍한 표정 짓지 마라."

민호가 걱정 가득한 정원을 위로하려는 듯, 너털웃음을 지으며 정원의 손을 토닥였다.

"나이 한 살씩 더 먹어 가면 점점 강해져야지. 자기 사업 하느라 좀 단단해지고 철이 났다 싶었는데, 이것 봐. 아직 애기야. 인석, 언제 어른 되겠어?"

"진짜 아프지 마요, 아빠. 아까 진짜 가슴이 철렁 내려앉았어."

"알았어. 건강 관리 잘할게. 우리 정원이가 행복해지는 모습을 꼭 볼 거야. 우리 딸내미가 엄마 아빠 없이도 잘 살아갈 때까지 아무 일 없을 테니까 걱정하지 마."

"아빠, 약속!"

정원이 얼른 민호의 새끼손가락에 자신의 새끼손가락을 걸었다.

그나저나 은정 여사가 민호를 따라 양평 내려가면, 정원이 승주를 만나고 다닌다는 사실은 한동안 덮어질 것 같다. 정원은 승주와의 새로운 연애를 가능한 한 끝까지 감춰야겠다고 다시 결심했다.

'엄마 아빠가 충격받으시면 안 돼. 절대로.'

다음 날 늦은 오후.

행사를 마친 정원은 승주와 약속한 대로 그의 집에 가는 대신, 조카 세하가 다니는 유치원 앞에 서 있었다.

유치원 하원 시간이 되자 이내 문밖으로 교사들과 아이들이 하나둘씩 나오기 시작했다.

"세하야."

"고모!"

유치원에서 나오던 세하가 기다리고 있던 정원을 보자마자 함박웃음을 지었다.

"안녕하세요."

"오랜만이에요, 세하 고모님."

세하와 함께 나오던 유치원 교사가 활짝 웃으며 정원에게 인사했다.

"새언니가 전화한다고 했는데."

"네. 전화받았어요. 오늘 세하 고모가 데리러 온다고요. 세하 어머닌 일이 바쁘신가 봐요?"

"네. 저기 이거, 선생님 드리려고요."

빈손으로 오기 뭐해서 정원은 아침에 꽃 시장에 들른 김에 세하 유치원 선생님을 위한 작은 꽃다발을 만들어 왔다.

"선생님께서 분홍색을 좋아하신다고 세하가 그러더라고요."

아이 얼굴만큼 소담하고 단아한 수국 한 다발에 오랜 일과로 지쳐 있던 유치원 선생님의 얼굴이 생기로 반짝였다.

"너무 이뻐요. 정말 감사합니다."

"늘 감사하게 생각하고 있어요. 항상 우리 세하 예뻐해 주셔서 고맙습니다."

선생님과 작별하고 난 후 정원은 차로 돌아갔다. 뒷좌석에 앉은 세하가 안전띠를 맸는지 확인하고 차를 출발시켰다.

"고모, 이제 손목은 다 나았어?"

"응, 거의 다 나았지."

"고모, 근데 나도 수국 진짜 좋아하는데."

세하가 뿌로통하게 중얼거렸다.

선생님에게는 꽃을 주고 왜 제 것은 없느냔 말이었다.

"우리 세하는 너무 예뻐서 수국 한 다발로는 안 되지. 제주도에 가면 수국이 엄청 예쁘게 피는 수목원이 있거든. 나중에 세하랑 엄마랑 고모랑 같이 제주도 여행 가서 수국도 잔뜩 보고 맛있는 것도 먹고 그러자."

"정말? 약속!"

신이 난 세하가 손뼉을 쳤다. 좋아라 하는 세하를 바라보는 것만으로도 정원의 기분이 활짝 핀 수국처럼 화사해졌다.

"난 고모가 이 세상에서 세 번째로 좋아. 헤헤헤. 사랑해요."

"우리 세하, 세상에서 제일 좋아하는 사람은 누구야?"

"할아버지."

"고모도 할아버지가 세상에서 제일 좋은데?"

"그렇담 고모, 우린 '사랑의 라이벌'이야. 난 양보하지 않아."

세하가 단호하게 정원을 견제했다.

와우, 일곱 살짜리 유치원생이 '사랑의 라이벌'이란 단어를 쓰신다고?

얼마 전 완담동 파티 때 만난 민서라는 애가 '유감'이란 단어를 사용하셨을 때 느꼈던 충격과 비슷했다.

'요즘 애들은 역시 조숙하구나. 무서워. 못 이기겠어.'

유치원에서 성운의 집까지는 10분 남짓.

"어서 와요, 아가씨."

효진이 집 안으로 들어서는 정원과 세하를 반겨 주었다.

"엄마, 엄청 바쁘다더니! 벌써 집에 왔어?"

아침에 본 엄마인데도 너무 좋아서 세하가 와락 효진의 품에 안겼다.

"오늘 딱 엄마 프로젝트가 끝났거든. 내일부터 또 바쁠 예정이지만. 오늘은 고모랑 우리 세하랑 마구 놀아야지. 자, 가서 원복 벗고 손 씻고 와. 저녁 먹자."

효진이 정원을 건너다보았다.

"아가씨, 우리 세하 옷 좀 갈아입혀 주세요."

너무 일상적이고 너무 평화롭다. 언제 추궁당할까, 어떻게 변명할까, 잔뜩 긴장하고 있는 정원의 마음을 보지 못한 것처럼 느껴질 정도였다.

정원이 세하의 손을 씻기고 옷을 갈아입힌 다음, 주방으로 갔다.

"아버님은 양평 내려가셨어요?"

"네. 오후에 엄마랑 같이 내려가신대요. 근데 새언니, 아빠 진짜 위염 맞죠?"

"그렇대요. 좀 심하긴 하지만요. 왜? 아가씨, 혹시 아버님이 암이라도 할까 봐 놀랐어요?"

"네. 어제 그런 시간에 새언니가 집에서 나온 것도 놀랐는데 느닷없이 아빠가 위염이라고 하니까 내가 의심이 들잖아요. 내가 놀라요, 안 놀라요?"

"하긴 그렇긴 하겠다. 참, 아비님께서 집 파신다고 하셨죠?"

"네."

"근처가 너무 번잡스러워져서 우리 인태도 예전 같지 않고 시끄럽다고 하더니만. 결국 어머님도 정이 떨어지셨나 봐요."

"오빠는 인도네시아 출장이라면서요. 언제 와요?"

"다음 주에."

효진이 식탁에 수저와 반찬 그릇을 놓으며 대답했다.

식탁 위 반찬들은 대부분 정원에게는 낯익은 것들이었다. 은정 여사가 수시로 갖다주거나 효진이 얻어 오는 시댁표 반찬들이다.

"출장을 일주일이나 가 있어요?"

"현지에 공장을 새로 짓는대요. 자꾸 수주 물량 규모가 커져서요. 이번에도 또 무슨 신도시가 개발되는데 거기 아파트에 납품 계약을 하게 됐나 봐요."

"이러다간 오빠네, 조만간 동남아 쪽으로 나가서 살아야 하는 거 아녜요?"

"그럴 수도 있죠."

"오빠는 고생하는 걸 정말 싫어하는데. 어쩜 좋아?"

"여우 같은 마누라랑 토끼 같은 딸내미 먹여 살리려면 남자가 일을 해야죠."

"오빤 생각이 다를 텐데. 오빤 회사 일 하는 거 싫어하잖아요. 언니가 회계 사무실 개업하면 셔터 맨에다가 살림 잘하는 현부 되는 게 목표인데."

"그러게요. 그래도 어쩌겠어요? 이사직 달고 월급 받으면 일을 제대로 해야지."

효진이 미소 지으며 주방 쪽으로 돌아섰다. 밥솥을 열고 갓 지은 밥을 그릇에 펐다.

"식사해요, 아가씨."

아무 일도 없다.

그냥 정원은 효진의 집에 식사를 하러 온 것이고, 효진 역시 시누이를 맞이해 저녁 한 끼 대접하는 광경일 뿐이다. 두 사람 다 가슴 안에 소용돌이치는 여러 가지 복잡한 마음을 능숙하게 감추고 평범한 저녁 식사를 끝냈다.

"와인 한잔해야죠, 우리?"

세하를 재우고 난 후 거실로 돌아온 효진이 정원을 향해 와인 한 병을 들어 보였다.

"차 가져왔는데."

"자고 가요. 오빠도 없는데."

효진이 소파에 앉은 정원 앞으로 와인 잔과 안주, 와인 병을 들고 왔다.

"자. 한잔합시다."

처음에는 과외 교사와 학생이다가 시누이올케 사이가 되어 10여 년 가까이 속내 이야기까지 다 하는 두 여자가 말없이 잔을 부딪쳤다.

"새언니."

"네."

"우리 오빠랑 왜 결혼했어요? 새언니는 대학 시절에 엄청 인기 많았잖아요. 따라다니던 남자도 많았고."

와인 잔을 내려놓고 안주로 내놓은 치즈 크래커를 집던 효진이 대수롭지 않게 대답했다.

"사랑하니까."

"그러니까 왜 사랑하느냐고요? 어떻게 사랑하느냐고. 우리 오빠 같은 바보 멍청이를 언니 같은 똑순이가?"

솔직히 정원처럼 공부머리가 없는 건 오빠 성운도 마찬가지였다.

집에 돈은 있으니 일타강사들만 동원해서 전 과목 과외를 시킨다, 기숙학원엘 보낸다, 수선을 떨기는 했다. 하지만 결국 인서울 진학에 실패하고 대전 쪽 학교, 별 신통치 않은 학과에 입학했다. 제 오빠지만 착하고 성실할 뿐 딱히 큰 매력은 없는 남자라고 정원은 생각하고 있었다.

결혼시키기 전부터 효진의 말이라면 무조건 오케이 하는 부모님들처럼 정원도 매사 나무랄 데 없고 어른스럽고 똘똘한 효진을 존경하고 좋아했다.

효진이 우리 새언니가 되었으면 좋겠다 싶었지만 오빠 성운이 효진에 비해 여러모로 부족하니 그 마음은 그저 막연한 소망이었을 뿐이었다.

그런 성운이 알고 보니 정원의 과외 교사로서 집에 드나들던 일류대 학생 효진과 몰래 뜨거운 연애를 하고 있었다니. 참 세상일은 알다가도 모를 일이었다.

효진은 4년간 전액 장학생인 데다 재학 중에 회계사 시험에 합격할 정도로 전설적인 우등생 아니었던가. 그런 대단한 효진이 오빠 성운처럼 평범한 남자와 연애를 할 줄은 정녕 몰랐다.

"아가씨. 선 넘었다, 지금?"

효진이 정원을 향해 있는 대로 눈을 흘겼다.

"사랑하는 내 남편을 두고 바보 멍청이라고? 못됐어. 이거는 동생의 도리가 아니지?"

"언니가 아무리 편들어도 우리 오빠가 나처럼 멍청한 건 변하지 않아요. 그러니까 말해 봐요. 언니처럼 완벽한 여자가 왜 오빠랑 결혼했느냐고."

"일관성이 있었죠, 세하 아빠는."

"일관성? 흠, 하긴 처음부터 끝까지 멍청하단 점에서 일관성이 있었을 거야."

"그게 아니고. 초지일관 날 좋아한다는 거."

효진이 만족스럽게 와인 잔을 비웠다.

"처음 만난 그날부터 지금까지 초지일관 날 칭찬하고 동경해 주고 잘해 주고 좋아해 주더라니까. 내 자존감의 스프링이었어. 세하 아빨 만나고 오는 날이면 내 자존감 키가 죽순처럼 쑥쑥 자라는 거야. 그래서 알았지. 아, 내가 평생 잘난 사람으로 살아가려면 이 남자를 옆에 두어야겠구나. 그게 우리 러브 스토리 결말이에요."

비로소 효진이 지금껏 품고 있던 웃음기를 지우며 정원을 건너다보았다.

"일관성으로 치자면 세하 아빠처럼 아가씨도 똑같지 않나?"

"……그런가요?"

"이승주 씨, 다시 만나는 걸로 보면 말이죠. 아닌가?"

정원은 뼈를 찌르는 것 같은 효진의 시선을 피해 와인 잔 쪽으로 고개를 떨어뜨렸다.

"새언니."

"네."

"……저한테 실망했죠?"

"실망이고 뭐고 일단 사실 파악부터 해 보자구요, 우리. 대체 언제 어떻게 만난 거야, 두 사람?"

"그때 내 손목 부러졌을 때……."

"뭐야. 두 달 반 전이잖아, 그거는?"

효진이 잠시 동작을 멈추고 정원을 뚫어지게 바라보았다. 그러더니만 픽 웃었다.

"와, 대박! 유령 봤다는 말처럼 들렸어, 지금."

그녀가 자신의 팔목을 문질렀다.

"이것 봐, 아가씨. 나 지금 소름 돋았다? 오다가다 우연히 만난 건 아니겠구나, 어제 짐작은 했지만, 두 달이 넘어간다니."

"놀라셨구나. 그렇죠, 뭐. 이해해요."

"서로 완전 정리하고 다른 세상 살고 있었던 거 아녔나요? 설마 이혼 후에도 둘이 몰래 연락하고 있었던 건 아니죠?"

"그건 아녜요!"

정원은 효진에게 완담동 생일 행사장에서 승주와 마주친 일부터, 우연으로 그다음에도 몇 번 마주친 것에 대해 다 말했다.

"아하, 운명 같은 우연? 영화 같은데?"

효진이 정원을 바라보며 와인 잔을 다시 들었다.

"만난 걸로 끝이 아니었다는 거 아냐? 그러니까 나한테 어제 같은 민망한 광경도 들킨 거고, 이렇게 달려와서 잔뜩 쫄아서는 고백을 하고 있는 거지."

역시 효진이었다. 눈치가 천 단을 넘어서 만 단이었다.

"다시 좋아진 거 같은데?"

결혼에서부터 이혼까지, 그 짧은 시간 동안 온갖 아수라장 다 벌여 놓고, 이래도 되는 거냐고 그 눈동자가 묻고 있었다. 정원의 마음 키가 삽시간에 10센티미터로 줄어들었다.

"면목 없어요, 새언니."

"이제 어떻게 할 건데? 어제 두 분 모습 보니까 좀 심각하더라? 아가씨가 이승주 씨 처음 만나서 홀딱 반해서는 직진하던 그 표정이던데? 근데 상대방도 마찬가지겠죠?"

만약 아니라 하면 난 지금 당장 세상 물정 도무지 모르는 그야말로 똥멍청이 네 머리를 날려 버리고 이승주 머리통도 바숴 버리러 가겠다는 살기가 서려 있었다. 정색한 효진 앞에서 정원은 더 쪼그라들었다.

"……새언니, 저 너무 못났죠? 정신 차리게 충고 좀 해 주세요."

"충고라? 아가씨, 알다시피 난 취향이 확고한 사람이잖아. 솔직히 할 말이 참 많아. 근데 지금은 안 하려고."

"왜요?"

"들을 마음도 없는 사람한테 하는 조언은 잔소리거든. 쓸데없는 오지랖이거나."

그러면서 효진이 다시 와인을 한 모금 들이켰다.

"회사에서 제일 싫은 게 뭔지 알아? 꼰대들이 되도 않는 '라떼는 말이야' 타령 하는 거야. 으윽, 들을 때마다 소름 끼쳐. 완전 극혐! 대놓고 '꼰대미 폭발이세요' 하고 언제 한번 쏴 줄 거야. 근데 나한테 아가씨, 그걸 왜 시키려고 그래?"

충고를 바란다고 말은 하지만 이미 일은 저질러졌다. 승주와의 민망한 광경을 들킨 후에 앗, 뜨거워라 싶어서 달려와서는 자기 편 좀 들어 달라 호소하러 온 정원의 얍삽한 마음을 다 꿰뚫어 본 듯 같았다.

역시 새언니한테는 얕은수가 안 통하는구나. 속일 수가 없어.

효진에게는 솔직하게 모든 사실을 고백하는 정공법밖에 없었다.

"……저기, 새언니. 나, 그 사람이랑 다시 연애하는 거는 맞는데……."

"솔직히 이 꼴 저 꼴 다 보고, 정 딱 떨어져서 헤어진 사이잖아. 그런데 다시 만나자마자 확 불타오를 만큼 여전히 그렇게 좋았어요?"

"……네. 죄송해요."

"아가씨 취향, 알다가도 모르겠어. 이승주 씨, 그렇게 매력 있나?"

"승주 씨가 나랑 다시 잘 지내고 싶대요. 한 번도 안 잊었다고, 나랑 다시 만날 생각만 하면서 귀국했다고 했어요."

"웃긴다. 너무 늦은 거 아닌가? 그런 말은 이혼할 그 무렵에 아가씨한테 매달리면서 했어야지."

효진의 그 말에는 형언할 수 없는 여러 감정이 서려 있었다. 시퍼런 불꽃이 일렁이는 그 시선 안에는 몇 년이나 지났어도 승주와 정원의 이혼 과정에서 경험한 모욕감이나 분노가 가라앉지 않았음을 보여 주고 있었다.

"사랑해서 결혼한 사람을 소중하게 여길 줄도 모르고, 지키지도 못했으면서. 그땐 그렇게 아프고 힘들어하던 아내를 무참하게 차 버리더니만, 이제 와서 그런 말을 함부로 해도 되나? 너무 가증스럽게 들린다, 아가씨."

"미안하다고 했어요. 잘못했다고 솔직하게 사과했구요."

"이제 와서 돈 안 드는 입 한번 털면 그만이야? 사과 한마디에 혹해서 아가씬 헤벌레? 당장 다시 예전 감정으로 돌아가서 연애 중? 나는 왜 이게 엄청 모욕적으로 들리지? 내가 아가씨였으면 난 그딴 인간을 절대로 용서 안 할 거 같아."

"그게, 제가 자존심이 없나 봐요."

"그 정도로 그 남자가 그냥 좋다는 말이잖아."

"……네. 그런가 봐요. 나도 내가 왜 이 모양인지 모르겠지만."

풀이 죽어서 고개를 푹 숙인 채 정원이 자인하자, 그걸 바라보며 효진이 한숨을 푹 쉬었다.

"그래서 결론은 그거? 대낮에 둘이 대로변에서 키스까지 하는 거?"

"키스 아니지. 그냥 가벼운 뽀뽀였거든요. 걍 작별 인사."

발딱 고개를 들고 반발하자 효진이 정원을 째려보았다.

지금 변명이라고 하는 거니? 하는 눈빛에 다시 정원은 자라목이 되었다. 더 쫄아 든 정원이 버벅거렸다.

"새언니, 그런 눈으로 보지 마요. 완전 무섭다구."

"여기까지 진행된 상태인데, 그럼 나한테 왜 변명하니? 뭐 하려고?"

"새언니가 우리 집 실세잖아요, 뭐. 그러니까……."

그 사람을 만나 이렇게 되어 버린 날 이해해 주세요, 날 좀 도와주세요, 그런 뜻이다.

"실세 같은 소리 하고 있어."

효진이 단번에 비웃으며 튕겼다.

"다른 일은 몰라도 아가씨 일은 예외거든. 아가씬 아버님 어머님한테 세상에서 제일 아픈 손가락이야. 이혼 후에 두 분이 아가씨 마음 다칠까 봐 얼마나 노심초사, 조심하고 소중하게 대해 주셨는지 몰라요?"

"알아요."

"그걸 다 알면서도 아가씬 이승주 씨랑 다시 만났고 이전처럼 또 단번에 홀딱 넘어가서 연앨 하고 있는 거잖아. 내가 반대한다면 그 연애 안 할 거니?"

"아뇨."

"그럼 다시 묻자. 어디까지 갈 건데?"

"그게…… 그거까진 모르겠어요."

정원은 비로소 고개를 들어 효진을 똑바로 바라보았다.

"우리 둘 다 지금은 미래에 대해서 아무 생각도 없어요. 그런 거는 지금 하지 않기로 했어요."

"흠, 앞이 안 보이는 건 알았구나. 당연하지."

"승주 씨야 다시 만났을 때부터 다시 결혼하자 뭐 그런 말을 계속 하긴 했는데, 그거까지는 아닌 것 같아서. 다만 지금 아직 내가 그 사람에 대한 마음이 남아 있으니까 내 마음이 가는 대로 그냥 그 남자하고 연애를 해 보자, 그것뿐이에요."

"그런 결정을 한 이유가 뭐야?"

"그 사람을 만나 보니까 내 마음속에 생각보다 많은 미련이 남아 있더라고요. 처음 만났을 때 저도 엄청 갈등하고 승주 씨가 연락 오면 거부하고 그랬어요. 근데 무슨 조홧속인지, 자꾸 우연이 겹치면서 다시 만나지게 되더라고요. 그러다 보니까 내 마음속에 남은 솔직한 감정들을 알게 되었어요."

"고민 많이 했어?"

"그럼요."

"결론은? 그러니까 아가씨가 이승주 씨와 다시 연애란 걸 해 보겠다고 결정한 이유."

"내가 승주 씨에 대한 미련이 남았다는 걸 확인하던 순간에 아, 난 이걸 다 태울 때까지는 이 사람을 더 만나 봐야겠구나, 그래야 뭐든 결론이 나겠구나, 하는 생각을 했어요."

"그랬어요?"

"승주 씨하고 다시 재혼하는 결말까지 가든가, 아님 완전히 이 연애를 끝으로 그 사람이랑 좀 내고 다른 사람을 만날 새로운 미래를 계획하든가, 아니면 비혼으로 가든가……. 결론이 뭐든 이건 내 인생이니 지금의 내 감정에 솔직하고 최선을 다하자. 그래야 나 자신에게 부끄럽지 않게 된다, 그런 결론이요. 그래서 지금은 승주 씨하고의 연애에 최선을 다하고 있어요. 그러려고요."

진솔하게 고백하는 정원을 효진이 물끄러미 바라보다가 중얼거렸다.

"아가씨, 지금 있잖아. 내가 어떤 생각을 하는지 알아요?"

"네?"

"우리 아가씨가 이제 어른이구나."

"싫다아. 새언니, 나도 낼모레면 서른이라고요."

조금 자존심이 상해서 정원은 정식으로 항의했다.

과외 교사이자 멘토로서 사춘기 때부터 그녀를 보아 왔던 효진이 가끔 정원을 어린애 취급을 하는 게 이전에는 별 반발심이 들지 않았지만 지금은 그게 너무 싫었다.

"나이가 문제 아니지. 아가씨 스타일 변화에 대한 이야기야."

솔직히 효진은 시누이 정원을 사랑하고 아끼며 무슨 일이 생겨도 언제나 그녀의 편이 되리라 생각하고 있다. 하지만 '우리 아가씨는 언제 철이 들까' 하는 생각을 한 적도 많았다.

몇 년 전 정원이 겪어 낸 그 태풍 같은 결혼과 이혼 과정을 낱낱이 지켜보며 효진의 생각은 더 강해졌다.

상심하는 시부모 앞에서는 차마 말을 못 했다. 하지만 인생 중대사인 결혼과 이혼을 이딴 식으로 속전속결 결정하고 처리하고 끝낸단 말이야? 시작도 경솔하고 미숙했으니 결과도 이따위로 끝나지 싫었던 마음이었다.

"아가씨, 얼마 전까지만 해도 어른들 옷자락 잡고 뒤에 숨어 있거나 징징대면서 곤란한 문제를 해결하려고 했어. 솔직히 그러면 만사 오케이. 아가씨가 그렇게 어리광 부리고 떼쓰면 아버님이나 어머님이 다 해결해 주셨잖아. 그치?"

"그렇죠, 뭐. 인정합니다……."

"아버님이나 어머님은 정말 맘이 넉넉하시고 사랑이 넘치시지. 아가씨나 우리 세하 아빠를 엄청 사랑하셔서 뭐든 다 해 주시려는 거 감사하게 생각하고 있고 또 나도 두 분 그 사랑의 혜택을 받고 살고 있지만 말이야. 솔직히 그런 사랑이 아가씰 언제고 철딱서니 없는 어린애로 만든 것도 사실이잖아."

"네."

"근데 이번에는 아가씨 태도가 좀 다르다? 자기가 내린 결정에 대해서 정확하게 말하고 인정하고 있어."

이전처럼 어린애처럼 징징대지도 않고 떼를 쓰는 것도 아니다. 곤란한 문제에서 도망치고 회피하는 것도 아니다. 자신의 현재 상황에 대해서 솔직하게 인정하고 자신의 처지를 정시하며 당당하게 밝혔다.

"이 감정에 충실해서 행동할 거고 그 결과에 대한 책임까지도 지겠다고 선언했잖아. 이런 아가씨에게 이제 내가 무슨 충고를 해? 아가씨 자신이 제 인생과 연애를 결정하고 책임지겠다는데. 그래서 안심했어. 난 이승주 씨 다시 만나 연애하고 있다는 아가씨 선택, 터치 안 할래. 할 필요도 없고 해서도 안 된다고 생각해. 응원만 할게."

그러면서 효진이 정원의 손을 꼭 잡았다.

"근데 아버님 어머님 두 분이 아시면 얼마나 놀라고 배신감 느끼실지 그건 나도 솔직히 무섭다. 아가씨, 그것까지도 감당할 각오는 되어 있는 거죠?"

정원은 고개를 끄덕였다.

"알아요. 적당한 때가 오면 두 분께 내 입으로 다 고백하고 말씀드릴게요. 절대로 도망 안 가. 예전처럼 또 징징대고 아빠 엄마한테 해결해 달라고 숨는 짓은 안 해요. 약속할게요. 그러니까 제가 먼저 두 분께 고백할 때까지 새언니는 모른 척해 주시면 좋겠어요."

"아가씨 이승주 씨 만나다가 혹여 예전처럼 엉망진창 돼서 두 분 마음 다시 아프게 되면요. 난 이번에는 용서 못 할 거 같아. 다시는 아가씨 안 볼 건데 괜찮아요?"

"네."

"알았어요. 그럼 한 번만 더 아가씨를 믿어 볼게요. 이왕 다시 시작했으면 지난번처럼 시시하게 굴지도 말고, 허무하게 끝내지도 말고 끝장을 봐요. 그래야 아가씨 말대로 미련 따위 없을 테니까."

9

다음 날 점심 무렵.

올댓파티 마크가 달린 승용차가 연희동 조용한 주택가로 접어들었다.

"사모님, 올댓파티 유정원입니다."

─어머, 도착했어요? 들어오세요.

아마도 CCTV로 밖을 보고 있었던 듯, 생일 파티 현장을 실사하러 온 영주와 정원 앞으로 대문이 열렸다.

부잣집은 대문도 다른가. 자동차 두 대가 거뜬히 오갈 만큼 큰 대문이 열리는데도 소리 하나 나지 않았다.

"우와, 완전 저택."

상류층 프라이빗 홈 파티 전문이다 보니, 여기저기 출장 다니다 보면 서울 시내에 생각보다 멋진 저택이 많다는 것을 경험한 정원과 친구들이었다.

하지만 이날 찾아간 연재네 외갓집은 차원이 달랐다.

한국에서 보기 드문 고운 잔디밭이 눈 시릴 정도로 펼쳐져 있는 것이 꼭 양평에 있는 민호의 작업실처럼 광활했다. 유유히 흐르는 강물만 없다 뿐이지 거의 분위기가 비슷했다. 서울 시내 집값 비싸기로 손꼽히는 동네에서 이 정도 규모라니, 연재네 외갓집 부의 수준을 알 만했다.

"어서 와요."

정원을 가로질러 5분은 걸어간 듯하다. 기다리고 있던 가사 도우미가 현관문을 열어 주었고 거실로 들어서자 연재와 그 엄마가 웃으며 반겨 주었다.

"언니, 오랜만이에요!"

한 번 본 사이지만. 자신을 위기에서 구해 준 정원이 꽤 인상 깊었나 보다. 연재가 친한 이모라도 만난 듯 반갑게 다가와 정원의 허리춤에 매달렸다.

"언니, 이제 손목 안 아파요? 다 나았어요?"

"그럼요. 다 나았죠. 이젠 말짱해요."

정원은 미소 지으며 연재에게 왼쪽 손목을 만져 보라고 내밀었다.

"앉아요. 우리 연재 어미한테서 이야긴 많이 들었어요."

소파에 앉아 있던 노부인이 정원과 영주에게 자리를 권했다.

생일 파티를 선물해 주신다는 연재의 외할머니는 딸인 연재 엄마와 비슷한 인상이었다. 어린 연재도 외할머니와 비슷한 분위기를 가진 걸 보니 외탁을 한 모양이다. 외할머니가 손녀를 끔찍하게 예뻐할 만하다 싶었다.

"불러 주셔서 감사합니다. 올댓파티의 대표 유정원."

"푸드 스타일리스트 이사 서영주라고 합니다."

정원과 영주는 두 손으로 공손하게 노부인에게 명함을 전해 올렸다.

"잘 왔어요. 우리 애 생일 파티를 여기서 해 주려고. 어때요? 할 만하겠어요?"

"정원이 너무 멋있네요. 전 영국 왕실에라도 온 줄 알았어요. 너무 멋져서 그림이 잘 나올 것 같아요."

"영국에서 공부한 전문가가 조경을 담당해서 그런 느낌이 날 거예요. 유대표가 분위기 캐치하는 게 보통이 아니네. 어지간한 사람은 우리 정원을 봐도 그 느낌을 잘 모르던데."

"제가 정원이나 수목원 탐방을 좋아해서요. 수목 배치며 화초들, 조경물 수준이 장난 아니던걸요. 보통 안목이 아니세요."

노부인이 빙그레 웃었다. 자신이 관심 있어 하는 분야에 대하여 정원이 살짝 건드리고 칭찬하자 기분이 좋아지는 게 그대로 보였다.

"근데 사모님, 생일 파티를 실외에서 하고 싶으세요, 아님 실내에서 하고 싶으세요?"

"실외가 좋긴 한데 8월이라 땡볕에 애들이 너무 더울 거 같아서……."

연재 엄마가 살짝 말꼬리를 흐렸다. 갈등하고 있다는 말이었다.

"실외에서 하실 거면 저희가 에어컨 나오는 야외 천막을 설치하는 방법도 있구요. 가장 좋은 건 지금 거실만 해도 충분한 공간이 나오니까 실내와 저 테라스를 연결해서 행사를 하고, 정원에다가는 풀장을 설치해서 미끄럼틀 이런 걸로 한두 시간 정도 야외 활동을 곁들이는 건 어떨까요?"

"어머, 야외 풀장이 되나?"

"네. 아동 대상 행사 때 야외 풀이며 미끄럼틀 같은 걸 전문적으로 설치하고 리스해 주는 업체가 있거든요. 지난번 완담동 행사 때 트램펄린 보셨죠? 그런 것처럼 풀장을 원하시면 저희가 섭외해서 얼마든지 설치 가능합니다."

"할머니, 풀장 좋아요. 물미끄럼틀 그런 거 한 애들이 없어. 나 그거 하고 싶어."

"알았어. 다 하자꾸나. 우리 연재가 하고 싶은 거 할머니가 다 해 줘야지."

"그리구 할머니, 내 생일에 통통이도 왔음 좋겠어요."

'통통이'는 JBS 유아 대상 프로그램 〈대굴대굴 오락실〉을 진행하는 인기 만점 캐릭터 MC이다. 외부 행사 한 번을 섭외하려면 수천만 원이 필요하다던데.

그러나 노부인에게 그깟 비용쯤은 전혀 문제가 아닌가 보다. 선선히 그러자고 대답했다.

"통통이도 올 수 있게 해야지. 다른 날도 아니고 우리 연재 생일인데. 우리 연재가 바라는 건 다 해 줘야지. 우리 연재 생일 파티는 최고여야 하니까."

"야, 신난다. 할머니 최고!"

연재가 발딱 일어나더니만 노부인을 끌어안고 동동 뛰었다. 그것도 모자라서 할머니 볼에 제 얼굴을 비비고 쪽쪽 애교 섞인 뽀뽀까지 날리자, 손녀에게 외할머니가 스르르 녹아나는 게 눈에 보였다.

"유 대표, 통통이 섭외가 힘들까요?"

"일단 연락은 해 보겠지만, 그런 인기 MC분들 스케줄은 꽤 오래전부터 정해진다고 해서요. 저희 같은 작은 업체가 뚫고 들어갈 수 있을지 솔직히 자신은 없습니다만. 죄송해요. 최선은 다해 보겠습니다."

정원은 조심스럽게 이실직고했다.

사업 초기에는 의욕만 넘쳐 무조건 할 수 있다 큰소리쳤다가 낭패를 당한 적이 몇 번 있다. 이제는 그녀도 요령이 생겨서 노력은 하겠지만 섭외가 불가능할 수도 있다고 사실을 미리 말해 둬야 나중에 동티를 피할 수 있다는 것쯤은 알고 있다.

"알았어요. 그럼 통통이는 내가 알아서 할게. JBS 부사장이 지인이라서 그 정도는 뭐 편의를 봐줄 거야."

"앗, 감사합니다. 마음속 돌덩이가 확 사라지는 기분이에요."

"함부로 그런 부탁 하면 안 되는 것쯤은 알지만, 우리 딸이 워낙 어렵사리 낳은 애다 보니 나도 모르게 자꾸 약해져. 안 된다 하면서도 어느새 우리 연재 어리광을 다 받아 주고 있다니까. 호호호."

정원과 영주에게 차를 대접하겠다며 주방 쪽으로 간 연재와 그 엄마를 바라보며 노부인이 변명처럼 중얼거렸다.

"당연하시죠. 저도 연재처럼 저렇게 귀여운 딸이 있으면 뭐든 다 퍼 줄 거 같아요. 너무 귀엽잖아요."

"우리 연재가 명민하기도 하지만 저렇게 애교가 많고 착해서 나도 그렇고 바깥양반도 아주 흐뭇해요. 내리사랑이라더니 역시 자식보다 손녀가 훨씬 예뻐."

그때, 아까 현관문을 열어 준 가사 도우미가 쟁반을 들고 다가왔다.

"사모님, 한남동 작은사모님께서 도착하셨어요."

"그래요. 여러분은 차부터 드시고 우리 애랑 같이 집 안을 좀 둘러봐요. 비용은 상관없으니까 뭐든 다, 우리 연재가 좋아라하게끔 멋지게 준비해 줘요."

면담이 다 끝났으니 난 내 볼일 보련다, 말하듯이 노부인이 몸을 일으켰다. 그와 동시에 현관문을 들어서는 사람이 있었다.

"안녕하세요, 고모님."

"어서 와요, 연준 엄마. 우리 오랜만이지?"

"네. 잠시 유럽 나갔다 오느라 격조했어요. 죄송해요."

연준 엄마?

왠지 익숙한 목소리, 어쩐지 들어 본 듯한 이름.

소파에 앉아 있던 정원은 새로운 손님을 맞이하는 노부인 쪽으로 살짝 고개를 돌렸다.

현관을 들어선 새로운 손님 역시 거실에 앉아 있는 낯선 손님들 쪽을 돌아보던 참이었다.

그녀와 정원의 눈이 딱 마주쳤다. 동시에 놀라 소스라쳤다.

오 마이 갓!

현관 앞에 서 있는 새 손님은 극성맞게 얄밉던 이전의 시누이, 윤민이었다.

"와, 이런 미친 우연이 어딨담? 연재 외할머니가 그 싸가지의 시고모였다니."

차 시동을 걸면서 영주가 도통 못 믿겠다는 듯 중얼거렸다. 그러면서 다시 높은 담장 너머 연재 외갓집을 바라보았다.

"근데 봤지? 완전 우릴…… 특히 널 비웃는 얼굴이던데? 너 이런 일 하면서 벌어먹고 살고 있니? 그런 표정. 와! 그때 한 대 칠 뻔했다."

"그만해. 원래 표정이 그래."

정원은 맥없이 중얼거렸다.

"자칫하면 우리 이 행사, 진행 못 할 수도 있겠다."

"왜?"

"그 여자가 우리, 아니, 나에 대해서 악담 나불거리면 우리 회사 이미지 안 좋아져서 큰사모님이 예약을 취소할 수도 있잖아. 격식이며 체면을 중시하시는 분 같던데."

행사를 의뢰한 연재 엄마나 노부인이, 실은 정원이 그들의 사돈 격인 이승주의 전처였다는 것을 알아 버린 이상, 이런 사실을 충분히 껄끄럽게 생각할 수 있다. 때문에 올댓파티를 기피할 수도 있을 것 같아서 불안한 마음이 들었다.

"그럴 것 같진 않아. 실사도 끝까지 마치고 왔잖아. 너만큼 재미있고 창의적인 파티를 해낼 수 있는 능력자가 얼마나 된다고? 설사 이 행사가 캔슬된다 해도 상관없어. 더러운 꼴 보지 말라는 하늘의 계시라고 생각하면 그만이지. 걱정 마. 근데 정원아, 너 진짜 멋지더라."

"어?"

차를 출발시키면서 영주가 씩 웃었다.

"너 진짜 멋지고 우아하게 그 여자를 멕이던데? 크크크. 나 웃겨서 죽을 뻔했어. 연재 엄마도 슬쩍 웃는 거를 난 봤지롱."

"내가 뭘……?"

정원은 겸연쩍게 중얼거렸다.

"파티 플래너? 재미있네. 세상 참 좁아. 여기서 만나기도 하고. 벌이는 좀 돼? 이혼하면서 한몫 챙겨 간 거 아녔어? 이런 일 하면서 살아갈 만큼 궁색해진 거야? 지난 인연도 있는데 내 마음이 좀 아프네."

"마음 아프실 필요까지야. 저는 제 일 열심히 잘하면서 보람차게 살고 있는데요. 형님께선 여전하시네요. 재벌 사모님이시래두 열심히 일하는 사람들을 무시하시면 안 되지. 자기 손으로는 아무것도 못 하고 전부 다 남의 노력에 기대서 살면서 하찮게 생각하시는 버릇, 품격 없어 보이는데요? 저는 오히려 형님의 모습에 마음이 아프네요. 저분은 언제쯤 철들까 싶어서."

생글생글 웃으면서도 대놓고 한 방 먹인 정원의 기세에 눌린 게 분명하다.

우물쭈물하던 기색을 싹 지운 윤민이 자신이 정원에게 밀린 것을 인정하고 싶지 않았는지, 금세 세상 천한 것들을 보는 눈초리로 그들을 무시하면서 큰사모님을 따라 안쪽 거실로 횡하니 들어가던 것을 생각했다.

곧 죽어도 전 시누 윤민의 그따위 거만한 태도와 갑질 버릇은 변할 리 없다고 생각했다. 승주의 어머니 나서희 회장처럼.

'모전여전이라고 그랬지.'

승주와의 연애에 풍당 뛰어들어 현재 행복하게 사귀고는 있지만, 역시 그와의 결혼은 힘들 거 같다는 생각이 윤민을 만나면서 정원의 마음속에 검붉은 구렁이가 똬리 틀듯 새삼 자리 잡은 것은 물론이다.

"그보다 대단하지 않아? 연재가 광성 그룹 쪽 손녀라니. 그날 완담동에서 본 사모님들 중에 연재 엄마가 제일 소박하고 친절했는데. 사실은 찐 재벌이었어."

"그러게? 찐 부자는 티를 안 낸다더니만."

"이번 행사 진행할 수 있음 좋겠다. 진짜 재벌가 행사니까 그거를 잘해 내면 우리 회사, 사모님들 사이에 입소문 팍 날 거 아냐?"

"그렇겠지. 분위기 봐선 반반이긴 하지만."

"뭐, 어쨌건 무사히 실사는 끝났고, 오늘 남은 일정이 뭐지?"

"내일 보육원 생일 파티 행사장 마지막으로 체크하고, 게시판 답변 정리하고, 주말 행사 메뉴 체크하고. 뭐 딱히 특별한 건 없어."

"참, 병원 결혼식 승인받았다며? 대단해, 유정원."

천만다행으로, 병석에 있는 숙부님을 위한 병실 내 환갑잔치와 결혼식을 소원했던 고객의 바람은 이루어질 가능성이 생겼다.

고객 역시 병원에서 제안한 방송 출연 요청을 받아들였다. 병원에서 결혼식 및 환갑잔치 비용 50퍼센트를 부담해 주겠다는 파격적인 조건이 마음을 움직인 모양이다. 아마도 승주의 조언을 받은 이사장 영국이 배려했을 가능성이 컸다. 어떻게 보면 양측이 모두 윈윈하는 좋은 결말이 도출된 셈이다.

이제 남은 건 실제로 그 행사를 진행할 올댓파티 멤버들의 능력과 활약이다. 여느 때보다 더 철저하게 준비하고 깊이 고민해서 더 좋은 행사를 진행하리라, 정원은 마음속으로 다짐했다.

적어도 전 시부 영국에게 부끄러운 일은 만들지 말아야 한다.

정원과의 인연을 소중히 여겨 그녀를 믿어 주고, 곤란할 텐데도 힘든 기회를 허락해 준 분 아닌가?

정말 잘해 내서, 저는 이런 어려운 행사를 이만큼 잘해 내는 사람이에요, 믿어 주시면 더 잘할 수 있어요, 그렇게 말하고 싶었다. 당당하게 인정받고 싶었다.

"이혼한 주제에 전 시아버지 찾아가서 청탁을 하는 거 보면 유정원이, 사실 보통 강심장이 아냐? 역시 일 앞에서는 물렁이 너도 안면에 철판 까는구나."

"사업에 뛰어들었으면 얼굴에 철판 깔고 이용할 수 있는 건 뭐든 다 이용해야 한다고 만날 잔소리한 사람이 너예요, 서 이사. 사돈 남 말 하고 있어, 그냥!"

"크크. 그런가? 여튼 열심히 준비해서 잘 해내 보자. 그것도 방송 타는 행사 아냐?"

"그렇지. 다 왔어. 내리자."

두런두런 이런 이야기 저런 이야기를 주고받다 보니, 두 사람이 탄 차는 어느새 다음 목적지인 용응동 보육원에 도착했다.

올댓파티는 두 달에 한 번 여기 용응동에 있는 보육원에서 가족이 없는 원아들을 위해 합동 생일 파티를 주최하는 봉사를 하고 있다.

행사장 꾸미기며 진행, 생일 케이크며 간식, 오락 상품까지 일체 올댓파티가 준비하는 뜻깊은 일이다.

세 친구들은 사업을 시작하면서 아무리 힘들어도 뭔가 의미 있고 누군가에게 도움이 되는 일을 적어도 하나는 하자고 뜻을 모았다.

그들의 주력 분야가 아무래도 아동 생일 파티에 특화된 면이 크다 보니, 결국 보육원에서의 생일 파티 봉사를 하기로 결정했다.

이런 봉사 활동은 동시에 다양한 생일 파티 시뮬레이션이라는 의미도 있었다. 파티에 있어서 어떤 형식과 내용이 아동들에게 가장 호응이 좋은지 미리 정보를 수집할 기회로 활용할 수 있었기 때문이다.

행사장인 보육원 강당에 들어가니, 아르바이트생과 함께 파티장을 꾸미고 있던 경오가 그녀들을 맞이해 주었다.

"실사 잘하고 왔어?"

"응."

"여기도 거의 다 끝났어. 커피 마셔라. 난 이것만 마무리할게."

경오가 보온병에 담아 온 커피를 내밀었다.

"마시고 있어. 난 전화 좀 하고 올게."

정원은 휴대 전화를 들고 보육원 마당으로 나갔다.

—응. 나야.

승주의 부드러운 목소리가 귀 안으로 흘러 들어왔다. 아까 윤민을 만난 후에 계속 뭔가 부대끼던 마음이 조금 가라앉는 것이 느껴졌다.

"뭐 해요?"

—출근 준비. 당신은?

"다음 달 행사 현장 실사하고 예산 짜고 지금은 용응동 보육원. 내일 여기서 생일 파티 봉사하거든. 그거 준비하는 중."

—참 바쁘게 사는군. 당신의 하루는 말만 들어도 참 보람차다니까.

"야간 병원에서 환자 돌보는 당신도 만만찮게 보람차요. 근데 있죠. 나……."

정원이 잠시나마 망설이는 것을 느꼈나 보다. 승주가 갑자기 긴장하는 게 수화기를 통해 흘러나왔다.

—무슨 일 있어?

"그게 저기…… 형님을 만났어."

—형님? 누구? 어, 설마……?

"응. 당신 누님. 연희동 저택으로 생일 파티 실사 나간다고 했잖아요. 근데 그 집이 뭔가 으리으리하더라. 알고 보니까 누님의 시고모님 댁이더라고. 그 댁 안어르신이 광성 그룹 회장님 동생분이시래. 그 댁을 찾아오신 누님과 만나 버렸어."

—괜찮아? 혹시 누나가 당신 마음을 상하게 했니? 기분 나쁘게 굴었어?

"그런 건 아니지만. 서로가 놀랐지 뭐. 사실은 나보다 누님이 더 놀라시더라고. 날 보고는 꼭 유령 본 사람처럼 시퍼렇게 질려서는 싹 외면하시더라. 그때도 지금도 내가 재수 없다고 생각하시나 봐."

승주가 잠시 침묵했다.

정원 역시 마찬가지로 침묵했다.

두 사람의 침묵은 같은 색이기도 하고, 또 다르기도 했다.

이런 식으로 양가 가족들에게 두 사람의 존재와 재회가 서서히 알려지고 있구나 하는 것이 하나라면, 승주 입장에서는 누나 윤민이 또 얼마나 싸가지 없게 굴었을까, 불필요한 갑질로 정원의 마음을 상하게 했나 싶어서 자꾸만 화가 났다.

정원은 나직하게 말했다.

"하지 마요, 당신. 그런 거."

—응?

"당신이 아니잖아. 자기가 하지 않은 일로 사과하고 미안해하지 말라고."

—어쩔 수가 없어. 가족이니까. 날 안 만났더라면 우리 가족들에게 당신이 부당하게 당한 일들은 없었을 거야.

"그럼 그만할까? 여러 사람 놀라게 하지 말고 그냥 이대로 헤어져?"

—안 돼! 그건 아니지.

승주가 울컥 흥분해서는 소리쳤다. 정원은 킥킥거리고 말았다.

"그러니까. 그냥 우리 둘에게만 집중해요. 나도 그러니까 당신도 그렇게 하면 돼. 뭐든 새 파도가 닥쳐오면 그때에 하나씩 정리하고 해결하면 되지. 미리 겁먹지 말고 도망치지 말기로 해요."

승주와 다시 만나기로 한 결정은 그것에서 비롯되는 온갖 곤란한 문제와 갈등, 고민거리들을 감당하고 처리하겠다는 의지의 선언이기도 했다.

—나보다 당신이 더 강한 것 같아.

"연애하는 여자는 강해진대. 이승주 씨를 만난 후에 점점 간이 배 밖으로 나오는 중이야. 깡다구가 세진달까? 헤어진 전남편하고 만나 다시 연애하는 여자 눈에 뭐가 보이겠어?"

짐짓 허세를 부리는 정원의 말에 승주가 부드럽게 웃었다.

—갑자기 엄청 든든해졌어. 내일 시간 되면 집에 올래?

"응. 내일 행사 마치고 집에 갈게요. 보고 싶어요. 근데 내가 갈 때까지 무작정 기다리지 말고 그냥 푹 자고 있어요. 야간 근무 하니까 피곤하잖아. 가서 깨워 줄게."

—고마워, 내일 봐.

전화를 끊으려는데 승주가 다시 정원아, 하고 그녀의 이름을 불렀다.

"왜요?"

—그냥. 빨리 내일이 되었으면 좋겠다 싶어서. 나도 당신이 엄청 보고 싶어.

보고 싶다는 그 말 한마디에 스며 있는 수많은 감정들. 그게 무엇이 되었든 상관없어. 우리에게 중요한 건 그저 이런 말 한마디, 서로 나누는 정감 같은 거야. 이것에 집중하자. 그런 마음이 들었다.

이왕 다시 시작했으면 지난번처럼 시시하게 굴지도 말고, 허무하게 끝내지도 말라던 효진의 충고는 정원의 마음속에 말뚝처럼 깊이 박혀 있었다.

절로 미소가 꿀처럼 흘러내린다. 가슴에 넘쳐나는 다정한 말을 가슴에 품고 정원은 다시 행사장 안으로 들어갔다.

"끝났어?"

경오가 고개를 끄덕였다.

"고생했어. 오늘은 너만 힘든 일 하는 거 같아서 미안해."

"괜찮아. 까다로운 사모님들 상대로 계산기 두드리면서 눈치 살피는 것보단 몸으로 때우는 게 백배 낫지. 일단 퇴근하자. 배고파."

"밥 먹고 가. 너나 경오는 배고프면 포악해지잖아."

영주가 조수석에 타면서 저쪽 차에 올라타는 경오에게 소리쳤다.

"아침에 할머니께서 청국장 한 솥 끓이시는 거 보고 나왔거든. 인태 씨가 오늘은 제시간에 퇴근할 수 있다고 했대."

그러고 보니, 용웅동 보육원은 영주가 세 들어 사는 정숙 여사의 집과 생각보다 가까운 거리였다.

"으아, 맛있겠다!"

"나 지금 침 넘어갔어. 할머니 청국장은 천하일품이잖아."

설설 끓는 청국장 뚝배기를 상상하자, 그렇지 않아도 고픈 배가 백배는 더 고파진 기분이 들었다.

할머니표 맛있는 저녁 식사를 기대하며 올댓파티 멤버들을 태운 두 대의 차량이 전속력으로 정숙 여사의 집으로 달려갔다.

현관에 들어서는 순간, 역시나 구수한 청국장 냄새가 코를 찔렀다.

그때, 먼저 현관 안으로 들어서던 영주가 낯선 여자 구두가 놓인 것을 발견하고는 혼잣말을 했다.

"누가 왔나?"

그러면서 큰 소리로 인사했다.

"다녀왔습니다."

"할머니, 귀염둥이 경오가 왔어요."

"저도 왔어요, 할머니. 배고파요. 청국장 먹고 싶어요."

경오와 정원이 영주를 따라 들어가며 큰 소리로 인사했다.

주방 쪽에서 정숙 여사가 고개를 내밀었다.

"다 같이 왔어 그래? 내가 청국장 끓인 거를 어떻게 알고 아주 귀신같이 찾아왔구먼. 어서들 와."

손부터 씻는다고 경오는 욕실로 들어가고, 영주가 두 걸음 먼저 주방 쪽으로 걸어가다가 갑자기 우뚝 멈추어 서 버렸다. 영주를 따라가던 정원도 마찬가지였다.

"……설마, 해민 아가씨?"

"헉, 새언니가 여길 왜?"

식탁 앞에 앉아 있다가 깜짝 놀라 발딱 일어서는 여자는 뜻밖에도 해민이었다.

정원도 해민도 서로를 이 집에서 만날 거라고는 생각도 못 했다. 경악해서 마주 보는 두 여자 모두 자신의 눈을 믿을 수가 없다.

하느님.

정원은 한탄했다.

'너무하시네요, 이거는 아니잖아요.'

3년 동안 코빼기조차 보지 못했던 전 시누이 둘을 어떻게 하루 만에 줄줄이 다 만나 버리냔 말이다. 아, 스트레스 만땅. 노란 현기증이 올라오려 했다.

"사돈 어르신 댁이에요. 저희 올케언니 할머니. 근데 아가씨는 어떻게?"

네가 이 집엘 어떻게 출몰한 거니? 여긴 왜 왔니? 너하고 이 집은 접점이라고는 하나도 없는데.

정원의 시선이 그렇게 묻고 있다.

그렇지 않아도 정원과 마주친 일에 너무 놀라서 창백해져 있던 해민의 얼굴이 더 하얗게 바랬다. 정숙 여사 댁이 전 올케 정원의 사돈댁이라는 말을 들었을 때였다. 충격이 엄청 컸나 보다. 말까지 더듬었다.

"그, 그럼 정인태, 아니, 정 선생이……?"

"인태 씨는 사돈총각. 저희 올케언니 동생이구요."

"아……."

해민의 안색이 다시 회색빛으로 질려 갔다.

아무것도 모르고 뻔뻔하게 찾아들던 인태의 집이 알고 보니 전 올케 정원의 사돈댁이라니!

제가 일방적으로 픽해서 애면글면 좇아다니는 정인태가 다른 누구도 아닌 정원의 사돈총각이라니!

아 젠장, X 됐다. 딱 그 생각이 먼저 뇌리를 스쳐 지나갔다.

'맙소사. 그럼 우리 집안이며 새언니 이혼 내막에 대해서 낱낱이 알고 있다는 거잖아.'

인태가 정원의 사돈이라면 오빠 승주와 정원과의 이혼에 대해서 알고 있으리란 건 거의 100퍼센트였다.

그러니까 평창동 본가, 해민의 집안이 얼마나 개판으로 며느리 정원을 인간적으로 괴롭히고 들들 볶아 댔는지, 해민 자신을 비롯한 그녀의 집안이 저희 집안보다 못한 사람을 상대로 얼마나 인간 이하로 취급하며 멸시하고 하대하는지를 다 꿰뚫어 보고 있었다는 뜻이다.

그것을 깨닫고 나니, 갑자기 어느 순간부터 자신을 대놓고 밀어내고 박정해진 인태의 태도가 이해되었다.

'난 너한테 별 관심이 없으니까 이만 좀 치자' 선언하며 자신을 바라보던 인태의 무덤덤한 시선 안에는 때때로 해민이 헤아리기 어려운 어떤 반감과 이유 모를 복잡한 적대감 같은 게 있었다.

그래서 사실은 더 매력적이었다. 지금껏 해민은 어떤 남자든 유혹에 성공해 왔다. 그런데 인태는 지금껏 그녀가 만난 그 어떤 남자보다 여러 가지로 모자란 것투성이인 주제에, 늘 오만하게 그녀를 밀어내고 걷어차고 있었다.

'젠장. 처음에는 몰랐겠지만, 내가 씨불이는 소리를 듣고 내가 누구인가를 알아 버린 거야. 그래서 상종 못 할 사람으로 취급하면서 제대로 상대 안 해 준 거였어. 하 씨!'

얼얼한 충격에 해민은 움직일 생각도, 말도 못 하고 멍하니 서 있기만 했다. 그렇지 않아도 충격에 반쯤 깨진 해민의 정신은 벌써 가루가 되어 안드로메다로 날아가는 중이었다.

마찬가지로 당황하기도 하고 놀라기도 해서 해민을 바라보고만 있는 정원을 밀치며 영주가 식탁을 내려다보았다.

아마도 해민이 도착한 지 얼마 되지 않았나 보다. 수저 두 벌이 놓였을 뿐 식탁 위는 텅 비어 있었다.

"마침 식사 때라서 밥이라도 먹고 가라고 했어."

주방 가스 불 앞에서 청국장 냄비를 지켜보고 있었던 정숙 여사가 변명처럼 설명했다.

누구든 집에 들어오는 사람에게 밥은 한 그릇 먹여 내보내는 분이시다. 불청객 해민에게도 그냥 보내기 뭣해서 식사를 권한 정숙 여사였다.

"맞아요, 누구든 밥은 먹어야죠. 밥은 중요하니까. 할머니, 반찬 꺼내야죠?"

영주가 소매를 걷으며 정숙 여사 곁으로 다가갔다.

"그려. 김치냉장고에서 새 김치 좀 꺼내서 썰어 봐. 거기 총각김치도 있으니까 다 꺼내구. 참, 갓김치도 있어. 잘 익었던디."

"네. 알아요. 불고기 잰 거도 있었는데."

"맞아. 잊어버렸네. 그것도 구워 줘."

해민이 고개를 돌렸다. 정숙 여사와 나란히 서서 제가 마치 집주인인 양 냉장고 문을 열었다 닫았다, 김치를 썬다, 불고기를 볶는다, 분주한 영주의 뒷모습을 멍하니 바라보았다.

"아, 개운해. 드디어 개 큰 왕응가를 성공했다는! 아까부터 화장실 완전 급해서 냅다 밟았지롱…… 어!"

손 씻는다고 들어가선 도통 나오지 않던 경오가 드디어 모습을 드러냈다. 익숙한 사람들만 있는 줄 알고는 망신인 줄도 모르고 노골적인 너스레를 떨어 가며 주방 쪽으로 다가오다가 아까 정원처럼 깜짝 놀랐다.

재벌가 파생 강남 부자면 다야? 내 친구 정원이를 죽어라 괴롭히던 얄미운 시누캐 이해민 네년이 여기 왜 서 있니?

그렇게 따져 묻는 듯한 경오의 시선에 그렇지 않아도 가시방석이던 해민의 입장이 더 불편해졌다.

여기 더 있다간 저 여자들 눈총에 찔려 죽겠구나.

'일단 오늘은 사라지자.'

아무리 인태가 2주 만에 병원에서 나오는 날, 잠시나마 얼굴을 볼 수 있는 기회라 해도 이건 아니었다. 이날만큼은 안면 깔고 뻔뻔하게 집에 들어와서 정숙 여사를 녹이려던 작전을 포기하고 해민은 얼른 한발 물러섰다.

"저, 저기, 저는 이만 가 볼게요. 죄송합니다, 할머니. 다음에 올게요."

그러나 돌아온 대답은 뼈아팠다. 아까까지만 해도 부드럽게 웃던 정숙 여사가 대놓고 해민을 야멸치게 내쳤다.

"다음은 무슨? 영 불편한 사이가 된 것 같은디. 야박해도 어쩔 수가 없어. 이젠 오지 마. 문 안 열어 줄 거여."

"할머니……."

그동안의 오간 정이 있지, 어떻게 사람을 이렇게 단번에 잘라요? 하는 원망의 시선에도 끄덕하지 않았다. 방금까지는 참 다정하게, 인심 좋게 맞아 주시던 정숙 여사였지만 해민이 누구란 것을 알자마자 단박에 표정부터 달라졌다.

"들어 보니까 그짝하구 우리 인태하고도 편하게 만날 사이 아닌 거 같은 디? 내가 듣기로 거기 집안은 모든 사람을 일단 얕잡아 보고 막 대한다던디 말여. 뭐, 말로는 둘 사이 친구라 했지만 나는 우리 손자가 그짝 집안하고 잠시라도 엮이는 게 싫구만. 괜히 잘못 엮었다가 우리 인태도 그 집에 끌려가서 뭔 짓거리를 당할 줄 알고?"

"무슨 말씀을 하시는 거예요? 우리 집이 뭐 조폭인 줄 아시나 봐? 너무하세요. 솔직히 저나 우리 집에 대해서 잘 모르시면서 대놓고 매도하시는 건 아니지 않아요?"

이건 좀 억울하다. 해민은 그만 울컥해서 정숙 여사에게 대들고 말았다.

그러자 옆에 서서 모르는 척, 반찬을 담고 김치를 자르던 영주가 혼잣말처럼 쏘아붙였다.

"조폭도 아니면서 왜 사람을 대놓고 괴롭히고 그랬대?"

"조폭보다 더한 재벌 갑질 쩌는 집안이던데? 정원이도 모자라서 이젠 아무것도 모르는 인태씰 괴롭히려 작정한 거야, 뭐야? 하늘 위 재벌가 아가씨가 여긴 왜 드나들고 그런대? 있는 집 급 떨어지게?"

경오도 질세라 노골적으로 종알댔다.

"그만들 허고!"

정숙 여사가 단호하게 말꼬리를 잘랐다.

"일단 그짝 아가씨는 가 봐요."

널 몰랐을 때는 모르지만 이제 알게 된 이상 다시는 널 환영하는 일은 없을 거라고 정숙 여사의 차디찬 표정이 통보하고 있었다.

"나도 단속하것지만 괜히 우리 앨 건드려서 또 이상한 사달 만들지 말고 말여. 그짝 집안은 뭐 하늘 위에 있는 재벌집이라고 하니 가난하고 못 가진 우리 앨 놔두고 그짝 아가씨 수준 맞는 총각하고 만나. 알았어? 이짝은 그짝하고 다시는 얽히거나 상관하고 싶지 않은 사람들이여. 그러니까 다시는 오지 말라고. 우리 손자하고 다시는 연락하지 말고."

해민은 정원을 둘러싼 이 커다란 가족 집단과 친구들이 자신을 비롯한 제 집안사람들에 대하여 얼마나 깊은 적대감과 분노를 품고 있는지를 그 순간 뼈저리게 느꼈다. 하나같이 똘똘 뭉쳐 정원을 둘러싼 채 해민에게로 미움의 칼을 들이대고 있었다.

이럴 땐 나를 좀 도와주고 감싸 줘야 하는 거 아녜요? 다 아는 처지에 묵묵부답, 모르는 척하는 건 너무 심하잖아요. 편 좀 들어 달라고요.

원망 반, 애원 반을 담고 해민은 정원 쪽으로 시선을 돌렸다.

그러나 그녀를 바라보고 있는 정원 역시 무표정이었다.

아니, 이런 상황에서 무엇으로 어떻게 해민의 편을 들어 줘야 할지 모르겠다는 난감함만이 역력했다.

"정원이 예전 시누이분? 여긴 당신이 있을 자리가 아닌 거 같은데? 더 망신당하기 전에 빨리 탈출해요. 원래 탈출은 지능순이래요."

직설적인 성격답게 경오가 탁 쏴붙였다.

해민은 입술을 깨물었다.

주는 대로 받는다는 말을 들은 적 있다. 지금이 딱 그랬다.

한때 정원이 그녀의 올케였던 시절, 정원이 당한 모든 걸 다 알고 있다는 듯 쏴붙이는 친구의 입에서 흘러나온 말들은 예전에 자신이 비아냥 겸 충고로 지껄였던 말이었다.

3년이 지난 지금, 그 말이 그대로 자신에게 돌아왔다.

"알다시피 우리 친구 정원이는 머리가 나빠서 탈출을 좀 늦게 했지만 그쪽은 그러지 마요. 괜히 자기 수준도 모르고 엉뚱한 남자 욕심내다가 이렇게 험한 꼴도 당하잖아. 쯧쯧. 잘 가요."

매사 어머니 나서희 여사와 언니 윤민에게 당하고 몰리던 올케 유리. 아닌 척, 모르는 척했지만 사실상 학대낭하고 항상 내침을 당했던 그녀를 동정한답시고 가볍게 씨불여 댔던 그 말이 부메랑이 되어 돌아왔다.

과거 해민은 지금 정원의 옆에 선 친구처럼 여유만만하게 팔짱을 낀 채로 그따위 건방진 말을 던지는 것 말고는 올케 유리를 위해 해 준 게 없었다.

이런 상황에서 더 이상 무슨 말을 어떻게 할 수 있을까?

난생처음 너무 초라해져서, 쪽팔려서 완전히 넋이 나간 해민이 비틀비틀 현관 쪽으로 걸어갔다.

그때 현관문이 열리고 인태가 들어섰다.

"어?"

놀란 인태와 눈물이 글썽거리는 해민의 시선이 마주쳤다.

"왜 울어?"

묻기는 묻는데 걱정하는 빛이 아니었다. 오지 말라고 했는데도 기어코 제멋대로 온 넌 뭐고, 또 왔으면 하던 대로 밥이나 얻어먹고 갈 일이지, 왜 남의 집에 와서는 질질 짜고 난리래? 그런 시선이었기 때문이다.

그래서 해민은 더 서러워졌다. 자존심으로나마 저 사람들 앞에서는 울지 않으리라 그리도 결심했는데, 결국 참지 못하고 모양 빠지게스리 그만 인태 앞에서 울어 버렸다.

"아니, 너 왜 그러는데? 이게 무슨 난리냐고?"

인태가 캐물었지만 해민은 억울하고 분하고 서러운 심정을 한 마디도 뱉어 낼 수가 없었다. 말한다 한들 인태가 그녀 편을 들어 줄 리는 만무했다.

"왔니?"

정숙 여사가 현관 앞으로 다가왔다. 인태 앞에 서서 하염없이 서러운 눈물을 뚝뚝 흘리고 있는 해민을 바라보며 다시 차갑게 내쳤다.

"조심해서 가요. 다시는 오지 말고. 넌 얼른 손 씻어라. 우린 막 저녁 먹을 참이다."

해민의 저 눈물을 모르는 척하라는 지시였다.

말없이 인태가 할머니와 해민을 번갈아 바라보았다.

해민은 조금이라도 날 동정해 줘, 하는 심정으로 맥없이 신발을 신고 현관문을 나갔다.

인태가 자신을 따라 나와 잡아채서는, 무슨 일이냐고, 왜 우느냐고 위로해 주고 물어 주기를 바라면서.

그러나 그건 오롯이 해민의 헛된 기대요, 무력한 소망이었을 뿐이다.

인태는 따라 나오지 않았고, 그녀 등 뒤로 철컹 소리 내며 대문이 닫히는 소리만 들렸다.

그 소리가 칼날보다 더 아픈 냉기를 품고 그녀를 바라보는 아까의 모든 시선들처럼 합심해서 해민을 더 세차게 밀어냈다.

너무 큰 충격과 서러움에 해민은 잠시 길을 잃고 헤매는 천애 고아가 되었다. 오도 가도 못 하고 그 자리에 못 박힌 채 서 있기만 했다.

아무도 닦아 주지 않는 눈물만 뚝뚝 흘리면서…….

"아, 참. 도망갈 것까진 없는데."

해민이 튀어 나간 현관문을 바라보며 정원이 중얼거리자 정숙 여사가 단호하게 말했다.

"부끄러웠나벼."

"그러게. 당당하다면 왜 도망가?"

"지가 한 짓을 기억하나 봐. 양심은 있다야."

"양심 좋아하네. 쪽수로 밀리니까 튄 거지."

경오와 영주가 번갈아 종알대는데, 정숙 여사가 엉거주춤 서 있는 인태를 노려보았다.

"너, 제대로 말혀. 뭔 사이여?"

"아무 사이 아니라니까요, 할머니."

대답을 하면서도 솔직히 인태는 몇 번을 놀랐는지 모른다. 솔직히 엄청 당황했다.

해민이 누구인지 알자마자 단호하게 내치는 할머니의 기세도 놀라웠고, 버젓이 해민이 자기 집처럼 들어와 밥을 먹는 꼴을 영주가 다 보았다는 것도 너무 신경 쓰였다. 그래서 해민과의 관계를 묻는 할머니 말에 더 빨리 대답이 나왔다.

"전에도 제가 몇 번이나 말했잖아요. 함부로 문 열어 주지 말라고. 쟤가 누군 줄 알고? 할머닌 이게 문제야. 이 험한 세상에 뭘 믿고 함부로 집에 들이고 밥도 주셔? 세상 사람 마음이 다 똑같지 않다고요."

"친구람성?"

"친구 아니고 이전에 잠시 알던 사이라니까? 할머니 청국장 얻어먹으려는 생각밖에 없는 뻔뻔한 녀석이야. 할머니께서 밥 줄 의무가 전혀 없는 사람이라고."

해민이 어떤 마음을 품고 집에 뻔질나게 찾아오는지는 알고 있었다.

말로야 할머니 청국장이 핑계지만 사실상 제 마음대로 하지 못하는 인태 자신이 목표이다. 어떻게든 한 번이라도 더 찔러 볼까 해서 인태 자신이 휴가를 내거나 퇴근을 하는 날만 콕콕 찝어서는 여기서 서성대고 있는 것이지.

늘 자신만만하고 당당하던 해민이 세상을 다 빼앗긴 듯 눈물을 뚝뚝 흘리며 쫓겨나는 모습이 인태에게도 썩 기분 좋은 광경은 아니었다.

그러나 인태는 냉혹하게 그녀를 외면했다.

이 대목에서 그녀를 따라 나가 위로를 한다거나 눈물을 닦아 준다거나 하는 짓은 해서는 안 된다는 것쯤은 알고 있다.

인태는 해민에게 완전한 결별을 선언했고 그렇기에 해민은 이제 인태의 세상과는 전혀 상관없는 사람이었다. 오히려 이런 박정한 대접을 핑계로 다시는 나타나지 않았음 하고 바랐다.

정원이 조금은 복잡다단한 시선으로 그를 건너다보았다.

"인태 씨가 해민 아가씨랑 아는 사인 줄 몰랐어요."

"몇 년 전에 우연한 기회로 알게 된 사이일 뿐입니다. 신경 안 쓰셔도 돼요."

"그래도……."

"이승주 선생을 다시 만나시는 중이라고……?"

정원이 말없이 고개를 끄덕였다.

일전에 정원과 승주가 함께 이 집에 온 것을 보았다. 영주에게서 두 사람이 재회했다는 이야길 전해 들었을 때도 그랬지만, 당사자 입으로 확인하게 되니 그때 느꼈던 단순한 놀람과는 또 다른 느낌이었다.

갑질 쩌는 재벌가 시댁에서 온갖 무시와 모욕을 당하다가 결국 이혼을 선택했다고 하던데, 그런데도 전남편을 다시 만나는 선택을 하다니. 어떻게 그럴 수 있는 건지. 용감한 건지 무모한 건지 아니면 사랑에 미쳐 무작정 돌진하는 정직함인지 모르겠다 싶었다.

동시에 해민과는 더 이상 엮여서는 안 되겠다는 결심이 그래서 더 굳어졌다.

정원과 이승주 선생이 다시 연애하는 중이라면 애꿎은 불똥이 엉뚱하게 이쪽으로 튈 수도 있다 싶었다. 전혀 상관없는 인태가 정원의 사돈이라는 이유만으로 두 사람의 재회에 어떤 역할을 했고 해민을 부추겨 그런 상황을 만들었다고 억측을 하거나 억지를 부릴 수도 있다.

인태가 아는 한, 승주와 해민 남매 가족은 세상 모든 곤란하고 나쁜 일은 전부 다 남의 탓을 하는 사람들 같았기에.

절대로 오래도록 연을 맺을 상대가 아니었다.

* * *

같은 시간.

늘 그렇듯이 명품 샵을 자기 집처럼 헤집고 난 후, 윤민이 한남동 집으로 귀가하는 중이었다.

"오셨어요, 사모님?"

현관 앞에서 가사 도우미가 공손하게 그녀를 맞이해 주었다.

한국에서 가장 집값이 비싸다는 한남동 최고급 빌라. 그 빌라 단지 내에서도 가장 위치 좋고 넓은 복층 펜트하우스가 광성 그룹 회장님의 셋째 며느리 윤민이 사는 집이다.

윤민을 따라온 운전기사가 두 손에 가득 쇼핑백을 들고 들어와 거실에 놓고 사라졌다.

"우리 연준이는요?"

윤민은 2층 아들의 방 쪽을 바라보며 도우미에게 물었다.

"지금 수영 강습 막 끝내고 홍 선생님이 데리고 오시는 중이라고 전화 왔어요."

"명재는? 지금 저녁 먹을 시간 아닌가?"

"시터님이 방금 저녁 먹이고 같이 산책 나갔어요. 단지 한 바퀴 빙 돌고 오신대요."

"알았어요. 난 저녁 먹었으니까 내실로 차나 한잔 줘요."

"알겠습니다. 참, 사장님께서 곧 들어오신다구요. 저녁 진지 하신다고 해서 준비하고 있습니다."

안방으로 들어서려던 윤민이 고개를 돌렸다. 의아한 기색이 역력했다.

"그이가 들어온다고? 이 시간에?"

"네."

대답하는 가사 도우미 입장에서는 당연해야 할 남편의 귀가를 당황스러운 사건으로 받아들이는 윤민의 모습이 우스꽝스러웠다.

하긴 말만 부부이지 사실상 남과 다를 바 없는 사이로 지내는데, 사전 연락도 없이 현석이 이른 시간에 귀가를 한다고 하니 윤민이 놀랄 만도 했다.

윤민과 현석이 결혼 초반부터 '쇼윈도 부부'였다는 것은 공공연한 비밀이었다.

"아니, 올 거면 미리 전화라도 하지. 사람이 경우가 없어, 하여간에."

윤민이 중얼거리며 가사 도우미를 바라보았다.

"먹을 건 뭐 좀 있어요?"

"전복찜 하고 있습니다. 콩비지찌개 준비했구요."

"잘했어요. 나도 옷 갈아입고 나갈 테니까 저녁 식사 준비 부탁해요."

"네, 사모님."

"참, 거실 쇼핑백들은 드레스 룸에 가져다 놓고."

윤민은 옷을 갈아입고 도우미가 가져온 차를 마셨다.

근 열흘 만에 만나는 남편 현석을 상대하려면 그녀도 마음의 준비를 하고 기운을 충전할 필요가 있었다.

휴대 전화가 울린 건 그때였다.

—언니, 뭐 해?

동생 해민이었다.

"그냥 집에 있어. 왜?"

—나 지금 놀러 가도 돼?

"지금?"

곧 남편이 들어온다고 했는데. 해민이 오면 괜찮으려나?

윤민은 잠시 망설였다.

그런데 늘 통통 튀던 동생의 목소리가 지금 영 처져 있는 게 신경이 쓰였다.

"곧 너희 형부가 들어온다고 하는데……. 아냐. 그래. 놀러 와. 그이야 금세 나갈 사람인데 뭘."

현석이 무슨 일로 모처럼 집에 들어오는지는 몰라도, 어차피 몇 시간 후면 또 나갈 게 뻔했다. 그가 집에서 자지 않게 된 것도 꽤 오래전부터다.

어차피 점심나절 간만에 방문한 시고모 댁에서, 예전 올케인 붙여시 유리 고것을 만났던 깜짝 사건에 대해 같이 입을 털 상대가 필요하긴 했다.

유리의 '유' 자만 나와도 질색하는 친정어머니 나서희에게 그런 말을 할 수는 없으니까.

그렇다고 친정 일에 영 무관심한 데다, 가뭄에 콩 나듯 집에 간간이 들어오는 남편 현석과 같이 수다를 떨 수도 없지 않은가.

윤민으로선 남편이 낯선 사람처럼 데면데면해진 지도 오래였다.

결혼하자마자 아들딸을 낳고 나서부터 두 사람은 자신들에게 주어진 의무를 다했음을 깨달았다. 이어 암묵적으로 '각자의 인생은 각자 즐긴다'라는 합의를 했고 자연스럽게 쇼윈도 부부가 되었다.

시댁 어르신들이 아들 현석에게나 며느리 윤민에게 바라는 건 딱히 많지 않았다.

두 사람의 결혼 생활 이면이 체면 구기게 9시 뉴스에 나온다거나, 은밀한 사생활이 증권가 지라시에 오르락내리락거리지만 않도록 주의하면 모든 게 오케이. 그것으로 충분하다 했다.

광성 그룹 아들이라지만 현석 본인은 지닌 야심이나 능력이 그다지 크지 않았다. 이미 그룹 내 후계자 서열 전쟁에서 한참 밀린 상태였다.

어차피 현석은 다이아몬드가 박힌 금수저 출신. 회사 경영권 말고는 모든 걸 다 손에 쥐고 태어난 사람이다.

남들 보기 적당한 회사 내 직위를 무탈하게 소화해 내고, 별일 없이 어른들이 골라 준 상대와 결혼해서 탐스러운 손주를 제대로 낳고, 별 소문 없이 결혼의 틀을 유지하는 한, 넘치게 부유한 금수저 인생을 누리는 건 평생 보장된 상태였다.

그건 현석과 결혼한 윤민도 마찬가지였다.

'지금은 또 어떤 계집애를 후리는 중이려나?'

두서너 달이면 바뀌는 현석의 외도 상대를 손꼽자면 열 손가락이 부족하다. 하지만 윤민은 현석의 바람기와 불성실함에 대해서 딱히 관여하거나 태클을 걸 생각이 없었다.

'그딴 것들이 수백 명쯤 달려든대두, 흥! 우리 연준이나 명재 손가락 하나도 못 건드릴 것들이?'

윤민은 입술을 일그러뜨리고 피식 웃었다.

서열상 셋째 며느리이긴 하지만 윤민의 아들 연준은 그룹의 권력자인 왕

회장님께서 애지중지하는 증손자이다. 명절 때 본가로 가면 왕회장님과 겸상할 수 있는 사람은 어린 연준이와 명재뿐이니 말 다 한 셈이다.

막내가 낳은 막내 손자, 그런 존재가 아들 연준이었고, 그런 아들을 낳았다는 이유만으로 윤민은 시조부인 왕회장님께 회사 주식과 제주도 골프장 안에 있는 미술관을 통째로 받았다. 동시에 시댁에서의 윤민의 위치는 그야말로 수직 상승 했다.

그 아무리 현석이 윤민과의 결혼 생활에 대해 다른 마음을 품고 있다 하더라도, 아들 연준을 앞세워 왕회장님의 지지와 사랑을 거머쥐고 있는 한, 누구도 윤민의 굳건한 자리를 흔들 수 없다.

30분 후.

현석이 집에 들어섰다.

"아빠!"

간만에 보는 아빠를 향해 아이들이 달려들었다.

"어이쿠, 우리 아들 잘 있었어? 우리 명재 어딨나. 한번 안아 볼까?"

현석이 딸 명재를 번쩍 안고는 허리춤에 달라붙은 아들 연준의 머리를 어루만졌다.

아내에게는 불성실한 남편이건만 아이들에겐 애착이 강한 현석이었다. 하긴 이 아이들이 현석에게도 마찬가지로 회사와 집안 내에서 그의 위치를 보장해 주는 로또와 다름없으니 애지중지할 만도 했다.

친정어머니 나서희가 말한 대로 재벌가야말로 진짜 '기브 앤 테이크', 이해타산이 정확했고 주는 게 있어야 받는 것도 있다는 원칙은 확실했다.

"고생하셨어요. 시장하죠? 식사하세요."

현관 머리에 서 있다가 현석을 맞이해 그의 가방을 받아 들며 윤민이 평온하게 말했다.

재킷을 벗어 건네는 현석 역시 아침에 나갔다가 저녁에 들어오는 사람처럼 자연스럽기 그지없었다.

"응. 배고프네. 우리 준이는 밥 먹었어?"

윤민과 같이 서 있던 아들 연준이 도리도리 고갯짓을 했다.

"내가 아빠랑 같이 먹으려구 기다렸어. 수영하고 와서 배고픈데도 기다렸어요. 아빠, 나 잘했지?"

"역시 우리 아들, 의리가 있어. 어서 밥 먹자. 우리 연준이 배고프겠다."

활짝 미소 지으며 아들 손을 끌고 다이닝 룸으로 가는 현석. 식당으로 가는 남편을 눈으로 좇다가 윤민은 몸을 돌렸다. 가식적으로 내내 짓고 있던 온화한 미소를 싹 지우고는 그의 가방과 재킷을 안방이 아닌 서재로 가져갔다.

"해민이가 놀러 온다고 해서 오라고 했는데."

"처제가? 그래. 놀러 오면 좋지. 본 지 오래됐어. 처젠 어떻게 지낸대?"

"잘 지낸대요. 필라테스 샵 회원도 많이 늘었다고 하니, 사업도 열심히 하는가 봐요."

"처제가 성격도 좋잖아. 참, 얼마 전에 처남을 만났어."

"우리 승주를요?"

대체 어디서? 그런 눈빛으로 윤민은 현석을 건너다보았다.

윤민이 알기로 현석과 승주의 동선은 완전히 달랐다. 과묵한 공부 벌레에 비사교적인 승주가 온갖 향락이 넘치는 현석의 생활 반경에 스며들 일은 1퍼센트도 없을 텐데?

"얼마 전에 B 자동차가 VIP 상대로 론칭 쇼 했잖아. 새로 나온 차나 구경할까 싶어서 쇼룸에 갔는데 처남이 왔더라고."

"걔가 차를 바꿀 때가 되기는 했죠."

"같이 왔더라. 당신은 알고 있었어?"

"뭘요? 누구?"

"처남, 다시 만나는 모양이던데? 그 이혼한 전처 말이야. 같이 왔더라고."

"……!"

경악해서 할 말을 잃어버린 윤민을 바라보며 현석이 피식 웃었다.

"놀랐구나. 나도 얼마나 놀랐는지 몰라."

그러면서 현석이 옆에서 열심히 밥을 먹고 있는 아들 연준의 머리를 쓰다듬었다.

아들의 물 잔을 옮겨 쥐여 준다든가, 밥숟가락 위에 김을 올려 준다든가 하면서 다정하고 살뜰한 아빠 역할에 골몰하는 척, 그를 찌를 듯이 바라보고 있는 윤민의 시선을 외면했다. 그런 현석의 모습이 마치 약을 올리는 것 같았다.

"아들, 다 먹었어?"

"네."

"그럼 엄마 아빠 둘이서 식사할 테니까 아들은 올라가서 양치질하고 선생님이랑 공부할래? 아빠가 식사 끝나고 올라갈게."

"네, 아빠."

베이비시터가 명재를 안고, 연준과 함께 식탁 앞을 떠나자마자, 윤민이 다급하게 캐물었다.

"정말 우리 승주가 그 불여시랑 같이 왔다고? 잘못 본 거 아녜요?"

"내가 아무리 처가 일에 무심해도 설마 처남을 몰라보겠어? 하나뿐인 처남하고 결혼한 여자를 못 알아보겠느냐고."

"아니, 당신이 그 불여시를 본 적이 몇 번 안 되잖아요. 둘이 이혼한 지도 벌써 햇수로 4년인데 그 여잘 기억한다고?"

"당연하지. 예쁘잖아, 처남댁."

"예쁘기는!"

윤민이 파르르 해서 와락 소리 질렀다.

"그딴 게 뭐가 예뻐? 다 성형발, 화장발이야."

"왜 흥분하고 그래? 당신은 옛날부터 처남댁에 대해서 뭔가 질투하는 거 같더라? 예쁜 건 그냥 예쁘다고 인정해."

"남자들은 하여간에 눈들이 다 삐었다니까."

빈말이래도 유리를 칭찬하는 남편의 말이 너무 듣기 싫다. 윤민은 다시 왈칵 신경질을 냈다.

"아냐, 당신이 잘못 봤을 거야. 우리 승주가 그딴 천박하고 무식한 계집 애를 다시 만날 리가 없어. 그 녀석이 미친 게 아니라면."

"처남, 벌써 미쳤던데? 둘이 아주 꿀이 뚝뚝 떨어지더라. 하긴 원래도 그 랬지만 한번 헤어졌다 다시 만나서 그런가?"

"말도 안 돼!"

"믿기 싫어도 현실을 인정해야 할 때야. 여보, 이건 딱히 당신이 화낼 일 도 아니야."

열을 받아 어쩔 줄 몰라 하며 입술을 잘근잘근 깨물던 윤민이 휙 현석을 돌아보았다.

"확실해요? 진짜 우리 승주가 고 계집애하고 다시 만난 거?"

"내 눈으로 확인했다니까."

"이 자식이 정말! 대체 어쩌려고 그런 짓을 하고 다닌담?"

말을 하다 말고 문득 윤민은 얼마 전 백화점 휴게실에서 승주가 어떤 여 자와 함께 있다가 같이 나가더라는 지인의 말을 떠올렸다.

윤민 자신도 무심하게 넘기기에는 조금 찝찝해서 대체 승주가 어떤 여자 를 만나고 다니는지 좀 알아봐야겠다고 결심하지 않았던가.

'역시 승주였어.'

현석의 말이 사실이라면 그때 승주와 함께 있었다던 여자도 역시 전 올 케 유리가 분명했다.

눈웃음을 살살 치고 코맹맹이 싸구려 애교를 부려 대면서 남자 마음을 쥐락펴락하던 그 계집애라면 생각 없이 노는 것에 질색이던 승주를 백화점 휴게실까지 끌고 올 수 있다. 충분히 그러고도 남았다.

돌이켜 보면 고집 센 승주를 말랑말랑하게 만들고 자기 마음대로 다루던 유일한 사람이 전 올케 유리였다. 그래서 어머니 나서희 회장이나 윤민은 유리가 그렇게 얄미웠고 꼴 보기 싫었다.

"기가 막혀서! 걘 대체 왜 그렇게 여자에 관해서 멍청하게 구는지 모르겠어. 멀쩡하게 생겨 가지곤."

윤민이 혼잣말을 중얼거리자 현석이 그녀를 건너다보았다. 오히려 발칵 화를 내는 윤민이 이상하다는 표정이었다.

"당사자 처남이 좋다는데 왜 그래? 당신이 바르르 해 봐야 소용없다니까."

"소용없긴 뭘 소용없어요? 그딴 계집애가 우리 승주 인생에 다시 등장한 것으로도 모자라서 또 걜 망치려 드는데 가만 두고 볼 순 없죠."

"망치긴 뭘 망치나, 이 사람아. 당신이 데리고 살 여자도 아닌데. 몇 번을 말해? 처남이 좋다잖아. 이혼해서도 다시 만날 만큼. 또 처남이 그렇게 당신이 함부로 조몰락거릴 만큼 만만한 사람이 아닐 텐데?"

"뭐라고요?"

현석이 숟가락을 내려놓고는 물을 마셨다. 당장에라도 친정으로 달려가서 승주가 전처와 다시 만난다는 것을 까발리고 요절내리라 작정한 듯 팔팔 뛰는 아내를 진정시키고 싶었는지 생각 외로 차분하게 말을 건넸다.

"이봐, 연준 엄마. 당신은 남자 마음에 대해서 좀 알 필요가 있어."

"뭔 소리예요?"

"남자는 두 부류가 있대. 늑대, 아님 토끼."

"간만에 들어와선 못 알아들을 소리만 하고 있어? 식사나 마저 하세요. 쉰 소리 하지 말고."

"피가 되고 살이 되는 이야기니 경청하라고. 남자는 일편단심형 늑대과, 한 여자를 만나고 돌아서자마자 딴 여자 찾는 바람둥이 토끼과, 둘 중 하나야. 그런데 처남은 늑대과다 이 말이지."

"당신관 다르네요?"

"그러게? 하하하. 나로선 왜 평생 한 여자만 바라보고 사는지를 이해 못

75

하겠지만, 여하튼 처남은 그런 스타일이라고. 집안 좋고 어리고 예쁜 여자 얼마든지 만날 수 있는 남자가 이혼한 전처를 왜 만나겠어? 못 잊으니까, 사랑하니까 다시 만나는 거야."

"사랑 같은 소리! 온갖 난리를 쳐서 결혼해 놓고는 1년도 채 못 살고 이혼한 주제에?"

"솔직히 처남 입장에선 이혼한 게 아니라 이혼당한 거 아냐?"

"말도 안 돼."

"사실이잖아, 이혼하기 싫은데 억지로 이혼했으니까 돌아오자마자 전처를 다시 만난 거겠지. 솔직히 이혼은 사람 밑바닥까지 보고 나서 결국 최악으로 갈라서는 건데, 처남 이혼은 그런 식은 아니었잖아. 밑바닥은 다른 사람이 보여 줬지?"

그러면서 다시 윤민을 향해 현석이 씩 웃었다.

그 눈빛이 의미하는 비웃음이 그대로 읽혀서 기가 찼다.

지금껏 드러내지 않았다 뿐이지 처가 일에 무심한 현석조차도 승주의 이혼을 두 사람 당사자의 문제보다는 주변, 특히 윤민 자신을 포함한 평창동 친정 사람들 때문이라고 생각한다는 게 아닌가.

너무 어이가 없고 분했다. 이 무슨 억울한 책임 전가란 말인가.

"죽어도 결혼하겠다고 난리 쳐서 결혼한 것도, 같이 못 산다고 난리 쳐서 이혼한 것도 저들 둘. 그런 동생 이혼에 왜 애꿎은 내가 덤터기 쓰는 것 같죠?"

"정말 당신은 처남 이혼에 책임 없어? 내가 보기엔 아닌 것 같은데."

"이이가 정말?"

"난 당신에게서 처남댁 흉밖에 들은 게 없잖아. 그래서 난 완전히 처남댁이 작정하고 달려들어서 한몫 잡으려던 꽃뱀인 줄 알았어. 상종할 가치도 없는 천박한 여자인 줄 알았는데 정작 만나니까 진심으로 처남을 좋아하는 게 딱 뵈더라. 둘이 아주 꿀이 떨어지던데 뭘. 거기다가 엄청 예쁘고 상냥하고. 남자라면 다 좋아할 사람을 왜 그렇게 매도하고 못 잡아먹어서 안달했대?"

현석이 얼굴을 찡그리는 윤민을 향해 다시 씩 웃었다.

"싫은 사람을 칭찬하니까 싫구나, 당신?"

"그럼 좋겠어요?"

"당신이 싫어해도 이젠 어쩔 수 없게 된 거 같아. 처남 입장에서 사랑했지만 억지로 헤어진 여자를 다시 만났는데 쉽게 단념하겠어?"

오히려 서로를 헤어지게 만든 사람에 대한 적개심과 투지로 인해 더 활활 불타오르겠지.

그래서 현석은 모르는 척하라고, 괜히 나서서 난리 치다가 별일도 아닌 것을 더 크게 만들지 말라고 아내를 단속했다.

정말 좋다면야 둘이 알아서 재결합을 하든지 할 거고. 이전 감정이 아니라서 시들해지면 그냥 헤어지면 그뿐이다. 남이 왈가왈부할 일은 아니었다.

"이봐, 이윤민 여사. 당신 동생, 다시 말하지만 만만치 않아. 조심해. 처남이 이혼한 처남댁을 다시 만나든 말든 그 일에 대해서 함부로 나서지 말라고. 살살 타는 불에 휘발유를 끼얹어 폭발시키는 일이 될 수도 있단 말이지."

현석의 말은 빈말이 아니었다.

처가 사람들 중에 현석은 처남 승주가 제일 불편하고 힘들었다.

아내 윤민의 말처럼 세상일에 별 관심이 없어 공부만 하는 조용한 성격이다 보니 사람들은 그 아들, 그 동생 승주의 존재감을 제대로 느끼지 못하는 듯했다.

하지만 같은 남자로서 현석은 종종 그를 바라보는 승주의 시선에서 까닭 없이 예민해지곤 했다.

일단 워낙 과묵하기도 하지만 쓸데없는 말을 하지 않는 대신에 그가 한마디를 하면 무게감이 달랐다.

가끔 부딪칠 때면, 네가 내 손위 매형이고, 또 누나가 별말 없이 살고 있으니 참기는 하겠지만, 난 네 모든 일탈을 다 알고 지켜보고 있다, 만에 하나 수틀리면 가만 안 둬, 하는 승주의 그 눈빛은 새파란 비수처럼 현석의 겨드랑이를 찌르고 있었다.

많은 말을 하는 것도 아니지만 모든 것을 꿰뚫고 냉철하게 관찰하는 듯한 눈빛이 바다 같았다. 그냥 바다도 아닌 그 안에 무엇을 품고 있는지 아무도 모르는 컴컴한 심해였다.

하물며 평창동 처가의 재산에 있어서 처남 승주가 가장 많은 지분을 갖고 있다고 들었다.

나름 한국에서도 내로라하는 의료계 재벌 '세린병원'의 후계자이며 은성그룹의 외손자로서 물려받은 것도 상당하다고 했다. 가진 것으로 따지자면 솔직히 현석 자신보다 승주가 가진 게 더 많을 수도 있었다.

그런데 그런 승주를 윤민은 항시 너무 얕잡아 보고 무시하곤 했다. 언제고 큰 코 한번 다치지 싶어 현석은 가끔 조마조마할 때가 있었다.

그러나 모처럼 윤민을 생각한 현석의 그 충고는 아무 쓸모가 없었다.

"아무것도 모르면서 쓸데없는 충고는! 빨리 식사나 하세요. 어차피 조금 있다가 또 볼일 있다고 나갈 거면서?"

'어쩜 저렇게 장모하고 똑같을까?' 하고 현석이 속으로 비웃는 것도 알지 못하면서, 듣는 둥 마는 둥 윤민이 현석 앞에 물 잔을 탁 하고 놓았다.

나가지 말래도 나갈 참인데 아내가 먼저 나서서 가라 하니 뭐, 더없이 편했다. 그가 손목시계를 내려다보았다.

"그렇지 참. 나도 잊어버린 약속을 당신이 먼저 상기시켜 주네. 동창들이랑 가볍게 한잔하기로 했어, 많이 늦을 거니까 안 기다려도 돼."

동창 같은 소리. 요새 한창 열 올리며 만난다는 아이돌 가수 년이나 계열사 비서 년 둘 중 하나를 찾아가시겠지. 딱히 널 기다린 적도 없어요.

그런 말을 하고 싶었지만 윤민은 꾹 참았다.

모처럼 집에 들어온 현석은 지금 다정하고 성실한 남편 코스프레 중이었다. 그러니 윤민도 지금은 정숙하고 상냥한 아내 역할에 충실해야 하는 시간이었다.

"다음 달에 시고모님 댁 연재 생일이에요. 제가 오늘 찾아뵙기는 했지만 당신도 선물 하나쯤은 보내 줘요. 하나뿐인 외손녀 생일이니까."

"알았어. 장 비서한테 말해 놓을게."

"나가기 전에 연준이하고 조금은 놀아 줘요. 요새 부쩍 아빨 찾아요."

"울 아들이 드디어 이 아빠를 사랑하게 되었군. 기분 좋은데? 2층에 올라 갔다 올게."

현석이 2층 아들 방으로 올라가는 걸 지켜보는데, 초인종이 울렸다.

그런데 거실로 들어서는 해민의 얼굴이 심상찮았다.

"너 얼굴이 왜 그래?"

늘 발랄하고 세상 다 가진 듯 활기차던 해민의 표정이 영 시원찮았고 눈도 조금 부은 것 같았다. 윤민은 놀라서 캐물었다.

"좀 울었어. 너무 속이 상해서."

"왜애? 무슨 일인데? 그렇지 않아도 심란해서 죽겠는데 너까지 왜 그래?"

연희동에서 뜻하지 않게 유리를 만나서 한마디 대차게 무안을 당한 것도 화가 나서 죽겠는데, 그것도 모자라 남편으로부터 승주가 전처를 보란 듯이 만나고 다닌다는 경천동지할 말을 전해 들었다.

동생을 상대로 이런저런 수다를 떨며 부글부글 끓는 속맘이나 좀 풀어 보려 했더니만 들어서는 해민의 꼬락서니라니. 그렇지 않아도 상한 마음이 더 상해서 윤민은 위로를 하는 대신 해민에게 화를 냈다.

"동생들이라곤 둘밖에 없는데 어째 그리 하나같이 다 이 모양이야? 난 도 대체 누구한테 위로받니?"

"내가 말 한마디 하지도 않았는데 언니야말로 왜 그래? 언니야 세상에서 제일 팔자 좋은 사람이라서 동생이 속상한 건 조금도 이해 안 돼? 질질 짜 는 소린 못 듣겠다는 거야?"

애초에 윤민이 뾰족하게 구니 받아치는 해민의 목소리도 자연히 날카로 워졌다.

평소 같으면 '뭐래, 이 아줌마가 왜 또 엉뚱한 히스테리?' 하고 넘어갈 수도 있었다.

하지만 지금 해민의 속은 말이 아닌 지경이다. 무너진 마음을 누군가에게 털어놓고 위로 좀 받고 싶어서 어렵사리 언니란 인간을 찾아왔더니, 그녀가 한마디 꺼내기도 전에 먼저 날카롭게 신경질부터 들이민다.

아주 조금이나마 가족의 위로를 바라고 여기까지 찾아온 해민으로선 너무 섭섭하고 화가 났다.

어지간하면 통통 공놀이하듯이 잘 넘기던 동생이 평소와는 다르게 예민하고 까칠하기 이를 데 없다. 해민이 와락 성을 내자 윤민이 조금 놀라 입을 꼭 다물었다. 그러더니만 울어서 부은 해민의 얼굴을 다시 살피고는 그녀의 손목을 잡고 거실 소파로 가서 앉혔다.

"무슨 일이야? 말해 봐. 왜 울었어?"

윤민이 몇 번이나 캐물어도 해민은 쉽사리 대답하지 않았다. 깊이 한숨을 내쉬더니 맥없이 중얼거렸다.

"그냥 좀 속상해서……."

"그러니까 속상한 일이 뭐냐고. 속 썩이는 남편이 있기를 해, 손 가는 애가 있기를 해? 홀가분하고 자유롭게 인생 제대로 즐기며 사는 애잖아, 너."

"사람이 살다 보면 내 뜻하고는 상관없이 속상한 일이 생기기도 하지, 뭐."

"왜? 황 실장이 횡령하고 날랐니? 아님 어느 예쁜 강사 년이 네가 찍은 남잘 채 갔어? 그도 아니면 엄마가 널 상속에서 제외한대?"

"……내가, 싫대."

불쑥 해민이 중얼거렸다.

언니 말대로 아무것도 모자란 게 없는 자신이 무참하게 까이다니. 도무지 이해할 수 없다는 거다. 너무 원통하고 분해서 말이 안 나온다는 표정이 되어 해민이 내뱉었다.

"내가 먼저 대시했는데! 4년이나 엮였는데, 감히 날 깠다고. 그것도 지가 먼저. 이게 말이 돼?"

해민의 느닷없는 고백에 윤민이 순간 놀란 표정을 감추지 못했다.

누구에게도 집착하지 않고 이 남자 저 남자 자유롭게 만나고 다니면서 멋진 청춘을 구가하던 해민이었다. 제멋대로 자유분방하게 살아가는 것처럼 보이던 해민이 사실은 하루 이틀도 아니고 4년씩이나 남몰래 한 남자에게 매달려서 애면글면 도둑 연애를 하고 있었다니.

심지어 그 남자에게 걷어차여서는 이렇게 퉁퉁 부은 눈탱이로 찾아와 곧 죽을 것처럼 징징대다니.

이건 뭐 이승주가 고 불여시와 만난 지 3개월 만에 결혼하겠다고 나서던 그때의 충격과 거의 동급이었다.

"뭐 하는 녀석이야? 얼마나 잘난 녀석이길래 감히 널 걷어차?"

"정형외과 전공의."

"의사? 뭐 나쁘진 않네. 집안은?"

"볼 거 없어. 부모 없고 누나 한 사람."

순간 윤민이 기도 차지 않는다는 듯 픽 웃었다.

"어쩌려고? 그따위 보잘것없는 놈한테 목매달아서 이렇게 죽상이라고? 하물며 그쪽이 달려드는 것도 아니고 네가 좋아서 쫓아다니는데 그쪽은 콧방귀도 안 뀐다고?"

"뭐, 그런 셈이지……."

"관둬! 미친 것도 아니고 네가 뭐가 아쉬워서 그딴 급도 안 되는 녀석하고 얽혀?"

"그냥 포기하기엔 내 마음이 너무 멀리 와 버렸어. 그쪽은 싫다지만 난 좋은데 어떡해?"

"이런 식으로 시시하게 불장난하면 안 돼, 해민아. 엄마가 어렵히 허락하시겠다. 아직 엄마가 모를 때 그냥 정리해. 하물며 그쪽이 너 싫다는데 헤어지기 딱 좋잖아. 여기서 끝내. 언니가 더 근사한 남자 소개해 줄게."

"됐어. 그리고 언니, 듣기 좀 그렇다? 사람 사이에 급이 어딨다고 말을 그렇게 함부로 해? 그 사람 본 적도 없으면서 막말해도 돼? 그리고 내가 사랑한다는데, 내 연애에 엄마 허락이 왜 필요해?"

해민이 격하게 반발했다.

"아무리 내가 엄마 딸이라지만 난 엄연히 어른이고 나만의 인생이 있어. 엄만 그걸 간섭할 권리가 없어."

"너 그러다가 가진 거 다 뺏기고 거지꼴 난다?"

"협박하는 건 엄마랑 똑같군. 언니는 돈만 있음 다야? 쇼윈도 부부로 살면서 쇼핑만 하고 돈이나 펑펑 쓰고 재벌가 사모님 소리만 들으면 그게 행복해? 난 생각만 해도 모욕적인데."

"얘가 아직 세상 물정을 모르네. 넌 대체 언제 철이 들래? 네가 가졌다고 착각하는 그거, 아직은 다 엄마 거야. 엄마가 네 그 별 볼 일 없는 연앨 인정할 거라고 믿어?"

"두 번 말하게 하지 마. 엄마 허락 필요 없다고!"

"내 말 들어! 엄마가 아시면 널 자르거나 그 남자를 자르거나 둘 중 하나야. 솔직히 말해서 빈털터리로 그 남자한테 가 봤자 그쪽이 너 받아 줄 거 같아? 더 무시하지."

이 세상 살아가려면 돈이라도 있어야 그 돈으로 밀어붙일 수나 있지, 가진 게 하나 없는 사람을 누가 좋다 하겠는가. 윤민이 보기에 데이지 백화점 사장 딸 이해민이 아니라 그냥 이해민이면 세상 어디에든 발을 붙일 데가 없었다.

"집에서 쫓겨나서 개고생해 봐야 이게 철이 좀 들지. 쯧! '세린병원 이사장에다 데이지 백화점 사장 딸'이란 휘황찬란한 타이틀을 가지고서도 거지 같은 놈한테 걸어차인 주제에 끝까지 잘난 척은?"

"언닌 말을 해도 왜 그따구로 해? 그렇게 사람 속을 후벼 파야 직성이 풀려? 누가 엄마 딸 아니랄까 봐 구구절절 밉상이야, 정말. 어쩜 엄마 하는 말투하고 똑같니, 진짜. 하!"

"얘 말본새 봐라? 감히 언닐 상대로 그따구라니? 너 진짜……!"

해민이 버릇없이 쏴붙이는 말에 윤민의 머리에서 모락모락 김이 올라오려고 했다.

듣자 듣자 하니 너무 나가는 거 아냐? 싶어서 입을 꽉 다물고 해민을 노려보았다. 정신 차려라 일갈하고, 요 계집애 머리통을 한번 후려갈겨야 하나 잠시 고민했다.

동시에 화가 나고 빈정 상해서는 자매의 말싸움이 본격적으로 시작되려는데 2층에서 현석이 내려왔다.

방금 전만 해도 해민을 향해 표독하게 쏴붙이려던 윤민이 얼른 표정을 풀었다. 그리고 아무 일도 없었다는 듯 평온하게 그를 돌아보았다.

"해민이가 놀러 왔네요."

"처제, 오랜만이야. 잘 지내지?"

"네, 형부. 요즘 많이 바쁘신가 봐요? 지난번에 놀러 왔을 땐 외국 출장 중이라고 하던데요."

해민도 억지로 표정을 풀면서 현석에게 인사했다.

"늘 그렇지 뭐. 사업이란 게 언제 어디서 터질지 모르니까 말이야. 그렇지 않아도 난 지금 나가 봐야 해. 처제, 잘 왔다. 언니랑 재밌게 놀다 가."

그러면서 현석이 지갑을 꺼내더니 인심 좋게 수표 서너 장을 해민에게 쥐어 주었다.

"간만에 우리 처제 용돈 좀 줘야지. 언니랑 맛있는 거 먹어. 예쁜 가방도 하나 사고. 참, 처제. 오늘 집에서 자고 가지 그래. 난 오늘 못 들어오지 싶다. 동창 모임인데 밤새 포커나 치자 그러네."

현석이 집을 떠나는 것을 해민과 윤민이 나란히 지켜보았다.

"간만에 처제가 왔는데도 형부 나가시네. 처제보단 포커가 좋다고?"

"뭐, 선약이 있나 보지. 귀찮게 안 하니까 오히려 난 네 형부가 외출하는 게 좋아."

남편의 부재가 얼마나 익숙하던지 현석의 저녁 외출 따윈 전혀 신경 쓰지 않는다는 표정이다. 오히려 홀가분하게까지 보이는 윤민을 해민이 가만히 건너다보았다.

"진짜 상관없어? 신경이 전혀 안 쓰여? 내 남편이 밤마다 나가서는 안 들어오는데?"

"너도 애 낳고 살아 봐라. 남편이 옆에서 건드리는 게 더 귀찮다."

윤민이 노골적으로 귀찮다는 걸 드러내며 몸을 돌이켰다.

"내실로 들어가자. 여긴 귀가 많아."

윤민이 다가오는 가사 도우미에게 지시했다.

"우린 내실에 들어갈 거니까, 뭐든 애 먹을 걸 좀 내와요. 연준이는 숙제 끝나면 재우라고 하고, 명재는 목욕시키고 나면 자기 전에 내가 올라갈게요."

"알겠습니다, 사모님."

내실 문을 닫고 도우미가 나가자, 해민이 불쑥 심술궂게 내뱉었다.

"요새 형부, 진아인가 연아인가, '플라워'라는 아이돌 가수하고 소문 요란하더라."

"뭐, 몇 달 만나고 나면 질려서 다른 애 찾겠지. 걘 오래는 못 갈걸. 네 형부 취향 아니거든."

"뭐야, 언니? 다 알고 있어?"

"그런가 보다 하지 뭐. 그이가 다른 데 한눈판 적이 한두 번도 아니고 말이야. 조만간 더 예쁜 애 나타나면, 연아인가 진아인가 하는 애도 없던 일이 될걸."

남편의 끝없는 외도 따윈 내겐 전혀 문제 거리가 아니란다. 덤덤하기 이를 데 없는 윤민을 향해 해민이 다시 물었다.

"……이렇게 살면, 행복해?"

그때 노크 소리가 나고 도우미가 커피와 간식 쟁반을 들고 들어왔다.

도우미가 나가기를 기다린 후 윤민이 해민에게 커피를 따라 주며 코웃음을 쳤다.

"행복 같은 소리."

그녀도 먹음직스러운 자몽 타르트를 한입 크게 베어 물며 만족스럽게 내뱉었다.

"행복이 뭐 별거니? 내가 원하는 걸 다 가지고 사는데 행복하지 그럼. 당연한 걸 묻고 있어, 얜?"

오히려 해민을 타박하며 윤민이 한 손으로 탁 탁자를 쳤다.

"그나저나 내가 오늘 누굴 봤는지 알아? 아 글쎄, 연희동 시모고님 댁에 갔다가 유리 고걸 만났다는 거 아냐."

동생을 상대로 이 말을 하고 싶어서 입이 간지러워 죽는 줄 알았다.

"현금 많다고 거들먹거리던 친정이 그새 팍 망했나? 파티 플래너랍시고 거기로 출장 나왔더라."

분명 승주와의 결혼식 그 무렵에는 유리네가 서울에서 살았던 것 같은데, 지난번 유리 부친이 양평 작업실에서 거처하던 걸 보아 하면 그사이 집안 사정이 쪼그라들었을 수도 있었다. 그러니 딸까지 일을 하고 있는 거겠지.

윤민이 힐끔 해민을 살폈다.

"근데 넌 왜 안 놀래? 내가 불여시 고걸 만났다니까."

"죽은 사람도 아니고 이 좁은 한국에서 오다가다 한번은 만날 수 있지, 그게 뭐 놀랄 일이라고? 사람 사는 일은 더 얄궂고 고약하기도 해."

해민이 중얼거렸다.

이날 해민 자신만 아니라 윤민도 유리를 만났다니. 우연도 참 짓궂다 싶었다.

인태의 집에서 예상치도 못하게 유리를 만났고, 그곳의 많은 사람들로부터 낯 뜨겁게 무안을 당한 채 쫓겨 나와야 했다. 해민은 그 일을 말하고 싶었지만, 결국 그건 스스로의 수치를 드러내는 일이라 입이 떨어지지 않았다. 자신의 아픈 실연이 과거 승주와 유리의 이혼에서부터 비롯된 것임을 인정하자니 다시 뼈아프고 부끄러웠다.

"승주가 유리 고걸 다시 만나고 있댄다."

무슨 말을 하려던 해민이 입을 떡 벌리고 폭탄 발언을 한 윤민을 바라보기만 했다.

"니 형부가 모터쇼 구경 갔는데, 글쎄. 승주가 개랑 같이 왔다지 뭐야?"

"설마?"

"진짜래. 여하튼 고거, 꼬리가 아홉 개는 달린 불여시가 분명해. 여간 요물이 아니고 뭐야. 어떻게 승주를 만나서 다시 꼬여 냈을까? 그런 짓을 저지르고 다니는 주제에 아무것도 모르는 척 생글생글 웃으며 나한테 인사는 잘하더라. 가증스러운 년 같으니라고."

그들의 세상에서 제거했다고 생각한 암 덩어리 유리가 다시 등장했다.

심지어 고것이 그들이 모르는 새 승주와 다시 연애 중이라니. 하늘이 무너질 판이었다. 다들 잊고 있던 사이 슬금슬금 안개가 내려앉듯 유리는 다시 승주의 세상 안에 자리 잡았고 뿌리를 박는 중이었다.

자신이 얼마나 놀랐는지, 큰 쇼크를 받았는지 윤민이 침을 튀기듯이 화를 내는데, 해민이 가만히 듣고 있다가 퉁명스럽게 내뱉었다.

"모른 척해."

"뭐?"

"언닌 지금 둘이 만난 걸 무조건 유리 탓으로 돌리지만, 오빠가 유리를 먼저 찾아갔을 생각은 한 번도 해 본 적 없지?"

"미쳤어? 우리 승주가 그럴 리가 있냐?"

"왜 그렇게 생각해?"

"우리 승주가 뭐가 모자라서 그딴 계집애랑 다시 만나? 걔 앞에 널린 게 여자야. 당장 내일만 해도 엄마가 고르고 고른 재벌가 아가씨랑 선보잖아. 그런데 승주가 하찮기 이를 데 없는 그딴 계집애를 왜 찾아다닐 거라고 생각해?"

"내 언니지만 너무 멍청해."

"야!"

윤민이 고함을 지르건 말건 해민이 노골적으로 쏴붙였다.

"특히 사람 마음에 관해서 말이야. 어쩜 엄마하고 똑같아? 자기가 보고 싶어 하는 것만 보고 다른 면은 절대로 안 보려 하지? 눈앞에 사실을 갖다 놔도 아니라고 고집 피우고. 그러면 그 사실이 다 사라지는 것처럼."

"얘가 무슨 말을 하고 있어? 너 미쳤니?"

"현실을 직시하란 이야기야, 언니. 오빠가 유리 말고 만난 여자가 있었어? 언니가 그 잘난 재벌가 아가씨들 고르고 골라 주야장천 소개했어도 한 번도 그 자리에 안 나갔어. 학창 시절에도 여자 친구 하나 없었고. 그런 오빠가 만나자마자 미쳐서는 연애도 모자라 3개월 만에 결혼까지 해치운 여자라고. 그런데도 여전히 오빠는 하나도 마음에 없는데 유리가 꼬셔서 또 넘어갔다고 생각해? 그게 말이 되니?"

"너 말 잘했다. 승주가 당장 내일 소개팅하잖아. 이모가 소개해 준 여자 랑. 그런데 걔랑 또 만나고 다닌다는 말이 나와 봐. 난리 날걸?"

"그래서 모른 척하라는 거야. 큰이모가 나서서 주선한 자리래. 오빠가 안 나가면 큰일 나는 자리인가 봐. 만에 하나 이 일로 잘못 건드렸다가 오빠가 그 자리 안 나가면 진짜 세상 뒤집힐 수도 있어. 일단 내일 오빠가 선을 무 사히 보고 나서 터트려도 늦지 않으니까 흥분 가라앉혀. 지금 언니가 날뛰 어 봤자야."

비로소 윤민이 입을 다물었다. 해민의 말이 일리가 있었다.

'맞아. 이걸 알면 엄마가 뒤로 넘어가시고도 남지.'

윤민은 일단 내일 승주가 무사히 선 자리에 나가 소개팅을 끝내고 난 후, 나서희에게 알려야겠다고 생각했다. 두 사람 사이가 더 깊어지기 전에, 이 전처럼 수습하기 힘들 정도로 둘의 감정이 다시 엉키기 전에 빨리 잘라 버 려야 했다.

해민이 한동안 말없이 윤민을 바라보다가 문득 궁금하다는 듯 물었다.

"근데 언니, 한 가지만 물어보자. 언니는 왜 유리를 그렇게 싫어해?"

"일단 우리 승주하고 급이 안 맞잖아. 싸가지도 없고, 아, 몰라. 난 그냥 걔는 싫어. 걔 때문에 우리 집이 분란 생긴 게 얼마나 많았니? 그걸 생각하면 지금도 짜증 나. 그런 애하고 우리 승주는 얽히면 안 돼."

"이유도 없이 무조건 미움받는 기분이 어떨지, 언니는 알아?"

"알 게 뭐야? 난 그런 적이 없는데. 그렇게 미움받는 건 뭐가 됐든 지가 잘못해서 아냐? 예쁜 짓을 하는데 미워할까? 사람은 다 자기 하기 나름이라고."

"……내가 잘못한 것도 아닌데 비난당하는 거, 내 죄도 아닌데 무시당하고 밀려나고 모욕당하는 기분, 완전 더러워. 평생 가도 그 아픈 게 안 씻길 정도야."

"그래? 뭐, 그런가 보지. 흥. 그러니까 애초에 지가 처신을 잘했어야 할 거 아냐. 남을 탓하기 전에 주는 것도 없는데 미움받는 자신을 반성해야지. 원래 왕따당하는 애들은 왕따당할 건덕지가 있어서 그렇잖아."

윤민의 무심하고 잔인한 말 앞에서 해민이 입술을 꽉 깨물었다.

"내가 언니하고 무슨 말을 하겠니? 나, 간다."

화가 난 표정으로 해민이 휙 일어나더니, 뒤돌아보지도 않고 문을 쾅 닫고 나가 버렸다. 어이없어하는 윤민을 남기고서.

"쟨 이유도 없이 왜 급발진이래? 별 볼 일 없는 녀석한테 차였다더니만 제정신이 아니라니까?"

윤민은 애꿎은 커피 잔을 들어 남은 커피를 홀라당 마셔 버렸다.

"아휴, 속상해. 승주나 해민이 저것이나 어쩜 하나같이 덜떨어져서는. 좀 약게 살면 얼마나 좋아? 바보 같은 것들!"

일단 내가 할 수 있는 것이나 하자. 윤민은 휴대 전화를 집어 들었다. 이윽고 품위 넘치는 나서희의 목소리가 흘러나왔다.

―그래, 나다, 연준 어미야. 무슨 일이니?

"엄마, 내일 저녁 집에 계세요?"

—그래. 별일 없구나.

"제가 저녁때 갈게요. 드릴 말씀이 있어요."

—알았다. 집에서 저녁 먹을 거면 준비하마. 애들도 같이 오니?

"아뇨. 저만 가요. 괜히 애들까지 움직이면 서로 피곤하죠."

—알았다.

윤민은 전화를 끊고 홀로 중얼거렸다.

"이승주, 딱 기다려. 너 이 자식, 또 엄마 눈 속이고 헛짓거리 하는 모양인데. 가만 안 둬. 나이를 그만큼 처먹었으면 철이 좀 들어야 될 거 아냐? 여하튼 고 불여시한테 걸려 가지고 또 개멍청이 짓을 하고 있어, 그냥? 이번에는 내가 아주 뿌리를 뽑아 줄 거니까!"

* * *

서울에 밤이 내렸다.

깊이 잠들었다가 눈을 뜬 승주는 잠시 눈을 깜빡였다.

침대에 오른 건 햇살 가득한 낮이었는데, 대체 얼마나 잔 건지.

사방은 어두웠고, 창으로 새어 들어온 희미한 불빛만이 외롭게 그의 얼굴을 비추고 있었다.

본능처럼 시계를 보았다.

저녁 9시.

사이드 테이블의 휴대 전화를 들었더니 몇 통의 부재중 통화와 메시지 알림이 반짝이고 있었다. 정원이 보낸 게 대부분이었다.

[전화를 안 받네. 깊이 잠들었나 봐요?]

[오늘 행사 끝나자마자 또 고객 미팅 생겨서 자기한테 못 갈 거 같아. 미안.]

[배고프죠? 내가 저녁 배달 시켰어. 문 앞에 걸어 놓고 가라고 했으니까 나가 봐요. 집에 가서 전화할게. 근데 10시는 넘어야 할 것 같아.]

시간이 되면 집으로 오겠다고 했는데 아마도 일 때문에 짬이 나지 않았나 보다.

승주는 한 손으로 머리를 쓸면서 느릿느릿 침실을 벗어났다.

정원이 시킨 대로 현관 밖으로 나가 보니 문 앞에 식당 로고가 붙은 배달 상자가 놓여 있었다. 결혼해서 같이 살 때 가끔 같이 갔던 식당의 로고였다.

배달 상자를 들고 들어오면서 승주는 정원의 전화번호를 눌렀다.

"나야. 이제 일어났어. 당신은 끝났어?"

―아까 끝나서 지금 막 사무실에서 나왔어요. 아, 진짜 까다로운 고객분이어서 행사 진행보다 미팅이 더 힘들었어.

"고생했어. 저녁은 잘 먹을게. 내일은 어때? 만날 시간이 될 거 같아?"

―가능하도록 힘내 볼게요. 오늘 못 봐서 나도 엄청 자기 보고 싶거든. 참, 내일은 뭐 입고 갈 거야?

"내일?"

수화기 안에서 정원이 기가 막힌다는 듯 한숨을 푹 내쉬었다.

"내일 당신 선보러 나간다며? 또 까맣게 잊었지?"

"아, 그렇지?"

―이것 봐, 내 그럴 줄 알았어. 진짜 당신은 아무 생각이 없지?

"응. 난 생각이 없어. 생각이란 걸 하지 않으니까."

승주가 당연하다는 듯이 말하자 정원이 이 인간을 어떻게 갱생해야 하나 고민하듯이 다시 헛웃음을 흘렸다.

"어차피 예의상 얼마쯤 마주 앉아 있다가 곧바로 나올 건데 딱히 중요하게 생각할 필요가 없잖아. 그나저나 내일 저녁 몇 시쯤 올 수 있어?"

―내일은 낮 시간 행사라서. 한 네다섯 시면 끝날 거 같아.

"그럼 저녁 같이 먹자."

—선보는 사람이 저녁 식사를 나랑 한다고?

어이없다는 듯 정원이 되물었다.

"난 그냥 한 시간쯤 예의를 지키고 일어설 생각이야. 넉넉잡아 한 대여섯 시 정도면 도착하지 싶어. 저녁 같이 먹자. 고기 먹고 싶다, 정원아."

—나 참. 이 남자, 진짜 가끔 이해 못 할 데가 있단 말이지. 알았어요. 맞선 잘 보고 오세요. 내가 생갈비 구워 줄게. 흥. 맞선 보는 전남편한테 한우를 구워 주겠다니. 이거야말로 찐 사랑이다. 알죠?

"응, 알아. 고마워."

—말이나 못하면 밉지가 않겠어. 끊어요. 낼 봐요.

통화를 마치고 식탁에 홀로 앉아 정원이 보내 준 초밥으로 식사를 하는데 승주는 하나도 외롭지 않았다.

* * *

토요일 이른 아침.

서울로 들어오는 고속도로에 올댓파티 마크가 달린 차가 달리고 있었다.

그러나 그 차의 운전대를 잡은 사람은 인태였다.

"고마워요, 인태 씨."

"뭘요."

"차도가 좋다니까 너무 걱정 안 하셔도 될 것 같은데."

"네."

두 사람은 지금 제포의 병원에 입원해 있는 영주의 아버지 병문안을 다녀오는 길이었다.

새벽에 영주가 여러 가지 음식을 만들어 아버지께 가져다준다고 나서자 인태가 같이 따라나섰던 것이었다.

"잠이라도 자요. 내가 운전해 줄게. 서울 가면 행사 땜에 바로 또 나가야 한다면서?"

"그렇긴 하죠. 고마워요."

평상시면 부담스러워서 사양했을 호의를 그날은 받아들이고야 말았다.

주로 음식 담당인 영주로선 이날 행사 준비 팀인 정원이나 경오보다는 시간적 여유가 있었다. 행사 준비하면서 어차피 만드는 음식이니 이때다 싶어서 아버지가 병원에서 드실 몇 가지 반찬을 같이 만들었고 새벽에 빨리 주고 오자 싶었다.

제포에서 돌아오는 길, 영주는 피곤한지 갑자기 말이 없어졌다.

그러한 침묵이 조금 어색해서 인태가 다시 말을 붙였다.

"오늘은 무슨 행사, 해요?"

"다이어트 성공 축하 기념 파티."

"에?"

인태가 어이가 없어서 웃고 말자 영주도 따라 웃었다.

"다이어트 성공 파티면 영양제 한 알, 닭 가슴살 샐러드, 소금물, 그런 거 차려요?"

"그런 잔치를 할 수는 없죠. 엄청 푸짐한 식사 메뉴를 요청했어요. 오로지 고지방 고단백질. 풀떼기는 노노. 하하하. 다이어트 성공 파티라는 건 뭐, 그냥 핑계겠죠. 근데 뭐든 축하할 일이 생겨서 같이 모여 즐겁게 시간을 보낸다는데 좋은 일이라고 생각해요."

"그건 그렇지만. 다이어트 성공인데 파티를 열어서 푸짐하게 마시고 퍼먹는 파티라니. 좀 웃기다."

"원래 다이어트할 때도 한 달에 하루쯤은 자신에게 선물을 주듯 먹고 싶은 거 마구 먹는 날이 있잖아요. 치팅 데이. 그런 의미인가 보죠."

"그렇구나."

집이 가까워졌다. 집으로 들어가는 골목으로 차를 진입시키던 인태가 갑자기 하, 하고 짧게 헛웃음을 흘렸다.

영주가 눈을 들어 앞을 바라보니, 골목 풍경과는 영 어울리지 않는 새빨간 페라리 한 대가 멈춰 있었다.

"왜요?"

"귀찮은 불청객이 또 나타난 것 같아서."

영주가 페라리에서 내리는 해민을 차창 너머로 건너다보았다.

그리고 다시 인태를 돌아보면서 실죽 웃더니만 한마디 했다.

"뭔가 한판 단단히 붙으려 나타난 느낌인데요. 잘해 보세요, 파이팅!"

인태가 주차장 앞에 차를 세우자 해민이 다가왔다.

"뭔데? 왜 기분 나쁘게 둘이 같이 내리는 거야? 이렇게 일찍 어딜 갔다 오길래 데이트하는 분위기를 풍기는 건데?"

다짜고짜 시비를 거는 해민을 건너다보며 인태가 기가 차서 말이 안 나온다는 표정이 되었다.

"그러는 넌 뭐냐? 왜 아침 댓바람부터 남의 집 대문 앞에서 지키고 서 있어? 난 너하고 더 이상 할 말이 없다. 그냥 가라. 피곤하다."

인정사정없이 인태가 쌀쌀맞게 해민을 내쳤다.

이 새끼가 어디서 감히 지금 나한테 꼽을 주고 있어? 그것도 연적 비스무레하게 보이는 딴 여자 앞에서?

울컥 터진 해민과 인태가 의미 없는 눈싸움을 하고 있는 와중, 차에서 내린 영주가 먼저 대문을 들어가다가 힐끗 뒤돌아보았다.

"들어와요."

입씨름을 하던 인태와 해민이 동시에 입을 다물고 영주를 바라보았다.

"망신스럽게 밖에서 사랑싸움하지 말고 들어오라고요. 이 시간에 밥도 못 먹었을 텐데 뭐라도 먹고 나서 볼일 봐요."

"서 이사, 참 오버하네. 당신이 집주인입니까? 들어오라 말라 하게? 그리고 사랑싸움이라니. 얘하곤 사랑 같은 걸로 엮인 사이 아닙니다."

"난 당당하게 월세 내거든요. 주소지도 여기인데 뭘? 약 5프로의 지분으로다가 집주인이라고 할 수 있지."

영주를 향해 항의하는 인태 옆에서 또 해민은 있는 대로 눈을 흘기는 중이었다.

"사랑싸움 맞지. 서로 다 아는 처지에 쪽팔리게 부인하고 있어?"

"넌 좀 빠져. 남의 집에 새벽부터 들이닥쳐서는 이 무슨 횡포에 민폐야?"

"그만들 하라고요. 아침부터 남부끄럽게 뭣 하는 짓들이야? 들어와요!"

순간 해민과 인태 모두 영주의 박력에 눌렸다. 두 사람은 얌전하게 집 안으로 딸려 들어갔다.

정숙 여사는 사이좋은 사돈댁인 은정 여사와 두 분의 취미 생활을 즐기기 위해 양평으로 내려갔다. 경기 북부 맛집 투어와 온천 여행을 하신다고 했다.

"닭개장인데. 그쪽, 먹죠?"

정숙 여사가 끓여 놓고 가신 국 냄비를 불에 올리며 영주가 물었다.

아무래도 행사 음식을 담당하다 보니 영주는 누구에게든 음식 알러지가 있나 없나, 안 먹는 음식이 있나, 사전에 물어보는 게 습관이었다.

"닭개장 싫은데. 딴 건 없어요? 다이어트 땜에 허구한 날 닭 가슴살만 먹어 대서 난 닭 소리만 들어도 화가 나거든요."

"야, 주면 주는 대로 그냥 처먹어. 얻어먹는 주제에 뭔 밥투정이야? 여기가 식당이야?"

인정사정없이 타박하는 인태 앞에서 해민의 입이 닷 발이나 나왔다. 영주가 선선히 해민의 요구에 응했다.

"이왕 드시는 거, 먹고 싶은 걸 드셔야지. 된장찌개가 좀 남았는데 그거라도 줘요?"

"부탁합니다."

"잘났군, 정말. 이해민 너, 진짜 강적이다."

"그만하지 그래요? 밥 먹기도 전에 체하겠어. 그딴 소리 그만하고 수저나 놔요. 정인태 씨는 닭개장. 오케이?"

영주가 쏘아붙이자 인태가 찔끔했다. 얼른 시키는 대로 수저통을 식탁으로 가져가면서 어깨 너머로 영주에게 요청했다.

"아, 넵. 전 닭개장 먹어요."

"알았어요. 계란말이는? 해 줘요?"

"완전 감사."

"흥. 닭개장에 달걀말이에. 이 집은 무슨 양계장하고 원수 졌나? 온통 꼬꼬댁 판이야?"

해민이 종알대자 인태가 다시 죽일 듯 노려보았다.

영주가 싱크대 앞에 서서 찌개를 데우고 냉장고에서 반찬통을 꺼내 접시에 담고 있는 모습을 바라보면서도 식탁 앞에 새침하게 앉아 있는 해민은 엉덩이를 일으킬 생각조차 하지 않았다. 늘 대접받던 대로 얼른 내 앞에 대령하거라, 그런 도도한 태도였다.

오히려 저 홀로 화가 나고 마음이 상해서 부르르 찌개 국물처럼 분함이 끓었다.

어제도 그랬지만, 어째서 세 들어 사는 저 여자가 이 집의 안주인같이 굴지?

아무리 월세 내면서 사는 입주민이라 해도 너무 당당한 거 아닌가?

게다가 영주가 시키는 대로 인태가 그릇을 옮기고 수저를 놓고 접시를 꺼내는 모습이 너무 자연스러워서 자꾸 화가 났다. 마치 신혼부부 두 사람이 사는 집에 불청객 자신이 들이닥쳐선 막무가내 민폐를 끼치고 있는 듯한 요상한 기분이 가라앉지 않았다.

얼마 후 어색하기 이를 데 없는 아침 식사가 끝났다.

제일 먼저 수저를 내려놓은 영주가 냄비에서 닭개장을 더 퍼 오는 인태를 바라보았다.

"정 선생 손님이니, 설거지는 부탁해요. 난 씻고 바로 출근해야 해서요."

"알았습니다. 얼른 들어가세요."

"우린 오늘 행사 있어서 전 늦게 들어와요. 인태 씨는 오늘 병원 들어가시나요?"

"네. 5시까지 병원 복귀해야 해요."

"그럼 문단속 잘하고 나가세요. 가스랑 전깃불도 잘 보구요. 할머닌 며칠 계신다니까."

"알았어요."

이것저것 당부하고는 영주가 자신의 방으로 들어가는데, 그 뒷모습을 인태가 흘깃 바라보았다. 딱히 웃을 이유도 없는데 홀로 웃고 마는 인태와, 내내 눈으로 그를 좇고 있던 해민의 시선이 딱 마주쳤다.

"좋아?"

"뭐가?"

"왜 혼자 실실거리냐고? 혹시…… 저 여자야?"

"뭐래? 뭔 또 헛소리하고 자빠졌어?"

"너 예전에 나한테 좋아하는 여자 생겼다고 했잖아. 그래서 날 더 이상 오다가다 심심풀이 땅콩으로라도 못 만나겠다고 걷어찼잖아. 니가 좋아하는 여자가 저 여자냐고."

"웃기고 있네. 또 지 혼자 생각으로 생난리 치지? 넌 그 버릇 고쳐. 세상만사가 다 이해민 손바닥 안에 있다고 생각해? 네가 보고 판단한 거면 다 진실이 돼? 진짜 넌 문제 많구나. 그 오만 도도, 자기중심적 사고라니. 하긴 그게 너네 집 가풍이지?"

순간 해민의 표정이 굳어졌다.

그러나 인태는 해민의 표정이 그렇게 싹 변해 버렸는데도 전혀 모르는 척 자리에서 벌떡 일어났다. 다 비워진 자기 밥그릇과 국그릇을 싱크대로 옮기는 척하면서 등을 돌려 버렸다.

더없이 무정해 보이는 인태의 뒷등을 한참 바라보다가 해민이 불쑥 내뱉었다.

"커피 줘."

"밥 줬으니 충분해. 나가서 사 처먹어."

"커피 달라고. 난 밥 먹고 나서 꼭 커피 마셔야 한다고."

인태로선 기가 찰 정도로 건방진 앙탈에다가 말도 안 되는 뻔뻔한 억지로 들렸지만 해민으로선 애원이었다.

나 좀 봐 줘. 내 말도 좀 들어 줘. 난 언제고 너랑 같이 있고 싶어, 제발 한 번만 마음 풀고 내 진심을 알아줘, 그런 애원들……

"아주 지랄도 가지가지지? 이해민, 대체 어디까지 진상 부리는지 어디 한 번 보자, 그래."

인태가 혀를 차더니 결국 전기 주전자에 물을 부었다. 그리고 잠시 후, 사나운 손길로 인스턴트커피 스틱 하나를 타서 해민에게 내밀었다.

그때 출근 준비를 마친 영주가 방에서 나왔다.

"전 나가 볼게요. 다음에 봐요, 정 선생."

"네. 고생하세요."

"잘 놀다 가세요. 그럼."

영주가 해민에게도 가볍게 고개를 까딱해 보이곤 현관을 나갔다. 이윽고 영주가 탄 차가 떠나는 소리가 들렸다.

잠시 어떤 막막한 침묵이 적막한 집 안으로 가라앉았다. 희미해지는 커피 향기에 잔 속을 물끄러미 응시만 하고 있던 해민이 나직하게 물었다.

"우리 오빠 전 와이프가 유리인 거 언제 알았어?"

"유리 '씨'. 넌 싸가지가 없어. 왜 그따위로 이름 막 부르냐? 오빠 와이프였으면 올케언니였고, 예의 지켜야 하는 거 아냐? 이혼했으니 남남이라고 그렇게 막 함부로 이름 불러 젖히는 거야? 겁나 버릇없어."

"동갑이거든!"

"그래서 새언니인데도 막 무시하고 함부로 대했어? 너네 집안사람들은 태생부터 상류층이라 너무 잘났는데 유리 씨는 너네 집 수준에 안 맞아서 그랬으니 잘못 없지? 그런 대접받을까 봐 무서워서 나도 너랑 친구 못 한다. 아니, 안 하려는 거다."

인태의 신랄한 말에 해민이 입술을 깨물었다.

"대답이나 해. 언제 알았는데?"

"초장부터라고 하자. 우리 둘이 눈 좀 맞아 보려던 찰나에 니가 나 재미 없다고 일방적으로 걷어찬 후에. 기분은 좀 나빴지만 사람 인연 맘대로 되는 게 아니라고 해서 접으려던 차였는데, 니가 세린병원 이사장 딸이라고 전해 들었어. 그때 무서울 정도로 순식간에 마음이 정리되었지."

"단지 그걸로 내가 단박에 싫어졌다고?"

"착각하지 마. 네가 먼저 걷어찼어. 솔직히 니가 두 사람 이혼에 책임 느끼는 딱 그만큼, 나도 니가 이승주 씨 동생이라는 사실에 영향받았다. 왜?"

"다시 내가 잘해 보자고 돌아왔잖아?"

"네가 좋으면 돌아오고 네가 싫으면 가고, 난 멍청하게 한자리에서 너만 바라보며 목매고 기다려야 하는 사람이야? 넌 기본적으로 건방져. 가치관이 글러 먹었어. 세상에서 사람을 가장 하찮게 생각하는 널 내가 왜 소중하게 대해 줘야 해? 너만 자존심 있어?"

"우리 오빠가 유리랑 결혼했다가 이혼한 게 내 죄도 아닌데, 왜 날 미워해?"

"넌 여전히 내 말을 이해 못 하고 있구나? 아니, 이해 못 한 척하는 거냐?"

인태가 정말 궁금하다는 표정으로 해민을 건너다보았다.

"비록 사돈이지만 내가 우리 누나하고 각별하고, 또 우리 누나가 유리 씨하고 더 각별하다 보니 본의 아니더라도 이것저것 들은 이야기가 많지. 다 믿을 건 아니더라도 두 사람이 어떤 과정을 거쳐 이혼했는지는 대강 알아. 어느 쪽이 상대적으로 더 잘못했는지 판단할 만한 정보쯤은 가지고 있다구."

"우리 오빠가 이혼한 거랑 너랑 나랑 연애하는 게 무슨 상관관계가 있다는 거야. 내가 유리를 괴롭히고 왕따시키고 몰아낸 사람도 아닌데?"

"웃기네. 유리 씨 이혼에 정말 넌 하나도 책임 없어? 확실해? 당당하고 떳떳해?"

캐묻는 인태의 표정이 너무 확실한 비웃음을 담고 있었다. 해민은 입을 다물었다.

어떤 변명을 하든 소용없겠구나 느낀 건 그때였다. 그리고 해민으로선 사실 변명을 할 입도 없었다.

승주와 유리의 이혼에 있어서 인태의 말처럼 해민 자신의 방관과 은근한 무시, 오만하게 사람 내려다보면서 저지른 장난스러운 괴롭힘과 약 올린 일들이 원인의 하나는 분명했으니까.

"니가 아는 게 다 사실이라고는 믿진 않지? 이혼 당사자니까 유리가 오빠나 우리 집안에 대해서 더 나쁘게 과장해서 이야기한 것도 있을 수 있잖아. 피해 의식에 사로잡혀서 아닌 것도 그렇다고 느낄 수도 있을 테고. 가족이라서 편하게 생각하고 장난치거나 농담한 걸 가지고 오해했을 수도 있고. 그런데 왜 전부 다 우리 집만 나쁘게 생각하고 비난해?"

"전형적인 가해자 마인드네?"

"뭐라고?"

"내가 상담했던 학교 폭력 가해자들 변명하고 똑같아서 놀랐다. 지금 피해 의식이라고 했냐? 장난이라고? 가족이라 편해서 그랬다? 너 그런 말 하면서 양심의 가책이 느껴지지는 않니? 한 사람을 가족으로 받아들여 사랑하고 보듬기는커녕, 몰아내고 비웃고 편먹어서 괴롭히면서 결국 제 발로 걸어나가게 만들었으면서도 죄책감조차 없구나? 너랑 대화하는 이 순간에 너희집안사람들하고는 가능한 한 가까워지면 안 된다는 걸 확실히 알았다."

"난 너 포기 못 해."

"포기하든 말든 나하고 상관없다. 난 아니니까."

"난 내가 가지고 싶은 걸 못 가진 적이 한 번도 없다고!"

"사람이 물건이야? 니가 갖고 싶으면 갖고, 말고 싶으면 버리게? 난 인간이야. 니 멋대로 휘두를 생각 마. 휘둘리지도 않을 거지만."

"난 안 돼."

"뭐가?"

"니가 무슨 말을 하든 상관없어. 난 단념 못 하겠다고. 포기 못 한다고."

"그만해라. 사람이 어떻게 항상 일방통행이야? 네가 이럴 때마다 난 정이 뚝뚝 더 떨어져. 넌 기본적으로 공감 능력이 없어."

"내가 공감 능력이 없고 일방통행이라고 믿는 것 역시 니 생각이야. 너도 내 마음을 제대로 읽은 적 없잖아. 이해하려고도 생각하지 않고."

"앞으로 평생 상관없을 사람 마음을 내가 왜 이해해야 하는데? 밥 다 먹었고 커피도 다 마셨으니 이제 가. 나도 치우고 좀 자다가 병원 복귀해야 하니까."

인태가 냉정하게 말하고는 해민 앞에 놓인 커피 잔을 채 갔다. 깨끗이 부셔서 그릇장에다 올려놓은 후, 인태가 현관 앞으로 걸어 가 문을 반쯤 열고는 해민을 건너다보았다. 이젠 나가라, 그런 뜻이었다.

문을 나서는 해민 등 뒤로 인태가 아까보다 한층 더 냉정하게 내뱉었다.

"다시는 보지 말자. 인간 대 인간으로 대해 주는 것도 이게 끝이다. 우리 할머니도 너 다시는 안 본다고 하시잖아. 너랑 너희 집 사람들, 절대 가까이해서는 안 되는 사람들이야. 너희 집 사람들한테 무참하게 모욕당한 사돈 어르신들께 미안해서라도 난 널 그냥 조금 아는 사람으로도 만날 수 없어. 잘 가라."

집을 나가는 해민의 등 뒤로 쾅 소리가 나며 문이 닫혔다.

뒤돌아서 달려가 다시 그 문을 두드리고 싶었지만 그럴 수가 없었다. 그 아무리 간절하게 두드린들 절대로 열어 주지 않을 사람인 걸 해민이 더 잘 알고 있었다.

집을 나서 차까지 걸어가는 발걸음조차도 방금 당한 이별처럼 쓰라리고 무거웠다.

해민은 지금껏 살면서 남자로 인해 쓰라린 눈물을 흘린 적이 딱히 없다.

인태에게 자랑했다시피, 어떤 남자든 원하면 가질 수 있었다. 사귀든 건 어차든 그건 해민의 선택이었지 상대의 의사와는 상관없었다.

"넌 참 쉽게 되지? 그런데 난 안 된다고……."

차에 올라타서도 해민은 쉬이 시동을 걸 생각을 하지 못했다. 넘쳐흐르는 눈물을 주체할 수가 없어서였다.

인태 때문에 어제도 오늘도 우는 게 너무 자존심이 상했지만 주르르 그냥 흘러내리는 눈물을 멈출 수가 없었다. 비참해서인지 너무 슬퍼서인지는 모르겠지만 자꾸 눈물이 났다.

그와 그의 식구에게 거부당하는 게 그저 해민 자신의 모자람이나 부족함 때문이라면 차라리 덜 아플까?

제멋대로 오만방자하게 구는 자신의 행동거지가 가끔 사람들에게 미움을 산다는 건 알고 있다. 하지만 이번에는 달랐다. 그녀가 가진 본질적인 단점이 아니라 그저 유리를 아프게 하고 내친 이승주의 동생이라는 것 때문에 미움 사고 거절당했으니 이건 해민 혼자 해결할 수 있는 문제가 아니었다.

그러나 해민은 자신이 과거에 저지른 짓 때문에 오늘의 자신이 당한 이 설움을 누구에게든 토로할 자격이 없었다.

그녀도 그랬으니까.

인태가 몸서리쳐진다는 그녀의 가족들도 그랬으니까.

바로 유리에게.

사랑을 이유로 가족이 된 한 사람을 교묘하게 괴롭히고 따돌리고 멸시하고 모욕했다. 유리가 그들 가족이 정한 기준에 맞지 않는 부족한 배경을 가졌다고 해서.

한 번도 편견 없이 있는 그대로 오빠가 사랑한 사람을 봐 주지 않았다. 작은 꼬투리, 괜한 트집을 잡아 미워하고 무시할 핑곗거리만 찾았을 뿐.

그러니 이승주의 동생이라는 이유만으로 정숙 여사가 그토록 싸늘하고 잔인하게 내치던 것도 불평할 수가 없다. 이유 없이 사람을 미워하고 내치던 건 해민도 유리를 상대로 계속 해 왔던 일이었으므로.

해민은 거의 한 시간 이상을 바보처럼 그러고 있었다.

혹시나 싶어서 차 안에 앉아 하염없이 울면서 굳게 닫힌 대문을 바라보았지만 그 대문은 열리지 않았다. 영영 끝났다고, 이별이라고 말해 주는 것처럼.

'난 못 해. 너처럼 쿨하게 끝낼 수가 없다고. 진심이란 말이야. 이런 건 난생처음이라고.'

벌써 햇수로 4년. 애정인지 애증인지 모르는 그 시간들이 쌓여 만든 감정의 단층은 해민으로서도 무서울 만큼 켜켜이 쌓여 있었다.

인태는 어쩌면 변덕 심하고 자유분방한 해민이 함락시키지 못한 남자에 대한 오기로 자신에게 집착한다고 생각하는지 모르겠다. 하지만 그를 처음 만났을 때부터 이전에는 한 번도 느껴 보지 못한 심장의 떨림 소리를 들었다는 걸 어떻게 납득시킬 수 있을까?

'내가 뭘 어떻게 말해도 넌 안 믿을 거잖아. 안 들을 거잖아.'

곧고 단단해서 좋았고, 무관심한 듯 다정한 눈빛이 좋았다.

해민이 가진 부유함, 위치 따위에 눌려선 눈치를 살피는 비굴함도 없고 그렇다고 작위적인 무시도 아니었다.

그냥 자연스럽게, 사랑스럽게 태어난 그대로, 인태는 그녀를 흔들었다.

자신의 의지와 노력으로 지금의 자리를 만들어 낸 사람만이 가지는 빛나는 자존심과 당당함이 그를 그 어떤 황금빛 후광보다 더 빛나게 만들었다. 그래서 만난 처음부터 매혹당했고 빠져들었다.

인태는 클럽에서 만난 첫날, 바로 호텔로 직행한 건 자신의 일생일대 실수라고 말했다.

하지만 해민은 안다. 적어도 그날만큼은 인태는 해민에게, 해민은 인태에게 홀딱 빠진 것이었다. 처음 만난 사이임에도 바로 서로를 눈여겼고, 둘만 빠져나와 하룻밤 내내 긴 시간을 같이 보냈을 만큼 반했던 건 진실이었다.

그날의 일은 그 아무리 나름 자유분방하게 살아온 해민에게도 처음이었다.

'넌 아직도 내가 너의 부족한 배경과 샌님 같은 멋없는 태도가 재미없다며 먼저 걷어찬 걸로만 알고 있지.'

하지만 해민이 품은 진실은 인태가 믿는 그것과 조금 달랐다.

'그때까지 만난 그 누구에게서도 느끼지 못했던 내 감정의 흔들림이 너무 강렬하고 세서 좀 무서웠을 뿐이야. 그런 건 처음이었으니까.'

그때까지 해민은 자신에게 주어진 인생의 방향은 어차피 정해져 있다고 믿었다.

언니 윤민과 똑같은 길. 소문나지 않게 적당히 재미있게 놀다가 적절한 어느 시기에 엄마가 정해 준 그럴듯한 남자와 결혼하고 그 세상이 요구하는 룰에 맞춰서 적당히 우아하게, 적당히 가식적으로 행복한 척 살면 그만인 그런 인생.

인태를 만나기 전까지 해민은 그런 인생에 딱히 불만이 없었다. 어머니가 정해 놓은 그런 인생의 길을 납득하고 받아들이는 대가로 그녀가 가지게 된 것들, 기회는 꽤 많았고 그때까지 마음껏 자신이 가진 것들을 화려하게 누리고 즐기면 그만이었다.

한편으로 어머니가 정한 그 인생의 길이 정답이라고 생각하기도 했다.

갑작스럽게 오빠 승주가 미친 열병 같은 사랑에 빠져 유리와 3개월 만에 결혼했다가, 서로 살아온 생활 환경이 너무 달라 결국 1년도 채 되기 전에 헤어지는 과정을 직접 눈으로 목격한 후였다.

맞아, 연애는 누구나와 가능하되 결혼은 비슷한 부류끼리 결혼해야 뒤탈이 없구나, 하는 깨달음을 얻었다. 은근히 '너무 속물적이야' 여겼던 어머니 나서희의 인생철학이 맞을 수도 있겠구나, 하는 생각도 했다.

'그런데 널 만나 버렸어.'

해민은 그렇게 알아 버렸다.

누구든 사람에게는 예고 없이 해일처럼 몰려오는 어떤 운명적인 감정의 상대가 있고, 그런 사람에게서 열병 같은 진한 감정에 휘말려 버리면 이전이든 이후든 기존의 모든 것은 더 이상 중요하지 않게 된다는 것을.

허락하지도 않았고 예상하지도 않았는데, 몰려와서 휘감아 버린 그 사랑의 감정은 판단력이나 이성 같은 것들을 다 부숴 버릴 만큼 큰 위력을 가지고 있었다.

'난 너에게 미쳐 가는 내 마음이 두려웠어.'

인태를 만난 그날, 곧바로 하룻밤을 뜨겁게 같이 보내고 잠에서 깼을 때, 해민은 갑자기 너무 무서웠다.

그녀 옆에서 여전히 잠들어 있는 그를 내려다보는데, 너무 좋아서, 너무 사랑스러워서 왈칵 눈물이 날 것 같았다.

이 사람하고 영원히 같이 있고 싶어. 절대로 헤어지고 싶지 않아. 휘몰아치는 낯선 마음의 회오리에 어안이 벙벙할 지경이었다.

그런 식으로 빠진 남자가 처음이었고, 너무 좋아서 미칠 것 같다는 감정도 처음이었다.

내가 이렇게 이 남자에게 빠졌다가 자칫하면 내 인생이 한 방에 망할 수 있다는 위기감에 머리끝이 비죽 설 정도였다. 그렇게 인태는 해민에게 치명적이었다.

이건 안 돼. 가진 것도 없고 배경도 별 볼 일 없는 이런 남자하고 어영부영 얽혔다간 내 인생은 폭삭 망해 버릴 거야. 그런 무섬증에 해민은 즉각 인태와의 인연에서 한 발 빼야겠다고 결정했다.

그러나 그런 마음은 채 며칠을 가지 않았다.

어느새 해민은 자신이 먼저 걷어찬 그를 저도 모르는 새 찾아다니고 있었고, 공보의로 멀리 떠난 그의 근무지를 향해 차를 몰아 달려가는 스스로를 발견하고 있었다.

그가 어디에 있든 해민의 스물네 시간 안에는 인태가 살아 있었고, 그의 말 한마디, 표정 하나로도 천국과 지옥을 오가곤 했다. 그런 세월이 벌써 4년째. 그런데 그 애달프고 조마조마한 기다림, 희망 없는 희망으로 버틴 그 시간이 이제 마침내 완전한 단절로 끝을 맺었다.

첫날 아무것도 모를 때 그리도 뜨겁고 다정하던 인태였다. 그러나 해민이 먼저 걷어찬 뒤 다시 재회한 이후에는 늘 거리를 두고 덤덤한 모습이었다. 아무리 안달하고 유혹해도 쉽사리 넘어오지 않았고 그녀를 바라보는 시선도 늘 같은 온도였다. 그래서 섭섭하고 아팠지만 자신의 붉은빛 감정을 노골적으로 드러내면 혹시나 그가 더 멀어질까 전전긍긍해야만 했다.

그런 사랑에게 버림딩했다. 그리고 아무리 찾아봐도 해민은 나쁘게 엉켜버린 이런 인연의 실타래를 풀어낼 방법이 없었다.

10

그날 오후 4시.

한강이 내려다보이는 초고층 빌딩. 네오그랑드 호텔 72층에 위치한 카페 '블루 스카이'.

백만 불짜리라 일컫는 서울의 야경이 가장 아름답게 내려다보인다는 장소로 외신 기자들이 뽑은 곳이다. 그래서인지 선남선녀들이 소개팅을 하거나 선을 보는 장소로 유명한 곳이기도 했다.

약속 시간 5분 전에 도착한 승주는 실내를 휙 둘러보았다.

자신처럼 누군가를 소개받는 자리에 온 건지, 말쑥한 차림의 남녀가 홀로 또는 둘이 마주 앉아 있는 광경을 스쳐보다가 비어 있는 자리로 걸어갔다.

맞선 상대의 얼굴을 본 적이 없지만 상대가 도착하면 전화를 하겠거니 했다. 어차피 한 시간 이내에 끝날 만남이니 딱히 중요하지도 않았다.

시선을 돌려 눈 아래 펼쳐진 서울 시내와 한강 풍경을 바라보았다. 맑은 낮이라 아득히 먼 서해 바다까지 보이는 전망이 근사하기는 했다.

[여기 야경 멋있대. 나중에 와인 마시러 오자.]

[좋아요. 파이팅.]

[행사는 거의 끝나 가?]

[거의 반 끝난 거 같아요. 정리 중이야. 약 30분 후면 현장 정리 될 듯.]

[나 고기 구워 준다는 약속 잊으면 안 돼.]

[알았어요. 들어갈 때 생갈비 사 갈게.]

정원에게 메시지를 보내고 있던 승주 앞으로 누군가가 다가왔다.

"이승주 씨?"

"네."

다가온 여자를 맞이해 몸을 일으키면서 승주는 문득 다가온 이 여자를 아까 들어설 때 보았다는 데 생각이 미쳤다. 분명 아까 창가에 혼자 앉아 있던 사람이었다.

멋진 옷차림이며 빈틈이라고는 보이지 않는 세련된 몸맵시가 과연 커다란 무대에 서는 유명 첼리스트답다 싶었다. 자신만만하고 카리스마마저 느껴지는 그녀의 모습에서 승주는 적어도 외모 관리며 분위기에 관해선 프로 중 프로라고 인정할 수밖에 없었다.

"조영화예요."

"안녕하십니까? 이승주라고 합니다."

"만나서 반가워요."

반가울 것까지야?

승주는 냉소적으로 생각하며 그녀가 자리에 앉기를 기다려 다시 자리에 앉았다.

"왜 여기 앉아 있었어요?"

"네?"

"날 봤던 거 같은데. 이 자리로 가 앉아서 당황했다니까요. 왜 제 자리로 오지 않고 여기 앉았어요?"

"그 자리에 앉아 계신 분이 조영화 씨인 줄 몰랐으니까요."

그를 바라보는 조영화의 눈빛이 서늘해졌다. 소개팅인데 내 얼굴도 모르고 나왔다고? 아니, 그 이전에 내가 나름 유명한 첼리스트인데 내 연주회 포스터 한 번도 못 봤단 말이니? 그런 뜻 같았다.

"제가 예술 쪽에 딱히 관심이 없어서."

내가 당신 얼굴을 몰라보았다는 게 그렇게 큰 실례인가요? 하고 되묻고 싶었다.

살짝 두 사람 사이에 살얼음 같은 긴장이 감도는 중에 웨이터가 다가왔다.

"전 커피로. 조영화 씨는?"

"와인."

승주도 당황했고 무표정을 고수하던 웨이터의 눈빛도 조금 놀란 듯했다.

분명히 맞선이거나 소개팅 그 비슷한 자리인 것 같은데, 평소보다 더한 조심스러움과 격식이 필요한 만남에서 다짜고짜 여성이 술을 주문하는 경우는 거의 보지 못했다.

조영화가 슬그머니 웃었다. 술을 주문한 자신의 행동 앞에서 놀라는 승주가 조금 귀엽다는 표정이었다.

"이런 딱딱한 자리가 긴장돼서 그래요. 술이 필요해. 이승주 씨도 나만큼 어색할 텐데 같이 와인 한잔해요."

"전 괜찮습니다. 술을 못 마시는 체질입니다."

"어머, 아쉽네요. 같이 한잔하면서 허심탄회하게 대화할 수 있는 상대였으면 했는데."

조영화가 정말 아쉽다는 표정을 지었다.

이윽고 커피와 와인이 나왔다.

"멋진 만남을 기대하며, 치얼스."

뭐지, 이 여자?

승주는 와인 한잔을 맹물처럼 단숨에 마셔 버리는 조영화를 멀거니 바라보며 자신도 모르게 이맛살을 찌푸렸다.

"술 마시는 여자는 좋아하지 않는 편?"

"술을 마시는 건 본인 자유죠."

대답을 하면서 승주는 아무리 상대를 무시한다 해도 초면인 자리에서 술부터 주문하는 이 여자의 비상식을 어떻게 해석해야 하나 고민에 잠겼다.

'전문적인 연주가라는데 이렇게 알코올을 거리낌 없이 섭취해도 되는 걸까?'

의사적 관점에서 보자면, 이러한 알코올 섭취는 연주 시 가장 중요한 손을 떨리게 만들어서 섬세한 움직임으로 제대로 된 음을 내는 걸 방해할 텐데?

이 여자, 뭐지? 하는 의구심과 경계심이 더 깊어지는 순간이었다.

아버지 영국이 사전 경고 한 대로 이 여자는 남들에게 알려진 것보다 훨씬 더 심한 수준의 또라이일 수 있었다. 더 조심해야 했다.

* * *

같은 시간, 평창동.

"그래? 다행이네."

나서희가 가볍게 고개를 끄덕이자 도우미가 물러났다.

지금 그녀는 나서희에게 승주가 무사히 네오그랜드 호텔에 도착해 상대인 조영화와 만났다는 보고를 올린 참이었다.

혹시나 지난번처럼 연락을 끊고 일방적으로 나타나지 않아 또 망신시키는 건 아닌가 싶어서 애면글면했던 게 허무할 정도였다.

"오빠가 무사히 선 자리에 나갔나 봐요. 엄마 얼굴 펴진 거 보면?"

마침 거실로 들어서던 해민이 다가와 나서희 앞에 앉았다.

대체 무슨 일이 그리도 바쁜지, 사람들이 채 눈도 뜨기 전 새벽에 집을 나갔다더니만. 어쩐 일인지 밝은 시간에 다시 들어왔다.

"그래. 만난다고 다 인연이 되는 건 아니지만. 그래도 그런 집 따님과 연이 닿았으니 참 다행이지 뭐야."

"엄마 입에서 '그런 집 따님'이라니. 이번 아가씨 배경이 진짜 어마어마한가 봐."

"대영 그룹 측 따님이야. 다 너희 큰이모가 힘을 써 주신 덕분이다. 네 오빠 인생도 이제 좀 펴지려나 보다. 걱정 하나 덜었지 뭐야."

"큰이모랑 엄마가 작당해서 그런 여자랑 오빠를 기어코 만나게 했으니 축하드려요."

"작당이라니? 어른들 하시는 일에 버르장머리 없이!"

나서희가 해민을 노려보며 인상을 썼다.

"말조심하라고 몇 번을 주의 줘야 하니?"

"작당이든 의논이든 여하간 엄마 좋아하시는 재벌가에 오빠 팔아먹는 일, 성공 로드에 진입한 것 같은데 혈압 올리지 마시라고요. 엄마, 요새 너무 예민한 거 같아요."

"팔아먹으려 한다니? 너 정말!"

처음에는 그냥저냥 해민의 버릇없는 말을 억지로나마 들어 주는 듯하던 나서희의 눈매가 매서워졌다.

"너 정말 안 되겠다. 하는 말마다 상스럽기 그지없어. 그거 고쳐. 안 그럼 정말 혼구멍날 줄 알아."

"그래도 난 엄마처럼 위선적이지는 않네요."

"뭐야?"

"말로야 오빠 인생 행복 운운하지만 결국 엄마 욕심을 채우시는 거잖아요? 재벌가라는 딱지 하나면 그 여자가 어떤 여자든 상관없이 무조건 오케이. 오빠 인생, 오빠 의사는 상관없이 무조건 재벌가 사위가 될 수만 있다면 다 참아야 한다는 논리 같아, 그거."

정말 어지간하시네요, 그런 표정으로 해민이 나서희를 잠시 바라보았다.

"엄마 말씀 듣고 있노라니 앞으로 제 결혼 문제도 이런 식으로 전개되는 거죠? 아, 싫다, 정말."

해민이 과장되게 몸을 부르르 떠는 시늉을 했다.

"만나야 할 상대가 그 아무리 오만불손한 망나니이든, 또 딴 여자가 있든, 성품이 개같이 더러운 새끼라 해도 '재벌가'라는 딱지만 붙으면 감지덕지 고개 숙이고 고이 버진 로드를 걸어가야 한다는 뜻?"

"얘가 무슨 말을 왜 이렇게 험하게 해? 뭐 잘못 먹었니?"

나서희가 해민을 건너다보았다. 탱탱볼처럼 건방진 말을 곧잘 내던지기는 했지만 이날처럼 노골적으로 반발한 적이 없어 조금 당황하고 얼떨떨하기까지 했다.

"그렇잖아요. 엄만 자식들 행복보단 엄마 체면이나 기준이 더 중요하잖아. 잘난 그 재벌하고 결혼해서 사는 언니 꼬라지 봐요. 너무 굴욕적이야."

"네 언니가 뭐 어때서. 남부럽지 않게 다들 선망하는 자리에서 아들딸 낳고 행복하게 살고 있잖니?"

"행복? 풋. 우리 엄마, 진짜 농담 잘하셔."

해민이 비웃으며 나서희를 빤히 바라보았다.

정말 그녀 눈에는 윤민의 결혼 생활의 민낯이 보이지 않는 걸까? 재벌가 며느리란 허울 속에 갇힌 딸이 살아 내는 개 같은 그 인생이 얼마나 구질구질하고 굴욕스러운지, 그럼에도 행복한 척 견뎌 내는 그 굴욕과 위선을 어떻게 모를 수 있단 말인가. 생각만으로도 끔찍했다.

"모르는 척하지 마요. 정말 우스워. 나는 절대로 언니처럼은 안 살 거야. 정략결혼해서 이름만 재벌가 며느리지. 남편인 형부는 온갖 여자들 만나고 다니면서 바람이나 피우고, 언닌 그런 남편 한 달에 몇 번 얼굴도 못 보며 살아. 그게 부부라면 진짜 끔찍할걸. 난 정말 내가 사랑하는 사람하고 결혼해서 행복하게 살 거야."

사실은 그런 사람이 있어요. 그 사람이 너무 좋아. 그런데 그 사람이 날

밀어내고 싫어서 슬퍼, 정말 가슴 아파.

그런 말을 따뜻하게 안아 주는 엄마 품속에서 울면서 할 수 있다면.

그러나 해민은 차마 그런 말은 못 하고 앞뒤 꽉 막힌 나서희의 고루한 철칙에 반항하듯이 곁눈질을 하며 혼잣말처럼 종알거렸다.

"뭔 돈이 세상 전부도 아니고. 재벌이면 다 행복해지는 것도 아니고. 오빠도 유리 걔랑 그냥 살라고 할 걸 그랬어. 이혼한다 할 때 나라도 나서서 반대할걸."

"입 다물지 못해? 어디서 함부로 그런 소릴!"

아니나 다를까, 꿈에서도 듣기 싫을 '유리'라는 이름이 나오자마자 나서희의 미간에 서린 주름이 더 깊어지고 매서워졌다.

"근데 엄마, 엄만 유리를 왜 그렇게 싫어했어? 나도 걔가 오빠 와이프일 때 뭐, 딱히 잘해 준 건 아니지만 그래도 완전 밉상은 아니었잖아. 싹싹하고 애교도 많고."

"밉상이 아니긴 뭐가 아니야? 배운 데도 없고 일단 싹퉁머리가 없었잖아."

"과연 그럴까요?"

"뭐?"

"엄마가 애초부터 걔를 그렇게 보았으니 그런 게 아니고? 엄만 처음부터 유리 싫어했잖아. 엄마의 꿈, 엄마의 애착 인형 이승주를 도둑질했다고."

"기가 막혀서, 내가 언제?"

"그랬어요. 아닌 척하지 마시고요."

해민이 대놓고 비웃었다. 아무리 딸이라 해도 나서희의 편협한 위선에 질리다 못해 지긋지긋해지는 중이었다.

"오빠가 처음 걜 집에 데리고 왔을 때 엄마가 얼마나 억지로 참는지 다 보였다구."

승주를 따라 유리가 집에 첫인사를 하러 온 날. 억지로 참아 내고 웃으며 접대는 했지만, 그녀가 사라지자마자, 나서희는 거의 쓰러질 만큼 격분해서

부들거렸다.

"내 귀로 들었어. 세상에서 가장 큰 도둑질이 사람 도둑질이라고 하는데 유리가 떠나자마자 엄마가 엄청 화를 냈잖아. 감히 어디서 본데없는 게 내 아들을 홀려? 천박한 불여우 같은 게! 그러면서 부들부들 떨었잖아. 엄마의 완벽한 아들이 엄마를 반항하고 처음 거역한 괘씸죄가 고스란히 걔한테 간 건 사실 아냐?"

"넌 지금 엄마가 괜히 작정하고 애꿎은 사람을 괴롭혔다는 거야?"

"아니라고 하시면 비양심이죠. 그렇게 미워하고 싫어할 거면 결혼은 왜 허락했대. 끝까지 반대하지? 결혼은 허락해 놓고 말려 죽일 일 있어? 유리가 제 발로 나가라고 그런 거야?"

나서희가 콩 하고 코웃음을 쳤다. 엷은 비웃음을 지으며 자신의 승리를 자축했다.

"그 부분에 있어서는 영 멍청하지는 않더구나. 그나마 눈치는 있어서 다행이지."

"엄마, 내가 충고드리는데 사람 인생, 함부로 재단하고 멋대로 주물럭거리지 마요. 자칫하다간 큰일 나. 그거 고대로 돌려받는대."

"엄마 앞에서 못 하는 소리가 없지, 너?"

이미 돌려받고 있다. 다만 나서희만 모를 뿐.

승주는 벌써 나서희가 그렇게 싫어하는 정원을 다시 만나고 있다는데. 그때처럼 지금도 좋아서 어쩔 줄 모르고 그녀에게 올인하는 것 같은데.

과거의 불똥은 엉뚱한 데로 튀어서 해민의 첫 번째 진심을 담은 사랑과 연애를 부정당하게 만들었다. 억울하다고 변명했지만 그 진심조차 부정당하고 비웃음을 당했다.

자업자득. 인과응보라고 하더니만.

차마 말할 수 없는 그 마음을 에둘러 표현하고자 해민이 다시 쏴붙였다.

"엄마가 아무리 많이 가지시고 높은 자리 있다 해도 세상일이 다 엄마 뜻대로 흘러가는 거 아니라고요. 제발 다른 사람 말에도 좀 귀 기울여 들어 봐요."

"남의 말 따윈 신경 쓰지 않아. 내가 왜?"

나서희가 말도 안 되는 소리라는 듯 해민을 응시하며 되물었다.

"내가 알아보고 내가 판단해. 예순 넘어까지 대부분 엄마 판단이 옳았어. 지금껏 이렇게 많은 걸 건사하고 너희 삼 남매 번듯이 키운 게 쉬운 일인 줄 알아? 다 내가 나서서 정리하고 치우고 길을 터 줘서 그런 거야. 알아? 어디서 버릇없이 감히 엄말 가르치려 들어?"

말을 하면 할수록 이건 뭐 단단한 돌벽과 이야기하는 기분이었다. 질린 표정이 되어 해민이 일어섰다.

"어쩔 수 없죠. 우린 엄만 평생 이렇게 사셔야지, 뭐."

해민의 비꼬는 말이 전혀 닿지 않는 듯 나서희가 초연한 표정으로 정원 쪽으로 고개를 돌렸다.

"날이 참 좋구나. 거기 야경이 멋있다던데 같이 저녁 식사 하면 분위기가 꽤 괜찮을 거야. 지금 무슨 이야기들을 나누고 있을까?"

"그렇게 궁금하시면 아예 직접 출동하셔서 지켜봐요. 혹시 모르지. 오늘 그 아가씨가 또 유리같이 오빨 홀리는 여우과면 어떡해? 또 엄마 애착 인형 이승주 씨를 빼앗기면 어떡해? 아, 이번에는 괜찮으려나? 상대가 재벌가 아가씨니까. 오히려 오빨 제대로 홀려 주면 좋으려나? 그러면 지난번 결혼 때 처럼 난리는 안 일어나겠지, 뭐."

해민이 2층 계단을 올라가며 버릇없이 비웃었다.

"근데 엄마, 이런 식으로 계속해서 오빠 마음 함부로 건드리시다간 진짜 큰코다칠지 몰라요. 난 분명히 경고했어요."

* * *

네오그랑드 호텔 72층.

어색하기 그지없고 딱딱하기만 한 선 자리는 어느새 40여 분을 넘어가고 있었다.

웨이터가 두 사람이 마주 앉은 테이블로 다가와 다시 조영화 앞에다가 새로운 와인 잔을 놓아 주었다. 벌써 네 잔째였다.

"이승주 씨, 원래 그렇게 말수가 적어요?"

물 마시듯 그 잔마저 홀짝 단숨에 비워 버린 조영화가 물었다.

"사람들이 다들 절 보고 숫기가 없다고 하긴 하더군요."

"서른 넘은 남자가, 결혼도 한 번 하신 분치고는 너무 수줍어하신다. 큭, 재미있어."

날아오는 영화의 미소가 화려한 칸나꽃 같았다. 그러나 승주에게 그 미소는 강렬하지만 향기가 전혀 느껴지지 않았다.

"그래서 되게 신선하네요. 재미있구요."

"듣기로 첼리스트로 대성하기 위해 지금껏 결혼도 미루고 정진하셨다는데 갑자기 누군가를 만나고 싶다고 생각하신 이유가 있으신가요?"

승주가 묻자 조영화가 오호 하는 표정이 되었다.

"40분."

"네?"

"드디어 이승주 씨가 나한테 궁금해진 게 생긴 시간이라는 뜻이에요. 기념으로 한 잔 더."

이 여잔 첼리스트이기 전에 그냥 술고래 같은데?

조영화가 다시 웨이터가 가져온 술잔을 홀짝 비워 냈다.

"그냥 변덕? 호호호. 제가 뭐 첼로와 결혼한 건 사실이지만, 그 결혼 생활이 늘 열렬할 순 없죠. 때로는 권태기가 오기도 하거든요."

"첼로가 재미없어져서 결혼이라는 또 다른 선택지로 고개를 돌리셨다고요?"

"또 다른 선택지일 수도 있고 뭐, 도피처라고 해도 할 말은 없군요."

이렇게 술을 마셔 대는데, 연주자로서의 생명은 거의 끝난 거 아닌가요, 묻고 싶었다.

"전 누군가의 도피처가 될 만큼 안락하지도, 친절하지도 않은 남자입니다. 결혼해서 1년도 못 살고 이혼한 거 보면 알 만하지 않나요? 전 흠이 많은 남자입니다. 조영화 씨가 절 만나러 나오신 건 시간 낭비 같군요."

"왜 나쁘게 보이려고 기를 쓰시나 그래?"

"네?"

"제가 지금까지 만난 남자들하고 많이 달라서 당황스럽군요, 이승주 씨. 동시에 참 신선하기도 하고요."

반쯤 술에 젖은 조영화의 눈빛이 더 컴컴해졌다. 암거미가 쳐 놓은 새빨간 거미줄 같았다.

"나에 대해서 이렇게 무관심한 남자는 이승주 씨가 처음이야. 정말 나한테 관심 있어서 이 자리에 나온 것 맞아요? 이렇게 과묵한 남자도 처음이고 이렇게 심드렁한 반응도 처음인데요. 왜 나한테 잘 보이려고 하지 않아요?"

"딱히 제가 잘 보일 이유가 없으니까요. 또 가면을 쓴다 한들 곧 벗겨질 텐데 뭐 하러 정직한 모습을 감추겠습니까?"

"그런 태도 마음에 드네요. 은근히 관심이 생겨요."

영화가 무슨 은밀한 상상을 하는지 몰라도 혼자만 그 의미를 알 법한 묘한 눈웃음을 쳤다.

"한 가지 질문해도 되겠습니까?"

"하세요."

"조영화 씨처럼 다 갖춘 분이 왜 저 같은 하자 있는 이혼남을 만날 결심을 하셨는지 궁금해요. 물론 어렵사리 소개해 주신 이모님 체면도 있었지만, 사실은 그게 궁금해서 이 자리엘 나온 겁니다."

"이혼이 당신 죄도 아닌데 뭐 어때요? 또 이승주 씨는 충분히 매력적이니까 그렇게 스스로 하자 있다는 등 자학하실 필요 없어요. 적어도 저 조영화에게 픽 될 만큼은 매력적이니까."

"네? 그게 무슨 뜻?"

"재수 없게 사기 결혼에 걸리셨다면서요? 작정하고 덤빈 꽃뱀한테."

"뭐라고요?"

"공부만 하던 범생이라 세상 물정에 어두워서 당한 건 뭐, 죄가 아니죠. 혼인 무효 소송을 할 수 없어서 이혼 절차를 통해 그 꽃뱀을 잘라 냈다고요. 저도 그런 경험이 없다고는 말 못 하겠고. 후후. 동병상련이랄까, 그런 거죠."

경악해 마지않은 승주의 기색을 읽지 못한 듯, 영화가 너그러운 미소를 지었다. 자신은 그 모든 걸 다 이해한다는 듯이.

"제가 꽃뱀에게 놀아나 사기 결혼에 걸렸다고 누가 그러던가요?"

정색해서 되묻는 승주의 기세에 비로소 영화의 얼굴에 놀란 빛이 조금 서렸다.

"어머, 아닌가요?"

"아닙니다."

승주는 명확하게 대답했다.

대체 어디까지 소설을 써 젖힌 걸까. 불쾌하다 못해 온몸에 격통이 느껴질 정도로 화가 났다.

어찌하든 이혼남인 승주를 잘난 재벌 아가씨에게 내밀어 보려면 그의 첫 번째 결혼이 비정상적이고 억울한 참변이었어야 했나 보다.

이혼이란 문제에 있어 자신은 잘못이 하나도 없는 순수한 희생자여야 했을 테지. 그래야만 상대로부터 동정표를 얻어 그토록 빠른 이혼을 납득시킬 수 있었을 테니.

그래서 순수한 사랑으로부터 비롯된 멀쩡한 연애결혼이 사기가 되고, 그에게 반한 죄밖에 없는 정원이 어느새 사악한 꽃뱀으로 둔갑해 있었다.

"제가 이 자리에서 왜 이런 설명을 하고 있는지 모르겠지만 그렇게 소갤

받았다면 잘못 전해 들으신 겁니다. 전 제 아내를 사랑해서 연애했고, 평범하게 결혼했습니다. 전 절대 일방적인 사기 결혼의 희생자가 아닙니다. 내 전처가 꽃뱀이라고 악의적으로 매도당할 이유도 전혀 없구요."

"어머나, 이승주 씨 정말 화가 났구나? 완전히 다른 사람처럼 변해 버렸어. 확실해요? 정말 사기 결혼은 아니었어요?"

"네. 확실하게 사기당한 건 오히려 조영화 씨 같네요. 그런 거짓말이 아니었으면 모든 게 넘치도록 비범하신 조영화 씨가 이런 어색한 자리에 나와서 저같이 재미없는 사람과 마주 앉아 있을 이유가 없는데 말입니다. 진실을 아셨으니, 이만 일어나시죠. 애초부터 우린 딱히 만날 이유도 없는 사이였는데."

"뭐 이거나 저거나 상관없지 않나? 여하튼 이렇게 우리가 만났고, 그딴 복잡한 상황과는 상관없이 내가 마음에 들어 버렸다면?"

그러나 벌써 승주는 의자에서 일어난 상태였다.

"먼저 실례하겠습니다. 살펴 가십시오."

휙 돌아서려는데 등 뒤에서 영화가 그를 불러 세웠다.

"잠깐만요."

"뭡니까?"

"이승주 씨, 내 마음에 들었다고 지금 말하고 있는데 어딜 가요?"

"집에 갑니다."

승주가 손목시계를 내려다보았다.

"한 시간이 지났군요. 이 정도면 충분히 서로에게 예의를 지킨 것 같습니다. 어차피 거짓말이 전부인 소개로 만난 건데 오래 갈 것도 없죠. 그럼."

"참 말귀 못 알아듣는 남자네. 분통 터질 정도로 고지식하다더니 그건 거짓말이 아니었군. 이승주 씨."

조영화가 의자에서 일어섰다. 살랑살랑 웃으며 승주의 분통을 더 긁듯이 내뱉었다.

"이런 소개 자리에서는 어떤 경우에도 남자가 먼저 일어나면 안 되죠. 그게 기본 매너 아닌가? 거절할 때 거절하더라도 먼저 나가는 날 배웅은 해 줘야 뒤탈이 없단 것 정도는 아셔야 지. 당신도 알고 나도 알다시피 우리 집안, 대영 그룹 쪽이에요. 괜히 잘못 건드렸다가 힘든 일 생길 수도 있는데 조심하셔야지? 최소한의 자존심은 지켜 줘야죠, 이 남자야."

"제가 배웅해 주면 자존심이 덜 상하십니까?"

"아마도?"

"그럼 앞장서시죠. 주차장까지는 모셔다드릴 테니."

딱 여기까지만 예의를 지키마.

누구도 말 한마디 붙일 수 없을 만큼 단단하게 입매를 굳힌 채 승주는 조영화를 에스코트해서 로비로 내려갔다. 그리고 그녀의 차가 도착할 때까지 기다렸다.

5분 후. 조영화의 차가 굴러왔다. 운전석에서 얼른 기사가 내려서 차 문을 열어 주었다.

"차가 도착했군요. 안녕히 가십시오."

"그러네요, 오늘 즐거웠어요."

즐겁기는 개뿔?

즐겁기는커녕 불쾌하기만 했다. 승주는 인사 대신 가볍게 묵례만 해 보였다.

영화가 미묘하게 웃었다.

"눈치가 정말 없다니까? 내가 이 정도로 기회 더 줬으면 못 이기는 척하고 애프터 신청을 해 줘야죠. 자존심이 진짜 상하려고 그러네."

"자존심은 남이 세워 주는 게 아니고 자기가 만드는 거죠. 그럼."

이런 제멋대로인 여자한테는 '안녕히 가십시오'란 인사마저도 과분하게 느껴졌다.

승주는 영화가 차에 타는 것조차 확인하지 않고 그대로 뒤돌아섰다.

움직이지 않는 차 옆에 서서 그를 바라보고 있는 영화의 시선이 등 뒤로 느껴졌지만 무시했다. 예의를 차리는 건 이것으로 끝이었다.

무엇인가를 걷어차거나 주먹으로 때려 부수고 싶을 정도로 화가 가라앉지 않았다.

'사기 결혼? 꽃뱀? 미친!'

쌍욕이 절로 흘러나왔다.

만약 소개자 희영이 눈앞에 있었다면 체면이고 예의고 다 집어던지고 한바탕 난동을 피우려고 달려들었을 판이었다.

역겨웠다. 역겨워서 견딜 수 없을 만큼이었다. 화장실에 뛰어 들어가서 토하고 싶었다.

빨리 좋은 것을, 깨끗하고 숨을 돌릴 수 있는 것들을 만나야 했다.

여기가 아닌 저기. 사악하고 답답한 공기를 벗어나 그를 향해 간교한 촉수를 뻗치고 있는 것들이 올 수 없는 곳으로 가고 싶었다. 그러니까 정원이 있는 곳으로.

운전석에 올라 차를 출발시키면서 승주는 스피커폰으로 전화를 걸었다.

"끝났어?"

―응. 사무실 가는 중.

"끝나면 올래? 나 지금 집에 가는 길인데."

―엥? 맞선 보는 데 한 시간으로는 너무 짧잖아.

"너무 길었어. 당신이 너무 보고 싶어."

―훗, 나한테 할 말이 많구나? 알았어요. 출발하면서 전화할게. 생갈비 사 갈 테니까 기다려요.

아직 동료들과 함께 있어 사적인 전화가 눈치 보였는지, 정원이 먼저 전화를 끊었다.

"하, 이건 도저히 못 참겠는데?"

아무리 진정하려 해도 참을 수가 없었다. 곱씹을수록 이가 갈렸다.

이번에는 정말 제대로 한판 붙어야 할 것 같았다. 그래야 저를 상대로 다시는 이딴 개수작을 부리려는 생각을 하지 않지.

승주는 잠시 생각하다가, 다시 누군가에게 전화를 걸었다.

"안녕하세요. 승주입니다, 큰이모님. 제가 지금 이모부님 병실로 가는 중인데 잠시 뵐 수 있겠습니까?"

전화를 끊고 승주는 좌측 깜빡이를 켜 차의 방향을 돌렸다.

10분 후.

"웬일이야?"

병실로 들어서는 승주를 마주 건너다보며 희영이 조금 황당한 표정이 되었다.

"내가 기억하기로 분명 오늘이……?"

"지금 막 만나고 오는 길입니다."

"그래? 잘 만났어? 고맙다는 말을 하려는 거면 굳이 안 해도 돼."

"이모님, 대체 그 여자를 제게 왜 소개시키신 겁니까?"

거두절미, 딱 부러지게 승주가 캐묻자 희영이 당황한 표정을 감추지 못했다.

하긴 천하의 나희영 여사를 상대로 이렇게 불손하게 고개 치켜들고 따져 물을 사람이 이 세상 그 어디에 있겠는가?

"그것도 새빨간 거짓말까지 하면서 말입니다."

"아니, 그게 무슨 말이야? 대체 누구한테서 무슨 말을 듣고 와서 이렇게 흥분해?"

"흥분할 만하죠. 전 사악한 꽃뱀한테 걸려 사기 결혼 당한 불쌍한 바보새끼고, 제 아내는 그런 멍청이를 꼬시는 데 성공한 꽃뱀이라는 소리를 들었으니까요. 대체 우리 둘에 대해서 무슨 말을 꾸며 대신 겁니까?"

곧바로 치고 들어온 승주의 격한 반발에 희영이 찔끔했다. 기억하기로 그녀는 단 한 번도 조카 승주의 이런 모습을 본 적이 없다.

그러나 역시 그녀는 만만치 않았다.

"일단 앉아. 그리고 나한테 뭐라고 하지 마라. 그게 사실이잖니. 난 너희 엄마가 주장한 그대로 전했을 뿐이다."

조금 진정하라고 희영이 달랬지만 소용없었다.

"어떻게든 절 그 여자와 엮고 싶은 우리 어머니께서 주장할 만한 내용이로군요. 그렇다고 이모님 책임이 없는 건 아니죠. 건우 형 사건 담당 판사가 그 여자 모친이라던데 사실입니까?"

생각할 여지도 주지 않고, 계속해서 몰아치는 승주의 기세에 희영이 순간 입을 꾹 다물었다. 승주가 캐묻는바, 그건 사람들은 거의 알지 못하는 사실이었다.

대체 얘는 어디서 이런 걸 주워듣고 왔을까. 대체 어디까지 알고 있는 걸까. 예상치 못한 승주의 날카로운 반격에 희영이 처음으로 허둥댔다.

"어, 어디서 들었는지 모르지만 그, 그게 중요해? 난 그저 너에게 좋은 인연을 소개해 주려던 뜻밖에 없었다. 사실 그렇게 좋은 배경을 가진 아가씨가 흔치 않아."

"네. 중요합니다. 그러니까 제 질문에 예스, 노만 하시죠. 사실입니까?"

"사실이긴 하다만……."

"그래서 양심의 가책 따윈 일절 없이 조카를 그리로 팔아먹으려 하셨군요?"

"승주, 말이 심하지 않니? 조카를 팔아먹으려 하다니?"

"이모님, 저를 너무 무시하시네요. 제가 그 여자에 대해서 아무것도 모르고 나갔다고 생각하세요? 전 뭐 눈도 없고 귀도 없는 바보입니까?"

승주가 비웃었다.

희영을 똑바로 노려보며 그는 가슴에 묻어 둔 말들을 송곳같이, 폭풍같이 쏟아 냈다.

"저도 들은 건 많아요. 하지만 소개해 주신 어머니나 이모님 입장을 생각해서 그 여자를 만나기 전에는 편견 따윈 가지지 않으려고 최대한 노력했습니다. 그런데 그 여자, 초면에 와인을 몇 잔이고 들이켜는 알콜릭에다가, 자기 배경 들먹이면서 제 비위를 안 맞추면 재미없을 거라고 협박하는 형편없는 여자인 걸 어떡합니까? 그런 여자인 건 이모님도 사전에 아셨잖아요? 세상 물정 전혀 관심 없는 저까지도 알 정돈데 말입니다. 아닌가요? 어디 부인해 보시죠."

"그, 그게 물론 그 아가씨가 다소 자기중심적이라는 이야긴 전해 들었다만……. 그래도."

"그 여자 모친이 건우 형님 담당 판사니까, 어지간한 데는 드밀지도 못할 만큼 추문 넘치는 그 따님을 결혼으로 밀어 넣기에 그나마 저란 놈이 적당해 보여서, 그쪽이 원하니까, 이모님은 눈 딱 감고, 아니, 오히려 절 배려하고 생각해 준다는 것처럼 생색내면서 저한테 소개하려 하셨잖아요. 그 부모가 재벌이고 법관이니까 이혼남이라는 흠을 지닌 저는 무조건 감지덕지, 납작 엎드려야 한다고 말씀하시면서요. 이래도 절 팔아먹으려 했다는 말이 과하다고 생각되세요?"

격분한 승주가 망설임 따윈 없이 계속 몰아붙이자 천하의 희영도 속절없이 밀렸다.

대체 초면인데도 얼마나 고약하게 굴었길래 과묵하고 얌전한 애가 이렇게 화가 났나 싶어서, 승주의 맞선 상대인 조영화에게 원망하는 마음까지 들었다.

"제가 그 여자하고 잘되면 건우 형에게나 이모님에게 유리하면 유리했지 불리한 건 없죠. 그렇다고 해서 제 전처를 두고 꽃뱀이라느니, 멀쩡한 제 결혼을 사기 결혼이라고 매도하시면 안 되는 거 아닙니까? 아주 불쾌합니다. 사과하세요."

"그건…… 그래. 네가 불쾌할 만했어. 미안하다. 하지만 난 네 엄마가 말한 대로 전했을 따름……."

승주가 손을 들어 다시 변명하려는 희영의 입을 딱 막았다.

"그만하시죠. 이제 전 절대로 꼭두각시 노릇, 다시는 안 합니다. 한 번이면 충분해요. 그러니 이모님도 더 이상 우리 어머니 편들어서 절 괴롭히지 마십시오. 조카 인생은 간섭하지 마시고 늘 애틋하게 생각하시는 건우 형님 인생에나 더 집중하세요."

서늘하게 경고한 승주가 비로소 희영의 앞자리에 앉았다. 이어서 나직히 내뱉는 승주의 말에 순간 희영의 간담이 서늘해졌다.

"외할아버지께 물려받은 제 주식 기억나시죠? 이모님."

"여기서 갑자기 주식 이야기가 왜 나오는 거니?"

"은상 전자가 아니라 태동 물산 주식입니다. 외할아버지께서 생전 이모님을 위해 두 회사 지분을 맞교환하신 건 아실 텐데?"

순간 희영의 안색이 싹 변했다.

이복형제인 용재우와 용건우 사이의 경영권 다툼 중, 승주의 주식은 당연히 건우 측 우호 주식 지분이라고 생각했다. 그걸 감안해서 나서희의 청을 들어준 것이었다.

희영은 그러나 짐짓 태연한 척 코웃음을 쳤다.

"3만 5천 주 그거? 개미 눈물이잖아."

"지금 상황에서 한 주도 아쉬우실 텐데? 재우 형님이 지금 7프로 차이로 따라붙고 있다면서요?"

희영은 순간 찔끔하는 마음을 감추면서 승주를 응시했다.

아무것도 모른다는 표정으로 매사 초연하게 뒷짐 지고 저 멀리 서 있는 것 같던 승주가 이토록 정확하게, 최측근들만 알고 있는 형제간 주식 다툼 현황을 속속들이 꿰뚫고 있을 줄이야.

"하나 더, 얼마 전에 소망 재단 한 이사장님이 작고하신 건 아시죠? 소망 재단이 소유한 그 주식 지분, 누가 물려받았는지 말해 드려요?"

"설마 네가……?"

희영이 경악해서 부르짖었다.

소망 재단 이사장인 한세미 여사가 작고한 지도 한 달 반이 지났다.

재단이 소유한 태동 물산 주식의 처분과 상속 향방에 대해서 건우 측이나 재우 측 모두가 신경을 곤두세우고 있었다. 재단의 주식을 물려받을 상속인이 누구인지 은밀하게 탐색해, 상대측보다 먼저 접촉을 하고자 양쪽에서 날카로운 신경전을 벌이고 있는 중이었다.

그러나 재단의 재산 처리를 맡은 법무 법인 측은 아직도 유산 정리 중이라고 말하면서 즉답을 피하고 있었다. 그런데 등잔 아래가 어둡다고 설마 그 주식을 승주가 물려받았을 줄이야.

"한 여사가 생전, 너희 병원 측 사람들과는 의절하고 살았다던데."

"작은할머니와 저는 딱히 척을 질 만큼의 이해관계가 없었으니까요."

사실상 형제의 운명을 가를 이사회는 다음 달.

희영이 머릿속으로 재빠르게 계산을 하고 있는 것을 알았는지, 승주가 희미하게 미소 지으며 물었다.

"합하면 그 주식이 전부 몇 주죠? 이래도 개미 눈물입니까?"

"……어떡할 셈이니?"

"한 가지 더. 이모님이 아시는 것보다 돈 많아요, 저. 어디 한번 작정하고 긁어 드려요, 태동 주식?"

"이승주!"

"손 떼세요, 제 일에서. 그러면 아무것도 안 할 테니까."

"정말이지? 네 주식, 용재우 쪽으로 안 내주는 거지?"

"이모님 하는 거 봐서요."

천하의 나희영이 지금 별것 아닌 조카 승주에게 제대로 협박을 당하는 중이었다. 그렇게 당하면서도 악 소리도 한번 내지 못하고 있었다.

"유리를 다시 만나고 있어요."

승주의 폭탄선언에 경악한 희영의 눈동자가 흔들렸다.

잠시 침묵하던 희영이 실소를 흘렸다.

"저런. 또 네 엄마가 너한테 물먹은 거니?"

"물먹은 게 아니라 어머니도 이번에는 순리에 따라야 할 거라고 말씀드리는 겁니다. 전 두 분께서 선보라는 자리에 나갔고, 성실하게 대화했습니다. 더 이상의 의무는 없어요. 이모님 역시 마찬가지. 그러니 제 결혼이나 제 아내에 대해서 헛소리 그만하시고, 절 이상한 사람하고 엮으려는 시도도 그만하시고 우리 어머니가 이상한 짓 하려 할 때도 편들지 마시고 그냥 계세요. 그럼 저도 가만히 있겠습니다."

"확실하게 굴어. 용재우한테 유리한 쪽으로는 움직이지 않는다고 약속해."

"재우 형님보다 건우 형님이 제겐 더 가깝죠."

"알았다."

할 말은 다 했고, 들어야 할 말은 다 들었다.

승주가 미련 없이 일어나 희영에게 묵례를 하고는 뒤도 돌아보지 않고 병실을 나갔다.

희영은 승주가 나간 문 쪽을 바라보며 한동안 가만히 앉아 있다가 비서에게 나직하게 지시했다.

"이 실장, 나 물 한 잔만 줘."

천하의 나희영 여사가 누군가를 맞상대해서 이렇게 목이 타고 손에 땀이 차오를 정도로 긴장했던 건 정녕 처음이었다.

* * *

평창동에도 날이 저물고 있었다.

서재 책상 앞에 앉아 있는 나서희 앞으로 가사 도우미가 다가왔다.

"회장님, 저녁 진지는?"

"밥맛이 없어. 좀 있다가."

"알겠습니다."

나서희가 돋보기를 벗고 지루한 서류에서 벗어났다.

꽤 오래도록 서류를 들여다보고 있었던지라 눈이 침침했다.

가능한 한 집으로 회사 일을 가져오지 말아야 한다고 생각했지만, 상반기 결산 서류라 세세히 검토를 해야 할 것이 한두 개가 아니었다.

'잠시 쉬어야겠어.'

그녀는 몸을 일으켜 서재를 벗어났다. 잠시 누워 볼까 싶어 침실 쪽으로 걸어가면서, 2층 계단 쪽을 힐끗 노려보았다.

'기집애가 어디서 감히?'

아까 해민 때문에 상한 마음이 여전히 가라앉지 않았다.

'막내라고 오냐오냐 했더니만.'

갈수록 해민은 나서희 눈을 벗어나는 행동을 많이 하고 있었다. 애지중지하고 마냥 귀여워했던 걸 후회할 만큼 나날이 버릇없어지고 안하무인이 되는 해민의 꼬락서니가 정말 마음에 들지 않았다.

'집 나가면 대체 뭘 보고 뭘 듣고 다니는지 모르겠어. 다 저 잘되라고 하는 말 아냐? 뭔 말만 하면 쌍심지부터 켜고 덤비려는 게 기가 차서 원.'

이전에는 그렇지가 않더니만 요즈음 들어 특히 더 그녀의 말이라면 무조건 빈정거리기부터 하고, 앞뒤 가리지 않고 마구 덤비려 한다. 대체 어디서 배운 버르장머리인지.

생각해 보면 그녀의 말이라면 사사건건 꼬아 듣고 빈정거리기 잘하던 지아비를 딱 닮아 간다 싶었다. 그래서 자꾸 언짢아지고 화가 났다.

'조만간 따끔하게 혼을 내야겠어.'

그나저나 이제 해민도 낼모레면 서른이다. 더 늦기 전에 쓸 만한 혼처를 찾아 보란 듯 제대로 된 결혼을 시켜야 할 것이다. 그런 연유로 해민의 행동거지에 대한 뒷말이라도 나올세라 더 조심시키고 단속하는 중인데, 어미 마음도 모르고 무작정 튀어 나가려는 해민의 철없는 반항에 그저 기가 찼다.

'기껏 하찮은 구멍가게 하나 굴리면서 꼴에 그것도 사업이라고 거들먹거리긴, 쯧.'

해민이 사업이랍시고 필라테스 샵을 론칭할 때부터 마땅치 않았다.

그러나 세린병원 정형외과와 연계해서 꾸준한 재활 치료가 필요한 환자들을 위탁받아 고객을 확보하고 제대로 사업 한번 해 보겠노라고 나선 것에 무조건 반대만 할 수가 없었다.

'그딴 게 뭐가 돈이 된다고? 그냥 데이지 백화점으로 들어오래도 고집은 지 아비 닮아서 고래 심줄이지, 쯧.'

나서희로서는 세 자식 중 그 누구도 자신이 있는 힘을 다해 키우고 넓혀 온 데이지 백화점 일에는 관심이 없는 게 내심 무척 섭섭했다.

처음부터 윤민은 일을 한다는 것 자체에 흥미가 없었다. 여자가 결혼만 잘하면 되지 하고 생각했던 나서희의 영향 때문이었다.

그렇게 결혼을 해서 출가외인이 되어 버린 윤민은 어쩔 수 없다 치고, 해민이라도 백화점 경영에 도움을 주었으면 했다. 그러나 해민은 백화점 안에서의 쇼핑이나 즐길 뿐이지 경영에는 딱히 관심을 보이지 않았고 또 그 정도의 그릇도 아니었다.

부족한 게 없다 싶은 나서희로서 오로지 그것만이 아쉬웠다.

'아냐. 일단 우리 승주 일부터 해결하고 나서 움직여도 늦지 않아.'

승주가 순순히 선 자리에 나갔고, 또 별일 없이 그 아가씨와 만나고 있다는 데서 나서희는 거의 포기하고 있었던 무지갯빛 희망이 새로 싹트는 것을 느꼈다.

승주가 그쪽의 사위가 되는 데 성공한다면, 남은 해민의 혼처는 윤민의 시댁보다 더 부유하고 더 품격 있는 재벌가가 될 가능성이 커지게 된다.

한 집안의 수준과 품격이라는 건 하루아침에 이루어지는 게 아니다. 단순히 돈만 있다고 해서 다른 재벌가와 혼담이 오갈 수 있는 것도 아니다. 모든 것은 자녀가 어려서부터 주도면밀한 계획하에 하나씩 차곡차곡 쌓아 올리는 결과물이었다.

당사자와 양가 모두 출생과 관련한 가정사 내력에서부터 재산 규모, 얽힌 친인척 수준과 학벌 등등, 모든 측면에서 정밀한 계산을 하고 딱딱 아귀가 맞아떨어져야 이루어지는 것이 재벌가 결혼 시장의 실체였다.

그래서인지 가장 큰 희망을 품었던 아들 승주의 결혼이 계획에 어긋나고 처참한 실패로 이어졌다는 것이 나서희는 더 뼈아팠다.

그만큼 승주를 홀린 전 며느리 유리가 견딜 수 없이 지금도 밉고 혐오스러웠다. 아들의 인생을 망친 주범인 그녀를 나서희는 영원히 용서할 수가 없었다.

'그딴 하찮은 계집애 때문에 우리 착한 승주가 감히 내 마음에 대못을 박았어.'

그런데 이상하다. 아까 해민이 했던 한마디가 어쩐지 가시처럼 콱 박혀 빠지지가 않았다.

나서희가 그런 이유로 유리를 처음부터 미워했다는 그 말.

해민은 아무 생각 없이 건방지게 내뱉은 것이겠지만, 순식간에 나서희의 가슴에 박힌 건 그 말이 사실이었기 때문이다.

승주의 전처 유리가 그리도 꼴 보기 싫고 못마땅했던 건, 그녀의 눈에 하나도 드는 게 없는 그 천박한 계집애가 감히 내 아들을 홀려? 그것도 모자라서 날 거역하게 만들어? 하는 분노가 기본적으로 깔려 있었기 때문이었다.

그때까지 한 번도 자신의 뜻을 드러내거나 큰소리 내지 않던 승주가 너무 강력하게 나서는 바람에 당황한 나머지 서희가 처음으로 밀렸다. 볼 거라곤 아무것도 없는 그딴 계집애를 아내로 맞이하는 꼴을 두 눈 뜨고 참아낼 수밖에 없었다.

'흥. 그 인간은 또 뭐가 그리 예쁘다고 대놓고 그딴 걸 좋다고 어쩔 줄을 몰라 했지.'

남편 영국이 유리를 귀여워하는 것도 못마땅하기는 마찬가지였다.

잘 웃고 싹싹하고 상냥하다고, 귀엽고 어른들 말을 잘 들어 준다고 칭찬할 때면 그게 다 서희 자신을 욕하는 소리로 들렸다.

사실상 영국이 며느리 유리를 향해 건네는 말 한마디, 웃음 한 쪽지조차도 유리라는 필터를 건너 서희를 공격하는 칼날이었다.

'흥, 잘하는 거라곤 사내놈 홀리는 짓밖에 없는 걸 왜 못 보는지. 하여튼 젊으나 늙으나 앞에서 생긋생긋 웃어 주면 진짜 그게 진심인 줄 알고 홀라당 넘어간다니까.'

나서희로선 유리라는 이름만 떠올려도 갑자기 온몸에 열이 오르고 용암처럼 울화가 터져 버는 이러한 불치병을 치료할 방법이 아직 없었다.

이유 따윈 상관없이 유리의 모든 것이 싫고 미웠다. 그래서 서희는 그녀를 미워할 수밖에 없는 이유를 찾으려 별의별 수를 썼다.

본데없고 근본이 없다.

천박하고 당돌하다.

가진 것도 없는 게 꼴에 잘난 척, 요망한 불여우 짓은 잘하더라, 등등.

온갖 이유를 만들고 붙여서 나서희는 유리를 경멸하고 미워하는 자신을 정당화했고, 또 남들도 그녀가 주장하는 말에 호응해서 같이 욕해 주고 무시해 주었기에 유리에 대한 그 혐오와 경멸을 더욱더 굳건히 할 수 있었다. 그래야만 비로소 자신이 덜 초라해지는 것 같았기에.

'여하튼 빨리 우리 승줄 짝 맞춰서 안착시켜야 안심을 하지. 다시는 실수하지 못하게 내가 나서서 단속하고 철저하게 관리해야 해.'

그런 생각을 하면서 그녀는 침실 발코니에 놓인 의자에 앉아 멍하니 정원을 내다보았다.

홀로일 때 늘 그렇듯이 공허한 한숨이 새어 나왔다.

'집에 안 들어오는 건 똑같은데.'

침실에 홀로 덩그러니 놓인 침대 쪽 풍경이 서글펐다.

사랑도 존중도 없이 살아온 40여 년 결혼 생활이 차갑디차가운 빈 침대 위에 서려 있었다.

영국이 집을 나간 지도 벌써 많은 시간이 흘렀다. 집 나가면 늘 그랬듯이 아무런 연락도 받지 않았다.

물론 나서희도 그에게 먼저 연락을 취하거나 하지는 않았다. 언제고 아쉬우면 기어들어 오겠지, 하는 오기 싸움이었다.

'어디 한번 다 늙어서 알거지 꼴 나서는 제대로 망신을 당해 봐야 정신을 차리려나.'

어떻게 한번 제대로 박아 줘야 그가 항복을 하고 집으로 돌아오게 될지. 아무리 계신해도 답이 나오지 않았다.

이 나이에 이혼을 당하라고? 내가 뭘 그렇게 잘못해서? 제멋대로 바람피우고 온갖 구린 짓은 다 해 놓고는? 이야말로 방귀 뀐 놈이 성을 낸다더니 딱 그 짝이었다.

뻔뻔한 영국에 대해서 생각만 해도 너무 망신스럽고 자존심이 상해 서희는 몸서리가 쳐졌다.

그때 똑똑 노크 소리가 들려왔다.

"들어와요."

"회장님, 지금 홍 실장님께서 전화를 하셨는데."

"홍 실장이?"

서희는 뭔가 약간 불안해서 가사 도우미를 바라보았다.

"두 분이 아까 전에 헤어지셨답니다."

본능적으로 서희는 벽시계를 바라보았다.

승주와 조영화가 만났다는 보고를 받은 지 겨우 두 시간밖에 지나지 않았다.

"벌써?"

"네."

"아니, 이게 무슨 무례람? 아무리 그래도 이게 뭐래? 저녁 식사는 같이해야지. 벌써 헤어져? 확실해?"

"네."

아까 나서희에게 쏴붙인 게 뭔가 마음에 걸렸나 보다. '엄마, 화해합시다' 하듯이 조각 케이크와 홍차 잔을 들고 들어오던 해민이 그 말을 들었다.

"오빠, 그 여자랑 헤어졌대? 벌써?"

"그런가 보다."

"서로가 별로였나 보네."

해민이 톡 하고 내뱉었다.

"어려운 큰이모가 소개한 자리인데도 그렇다 이거지? 완전 꽝이라는 신혼데? 대부분은 예의상 저녁 식사까지는 참아 주거든요. 그게 소개팅 국룰이죠."

"……오빠한테 전화 걸어 봐. 어딘지 물어보고 집으로 바로 넘어오라고 해."

"네."

그러나 몇 번이고 전화를 걸던 해민이 얼굴을 찡그리며 말했다.

"안 받아. 지금은 아예 전화기를 꺼 버렸는데?"

"얘는 대체 왜 그래? 왜 시도 때도 없이 전활 끄고 사냔 말이야. 아휴, 답답해."

나서희가 체면도 잊고서 고용인 앞에서 신경질을 내자, 해민이 지그시 건너다보았다.

"엄마, 잔뜩 기대를 하셨는데 일이 다 어그러질까 봐 엄청 걱정이시구나?"

"당연하지. 니 오빠 인생이 걸린 만남일지도 모르는데 이렇게 두 시간 만에 종 치다니 너무 경솔하잖아. 그 아가씨한테도 예의가 아니고."

"뭐, 그쪽도 오빠가 별로 마음에 안 든 모양이지."

"어떻게 한 번 보고 사람을 알 수가 있어? 제대로 설득해서 다시 만나 보게 해야지."

해민이 뭔가 말을 하고 싶은 표정으로 나서희를 건너다보다가 결국은 입을 다물었다.

"왜? 나한테 할 말 있어?"

"아뇨."

백번 천번 만나 보라 강요해도 소용없어. 별의별 여자를 앞에 갖다 놔도 헛짓이야. 그렇게 말할 수 있다면.

그러나 해민은 아직 나서희 앞에서 자신이 품고 있는 핵폭탄을 터뜨릴 용기가 없었다. 하물며 윤민에게 승주 인생에 대하여 쓸데없는 간섭 따윈 하지 말라 쏘아붙인 자신이 아니던가.

그때 나서희에게 희영이 전화를 걸어 왔다.

―지금 전화를 받는데, 그쪽 아가씨가 우리 승주를 마음에 들어 한다고 하네.

"네?"

삽시간에 나서희의 표정이 확 풀어졌다.

의외였다. 솔직히 나서희는 승주가 단시간 안에 아가씨와 헤어졌다기에 딱히 이 만남의 결과를 기대할 수 없겠구나 내심 실망한 참이었다.

그런데 웬 반전? 순간 좀 얼떨떨해지기까지 했다.

"잘되었군요. 그쪽에서 우리 애가 마음에 든다니."

―하지만 승주도 그 아가씨가 마음에 들어야지. 남녀지간 문제는 일방적으로 달릴 수가 없잖아.

"잘 도와주세요."

―둘이 알아서 할 일이야. 난 여기까지만 할게.

희영이 딱 잘라 선을 그었다.

―결혼은 하늘이 내리시는 인연이라고 하잖아. 누가 나선다고 될 일이 안 되고 안 될 일이 되지는 않아. 일단 만나게는 했으니 나머지는 당사자 둘의 문제야.

"그럼요. 알았어요. 여하튼 언니, 고마워요"

전화를 끊고 나서희는 조금은 안심이 되었다.

승주가 짧은 시간 안에 그 아가씨와 헤어졌다고 해서 일이 썩 잘되지는 않겠구나 미리 단념하려던 차에, 저쪽에서 마음에 든다고 먼저 연락을 해 왔다니 기분이 좀 풀렸다.

'흥, 그럼 누구 아들인데?'

누구든 승주를 직접 만나면 탐을 낼 수밖에 없으리라 의기양양해졌다가도, 이렇게 금쪽같은 내 아들이 어쩌다가 그 여우 같은 것한테 잘못 걸려서 이혼남이 되었나 싶으니 그저 한숨만 나왔다. 얼마든지 고르고 골라 더 좋은 혼처를 찾을 수 있었는데 겨우 이 정도 자리에 감지덕지하게 되었나 하는 생각에 간신히 가라앉혔던 울화통이 다시 치밀어 오르려고 했다.

"의외네? 그쪽에서 먼저 오빠 탐내다니. 혹시 그쪽 아가씨가 겉만 그럴듯하지 별 볼 일 없나? 집안 좋고 모자란 것 없는 여자가 왜 오빠 같은 이혼남을 만나고 마음에 든다는 거야? 나로선 그것부터 의심스러운데."

해민이 이해할 수 없다는 듯 고개를 갸웃했다.

순간 나서희는 조금 찔끔했다. 영국으로부터 승주의 선 자리 상대가 사실은 검은 추문을 달고 다니는 가십덩어리라는 사전 정보를 들은 바 있었다.

해민은 아무것도 모르면서도 그냥 해 본 말이겠지만 나서희로선 설마 해민이 뭔가 알고서 하는 말인가 싶어서 괜히 마음이 선득거렸다. 그래서 더 말이 날카롭게 터졌다.

"네 오빠가 어때서? 넌 네 오빠 일인데, 잘되어 갈 조짐이 보인다는데 축하를 해야지 꼭 그렇게 초를 쳐야겠니?"

"아유, 내가 뭔 말을 했다고 이렇게 예민하게 구신대? 왜요, 또 쓸데없이 희망 열매 드시기라도 하셨어?"

"뭔 소리야?"

"결혼은 혼자 하냐고요. 그쪽이 오빠가 좋다고 하면 끝이에요? 오빠 마음은 전혀 상관없이 그쪽이 좋다고 하면 무조건 오케이해야 하냐고요. 오빠가 왜 전화를 꺼 두고 연락을 안 받는지 한 번은 생각해 봐야 하는 거 아닌가?"

해민 역시 아까보다 더 날카롭게 되받아치고는, 화해하자고 들고 온 홍차와 케이크 접시를 내팽개치듯이 사이드 테이블 위에 내려놓았다.

"할 수 없죠. 엄말 누가 말려. 근데 아빠도 이런 사실은 알고 계셔야 하질 않나? 아빤 왜 요새 계속 집에 안 들어오셔?"

"……일이 바쁘신가 보지."

애써 아무 일도 아니라는 듯이 내뱉자, 해민이 나서희를 건너다보았다.

"종종 집을 비우시긴 했지만 이렇게 오래 안 들어오신 건 처음이잖아요? 난 정말 걱정돼서 하는 말이죠. 엄마, 진짜 아무 일 없어요?"

해민이 작정하고 캐묻자 비로소 나서희의 안색에 인간적인 감정이 조금 드러났다.

누군가에게 위로를 받고 걱정 어린 시선을 받기에 그녀의 자존심은 너무 완강하고 굳어서 그런 시선마저도 거부하던 차였다. 그러나 부부 사이 속사정을 다 아는 딸에게까지 끝내 그럴 수는 없었다.

"네 아버지, 당분간."

"응."

"원주 별장에서 지내신대."

"왜? 멀쩡한 집 놔두고 아빤 왜 그러신대? 골프에 미쳐도 그렇지. 혹시 두 분 무슨 일 있었어요?"

"……졸혼하고 싶으시단다, 네 아버지가."

나서희가 씹듯이 뱉었다.

죽었다 깨어나도 그녀의 자존심상 영국이 말한 '이혼'이란 단어는 차마 뱉어 낼 수가 없었다.

"네?"

해민의 얼굴도 나서희처럼 파랗게 굳어졌다.

철이 든 이후 영국와 서희 사이는 늘 냉랭했다. 두 사람이 서로에게 따뜻한 모습을 해민은 본 적이 없다. 40여 년 가까이 부모가 그런 사이인 건 익히 알고는 있었지만 두 사람 다 자식들에게는 최선을 다하려고 노력했기에 최대한 이해하려고 했다.

두 사람은 암묵적인 약속처럼 남들 앞에서 적당한 쇼윈도 부부로서 지금껏 살았고 그건 가족 모두에게 익숙했다.

"졸혼이 무슨 유행인가. 낼모레 일흔이니 이젠 자기도 가정의 굴레를 벗어나 자유롭게 살고 싶단다. 하, 언제는 엄청 충실하게 남편 노릇, 아비 노릇 한 줄 알겠어."

"……그냥 이혼해 버려."

나서희의 푸념 앞에서 잠시 입술을 깨물고 있던 해민이 무표정하게 툭 내뱉었다.

"뭐?"

"쇼윈도 부부, 이젠 지긋지긋하지 않아? 아빠, 기회만 있으면 딴눈 파시는 거 내가 모를 줄 알았어? 그런 아빨 왜 참아? 하물며 먼저 졸혼 요구라니, 너무한다. 자기가 뭘 잘했다고? 엄마도 그냥 아빠를 버려. 진짜 엄마 좋아하는 사람하고 1년이라도 살아 보라고. 인생 짧아. 솔직히 엄마가 뭐가 부족해서 딴눈 파는 아빠랑 억지로 살고 있어?"

나서희가 어이없어서 해민을 멀거니 바라보았다.

편을 들어 주기를 바랐지만 그렇다고 이렇게 해민이 극단적인 말을 할 줄은 몰랐다.

"너는 부모가 결혼에 있어 위기를 겪고 있다면 잘해 보라고 위로해도 모자랄 판에."

"그래도 아직은 잘해 보고 싶은 생각은 있으신가 봐?"

해민이 아까보다 더 냉소적으로 되받아쳤다.

"뭐라는 거야, 얘가?"

"현실을 직시하라는 말이죠. 우리 남매들 다 장성해서 자기 생활 하고 있고, 딱히 부모님 손길 필요하지 않다고요. 이젠 엄마도 엄마만의 행복을 찾을 때가 왔다고 생각해. 엄마가 가정을 지키고 싶다 해도 아빠가 이미 그 울타리를 깨고 나가서 딴짓하는데 왜 엄마만 멍청이처럼 이러고 사냐고."

"무슨 말인지는 알아들었다만 됐어. 너랑 네 오빠 결혼할 때까지 내 사전에 이혼은 없어."

"뭐야? 설마 졸혼이 아니라 이혼하재?"

정곡을 찔린 나서희가 입을 꾹 다물었다.

누구에게도 털어놓을 수 없었던 자존심의 깊은 상처가 해민을 외면하는 옆얼굴에 어른거렸다. 이에 해민은 큰 충격을 받았다.

영국이 나서희에게 이혼을 요구할 정도로 부부 사이가 최악으로 치닫고 있었는데, 딸인 자신은 전혀 눈치채지 못했다는 것에 미안했다.

그러나 동시에 아버지 영국이 어머니에게 얼마나 큰 스트레스를 받고 살아왔는지를 알고 있었기에 가정에 충실하지 못한 채 바깥으로만 나도는 아버지가 무조건 잘못했다고 같이 화를 내 줄 수도 없었다.

어머니는 세 자녀들을 자신의 뜻대로 움직이고 조종하고 억압하고 관리했듯이 남편에게도 똑같았다. 어떤 면에서는 오히려 더했다. 어머니 나서희의 그 뿌리 깊은 재벌가 자부심은 '한갓 의사 주제에'라며 매도당하고 살았던 영국의 자존심을 평생 산산조각 부쉈고 매사 짓밟았다.

이전에도 견디다 못한 영국이 나서희에게 헤어지자고 말한 적이 있다고 들었다.

그때 당시 생존해 있던 외조부에게 불려 가서 '내 눈에 흙이 들어가기 전에 이혼은 없다, 내 딸을 데리고 가서 모시고 살지는 못할망정 어디서 감히 이혼을 운운하느냐?' 하고 엄청 혼이 났다고 슬쩍 주워들었었다.

그 이후로 영국은 자신이 어떻게 하든 결코 이혼은 할 수 없구나 하고 체넘해 버린 듯했다. 그가 대놓고 바깥으로 돌기 시작한 것도 그때부터였다.

하지만 적어도 자녀나 남들 앞에서는 억지로나마 괜찮은 부부처럼 굴었는데.

정작 해민이 놀란 건 또 다른 것이었다.

도도하고 매사 자신 뜻대로 사람이든 세상이든 컨트롤하고 사는 나서희가 오히려 이혼을 바라지 않고서 영국에게 매달리고 있었다는 사실이었다. 해민은 머리통을 한 대 얻어맞아 얼얼해진 아이처럼 큰 충격을 받았다.

하물며 그 거절의 이유가 얼마나 구차한가.

이제는 너무 낡아서 드라마에서도 쓰지 않는다는 '애들 때문에 이혼 못 해'라는 대사를 시전하시다니?

"와, 우리 엄마 알고 보니 엄청 클래식하시네. 난 니 아빠가 지긋지긋하고 싫은데 너희들 땜에 억지로 같이 살고 있다, 그런 뜻인가요?"

하지만 나서희의 귀에 해민의 그 말은 어쩐지 '비겁하네요'로 들렸다.

한동안 빤히 나서희를 바라보던 해민이 시선을 돌리며 내뱉었다.

"우릴 핑계 대지 말고 그냥 하세요, 이혼."

"그게 무슨 소리야?"

"난 괜찮다고요. 아마도 오빠도 상관 안 할걸? 엄마가 이혼하고 싶으면 그냥 해요. 구차하게 핑곗거리 만들지 말고. 이미 늦은 것 같으니까요."

충격을 받은 나서희의 표정은 아랑곳 않고 해민이 아까보다 더 냉정하게 말했다.

"아직도 엄마만 모르시지? 정말 감추고 싶었겠지만 유감스럽게도 세상 사람들은 다 알아. 엄마 아빠, 쇼윈도 부부인 거. 엄마가 죽어도 지키고 싶어 하는 체면, 위신, 그거 부서진 지 오래라고."

"뭐야?"

"난들 뭐 모르는 척, 안 들은 척하는 게 쉬운 일인 줄 아시나 봐. 이미 우리 남매들, 세상 사람들이 부모님에 대해서 수군거리는 일, 많이 감수하고 있다고. 그러니까 우리 핑계 대지 말고 깨끗하게 헤어져요. 엄마만 희생자인 척하는 거 짜증 나요. 이혼이 일방적인 한쪽 잘못인가? 그리고 이혼이 뭐 별거야? 신경 쓰지 말고 헤어져 버려요. 엄마도 아빠한테 벗어나서 그냥 자유롭게 사시라고요."

해민이 툭 내뱉고는 방을 나가 버렸다.

"아니, 내가 뭘 그렇게 잘못했다고?"

너무 어이가 없고 섭섭해 나서희가 탁 닫히는 문을 향해 꽥 소리쳤다.

"어떻게 된 게 한 사람도 내 편이 없어? 딸년조차도 내 편이 아냐. 하나같이 다들 저만 잘났대. 기가 막혀서."

나서희는 푸념을 하며 그대로 다시 의자에 주저앉았다.

이미 몸을 적시고 있던 외로움과 배신감이 더 깊어지고 있었다. 절대 지울 수 없는 검은 얼룩처럼 나서희의 영혼을 잠식해서 아프게 만들었다.

"남편이고 자식이고 소용없다더니! 다들 나한테 왜 이래, 정말?"

누가 들을 일도 없는 악다구니를 혼자 내지르며 정원 쪽으로 시선을 돌렸을 때 나서희는 해민을 보았다.

그녀가 입은 옷 그대로 차 키를 들고 난폭한 걸음걸이로 주차장 쪽으로 내려가고 있었다. 다시는 이 집에 돌아오지 않겠다는 듯 뒤도 돌아보지 않고 그대로 시야에서 사라졌다.

* * *

오후 5시 무렵, 올댓파티 직원들은 사무실로 복귀해 있었다.

피곤했지만 다들 기분은 좋았다. 이날의 행사 '다이어트 축하 기념 먹고 마시자' 파티를 성공적으로 마무리했기 때문이나.

"너 아까 그 말 들었지? 다음에도 잘 부탁한다고 그랬잖아."

"난 그 말 듣고 이걸 어떻게 해석해야 하나 좀 헷갈렸어. 그럼 이분은 이번 폭식 후 확 살쪄서 또 다이어트하고 성공하면 이런 파티 다시 하시려나 싶어서."

"근데 진짜 신기하지 않아? 다이어트 동호회 라이브 방송이 있다니."

"그게 단식원에서 만난 친구들이라니까 더 웃겼어."

이날 행사는 여러모로 올댓파티 친구들에게 신기한 경험이었다.

다이어트 성공의 주인공은 30대 여성이었다. 그녀는 건강하고 지속적으로 살을 빼기 위해 자신의 다이어트 생활을 생중계하는 온라인 다이어트 동호회에 가입해서 활동하는 회원이라고 했다. 이날 목표치로 설정한 몸무게를 달성하자 다이어트 성공 기념 푸짐한 먹방을 찍기 위해 올댓파티를 고용한 것이다.

현장에 도착한 여남은 명의 회원과 그들의 먹방 파티를 시청하는 온라인상 수백 명의 회원들이 동시에 함께하는 참 희한하고 기묘한 SNS 세상의 파티였다.

"여하간 오늘은 영주의 공이 컸어."

"역시 넌 SNS 최적화 여신이야. 어떤 음식이 화면에 때깔 잘 나오는지를 귀신같이 안다니까."

"돈 안 되는 칭찬은 그만하고 정리나 도와줄래?"

"완전 배고프니까 일단 뭐든 좀 먹고 정리하자."

"여기로 곱창이나 족발 배달해서 먹으면 안 돼? 식당까지 가기도 싫어."

"그러자. 잠깐만. 내가 주문할게."

저녁 식사 메뉴를 위해 앱으로 배달 식당 메뉴를 훑고 있는데 전화벨이 울렸다.

―나야. 당신 회사 지하 주차장이야.

승주였다.

"엥? 내가 끝나고 집에 간다고 그랬잖아. 당신이 여길 왜?"

정원이 깜짝 놀라 되묻자 승주가 수화기 안에서 싱겁게 웃었다.

―당신이 빨리 보고 싶어서. 다 끝났어?

"응. 거의 다."

―그럼 지금 내려올래?

휴대 전화를 들고 정원은 저만치서 왔다 갔다 하고 있는 영주와 경오를 살그머니 돌아보았다. 세 사람의 눈이 마주쳤다.

"왜?"

"가라. 마무리는 우리가 할 테니까."

영주와 경오가 동시에 말했다.

"왜 가? 어딜 가?"

"넌 눈치도 없니? 정원이 그 님이 오셨나 보다."

"아하."

영주가 모든 걸 납득했다는 듯 고개를 끄덕였다.

"갈 땐 가더라고 곱창은 시켜 주고 가라, 대표님아."

"경제권은 다 서 이사 니가 쥐고 있으면서 저녁밥 메뉴를 나한테 떠밀어?"

"식사 메뉴 선택은 행사 메뉴 선택보다 더 어렵다고. 황소집 곱창구이 시켜. 나 오늘 많이 먹을 거야. 그 맛있는 걸 다른 사람이 다 먹어 치우는데 난 손가락 빨면서 보고만 있었다고. 스트레스!"

배고파서 잔뜩 예민해진 영주의 심기를 더 자극할까 무서워서, 정원은 얼른 전화 속에서 기다리고 있는 승주에게 말했다.

"10분만 기다려요. 밥 시켜 주고 바로 나갈게요."

정원이 지하 주차장에 내려가자, 승주가 헤드라이트를 한 번 반짝였다.

"혹시 당신, 내일도 스케줄 있어?"

정원이 차에 타자마자 승주가 뜬금없이 물었다.

"있었는데 없어졌어. 생일 파티 당사자가 축구하다가 다리 부러져서 병원에 입원했다고 그제 갑자기 취소됐거든. 근데 왜요?"

"잘됐네. 우리 어디든 가지 않을래? 잠시 바람 쐬고 싶어. 맛있는 거 먹고 바다 보고 하룻밤 자고 오자. 내일 스케줄 없으면 모레 오전까지만 복귀하면 되잖아."

"그건 그렇지만……."

갑자기 사전 계획도 없이 여행이라니? 이건 매사 답답할 정도로 느리고 계획적이며 뭔가 하나를 결정하려 해도 시간이 오래 걸리는 승주 스타일이 아니었다. 정원이 시선을 돌려 승주의 옆얼굴을 자세히 바라보았다.

"당신 표정이 왜 그래요?"

"내가 뭘?"

"엄청 열받은 거 같아."

"아니야."

"아니긴 뭘 아냐? 내가 당신 표정 몰라요? 아무리 포커페이스인 척해도 난 다 알아. 무슨 일 있었죠?"

"아니라니까."

승주가 끝까지 부인하자, 정원이 입술을 쑥 내밀고 다시 승주 얼굴을 살피다가 고개를 끄덕였다.

"알았어요. 가요, 바다 보러. 생갈비 대신 쏴 줄게. 죽은 사람 소원도 들어준다는데 뭐, 산 사람 소원을 못 들어주겠어. 하물며 그 사람이 내가 사랑하는 당신인데?"

'사랑하는 당신' 그 한마디로 충분했다.

그때까지 진정되지 못하고 활화산처럼 분노와 모멸감으로 뻘겋게 타고 있던 승주의 마음이 푸른 비를 맞은 것처럼 서늘하게 식어 내렸다. 뭐든 받아들일 수 있는 너그러운 대지가 되었다.

＊　＊　＊

세 시간 후.

그들은 제주도로 날아가는 마지막 비행기에 올라타 있었다.

어느새 깊은 밤이었고, 그들이 기대한 푸른 바다는 컴컴한 어둠 덩어리로 뭉개져서 어디쯤에 누워 있었을 뿐이었다.

"호텔까진 택시 타고 가자. 차는 내일 빌리면 되고."

출입구로 걸어 나오면서 승주가 제안했다.

"응. 좋아요. 근데 난 아무것도 없어. 갈아입을 속옷도 없는걸."

정원이 입을 주욱 내민 채 투정 부렸다.

"속옷이 왜 필요해? 어차피 다 벗고…… 흡!"

승주의 입을 정원이 손이 막아 버렸다. 정원이 승주의 입술을 찰싹 때렸다.

"나쁜 말. 누가 들으면 어떻게 하려고 그래, 정말? 갈수록 징그러워지고 있어, 이 아저씨."

"듣긴 누가 들어? 우리 둘밖에 없는데."

"내가 아무리 당신한테 다시 홀딱 빠져 있다고 해도 너무 뻔뻔하게 굴지 마요. 매력 떨어지려고 그래. 흥."

"다시 홀딱 빠진 거, 사실이야? 난 아닌 것 같아서 긴장되던데. 홀딱 빠진 사람은 나지."

"서로 홀딱 반했으니 좋은 거죠, 뭐."

"필요한 건 내일 다 사자. 오늘은 어차피 그냥 호텔 가서 쓰러지기만 하면 돼."

"피곤해요? 하루 종일 서서 일을 한 건 난데 왜 당신이 피곤해?"

"난 싫은 맞선 봤잖아. 겨우 한 시간이었는데도 꼭 100년 같았어. 너무 힘들었어."

어떤 학자가 시간은 상대성이라 하더니만, 그 학자는 진실을 말했다.

조영화 그녀와 마주 앉아 있던 한 시간은 이를 악물고 견뎌 내야 할 인내와 의무라는 억겁이었다.

이렇게 정원과 나란히 먼 바닷가 공항으로 날아오는 이 시간들은 순식간에 녹아내리는 솜사탕인데 말이다.

"동정해 줘요?"

"부탁해."

"동정 같은 소리! 그런 걸 내가 왜 해? 자기가 자초한 일이면서. 그 자리가 불편하고 싫다는 말 한마디만 했었다면 충분히 피할 수 있었잖아."

정원이 비웃으며 쏘아붙였다.

"나간다고 미리 약속을 해서, 어쩔 수 없……."

"세상에 어쩔 수 없는 게 어딨어?"

정원이 드물게 정색하고는 다시 쏘아붙였다.

"다 의지 문제 아냐? 못 지키는 약속도 있거든요. 일부러 안 지키는 약속도 많고. 예를 들어 우리 회사 행사를 생각해 봐요. 불가피한 사고가 나서 취소될 수도 있고, 고객님이 단순 변심 해서 계획한 파티를 엎어 버릴 수도 있단 말이죠. 우리로선 어쩔 수가 없어요. 세상일은 왕왕 그런 건데 싫어서. 싫고, 이건 아니다 싶으면서도 취소하는 게 귀찮고, 그 귀찮은 걸 회피하고 싶어서 꾸역꾸역 그 자리에 나간 당신은 그런 말을 할 자격이 없질 않나?"

"……그래. 당신 말이 맞아."

승주가 나직하게 자인했다. 사실상 승주는 희영이 주선한 그 선 자리에 나가서 겪은 일로 어떻게 보면 각성을 한 셈이었다.

지금까지 버릇 같은 그 침묵과 비겁함과 망설임이 계속되는 동안 자신의 인생과 펼쳐질 미래, 자신의 존재가 어떤 식으로 각색되고 왜곡되고 있는지 미처 알지 못했다.

그걸 멈추지 못했고 그저 방관한 대가를 지금 치르는 중이었다.

심지어 비겁한 죄를 저지른 자신만이 아니라 아무 관련이 없는 정원까지 싸잡혔다. 그의 잘못을 막아 주는 방패막이가 되어 아무 상관도 없는 남들에게서 비난을 받고 인격적인 모독을 당하는 것을 고스란히 감수해야 했다.

정원을 만나서 간신히 억누른 분노와 모욕감이 새로운 불길로 다시 타오르기 시작했다.

이젠 안 돼.

못 참아. 절대로.

승주는 어둠 안에서 지그시 이를 악물었다.

잠시 후에 서 있는 그들 앞으로 택시가 다가왔다.

"중문 단지 백제 호텔로 가 주세요."

밤이 깊어 가는 제주도의 거리는 캄캄했다. 불야성을 이루는 대도시와는 달리 태곳적 신비로움을 간직한 밤의 풍경은 참 오랜만이었다.

"저기 한번 보세요. 마침 맑은 데다 열엿새라서 달빛 기둥이 멋지죠?"

그들이 여행객임을 눈치챈 듯, 택시 기사가 평상시는 보기 드문 멋진 바다의 달빛 풍경을 보라고 바다 쪽 방향인 도로 왼편을 가리켰다.

중문 단지로 향하는 도로가 약간 높은 위치여서 그런지, 저 멀리 눈 아래 캄캄한 밤바다에 뽀얗게 달 기둥이 뻗어 있는 광경이 선연히 보였다.

잠시 후 택시가 중문 단지로 넘어가기 위해 산 쪽 도로로 접어들었다. 해안가에는 그나마 집들이며 배들이 있어서 불빛이 조금이나마 보였는데, 산쪽으로 차가 접어들자 사방은 그저 컴컴한 어둠뿐, 심연 안으로 가라앉는 듯, 차 안에 있는데도 무섬증이 생길 정도였다.

"제주도는 가로등이 없어서 너무 컴컴해. 좀 무서워."

"어두우니까 별빛이 대신 더 잘 보이지."

"맞습니다. 도시분들은 제주도 밤이 무섭다고도 하시는데, 사실 밤이 밤다워야 하거등요. 원래 밤 되면 자고 해 뜨면 일어나야 하는 게 인간이거등요. 언젠가부터 인간이 전깃불 쓰면서 밤을 잊어버렸는데 그거는 건강에도 안 좋거등요. 스트레스도 그래서 생기거등요. 밤다운 밤이 인자는 제주도밖에 안 남았거등요."

남달리 제주도에 대한 자부심이 강한 기사님이었다. 정원이 생글 웃으며 말했다.

"기사님, 고향에 대한 자부심이 남다르시네요."

"제주도가 고향은 아니거등요. 나는 전라도 영광."

승주와 정원은 순간 어안이 벙벙했다.

"하도 제주도 자랑을 재미있게 하셔서 저희는 여기 분이라고 생각했는데."

"여가 처가 동네거등요. 제주도로 군 복무 하러 왔는데 그만 여기 아가씨랑 눈이 맞아 부렀거등요. 하하하. 그때부터 결혼해 갖꾸 여서 살거등요. 우리 와이프가 갈치조림 식당 하거등요. 맛있거등요. 놀러 오면 잘해 드릴 거거등요."

언제 어디서든 아내의 식당 영업을 할 기회를 놓치지 않겠노라. 택시 기사가 넉살 좋게도 얼른 식당 명함을 정원에게 건넸다.

그러나저러나 고향은 전남 영광이라면서 왜 말투는 강원 스타일인지. 승주와 정원은 이 택시 기사의 정체를 도무지 가늠할 수가 없었다.

"언제 올라가시는데요?"

"월요일 새벽 비행기입니다."

"그러면 내일 점심때 갈치조림 드시러 오시면 되것네. 어젯밤 신랑 택시를 탄 손님이라구 말하믄 우리 와이프가 특별히 잘해 주거등요. 서비스도 참 잘 나오거등요."

다시 기사님이 열렬히 아내 식당을 홍보하기 시작했다.

"저 기사 양반, 하루에 한 명이라도 식당에 손님 못 끌고 가면 와이프한테 쫓겨나는 거 아닐까?"

택시에서 내려 호텔로 들어가며 승주가 진지하게 물었을 정도였다.

"난 보기 좋아. 저렇게 대놓고 홍보하는 게 생각보다 쉽지 않거든요. 아내 솜씨에 자부심이 없으면 그런 거 못 해요. 기사 아저씨, 진짜 애처가셔. 멋지네요."

"당신은 상대가 누구든 항상 좋은 쪽으로 생각해. 참 예뻐."

정원이 눈을 크게 떴다. 느닷없는 사랑 고백 같은 칭찬 앞에서 희미한 불빛 아래에서도 알아볼 수 있을 만큼 분홍빛이 되었다.

"뭐 잘못 먹었대?"

"왜?"

"낯간지럽게 왜 그런 말을 하고 그래?"

"그런 말 안 해 줘서 섭섭하다고 하더니. 정작 내가 예쁘다고 해 주니까 싫어?"

"사람이 갑자기 변하면 죽는대. 난 당신이랑 오래오래 같이 연애하고 싶은데 당신이 빨리 죽어 버리면 곤란하다구."

"나한테만 요딴 식으로 얄밉게 굴지?"

체크인을 마친 승주가 정원의 이마에 꽁 소리 나게 딱밤을 먹였다.

깊은 밤의 바닷가 호텔.

희미한 표지등을 안내 삼아 천천히 객실로 걸어가는 길. 시원한 바람과 함께 투명한 별빛이 어깨 위에 내려앉았다.

검은 바다 위에는 밤 조업을 시작한 어선들의 불빛이 꽃처럼 피어 있었고 두 사람의 발 뒤로 이름 모를 풀벌레 소리가 따라왔다.

둘이 손을 꼭 잡고 잠시 침묵한 채 같이 걸어가는 이 순간은 승주에게 아주 강력한 진정제 같았다.

아무 일도 없던 것처럼, 아무것도 아닌 것처럼 여전히 안에서 벌겋게 타고 있는 분노와 자학을 가라앉히고 서늘하게 식혔다.

객실에 도착하자마자, 정원이 발코니로 통하는 문을 활짝 열더니만 방 안에 있는 승주에게 손짓을 했다.

"잠깐만. 사진 한 장만 찍을게. 이리 와 봐요."

"사진을 왜?"

"영주가 사진 찍어서 보내래. 친구가 이상한 남자랑 같이 여행 갔는데 걱정된다고. 보험용으로 증거 사진 보내래."

"이상한 남자?"

어쩐지 마음이 상해서 승주가 인상을 쓰자 정원이 깔깔 웃었다.

"그럼 이상한 남자 맞지. 공식적으로 나랑 연애하면서 다른 여자랑 선을 보질 않나. 그 선 자리에서 한 시간 만에 도망쳐서 갑자기 제주도로 날 데려오질 않나. 이거 봐요, 우리 모습. 이게 정상적인 커플 여행 맞아?"

아닌 게 아니라, 휴대 전화 카메라 안의 둘의 모습은 영 이상하긴 했다. 뭘로 보나 아귀가 맞지 않고 불균형이었다.

정원은 행사를 끝내고 사무실에서 바로 나왔던지라 아직도 올댓파티 로고가 박힌 검은 티셔츠와 청바지 차림이다. 말쑥한 슈트 차림으로 격식을 차려야 하는 선 자리에 나갔다 온 승주와는 전혀 어울리지 않았다.

같이 여행을 왔으니 커플 같긴 한데, 이 둘의 진짜 관계는 대체 무엇인가 고뇌하게 만들 만한 모습이긴 했다.

"당신은 잘나가는 재벌 3세. 난 그 도련님 시중들러 온 이벤트 회사 직원?"

"이건 안 웃기다. 피곤해. 씻고 쉬자."

"배 안 고파요? 뭐든 좀 먹어야지."

공항에서 비행기를 기다리면서 카페에서 맛없는 스콘 하나를 나눠 먹은 게 저녁 식사의 전부였다.

"괜찮아."

승주가 재킷도 벗지 않고 휘적휘적 침대로 가서 그대로 푹 쓰러졌다.

"피곤해."

정원이 침대에 다가와 앉자 승주가 정원의 허벅지에 슬그머니 머리를 올렸다. 어린애가 나 좀 위로해 줘, 하고 엄마에게 칭얼대듯이 그녀의 향기 안에 얼굴을 묻었다.

그렇게 얼굴을 묻고 눈을 감고 있으려니, 불과 몇 시간 전만 하더라도 복잡한 서울에 있었다는 게 믿어지지 않을 정도였다.

승주 인생 전반에 걸쳐 해 본 적 없는 일탈. 이런 식으로 사전 계획도 없이, 제대로 된 준비 없이 충동 그대로 훌쩍 떠나 버렸다는 게 스스로 생각해도 거짓말 같았다.

'이렇게 쉬운 일이었는데.'

갑자기 그런 생각이 들었다.

늘 가던 길만 가는 매일매일. 어느 날 갑자기 이유 모를 충동에 이끌려 차 타고 가던 중간에 낯선 동네에 내려 버린 그런 기분이었다.

'이런대도 세상이 망하지 않는구나.'

승주에게 정말 놀라운 일은 이렇게 잠시의 일탈을 한다 해도 달라지는 게 딱히 없다는 사실. 지구가 자전을 멈춘 것도 아니고 세상이 뒤집어진 것도 아니었다.

'난 지금껏 어떤 인생을 살아왔던 걸까?'

목적도 이유도 없이, 엔지니어가 입력한 값 그대로, 정해진 레일만을 오가는 멍청한 기차 같았다. 자신의 지나간 인생이란.

머리칼에 뭔가 다정한 감촉이 느껴졌다. 정원이 승주의 머릿결을 손가락 끝으로 사르르 어루만져 주었던 것이다.

"난 자기 머리 만지는 게 좋아."

"좋아?"

"응."

"왜?"

"자기 머리, 엄청 숱도 많고 부드럽고 그래. 남자가 머릿결까지 예쁘면 어떡해? 진짜 머리끝에서 발끝까지 멋지면 어떡하잔 거야? 존재만으로 여자를 울리는 나쁜 남자. 마성의 이승주 씨 같으니라고."

호들갑스럽게 칭송하는 정원의 목소리를 듣고 있는데 승주의 입가에 슬그머니 미소가 흘렀다.

듣기 좋으라고 하는 과장이 반인 너스레인 걸 알고 있다. 그런데도 이렇게 무작정 인정해 주고 칭찬해 주는 사람이 있는 게 너무 좋았다. 어깨가 한 뼘쯤 위로 쑥 올라간 듯했다.

이런 식으로 정원과 별 의미 없고 덧없는 대화를 나누고 있노라니 자신이 오늘 감당해 냈던 모든 일들이 안개 너머로 아득히 사라져 버리는 것 같았다.

"난 오늘 별난 행사를 재미있게 마쳤지만, 자기는 어땠는데?"

정원의 그 질문은 오늘 하루 승주의 컨디션에 대한 것이 아니었다.

사실상 정원이 은근히 신경 쓰고 있었고 승주가 견뎌 낸 맞선 상대에 대한 것이었다.

"……당신하고 이렇게 갑자기 제주도로 날아와 버릴 만큼 구렸어."

승주는 몸을 뒤척여 바로 누웠다. 천장을 바라보며 후우 하고 깊은 숨을 내쉬었다.

"그 시간을 참아 낸 나한테 이렇게 보상을 줘야 할 정도니까."

"그런 말은 앞에 아무것도 모르고 나와서 앉아 있던 그분에게 실례 아닐까?"

"뭐 그럴 수도 있겠지만, 난 딱히……."

미안해할 필요가 전혀 없어서 그런 말은 못 해, 승주는 냉소적으로 생각했다.

정원은 정말 아무것도 모르니 하는 말이겠지만 '아무것도 모르고'가 아니라 '완전 잘못 알고'로 바꿔야 마땅하다.

승주로선 조영화와 마주 앉아 있던 그때도, 되짚어 곱씹는 지금도 '내가 지금 여기서 뭘 하고 있지?' 회의감이 드는 건 똑같았다.

악의적으로 진실을 호도한 인간들에게 대한 분노도 그러하거니와, 상대의 입장은 전혀 고려치 않고 건방진 술고래라는 민낯을 초면인 맞선 상대에 가감 없이 내보일 만큼 제멋대로이고 오만무례한 그 여자에 대한 반감이기도 했다.

"솔직히 그분에게는 미안했지만 매고 있는 넥타이가 교수형대 목줄 같더

라. 답답해서 미치는 줄 알았어. 오늘 난 정말 제대로 인생의 교훈을 얻었지."

"어떤 깨달음을 얻으셨대?"

"미적거리고 답답하게 굴다간 더 답답한 상황으로 끌려 들어간다는 거."

"오호?"

"해야 할 말도 안 하고 있으면 내가 하지도 않은 말이 제멋대로 진실인 양 세상 안으로 퍼져 나간다는 것."

"완전 비극인데?"

"귀찮아서든 관심이 없어서든 뭐든, 함부로 남이 내 인생을 흔들게 내버려 두면 그다음 뒷감당은 내가 해야 한다는 거. 그게 뭐든 다 엿 같다는 건 똑같아."

"이것 봐. 내 눈이 맞았다니까. 아까 당신 보자마자 왜 저렇게 화가 났지 싶었는데, 이렇게 막 함부로 말하고 열 받아서 막 쏟아 내는 걸 보니까 진짜 화 많이 났어. 그치?"

"응. 화가 많이 났어. 환장하겠는 게, 남이 싼 똥을 치우는 거면 당당하게 화풀이를 할 수 있을 텐데 내가 싼 똥이니 화도 못 내겠고. 나 자신에게 신물이 나!"

다시는 이런 자기혐오에 빠질 일을 만들지 않겠다. 승주는 마음속으로 재차 다짐했다.

"근데 이젠 아냐. 다 풀어졌어. 이렇게 당신이랑 같이 있으니까."

"빈말인 거는 아는데 기분은 좋아."

"빈말이라니? 진짜야. 당신이 내 진정제잖아. 우울증 약이고 진통제야."

"내가 진짜 그런 능력을 가지고 있어? 에이, 그러지 마. 내가 진통제면 이 세상 의사 약사는 뭐 먹고 살아? 당신이 근무하는 병원도 망할걸?"

정원은 어떻게 이렇게 말 한마디로 사람을 웃길 수 있을까?

한참 동안 큭큭 웃다가 승주는 정원에게 물었다.

"비행기 탈 때 집에는 뭐라고 했어?"

"솔직하게 제주도 간다고 그랬어. 바람 쐬고 싶다고."

"별말씀 없었고?"

"응. 엄만 어차피 양평에 가 계시니까. 빈집에 혼자 있는 거보다는 모처럼 휴가답게 재미있게 놀다 오라고 하셨어."

아무것도 묻지 않고, 있는 그대로 선선히 받아들여 주고 믿어 주는 가족. 그 무한한 신뢰와 애정이 얼마나 귀중한 것인지, 그걸 가진 정원에 대한 부러움이 뼛속까지 사무쳤다.

"어머님이 왜 양평에?"

"아버지가 거기 계시니까 가셨지. 참. 우리 아빠, 완전 잘나가신다고 내가 말했어요?"

"아니."

"이보세요, 이승주 씨. 제발 세상에도 관심 좀 가져 봐요. 우리 아빠 요새 완전 핫해."

정원의 가벼운 타박에 승주는 자신이 기억하는 민호에 대해서 입을 열었다.

"우리 결혼할 그때, 미술 대학 다니셨잖아. 나이 들어서 정말 하고 싶은 걸 찾으셨고 또 용감하게 공부를 시작하셨다니, 참 멋지다 그렇게 생각은 했는데."

"울 아빠, 졸업한 지가 언젠데? 그 이후로 계속 작품 활동을 하셨는데, 갑자기 아빠가 방송을 탔지 뭐야. 근데 더 신기한 건 엄청 재벌인 어떤 회장님이 아빠 작품에 확 꽂히셔 가지고 소유한 화랑에서 초대전을 해 줬어. 그때 아빠가 작품도 꽤 파셨지. 그걸 계기로 울 아빠, 일이 년 사이에 라이징 스타가 되셨다니까!"

"정말이야?"

"그렇다니까요. 이제 어엿한 설치 미술 쪽 특화된 예술가님. 평생 교육원이긴 하지만 강의도 나가셔."

"정말 존경스럽네, 장인어른."

"당연히 존경스럽지. 누구 아빤데? 근데 엄마가 양평 내려가신 건 아빠를 보살펴 드려야 해서만은 아냐. 곧 이사를 해야 하거든. 그래서 리모델링하러 내려가신 거."

승주가 눈을 뜨고 머리 위에 있는 정원을 올려다보았다.

"이사?"

"며칠 전에 논현동 집이 팔렸어."

"거기 땅 가격이 어마어마하지 않나?"

"아마도?"

논현동 처가는 강남 개발 시대에 지어진 2층 양옥이다.

지은 지가 오래된 건물이라 외관은 다소 고풍스럽지만 대신 요즘 짓는 저택과는 다르게 마당이 유난히 넓은 집이었다.

그 집에 살기 시작한 지도 거의 15년이 다 되어 가는지라 은정 여사가 해마다 곱게 키워 돌보는 꽃들과 텃밭을 구경하는 재미가 있었다. 서울 시내에서 땅값 비싸기로 손꼽히는 논현동에서 텃밭을 가꾸는 사치스러운 귀부인이라고 정원은 제 엄마를 놀리곤 했다.

"옆집에 사시는 분이 우리 골목에 있는 집들 다 사 가지고는 호화판 빌라를 짓는대. 우리도 집 팔고 나중에 그 빌라 한 채 받기로 했어. 급한 건 나야. 엄마가 보름 안에 집 구해서 나가래. 엄마는 내가 독립하면 양평 집으로 바로 옮길 거래."

종알종알 그사이 있었던 상황 변화들을 말하고 있는 정원을 가만히 올려다보던 승주가 불쑥 말했다.

"내 쪽으로 이사 올래?"

순간 예상치 못했던 듯 정원의 눈이 커졌다.

"엥? 동거하자고?"

"아니. 음, 뭐 그런 뜻은 아니었지만, 당신이 와 주신다면 나야 완전 땡큐지."

"아, 뭐야?"

상대는 전혀 기대하지도 않았는데 제가 먼저 김칫국을 마시고 혼자 설레발을 떨고 있었다. 괜히 무안하고 수치스러워서 정원이 발끈하며 그의 어깨를 탁 쳤다.

승주가 씩 웃으며 두 팔로 그녀를 자신의 몸 가까이 다가오게 만들었다. 부딪칠 듯 말 듯, 가까워진 입술 사이로 다디단 미소가, 사랑스러운 공기가 엮여 흘렀다.

"내가 사는 그 아파트, 편해. 일단 청소 서비스도 신청할 수 있고, 입주민 식당도 있어서 조식도 가능하다고."

"와, 그건 좋다."

"같은 동네에 이사 오면 우리 둘이 만나기가 훨씬 쉽잖아. 매일같이 볼 수도 있고."

"그건 그렇지. 알았어요. 일단 가능성에 무게를 두고 이삼 일 더 생각해 볼게요."

그의 집 가까이 이사 오겠다는 확언을 들은 것도 아닌데 승주의 기분은 벌써 한결 나아지고 있었다.

몸을 일으킨 정원이 두 팔로 승주를 꼭 끌어안으며 누워 있는 그의 몸 위로 올라탔다. 장난스럽게 그의 볼에 제 얼굴을 비비며 소곤거렸다.

"자기가 피곤하다니까 하는 말인데, 그냥 잘까. 아님 쪼끔이라도 사랑하고 잘까?"

승주가 두 팔로 정원을 마주 꽉 끌어안았다. 그러곤 나직하게 으르렁거렸다.

"반칙하지 마."

"반칙이라니?"

"제주도까지 날아와서 그냥 자라고? 용서가 안 되잖아."

"그렇지? 헤헤."

정원이 얼굴을 기울여 그윽하게 먼저 키스했다. 기쁜 응답처럼 열렬한 열기를 담은 입술이 그녀를 환영했다. 달콤한 타액 속 엉킨 혀 두 개가 밀고 당기는 동안, 두 사람의 몸이 열대야처럼 후끈 달아올랐다. 가쁜 숨을 내쉬며 정원이 승주에게 속삭였다.

"나, 점점 대담해지나 봐."

"언제나 환영."

승주가 다시 자신의 몸 일부처럼 엉켜 붙은 정원을 소유욕 가득하게 으스러져라 끌어안았다. 다시 시작된 키스 안에서 두 사람은 동시에 일렁이는 욕망에 굴복해 활활 타올랐다.

* * *

해민이 차를 세우고 원주 별장 쪽을 바라보았다.

다행히 영국이 안에 있는지 별장에는 불이 켜져 있었다. 해민은 휴대 전화를 꺼내 번호를 눌렀다.

"아빠."

—그래.

"저 들어가요."

—엉?

"여기 왔다고요. 차 세우고 들어가요."

해민이 전화를 끊자마자 영국이 정말 해민이 왔는지를 살피는지 발코니 쪽으로 검은 그림자가 불빛을 등지고 나타났다.

파자마 차림인 영국이 놀란 얼굴로 현관문 앞에서 해민을 맞이했다.

"아니, 이렇게 늦은 시간에?"

"배고파요."

어이없어하는 영국을 스쳐 지나가며 해민은 툭 던졌다.

신발을 벗으며 해민은 현관에 놓인 신발부터 시작해서 집 안을 둘러보았다.

만에 하나 영국이 여기까지 외도 상대라도 데려다 놨으면 어쩌나, 솔직히 가슴이 벌렁거렸다. 만약 그렇다면 서로가 민망해지는 건 둘째 치고 해민은 지금 정말 갈 데가 없었다.

그러나 다행스럽게도 영국을 제외한 다른 사람의 기척은 느껴지지 않았다.

"라면이라도 먹을래?"

영국이 해민을 지나쳐 주방 쪽으로 걸어가며 물었다.

"마침 나도 출출해서 라면 한 가닥 하려던 참이다."

"일껏 집을 나오셨으면 제대로 맛있는 걸 찾아 드시지. 겨우 라면 따위나 드신다고요?"

"라면이 특식이지. 집에선 못 먹질 않니."

"손 좀 씻고 나올게요."

"그래라."

영국이 라면 냄비에 물을 더 붓는 사이, 해민이 손을 씻으러 화장실로 향했다.

영국이 식탁 위에 수저 두벌을 놓으면서 화장실에서 나오는 해민을 돌아보았다.

"아비하고 한잔할 거야? 바로 안 올라가지?"

"네. 자고 갈래요."

"그래라. 마침 아까 근처 사는 할머니가 열무김치 담갔다고 한 그릇 주시더라. 안주해서 한잔하자."

영국이 라면 냄비를 식탁에 가져다 놓고는 냉장고에서 소주를 한 병 꺼냈다.

"마셔."

"네."

부녀는 더 이상 아무 말 없이 소주 한잔에 라면을 먹었다.

배고프다고 했으면서도 해민은 깨작깨작 젓가락으로 라면 가닥을 건져 올릴 뿐이었다. 그러다가 라면 냄비만 노려보며 아까처럼 툭 던졌다.

"아무리 엄마랑 불편하셔도 저에겐 의논 한마디도 없이 갑자기 별거, 너무하신 거 아니에요?"

"미안하다."

"……엄마한테 이혼하자고 하셨다면서요?"

"그래."

그저 있는 사실 그대로 덤덤한 대답을 듣는데, 해민은 가슴이 시렸다.

'모 아니면 도'라고 영국이 매사 완고하고 자기중심적인 나서희에게 홧김에 이혼 선언을 한 후, 별장에 머물면서 상황을 살피는 중이 아닐까.

진짜 이혼 생각을 하고 있는 게 아니라면 자신이 아버지를 설득해서 집으로 돌아오게 할 수도 있지 않을까 했던 순진한 기대가 삽시간에 박살났다.

영국은 망설이지도 않았고, 딱히 미안해하지도 않았다.

그의 말투와 표정에는 이미 갈등이나 고민의 단계를 넘어서 모든 결정을 끝낸 사람만이 가지는 어떤 평온함이 어려 있었다.

두 사람의 갈등이 어찌나 오래된 것인지 더 이상은 풀 수도 없을 만큼 엉켜 버렸다는 증거였다.

처음 맺은 부부의 인연이 그 본디 형체가 무엇인지도 모를 만큼 완전한 폐허가 되어 허물어져 버렸다는 걸 영국은 그 고요한 표정으로 말하고 있었다.

그럼에도 해민은 헛되고 무의미한 시도를 계속했다. 부모의 오래된 불화로 인해 계속 상처받은 자녀의 자격으로 그에게 항의했다.

"그래도 아빠가 좀 너무하신 거 아니에요?"

"그러니?"

"솔직히 아빠도 가정에 충실하셨던 건 아니죠. 이혼이란 게 말처럼 쉬운 일도 아니고. 40년 가까이 결혼 생활을 했으면 서로 좀 더 노력하셔야 했지 않나……."

"그게 뭐든 변명 같겠지만, 그 40년 동안 너희 남매 셋을 낳을 만큼 아비도 노력했다. 너하고 네 오빠 나이 차이가 왜 났다고 생각하니?"

해민은 할 말을 잃고 그를 가만히 응시했다.

언니 오빠가 너덧 살 되던 그 무렵부터 영국과 서희는 이혼을 거론할 만큼 심각한 상황이었는데, 다시 한번 잘해 보겠다고 결정하고 그때 해민을 낳았다는 말이었기 때문이다.

"결혼하자마자 아, 우린 잘못된 선택을 했구나, 싶었지."

그래도 어른들은 그에게 그랬다. 처음엔 다 그런 거라고, 살면서 서로 맞춰 가며 사는 거라고. 그때 그가 참지 않고 결단을 내렸었다면 어땠을까?

"그랬다면 나나 너희 엄마도 서로 더 행복할 수 있었을 텐데. 네가 듣기에는 좀 거북하겠지만 지금 아비 마음이 그렇다."

"그럼 그때 왜 이혼을 안 하신 거예요? 외할아버지가 호통치셔서요?"

"그런 이야긴 누구한테 들었니?"

"막내라서 여기저기서 주워듣는 게 좀 많았죠. 제가 어리다고 생각해서인지 어른들이 신경 안 쓰고 이런저런 이야기들을 많이 하더라고요."

"그랬구나. 따지고 보면 뭐, 안 한 게 아니라 못 한 거긴 하지. 네 외조부 반대도 있었지만 네 엄마도 만만찮았거든."

영국이 다시 소주를 따랐다.

"너희 엄마 입장에서는 이혼당할 이유가 없었을 테니까. 너도 알잖니. 너희 엄마는 절대로 잘못이 없는 완전무결한 사람인 거. 언제나 나만 모자라고 죽일 놈이었지."

씁쓰레한 그 말 한마디로 해민은 영국이 아내 나서희에게 느껴 온 좌절과 불만을 곧바로 이해할 수 있었다.

'언제나 나만 모자라고 죽일 놈'이었다는 영국의 말은 딸인 해민도 같이 느끼고 있는 심정이었다.

나는 언제나 완전무결하고 완벽한데 잘못은 네가 했잖아, 나쁜 일은 다 내 말을 듣지 않은 네 탓이야, 그러니 닥치고 내가 시키는 대로 해, 하는 나서희의 훈육에 그녀도 지겨울 만큼 당했다.

나서희가 가족들에게 가해 온 그 영혼에의 학대로 망가진 건 어디 영국이나 해민만이었을까.

생각 없는 꼭두각시처럼 어머니가 시키는 대로 살아가는 윤민도, 그 감옥에서 벗어나려 시도했지만 실패하고 지금 한없이 불행한 채로 방황하고 있는 오빠 승주도 똑같았다.

"이혼 말이 나오자마자 너희 외할아버지가 불호령을 내리더구나. 내 딸이 이혼당한다는 건 절대 있을 수 없는 일이라고. 둘이 같이 불려 가서 엄청 혼나고 나오는데 너희 엄마가 그러더구나. 바깥에 나가선 무슨 짓을 하든 상관 안 할 테니까, 절대 이혼은 안 된다고. 이혼녀라는 딱지를 달고 살 바에야 차라리 날 죽여 버리겠다고 하더라. 이혼한 남편보단 죽은 남편이 자기에게나 남은 애들에게나 더 낫다면서."

"엄마가 정말 그런 말씀을 하셨어요?"

"굳이 믿지 않아도 된다. 다 내 잘못이다. 평범한 의사 따위가 왜 잘나신 재벌 사위가 되어 가지고는 그런 굴욕을 당하고 살았는지. 하! 지옥 길인지도 모르고 말이야. 그러니 너도 이 아빠 이혼을 막아 보겠다는 헛짓은 하지 마라. 이젠 다 소용없다."

영국이 아무 말도 못 하고 멍하니 앉아 있는 해민을 건너다보며 소주를 홀짝 마셨다.

"그런데 갑자기 왜 왔어? 막다른 데까지 가 버린 부모, 그 알량한 이혼을 막아 보겠다고 나선 건 아닐 테고."

"……그냥 왔어요. 아빠 혼자 계실까 봐."

"정말 내가 혼자인지 확인하려 온 건 아니고?"

노골적인 영국의 말에 해민은 뜨끔했다.

솔직히 별장에다가 영국이 어떤 년을 데려다 놓고 알콩달콩 새살림이라도 차린 건 아닐까 조금은 의심한 채 온 건 사실이었다.

"아니라니까. 아빠가 그 정도로 분별력이 없으신 분도 아니고."

"빈말이래두 내 딸이 그래 말해 주니 기분은 나쁘지 않구나. 그러니, 솔직히 털어놔. 뭔가 할 말이 잔뜩 있는 것 같은데."

"어떻게 아셨어요?"

"이런 시간에 갑자기 찾아왔다면 뭔가 하소연할 게 있다는 말이지. 넌 어렸을 때부터 그랬잖아. 뭔가 속상한 일 있음 쪼르르 아빠 서재로 와서 책상 아래에 숨어 있었지."

"알고 계셨어요?"

철없는 꼬맹이였을 때 해민은 엄마에게 혼이 나거나 화가 날 때면 속상한 그 마음을 달래려고 늘 편들어 주는 아빠에게 달려갔다.

그러나 영국은 너무 바빠서 집에 들어오지 못한 적이 종종 있었고, 그래서 어린 해민은 오지 않는 아빠를 기다리면서 그가 주로 머무는 서재 책상 아래 숨어 있곤 했다. 작은 몸을 숨기고도 남을 만큼 커다란 서재 책상 아래는 해민의 성이었다.

한참 동안 어디 한번 날 찾아봐라, 내가 나가나, 흥! 볼이 통통 부어선 책상 아래 쪼그리고 숨어서는 골을 내고 있다 보면 스르르 졸리기 일쑤였다.

잘 숨었다고 생각했는데, 하고 해민이 눈으로 묻자 영국이 미소 지었다.

"인석아. 다리 아래에서 뭔가 꼬물거리는데 모를 리가 없지."

"그렇게 그냥 잠들어 버린 절 아빠가 침대에 데려가셨죠."

그렇게 안겨 가는데도 잠이 깨지 않았던 건 그녀를 안아 침대로 데려가는 아빠의 품이 너무 다정해서였다.

그 사무친 다정함에의 기억에 기대서 해민은 마침내 속에만 감춰 두었던 서글픈 사랑에 대하여 고백했다.

"제가 좀, 아니다…… 많이 힘들어요, 아빠."

해민은 아까 영국이 그랬던 것처럼 소주를 홀딱 마셔 버렸다.

"누굴 참 좋아하게 됐는데, 많이 사랑하는데, 근데 그 사람이…… 절, 안 좋아해요."

참 쓸쓸하고 외로운 짝사랑을 고백하는 목구멍이 쓰라렸다. 그저 그 한마디를 하는데도 너무 힘들었다. 왈칵 울음이 터질 것만 같았다.

해민이 아무리 떼를 쓰고 울어도 인태는 그 옛날 아버지처럼 모른 척하고 기다렸다가 살짝 안아서는 안락한 침대로 데려다주는 사람이 아니었다.

그녀가 안달하면 할수록 더 차가워지고, 다가가면 갈수록 더 멀어지는 신기루였다.

아무리 두드려도 깨지지 않는 빙벽. 열리지 않는 철문이었다.

만나자마자 한눈에 빠져들어 속절없이 끌려간 그 낯설고도 신기한 마음이 무서워서 도망쳤던 게 지금 해민으로선 천추의 한이었다.

이제 와 알게 된 사실. 그가 유리의 사돈이고 그녀가 승주의 동생이라는 사실은 딱히 큰 장애물은 안 되지 않았을까. 그가 그녀를 작정하고 밀어낼 이유는 없었을 텐데.

아무것도 몰랐을 때, 어떻게 해도 깨트릴 수 없을 정도로 깊은 연인 관계로 발전해 버렸다면 지금의 슬픈 외사랑은 없었을 텐데.

"힘들겠구나."

영국이 혀를 찼다. 그러더니만 고개를 숙이고 있는 해민의 잔에 다시 소주를 따라 주었다.

"우리 예쁜 딸 마음이 많이 아팠겠어. 근데 감히 이 아빠 딸을 밀어내는 당돌한 놈은 대체 누구냐?"

"좋은 사람. 진짜 좋은 사람이요……."

해민이 영국이 따라 준 소주잔을 물끄러미 응시하며 중얼거렸다.

"근데 재벌은커녕 평범한 서민 가정도 못 되거든요. 고아에다가 장학금으로 간신히 의대 마친 사람. 결혼한 누나가 해 준 집에서 할머니랑 살아가는 가난뱅이. 뭐 하나 내세울 게 없어요."

"너희 엄마가 싫어하는 것들투성이구나."

"그러게요. 근데 더 큰 문제는 말이죠."

해민은 다시 소주 한잔을 입 속으로 털어 넣었다. 취기라도 좋다. 말할 수 있는 용기가 필요했다.

"그 남자가 유리, 아니, 새언니를 알아요. 친해요. 알고 보니 사돈지간이 래요."

"사돈?"

그게 무슨 큰 문제라고? 해민을 건너다보는 영국의 표정이 그렇게 묻고 있었다.

"그 남자가 장학금을 받아서 의대에 갔다고 했죠? 근데 새언니 집안에서 만든 재단 장학생이었더라고요. 어려서부터 유일하게 서로 의지하고 살아 온 그 사람 누나는 새언니의 올케. 그래서 아주 오래전부터 새언니 집에 드 나들며 친해 온 사이였대요. 그러니까 그 남자한테 새언니 집안은 단순한 사돈댁이 아니라 인생의 은인이자 유일한 친척이자 가족이더라고요."

영국이 알 만하다는 얼굴로 해민을 안쓰럽게 건너다보았다.

"결국 네가 승주 동생이라는 게 연애의 진짜 걸림돌이었구나."

"네. 그래서 거절당했구요. 새언니가 오빠랑 결혼해서 우리 집안 며느리 가 된 다음부터 이혼할 때까지 어떤 일을 당했는지 다 듣고 안다면서…… 자긴 죽었다 깨어나도 우리 집 사람들하곤 상종하기 싫다고……."

"저런."

"결혼해서 새 가족이 된 사람을 품어 주고 잘해 주기는커녕 트집 잡고 괴 롭히고 쫓아내는 데 앞장선 내가 끔찍하대요. 또 나랑 연앨 하거나 결혼을 하면 자기도 새언니랑 똑같은 거부와 모욕을 당할 텐데 절대 싫다더라고요."

해민이 고개를 들고 영국을 바라보며 원망했다.

"엄마나 우릴 좀 말리지 그랬어요. 아빤데. 우리가 잘못하면 아빠라도 나서서 바로잡으셨어야죠. 이게 뭐래요? 왜 오빠 이혼이 내 사랑을 깨부수고 망치는 이유가 되냐고요!"

"지금 그래서 아빌 원망해?"

"답답하니까 그러죠."

"네 말이 맞긴 하다. 네 말대로 아비가 네 오빠 결혼이 깨진 것에 대하여 딱히 잘한 건 없다. 좀 더 적극적으로 나서서 두 애의 마음을 다독였어야 했는데. 승주 이혼 과정을 다 네 엄마가 주도하다 보니 일이 최악으로 흐른 것은 맞는다만, 승주가 못 했으니 나라도 사돈댁에 찾아가 무릎 꿇고 정중하게 상황 설명이라도 했어야 했지. 그렇다고 이제 와서 네가 남 탓을 할 자격이 있는 건 아니야."

철없이 구는 해민을 꾸짖는 영국의 목소리가 차가웠다.

"네가 생각이 있는 녀석이라면 왜 오빠 이혼을 못 막아서 내 연앨 이렇게 망치느냐고 화를 내면 안 되지. 그 전에 새언니한테 나쁘게 굴었던 널 반성하는 게 먼저 아냐? 너희 오빠 이혼 과정이 볼썽사나웠다 해도, 둘이 같이 살 때 네가 가족으로 잘 대해 주고 처신이 부끄럽지 않았다면 적어도 그 친구 앞에서는 떳떳할 수 있었을 거다."

그것을 하지 못했기에 이날 그 대가를 받은 것이다. 그것이 원죄여서 이렇게 울면서도 그의 위로를 감히 바랄 수 없게 되었다.

영국의 냉정한 지적에 해민은 할 말이 없었다. 그래도 마지막 매달릴 곳은 여기뿐이다 싶어서 낯 뜨거운 것도 무시하고 그 옛날처럼 아버지에게 떼를 써 보았다.

"나도 그때 새언니한테 좀 잘못한 거는 아는데요. 그래도 내가 두 사람을 이혼시킨 원흉도 아닌데 그 일로 내가 걷어차인다는 건 말이 안 되잖아요. 억울해요. 아빠, 제발 도와주세요. 난 그 사람 못 잃어. 그 사람하고 헤어져서 다시는 못 본다고 생각하면 그만 죽을 거 같아. 숨이 안 쉬어져."

해민이 자신도 모르게 눈물을 뚝뚝 흘리며 어린애처럼 호소했다.

"아빠라도 그 사람을 한 번만 만나 주세요. 제발 마음을 좀 돌려 보라고 설득해 주세요."

"그만해라. 듣고 보니 그 친구하고 넌 인연 아니다."

"아빠, 제발요."

"내가 그 친구를 만나 본다고 해서 뭐가 달라지니?"

"그러니까, 나하고 잘되면 자기가 얻을 수 있는 게 얼마나 많을지를 안다면 그 남자도 생각이 좀 달라질 수도……."

말을 하다 말고 해민은 입을 꾹 다물고 말았다.

안쓰럽게 그녀를 바라보던 영국이 딸에 대한 본능적인 연민의 표정을 감추지 못하면서도 단호하게 고개를 저었기 때문이다.

"그런 걸로는 절대 얻을 수 없는 사람이라서 네가 지금 아빠 앞에서 이렇게 울고 있는 거 아니냐?"

영국의 반문에 해민의 뼈가 시렸다.

"설사 네가 별의별 수를 다 써서 그 사람을 얻었다 한들, 미래가 행복하리란 보장도 없어. 자기가 원한다고 해서 다 가지고 사는 사람은 없다. 이 아빠를 봐라. 병원도 확장하고 재벌 사위도 되고 싶고, 명성도 얻고 싶고, 그런 과한 욕심 부리다가 이 모양이 되질 않았니? 그리고 네 그 연애가 더 안 되는 이유를 말해 줘?"

"네."

"너희 둘 그 마음이 서로 어긋나 있기 때문이다. 너희 오빠는 적어도 결혼할 때 서로 마음이 맞기라도 했지. 좋아 죽는다고 난리 쳐서 결혼시켰고. 근데 넌 일방적인 감정 아니냐. 저 싫다는 놈한테 왜 매달려? 매달려 봤자 좋은 꼴 날 것 같지 않아. 서로 좋아 죽어도 다른 이유로 결국은 못 견디고 무너지는 게 다반사인 결혼인데, 너만 좋다고 억지로 결혼하면 그 결과는 뻔하지. 아빠가 네 말을 들어 보니 자기 주관도 분명하고 자존심 강한 친구

같은데, 그런 사람은 함부로 꺾을 수가 없다."

"그래도, 아빠. 전공의 끝나면 우리 세린병원에 자리를 주겠다고 약속해주시면. 사위니까 팍팍 밀어주겠다고……."

"그만두래도. 너의 진심으로 사람을 얻을 생각을 해야지, 왜 쓸데없이 자꾸 딴 방법을 찾으려고 해. 단념해라. 난 못 도와준다."

단호하기 이를 데 없는 영국의 거절 앞에서 좌절한 해민의 눈물이 탁자 위로 후드득, 떨어졌다.

11

제주도에서의 일요일 아침이 밝아 왔다.

"으으음."

간만에 깊은 잠에 빠졌던 승주가 피부를 간질이는 파도 소리에 눈을 떴다.

정원이 잠시 발코니 쪽 문을 열었는지 아득한 파도 소리와 함께 푸른 바람도 다가왔다.

그가 누운 침대 옆으로 정원이 다가와 앉았다. 이제 일어나요, 하듯이 그를 살짝 어루만지는 정원의 손길에서는 신선하고 다정한 향기가 났다. 여기 제주도의 호텔은 비누 향마저 싱그러운 바다 내음을 품고 있나 보다.

"몇 시?"

"8시 반."

"엄청 잘 잤어. 기분 좋아."

"응. 자기, 겁나 잘 자더라. 코도 골던데. 놀라서 내가 침대에서 떨어질 뻔."

정원이 킥킥거리며 승주를 놀렸다.

"맛있는 냄새 난다. 뭐 사 왔어?"

"당신이 자는 동안 잠시 샤워하고 호텔 주변으로 한 30분 산책했거든, 예쁜 카페가 문을 열었는데, 들어가 보니까 맛있는 샌드위치 팔더라. 커피랑 같이 사 왔어."

몸을 일으킨 정원이 탁자 쪽으로 가서 종이봉투를 흔들어 보였다.

"당신이 좋아하는 스테이크 샌드위치."

"와우."

침대에서 일어나 테이블 쪽으로 다가간 승주가 등 뒤에서부터 정원을 와락 껴안았다.

"난 당신이 이런 맛있는 샌드위치 사다 줘서 정말 좋아."

"샌드위치 사 줘서 내가 좋아, 아님 그냥 내가 좋아?"

"당신이 그냥도 좋은데 이렇게 샌드위치도 사다 주면 더 좋아져."

"정직해서 때릴 수도 없고."

정원이 종알대며 종이봉투를 들고는 승주가 빠져나온 침대로 돌아갔다. 그러고는 화장실에 갔다가 돌아온 승주에게 커피를 들어 보였다.

"침대 안에서 마셔요. 간만에 뉴욕 스타일."

"좋지."

승주도 다시 게으르게 정원이 앉아 있는 침대 속으로 파고들었다.

두 사람은 나란히 침대 등받이에 등을 기대고 앉아 정원이 사 온 커피를 마셨다.

아까 정원이 발코니 쪽 커튼을 전부 걷어 놓았다. 높은 언덕에 세워진 호텔이다 보니, 시린 제주 바다가 침대 안에 있는데도 그대로 눈 안에 담겼다.

"자기 정말 피곤했나 봐."

"불면증이 또 조금씩 도지는 것 같아."

풀 죽은 승주의 말에 정원이 걱정스럽게 그의 얼굴을 자신 쪽으로 돌렸다.

"왜? 왜 또 불면증이 도지는데?"

"모르겠어. 한동안 잘 잤는데 다시 또 잠이 잘 안 와서. 아무래도 수영 시간을 더 늘려야 하나 생각하는 중이야."

"수영은 아직도 해요?"

"응. 체력은 필수니까. 근무를 하든 공부를 하든 뭐든. 당신도 운동해?"

"주 3일 필라테스. 시간 나면 경오랑 한강변 조깅도 하고. 근데 사무실 열면서 확실히 운동할 시간이 줄었어."

"시간 있으면 운동한다는 건 새빨간 거짓말이야. 억지로 시간 내서 운동하는 게 맞지. 사실 우리 나이 되면 운동은 취미가 아니라 살기 위한 생존 수단이라고."

"점점 그렇게 되지? 하하. 근데 자기야, 나 형님 만날 그날, 아가씨도 만났어."

커피를 입에 가져가던 승주가 깜짝 놀라 정원을 돌아보았다.

"해민이도? 언제?"

"그저께. 근데 희한해. 이혼하고 나서 한 번도 본 적이 없는데 같은 날 한꺼번에 만나 버리네. 우연도 지나치면 운명이라던데, 이것도 어쩌면 운명의 징조?"

"운명의 징조라니?"

"하나둘씩 가족들이 알게 될 거다. 조만간 태풍 불어올 테니 마음의 준비를 해라. 그런 뜻."

말을 하다 보니 정말 그런 것도 같았다.

"당신, 그때는 유야무야 넘겼는데, 이번에는 안 돼. 사실대로 말해, 누나가 뭐라 그랬어?"

"그냥, 뭐."

정원이 머리를 긁적였다.

"우리 집 망했냐고 묻던데. 나까지 일을 해야 할 만큼 힘들어졌느냐고."

"미친!"

승주가 흔치 않게 욕을 내뱉었다. 윤민의 철딱서니 없는 갑질과 필터 없이 막 내지르고 보는 오만방자한 말버릇은 익히 알고 있었다. 얼마나 비아냥거리고 무시하며 정원을 깎았을지 보지 않아도 알 것 같았다.

"그런 거 아니라고 되받아쳐 주지 그랬어?"

"그럴 필요가 뭐 있어? 구구절절 설명하는 게 더 웃기지. 그냥 보시는 대로 사정이 그렇게 되었습니다, 인사만 하고 말았어. 딱히 속 깊은 이야기를 나눌 만큼 형님하고 친했던 것도 아니고, 또 난 거기 일하러 간 거지, 수다 떨러 간 게 아니니까."

윤민과의 껄끄러운 관계로 인해 연희동 행사를 맡지 못할 수도 있다고 각오를 했는데 별일 없었다. 다음 날 생일 파티 예산 책정 문제로 통화를 했을 때, 연재 엄마의 목소리는 이전과 다름없이 평온했다.

뭔가 잔뜩 궁금했을 텐데도 교양과 품격 넘치는 사모님답게 별다른 말은 없었다.

"해민이는 또 어떻게 만났어?"

"그게, 용응동 사돈댁에서……."

승주의 표정이 놀람보다는 오히려 뜨악해졌다.

백화점 VIP 파티나 스포츠 센터, 클럽 파티라면 이해를 하겠는데, 해민이 왜 정원의 사돈집에 나타나? 접점이 대체 뭐야? 그렇게 묻는 듯했다.

"혹시 정인태 선생이 아가씨에 대해 먼저 알은척은 해요?"

"안 했어. 한국대 후배니까 인사는 나누었지만. 일단 우리 둘이 근무하는 시간대나 장소가 달랐잖아. 자주 부딪칠 일이 없었어. 그래서 지난번에 용응동에서 정 선생을 봤어도 별생각이 없었어. 재밌는 우연이네, 그런 생각만 했지."

두 사람 사이가 딱히 가깝시 않았다는 말이었다. 하물며 승주가 정원과 이혼한 후이니 인태가 정원의 이름까지 거론하며 해민에 대해서 먼저 알은척을 하기는 곤란했으리라는 생각이 들었다.

"그럼 당신, 정인태 선생하고 해민 아가씨 사이는 몰랐겠네?"

"전혀! 뭐? 정 선생하고 해민이가 어떻게 연결된 거야? 내 참!"

"난들 알아? 여하튼 그 집에서 마주쳤는데, 인사도 제대로 못 하고 허겁지겁 가 버렸어. 나도 놀랐지만 아가씨인들 얼마나 놀랐겠어? 나하고 마주친 것도 놀랄 일인데 자기가 만나는 정 선생이 나하고 사돈 관계라는 걸 알았으니 말이야."

그러나 정원은 그날 해민이 인태의 집에서 모진 말을 듣고 완전히 짜부라져서 쫓기듯이 사라졌다는 것은 차마 말할 수가 없었다.

"확실해? 정 선생이 그래? 해민이하고 사귄다고?"

"몰라요. 안 물어봤어."

"뭐?"

어이없어하는 승주에게 정원이 정색한 채 쏴붙였다.

"일부러 물을 이유가 없지. 왜 남의 사생활을 캐야 해? 무슨 권리로? 말하고 싶었으면 자기가 묻지 않아도 말했을 테지. 근데 아무 말도 안 했다는 건 아가씨와의 관계를 딱히 알릴 생각이 없었다고 봐야지. 아님 드러낼 생각이 없었거나. 그게 어느 쪽이든 남인 내가 캐물을 사안은 아니라고 봐."

잠시 침묵하던 승주가 나직하게 물었다.

"괜찮았어?"

지긋지긋한 기억만 남아 있을 전 시누이 둘을 마음의 준비도 없이 죄다 만나 버린 기분이 어땠냐는 것이었다.

"뭐 딱히 괜찮은 건 아닌데, 뭐 또 안 괜찮지도 않았어."

"그 말뜻은?"

"괜찮다, 안 괜찮다, 그런 말도 필요 없는 사이잖아. 이미 남인데."

'남인데' 하는 그 말 한마디가 승주에게는 예사로 들리지 않았다. 무거운 못처럼 가슴에 콱 박혔다.

"아무 상관도 없는 사람 때문에 감정을 상하지는 않지. 그냥 예전에 알았던 사람을 우연히 만났다. 음, 뭐 잘 살고 있구나, 그럼 바이 바이. 딱 그런 정도였어."

"······당신은 그랬을 수 있지만 누나나 해민인 좀 달랐을걸."

"왜?"

"당신한테 한 짓이 있으니까. 당신 만나고 나서 둘 다 안 괜찮았을 거야. 지들도 양심이 있으면 당신한테 미안해야지."

"글쎄? 그건 당신 생각이고 내 눈에는 그렇게 보이지 않던데."

정원이 아까와는 다르게 약간 냉소적으로 되받았다.

"딱히 나한테 잘못한 게 없다고 생각할 텐데, 두 분 다. 굳이 나한테 미안해할까? 형님을 보아하니 여전히 내가 미안해해야 한다고 생각하는 낌새던걸. 눈치도 없고 염치도 없이 감히 당신하고 결혼해 버린 죄가 있으니 말이야. 한번 죄인은 영원히 죄인이지. 난 당신 집안에서 늘 쓰레기 불여우니까."

기분 좋고 행복한 제주도의 아침과는 어울리지 않는 이야기였다. 정원이 침대에서 벗어나며 그를 돌아보았다.

"여기까지 와서 칙칙한 얘길 계속 하기 싫어. 나가요. 갑자기 생각났는데 그거 알아요? 우리 둘, 지금껏 실내 데이트만 했더라고."

"나가고 싶어?"

"응. 가끔은 실외 데이트도 해야지. 그래서 여기 제주도까지 온 거 아냐?"

"그렇지. 지금 나갈래?"

"응."

두 사람은 간단하게 준비를 마치고 객실을 나와 바다 쪽을 향해 천천히 걷기 시작했다.

"바다 색이 너무 예뻐."

"그렇지?"

"이렇게 예쁜 바다를 본 지가 너무 오래됐어."

"신혼여행 때 하와이 생각난다."

"그때 참 행복했는데."

"행복했어?"

정원이 미소를 지으며 고개를 끄덕였다.

"당신이 옆에 있던 그때, 난 세상을 다 가졌었지. 잘생긴 그 남자가 또 내 남편이래. 머리부터 발끝까지 다 내 거래. 뭐가 아쉽고 뭐가 부럽겠어?"

"마찬가지였다."

"응?"

그녀를 돌아보는 승주의 미소가 눈부셨다.

"세상에서 제일 예쁜 사람이 내 손을 잡고 같이 걷고 있잖아. 근데 그 사람이 내 아내래. 내 거래. 내가 어깨가 올라가, 안 올라가?"

"헤헤헤."

정원의 볼이 살짝 분홍빛이 되었다.

그때 승주의 휴대 전화가 울렸다. 어제 호텔 프런트에 신청해 두었던 렌터카가 도착했다는 전갈이었다.

"렌터카 도착했대."

"딱 맞춰서 도착했네. 날씨도 좋은데 바닷길로 드라이브해요."

"그래."

주차장 쪽으로 걸어가면서 정원이 승주를 돌아보았다.

"병원엔 언제까지 나가요?"

"이번 달 말."

"그럼 이제부터 본격적으로 공부 시작해요?"

"그건 아니고……."

"그럼 아직도 로스쿨 쪽 할 건지 결정을 안 했어요?"

"응."

대답하는 승주의 표정이 울적했다. 엄마 손을 놓고 길을 잃어버린 채 어찌할 바를 모르는 어린아이 같았다. 정원으로선 한심하다 생각되기보다는 어쩐지 가슴이 아팠다.

가장 중요할 인생 진로를 앞에 두고 확실한 결정은커녕 그저 망설이고만 있는 승주의 갈등, 고민들의 이유를 어쩐지 알 것도 같아서였다.

"뭐든 일단 저질러 봐요. 이렇게 고민만 하고 있으면 아무것도 얻지 못해."

정원의 말을 가만히 듣고 있던 승주가 갑자기 물었다.

"당신은 파티 플래너가 되기로 결심하고 어떻게 공부 시작했어?"

"처음엔 그냥 선생님 조수 하면서 행사들 따라다니고, 여러 가지 아르바이트하면서 공부하고, 나중에 일본 가서 6개월 연수했어요. 이게 전문적인 학위가 필요한 건 아니잖아요."

"만족해?"

"그럼요. 난 당신도 나처럼 진짜 좋아하는 일을 찾아서 보람 있게 인생 사는 거 보고 싶어. 정말 당신은 뭐 하고 싶어요?"

한참 동안 승주가 말이 없었다. 그러다가 아주 오래도록 가슴 안에서 품고만 있었던 그 소망, 누구에게도 털어놓은 적 없는 마음을 마침내 햇살 아래 빨래를 널듯 활활 털어 내놓았다.

"그게 뭐든, 내가 살아 있다는 걸 느끼고 싶어."

"흠? 엄청 철학적이네? 어렵다."

"또 누군가가 살아 있기를 바라고 누군가가 행복하기를 바라. 그리고 지금 그 누군가는 바로 당신이야."

"나도 그래요. 당신이 살기를 바라고 당신이 행복하기를 바라. 빨리 당신이 살아가는 재미를 느낄 수 있는 뭔가를 찾았으면 해요."

시간은 모래처럼 손아귀에서 흘러내리고 있었다.

정원의 시간은 흐르고 있었지만 승주의 시간은 여전히 고인 그대로 움직이지 않는 것 같았다. 한 번도 제대로 살아간 적 없는 시간이 이대로 늙은 화석으로 굳어져서 스쳐 흘러가는 세월의 단층에 갇혀 사라지는가 싶으니 무서웠다.

엄습하는 자기혐오에 승주는 몸서리를 쳤다.

그런 마음을 물리치고자 승주는 더 강하게 정원의 손을 꽉 쥐었다.

지금은 이게 세상의 전부인 것만 같았다.

반대로 생각해 보면 그에게는 정원의 온기 말고는 아무것도 없는 셈이다.

"정말 난 뭘 해야 할까……?"

"당신이 뭔가를 했을 때 진짜 행복했던 때를 떠올려 봐요. 그게 어떤 것이었는지."

"당신이랑 놀 때 행복해."

"그럼 나랑 동업할래요? 그럼 스물네 시간 같이 있을 수 있어."

"어?"

"나는 현장 실무 뛸게. 당신은 사무실에서 우리 스케줄 관리랑 상담하고 회계 관리 해요. 그래서 우리 올댓파티를 세계 제1위 파티 회사로 키우는 거예요. 난 머리가 나쁘지만 당신은 똑똑하잖아. 미국에서 경영학 공부도 했고. 분명히 승승장구할 거야."

"진심이야?"

"아니. 농담."

승주가 정색하자 정원이 찔끔해서 얼른 부인했다.

"난 찬성인데, 황 이사랑 서 이사가 반대할 거야. 걔들은 솔로잖아. 우리 둘이 회사에서까지 커플질 하는 걸 보면 사형당할 거야."

"일리 있네."

승주가 피식 웃었다.

"언제고 시간만 낭비하며 지낼 순 없지. 나도 알아. 언제까지나 이렇게 어정쩡하게 살 순 없단 걸."

"당신이 어떤 결정을 하든, 무엇을 선택하든 난 당신 편."

정원도 승주처럼 맞잡은 손에 힘을 꽉 주었다.

"그러니까 힘내요. 당신은 멋지고 착하고 영리하고 돈 많고 근사한……."

"고마워, 근데 그만해 줄래? 칭찬이 과해."

"뭐래? 김칫국. 그런 나하고 사귀는 남자니까 반드시 당신 길을 찾아낼 수 있다고."

정원의 자화자찬 앞에서 승주가 싱겁게 웃었다. 그가 손목시계를 내려다보았다.

"1시 다 되어 가는데. 맛있는 밥 먹으러 가자."

"음. 갈치조림?"

정원이 핸드백에서 어젯밤 택시 기사에게서 받은 명함을 꺼냈다.

"그 기사님, 마나님께 큰소리칠 기회를 드려야지."

"나는 어제부터 고기가 먹고 싶었는데."

"한우 갈비는 저녁에 먹자고요. 인터넷 찾아보니까 우리가 묵는 호텔 한 식당의 갈비가 맛있대."

"좋아. 그럼 점심은 갈치조림 먹자."

30분을 달려 찾아간 해안가 그 식당. 다행히 갈치조림 맛이 꽤 괜찮았다. 남편이 큰소리치고 다닐 만큼 밑반찬 맛도 훌륭했고, 통통한 갈치조림이 돈 값을 제대로 하는 식당이었다.

"얼결에 맛집 하나 알았어."

"그러게. 담에도 또 여기 와야지."

두 사람은 후식으로 마련된 매실차 한 잔씩을 챙겨 들고 식당을 나갔다.

어디서 차를 마실까 의논하며 식당 앞 벤치를 지나 걸어가는데, 두 사람은 난생처음으로 바로 눈앞에서 쾅! 소리를 내며 지나던 자동차의 바퀴가 터지는 것을 보았다.

순식간에 제동력을 잃어버린 자동차가 비틀거리며 그들이 있는 쪽으로 미친 괴물처럼 달려들었다.

"으악!"

정원이 눈을 꽉 감아 버리며 외마디 비명을 지르면서 승주에게 매달렸다.

175

승주도 본능적으로 정원을 끌어안은 채 그대로 굳어져서는 멍청하게 보고 있기만 했다. 너무 놀라고 공포가 심하면 사람은 아무 생각이 나지 않고 아무것도 할 수가 없다는 걸 승주는 그때 알았다.

길옆 식당 주차장을 침범한 자동차가 천행으로 승주와 정원이 있는 쪽을 아슬아슬하게 비켜나 옆에 세워 둔 렌터카 꽁무니를 그대로 콱 박아 버리고는 간신히 멈춰 섰다. 추돌한 두 차에서 몽개몽개 연기가 피어올랐다.

억겁 같은 찰나였다.

승주 가슴팍에 꼭 매달려 있던 정원은 무섭게 뛰고 있는 심장 소리를 똑똑히 들었다.

그게 자신의 심장 소리인지, 그녀를 안고 있던 승주의 심장 소리인지 분간을 할 수가 없었다. 다만 정말 간발의 차이로 그들이 크게 다치거나 죽을 수도 있었던 교통사고를 극적으로 피해 갔다는 기적적인 행운만을 느꼈을 뿐.

몇 초 후, 잠시 얼어붙었던 세상이 다시 돌아가기 시작했다.

다급하게 승주가 자신에게 달라붙어 있는 정원의 얼굴을 들어 확인했다.

"당신, 괜찮아? 안 다쳤어?"

"어, 응. 난 괜찮아. 당신은? 다친 데 없어?"

정원도 두 손으로 승주의 얼굴을 어루만지며 확인했다.

"난 괜찮아. 어서 119 신고해."

승주는 정원이 안전한 것을 확인하자마자, 일단 정원을 떼 놓았다. 그리고 곧바로 그들 차를 박아 버린 후 멈춰 선 가해 승용차 쪽으로 달려갔다.

승주 말고도 갑작스러운 사고로 깜짝 놀란 주변 사람들과, 식당에서 밥 먹다가 뛰쳐나온 사람들로 주변은 이미 아수라장이었다.

가해 승용차는 앞범퍼가 제대로 된 형체도 남아 있지 않을 정도로 찌그러져 있었다. 추돌한 두 자동차에선 허연 연기가 여전히 몽개몽개 피어오르고 있는 것이 당장에라도 불이 붙을 것같이 위험해 보였다. 그리고 그 차 안에는 에어백 안에 엎어져 있는 두 남자가 있었다.

"괜찮습니까?"

"어이, 정신 차리쇼!"

"말 좀 해 보소!"

사고 차량을 둘러싼 사람들이 차 안의 사람들을 구조하려고 시도했지만 워낙 차 앞부분이 많이 망가진 데다가 차 문이 고장 난 건지 도무지 열리지 않았다.

급히 누군가가 망치를 가져왔고, 억지로 운전석 문을 깨트려 연 다음, 사람들이 힘을 합쳐 차 안에 있는 두 사람을 밖으로 끌어냈다.

운전자의 코에서는 피가 흐르고 있었다. 아마도 핸들에 얼굴을 부딪친 모양이었다. 입가에서도 핏줄기가 새어 나오고 있었다.

조수석의 남자도 마찬가지였다. 통증에 얼굴이 허옇게 질린 채 가슴을 부여잡고 헐떡거렸다.

"괜찮습니다. 숨을 쉬세요. 네 네, 잘하고 있어요. 여기가 아프다고요?"

승주가 능숙하게 두 사람의 맥을 짚은 후에 살아 있다는 것을 확인했다. 고통스럽게 헐떡이는 남자의 가슴에 손에 대고 진단을 하면서 지금 구급차와 경찰이 오고 있으니 안심하라고 계속 이야기해 주었다.

한 5분쯤 지나서 쨍한 사이렌 소리가 나면서 경찰차와 119 구급차가 동시에 사고 현장으로 달려왔다.

119 구급대원들이 두 남자를 구급차에 태워 급히 병원으로 향하고, 경찰이 사고 현장 사진을 찍은 다음, 주변 목격자를 찾았다. 승주와 정원, 그리고 식당에 있었던 사람들이 자기가 보고 들은 대로 진술을 하는 동안, 렉카가 나타나 형편없이 부서진 두 대의 차를 끌고 사라졌다.

얼마 후 신고를 받은 렌터카 회사에서 전화가 왔다. 부서져 끌려간 렌터카를 대체할 새 렌터카가 회사에서 출발했다는 전화였다.

"30분만 기다려 달래."

"보험을 들었기 망정이지."

"그러게? 이만하기 참 다행이야. 일단 안 다쳤으니까."

너무 큰 충격이 끝나고 나니 하얗게 바랬던 머릿속도 제자리로 돌아오고 있는 중이었다. 갑자기 온몸에 오한이 닥친 건 그때였다.

"자기야, 아까 우리 정말 큰일 날 뻔했어……."

너무 갑작스럽게 닥쳤다가 순식간에 끝나 버린 교통사고. 그 횡액을 아슬아슬하게 피해 갔기에 아무렇지도 않게 안전한 일상으로 돌아왔지만.

만에 하나 아차차 하는 짧은 그 순간, 사고 차량 운전자가 제동을 잘하지 못했다면?

두 사람이 있던 곳을 정통으로 덮쳤다면?

30초 상관으로 더 빨리 나온 두 사람이 렌터카 앞쪽이 아니라 뒤쪽에 서 있었다면?

바닷가에서 마시겠다고 매실차를 들고서는 사고 차량이 달려오던 길을 건너던 중이라면?

오 마이 갓!

머릿속으로 온갖 '만약에'가 둥둥 떠올랐지만 그 생각의 마지막은 언제나 처참한 사고였다.

말 그대로 천우신조, 두 사람은 찰나의 아슬아슬한 행운으로 생명을 위협할 뻔했던 치명적인 교통사고에서 빠져나온 것이었다.

"아깐 너무 놀라서 아무 생각이 없었는데, 정작 다 끝나고 나서 찬찬히 짚어 보니 이제 무서워. 달달 떨려."

정원이 다리에 힘이 풀려서는 그대로 근처의 벤치에 풀썩 주저앉았다. 그래도 속에서부터 솟구치는 공포감을 막을 길이 없어서 두 팔로 떨리는 자신의 몸을 감싸 안았다.

"하긴 사고가 예고하고 일어나는 건 아니니까. 많이 놀랐지?"

승주가 정원 옆에 앉더니만 동그랗게 말린 정원의 어깨를 꼭 안아 주었다.

"자긴 안 놀랐어?"

"나도 완전 멘붕이었지. 머리로는 빨리 피해야지, 당신이라도 멀리 밀쳐 내야지, 그런 생각을 했는데, 손끝도 까딱 못 하겠더라고."

"사람이 너무 놀라면 온몸이 얼어 버린다더니만 그 말이 딱 맞아."

영화에서라면 이러한 위기에서 남자가 여자를 위해 망설임 하나 없이 몸을 날려 멋지게 구해 주는 장면을 연출했을 텐데, 그는 마냥 얼어붙어 아무것도 하지 못한 못난 남자였다. 그저 '아무 일도 안 생겼으니 정말 다행이야' 하는 말만 되풀이하고 있는.

하지만 정원의 말대로 '정말 다행이야' 말하는 순간, 정말 다행이란 생각이 절로 들었다.

어제만 해도 제주도 여행 따윈 생각도 없었을 정원을 여기로 데려온 건 그였다.

그런 상황에서 만약 사고가 나서 정원이 다치기라도 했다면 승주는 정말 자신을 용서할 수가 없었을 거다.

"어째 우리 둘 인생은 만날 이렇게 버라이어티한 거야?"

그의 어깨에 몸을 기댄 채 정원이 투덜거렸다.

"난 그냥 좋아하는 남자랑 가벼운 주말여행을 왔을 뿐이야. 근데 어째서 생사를 넘나드는 이런 일을 겪어야 해? 하."

"내가 너무 치명적이라서 자꾸 치명적인 일이 벌어지나?"

"뭐래? 정말 이 무슨 자신감이래?"

정원이 팔꿈치로 승주를 팍 쳤다.

내가 지금 웃고는 있지만 웃는 게 아니다, 어이가 없어서 웃는다는 걸 분명히 했다.

"근데 자기, 지금 조금 웃기긴 했다."

"다행이네. 당신이 웃으니까 안심이 된다."

미약한 웃음이긴 했지만 분명 치유 효과는 있었다.

심호흡 한 번 하고, 푸르른 하늘 한 번 올려다보고, 그 하늘과 입 맞추고

있는 더 푸르른 바다도 바라보고 있으려니 비로소 너무 놀라 답답할 정도
로 꽉 뭉쳐져 있던 가슴이 조금씩 풀려 가기 시작했다.

두 사람은 렌터카가 도착할 동안 바닷가를 잠시 걷기로 했다.

방파제 쪽으로 걸어가던 정원이 아직도 사고 현장을 수습하느라 부산한
경찰들을 돌아보며 중얼거렸다.

"우린 그냥 갈치조림 먹으러 왔을 뿐인데. 어쩌다 내 앞에서 차가 달려드
는 걸 보게 된 거야?"

"큰일 날 뻔했지?"

"그러게. 우리 엄마가 잘 놀다 잘 돌아오라고 그랬는데, 진짜 우리 까딱
했으면 황천길 갈 뻔했어. 천하의 불효녀가 될 뻔했다고."

"……지금 이런 말을 하면 안 되는 건 알지만, 만약 죽는다면 난 당신이
랑 같이 죽고 싶어."

"뭐래, 이 남자가? 지금 같이 죽자는 거야? 엉?"

정원이 어이없다는 얼굴로 승주를 바라보며 인상을 썼다.

"싫어?"

"싫지, 그럼! 죽긴 왜 죽어?"

비현실적인 감성만 가득한 이 남자를 어째야 하나, 정원이 일거에 야무지
게 잘랐다.

"난 죽어도 살 거야. 왜 이래?"

내겐 황금빛 창창한 앞날이 기다리고 있단다. 사업도 본 궤도에 올라서
돈벼락 맞을 준비 중이지, 적금 만기 되면 아프리카도 가야 하는데? 여자가
태어나서 사파리 여행은 해 봐야지. 멋지게 사자 등 갈기는 한번 쓰다듬어
야 하지 않나.

"폼 나게 연애도 하고 청춘 재미나게 즐길 일만 남았는데 왜 죽어? 악착
스럽게 살아야지."

"언제부터 당신, 이렇게 무감동하게 변했어?"

승주가 섭섭한 표정을 감추지 못하고 되받아쳤다.

"감당하기 힘들 정도로 낭만적인 사람이었잖아? 당신이 신혼여행 때 한 말인데, 이거? 같이 죽고 싶다고."

"내가 언제? 거짓말하지 마!"

"다 잊어버렸군? 흥. 하와이로 신혼여행 갔을 때 뻘건 용암 흐르는 화산 구경하면서 당신이 그랬거든."

정원이 아차차 하는 표정이 되었다. 그런 말을 하다니 미친 거 아냐, 그런 얼굴로 과거의 자신에게 욕을 했다.

"그런 말을 하다니 유정원 바보였어. 근데 말은 바로 하자, 내가 언제 같이 죽자고만 했어? 백 살까지 지겹게 꼭 붙어서 같이 살고 나서 한날한시에 같이 죽자고 그랬지. 앞엣말은 왜 콕 잘라 먹는데?"

"암튼 오래도록 같이 살다가 같이 죽자고 말한 건 인정하지?"

"난 한 말을 안 했다고 하지는 않아. 그래, 맞아. 같이 죽자고 했어. 근데 그건 당신이랑 결혼했을 때잖아. 지금은 연애 중일 뿐이라고. 같이 죽자느니 이런 말은 확실히 부담스럽지, 뭐."

"내가, 잘할게."

"엉?"

정원이 이게 무슨 소린가요, 묻듯 그를 돌아보았다. 승주는 씩 웃으면서 정원의 손을 잡았다. 그리고 다시 한번 진심을 다해 확언했다.

"내가 잘하겠다고. 당신이 나랑 다시 결혼하고 평생 같이 살다가 같이 죽겠다고 말할 수 있게."

"오케이. 거기까지. 진짜 잘하는지 두고 볼 거야."

그때 두 사람 앞으로 누군가가 다가왔다.

"저기, 죄송한데……."

이 더운 날, 마스크에다가 선글라스를 쓰고 챙 모자를 깊숙이 눌러쓴 늘씬한 남자였다.

온통 다 가렸는데도 범상치 않은 옷맵시며 보통 남자라면 영 부담스러울 법도 한데 팔찌며 귀걸이며 과하다 싶은 장신구까지 소화해 내는 품이 이건 100퍼센트 연예인 재질이었다.

"사진 한 장만 찍어 주실 수 있을까요? 셀카봉을 숙소에 놓고 와서요."

"네. 찍어 드릴게요."

그게 뭐가 어렵다고. 정원은 선선히 말하고 그에게서 휴대 전화를 받아 들었다.

그가 정원에게 휴대 전화를 건네주고 나서, 다다다 앞에서 기다리고 있는 여자에게로 돌아갔다.

혹시나가 역시나라고, 그녀도 선글라스로 얼굴을 가리고 있었지만 범상치 않은 몸매와 잠시 엿보인 미모를 보아하니 남자와 마찬가지로 확실히 연예인 계열이었다.

두 사람이 손을 꼭 잡고 제주도 푸른 바다를 배경으로 서서 사진을 찍었다.

그리고 휴대 전화를 돌려받으러 남자가 다가오면서 귀에 걸친 선글라스를 위로 더 끌어 올리려던 차였다. 갑자기 선글라스 한쪽 다리가 툭 부러져 버렸고, 이에 얼굴 반을 가린 선글라스가 아래로 미끄러지면서 그의 얼굴이 확 드러나 버렸다.

"앗."

"어머나."

그도 놀랐고 정원은 더 놀랐다. 정원 뒤에 서 있던 승주도 마찬가지였다. 더 원의 빅 팬 승주도 그러하거니와, 현생 제외한 모든 시간을 더 원에 미쳐 사는 절친 경오를 곁에 둔 정원이다 보니, 싫어도 그 얼굴을 기억할 수밖에 없다. 아무리 연예계에 관심이 없더라도 거의 매일 뉴스에 나오시는 범우주적 메가 스타 더 원의 리드 래퍼 시나를 어떻게 몰라보랴.

예기치 못한 상황에서 그만 정체를 드러내 버린 후, 당황해하는 그의 얼굴이 볼 만했다.

그래서 그만 정원의 입에서 엉뚱한 말이 튀어나오고 말았다.

"괜찮아요. 전 아무것도 못 봤어요. 절대 시나 님을 본 적 없다구요!"

이 바보 멍청아!

정원은 방정맞은 자신의 입을 쥐어박고 싶었다. 아무것도 못 봤다면서, 왜 시나 이름을 부르고 그래?

뒤에 선 승주도 어이가 없었던지, 큭 하고 웃는 게 느껴졌다.

시나가 겸연쩍게 웃으며 한쪽 다리가 부러진 선글라스를 손에 쥐었다.

"감사합니다만, 하아, 네……."

이미 드러나 버린 얼굴, 망가진 선글라스로 꾸역꾸역 다시 가릴 수도 없고 명확하게 자신을 알아본 사람 앞에서 끝까지 자신은 시나가 아니다 구차하게 부인할 수도 없었나 보다.

난처함이 가득한 얼굴로 시나가 다시 물었다.

"정말 못 본 걸로 해 주실 거죠?"

"그럼요."

날 믿어요, 시나 님. 내가 이래 봬도 당신들의 빅 팬인 경오 절친이야.

정원은 힘주어 다짐했다.

"관광객들은 거의 다니지 않는 곳만 애써 찾아다니는 중인데 이런 식으로 어이없는 우연이 발생해 버리면 정말 어쩔 수가 없군요. 하아."

한탄하는 그의 한숨이 길었다.

에잇, 모르겠다. 이왕 이렇게 된 거 오지랖을 한번 부려 보자. 정원은 눈 딱 감고 그에게 제안했다.

"저희는 절대 모른 척할 테니까요. 이왕 이렇게 된 거, 그냥 선글라스 다 벗고 편안하게 사진 한번 찍고 가세요. 휴가 중 여행 오신 거 같은데 답답하게 이게 뭐래요? 스타님도 인간인데. 바다가 예쁜 곳에 왔으니 기념으로 한 장은 남겨야 아쉽지 않죠."

솔직히 선을 넘은 오지랖이라고 해도 할 말 없지만, 그렇게 말하고 싶었다.

세상에서 제일 바쁘다는 슈퍼스타가 귀한 시간을 쪼개고 쪼개 연인과 몰래 떠나온 여행. 그런 시간에서조차도 시커먼 선글라스와 마스크로 얼굴을 가린 채 숨어 다녀야 한다니. 이해가 되면서도 너무 마음이 아팠다.

별건 아니지만 아주 잠시나마 인간답게 그들이 숨 한 번이라도 크게 쉴수 있게 살짝 도와주고 싶었다.

정원의 그 진심이 시나에게 제대로 가 닿았나 보다.

그가 살짝 저만치에 선 연인을 한 번 돌아보더니만 엷게 미소 지으며 수줍게 다시 부탁했다.

"좋은 생각입니다. 그럼, 죄송하지만 저희 사진, 한 장만 더 부탁드려도 될까요?"

"그럼요."

다시 사파이어빛 제주 바다를 배경으로 나란히 선 두 사람이 답답하게 얼굴을 가리고 있던 선글라스와 마스크를 다 벗었다.

시나처럼 시원하게 얼굴을 드러낸 여자의 얼굴을 보고는 정원은 아까보다 더 큰 충격에 사로잡혔다.

'억! 이게 누구야?'

하지만 침착하게 굴어야 한다. 전혀 아무렇지도 않다는 표정을 억지로 고수하며 정원이 두 사람을 향해 카메라 렌즈를 맞췄다.

"하나 둘 셋!"

두 사람이 정원이 든 휴대 전화 카메라를 똑바로 바라보며 동시에 활짝 웃었다.

어렵사리 둘이 함께 있게 된 이 시간이 못 견디게 기쁘고 행복하다는 그런 표정. 그들은 사진 찍기가 끝날 때까지 단 한 순간도 잡은 그 손을 놓지 않았다.

"감사합니다."

다가온 시나가 정원에게 정중하게 인사를 하고는 휴대 전화를 돌려받았다.

정원이 찍은 사진이 마음에 들었나 보다. 그의 입꼬리가 환하게 미소로 물들여졌다.

"늘 응원하고 있습니다. 좋은 활동 많이 부탁드려요!"

"감사합니다. 행복하세요."

인사를 한 그들은 이내 정차해 둔 멋진 외제 승용차에 올라타더니만 그 바닷가에서 바람처럼 사라졌다.

그들이 사라질 때까지 간지러운 입을 얼마나 참았는지 모른다. 그들의 차가 시야에서 멀어지는 것을 확인하자마자, 정원은 승주와 눈을 마주쳤다.

솔직히 둘은 자신들이 목격한, 심지어 사진까지 찍어 준 두 사람에 대해서 상당히 당황한 상태였다.

"내가 누굴 본 거야……?"

"확실하지? 손예은하고 같이 온 거 맞지?"

"나도 눈 있거든요."

정원이 동동 뛰었다.

"으아아아. 미쳤어, 미쳤어! 시나가 다른 누구도 아닌 손예은이랑 같이 놀러 왔어."

"그만, 그만해."

승주가 호들갑을 떠는 정원의 입을 막았다.

"당신 입으로 스타도 인간이라며. 사생활은 지켜 줘야지."

"그래도 대단하다. 시나가 손예은 씨하고 연애 중이라니. 와아, 진짜 깜짝 놀랐어! 완전 톱스타 커플이잖아. 아, 완전 잘 어울리던데 결혼까지 골인했으면 좋겠다."

"그 친구들, 지금 장기 휴가 중이라더니 놀러 왔나 보네. 하긴 더 원이 그동안 너무 혹사당하긴 했지."

"그래미에다가 빌보드 씹어 먹었으니 쉬어 갈 만도 하죠."

"더 원의 팀 닥터가 되면 어떨까? 매일 해외 투어도 따라가고."

빅 팬답게 승주가 잠시 장밋빛 환상을 펼쳤다.

"거기서 당신 받아 준대요?"

"아니. 몰라."

"난 맨날 해외 나가서 집에 안 돌아오고, 한 달에 한 번 얼굴 볼까 말까 하는 남편은 싫어. 모름지기 아침에 집 나가서 밤에는 고이 내게로 돌아오는 남자가 최고야."

딱 부러지게 정원이 승주의 환상을 분질렀다.

"근데 크……! 진짜 잘생겼더라. 역시 연예인. 시나, 실물이 완전 그림이던데?"

"시나가 실물 미남이라고들 하지."

"역시 경오 말이 맞았어."

일생에 한 번 있을까 말까 한 우연 같은 행운인가?

볼 수 있을 때 제대로 잘 봐 놓을걸. 뭔가 아쉬움이 가득해서는 정원이 고개를 돌려 두 스타가 탄 슈퍼 카가 사라진 도로 쪽을 바라보았다.

"세상은 넓고 미남은 많다더니. 하아!"

정원이 승주를 올려다보았다.

"난 지금껏 당신이 세계 최고 미남인 줄 알고 살았거든."

"그런데?"

"이게 약간 현타가 온다는 거? 시나 님 보고 나니까, 역시 연예인은 일반인과 종족이 달라. 유전자 계열에서부터 다르달까? 죽었다 깨어나도 미모로는 연예인을 못 따라가는구나, 그런 느낌? 당신이 이제 약간 오징어로 보일라 그래. 미안."

"지금 당신, 현재 연애 중인 전남편을 앞에 두고 다른 남자가 멋지다고 찬양하는 중이야?"

"어."

삽시간에 승주의 표정이 험상궂게 변했다. 진심 진지하게 화를 내는 표정이었다.

"와. 배신감, 어떻게 그럴 수가 있어? 자존심 상하게?"

"왜 쫀심이 상해? 당신이 나하고 손예은 씨하고 비교해 봐. 내가 자존심 상할 것 같아?"

"내가 다른 여자 칭찬하는데 당신은 자존심이 안 상한다고?"

"어."

"어떻게 그럴 수가 있어?"

"질투는 비슷한 상대하고 하는 거지. 여신하고 인간은 비교할 수 없어. 내가 감히 손예은 씨하고 미모로써 비교? 이건 망발이야. 천벌받을 외람된 행동이지."

승주의 입이 만 발이나 튀어나왔다.

"이 시간부로 난 더 원 안티 됐다. 시나, 꺼져!"

"당신, 5분 전까지만 해도 더 원 빅 팬 아녔어? 이래도 돼? 간절한 팬심 그 사랑이 이렇게 얄팍한 거였어?"

"괜찮아. 난 어차피 우기 개인 팬이었어. 시나 제외 4인 지지야."

"이 쪼잔한 질투쟁이 같으니라고."

정원이 발끝으로 승주의 구두를 꽉 밟았다.

"당신이 아무리 멋져도 신계 미모 급은 아니잖아. 인간은 인간끼리 연애하자고. 뭘 그런 걸 가지고 질투하나, 이 남자야."

알콩달콩 투닥투닥. 하늘은 파랗고 바다는 푸르렀다. 더없이 평화로운 풍경 안에서 장난 같은 말씨름을 하며 앉아 있으려니 아까의 돌연한 사고로 인해 미친 듯 놀란 가슴이 어느덧 잔잔한 바다처럼 평화로워지고 있었다. 아까 전 사고가 마치 거짓말같이.

알맞게도 그때쯤 해서, 새 렌터카가 도착했다.

"어디로 갈래? 아님 호텔로 돌아가?"

"그냥 이대로 돌아가긴 너무 아깝잖아. 당신이랑 모처럼 여행 온 건데. 뭐라도 하나는 제대로 보고 가야지. 오름 하나라도 올라갔다 와야지 않을까?"

호기로운 정원의 말에 승주가 웃으며 핸들을 잡았다.

"그래. 어디든 가자. 둘이 같이 있는데 뭐가 무섭겠어?"

하물며 까딱했으면 죽을 뻔한 교통사고까지 아슬아슬하게 같이 피한 사이인데.

* * *

평창동.

"계속 안 받는다 이거지."

나서희가 파르르 미간을 떨며 중얼거렸다.

어제 집을 나가 버린 해민은 하룻밤을 넘긴 후 다음 날 저녁이 다 되어 가는데도 들어올 생각을 하지 않았다.

"다들 전화 꺼 놓고 잠적하는 게 유행이야? 대체 하나같이 왜 이 모양이야?"

누구에게라도 화풀이를 하고 싶었지만 불행하게도 서희 앞에는 그 누구도 없었다.

그때 도우미가 노크와 함께 문을 열었다.

"회장님, 한남동 사모님 오셨어요."

몇 분 후에 윤민이 나서희가 앉아 있는 내실로 들어왔다.

"어서 오……."

"엄마, 엄마! 승주가 그 불여시를 다시 만난대!"

인사도 할 겨를이 없이 윤민이 바락 소리쳤다. 며칠 동안 이 말을 하고 싶어서 얼마나 감질났는지, 미칠 판이었다.

"뭐라고? 누구?"

"아, 왜 못 알아듣는 척하세요. 답답해 죽겠네! 유리 고년을 다시 만나고 있다고, 승주가!"

윤민이 답답해서 미치겠다는 얼굴로 고함을 빽 지르자 순식간에 나서희의 얼굴이 새파랗게 변했다.

"설마."

"설마는 무슨? 송 서방이 봤대. 둘이 같이 손 꼭 잡고 모터쇼장에 왔다고. 둘이 아주 좋아서 꿀이 뚝뚝 떨어지더래."

"누가 누굴 만나? 말도 안 돼."

"승주 그 자식이 그러고 다닌대, 지금! 아휴, 분해. 까맣게 우릴 속이고 제멋대로 고년 만나고 다니면서 아닌 척 우릴 속인 거야. 나쁜 새끼! 어른들 시키는 대로 선은 보고 다니니까 말짱하게 속았지 뭐야."

"승주한테 전화 넣어."

눈썹이 머리끝까지 솟구칠 기세로 나서희가 명령했다.

그러나 윤민은 사납게 자신의 휴대 전화를 던져 버리며 종알거렸다.

"안 받아. 아예 전화기를 꺼 놨어. 내가 어제부터 계속 전화했는데 이 자식이 완전히 씹고 있어."

"맙소사."

"명백하게 둘 중 하나잖아, 이거. 차단했거나, 아니면 일부러 안 받거나. 지도 켕기는 건 있나 보지. 나쁜 새끼."

승주와 유리가 다시 만난다는 사실이 자신의 남편이 바람피운다는 사실보다 더 열통 터지고 화가 난다. 윤민이 새빨개진 얼굴로 화락화락 얼굴에 손바람을 날렸다.

갑자기 나서희의 등골에 소름이 돋고 머리칼이 바짝 위로 솟구치는 기분이 들었다. 불길한 예감은 언제나 사실이 되는 법. 방금까지만 해도 긴가민가하던 일이 갑자기 현실이라는 무게로 그녀의 뇌수를 쿵 하고 내리쳤다.

"하늘님, 이게 무슨 일이람? 우리 승주가 다른 여자도 아니고 하필이면 헤어진 지 오래인 걔를 다시 만나고 있게?"

말을 하다 말고 나서희가 현기증이 나는지 한 손으로 이마를 짚은 채 그대로 다시 소파에 푹 파묻혔다. 윤민이 놀라서 나서희의 팔을 잡았다.

"엄마, 괜찮으세요?"

"괜찮을 리가 있겠니?"

"냉수라도 드려요?"

나서희가 맥없이 고개를 끄덕였다.

"여하튼 유리 고것, 골칫거리라니까. 제대로 내쫓았다고 생각했는데 어떻게 또 승줄 꼬여 냈지? 둘이 그때 완전히 끝난 거 아니었나?"

"뻔하지, 뭐. 몰라서 물어? 승주가 귀국한 걸 알고 작정하고 찾아다녔겠지. 약을 뿌려도 살아나는 바퀴벌레도 아니고, 지긋지긋하구나, 정말!"

"바퀴벌레란 말 딱 맞아요, 고 계집애. 아휴, 끔찍해."

윤민이 부르르 몸서리를 쳤다.

"승주 걔는 대체 뭐가 모자라서 그딴 계집애하고 또 엮여? 이건 정말 말도 안 되잖아."

"이게 무슨 날벼락이니 그래?"

나서희가 아직도 충격에서 깨어나지 못한 채, 반 넋을 잃고 중얼거렸다.

그 아무리 강철 심장을 가진 그녀라 해도 승주가 다른 누구도 아닌 전 며느리 유리를 다시 만나고 있다는 이 경천동지할 사건 앞에서는 진정이 불가능했다. 하늘이 무너진다 해도 이보다 더 놀랄 일은 없었다.

"멀쩡한 얼굴로 선 자리에 나가기까지 하니 난 의심조차 하지 못했어. 그런데 유리 고것을 다시 만나고 있었다고?"

"엄마, 말이 나와서 말인데. 승주 선 자리는 어땠어요?"

"좋은 결과가 날 것 같아서 기대 중이었다. 너 오기 전에도 전활 받았어. 그쪽에서 승줄 좋다고 한다잖아. 아가씨도 승주에 대해서 꽤 흡족해한다고. 하긴 누구 아들인데? 조만간 양가 어른들끼리도 한번 봐야 하지 않겠냐는 말이 오가는 중이었어. 그런데 이게 무슨 날벼락이야?"

나서희가 다시 아까 윤민처럼 몸서리를 쳤다.

"어쩜 이렇게 요망하지? 우리 승주의 인생 곱이곱이마다 나타나서, 애를 홀리고 흔들어서는 결국 망치잖아?"

"그러게 말이에요. 천박한 것 같으니라고. 고년은 우리 승주 인생 망치려고 나타난 악귀도 아니고, 참!"

"대체 승주는 왜 그런 앨 못 잊고서 또 이런다니? 대체 왜 그런대?"

말을 하다 보니 원통함과 울분이 더 치밀었다. 승주가 앞에 있다면 나서희는 정말 그의 멱살이라도 잡고 흔들며 묻고 싶었다.

번듯하고 착실한 아들을 정상 궤도에서 벗어나게 만들고 미치게 만드는 유리가 몸서리치게 혐오스러웠다. 차마 견딜 수 없을 만큼 증오스러웠다.

"뻔하지, 뭐. 살살거리고 싸구려 애교나 피워 대는 그 계집애한테 또 멍청이처럼 낚였나 보지. 우리 승주가 거절을 잘 못하잖아요. 아무리 그래도 전처니까, 모질게 내치지를 못하는 약한 마음을 잘도 이용하고 있는 게 분명해. 아휴! 진짜 고년, 만났을 때 따귀라도 한 대 올려붙였어야 했는데!"

윤민이 이를 갈며 표독스럽게 중얼거렸다.

"말이 너무 심하시네들. 아무리 사람 없다고 해도 오빠 대놓고 모욕하네? 아니, 무시하는 건가?"

나서희와 윤민은 동시에 문 쪽을 돌아다보았다.

이제 막 집으로 돌아와 인사를 하려고 나서희와 윤민이 있는 내실로 들어오던 해민이 어이없다는 얼굴로 두 사람을 마주 쏘아보고 있었다.

"넌 뭐야?"

"뭐긴 뭐야? 언니 하는 말이 너무 웃겨서 하는 말이지."

해민이 다가와 소파에 앉으며 신랄하게 쏘아붙였다.

"언니가 나한테 그랬잖아. 오빠는 제정신이라서 유리 같은 천박한 계집애가 백 명 달려들어도 눈 하나 깜짝 안 한다며? 근데 오빠가 걔를 다시 만나 연애 중이면, 그딴 계집애한테 너무 쉽게 넘어가는 수준이 맞지. 내가 보건 유리보다 오빠가 더 문제인 거 같은데?"

"야, 말이 되는 소릴 해!"

"언니야말로 생각 좀 하고 살지? 왜 오빠 탓은 하나도 안 하고 유리만 탓해? 솔직히 엄마나 언니는 오빠가 먼저 유리를 찾아갔을 가능성은 전혀 생각 안 하지?"

나서희가 뭔 말을 하기도 전에 윤민이 더 먼저 바락 소리쳤다.

"승주가 뭐가 아쉬워서? 당연히 유리 고게 먼저 승주를 들쑤셨을 테지!"

"내가 몇 번이나 말해야 해? 오빠가 그런 사람이야? 자기는 아무 생각도 없는데 여자가 찾아왔다고 만나 주는 그런 남자냐고. 언니야말로 왜 그렇게 오빨 무시하고 아무것도 모르면서 막말부터 해?"

"미쳤어? 그럼 넌 승주가 유리 그딴 걸 먼저 찾아다녔단 거야? 아무리 그래도 우리 승주가 자존심도 없는 줄 알아?"

"좋은데 자존심이 뭐가 필요해? 두 사람이 만나는 건 사실일 테지만, 어떻게 만났고 누가 더 적극적인가는 아무도 모르잖아. 근데 무슨 근거로 무조건 유리가 오빨 다시 들쑤셔서 꼬시는 거고, 오빠는 그저 휘둘리는 가련한 희생자로만 생각하느냐고."

"그만들 해."

나서희가 격해지려는 자매의 입씨름을 막았다.

사고는 승주와 유리가 쳤는데 왜 같은 편인 해민과 윤민이 서로 싸워 대고 있는지 이해가 되질 않았다.

"해민이 말대로 그래, 어디 진실을 가려 보자. 승주는 전화를 꺼 놓았어도 걔 전화는 살아 있을 테지. 누구든 전화해 봐. 그러면 알게 되겠지. 둘이 같이 있는지, 또 누가 먼저 찾아다녔는지."

"엄마, 고게 제대로 이실직고를 할 거 같아요? 살살 거짓말하면서 빠져나가겠죠. 원래 앙큼하고 영악한 애잖아."

윤민이 비아냥대며 해민을 건너다보았다.

"너 혹시 유리 전화번호 알아?"

"내가 어떻게 알아? 내가 뭐 두 사람 인생 염탐하는 사람이야?"

"승주 이 녀석이 어제부터 전화를 안 받는 걸 보면 우리를 의도적으로 무시하고 따돌리고 있는 게 분명한데. 그런다고 뭐 방법이 없는 거 아니지. 흥. 잠깐만 기다려 보세요."

윤민이 뭐라고 중얼거리더니만 아까 집어 던진 자신의 휴대 전화를 주워 들었다. 그러고는 누군가에게 문자를 보냈다.

나서희가 해민을 건너다보았다.

"넌 어떻게 된 거야? 계집애가 외박이라니, 자알 한다. 어제 대체 어딜 갔어?"

"원주 별장요. 아빠한테 갔다 왔어요. 왜요?"

내가 어딜 갔든 뭔 상관? 그래서 뭐 어쩌라고? 하듯이 해민이 도전적으로 대답했다.

자신의 대답이 나서희를 조금 동요시킨 것을 안 듯이 다시 툭하고 내뱉었다.

"걱정 마세요. 거기다가 이상한 여자 데려다 놓고 알콩달콩 지내고 있지는 않았으니."

"누가 물어봤니? 궁금치도 않다."

나서희가 가볍게 내치자 해민이 피식 웃었다. 분명 아까 난 엄마 동공 지진 난 거 봤는데요, 하는 표정이었다.

순간 딸이지만 나서희는 해민이 너무 얄미웠고 또 자존심이 상했다. 자신의 바닥을 보이고 말았다는 느낌에 속이 너무 불편했다.

"그래, 그렇다고 하니 어제 외박에 대해서는 왈가왈부 안 하겠다만, 말이 나온 김에 할 말은 하고 넘어가자. 이제 너 세멋대로 구는 거 더 이상은 못 봐주겠다. 도를 넘었어, 너."

"제가 뭘 어쨌다고요. 제가 뭐 아비 없는 애를 배기라고 했어요? 대낮에 약 처먹고 과속하다가 교통사고라도 냈어요? 그도 아니면 연예인 따까리 하다가 돈 떼먹히고 뉴스에 나오기라도 했어요? 갑자기 저한테 왜 이러세요? 엄마 눈에는 모자란 것투성이로 보이겠지만 저도 나름 잘 살고 있어요."

"잘 살기는 뭐가 잘 살아? 이제 나이도 그만하니 그 사업이랍시고 벌여 놓은 것 다 정리해. 조신하게 신부 수업 할 때가 됐어. 이제부턴 제대로 된 네 자리를 찾아갈 생각 해야지. 네 오빠 문제는 뒤로하더라도 해민이 너도 이제 제대로 된 결혼 준비 해야지."

"됐네요."

"내가 안 됐어. 여기저기 말 넣어 놨으니까 잔말 말고 시키는 대로 해. 서른 넘기기 전에 결혼을 해야 할 거 아냐?"

"싫은데요?"

그때 문자를 확인하던 윤민이 엄마, 하고 나서희를 불렀다.

"유리 전화번호 알아냈어요."

"어떻게?"

"연희동 시고모님 댁에서 우연히 유리를 만났거든요. 꼴에 파티 플래너라고 하던데? 고물상 그 집, 그사이 폭삭 망했나 봐. 연재 생일 파티 의뢰받아서 출장 나왔다고 하더…… 어머나! 지금 생각하니 더 가증스럽네? 이미 승주를 만나고 있으면서도 날 보고는 전혀 모르는 척 시침을 딱 떼면서 개 닭 보듯이 한 거 아냐? 아휴, 앙큼한 것!"

"진정하고 전화번호나 줘 봐."

나서희가 윤민을 제지하며 유리의 전화번호를 재촉했다.

눈썹이 위로 솟구친 채 나서희가 지체하지 않고 유리에게 전화를 걸었다. 윤민이 쪼르르 그녀의 곁으로 더 가까이 다가와 앉으며 소리쳤다.

"엄마, 스피커폰, 스피커폰! 고것이 어떤 변명 하는지 같이 들어 보자고요."

통화 연결음이 몇 번 이어지더니, 이윽고 상대가 전화를 받았다.

나서희가 딱 잘라서 거두절미 캐물었다.

"너, 지금 우리 승주랑 같이 있지?"

수화기 안에서는 아무 소리도 들리지 않았다. 느닷없는 기습에 너무 놀라서 유리가 잠시 정신 줄을 놓아 버린 듯했다.

"왜 아무 말도 못 해? 우리 승주랑 같이 있냐고 묻잖아!"

나서희는 더 매섭게 쏘아붙였다. 솔직한 심정으로 눈앞에 유리가 있다면 괘씸한 마음을 이기지 못하고 몇십 대 따귀라도 후려갈기고 싶었다.

"내가 네 그 같잖은 불장난을 언제까지 모를 줄 알았니? 사람을 물로 봐도 유분수지. 감히 네까짓 게 내 눈을 속이고 우리 아들을 다시 꾀려고 나서?"

"그러게. 헤어졌으면 깨끗하게 끝내야지, 질척거리기는. 쯧! 자존심도 없나 봐, 얜."

옆에서 윤민도 가세했다. 해민이 눈살을 찌푸리면서 소리쳤다.

"그만하지? 뭐 하자는 건데? 사람 하나 두고 바보 만드는 것도 아니고."

그러거나 말거나 나서희는 더 모질고 독하게 유리를 몰아붙였다.

"너 지금, 이게 무슨 몰상식한 짓이야? 여전히 우리 승주를 네 맘대로 조물락거릴 수 있다고 믿니? 바퀴벌레도 아니고 말이야. 우리 애 인생에 겁도 없이 다시 스물스물 기어들어 와? 어떻게 사람이 이렇게 징글맞을 수 있어?"

─이 사람 전화번호를 어떻게 아셨습니까?

순간 전화를 받은 사람이 유리라고 확신하고 가차 없이 폭언을 퍼붓던 나서희도, 같이 듣고 있던 윤민도 찔끔했다. 멀찍이 떨어진 채 그 모든 걸 관망하듯이 지켜보던 해민도 마찬가지였다.

수화기 속에서 흘러나온 건 유리가 아니라 승주의 목소리였다. 그리고 그의 목소리는 너무 음산했다. 세 사람 다 지금껏 한 번도 들어 보지 못한 어조였다.

다시 승주가 캐물었다. 시퍼런 칼날 같았다.

─이해민, 너야?

"아냐, 난 아냐! 언니가……."

그저 수화기에서 흘러나온 목소리일 뿐인데도, 너무 무서워서 해민이 완전 쫄았다. 외마디 비명을 지르듯이 윤민 핑계를 댔다.

사실 사업체 올댓파티를 기억해 내서 유리의 전화번호를 찾아낸 사람은 윤민이었으니 거짓말을 한 건 아니었다.

—앞으로의 네 인생을 위해서 다행인 줄 알아.

"뭐, 뭐야?"

—만약 너였으면, 넌 나한테 죽었을 테니까.

"미, 미쳤나 봐! 오빠, 뭔 말을 그렇게 험하게 해? 너무한 거 아냐?"

그러나 승주는 해민의 반발에 아랑곳 않고 다시 내뱉었다.

—누나의 그 쓸데없는 오지랖은 정말 질린다. 내 인생 말고 누나 인생이나 제대로 챙겨.

해민처럼 윤민도 승주의 적나라한 폭언에 자지러졌다.

"엄마, 엄마! 들었죠, 들었죠? 진짜 미쳤나 봐. 아 자식은 여자한테 미치면 이렇게 답도 없어진다니까."

비난이 반인 윤민의 호들갑에도 아랑곳없이 얼음이 뚝뚝 떨어지듯 싸늘하기 이를 데 없는 승주의 목소리가 계속 흘러나왔다.

—그리고 어머니, 사람에게 전화를 하셨으면 기본 예의를 지키세요. 다짜고짜 막말이라니 제가 다 부끄럽습니다. 제가 이 사람하고 같이 살 때도 이 사람을 이런 식으로 대하셨던 거죠? 다짜고짜 무안 주고 호통치는 게 너무 자연스럽잖아요. 사람더러 바퀴벌레라니요. 어떻게 이렇게 끔찍한 말을 함부로 하십니까?

"이승주! 너……."

—끊습니다. 다시는 이 사람에게 이따위 불쾌한 전화를 하지 마세요. 차단합니다. 그리고 누나도 마찬가지. 예방 차원에서 누나 번호도 차단해 두겠지만 함부로 이 사람에게 전화하거나 무례하게 굴면 그땐 나도 가만 안 있어. 계속 그따위로 굴다간 내가 어떤 식으로 누날 걸어찰지, 두고 보면

알 거야. 분명히 경고했어.

그리고 일방적으로 전화가 먼저 끊어졌다.

＊　＊　＊

'정말 다행이다.'

승주는 정원이 욕실에서 샤워를 하고 있던 덕분에 나서희의 전화를 직접 받지 않은 것에 진심으로 감사했다.

승주는 정원의 휴대 전화에서 방금 전 그 통화 기록을 목록에서 지우고, 전화번호도 차단해 버렸다. 사람을 잘 믿어 경계심의 허들이 낮은 정원은 휴대 전화 비밀번호도 없이 사용하고 있었다.

결국은 언젠가는 맞닥뜨려야 할 일이겠지만…….

'지금은 아니야.'

그리고 나서희의 어이없는 패악질을 감당할 사람은 승주 자신이지 애꿎은 정원이 아니었다.

이제 정원은 나서희가 간섭하거나 일방적인 지시를 할 상대가 될 수 없다.

부당한 그 명령에 따르거나 말도 안 되는 폭언과 함께 행해졌을 정신적인 학대까지 감수해야 할 이유가 없는, 완전한 남이었기에.

아니, 설사 며느리라 해도 시모라는 이름으로 나서희가 자행했던 비인간적이고 말도 안 되는 부당한 압력과 간섭, 모욕을 참아 낼 이유가 없었다.

휴대 전화를 있던 자리에 얌전하게 놓아두고, 승주는 바다가 보이는 발코니 쪽으로 다가가 팔짱을 꼈다.

아직도 가라앉지 않는 분노와 불쾌함으로 인해 그의 목울대가 불룩거렸다.

'내가 없는 데서, 아니, 못 들은 척하는 동안 당신은, 이런 말을 듣고 살았구나.'

짐작은 상상을 뛰어넘었다. 직접 귀로 들은바, 정원에게로 향하는 나서희의 모욕은 너무 끔찍했다.

하지만 그녀는 그의 어머니였고, 그런 폭언을 감당하는 다른 한쪽은 그가 사랑하는 사람이었다.

가슴이 찢어질 듯 아픈 만큼 승주는 너무 부끄러웠고 미안했다.

'왜 하필이면 날 만나 가지고는.'

나란 놈하고 결혼이란 걸 해서는.

넌 평생 안 들어야 될 이따위 더러운 말들을 감수하면서 살았던 거지.

이런데 내가 또 너에게 다시 사랑해 달라고 감히 요청할 자격이 있을까?

우릴 둘러싼 현실은 과거와 달라진 게 하나도 없는데.

어두워지는 바다만큼 승주의 가슴도 막막해졌다. 간신히 조그만 행복이란 것으로 촉촉하게 물들여지던 심장이 검은 절망으로 무너져 내렸다.

등 뒤에서 달칵 욕실 문이 열리는 소리가 났다.

"자긴 안 씻어요?"

욕실 가운 차림에다 머리에는 수건을 둘둘 두르고 세상 개운한 얼굴로 정원이 나왔다. 그러고는 발코니를 향해 우두커니 서 있는 승주에게 물었다.

"정원아."

승주가 정원에게로 다가가 그녀를 꽉 안았다.

"내가, 당신을 참 많이 좋아해. 아니, 사랑해."

"나도."

"정말?"

"여자가 좋아하지도 않는데 남자랑 같이 여행 오거나 같이 자지는 않지."

그러면서 정원이 발랄하게 승주에게 쪽 하고 가벼운 키스를 날려 주었다.

정원에게는 그저 농담과도 같은 가벼운 키스였겠지만, 승주는 아니었다.

구원의 낙인, 믿음의 맹세 같았다.

'이번에는 달라. 누구도 당신한테 상처 못 줘. 어떻게든 막을 거야.'

정원을 향해 달려드는 악의와 증오를 가로막는 이 노력은, 어처구니없는 악의 앞에 노출될 정원의 영혼을 지키는 게 아니었다. 이건 오롯이 승주 그 자신을 지키는 일이었다.

그의 가족들이 그를 만나고 있다는 이유만으로 정원을 다시 상처 주고 괴롭힌다면 이번에는 그의 영혼이 그야말로 산산조각 나서 회복 불능이 될 것이 뻔하므로.

이번만큼은 절대로 참지 않을 것이다. 있는 힘을 다해 가로막고 지킬 것이다.

* * *

"야 이, 배신자 같으니라고!"

같은 편이라고 생각했는데, 갑자기 꽁무니를 뺀 해민에게 윤민이 바락 소리 질렀다.

"나만 알았어? 나만? 지만 나쁜 말 안 들으려고 꼬리 말고 싹 빠지는 거 봐. 뭐야, 너? 넌 혹시 승주가 유리 고걸 다시 만나는 거 찬성하는 거야?"

"찬성하면 안 돼?"

"뭐라고?"

해민의 천연덕스러운 반문에 그렇지 않아도 험상궂게 위로 올라갔던 나서희와 윤민의 눈꼬리가 사정없이 더 위로 솟구쳤다.

그러거나 말거나 이제는 이판사판이다. 해민이 냉소적으로 내뱉었다.

"아니, 일단 이것부터 따져야지. 두 사람이 다시 만나건 말건 내 찬성이 필요하긴 해? 오빠 연애나 재혼에 내 찬성이 왜 필요하냐고. 애초에 아무리 식구라도 그런 간섭은 하면 안 되는 거 아냐?"

"이게 미쳤나? 그래서 넌 승주가 그 불여시하고 다시 얽히는 걸 그냥 두고 보겠다고?"

"그냥 두고 봐야지 별수 있나? 아까 오빠 한 말 못 들었어? 까불지 말라

고 했잖아. 이건 아무리 가족이래도 월권이야. 오빠가 세 살 먹은 애도 아
니고."

"난 절대 찬성 못 해. 그따위 하찮고 격 떨어지는 애하고 승주가 다시 연
맺는 거 절대로 못 본다고!"

"……언니는 얼마나 잘나고 우아해서 사람 하나 두고선 말끝마다 격 떨
어지느니 하찮다느니 그런 말을 대놓고 해? 못 들어 주겠네, 정말!"

갑자기 해민이 얼굴까지 시뻘겋게 붉히며 바락 소리쳤다.

예상치 못한 격한 반응에 윤민도 나서희도 깜짝 놀라 해민을 건너다보았다.

"언니나 엄마가 만날 이따위로 구니까 오빠가 진저리 치지. 아빠도 이혼
한다고 나서고! 이러다가 정말 다 인연 끊게 생겼는데. 정신들 차려, 제발!"

해민이 지긋지긋하다는 얼굴을 감추지 못하고 두 사람을 무섭게 노려보
았다.

"이젠 나도 언니나 엄마 보고 있으면 신물이 난다. 사람한테 바퀴벌레가
뭐야? 이따위로 고약하게 굴고 한 사람 인생을 마구 뭉개면서 죄책감도 없
지? 그런 주제에 우아한 척, 고상한 척은 다하고 살지? 흥! 잘난 척하지 마.
이제는 오빠도 그런 징그러운 가식을 다 알아 버린 것 같으니까. 이따위 더
러운 인생관 때문에 지금 내 인생도 파탄 나게 생겼는데 진짜 너무한다. 제
발 좀 정신 차려."

"흥. 얘 좀 봐? 엄마, 얘 지금 왜 이래요? 저는 유리 편들고 잘해 준 것같
이 말하고 있네? 지도 만만찮았으면서 갑자기 따로국밥처럼 굴어? 너 지금
무슨 말을 하고 싶은 거야?"

"귓구멍 막혔어? 언니나 엄마 땜에 미칠 지경 된 건 오빠나 아빠만이 아
니라고! 나도 마찬가지라고!"

말을 하다 보니 더욱더 흥분 상태가 되어 갔다. 해민은 그동안 속으로 쌓
아 두었던 온갖 불만과 울화통을 드디어 터뜨리고 말았다.

"아직 둘이 만난 전말에 대해서 아무것도 모르면서 다짜고짜 유리한테

욕은 왜 해? 아까 오빠 목소리 다 들었잖아. 무섭고 살 떨려서 난 못 살겠더라. 오빠가 그렇게 말하는 거 들어 본 적 있어? 어? 이게 무슨 의미인지 아직도 모르겠냐고! 언니나 엄마가 그동안 유리를 그렇게 괴롭히고 무시하며 살았다는 게 오빠한테 딱 걸렸어. 우리들이 한 짓이 다 들통났다, 이 말이야!"

"그만해라. 지금 네가 목소리 높일 일이 아니잖니. 본데없이 어디 엄마 앞에서 감히 큰소리를 내? 계집애가."

나서희가 얼굴을 찡그리며 해민에게 경고했다. 그러나 이미 터져 버린 해민을 막기에는 역부족이었다.

"솔직히 딱히 그렇게 잘못한 것도 없었잖아. 오빠가 좋아서 만난 사람을 들들 볶고 괴롭혀서 기어코 이혼을 시키니까 속이 시원했어? 조금만 덜 나쁘게 굴었으면 좋았잖아!"

해민이 나서희와 윤민을 번갈아 노려보며 소리쳤다.

"아 씨! 진짜 질린다! 식구 안 하고 싶어! 그러니까 그 사람도 우리 집이라면 천리만리 도망가지. 어떡할 거야!"

해민으로선 솔직히 분하고 원통했다.

왜 승주는 정원과 헤어져서는 자신이 정말 좋아하는 남자한테 걷어차이게 만들었는지.

하지만 해민은 솔직히 인태로부터 당한 비난에 있어 자유로울 수가 없었다. 그래서 끝내 당당할 수가 없었다.

그녀 역시 올케 정원을 눈 아래로 깔고 보며 무시하고 얄밉게 굴고 야박하게 그녀의 곤경을 모른 척한 적이 대부분이었으니까.

그 업보를 지금 인태로부터 그대로 돌려받고 있는 중이다. 그래서 이렇게 뼈아프게 후회하고 있는데, 다시 윤민과 나서희가 승주와 정원을 괴롭히려고 나서는 것을 직접 눈으로 보고 있으려니 기가 찼다.

"우린 뭐가 그렇게 잘났다고 사람 무시하고 하찮게 여기면서 살아? 말로만 만날 공정한 척, 합리적인 척, 정의로운 척은 다 하면서 하는 짓은 완전 구려. 어디 가서 말로만 상류층이지? 엄청 쪽팔려. 그런 말은 어디 가서 하지도 마. 사는 꼴은 아주 그냥 개막장이면서."

"해민아!"

"엄마랑 언니 이런 분별없는 짓거리 때문에 내가 어떤 망신을 당하고 사는지 알아? 내가 좋아하는 그 사람, 유리 사돈이라고! 우리 집안이 유리한테 무슨 짓 했는지 다 들어서 알고 있더라. 때문에 난 대차게 그 사람한테 까였구. 지금 내 마음이 어떤지 알아? 그냥 한강에 뛰어내리고 싶다고!"

해민이 흥분하다 못해 거의 제정신을 잃은 듯한 얼굴로 발딱 자리에서 일어나 발을 쾅쾅 굴렀다.

"4년이나 좋아했다고! 좋아서 죽을 만큼 그랬다고. 그런데 그런 사람한테 차였어. 알아? 우리 집이 유리한테 한 짓거리 때문에! 내가 한 짓 두 배로 돌려받고 있단 말이야. 내가 그랬지? 어? 사람 함부로 갖고 놀지 말라고. 돌고 돌아 다 나한테 돌아온다고."

"얘가 지금 무슨 소릴 하고 있어? 누가 누굴 만나? 까였다고? 너 지금 엄마 모르게 네 멋대로 남잘 만나고 다녔다고 말하는 거니?"

"못 알아듣는 척하지 마요. 다 알아들었으면서 듣기 싫으니까 못 들은 척, 모르는 척 내 말 다 뭉개려 하는 거잖아. 제발 날 좀 봐요. 내가 지금 그런 꼴 당하고 있다고. 오빠랑 새언니를 괴롭혀서 두 사람 인생 깨트렸으면 그걸로 끝내! 이제는 그만할 만도 하잖아. 그런데도 여전히 미안해하지도 않고 후회하지도 않고, 또 오빠 인생 망쳐 주겠다고 난리들인 거야, 지금? 인간들이 왜 이렇게 살아? 부끄럽지도 않니?"

"엄마, 쟤가 미쳤나 봐……."

길길이 날뛰며 소리를 질러 대는 해민의 기세에 눌린 윤민이 본능적으로 나서희 등 뒤로 숨으며 중얼거렸다.

그러나 해민은 그런 윤민을 무섭게 노려보며 다시 고함을 빽 질렀다.

"미친 건 내가 아니라 언니나 엄마지! 두 사람 새로 만나는 걸 반대한다고? 웃기지 마. 이미 늦어도 한참 늦었어. 오빠 유리랑 절대로 안 헤어져. 벌써 두 사람, 아빠한테 찾아가서 다시 만나는 거 허락받았대. 아빠도 오빠한테 대놓고 새언니 다시 잘 잡으라고까지 말했다고. 이제 와서 반대해도 완전 늦었다고! 오빠 목소리 같이 들었으니 느꼈을 거 아냐? 두 사람, 이제 못 떼어 놔. 그러니 뒷북치지 마. 언니나 엄마 꼴만 우스워진다고!"

순간 나서희가 자지러질 듯이 놀랐다. 유리와 승주가 영국을 찾아가 만남을 허락받았다는 폭탄 발언을 들은 후였다.

"정말이야? 이 인간이 정말! 아들 인생 말아먹으려고 작정을 했어?"

"막말하지 마요, 엄마. 그러는 거 아냐! 정작 오빠 인생 망친 건 엄마잖아. 그것도 모자라서 평생 아빨 들들 볶아서 아빠 인생도 제대로 망쳤지. 이젠 내 인생까지 말아먹고 싶어서 안달하고 있잖아. 뭐라고요? 얌전하게 집 안에 들어앉아서 시키는 대로 결혼 시장 나가서 선이나 보라고? 뭐든 엄마가 결정하면 다들 따라서 살아야 해요? 그게 말이 돼? 미쳤나 봐, 정말!"

나서희가 부들부들 떨며 제 아비 영국의 인생을 망쳤다고 비난하는 해민을 무섭게 노려보았다.

"그만하라고 했지!"

그러나 해민은 지지 않았다. 더 크게 악을 썼다.

"그만 못 둬! 몇 번이든 엄마가 들어먹을 때까지 말할 거야. 난 사랑하는 남자가 있다고. 그 사람 아니면 안 되는데 왜 다른 남자하고 결혼하라고 그래? 흥, 내가 엄마 말을 들을 거 같아? 내 인생은 내 건데 왜 엄마 마음대로 하려고 해? 그렇게 해서 오빠 인생 한번 망쳤으면 배우는 게 있어야지, 엄만 왜 하나도 안 변해? 왜 안 달라져? 엄만 뭐가 그렇게 특별하고 잘나서 만날 사람들 무시하고 함부로 주물럭거려? 미안하지도 않아?"

"닥치지 못해?"

마침내 나서희가 폭발했다. 서릿발처럼 쏘아붙인 것으로도 딸에게 제대로 당한 분노를 참을 수가 없어 해민에게로 다가가 사정없이 뺨을 후려쳤다.

"어디서 못 배운 티 내면서 엄마를 향해 눈 부릅뜨고 막말을 해?"

"엄마도 다른 사람에게 함부로 막말하잖아. 방금 전도 유리한테 바퀴벌레라며? 엄만 해도 되고 남은 하면 안 돼? 엄마도 잘못했으면 막말 들어야지, 왜 그래? 내로남불 하지 마, 엄마. 역겨워. 그러다 진짜 벌받아."

"나쁜 계집애 같으니라고. 역겹다고? 그게 엄마한테 할 말이야?"

나서희가 다시 해민의 뺨을 세차게 내려치며 소리쳤다.

"이쁘다 이쁘다 해 주니 정말 눈에 뵈는 게 없지? 너 그딴 식으로 엄마한테 대들고 버릇없이 굴려면 내 집에서 나가! 난 너 같은 딸 둔 적 없어!"

"나가라면 뭐 무서워할 줄 알고?"

해민이 대차게 후려 맞아 새빨갛게 얼룩진 볼을 움켜쥔 채 비웃었다. 기하나 죽지 않고 다시 소리쳤다.

"그래요, 이 집은 엄마 거지? 이 잘난 집에서 새언니 쫓아내고 오빠를 쫓아내고 아빨 쫓아낸 것으로도 모자라서 이젠 나까지 쫓아내시겠다? 참 속 시원하시겠어? 그래요. 나갈게요. 나가면 될 거 아냐."

"야, 이해민 너 진짜 돌았니? 어떻게 엄마한테 그딴 말을 하고 그래? 당장 사과드려! 무릎 꿇고 빌어. 이게 정말 미쳐도 단단히 미쳤구나."

휙 돌아 버린 것 같은 동생 모습이 슬슬 겁까지 난다. 윤민이 나서희와 해민을 번갈아 바라보며 지켜보다가 해민을 꾸짖는 척하면서 상황을 진정시키려 했지만 역부족이었다.

"언니나 닥쳐!"

머리끝까지 흥분해서는 막말 퍼레이드를 펼치는 해민이 이번에는 눈을 부릅뜨고 윤민을 향해 쏟아냈다.

"난 상관 말고 언니나 말 같지도 않은 엄마 말 들으면서 잘 먹고 잘 살아. 난 절대로 언니처럼 안 살아. 못 살아! 남편이 제멋대로 바람피우고 돌아다니는데 말 한마디 못 하면서 돈이나 좀 쓰고 사모님 소리 들으면 행복한 줄

아나 본데, 그거 말짱 헛 거야. 친구랍시고 어울리는 여자들, 다 등 뒤에서
는 언니를 얼마나 비웃고 있는지 모르지? 평생 비굴하게 그렇게 살아라. 진
짜 내 언니고 내 엄마지만 짜증 나거든. 사람들이 나이가 들면 더 좋아질
생각은 않고 어째 더 나빠질 생각만 하는 거야? 아주 지겨워 죽겠다!"

그러더니만 충격받고 어이가 없어서 할 말을 잃어버린 윤민과 나서희를
남긴 채 문을 쾅 닫고 사라졌다.

"엄마……."

멍한 얼굴로 윤민이 중얼거렸다.

"지금 내가 무슨 말을 들은 거죠? 해민이 저게 완전 미쳐 버렸나 봐요."

"아이고, 골치야."

첩첩산중, 설상가상, 점입가경이라고 하더니만 어떻게 일은 하나만 터지
는 게 아니라 여럿이 동시에 터지는 것인지. 나서희가 이마를 짚으며 그대
로 주저앉아 버렸다.

그러나 해민에게 당한 분함이나 자존심의 훼손, 배신감이 쉬이 사라지는
것이 아니었다.

한참 동안 입술만 꽉 문 채로 허공만 무섭게 노려보고 있던 나서희가 중
얼거렸다.

"저게 정말 쓴맛을 한번 제대로 봐야 버릇을 고치지?"

그러더니만 주방으로 통하는 인터폰을 눌렀다.

―네, 회장님.

"지금 당장 해민이 방에 가서 짐 가방 좀 싸요. 한 시간 내로 이 집에서
나가라고 해."

"엄마!"

멍하니 지켜보고 있던 윤민이 깜짝 놀라 나서희에게로 다가와 그녀의 손
을 잡았다.

"엄마, 엄마, 제발 진정 좀 하세요. 이거는 아니지. 해민이를 진짜 쫓아내

시면 어떻게 해요?"

그러거나 말거나 나서희가 윤민의 간청하는 손을 뿌리치고 계속 차갑게 명령했다.

"꼴도 보기 싫으니까 나가서는 다시는 돌아오지 말라고 해. 걔 나가면 대문 비밀번호부터 바꿔 버려요."

인터폰을 끈 다음 나서희가 아니꼽다는 듯 뇌까렸다.

"여기가 제 마음 내키는 대로 들어왔다 나갔다 하는 집인 줄 알아? 지가 누구 덕에 이렇게 사는데? 알거지 꼴이 나 봐야 정신 차리지. 바닥에 엎드려서 싹싹 빌 때까지는 절대로 용서 못 해. 그리고 너도!"

나서희가 윤민을 무섭게 노려보았다.

"이 시간 이후로 해민이 걔가 뭔 말을 하든 너도 못 들은 척해. 전화도 받아 주지 말고. 알았어? 도와 달라 질질 짜도 못 본 척하란 말이야."

"아니, 어떻게 그래, 엄마? 저게 나간다고 해서 뭔 돈벌이할 수 있는 애야? 며칠 만에 굶어 죽는다고 난리 칠 텐데."

"그러니까 이 기회에 건건이 엄마 말이라면 반항하는 저 못된 버르장머리 싹을 아주 잘라 버려야지."

말뿐인 엄포가 아니라는 것을 보여 주듯이 나서희가 다시 휴대 전화를 들었다.

"오 변호사? 지금 당장 해민이 샵이며 빌딩 관련한 업무 전부 다 올 스톱 시켜. 걔 지분이며 법인 카드도 다 정지시키고. 여하튼 걔가 내 돈 한 푼도 더 이상은 못 쓰게 만들어. 당장!"

* * *

월요일 아침 9시 30분.

새벽에 제주도에서 출발한 비행기가 김포 공항에 내려앉았다.

차를 몰아 공항을 빠져나오며 승주가 조수석의 정원을 돌아보았다.

"오전에 정형외과 가야 한다고 그랬지? 마지막 진료야?"

"응."

승주가 한성병원 주차장에 정원을 내려주었다.

"당신은 피곤할 텐데 그냥 집에 가요. 저녁때 출근해야 하잖아."

"괜찮아. 진료받고 와. 기다릴 테니까. 당신, 집에까지는 데려다줘야 내가 안심이 될 거 같아서 그래."

"감사하긴 한데 거참 부담되게 친절하셔, 이승주 씨? 알았어요. 갔다 올게요."

정원이 차에서 내려 씩씩하게 병원을 향해 걸어갔다.

그리고 건물 안에 들어가기 전, 차 안에 있는 승주를 향해 손가락으로 V 자를 그려 그를 슬쩍 웃게 만들었다.

정형외과 진료실에 들어간 정원은 손목에 대한 마지막 진료를 끝냈다.

"유정원 씨, 완치 축하하고 다시는 오지 마세요."

환자에게 완치 판정을 내리는 일은 의사에게도 기분 좋은 일인가 보다. 주치의가 흔치 않게 농담까지 했다.

"감사합니다, 교수님."

"하지만 늘 조심해요. 뼈는 한번 손상되면 아무래도 다른 부위보다 취약하거든."

진료를 끝낸 정원이 주차장에 세워진 차로 다가가자 차 안에 있던 승주가 문을 열고 나왔다.

"끝났어?"

"응. 완치 판정. 교수님이 다시는 보지 말재."

"그래도 조심해야 해."

"교수님도 똑같은 말씀 하셨어. 하하하. 한번 부러진 데는 다른 데보다 취약해서 더 잘 부러질 수 있으니까 늘 조심하라고. 이건 마치."

정원이 힐끗 승주를 돌아보았다.

"결혼하고 똑같지?"

승주와 정원의 시선이 마주쳤다.

"그렇잖아요. 한 번 헤어졌다가 다시 만나는 거. 사람들이 그러잖아. 처음 헤어진 이유, 그것 때문에 다시 헤어진다고."

"우리가 헤어진 이유가 된 그 실수가 뭔지 잘 알았으니, 다시는 같은 실수를 하지 말아야지. 아니, 안 해야지."

"뭐야. 뭔가 엄청 듬직해."

정원이 미소 지으며 승주의 팔을 탁 때렸다.

승주는 마주 미소 지어 주면서 조수석 문을 열어 주었다.

지금 승주가 어떤 마음으로 이런 말을 했는지 정원은 평생 모르리라.

정원이 안전벨트를 매는 것까지 기다린 후에 그는 차 시동을 걸었다.

"사무실? 집?"

"일단 집. 가서 정리 좀 하고 사무실로 출근해야지. 나도 우리 이사님들한테 잔소릴 들으려면 마음의 각오가 필요하다고요."

"미안. 나 때문에 친구들한테 잔소리 듣게 해서."

"그런 말은 하지 마요. 당신하고 같이 여행 가기로 한 건 내 선택이니까 그다음에 벌어지는 일도 내가 책임져야지. 나도 제주도 가서 기분 전환 잘했으니까 신경 쓰지 말아요. 대신 다음 달 병원 결혼식 준비하는 거는 많이 도와주세요, 세린병원 이 이사님."

"당연하지."

승주의 차가 논현동 골목 앞에 멎었다.

"출근 잘해요. 전화할게."

"그래."

웃는 얼굴의 정원 모습이 대문 안으로 사라졌다. 승주는 차를 돌리면서 손목시계를 내려다보았다.

11시 30분.

그는 잠시 생각했다가 마침내 지난 3일 동안 계속 꺼 두었던 휴대 전화를 켰다.

그러려니 했던 대로 무수히 떠 있는 부재중 전화. 온갖 곳에서 날아온 어지러운 문자 창들. 그와 정원을 둘러싼 복잡하고 어지러운 현실과 똑같았다.

망연히 휴대 전화 화면만 내려다보다가 그는 다시 손목시계를 바라보았다. 이내 집으로 가는 대신, 반대 방향으로 차를 돌렸다.

* * *

데이지 백화점 회장실.

들어서는 승주를 바라보며 비서가 놀란 표정을 감추지 못했다.

나서희 회장을 모신 지도 어언 5년이 넘었기에 당연히 아들 승주의 얼굴을 알고는 있었다. 하지만 그가 백화점 사무실로 찾아온 건 처음이었기에 당황하고 긴장이 되었다.

"회장님은?"

"임원 회의인데 곧 끝날 시간입니다."

비서가 승주에게 찻잔을 놓아 주며 대답했다.

약 10분 후에 회의를 마친 나서희가 회장실로 들어서다가 깜짝 놀라 문 앞에 멈추어 섰다. 이렇게 불쑥 사전 연락도 없이 승주가 먼저 찾아오리라고는 미처 생각을 못 한 게 분명했다.

나서희가 그를 따라온 임원들을 돌아보았다.

"두 분은 나가들 보세요. 아무래도 점심 식사는 어렵겠어요."

"알겠습니다, 회장님."

승주에게까지 가볍게 묵례를 해 보인 임원들이 나가고 나서 나서희가 소파 쪽으로 다가왔다.

"네가 먼저 찾아오다니 의외로구나."

"왜 놀란 척하세요?"

"뭐?"

"바닥 다 보여요, 어머니. 부재중 전화를 몇십 통이나 걸어 놓고는 아무 관심 없다는 척 연기하시면 곤란하죠. 제가 찾아올 걸 전혀 예상치 못했다는 얼굴을 하시니 제가 어이가 없군요."

"다짜고짜 찾아와선 뭔 말이 이렇게 고약해? 뭐, 어이가 없어? 감히 어미를 상대로……."

"제가 그 사람을 먼저 찾아갔어요. 다시 만나자고 간청했고요. 이제 간신히 마음을 붙잡아서 행복한 연애 중입니다. 그러니 방해하지 마세요."

잔뜩 화를 내려던 나서희가 순간 아무 말도 못 하고 입만 벙긋거렸다.

어제 전화상으로 한 번 대차게 당한 셈인데, 이날 역시 승주에게 다시 기선을 제압당한 것이었다.

나서희는 솔직히 느리고 과묵한 승주가 먼저 그녀를 찾아오리라고는 미처 생각하지 못했다.

그녀가 제대로 추궁하기 전까지는 입을 열지 않을 거라고 믿었고, 자신이 관여하는 것이 무서워서 가능한 한 피하고 감추려 들 거라고만 생각했다.

그래서 승주가 아니라 정원을 어떻게 요절낼까 궁리 중이었고, 또 어떻게 하면 둘을 제대로 추궁하고, 다시 갈라놓을까 셈법을 짜는 중이었다. 솔직히 아직 작전이 다 세워지지도 않았다는 게 더 골치가 아팠다.

그런데 이렇게 기습적으로 찾아온 승주가 너무나 아무렇지도 않게 정원과 다시 만나고 있으며, 그녀가 아닌 자신이 먼저 찾아다녔다고 말해 버리니 정작 할 말이 없었다.

"진실을 아셨으니 속 시원하시죠? 그러니 이제 저한테 쓸데없는 것들을 강요하지 마십시오. 어머니께서 원하시던 선 자리 끝냈으니 앞으로는 그게 뭐가 됐든 전 더 이상의 의무가 없어요. 이제 제 인생은 제가 알아서 합니다. 그러니 어머닌 신경 안 쓰셔도 됩니다."

"이승주!"

"겁주지 마세요. 그런 표정, 그런 어투, 이젠 안 통해요, 어머니."

승주가 나직하게 말하며 나서희를 지그시 노려보았다.

바위보다 더 단단한 무표정, 그건 그녀가 어떤 말을 하든, 어떤 행동을 하든 상관없다는 뜻이었다. 그렇게 차디찼고 흔들림이 없었다.

"우리 둘이 만나고 있다는 이유로 그 사람을 찾아가서 뭔가 하실 생각은 하지 마세요. 그땐 정말 가만 안 있을 테니까요. 분명히 말하지만 제가 매달리고 있어요. 그 사람이 아니라. 아시겠어요? 어머닌 어찌하든 절 불행하게 만들려 난리를 치지만, 그 사람은 절 행복하게 만들려고 애를 써요. 제가 뭘 선택해야겠습니까? 그냥 어머닌 절 잊고 어머니 인생이나 관리하세요. 아셨어요?"

"대체 왜 이러는 거니?"

입술을 꽉 깨문 채로 그의 말을 듣고만 있던 나서희가 마침내 폭발하며 추궁했다.

"너희 둘 좋다고 해서 결혼시켰어. 그런데 둘이서 멋대로 1년도 못 살고 이혼했잖아! 그런데 왜 또?"

"못 잊어서요. 사랑하니까요!"

승주가 목에 핏대까지 올리며 소리쳤다. 나서희가 결코 듣고 싶지 않았던 진실. 어찌하든 외면하고 부정하려던 사실을 드러내서 쾅쾅 그녀의 심장에 때려 박았다.

"왜 이혼하고는 이제 와서 이러느냐고요? 그 사람이랑 이혼하고 나서 단 한 순간도 후회하지 않은 적 없었어요. 하지만 어머닌 제가 그 사람하고 헤어지고 나서 어떻게 살았는지, 어떻게 견뎠는지 아무것도 모르시잖아요?"

그저 하찮고 불필요한 것, 귀찮은 걸 그의 인생에서 뜻대로 떼 냈다고 흡족해했지.

"눈에 반도 차지 않는 귀찮은 거머리를 마침내 내 아들 인생에서 제거했구나 만족하기 바쁘셨지, 그 사람하고 헤어지고 나서 제가 무슨 생각을 하고 어떤 감정을 느끼는지 한번 물어나 보셨어요? 아니, 그런 게 궁금하긴 했어요?"

나서희를 노려보는 눈빛이 무시무시했다.

그러나 나서희를 정말 두렵게 만든 건 그녀를 노려보는 승주의 눈빛 속에 담긴 뼈아픈 자책과 자기혐오였다.

부당한 압력에 밀려 정말 소중하게 아끼고 지켜야 할 것을 놓아 버린 못나고 비겁한 자신에 대한 분노와 혐오. 나서희를 향해 원망을 쏟아 놓는 지금도 승주의 눈은 아득한 절망으로 가득 차 있었다.

"왜 그 사람을 다시 만났느냐고요? 아무것도 안 하면 진짜 후회할 거 같아서요. 이혼할 때 전 그 사람을 위해서 아무것도 안 했어요. 비겁하게 도망쳤고 눈감았어요. 어머니가 그 사람을 미워하고 학대하는 걸 다 보면서도, 알면서도, 모자란 그 사람을 내게 아내로 맞도록 허락해 준 게 고마우니 난 못 본 척해야 하고 참아야 한다고 믿었다고요. 바보 천치같이……."

말을 하다 보니 다시금 너무 비참하고 바보 같다. 부끄럽고 치욕스러웠다. 승주가 자괴감으로 이를 갈았다.

그것으로도 모자란지 분노와 원망으로 눈시울까지 벌겋게 물들인 채 그녀를 노려보며 퍼붓는 승주 앞에서, 어지간하던 나서희도 난생처음 제 아들이 무서워지고 있었다.

"그런 나한테 실망하고 지쳐서 그 사람은 떠났고요. 이젠 그런 거 안 할 겁니다. 나를 혐오하고 누군가를 원망하면서 손 놓고 후회만 하는 이런 인생, 신물이 나요! 그런 거 이제 저한테 강요하지 마시라고요!"

"네, 네가 드디어 미쳤구나. 그 불여우 같은 게 또 내 아들을 홀렸어. 이승주, 정신 차려. 넌 나한테 이러면 안 돼."

"안 되는 게 어딨어요? 어머닌 이미 저나 그 사람에게 해선 안 되는 짓을 너무 많이 하셨는데. 왜 어머닌 되고 전 안 됩니까? 제발 공평하게 구세요. 제 인생 그렇게 망쳐 놓고는 미안하지도 않으세요? 제가 비로소 정신 차려서 사람답게 좀 살아 보겠다는데 왜 또 방해하시려고 해요?"

"대체 이유가 뭐야? 너 왜 이러니, 정말? 네가 좋다고 쌍수를 들고 환영하는 다른 아가씨들 많고 많은데 왜 하필이면 그 애냐고! 미친 게 아니고서야 그렇게 데고도 다시 그 애를 만나 불장난을 할 생각은 못 해."

어느새 나서희는 추궁이 아니라 애원하고 있었다.

"제가 미쳤다니까요. 그렇게 생각하세요."

승주가 냉소적으로 내뱉었다.

"사랑한다고 분명히 말했지만 어머니한텐 여전히 어리석은 불장난이잖아요. 이 세상 전부를 어머니 마음대로 재단하고 판단하시는데 무슨 말이 더 필요하겠어요? 어떤 말을 하더라도 어머닌 그 사람을 어머니와 같은 사람으로 취급하지 않을 테니 인정도 안 할 거 아닙니까? 그러니 이런 말싸움 따윈 이제 필요 없어요. 그냥 저를 좀 내버려 두세요. 망가지든 말든 다 내 인생이라고요."

"내가 어떻게 그래? 넌 내 하나뿐인 아들인데. 내가 널 나쁘게 하려고 이래? 다 널 위해서잖아. 너 행복해지라고 내가 먼저 나서서 험한 것들 다 치워 주려는 건데, 네가 날 이렇게 배신해? 난 네 행복을 위해……!"

"몇 번을 말해요? 전 행복하지 않다고요!"

도돌이표, 도돌이표!

이제 더 이상 견딜 수가 없다. 승주가 얼굴까지 시뻘겋게 된 채 버럭 소리쳤다.

"그때도 지금도 늘 제 행복을 위한다는 핑계로 어머니 뜻을 강요하셨고 관철하셨어요. 하지만 어머닌 틀렸어요. 어머니 말을 들은 저는 늘 불행했습니다."

나서희의 착한 아들 이승주로 사는 그 인생. 늘 몸에 잘 맞지 않는 고급 정장 차림으로 숨이 막히도록 넥타이를 졸라맨 채 침대에 누워 있는 기분으로 살아왔다.

어려서부터 그리 살았기에 승주는 그 인생이 딱히 불편하거나 부당하다고 느끼지 못한 채 살았다. 거부도 반항도 하지 않았다.

그러나 정원을 만나고 그녀와의 사랑과 결혼 생활을 통해 승주는 똑똑히 알게 되었다. 그에게 주어지고 강요된 그 인생은 더없이 불행하고 나쁜 것이었다고.

나쁜 것을 나쁘다고 알지 못하고, 불행한 것을 불행하다고 느끼지 못하는 인생이 불행하지 않고 나쁘지 않다면 그거야말로 난센스. 그건 마치 벼랑 끝에 매달려 잠을 자면서도 이 세상 그 어디보다 편안해야 할 침대 위에 사는 것으로 착각하며, 자신은 한없이 자유롭고 행복하다고 믿고 사는 것과 다름없었다.

이제는 그런 인생을 그만두겠다고 선언할 때였다. 제 발로 스스로 서는 어른이 될 순간이었다.

"제 인생을 어머니 마음대로 함부로 건드리는 일 그만하세요, 이제. 제가 사양합니다."

"그게 가능하다고 보니? 몇 번이고 말하지만 정해진 운명이 변하진 않아. 넌 내 아들이야!"

"아들일 뿐 어머니 소유물은 아닙니다."

다시 한번 승주가 딱 잘라서 나서희의 말을 내쳤다.

"그런데 어머닌 아직도 그걸 분간 못 하고 계세요. 어머니에게 아들이란 이름으로 사육당한 건 지난 30년으로 충분해요. 충분하다 못해 넘쳤어요. 그러니 이제 손 떼세요. 더 이상 어머니 손아귀에서 놀아날 생각 없으니 그만하시라고요."

"너 미쳤니? 네가 감히 그럴 수 있다고 믿어? 천륜을 네가 어떻게 버려? 넌 내가 만든 작품이야. 내가 만들어 준 것 말고 네가 가진 게 뭐가 있다고 이따위 건방진 소릴 하는 거야?"

"딱히 고맙지 않아요. 필요하시면 다시 다 가져가세요."

승주가 표정 하나 변하지 않고 그대로 받아쳤다.

나서희가 가장 자랑스러워하는 많은 소유, 그것들.

사람을 제멋대로 휘두르고 손아귀에 넣고 흔들 수 있다고 믿는 힘이 그러나 승주는 조금도 무섭지가 않다.

"전 행복해지고 싶을 뿐이에요, 어머니가 언제나 자랑하시는 그딴 것들은 제게 필요 없으니까 원하시면 언제든 가져가시고 절 간섭하시는 건 그만두세요."

"서른을 한참 넘었어도 넌 아직도 세상물정 하나도 모르는구나. 네가 내 아들만 아니었음 넌 이미 몇 번이고 부서졌어. 감히 나한테 이런 식으로 구는 널 내가 봐줬을 것 같니?"

"해 보세요, 어디."

승주가 서늘하게 웃으며 나서희를 건너다보았다.

"어머니 특기는 위협이죠. 역시 그 버릇은 어디 가는 게 아니군요. 제 인생이며 그 사람 인생까지 다시 또 함부로 간섭하시려나 본데, 이번에는 저도 절대로 가만있지 않을 겁니다. 협박은 어머니만 하는 게 아니죠. 제가 아무리 멍청해도 어머니 아들이잖아요."

승주가 자리에서 일어섰다. 나서희가 뭐라든, 어떤 얼굴로 성질을 부리든 알 바 아니라는 표정으로 뒤도 돌아보지 않고 사라졌다.

* * *

같은 시간.

정원은 사무실이 아니라 세린병원 주차장에 차를 세우면서 경오에게 전화를 거는 중이었다.

"나, 5시 반까지 갈게. 한세가 퇴원한다고 연락이 왔어. 아무래도 내가 걔를 집에까지는 태워다 줘야 할 것 같아."

—알았어. 들렀다 와.

전화를 끊고 정원은 세린병원 안으로 들어섰다.

"한세야."

병실에 앉아 멍하니 TV를 보고 있던 한세가 고개를 돌렸다. 이미 퇴원 준비가 끝난 듯 옷까지 갈아입은 모습이었다.

그사이 꽤 많이 회복이 된 터라 한세의 얼굴은 이제 제법 사람답게 변해 있었다. 구타당해 시커멓게 멍들었던 곳도 많이 가라앉았다.

"정원아, 나 보러 와 준 거야? 고마워."

"몸은 좀 어때?"

정원은 침대 옆 의자에 앉으며 물었다.

"퇴원할 수 있으니까 많이 나아진 거지, 뭐. 멍 가라앉는 건 시간이 해결해 줄 테고."

한세가 아직도 누렇게 흔적이 남은 얼굴 한쪽을 쓰다듬으며 싱겁게 웃었다.

"유한세, 너 더 미인 된 거는 알아? 네 코 수술, 성공했는데? 여기 성형외과 의느님 실력이 장난 아니다."

"기집애. 칭찬이야, 놀리는 거야?"

한세가 눈을 흘겼다.

정원은 부러 더 밝게 킬킬거리며 한세의 수술한 코를 만지려 들었고, 한세는 그런 정원의 짓궂은 장난을 두 손으로 막다 못해 비명까지 지르며 같이 웃어 버렸다.

"오랜만에 웃었다. 유정원 넌 진짜 인간 엔돌핀이라니까?"

너무 웃어서 살짝 눈물까지 맺힌 눈으로 한세가 정원을 바라보며 나직하게 말했다.

"고마워, 정원아."

"뭐가?"

"뭐든 다. 정원이 네 덕분이 아니었으면 난 지금 여기 이렇게 앉아 있지도 못했을 거야."

"내가 뭘 해 줬다고? 그런 말은 하지 마. 근데 어머닌?"

"엄마도 많이 회복되셨어. 너덧 주 더 병원에 계셔야겠지만. 그래도 오빠가 귀국했으니까 뭐, 안심이야."

지난 주말에 한세의 오빠가 일본 생활을 청산하고 한국으로 돌아왔다고 했다. 복잡한 가정사를 처리하고 병들고 쇠약해진 모친을 보살필 사람이 자신밖에 없다는 것을 깨달은 모양이라고 한세가 말했다.

"사실 오빠도 또 다른 희생자라고 생각해. 오빠도 어렸을 때 나처럼 많이 맞고 살았거든. 죽도록 공부해서 유학 가 버린 것도 사실은 집에서 도망치고 싶었던 거겠지. 자기 혼자 도망가서 일이 이 지경이 되었다고 오빠도 많이 자책하더라."

"넌 바로 떠나?"

"응, 모레. 비행기 표는 벌써 샀어. 한국은 정말 지긋지긋해. 엄마만 아니면 내가 이곳에 머물 이유가 없잖아."

"저기, 다니가 와?"

"응. 내일. 같이 나갈 거야."

그리고 넌 다시는 돌아오지 않겠지. 어디엘 가든 잘 살아, 내 친구 한세야.

"네 약혼식은 내가 꼭 해 주고 싶었는데……."

정원이 중얼거리자, 한세가 그녀의 손을 먼저 꼭 잡았다. 말하지 못한 진심으로 가득 찬 정원의 눈에다 자신의 눈을 맞추었다.

"네 마음 다 받을게. 네가 날 위해 해 줬던 모든 건 절대로 잊지 않을 거야."

"우리, 또 이별이구나."

참 바보 같다. 당장 헤어지는 것도 아니고, 마음만 먹으면 얼마든지 연락을 취하고 또 비행기만 타면 만날 수 있는 친구인데도, 한세가 떠난다는 생각에 가슴이 아렸다.

"내가 어떤 책에서 읽었는데."

"응."

"이별한다는 건 있잖아, 정원아. 이 별에서 저 별로 가는 거래. 네가 사는 이 별에서 내가 사는 저 별로 가는 거지만, 하늘만 올려다보면 별은 언제나 반짝거리고 있으니까. 그리워지면 훌쩍 너의 별에서 나의 별로 놀러 오면 돼."

"참 아름답다."

"다니와 내가 처음 만나서 진지하게 사랑할 때, 여러 가지로 많이 힘들 때, 너무 힘겨워서 이별을 생각한 적도 있었거든. 그때 그 책을 읽었어. 너무 따뜻해서 위로가 되더라고. 내가 어디에 있든 이 별에서 저 별로 가는 것뿐이라고, 언제든지 난 당신을 볼 수 있다고. 그러니 당신은 돌아오고 싶으면 언제든지 내가 있는 별로 오라고. 그 말을 들은 다니가 울더라. 자기한테도 너무 위로가 되었다면서. 이별은 그런 거야, 정원아."

"나한테도 너무 위로가 된다, 한세야."

한세와 정원은 손을 잡은 채 빙긋이 서로의 눈을 마주 보며 웃었다.

그때 간호사가 들어왔다.

"유한세 씨, 이제 퇴원해도 되셔요. 아프지 마시고 잘 지내세요."

"그동안 감사했습니다, 선생님. 늘 건강하세요."

정원은 한 손에는 한세의 짐 가방을, 남은 손으로는 한세의 손을 꼭 잡고 병실을 떠났다.

차에 한세의 짐을 실으며 정원이 물었다.

"엄마는 안 봐도 돼?"

"아침에 인사했어. 모레 공항 갈 때 다시 인사하러 병원에 들를 거야. 그냥 가자."

"그래, 그럼."

뒷좌석에 한세를 앉히고 정원은 병원을 떠났다.

차가 주차장을 벗어나 대로로 접어드는데, 한세가 나직하게 정원아, 하고 불렀다.

"왜?"

"내가 어디 좀 가고 싶은 데가 있어. 좀 데려다주면 안 돼?"

"어디? 말해. 데려다줄게."

"과천인데……."

"갔다 오지 뭐, 괜찮아. 내가 우리 한세를 태우고 드라이브할 일이 몇 번이나 있겠어? 말씀만 하세요, 고객님. 성심껏 모시겠습니다아."

룸 미러 안에서 눈을 마주친 한세가 살짝 웃었다. 말 한마디만으로도 느껴지는 친구의 온기에 가슴이 미어지도록 고맙다는 표정이었다.

"근데 어디?"

"과천 24센터라고……."

갑자기 차 안 공기가 무거워졌다. 한세가 말한 그곳이 어딘지 자세한 설명을 듣지 않았어도 정원은 거기가 어떤 곳인지 알 것 같았다.

침묵 안에서 차는 어느덧 한세가 가 보고 싶다는 과천의 센터 앞으로 도착했다.

"들어가?"

"아니. 그냥 여기에서 잠깐만 멈춰 줄래?"

센터의 정문 앞 갓길에 정원이 차를 세우자, 한세가 잠시 심호흡을 하더니만 차에서 내렸다.

한세는 한참 동안 눈앞의 센터 건물을 노려보며 서 있었다.

등을 돌리고 있어서 표정을 볼 수는 없었지만 정원은 그녀가 지금 어떤 심정으로 그 자리에 서 있는 것인지 이해할 것도 같았다.

꽤 오래도록 센터 건물을 향해 서 있던 한세가 돌아서는가 싶더니만, 갑자기 센터 건물 쪽으로 있는 힘껏 침을 뱉었다. 뭔가 한껏 저주의 말을 퍼붓는 것처럼 보이기도 했다.

이것은 한세만의 결별 의식. 처참한 상처를 주었던 부친과, 악몽으로만 남아 있을 지난 세월을 삭제하고, 공포와 혐오를 청소하는 마지막 순서 같았다.

몸을 돌이킨 한세가 다시 차에 올라탔다. 그러고는 아까보단 훨씬 더 개운해진 표정으로 말했다.

"기다려 줘서 고마워. 이제 가자."

"그래. 집에 가자."

이것으로 네 아픔이나 쓰라린 기억이 조금은 옅어지기를. 그래서 네가 조금은 행복해지기를⋯⋯. 침묵 안에서 정원은 진심으로 바랐다.

"다니가 그러더라. 사람이 말이야."

"그래."

"누군가를 진정으로 용서하려면 그 상대가 불쌍하게 느껴져야 한다는데."

"응."

"아직도 난 저 센터에서 말짱하게 지내고 있을 그 인간이 불쌍하기보단 밉고 싫어서 죽을 지경이거든."

한세의 폭군 아버지는 예상한 대로 정신 이상, 심신 미약을 핑계로 무사히 법의 처벌망을 빠져나가 센터에 입원해서 버젓이 잘 지내고 있다고 한다.

다만 한세의 오빠가 기어코 그의 부친을 금치산자로 몰아 모든 법률적 행위를 할 수 없는 무력한 사회적 유령으로 만들려고 본격적으로 노력하고 있을 뿐.

하지만 이런 것이 온갖 상처를 받을 대로 받고 살아온 한세와 그 어머니에게 결정적인 위안이 될 수 있을까?

한세가 허탈하게, 마치 자신에게 말하듯이 무기력하게 중얼거렸다.

"다시 한번 깨달았어. 내가 그 인간을 완전히 응징하지 못했나 보다, 내 용서는 아직도 멀었구나, 하고."

"……굳이 용서해야 할까? 용서에도 시간이 필요하지 않나?"

"그럴까?"

아까처럼 룸 미러 안에서 두 사람의 눈이 마주쳤다.

"용서는 당사자가 아니라면 그 누구도 강요해선 안 된다고 봐."

상처가 채 아물지도 않았는데 그 상처에 약 한번 발랐다고 다 끝났지? 다 아물었지? 하면서 그만 다 잊어, 용서해라 하면 그게 더 큰 폭력이 아닐까?

"결국 시간이 필요하다고 생각해. 용서도 치유도, 전부 다."

부디 그 시간이 지나고 평화가 가능한 한 빨리 한세에게 찾아오기를. 정원은 마음속으로 간절히 빌었다.

미움과 분노, 원망은 그것을 품은 사람을 더 피폐하게 만들고 힘들게 하니까 말이다.

하지만 정원 자신도 아직도 전 시댁 사람들을 완전히 용서하거나 이해하지도 못한 채, 그 과거를 그냥 덮어 두고 승주와 만나고 있다. 시간은 한세에게만 더 필요한 게 아니었다.

어느덧 차가 한세의 집 앞에 도착했다. 정원은 한세의 가방을 들고 따라 내려 초인종을 누르는 한세에게 물었다.

"같이 들어가 줘?"

"아냐. 됐어. 이모가 와 있을 거야. 넌 사무실 들어가야지."

조금 걱정스러워하는 정원을 향해 한세가 씩씩하게 웃었다.

"집에 들어가면 분명히 그날 일이 떠올라서 힘들겠지만, 그딴 것에 이젠 지지 않아. 알다시피 난 엄청 독한 년이야. 널 이용해서 일을 이 지경까지

만들어 냈어. 그런데 뭐가 무섭겠어?"

"기집애, 사실은 곧 다니가 오니까 무섬증이 없어진 거면서?"

"맞아. 난 우리 애인만 있으면 천하무적이 되니까."

한세의 너스레에 정원이 크게 웃어 주었다.

"하하하. 그래, 어서 들어가."

정원은 가방을 한세에게 건네주고 그녀를 먼저 따뜻하게 안아 주었다.

"잘 가. 잘 살아, 내 친구 유한세."

"정원이 너도 잘 지내. 우리 다시 꼭 만나자."

차를 돌리면서 정원은 손목시계를 보았다.

5시 반. 월요일 야간 근무인 승주가 출근할 시간이 다가오고 있었다.

'조금 잤을래나? 전화나 해 줄까? 만약 지금 자고 있으면 지각이잖아.'

맡은 일에 대해선 성실한 그가 얼렁히 잘 알아서 스케줄을 관리하겠냐마는, 괜히 전화를 하고 싶었다. 불과 몇 시간 전에 헤어졌는데도 그가 많이 그리웠다.

"여보세요?"

—여보세요?

승주는 우뚝 걸음을 멈추고 말았다. 수화기를 귀에 댄 채 자신의 다른 손을 우두커니 내려다보았다.

그 손에는 언제 들었는지도 모르는 술병이 들려 있었다.

그는 고개를 들었다. 편의점 유리창에 비친 자신의 모습. 멀끔한 양복을 입은 멀쩡하게 생긴 사내가 바보처럼 술병을 움켜쥔 채 그 앞에 서 있었다.

"정원아."

그는 자기도 모르게 편의점 그 좁은 통로에 쪼그리고 앉아 버렸다. 극심한 자기혐오 안에서 그는 순식간에 무너지고 말았다. 스스로도 어쩌지 못하는 절망 앞에서 마지막 안간힘을 다해 그는 제발 날 도와 달라고, 그와 연결된 유일한 그 사람에게 애원했다.

"나 술 먹고 싶어. 죽을 거 같아⋯⋯."

―하지 마! 하지 마요!

수화기 안에서 정원이 소리 질렀다.

―내가 갈게. 지금 당장 갈게. 당신 어디 있어요?

"집 앞 편의점."

―차 돌렸어! 내가 갈 때까지 거기 꼼짝 말고 있어요! 아무것도 하지 말고, 아무 데도 가지 말고, 알았죠?

"응."

―약속해요. 아무것도 안 하고 거기 딱 붙어 있겠다고. 약속 안 지키면 나 당신 다시는 안 만난다. 알았지? 이 바보 아저씨야.

다급하게 들려오는 정원의 목소리는 잔뜩 떨리고 있었고, 벌써 눈물로 젖어 있었다.

'아, 다행이다⋯⋯.'

그를 향해 달려오겠다고 한다. 충동이라는 악마가 속삭이는 유혹을 가로막기 위해, 그가 검은 나락으로 떨어지는 것을 막기 위해 정원이 지금 그를 데리러 오는 중이다.

정원과 연결된 휴대 전화가 마지막 남은 구원의 밧줄 같아서, 그것을 꽉 움켜쥔 채 승주는 정원에게 약속한 대로 고개를 떨구고서 그 자리에 그대로 주저앉아 기다렸다.

편의점 카운터 앞에 선 직원이 이상하게 보거나 말거나 무서운 술의 유혹에서 벗어나려고, 술병을 움켜쥐고 이대로 도망치지 않으려고 안간힘을 다했다.

30여 분 후, 정원이 불법 정차인 것도 신경 쓰지 않고 가게 앞에 차를 세우고 달려 들어왔을 때, 승주의 모습이란 절망의 바다에서 목만 내민 채 곧

가라앉기 직전이 된 후줄근한 넝마 더미 같았다.

"정원아."

그가 정원을 향해 두 손을 내밀었을 때, 그때까지도 놓지 못한 소주병이 툭 떨어져 도르르 굴렀다.

면목이 없는 건지 아니면 스스로를 제어할 이성마저 사라진 건지, 그가 다시 푹 하고 고개를 꺾었다.

이미 열린 술병에서부터 독한 액체가 흘러나왔고 맥없이 웅크리고 앉은 그의 앞에 선 정원의 신발을 적셨다.

캔버스 천 운동화에 스며드는 알코올의 독한 얼룩은 지금 막막한 어둠과 불안, 멈출 수 없는 절망과 혐오로 잠식되고 있는 승주의 깊은 심연 속, 가련하고 연약한 심장이 흘리는 핏물 같았다.

그가 다시 고개를 들어 정원을 바라보았다. 텅 빈 눈동자. 휑한 표정이 황막한 사막 같았다.

눈높이를 맞춰 무릎을 꿇고 앉아서 아무 말 않고 무조건 안아 주는 정원의 품에 얼굴을 묻으며 승주가 중얼거렸다. 정원아…….

"나, 아무래도 병원에 가야 할 것 같아……. 눈앞이 캄캄해……."

"어떡해. 어떡해. 당신, 가엾어서 어떡하면 좋아."

눈물이 글썽한 채로 정원이 그를 더 간절하게 안아 주며 울먹였다. 승주가 더 깊이 고개를 떨어뜨리면서 먹먹하게 고백했다.

"아무것도 안 보여. 너무 답답하고 힘들어서. 술 먹으면 나아질까 싶어서……. 정신 차려 보니까 여기야. 근데 나 그러면 안 되잖아. 어떡하지? 정원아, 나 정말 형편없이 망가졌나 봐. 너무 부끄럽고 너무 무서워. 이대로 죽어 버리고 싶어……."

아무런 준비도 없이 사람이 한순간에 무너지는 순간이 있다.

절망 말고는 아무것도 담기지 않은 듯한 퀭한 눈빛, 불안하게 뛰는 승주의 심장 소리를 같이 들으면서 정원도 같이 무너지던 이 순간.

은정 여사가 이혼한 그녀를 돌아보며 종종 '가슴이 미어진다' 읊조리곤
했다. 그게 무슨 뜻인지를 정원은 지금 절실하게 알아 버렸다.

사랑하는 사람이 산산조각 나서 무너져 버렸을 때도 자신이 해 줄 수 있
는 게 없다는 무력감. 무엇을, 대체 어떻게 해야 하는지 알 수 없어서 막막
할 때, 바로 이 순간에 쓰는 말이었다.

12

오후 6시 50분.

정원이 사무실로 들어왔다.

갑자기 일이 생겨서 좀 더 늦겠노라고 연락을 했던지라 들어서면서부터 정원은 일단 저자세로 나갔다.

"퇴근 시간에 출근하는 대표, 도착했어요. 죄송합니다. 죄송해요!"

"어서 와. 잘 놀았어?"

"한세는 괜찮아?"

회의 테이블 앞에 같이 앉아 있던 영주와 경오가 동시에 물었다.

"응. 한세는 많이 회복되었더라. 모레 출국한다고 해. 집에까지 데려다줬어. 제주도에서는 잘 놀았구."

정원은 핸드백을 자리에 놓고 두 사람이 앉아 있는 탁자 앞으로 다가갔다.

"땡땡이 친 대가로 이번 주는 완전 열심히 근무하겠습니다. 이번 휴가의 공백은 다음 달 내가 책임지겠지."

"글쎄다. 오늘의 나는 다음 달의 나에게 항상 배신당하더라만."

경오가 정원이 내놓은 감귤 초콜릿을 까서 입에 넣고 우물거리며 내뱉었다.

"경오 너도 같이 갔음 좋았을 텐데."

"한창 달달한 연애 중인 두 사람 사이에 끼라고? 아무리 내가 모태 솔로라도 눈치 없이 그런 만행은 안 해."

"제주도에서 네가 좋아서 죽고 못 사는 '시나'를 봤거든."

다시 초콜릿 상자 쪽으로 가던 경오의 손이 멈칫했다. 그러고는 눈이 휘둥그레져서는 정원을 바라보았다.

거짓말!

동공 지진을 일으킨 눈동자가 그렇게 말하고 있었다.

"말도 안 돼. 어떻게 네가 세상에서 제일 바쁜 우리 애를 만날 수가 있어?"

"점심 먹고 바다 주변을 산책하는데, 멋진 스포츠카에서 누가 내리데? 그러더니만 나한테 휴대 전화를 주면서 사진 한 장만 찍어 달라더라. 그래서 찍어 줬지. 근데 하필이면 그분 선글라스 다리가 빠각. 그만 얼굴이 드러나 버렸지. 오홋, 시나 님! 이런 스토리였어."

"세상 마상! 우리 애들이 휴가 중이긴 한데 시나가 제주도 여행 중? 으아으아, 어떡해, 어떡해! 정원아, 니가 정녕 빅계 탔구나. 찐팬들도 평생 한 번볼까 말까 한 우리 시나 님 용안을 영접했다니! 정원아. 네 그 복, 나도 좀 나눠 주라."

"시나, 혹시 손예은하고 연애해?"

"헉!"

다시 경오가 충격받은 얼굴로 정원을 노려보았다.

"야! 그거는 일급 기밀이야. 언급 노노."

"사실이군."

"아직 소속사에서 공식적으로 인정 안 했거등. 난 우리 애들이 말한 것만 믿는 사람이야. 시나도 남잔데 활동에 방해 안 되는 범주 내에서 둘이 몰래

227

예쁜 사랑 하겠다는 걸 왜 간섭? 그건 아이들 인격권에 벗어난 행동이거든."

"얘는 더 원 일에만 적극적으로 청산유수야. 고객들 상담할 때도 이렇게 단호하고 유창하게 해 줄래? 잡담하지 말고. 회의 시작하자."

커피 머신에서 커피 세 잔을 뽑아 온 영주가 경오와 정원의 말씨름을 분질렀다.

"이번 주부터 우리 진짜 비상이야. 정신 바짝 차려야 해. 병원 결혼식이 얼마 안 남았잖아."

"그래. 이번 달은 죽었다 생각하고 결혼식 준비에 집중하자."

"그래. 역시 파티의 꽃은 결혼식이지. 돈이 되잖아."

셋 중에 사업적 야심이 가장 강한 영주는 이제부터는 본격적으로 결혼이나 약혼 이벤트를 늘려야 한다고 주장하고 있었다.

우리가 언제까지 소소한 생일 행사며 다이어트 파티나 기획하고 있어야 하겠냐며 목에 핏줄을 세우고 열변을 토했다.

"게다가 기회가 얼마나 좋아? 이번 결혼식이 방송까지 타다니. 이거 성공하면 우리 입지가 확 올라가는 거야. 떼돈 벌 수 있다고."

"참, 방송국하고 미팅은?"

"PD가 전화해 준대. 아마도 결혼식 일주일 전쯤에는 미팅 들어가야 할 것 같아."

"세린병원 거기 휴게실, 넓이가 어느 정도야?"

"일반적인 병원 휴게실 그 정도?"

"거기 비치된 가구며 집기 다 옮기고 결혼식장을 꾸미려면 우리 팀만으로는 안 될 거 같은데. 용역 불러야겠다."

"내가 '세이 예스' 팀하고 통화했는데 협조 가능하대."

"오케이. 미팅 잡고 세린병원으로 같이 실사 나가자고 해. 경오야, 결혼식장 기본 인테리어 스케치는 언제쯤 될까?"

경오가 작업 중인 태블릿 PC 화면을 들여다보며 대답했다.

"일단 모레까지 기본 시안 나올 것 같아. 한 네 개 정도 뽑았는데 같이 보고 결정하자."

"그래. 참, 잊지 마. 결혼식 마치자마자 바로 연희동 연재 생일 파티 돌아오니까, 그 준비에도 만전을 기해야 해. 영주 너도 가서 봤지만 그 집안 눈높이가 장난 아니잖아."

"그러게. 사실 난 병원 결혼식보단 연재 걔 생파가 은근히 더 신경 쓰여. 거긴 진짜 재벌가 아냐. 오시는 아기 손님들 집안도 수준급으로 어마어마할 것 같은데."

"MC로 통통이를 부르시는 정도인데 뭘 더 말하겠니? 거기야말로 양보단 질로 승부해야 할 것 같아."

"혹시 파티 참석자 명단은 받았어?"

"연재 어머니께서 다음 주 월요일까지 주신대."

"오케이. 파티 예산은 통과된 거지?"

"연희동 여사님, 보지도 않고 사인하시더라. 딱 내 스타일. 그분 음식 접시에다가는 특별히 금가루를 뿌려 드릴까 해."

영주가 이렇게까지 말할 정도면 연희동 여사님의 돈 씀씀이가 얼마나 시원시원하고 통쾌했는지 알 만했다.

커피를 마시던 영주가 정원을 바라보았다.

"참, 정원이 너 이사는?"

"이번 주 안으로 본격적으로 집 결정해야 해."

"경오 넌? 이번에도 정원이랑 같이 움직일 거야?"

"뭔 소리? 나 혼자 살아야지. 이건 절호의 찬스라고!"

경오가 한껏 가슴을 내밀며 당당하게 외쳤다.

"정원이네 집 팔았다는데 어쩌겠어? 울 아빠가 드디어 마음을 비우셨지. 대신 조건이 있었어."

"또 조건? 아니, 서른 다 되어 가는 딸한테 왜 이렇게 집착하셔?"

영주와 정원은 동시에 캐물었다. 경오가 포옥 한숨을 내쉬었다.

"울 아버지 눈에만 난 여전히 연약한 다섯 살짜리 꼬마거든. 평생 결혼도 안 시키고 품 안에 끼고 살고 싶대. 딸 바보시잖아."

"그래서 네 아버지가 내거신 조건이 뭔데?"

"반드시 태권도장이 있는 동네로 고를 것. 주 3일 이상은 단련할 것."

"캬하."

"한 달에 한 번은 꼭 내려와서 아빠랑 대련하래."

"빼박이군."

"경오야, 정말 나하고 같이 안 가?"

"안 간다니까!"

다시금 경오가 단호하게 내쳤다.

"남들은 10년 전에 다 하는 독립, 드디어 나에게도 기회가 왔다. 잡지 마라."

"잔인해. 매정한 것."

정원이 눈을 흘기자, 경오가 메롱 하고 혀를 내밀었다.

"내일부터 본격적으로 폭풍 검색 들어가야 해. 집 정해지면 엄마랑 다시 가 봐야 하거든."

"나도 마찬가지. 이사 전에 내가 먼저 나가야 하잖아."

"아무래도 그게 편하지. 영주 넌 내일 뭐 할 거야?"

"테이블 웨어 리스 샵 미팅. 결혼식장 테이블 세팅을 좀 특별하게 하고 싶어서. 명품 식기만 따로 빌려주는 데 생겼더라고. 출장 와서 테이블 세팅을 해 준대."

"근사하겠어. 많이 배워 오시고 계약도 잘 부탁해."

"테이블 세팅 관련 원데이 클래스도 있다니까 언제고 우리 같이 참석해 보자. 배울 게 많을 거야."

"좋았어. 열심히 배우고 돈 벌자고. 난 내일 회계사님 만나야 하고, 지난 금요일에 신청 들어온 돌잔치 상담 들어갈게."

태블릿 PC를 닫으면서 정원은 자신의 집 근처로 이사 오라던 승주의 제안을 진지하게 검토해 봐야겠다고 생각했다.

겉으로는 미소 지으며 아무렇지도 않게 회의에 임하고 있었지만 사실상 정원의 마음 반쪽은 내내 승주에게로 가 있었다.

사무실로 들어오기 전, 정원은 승주를 병원까지 태워다 주었다.

야간 근무를 할 날도 이제 2주밖에 남지 않는데, 무단결근을 할 수 없다며 바득바득 우겼기 때문이다.

그의 창백한 얼굴이 너무 불안하고 위태롭게 느껴져서 솔직히 정원은 병원 문 안으로 들어가는 그를 도로 잡아 끌어내고 싶었다.

하지만 그토록 힘들어도 꾸역꾸역 근무를 하러 들어가는 그의 뒷모습을 보면서 그것이 승주의 마지막 자존심이라는 생각이 들어 멈추게 할 수가 없었다.

강요된 것이든 타고난 것이든 맡은 일에는 성실하게 전력으로 책임을 다하려 하는 건 그의 인격이었다. 그것만큼은 지키게 해 줘야 했다.

그 순간을 생각하자 심장이 욱신거렸다.

억지로 참고 웃는 얼굴로 회의를 하고는 있지만 정원은 여전히 아팠다. 너무 마음이 복잡하고 싱숭생숭해서 완전히 업무에 집중할 수가 없었다.

승주가 지금껏 끝내 감추려 했고 감추고 있던 마지막 맨얼굴. 바닥의 바닥을 보아 버린 충격의 기억은 가라앉지 않고 은밀한 통증처럼 피부 안에 각인되어 있었다.

'어떡해, 그 사람. 너무 힘들어 보였어.'

무엇으로도 위로가 될 수 없고 위로를 받을 수 없을 만큼.

하물며 어제 제주도에서 경험한 교통사고 근접 목격 역시 정원에게는 아직도 가라앉지 않은 여진처럼 충격으로 기억에 박혀 있었다.

죽음, 돌연한 사고, 이별, 그런 것들. 생명은 생각보다 더 부서지기 쉬운 덧없는 것이구나, 그런 무서운 자각이었다.

사고나 죽음, 그런 건 먼 데 있지 않았다. 아주 가까이에서 걸어가고 있다가 돌발적인 우연으로 그 재난과 쾅 부딪치는 것이었다. 그렇게 한순간에 삶과 작별하는 것이다.

아직도 우린 젊어, 남은 인생은 아직 창창해. 그러니 조금 낭비하거나 게으르게 굴어도 괜찮다고 여겼는데, 정말 어리석고 오만한 생각이었다.

'이렇게 불안한데, 이참에 그냥 그 사람 근처로 이사해도 좋지 않을까?'

살림에 서투르고 바쁜 정원에게 알맞게 조식 식당과 청소 서비스로도 모자라서 런드리 서비스까지 있다질 않던가.

'역시 그 사람 아파트 근처로 알아봐야겠어.'

그런 생각을 하다 보니 다시 너무 불안하고 무서워졌다. 정원은 친구들 눈치를 보아 가며 휴대 전화를 꺼내 승주에게 문자를 보냈다.

[괜찮아요? 너무 힘들면 참지 말고 조퇴해요.]

[바보같이 참지 말고 힘들면 힘들다고 같이 근무하는 선생님에게 말해요. 약속.]

[퇴근하고 내가 병원 갈까? 걱정돼서 죽겠네, 정말.]

답이 오지 않음에도 불구하고 정원은 자신이 그를 걱정하고 지켜보고 있다는 내용의 메시지를 계속해서 보냈다.

회의가 끝났다.

결혼식장 디자인을 마무리하겠다며 야근을 시작한 경오를 두고, 영주와 정원만 사무실을 나섰다.

"바로 부동산 가?"

"어. 시간이 별로 없어서 오늘부터 시작해야 해."

"하긴 집은 역시 발품 팔아야지, 뭐. 근데 정원아. 너희 부모님, 아침에 우리 아버지 병문안 다녀가셨대."

엘리베이터를 타고 내려가는데, 영주가 말했다.

"그래? 어쩐지 집 냉장고에 새 반찬이 많이 들어 있더라."

잠시 서울에 올라온 은정 여사가 딸들 집 반찬을 채워 주고 나서, 영주 아버지가 계시는 제포의 병원에까지 다녀가신 모양이다.

"아까 엄마가 전화했어."

"응?"

"봉투 주고 가셨는데, 너무 과하다고. 미안해서 어쩌냐고……."

"친구야."

정원은 로맨스 소설에 나오는 장면처럼 벽과 제 팔 사이에 영주를 가두고 말했다.

"생전에 한 여사님께서 하신 말씀이 있는데 뭔지 알아? 선물 잘 받아 주는 것도 능력이래. 나중에 울 엄마한테 몇 배로 갚아라. 그럼 되지 뭔 잔말이 많아? 인마."

영주가 정원의 박력에 밀려 고개를 끄덕였다.

"그렇게 미안하면 나 집 보러 가는 거 도와줘."

"그거야 당연히 도와주지."

* * *

두 시간 후.

"그럼 또 봬요."

정원은 부동산 사장에게 인사하고 사무실을 나섰다. 잠시 화장실에 다녀온 영주가 차 조수석에 올라탔다.

부동산 관련 정보에 통달한 영주를 앞장세워서 몇 군데 이사 갈 집 순례를 한 참이다.

"오늘 집 보는 건 이제 끝?"

"어."

"아까 본 집도 좋지만 역시 제일 처음 본 그 집이 제일 괜찮더라."

두 사람이 제일 처음 본 집은 승주가 사는 아파트의 건너편 동 12층이었다.

집주인이 살다가 갑자기 해외 발령을 받아 나가게 된 참이라, 급 반전세가 나왔다.

열흘 안으로 집을 빼 줄 수 있다고 하니 이달 안으로 이사 나가야 하는 정원으로선 안성맞춤인 집이었다.

"그치. 나도 그래."

"그냥 계약해 버리지 그래."

"가격이 좀 사악하잖아. 반전세인 것도 그렇고. 혼자 덜컥 결정하기가 그러네. 엄마 아빠가 올라오셔서 오케이하면 계약할까 해."

"좋은 집은 금세 나간다구."

"그렇긴 하지."

"역시 좋은 데는 보증금이 비싸구나."

둘이 탄 승용차가 한강 다리를 건넜다.

"근데 강북이면 멀지 않니? 넌 계속 강남에서 살았잖아."

정원이 본 집 전부가 사실은 승주가 사는 아파트 근처인 것을 알 리 없는 영주가 의아한 듯 물었다.

"이 다리만 건너면 바로 사무실인데 뭐. 딱히 멀지도 않아. 10년 넘게 계속 강남에서 살았으니까 이젠 사는 곳을 한번 옮겨도 괜찮지 않나 싶어서."

"하긴 가끔 기분 전환이 필요할 때가 있긴 하지."

대답하며 영주가 고개를 두리번거렸다.

"어디든 지하철역에 떨궈 줘. 집에 가게."

"어차피 늦은 거 데려다줄게. 집 같이 본다고 고생했잖아."

"그럼 용응동에서 밥 먹고 가. 어차피 집에 가도 너 혼자 밥 먹을 거 아냐."

"고마워. 영주 님이 밥을 주시면 언제든 땡큐지."

오랜만에 영주가 해 주는 밥을 먹을 생각에 신난 정원이 핸들을 돌렸다. 그런데 어두컴컴해야 할 용응동 집에 환하게 불이 밝혀져 있었다.

"어, 할머니께서 오셨나 보다."

양평 사돈집에 놀러 간 정숙 여사가 돌아오신 모양이다.

"오늘 오신다고 했어?"

"아니. 이번 주말까지 노신다고 하던데. 너희 엄마랑 같이 올라오실 거라고 하셨어."

"그래? 아, 새언니가 모셔 왔나 보다."

집 대문 앞에 효진의 승용차가 서 있었다.

정원은 효진의 승용차 뒤에 차를 세우고 집으로 들어갔다. 거실에서 드라마를 보고 있던 정숙 여사가 두 사람을 반갑게 맞이해 주었다.

"어서들 와."

"안녕하세요. 저도 왔어요, 할머님."

집 안에는 효진과 정숙 여사뿐 아니라 조카 세하와 오빠 성운도 같이 있었다.

"오빠, 여긴 왜 왔어? 오늘 휴가야?"

"새벽에 출장에서 돌아왔거든요. 점심때 간만에 양평 내려가서 놀다 왔어요."

"오는 김에 할머님까지 모시고 왔지. 손 씻어. 밥 먹자."

누가 찐 애처가 아니랄까 봐, 앞치마까지 두른 성운이 효진과 나란히 밥상을 차리고 있다가 두 사람에게 일렀다.

"저녁이 왜 이렇게 늦어? 9시가 넘었잖아."

"차가 밀려서 좀 늦었어. 나가서 먹기도 그렇고 또 엄마가 국이랑 반찬 많이 싸 주셔서 그냥 집에서 먹자 하고는 감자탕 데우는 중이야. 얼른 앉아."

사람들이 식탁 앞에 앉자, 성운이 밥그릇을 놓아 주었다.

"너 이사한다며?"

"응. 그래서 지금도 집 몇 군데 보고 오는 길이야."

"마음에 드는 거 나왔어?"

"마음에 드는 집은 있는데 아무래도 비싸네. 신축 아파트다 보니."

"어딘데?"

"강북."

"사무실하고 너무 멀지 않아? 다리 넘어가면 출퇴근 힘들 텐데?"

"다리만 건너면 사무실로 직진이야."

"그 집으로 거의 마음 굳혔나 봐, 아가씨?"

효진이 푸짐한 감자탕 냄비를 식탁 위에 올리며 정원에게 물었다. 여하튼 눈치는 천단만단이었다.

"거기가 조식이랑 런드리 서비스에 청소 서비스도 되는 데래요."

"그건 좋네. 잘 알아보고 편한 데로 결정해요, 아가씨."

"네. 주말에 엄마랑 아빠 올라오신다고 하니까 같이 보고 결정할게요."

사실은 정원이 보고 온 그 아파트가 승주가 사는 아파트라는 걸 알면 얼마나 놀라실까?

그러나 승주가 무너지는 것을 봐 버린 이상, 정원은 그를 그냥 그대로 내버려 둘 수가 없었다.

'사람이 문자를 받았으면 답을 해야 할 거 아냐?'

수시로 휴대 전화를 확인했어도 승주는 여태 감감무소식이었다. 그래서 애써 아무렇지도 않은 얼굴을 하고 밥을 먹으면서도 정원은 솔직히 내내 신경이 곤두서 있었다.

함께한 사람들은 이런 정원의 심란한 마음을 전혀 알지 못하기에 저녁 식사 자리는 평온했다.

효진이 영주 앞으로 반찬을 가까이 끌어 주면서 물었다.

"영주 씨, 아버님은 어떠세요? 많이 나아지셨다는 말은 들었어요."

"네, 좋아지고 있대요. 척추는 수술하고 나서 잘 붙을 때까지 그냥 기다리는 수밖에 없다네요. 천천히 시간이 지나가기만을 기다리고 있어요. 근데 할머니, 이번에는 꽤 오래 양평에 계셨죠? 많이 즐거우셨나 봐요."

영주의 말에 정숙 여사가 밝은 얼굴로 고개를 끄덕였다.

거의 집에만 계시는 노인이 간만에 바깥바람도 쐬고 익숙한 시골 풍경도 만끽하고, 또 여기저기 맛난 것도 드시러 다니셨다니, 행복하셨나 보다.

"그래, 양평에서 뭐 하고 노셨어요?"

"온천도 가구, 또 근처 계곡에 가서 시원하게 놀다가 백숙도 먹었지. 아 참, 근처 블루베리 농장도 갔어. 살곰살곰 뒷산도 올라가구. 여하튼 실컷 놀았네."

"할머니께서 딴 블루베리 한 박스 가져왔어요, 아가씨. 나중에 덜어서 가져가요."

"감사합니다만 전 노노예요. 영주가 잼 만들어서 주면 한 병 얻어 먹겠지만요."

"뭐야, 나더러 지 좋아하는 블루베리 잼 만들라고 은근슬쩍 압력 주네? 귀찮은 건 다 날 시키고 지는 먹기만 하려고? 나빴다, 유정원."

영주가 식탁 아래에서 정원의 발을 톡 걷어찼다. 식사를 마친 정숙 여사가 숟가락을 놓으며 영주와 정원을 건너다보았다.

"아 참, 내가 또 거기서 어마어마하게 높으신 양반도 봤어."

"높으신 양반이요?"

"응. 그이가 바깥사돈 팬이라던디?"

"엥? 아버지 팬 중에 어마어마한 거물이 있다고?"

"혜성 그룹 오 대표님이요. 아버님께 초대전 해 주신 그분."

효진이 또 얼른 설명을 보탰다.

"아하."

"그 집 아들이랑 같이 왔더구만. 바깥사돈께서 그 아들에게 우리 세하한 테처럼 나무 집을 만들어 준다고 약속했다고 말이여."

"고모, 나 태형이랑 많이 친해졌어."

세하가 중간에 톡 끼어들었다.

"태형이가 누군데?"

"오 대표님 아드님. 우리 세하랑 동갑이더라고요."

"내가 내 나무 집에 들어오라고 허락해 줬거든. 걔가 엄청 부러워하잖아. 불쌍하기도 하고 착해서 내가 한번 봐줬다."

"저기요, 유세하 양. 공주님?"

효진이 딸의 볼을 콕 찔렀다.

"네?"

"유세하 양이 한번 봐주셨다는 그 친구가요, 불쌍하다는 말까지 들을 입장은 아닌 것 같은데."

재벌 오브 재벌이라는 혜성 그룹의 아드님이신데?

그러나 세하는 흥 하고 콧방귀를 꼈다.

"그래도 걔한테 나무 집은 없거든, 엄마."

유치원생으로서 한국에서 하나뿐인 오더 메이드 트리 하우스 주인이 누구?

나야 나. 세하가 당당하게 가슴을 짝 폈다.

"그리고 태형이는 못 먹는 게 너무 많아. 뭘 먹을 때마다 따라온 선생님 눈치를 엄청 보더라고. 짱 불쌍해. 결국 내가 준 쿠키도 못 먹었어."

이건 또 뭔 말이래요?

정원과 효진의 눈이 마주쳤다.

효진이 다시 친절하게 설명을 해 주었다.

"음식 알러지가 심하대요. 아토피도 있고. 재벌도 아들 아토피며 알러지는 못 고치나 봐요."

"저런, 안됐다. 어린애가 알러지에 아토피라니, 힘들겠어."

"그러게요. 그래서 조만간 캐나다나 뉴질랜드같이 공기 좋고 물 맑은 데로 데려갈 생각도 있나 보더라고요. 근데 너무 어리잖아, 애가. 재벌이나 우리 같은 서민이나 애 때문에 속상해하는 건 똑같더라고요."

"효진 언니, 서민은 너무했다. 강남 아파트에 사는데 언니는 최소 중산층이잖아요. 나야말로 서민, 아니, 극빈층이지."

"양극화 몰라요, 영주 씨? 중산층이 어딨어? 우리나란 재벌 이하 다 빈민층이야."

"하긴 태어날 때부터 조 단위로 재산 물려받는 그런 집에서 보면 10억이나 10만 원이나 다 거기서 거기겠지."

식사가 끝나고 효진네 식구와 정원이 집을 떠났다.

설거지를 끝낸 영주가 거실 소파에 앉아 드라마에 흠뻑 빠져 있는 정숙 여사에게 물었다.

"할머니, 오미자차 한 잔 드려요? 그제 청을 걸렀는데 맛이 좋아요."

"그려. 고마워."

영주가 오미자 냉차를 만들어 소파 쪽으로 가져갔다.

"우리 서 이사랑 사니까 내가 호강이네."

"근데 저 드라마가 그렇게 재미있어요? 만날 저거만 보시네."

"응. 다 연기를 잘혀. 머리에 쏙쏙 와 박히거든. 입담들이 아주 찰져."

몇 분가량 영주도 정숙 여사가 말한 것처럼 찰진 입담이 난무하는 드라마 화면을 바라보다가 조심스럽게 옆을 돌아보았다.

"저기……."

"응?"

여전히 TV 화면에 시선을 고정한 채 정숙 여사가 건성으로 물었다.

"지난번 그 여자 말예요, 정 선생 찾아온 그…… 정원이 전 시누라는."

"아! 그날 일은 꺼내지도 마. 꿈에 나올까 무섭구먼."

말이 채 끝나기도 전에 징숙 어사가 버럭 소리쳤다.

"혹시 양평 어르신들께는 그 여자 일, 말씀 안 하셨죠?"

"안 했지! 그걸 어떻게 말혀? 그 집안 이름만 들어도 경기 일으키는 양반들 아녀. 그런 데다가 다른 누구도 아닌 우리 인태가 그 집 딸내미하고 얽혔다고 말을 혀? 아이고, 난 못 해.”

생각만 해도 무서운지 정숙 여사가 부르르 진저리를 쳤다.

“난 그것도 모르고서, 엉? 우리 인태 손님이라고 말여. 집에 오면 꼬박꼬박 뜨신 밥 하고 새로 찌개 끓여서 밥 먹이고 그랬지 뭐야. 에휴, 참.”

말짱하게 속았다 싶으니 새삼 입맛이 쓰다. 정숙 여사가 새삼 혀를 찼다.

“다른 건 다 놓아 두고서라도, 우리 인태가 지금껏 그 집 애랑 만난 걸 알면 세하 어미가 먼저 지 동생을 죽이고도 남아.”

“그, 그렇죠?”

영주가 생각해도 보통 성질머리가 아닌 효진이 인태와 해민의 관계를 알았다? 절대로 그냥 두고 볼 리가 없었다.

“근디 서 이사.”

“네.”

“자네 보기에 워뗘? 우리 인태하고 그 아가씨하고 영 깊은 거 같어? 남녀지간 정이 깊어 버려서 영 못 헤어지고 그러면 어째? 나는 요새 그런 생각을 하면 잠이 안 와.”

“설마 그렇겠어요? 그날도 보니까 정 선생은 확실히 아닌 것 같던데요. 이쪽에서 다 정리하고 철벽 치니까 그 아가씨가 그렇게 애가 달아서 집착하고 질척대는 거 아니겠어요?”

“그치? 그렇겠지?”

“그럼요.”

“맞아, 우리 인태가 제정신머리를 가진 놈이믄 그 아가씨 집안 알자마자 확 정리하지. 우리 인태도 지 누나처럼 독한 데가 있거든.”

정숙 여사가 다행이라는 듯 깊은 한숨을 내쉬었다.

“우리 인태도 이제 전문의 공부 시작했으니까. 곧 자리 잡을 거고 더 늦기 전에 좋은 짝 만나서 지 누나처럼 행복하게 가정 꾸리면 내가 이제 여한

이 없어. 내가 죽기 전에 우리 인태 장가가는 걸 봐야 할 텐데."

"정 선생 걱정은 하지 마세요. 다 알아서 잘하겠죠, 뭐. 할머님 건강이나 신경 쓰시면 돼요."

영주가 자리에서 일어났다.

"저 음식물 쓰레기만 버리고 들어갈게요. 쉬세요."

"그래. 분리수거는 내일 내가 할 테니까. 오늘 고생했어."

영주가 음식물 쓰레기 봉지를 들고 나갔다.

골목 어귀 쓰레기통에다가 봉지를 버리고 돌아서던 그녀는 순간 너무 놀라 엉덩방아를 찧을 뻔했다. 시커먼 그림자 하나가 우두커니 대문 앞에 서 있는 걸 발견했기 때문이다.

"엄마야!"

분명 집에서 나올 때는 아무도 없었는데 그 몇 초 사이에 대체 어디 있다 튀어나왔대.

벌렁벌렁 뛰는 심장을 부여잡고 영주는 짜증스럽게 소리쳤다.

"아, 뭐야? 왜 남의 집 대문 앞에서 이러고 있대? 청승맞게."

그러나 해민은 아무 말도 않고 그냥 거기 서 있었다.

후욱 한숨을 쉰 영주가 툭 내뱉었다.

"없어요."

"……?"

"정 선생, 집에 없다고. 병원에서 안 나왔다고요. 주말이나 되어야 나올 수 있을라나, 우린 모르지."

"병원에서는 나갔다던데."

"근데 여긴 안 왔어요. 왜? 내가 거짓말하는 거 같아요? 집에 같이 들어가시 확인해 볼래요?"

"……나, 집 나왔어요."

뜬금없이 이건 또 무슨 소리래, 이 아가씨가?

너무 어이가 없어서 영주는 해민을 물끄러미 바라보기만 했다.

"그러니까 책임지라고 전해 줘요. 나 정 선생 땜에 쫓겨났다고."

"그런 말을 왜 나한테 한대? 정 선생한테 직접 전화해요."

"내 전활 안 받아요. 차단당한 거 같아. 나쁜 자식! 지가 나한테 어떻게 이래? 난 지 때문에 다 버렸는데."

해민이 이를 갈며 중얼거렸다. 분하고 화가 나다 못해 원통해서 죽을 지경이라도 난 듯 표정까지 험악했다.

"저기요. 이것 봐요. 비록 내가 남이지마는 그래도 정 선생 집안과 일말의 관련이 있는 사람으로서 듣고 있자니 그거는 너무 억지 같은데?"

영주가 해민에게 냉철하게 쏘아붙였다.

솔직히 영주로서 해민의 이런 모습이 은근히 딱했다. 그러면서도 한심해 보이는 것도 사실이었다.

서른 다 되어 가는 사람이, 사회생활도 한다는 사람이, 철부지 10대 소녀도 아니고 남자 때문에 가출한다니 이게 말이야, 방구야? 여자가 무슨 남자 없으면 못 사는 존재야? 인생에 있어 사랑 말고도 중요한 게 얼마나 많은데, 싶은 생각 하나.

그래, 이런 사랑 하나에 인생 다 걸 수 있어서 넌 참 좋겠다, 이런 생각 하나.

그런데 집은 왜 나와? 집 나오면 개고생인데.

'아니지? 집 나오면 개고생하는 건 나 같은 빈민층인가.'

앞에 선 해민은 수억짜리 멋진 페라리를 타고 왔고 수백만 원짜리 명품 핸드백을 들고 있질 않는가. 핸드백 속 지갑 안에는 분명 블랙 카드까지 들어 있겠지.

집 나와도 아무 불편함이 없는 사람이나 이렇듯 멋들어진 가출을 할 수 있는 것이었다. 이런 반항도 돈 걱정 따윈 없을 부잣집 여자에게만 허락된 사치인가 싶어서 또 조금 쓸쓸했다.

그래서인지 다시 쏘아붙이는 영주의 말은 더 쌀쌀했다.

"정 선생이 이해민 씨더러 집을 나오라고 부추긴 것도 아닐 테고. 그렇다고 부모님을 거역하고 나와 금단의 사랑을 하자고 종용한 것도 아닌 것 같은데? 이유를 차치하고 무작정 남자 집에 찾아와서 날 책임져라 그러면 뭐 해결이 돼? 같은 여자로서도 이거는 좀 아니다 싶네. 도저히 실드를 쳐 줄 수가 없다, 내가."

해민이 거만하게 턱을 치켜들고는 영주를 향해 지지 않고 마주 쏘아붙였다.

"아니, 그쪽이 정 선생 현 여친이에요? 그도 아니면 뭐 누나라도 돼요? 이도 저도 아닌데 왜 우리 일에 간섭하지? 잘 모르는 사인데, 막말로 나한테 너무 함부로 하는 거 아녜요?"

"막말 들을 짓을 하고 있잖아요, 당신이. 생판 남한테 그런 말을 듣고 있을 만큼 이해민 씨 하는 짓이 너무 어이없고 철딱서니 같다는 말입니다. 그 나이에 무슨 가출? 이 무슨 생떼? 지금 당신 하는 꼴이 얼마나 우스워 보이는지 알아요?"

"하 씨! 진짜 짜증 나. 됐거든요. 그만 꺼져 줘요. 난 정 선생한테 볼일 있지, 당신한테는 볼일 없으니까."

"네네네. 생판 남, 퇴장합니다. 관계자 이해민 씨는 거기서 밤새워 기다려 보세요."

급 빈정 상한 영주는 해민을 놓아 두고 집으로 들어갔다.

'둘이 너무 좋아 죽을 것 같아서 함께 야반도주하는 건 들어 봤지만, 지 혼자 짝사랑하다가 안 받아 준다고 가출한 건 처음 보네.'

방으로 들어가 대문 쪽으로 난 자신의 방 창문 커튼을 조금 열고 바깥을 내다보았다. 아까 그 자리에 그대로 우두커니 서 있는 해민의 검은 그림자가 보였다.

"진짜 바보 아냐?"

영주는 홀로 중얼거리다가 휴대 전화를 물끄러미 내려다보았다. 잠시 망설이다가 문자를 찍었다.

[퇴근했어요?]

1초 만에 답장이 날아왔다.

[당직실.]
[서영주 씨는 퇴근? 간만에 술이나 같이 한잔할까요?]

"뭐야, 병원에 있었어?"
중얼거리며 영주는 다시 문자를 찍었다.

[시간 되면 이해민 씨나 어떻게 좀 해 봐요. 정 선생 때문에 가출했대. 정 선생이 연락도 안 받고 병원에서는 퇴근했다고 그런다고. 지금 집 앞에서 몇 시간째 기다리고 있어요.]

분명 문자를 읽었는데 총알같이 도착하던 인태의 답장이 멈추었다.
그러다가 한 5분쯤 지났을 쯤 탁, 탁, 탁, 답장이 연달아 날아왔다.

[안물 안궁.]
[서영주 씨 일 아니니 모른 척해요. 내가 간들 뭐 뾰족한 수가 있습니까?]
[지가 알아서 기다리다가 힘들면 그냥 가겠지.]
[관심 꺼요. 지 책임이지 내 책임 아니니까.]

"대책 없기는 이 남자도 마찬가지네."
영주는 중얼거렸다.

비비고 들어갈 틈이 전혀 없는 인태의 문자 앞에서 해민도 아니면서 영주는 으슬으슬 좀 추웠다.

[전혀 상관없는 남인 내가 갑자기 엄청 오지랖 부린 거 같아서 민망하네. 알았습니다. 난 못 본 걸로 할게요.]

다시 문자를 보내면서 영주는 이 정도로 두 사람의 일을 덮어 버리기로 했다.

내일은 새벽에 일어나 아버지 병원에 들렀다가 출근할 예정이라 지금 자 둬야 했다. 일이며 돈벌이에 한창 바쁜 영주 입장에서 사랑이니 이별이니 하는 감정놀음은 몸에도 맞지 않고 불필요한 남의 것이었다.

* * *

한편 용응동에서 나온 정원은 논현동 집 근처에서 다시 손목시계를 보았다.

밤 11시 30분.

대문 앞에서 망설이다가 다시 승주에게 메시지를 보냈다.

[나는 이제 퇴근 중. 자긴 근무 잘하고 있어요?]

여전히 답이 오지 않았다.

근무 중이니 실시간으로 문자를 확인하는 일이 어려울 것이라고 머리는 알고 있다. 하지만 갑자기 툭 하고 떨어지면서 불길하게 두근대는 그 요망한 심장을 정원은 진정시킬 수가 없었다.

혹시 무슨 일이 생긴 건 아냐?

그럴 리가 없다고 생각하면서도 정원은 갑작스러운 충동을 이기지 못하고 차 방향을 한성병원 쪽으로 돌렸다. 그리고 승주가 근무하고 있는 곳으로 달려갔다.

20여 분을 달려 병원 건물이 보이는 모퉁이를 도는데 갑자기 휴대 전화화면이 반짝였다.

[엄청 바빴어.]

[회진 끝내고 앉으려는데 갑자기 응급 상황이 생겨서.]

[지금 보고서 올리느라 계속 메시지 확인 못 했어.]

[걱정 마, 괜찮으니까. 별일 없어.]

[당신 퇴근 늦어서 어떡하지? 푹 쉬어. 내일 아침에 전화할게.]

승주의 성격답게 차근차근, 정성스럽게 연속으로 보내온 답장을 보고 있노라니, 내내 불안하고 답답하던 심장이 다소 풀리는 기분이 들었다.

"이렇게 말만 하지 말고 진짜 걱정 안 하게 하든가."

정원은 홀로 중얼거렸다. 혼잣말을 하다 보니 심장이 다시 지끈거렸다.

'별일이 없기는 뭐가 없대? 당신이 바로 별일이잖아.'

승주가 앞에 있다면 그렇게 말해 주고 싶었다.

그와 정원이 헤어졌다가 다시 전화를 받고 그에게로 달려간 건 불과 몇 시간 후였다.

오전 중에 그녀와 헤어지고 난 후 그 짧은 사이, 무슨 일이 있었기에 삽시간에 무너지고 말았을까. 그 이유를 확실히 알지 못한다면 그녀는 오늘 밤 편안하게 잠을 잘 수가 없을 것 같았다.

＊　＊　＊

이튿날 아침 8시.

영원처럼 길고 지옥의 악몽처럼 힘들었던 밤 근무가 끝났다.

"수고하셨습니다."

인사를 뒤로하고 승주는 병원 문을 나섰다. 시간상으로는 8시였지만, 이르게 해가 뜨는 여름철이다 보니, 벌써 사방은 분주하게 밝았다.

택시를 탈까. 아니면 그냥 무작정 걸어 볼까. 잠시 멈춰 서서 망연하게 거리를 바라보던 그 앞으로 누군가가 다가왔다.

"좋은 아침."

멍하니 서 있는 승주를 보며 생색내듯 다가온 정원이 입을 열었다.

"밤새 기다렸지, 뭐. 나라도 당신 지켜봐 줘야 할 거 같아서."

밤새 기다린 걸 티 내듯 화장도 거의 지워진 정원이 하얘진 얼굴로 나직하게 말했다.

승주는 아무 말도 못 하고 그저 가만히 그녀를 바라보고 서 있기만 했다.

"그러니까 지금 당신……."

그만 말문이 막히고 말았다. 정원은 어젯밤부터 지금까지 여기 이 자리에서 그를 생각하면서 기다리고 있었다는 것이었다.

"왜 그랬어? 난 괜찮다고 했잖아."

"내가 불안해서. 못 견디겠어서."

정원이 파리하게 웃었다.

"어쩔 수 없잖아. 목마른 사람이 우물 판다고, 당신은 억지로 견디고 있을 텐데 나만 편하게 쿨쿨 잘 수가 있어야지."

얼른 정원이 휘휘 손을 저었다.

"오해 노노. 딱 이번만 그래. 다시는 안 그럴 거야. 밖에서 밤새우는 거, 사람 할 짓이 아냐. 이렇게 야간 근무 하는 당신, 정녕 리스펙트!"

승주는 그만 웃고 말았다.

아니, 울고 싶었다.

삽시간에 말릴 사이도 없이 눈 속으로 더운 것이 솟구쳤다.

그는 한 손으로 얼굴을 가린 채 중얼거렸다.

"정원아, 빨리 차 타자. 지금 나 힘들다."

울고 싶어서.

이미 더운 눈물은 그의 눈 아래로 흐르고 있었다.

아무리 그래도 체면이란 게 있지. 병원 직원들과 환자들이 쉴 새 없이 오가는 주차장에 서서 의사란 놈이 어린애처럼 질질 울고 있는 걸 들키면 그무슨 망신인가.

승주가 조수석에 타자, 정원이 차를 출발시켰다.

"집에 가지?"

"응."

"당신도 나도 아침은 먹어야 할 것 아냐?"

"아무 생각도 안 나. 그냥 집에 가고 싶어. 눕고 싶어."

정원이 걱정스럽게 그를 돌아보는 게 옆얼굴로 느껴졌다. 그러나 승주는 그저 침묵한 채 한 손으로 계속 얼굴을 가리고 앉아 있기만 했다.

20분 후, 정원의 차가 승주의 집 주차장에 도착했다.

"정원아……."

정원이 그를 돌아보았다.

"손 좀 잡아 줘."

아주 강하게, 내가 당신의 온기와 존재를 느낄 수 있게.

집에 들어가자마자 승주는 그대로 침실로 가서 누워 버렸다. 지금껏 간신히 악으로, 오기로써 지탱하고 있던 다리가 풀썩 풀려 버렸던 까닭이다.

잠시 후 정원이 침실로 따라 들어왔다.

"이것 좀 마시고 자요. 배고플 거 아냐?"

몸을 일으켜 앉은 승주는 얌전하게 그녀가 쥐여 주는 우유 잔을 받아 들었다.

"살짝 데워서 꿀도 좀 탔어."

따뜻하고 달콤한 것이 목구멍 아래로 내려가자 엄청나게 큰 위로를 받은 기분이 들었다. 하긴 지금 곁에 있는 정원의 존재 자체가 가장 큰 위로일 테지만.

"나하고 헤어지고 무슨 일 있었어요?"

"……어머니랑 한판 붙었거든."

빈 컵을 받아 갈무리하던 정원이 침대 등받이에 등을 기대고 앉아 있는 그를 돌아보았다.

"나랑 헤어지자마자 곧바로 어머님을 만났어요?"

"응."

왜? 어째서?

물음이 가득 담긴 시선이 그를 향했다.

"우리 둘이 만나고 있는 걸 아셨어."

"아."

잠시 정원이 그를 바라보던 시선 그대로 멈춰 있다가 고개를 돌렸다.

"어떻게 아셨대요?"

"생각보다 놀라지 않는군, 당신?"

"세상에 완벽한 비밀이 어디 있어?"

정원이 시니컬하게 중얼거렸다.

"나로선 오히려 생각보다 늦게 아셨네, 그런 생각이 드는걸? 당신에 대한 촉만큼은 기막히신 분이잖아. 일전에 우리 둘이 쇼룸 같이 갔을 때 한남동 아주버님을 만났잖아요. 우리 둘이 만나는 걸 평창동 어머님까지 아시는 건 시간문제겠다 싶었지."

정원이 승주의 팔을 살짝 잡았다.

"역시나, 질색하셨죠?"

"응."

"그럴 거야. 우리 부모님도 똑같을 텐데, 뭐. 내가 당신 만나고 있다고 고백하면 두 분 다 뒤로 넘어가시지. 당신 어머님보다 더했으면 더했지 모자라진 않을 거야."

정원이 풀이 죽어 중얼거렸다.

서로 다시 만나게 된다면 두 집 가족들 사이에 어떤 일이 벌어질지, 짐작한 바 그대로 한 치의 오차 없는 반응이 드러나고 있었다.

"그래서 어머님이 뭐라고 하세요? 뭐라고 하셨기에 어제 당신이 그렇게 충격을 받았는데?"

"충격은 어머니가 받으셨지. 내가 대놓고 뒤집었거든."

"응?"

정원이 눈이 동그래져서는 그를 응시했다.

"당신 만나고 있다고, 그것도 내가 먼저 찾아다녔다고 했어. 어머니가 어떤 식으로 반대하고 방해하든 이번에는 못 참는다, 난 절대로 헤어질 생각이 없으니 이젠 제발 현실을 좀 받아들여라 그랬어."

설마 당신이 어머님을 상대로 그토록 대차게 덤볐다고? 정원의 시선이 그렇게 묻고 있었다. 잠시 가만히 있다가 되물었다.

"어머님이 뒷목 잡진 않으셨고요?"

"그렇게 연기하고 싶으셨을지도 모르지만 내가 안 받아 줬어. 어머니가 이야기할 틈을 안 줬거든. 내가 일방적인 선언만 했지."

"당신이?"

정원이 도통 믿기 힘들다는 표정으로 그를 다시 응시했다.

"못 믿어?"

"아, 아니, 못 믿는 건 아니지만 그게 뭔가 상상이 안 돼서. 당신이 어머님이랑 대놓고 한판 붙었다니. 말이 안 되는데……."

"못 믿는군."

승주가 중얼거렸다. 섭섭하다기보다는 정원이 그렇게 생각할 만도 하다 싶었다.

결혼 생활 내내 밀려오는 문젯거리에 대하여 승주는 도망치거나 묵인했다. 누군가는 싸우기 싫어하는 평화주의자라서 그렇다고 했지만, 그것도 다 듣기 좋으라고 하는 소리지 사실 방관자의 비겁한 외면이었을 뿐이었다.

그런데 승주가 먼저 나서희 회장을 찾아가 한판 붙었다고 하니 정원으로선 신기하다 못해 얼떨떨하기까지 했다.

"그런데 정말 어머님이 듣고만 계셨어요? 그럴 분이 아니시잖아."

"응, 부들거리면서 어찌할 바를 모르시더라. 결혼하고 싶다고 해서 결혼시켜 줬더니 1년도 못 살고 이혼도 해 놓고 이제 와서 또 무슨 추태냐면서."

"그건 '맞말'이지 뭐."

"맞말이긴 뭐가 맞말이야? 우리 둘이 못 살게 매사 트집 잡고 벅벅 긁어 대신 분이 참 양심도 없다 싶었는데, 난."

"그래서 대들고 반박했다고?"

"응. 낼모레면 마흔 되는 아들 언제까지 붙잡고 계실 거냐고, 내 인생 이젠 그만 좀 놓고 간섭하지 말라고 했어. 우리 둘이 다시 만나 연애하고 재결합하든, 안 맞아서 다시 이혼하든, 그건 내 인생이고 우리 둘 문제니까 신경 쓰지 말라고."

"당신이 그런다고 순순히 오케이하실 분이 아닐 텐데?"

"그렇긴 하더군. 다 당신이 준 것이니 내가 혼자 뭘 할 수 있는지 보자고 하더라."

"아, 그거는 아니지. 어머님이 너무하시네!"

갑자기 정원이 드물게 화를 발락 냈다.

"다른 건 몰라도 당신이 의대 가서 의사가 된 건 오롯이 당신 노력 아냐? 와튼 학위 딴 것도 마찬가지고. 듣고 있는 내가 이렇게 화가 나는데, 당신은 오죽했겠어? 화를 낼 만했네."

"우리 둘이 만나고 있다고 선언한 이상, 이제 전면전이야."

"전면전이라. 이거 뭔가 비장해."

"당신도 알고 나도 알다시피 어머니가 절대로 가만히 있을 것 같지는 않아. 별의별 수를 써서 기어코 날 재벌가 여자하고 선보게 만든 것만 봐도 답 나오잖아. 어머닌 아직도 내 인생의 주도권을 잡고는 마음대로 주무르고 싶은 거야. 그럴 계획도 다 세워 둔 참이고."

"그런데 내가 다시 등장했지."

"맞아. 그래서 어머닌 분명히 조만간 뭔가를 하려 들 거야. 그 공격 대상은 아마도 내가 아니라 당신일 테고."

"왜 나라고 생각해?"

"어머닌 내가 당신에게 반해서 열렬히 사랑한다는 사실 자체를 인정 못해. 난 그저 요망한 당신에게 흘려서 끔찍한 실수를 또 저지르고 있는 멍청한 놈에 불과한 거야. 그러니 날 망치려 드는 당신을 위협하고 제거하려 애를 쓰겠지. 어머니 논리는 항상 그래. 내 탓이 아니라 남 탓이 버릇이거든."

"그러니까 지금, 조만간 평창동 어머님발(發) 안 좋은 일이 생길 거다, 경고하는 중이지?"

"응."

승주가 정원의 손을 잡았다.

"어머니 성격상 당신한테만 난리칠 분이 아니야. 논현동 어머님이나 아버님에게까지 달려가서 난리치고 패악을 부릴 게 뻔해. 아무것도 모르고 계시다가 그런 일 당하면 두 분이 어떻겠어? 예상치도 못한 큰일이 생길 수도 있다고."

"어머님이라면 충분히 그러고 남을 분이지."

삽시간에 정원이 기죽은 얼굴이 되어 내뱉었다. 그 대단한 성질머리 나서희 회장이 아무것도 모르는 순박한 부모님에게 가서 온갖 모욕과 갑질을 해 댈 것을 생각하니, 단지 상상만으로도 부끄럽고 죄책감이 들어서 몸이 떨렸다.

딸 가진 게 죄도 아닐 텐데. 못난 딸이 전남편을 못 잊어서 다시 만나 연애한다는 죄목으로 거만하고 악랄한 그 시엄마 자리에게 또 온갖 짓거리를 감당해야 한다니 너무 미안하고 무서웠다.

"우리 둘이 다시 만나고 있는 거, 이제는 논현동 어머님 아버님께도 알려야겠어. 우리가 감당해야 할 반대는 두 몫이 되겠지만 그래도 그게 최선인 거 같아."

"그래야겠지? 그거는 아는데……."

"당할 땐 당하더라도 알고서 당하는 건 다르잖아. 미리 알고 계신다면 충격이야 받으시겠지만 마음의 대비는 하실 수 있으니까."

"알았어요."

정원은 잠시 생각하다가 단호하게 대답했다.

이 대목에까지 와서 더 이상 미적거리거나 망설일 상황은 아니었다.

열받은 김에 당장 내일이라도 나서희 회장이 엄마를 찾아가 난리를 칠 수도 있었다.

"내가 이사할 집 구하는 것 땜에 엄마가 아빠랑 이번 주말에 올라오시거든. 그때 말할게."

"내가 가서 말씀드려도 될까?"

"당신이 직접 온다고요?"

"당신 뒤에 숨는 게 비겁하다 싶어서. 혼이 나든 욕을 듣든 따귀를 맞든 내가 감당해야 할 일이잖아. 당신을 사랑하는데 다시 만난다는 그 말도 내 입으로 못 해서 당신 뒤에 숨는 건 정말 아닌 거 같아."

"그건 맞는데, 당신이 갑자기 나타나면 우리 엄마 아빠 기절하실 텐데."

"아무 대비 없이 나서희 회장님이 두 분 앞에 등장하는 건 더 나빠. 그거야말로 최악이잖아."

"그건 그렇지만."

정원이 땅이 꺼져라 한숨을 내쉬었다.

"하아, 역시나 복잡해. 우리 둘 다시 만난 거는."

"날 다시 받아들인 거, 후회스럽지?"

승주가 의기소침한 어투로 나직하게 물었다. 정원이 발끈해서 강하게 소리쳤다.

"난 복잡해졌다고 했지, 후회한다고는 말 안 했거든!"

"그래도……."

승주는 일생 겪지 않아도 좋을 나쁜 일들을 자신을 만난 것 때문에 한 번도 아니고 두 번이나 감당해야 할 정원에게 너무 미안하고 면목이 없었다.

"당신은 후회하나 보지? 나한테 그렇게 묻는 거 보니까?"

"그럴 리가!"

승주가 두 팔로 정원을 강하게 끌어안았다.

"당신하고 이혼하고 나서 혼자 미칠 만큼 후회는 실컷 했어."

다시는 그딴 후회를 안 하려고 그는 이렇게 필사적으로 정원을 부여잡고 있는 거다.

"그 누가 반대한다 해도, 그 무엇이 방해한다 해도 다시는 당신을 놓치지 않으려고 이러는 거야. 이런 내 맘 좀 알아줘."

"역시 당신도 힘들고 부담스럽기는 마찬가진 거야. 그래서 술의 유혹에 무너질 만큼. 어떡하지? 어떻게 해야 당신을 기운 내게 할 수 있을까?"

정원이 몸을 들이켜 두 손으로 승주의 얼굴을 애틋하게 감싸 안으며 중얼거렸다.

이토록 격하고 간절한 말 속에서 정원은 더 큰 불안과 절박함을 읽어 버렸기에 그가 더 애절하고 가엾었다.

승주가 자신을 따뜻하게 감싸 안아 주는 정원의 눈을 한동안 마주 바라보더니만 시선을 돌렸다.

잠시 망설이는가 싶던 그는 나직하게 그녀를 불렀다.

"정원아."

"응?"

그가 자신의 얼굴을 감싸고 있는 정원의 손을 내려놓았다. 차마 그녀의 얼굴을 정면으로 마주한 채 말할 용기가 없다는 듯 시선을 돌리며 중얼거렸다.

"미안. 당신에게 정말 미안해. 사실 어제조차도 내가 당신에게 말 안 한 게 있어."

"뭔데?"

"내가…… 정원아, 난 병원을 다녀야 해. 미국에서부터 다녔어. 오래도록……. 약도 먹어."

처음에는 무슨 말을 하는지 알 수가 없었다.

그런데 승주가 사이드 테이블 서랍에서 약봉지를 꺼냈다. 봉투에 찍힌 '신경정신과'라는 글자를 보면서도 정원은 자신의 눈을 믿을 수가 없었다. 귀로는 그의 말을 듣고 있었지만 정원의 영혼이 승주의 진실을 받아들이지 못하고 있었다.

경악한 채 망연자실한 시선으로 그를 건너다보는 정원 앞에서 승주가 금세 울 것 같은 눈을 하고 마침내 자신의 마지막 비밀을 고백했다.

"우울증 약이야. 내가 좀 아파. 이전보다는 낫지만 지금도 그래. 그래서 이런 약을 먹고 있어."

대체 이게 무슨 말이람?

그가 우울증 약을 복용할 만큼 힘든 상황이라고?

대체 얼마만큼 힘들고 괴로우면 의사인 그가 이런 약 봉투를 쌓아 두고 사는지.

헤어졌던 3년 동안, 그의 영혼은 대체 어느 정도의 깊은 어둠에까지 떨어져 있었는지 알 수가 없었다.

대체 정원은 승주의 무엇을 알고 있었던가?

이토록 가난하고 이토록 형편없이 망가진 자신과, 그런 자신이 드러낸 어두운 바닥을 가감 없이 지켜보며 그보다 더 애처롭고 슬픈 얼굴이 된 정원을 승주가 지그시 바라보았다. 그러면서 한없이 쓰디쓴 자조의 미소를 지었다.

그가 주저주저 정원의 얼굴에 자신의 손을 가까이 가져갔다.

그러나 차마 그녀의 얼굴을 만질 용기가 나지 않는 듯 그대로 그 손이 허공에서 멈춰 버렸다.

이런 상태임에도 정원의 인생 곁에 있고 싶은 욕심을 포기하지 못하고, 여전히 그녀의 사랑을 갈구하는 자신의 모습이 너무 뻔뻔하다는 걸 그는 뼈저리게 느끼고 있었다.

그때였다.

더 이상 나아가지 못하고 허공에 멈춰 버린 승주의 손을 정원이 마주 꼭 잡았다. 그녀가 먼저 그의 손이 자신의 볼을 꼭 감싸게 만들었다.

그것도 모자라서 그의 다른 손도 잡아 그것마저 자신의 얼굴을 감싸게 만들면서 톡 쏘았다.

"왜 오다 만대? 남자는 모름지기 직진이지."

"······갑자기 무서워. 무서워서 그래."

승주가 중얼거렸다. 그가 지금 얼마나 안도감을 느끼고 있는지, 얼마나 고마운지, 아니, 얼마나 울고 싶은지 정원은 알까?

"내가 이렇게 망가져서. 난 아무것도 아니야. 이번에도 당신을 지킬 수 없어서 또 당신까지 망가지게 할까 봐······."

"내가 있는데!"

정원 역시도 두 손으로 그의 볼을 폭 감싼 채로 그의 눈을 들여다보았다.

"절대 그럴 리 없어!"

"정원아."

"이번에는 우리 둘이잖아. 팀이라고. 이혼하고 혼자서도 난 잘 살아남았는데 또 못 할 게 뭐야? 이젠 당신이랑 함께인데 뭔들 못 하겠어? 뭐든 다 덤비라고 그래. 우리가 이기나, 지나!"

단호한 정원의 말에 승주가 고개를 푹 숙였다. 그의 눈에서 따뜻한 물기가 허락 없이 흘러내렸다.

　점심 무렵.

“나 가요.”

　정원은 누워 있는 승주에게 이불을 덮어 주며 어깨를 토닥토닥 해 줬다.

　그가 힘겹게 눈시울을 끌어 올렸다. 약을 먹어 잠에 반쯤 취한 채로 웅얼거렸다.

“잘 가. 미안. 못 일어나겠어서…….”

　우울증 약은 사람을 둔하게 하고 졸리게 만든다더니만, 야간 근무를 마치고 돌아와 약까지 먹은 승주 역시 그랬다.

　사람이 옆에 있는데도 수마를 이기지 못해 침대 위에 측 늘어진 승주를 내려다보는데 정말 마음이 쓰라렸다.

　그가 힘겹게 손을 들어 정원을 찾듯 이리저리 움직였다. 정원은 외롭게 허공을 더듬는 그의 손을 잡아 아까처럼 자신의 볼에 닿게 만들었다.

“괜찮아, 푹 자요. 나중에 내가 전화할게.”

“알았어…….”

　승주의 아파트를 빠져나오며 정원은 역시 여기 근처로 이사 와야겠다고 마음을 다졌다.

　불안정하고 힘들어하는 승주의 맨얼굴을 봐 버린 이상, 그를 홀로 두기가 너무 안쓰러웠다. 적어도 서로 시간 날 때 같이 밥을 먹고 산책이라도 한다면 그나마 낫지 않을까?

‘쳇, 이러다가 진짜 동거라도 할 판이네.’

　아까 승주는 캐묻는 정원 앞에서 자신이 알코올 중독으로 제법 오래 치료를 받았다는 것을 어렵사리 고백했다.

　정원이 승주를 홀로 두고 서울로 도망친 후, 당장 이혼하네 마네, 누가 더 잘못했네 어쩌네 양가에서 난리가 났을 무렵, 그는 급성 알코올 중독으로 병원에 실려 갔다. 반강제적으로 입원을 하는 바람에 바로 귀국을 할 수가 없었다고 한다.

정원의 부모가 승주에 대하여 그토록 괘씸해했던 3년 전 그때 상황의 진실은 그러했다.

"내가 당신을 잡는 게 죄 같았어. 비겁하고 멍청한 데다 이렇게 망가져 가는 내가 당신을 붙잡고 있으면 당신은 절대로 행복해질 수가 없을 거라고 생각했지. 너무 무서웠어. 난 당신의 남편이 될 자격이 없다고 믿었고 차마 당신을 데리러 갈 수가 없었어. 염치가 없어서."

너무 늦게 알게 된 진실은 그토록 쓰라렸다.

'일단 집에 가서 샤워하고 옷 갈아입고, 바로 미팅 가자. 그나마 회계사님이 약속 시간을 조정해 주셔서 얼마나 다행인지.'

오전으로 잡혔던 회계사와의 면담이 오후로 조정된 것도 그렇지만, 천운으로 돌잔치 고객과의 상담도 고객 사정으로 인해 저녁 7시 이후로 미루어졌으니 다행이었다.

정원의 차가 논현동 집 골목에 접어들었을 때였다.

정원은 집 대문 앞에 서성대는 익숙한 뒷모습을 보았다. 그는 자전거 손잡이를 잡은 채 그냥 거기에 서 있었다.

'재완이?'

차가 다가오자 비켜 주려는 듯 몸을 돌리던 그와, 운전석에 앉은 정원의 눈이 딱 마주쳤다.

둘 다 순간 얼어붙었다.

잠시 눈을 돌려 버리는 재완의 옆얼굴이 시뻘겋게 달아오르는 것을 본 정원은 잠시 생각하다가 운전석에서 내려섰다.

"너 왜 여기 있어?"

"그러는 넌 회사 안 가? 왜 대낮 이 시간에 들어오냐?"

재완이 시비라도 걸듯 되물었다.

정원은 잠시 입을 쑥 내밀고 그를 바라보다가 입을 열었다.

"주차해 놓고 갈게. 벤치에서 보자."

정원처럼 입을 툭 내밀고는 뭐라 뭐라 더 말하려던 재완이 조금 놀란 얼굴로 순순히 고개를 끄덕였다. 아마도 그는 정원이 쌀쌀맞게 외면할 줄 알았나 보다.

10분 후.

헤어졌던 그때 그날 이후 둘은 다시 또 아무렇지도 않은 듯 공원 벤치에서 만났다.

"마셔."

정원이 내민 밀크티를 받으며 재완이 싱겁게 웃었다.

"나, 호주 간다."

잠시 침묵이 흐르던 그사이, 어떻게 지냈느냐, 건강은 괜찮느냐, 그런 의례적인 질문을 언제쯤 해야 하나 타이밍을 잡고 있던 차였다. 정원이 입을 채 열기도 전에 재완이 먼저 툭 말을 던졌다.

"응?"

"어학연수. 다음 주말에 떠나."

느닷없는 어학연수도 놀라운데 당장 다음 주말에 출국이라니.

잠시 할 말을 잃어버린 채 빤히 바라보고만 있는 정원을 향해 재완이 실없이 웃었다.

"잡지 마. 바짓가랑이 잡고 매달려도 간다, 자식아."

"갑자기 왜……?"

정원은 더 이상 말을 할 수가 없었다. 재완이 뜬금없이 어학연수를 떠나겠다는 결심을 하게 된 이유의 많은 부분이 자신이란 건 눈 감아도 다

보였으니까.

그런 정원의 마음을 재완도 다 읽었나 보다.

억지로 아무렇지도 않은 듯, 웃으려 하던 그의 표정이 갑자기 어색하게 구겨졌다.

"잘 살아 볼게."

"그래."

"혼자 가는 거 아냐. 상천이 형이랑 같이 가. 형은 거기 식당에 취직할 거래. 아파트 구해서 같이 살자고 그러데."

"그나마 다행이다. 고 사장님이랑 같이 가면 밥은 안 굶겠네."

"그렇지? 우리 아버지가 그것 믿고 날 호주 보내는 거야. 화가 나면 만날 집 나가라고 고함치더니만 내가 정작 간다고 하니까 엄청 걱정하면서 더 난리야. 대체 아버지들은 왜 그딴 식이야?"

입이 툭 튀어나와서 투덜투덜, 제 아버지에 대한 불만을 내뱉고 있는 재완을 보고 있노라니, 허물없는 친구였던 그때만 같아서 마음이 조금 가벼워졌다.

"가서도 잘 지내. 건강하고."

"그래."

"혹시 갑자기 힘든 일 생기면 연락해. 내가 한국 라면이랑 김이랑 빨닭볶음면 소스 잔뜩 넣어서 택배 보내 줄게."

"말만 들어도 든든하다야. 역시 유정원은 좋은 사람이라니까."

말없는 말이 한없이 담긴 눈빛으로 재완이 잠시 정원을 빤히 건너다보았다.

그러더니만 계속 들고 있던 밀크티 빈 컵을 구기며 훌쩍 일어섰다.

"잘 살아, 너도."

"그래."

"언제가 될지는 모르겠는데, 한국 들어오면 연락할 테니까. 나 보고 싶어도 울지 말고."

"어학연수면 1년 안에 다시 들어와야지 않아?"

"거기서 어학원 다닌 후에 전문 학교에라도 입학하면 비자 연장 가능하대서, 그런 방법 알아보고 있어. 이왕 간 김에 영어라도 제대로 배우고 들어와야지."

그가 씩 웃었다. 손을 내밀어 앉아 있는 정원의 머리를 흐트러뜨렸다.

"간다."

"응."

"가기 전에 이렇게 네 얼굴을 보니까 뭔가 홀가분해졌다. 내 '친구' 유정원이, 행복해라."

그가 미련 없이 등을 돌렸다. 거치대에 세워 둔 자전거를 끌고는 공원을 빠져나가 정원의 세상 저편으로 멀어져 갔다.

재완이 사라진 거리를 바라다보며 정원은 한동안 그 벤치에 그대로 앉아 있었다.

십몇 년 동안 이 벤치와 공원, 저 골목길 안에 수없이 쌓인 추억들을 조금씩 곱씹으며 재완이 사라진 거리를 바라보았다.

어느 시인이 그랬다. 세월이 흐른다는 건 늘 똑같은 풍경 안에 살던 익숙한 사람들이 하나둘씩 사라지고 희미해지는 거라고.

정원의 꿈 많던 청소년기, 불안한 격정과 사연들이 폭풍같이 몰아쳤던 20대가 그 시절을 함께 건너온 재완이 사라진 이 시공간 안에서 같이 희미해지고 있었다.

네가 어디에 있든, 어디로 가든.

"잘 지내."

제대로 말해 줄걸.

두 눈 똑바로 바라보며 진심을 다해 연필로 꾹꾹 눌러쓴 글씨 자국처럼 말해 주면 좋았을걸.

몸을 일으켜 집으로 걸어가는데, 혼자 걷는 골목길이 유난히 길었다.

그렇게 대문 앞에 도착한 정원 눈에 사각 상자가 하나 놓여 있는 것이 보였다.

"이게 뭐래?"

정원은 중얼거리면서 그 상자를 그대로 선 채 열어 보았다.

[유정원, 꽃길만 걸어라.]

분홍 장미 꽃송이 안에 놓여 있는 하얀 운동화 한 켤레.

정원은 칼로 베인 듯 마음이 아렸다.

고마워,

미안해.

왜 갑자기 이유 없이 눈앞이 흐릿해지는지 모를 일이었다.

재완이 남기고 간 운동화 한 켤레의 의미. 그만의 방식으로 전한 확실한 작별 인사였다.

이 운동화를 신고 너는 너대로, 나는 나대로 각자의 길을 가자고. 그래도 우린 친구였기에 너의 앞길은 행복했으면 한다고 그는 말하고 있었다.

이렇게 재완의 세상에서도 정원의 존재가 스쳐 지나가, 어느새 조금씩 희미해져 버릴 세월로 정리되었음을 정원은 확실히 깨달았다.

토요일.

욕실이며 창문 시건장치, 발코니 쪽 물받이 통까지 꼼꼼하게 살핀 은정 여사가 몸을 돌려 뒤에 선 민호와 정원을 번갈아 바라보았다.

"나는 마음에 드는데. 당신은 어때요?"

"좋아. 집이 밝아서 괜찮네."

"주차장도 넓고 보안 시설도 좋다고 하니까. 더 마음에 들어."

"엄마, 여긴 입주민 전용 조식 식당도 있고 런드리 서비스도 된대."

정원이 벌써 몇 번이나 자랑한 아파트 입주민 서비스를 어필하자 은정 여사가 혀를 찼다.

편리한 주차장이니 보안 상태니 그딴 건 모르겠고, 무조건 편하게 밥 먹고 빨래할 수 있다는 데만 정신이 팔려 있는 딸이 영 미덥지 않다는 표정이었다.

"넌 그저 네 몸뚱어리 편한 것만 중하지?"

"밖에서 일하고 오면 집에서라도 편해야지. 얘가 좋다는데, 해 줘."

민호가 슬쩍 딸 편을 들었다. 은정 여사가 고개를 끄덕이며 다시 아파트 내부를 휙 둘러보았다.

"세상 참 좋아졌죠? 요새 아파트는 어쩜 이렇게 편리하게 짓는대? 그래, 정원아. 니가 마음에 들면 됐어. 굳이 다른 데 볼 거 없지 싶다. 그냥 여기로 결정하자."

가족은 기다리고 있던 부동산 사장과 함께 사무소로 갔다.

"이런 집이 때맞춰 턱 나오다니, 운이 좋으신 겁니다. 네네."

부동산 사장의 너스레를 들으며 정원은 그 자리에서 계약금을 송금했다. 은정 여사가 고개를 빼 서류를 확인하며 한마디 했다.

"당장 이사 가능하다고 해서 이 집으로 한 거지, 솔직히 비싼 집이에요, 사장님."

"보안 좋고 안전하고 주민들 수준 높고. 사모님처럼 품격 있는 분들만 들어오시는 집 아니겠습니까? 하하. 그럼 이삿날 뵙겠습니다."

이사는 2주 후, 올댓파티가 추진하고 있는 시급 현안 '병원 결혼식'을 끝내고 난 그다음 날로 결정했다.

그러나 겉으로야 집 계약하고 이사하는 일에 몰두하고 있는 것처럼 보이겠지만, 솔직히 정원의 머릿속은 다른 걸로 가득 차 있었다.

'어떻게 말을 꺼내지? 어떡하지? 아, 신경 쓰여 미치겠네.'

은정 여사와 민호가 양평에서 올라오는 날에 맞추어 승주가 인사 오기로 약속해 두었다.

그가 집으로 올 거라는 말을 해야 하는데 차마 입이 떨어지지 않아, 정원은 엄마 아빠를 만난 순간부터 계속 눈치만 살피고 있었다.

"너 혹시 약속 있어? 왜 자꾸 시계를 봐?"

뭔가 안절부절못하고 성마른 정원의 태도를 민호가 눈여겨본 것 같았다. 그가 걱정스럽게 물었다.

"아, 아냐. 엄마, 우리 점심 먹을까? 내가 이 근처 맛집을 알아 뒀는데."

"그려. 오늘 돈 잘 버는 우리 딸한테 맛난 것 얻어먹어 보자."

걱정이던 정원의 이사도 해결 났지. 이사 보낼 집도 마음에 들지. 은정 여사가 기분이 좋아서는 먼저 남편 팔짱을 꼭 끼었다.

"얘, 근데 매운 건 아니지? 아빠 위염 땜에 자극적인 건 못 드셔."

"복집인데."

"그거 좋다. 근데 우리 딸 돈 너무 많이 쓰는 거 아녀?"

"엄마 딸 요새 사업 좀 잘되고 있다고 그랬지? 엄마 아빠 밥 한 끼는 사드릴 수 있다구."

"그려 그려. 장하다. 간만에 딸 덕에 복어 먹겠네. 배고프다. 빨리 가자."

미리 예약을 해 둔 복집에 가니 이미 테이블 세팅이 되어 있었다.

"엄마, 언제 내려가셔?"

"내일 아침에. 오늘 저녁 식사 초대를 받았거든. 아빠랑 같이."

"어디, 누구?"

"아빠 팬 중에 큰 회사 대표님이 계셔. 아빠 초대전 해 주신 분. 그분이 감사하게도 자택에 초대 해 주셨어."

"아, 새언니한테 들었어. 혜성 그룹 오 회장님."

"응. 그분 맞아."

"식당도 아니고 자택으로 식사 초대라고? 와, 대단하다. 그러기 쉽지 않을 텐데. 엄청 바쁘신 분이라며?"

"그렇지? 근데 엄청 소탈하시고 친절하셔. 양평 집에 벌써 세 번이나 오셨지 뭐야. 아빠랑 이야기도 오래 나누시고. 또 그 집 아들이 세하 나무 집을 너무 좋아해서 말이야. 오시면 참 재밌게 놀고 가시거든. 지난번 왔을 때는 그냥 집에서 늦은 점심 대접해 드렸는데, 맛나게 자시더라. 그 답례로 오늘 초대받은 거 같아."

"엄마 솜씨가 워낙에 좋잖아. 누군들 안 반하겠어."

은정 여사가 호호호 웃었다. 듣기 좋으라고 하는 말인 줄 알면서도 기분이 좋아 보였다.

솔직히 은정 여사는 놀러 온 오지인더러 점심이나 먹고 가라고 붙잡으면서도 은근히 긴장되기는 했다. 지인이 스스로를 그냥 '태형이 엄마'라 부르라며 격의 없이 소탈하게 굴었어도 그이가 보통 사람은 아니라는 걸 잘 알고 있었기 때문이다.

"그치? 엄마가 이건 자랑할 만하지? 세상 맛있는 거는 다 자실 수 있는 분 아니니. 근데 엄마가 해 준 밥을 참 복스럽게 드시니까 좋더라. 엄마 어깨가 좀 올라갔다."

"맛있는 거 뭘 대접했어?"

"그냥 엄마가 잘하는 우렁 강된장 만들고 쌈 채소 해서 먹었어. 나물도 몇 가지 무치고. 아 참, 아침에 텃밭 나가 보니 애호박이 맛있게 달려 있길래 그거 따다가 호박전도 부치고 그랬지, 뭐. 딱히 별건 없었어."

"별거 없었다면서 그날 메뉴를 줄줄 기억하시는 거 보니까, 엄마도 점심 초대하면서 조금 긴장하셨구나?"

"눈치챘어? 사실 좀 긴장하긴 했어. 호호호."

은정 여사가 소녀처럼 웃었다.

"참, 내가 이야기했니? 그 집 애기가 밀가루를 못 먹어. 알러지가 심하대. 그래서 엄마가 감자를 직접 갈아서 도넛을 해 줬다? 애기가 얼마나 잘 먹던지 말이야, 보는데 너무 예쁘고 탐스러운 거야. 대표님도 얼마나 좋아하시던지, 그 대단한 양반이 도넛 남은 걸 다 싸 가지고 가셨다니까. 밥 해 준 사람 기분을 참 좋게 만들어 주었어. 큰일 하시는 양반은 뭐가 달라도 달라."

은정 여사가 전골 국물을 마시며 흔치 않게 계속 자랑을 늘어놓았다. 그 누구든 타인에게 인정받고 칭찬 듣는 건 행복한 일인 모양이다.

"세하도 그 이야길 하더라고요. 아들이 함부로 간식도 못 먹고 가정 교사 눈치만 살피고 있다고 불쌍하대."

"암만, 불쌍하지. 어린애가 먹고는 싶은데 마음대로 못 먹으니 얼마나 속 상하겠어? 또 그걸 보는 엄마 마음은 어떻구? 그 많은 돈을 가지고도 아들 알러지 하날 못 고치는데 말은 못 해두 얼마나 힘들겠니?"

말을 하다말고 은정 여사가 이상하다는 듯이 정원을 건너다보았다. 아까부터 정원은 밥을 먹으면서도 몇 번이나 손목시계를 확인하고 있었다.

"근데 너 왜 그래? 왜 아까부터 안절부절못하고 있어?"

"어? 아, 아냐. 아무것도 아녜요."

"어차피 저녁엔 엄마 아빠 약속 있어. 그러니까 넌 신경 쓰지 말고 니 볼일 봐. 집 계약도 했겠다, 홀가분하잖아."

"네."

하지만 그게 그렇게 간단한 문제가 아니라고요, 엄마.

괜히 뜨끔한 정원은 속으로 구시렁거렸다.

시간은 자꾸 흘러가는데, 차마 입이 떨어지지가 않았다.

부모님의 인생에서 전 사위 승주의 재등장은 그야말로 재난 수준의 사건이 아닐까?

정원과 승주가 재회한 것도 모자라서 연애 중임은 꿈에도 생각지 못하고 있을 부모님 아닌가. 어떻게 고백을 해야 할지 몰라 골치가 지끈거렸다. 생각만으로도 너무 염치가 없어서 얼굴이 화끈거렸다.

식사를 끝내고 집으로 돌아가는데, 골목 앞에 이삿짐 트럭이 서 있었다.

"옆집, 오늘 이사 가나 보다."

"그런가 보네."

"옆집도 꽤 오래 여기 살지 않았나?"

"그러게, 우리 집보다 더 오래 살았지? 노할머니 돌아가시고 집이 크다 하더니만. 우리보다 더 빨리 집 팔았잖아."

"어디로 이사 간대요?"

"딸이 사는 신도시 어디 아파트로 이사 간다던가 그랬지, 아마?"

집에 도착한 민호가 덥다면서 씻는다며 욕실로 들어가고, 은정 여사가 정원을 이상하다는 듯 다시 건너다보았다.

대체 무슨 일인지, 아까부터 뭐 마려운 강아지처럼 거실과 주방 쪽만 뱅뱅 돌고 있다.

딱히 별일도 없으니 2층에 올라가 쉴 일이지, 왜 계속 쓸데없이 냉장고 문을 열었다가 닫았다가 하는지, 거실 소파에 앉았다가 섰다가, 발코니 문에 코를 박고 텃밭을 내다보는 척 미적거리고 있는지 이해를 할 수가 없었다.

"올라가서 쉬라니까. 아침 일찍부터 돌아다니느라 힘들었잖아."

"네……. 근데 엄마."

"응? 뭐? 마실 거라도 줘?"

"아냐. 배부른데 뭐."

"그러면서 냉장고 문은 왜 자꾸 열어 대? 냉기 빠지게."

그때, 초인종이 울렸다. 정원이 달려갔지만 가까이 서 있었던 은정 여사가 먼저 대문과 연결된 인터폰을 받았다.

"누구세…… 에구머니!"

순간적으로 너무 놀라 수화기를 떨어뜨린 은정 여사가 한 손으로 입을 막았다.

"엄마!"

은정 여사가 더 이상 말은 못 하고 인터폰 화면과 정원의 얼굴을 번갈아 바라보았다.

─어머님, 안녕하십니까?

인터폰 화면 안에는 말쑥한 옷차림을 한 승주가 묵직한 보따리를 들고 대문 앞에 서 있었다.

꿈에 나타날까 봐 무서운 사람. 이제 완전히 연이 끊어졌다고 생각하며 살았던 전 사위 승주가 느닷없이 등장했다. 자신의 눈을 믿을 수가 없어서 은정 여사의 얼굴이 삽시간에 하얗게 질리고 있었다.

"이, 이게 누구래? 왜 이 인간이 여길 왔대?"

한손으로 인터폰 수화기를 가린 채 은정 여사가 숨죽인 목소리로 다급히 캐물었다. 경악으로 물든 안색은 쉬이 돌아오지 않았다.

정원은 잠시 망설이다가 아랫배에 힘을 주었다. 있는 힘을 다해 은정 여사를 똑바로 바라보며 말했다.

"그게 엄마…… 내가 오라고 했어."

순간 은정 여사의 눈이 더 이상 커질 수 없을 만큼 커지더니만 정원을 멍하니 바라보기만 했다.

정원은 너무 놀란 나머지 할 말을 잃어버린 엄마 옆으로 다가섰다. 정말 죄스럽고 미안하지만 이미 시작된 일이다. 정원은 불안으로 두근거리는 마음을 억누르며 은정 여사의 손에 들린 인터폰을 대신 받아 들고 얼른 열림 버튼을 눌렀다.

"그동안 안녕하셨습니까?"

현관 앞에 선 승주가 정중하게 인사를 했지만 소파에 꼿꼿이 앉은 은정 여사는 고개도 돌리지 않았다.

자지러지는 은정 여사의 고함 소리에 샤워를 하다 말고 옷도 채 챙겨 입지 못하고 뛰쳐나오다시피 한 민호도 마찬가지였다.

"이, 일단 올라오게. 집에 들어온 사람을 세워 둘 순 없지."

당황함 반, 경악 반. 그나마 웃어른으로서 민호가 일단 옷부터 제대로 차려입고 나오겠다며 은정 여사와 안방으로 들어가 버렸다.

옷차림을 핑계로 댔지만 재난같이 들이닥친 승주의 방문에 대하여 우선 잠시 자리를 피해서 부부가 정신을 추스르며 공동 작전을 의논하려는 게 분명했다.

정원이 다가가 아직 승주의 손에 들린 선물 꾸러미를 받아선 현관 옆에 내려놓았다. 미적거리지 말고 얼른 들어오라며 신발도 채 벗지 못한 승주를 끌어당겼다.

"일단 들어와요."

"들어가도 될까?"

"아빠가 올라오라고 했잖아. 언어터지든 쓴소리를 듣든 그건 나중 문제고. 일단 딱 버티고 앉아 있어. 난 준비됐으니까."

결연한 태도로 말하는 정원을 바라보는 승주의 표정이 마치 천군만마를 얻은 것 같았다.

참으로 두렵고 불안하면서도 한편으로는 이판사판이다, 이런 마음이었다.

서로 똑같이 결연한 의지를 다지며 두 사람은 나란히 거실 소파에 앉았다.

한 5분여 후에 드디어 안방 문이 열리고 민호와 은정 여사가 거실로 나왔다. 용수철처럼 벌떡 일어서서 딱딱하게 굳어져 있는 승주 앞에 앉았다.

"오랜만에 뵙습니다, 장인어른."

민호가 승주의 입에서 흘러나온 '장인어른'이란 말에 허탈하게 웃었다.

"거참 당황스럽군. 자네하고는 이미 한참 전에 연이 끊어졌다고 생각했는데 이렇게 갑작스럽게 나타난 것도 모자라서 '장인어른'이라……."

내가 대체 어떤 얼굴로 어떻게 대답해야겠느냐는 듯 민호가 승주와 정원을 번갈아 바라보았다. 어지간한 민호도 이마에 진땀이 흐를 정도로 당황하고 놀란 게 그대로 보였다.

"안방에서 잠시 들었지만, 정원이가 먼저 집에를 오라고 했다고?"

"네."

"이게 무슨 뜻이냐? 대체 왜 네가……?"

"죄송합니다, 장인어른. 저희 둘, 다시 만나고 있습니다."

정원이 뭐라고 하기도 전에 승주가 얼른 대답을 가로챘다.

예상치도 못한 대답에 은정 여사 눈이 휘둥그레졌다. 절대로 믿을 수가 없다는 듯 발끈해서 소리쳤다.

"아니, 그 무슨 말도 안 되는 새빨간 거짓말을! 우리 애가 왜 자넬 만나?"

"……엄마, 이 사람 말이 맞아. 우리 다시 만나고 있어요."

"뭐?"

민호도 은정 여사도 순간적으로 멍해져서는 정원을 건너다보았다.

두 사람 다 도무지 믿을 수 없다는 표정으로 눈만 끔뻑끔뻑, 나란히 앉은 승주와 정원을 응시하기만 했다.

"하, 좋은 일은 소리 없이 온다는 말은 들었는데 이렇게 나쁜 일도 소리 없이 오는구먼."

꽤 오랜 동안의 침묵이 흘렀다. 기가 찬 표정으로 민호가 나직하게 중얼거리더니 정원과 승주 쪽을 향해 있던 시선을 돌려 버렸다.

그때 화산처럼 폭발한 건 이번에도 은정 여사였다.

"너 미쳤어? 이미 다 지나간 인연을 다시 왜 이어? 뭐가 좋다고? 아니 그보다, 너희 둘 언제부터 이런 사이가……?"

말을 하다 말고 갑자기 무엇이 떠오른 듯 은정 여사가 다시 다급하게 캐물었다.

"잠깐만! 그럼 너, 지난번에 제주도 놀러 간 게 혹시……?"

"네. 저희 둘 그때 같이 있었습니다."

승주가 명확하게 대답했다. 정원도 은정 여사를 차마 마주 바라볼 수가 없어서 고개를 푹 숙이며 시인했다.

"엄마, 죄송해요. 미리 말씀 안 드려서."

하지만 이것으로 끝낼 수 없다. 정원은 눈 딱 감고 폭탄선언을 했다.

"정말 미안한데, 아빠. 제가 이 사람이 너무 좋아요. 다시 만날래. 반대하셔도 전 그냥 승주 씨랑 연애할래요."

"이, 이! 미, 미친!"

민호가 무어라 말할 새도 없었다. 얼굴이 시뻘겋게 변한 은정 여사가 발딱 일어서며 바락 소리쳤다.

"너, 오늘부로 내 딸 하지 마! 썩 나가! 너 같은 걸 내가 딸이라고……. 아이고, 아이고. 어쩜 좋아. 저 미친 걸, 아휴."

너무 흥분하고 화가 나서 정원을 향해 번쩍 손을 치켜들어 때리려던 은정 여사가 차마 그러지는 못하고 풀썩 제자리에 주저앉더니 뒷목을 잡고 쓰러지려 했다. 그걸 보고 다들 자지러져서 한마음으로 소리 질렀다.

"엄마!"

"여보!"

"장모님!"

그다음은 말 그대로 혼돈의 카오스, 아비규환이었다.

민호가 분노와 흥분으로 실신 지경이 된 아내를 부축해서 침실로 데려가고, 승주는 놀라고 무서워서 엉엉 울고 있는 정원을 달래느라 난리가 났다.

잠시 후, 민호가 침실에서 나왔다.

"아, 아빠……. 엄마는?"

그렇게 걱정이 될 거면서 제 엄마를 기절시키는 짓을 왜 해? 믿고 사랑하면서 애지중지 키워 온 대가가 겨우 이거냐 싶어서 민호는 노염을 참을 수가 없었다.

"유정원, 네가 어떻게…… 어……?"

딸에 대한 배신감과 실망을 이기지 못한 그가 시퍼런 눈빛을 하고 아까 은정 여사처럼 번쩍 손을 치켜들었다. 당장에라도 정원의 따귀를 내리칠 기세였다.

차라리 한 대 맞자, 맞고 죽자.

정원은 무섭게 번쩍이는 아버지의 눈빛을 바라보며 속으로 각오하고 체념했다.

차라리 이렇게 한 대 얻어맞기라도 한다면 낯도 들지 못할 만큼 미안한 이 마음이 조금은 가실 수 있을까. 눈 딱 감고 승주를 불러들이기는 했지만 지금 말이 아닐 부모님의 마음이 어떨지 짐작했기에 죄책감이 갈수록 더 커지고 있었다.

그러나 정원의 앞을 가로막은 건 승주였다.

"아버님, 제발 고정하십시오."

그가 정원을 향해 치켜든 민호의 팔을 잡으며 사정했다.

"죄송합니다, 아버님. 차라리 절 혼내십시오. 정원이는 잘못한 게 없습니다. 다 제 잘못입니다. 얼마든지 절 치시고 노염 푸십시오."

"놔! 놓으라고!"

그러나 그 아무리 승주가 사정하고 빌어도 소용없었다. 승주 어깨 너머 꿇어앉아 있는 정원에 대한 민호의 격분은 가라앉지 않았다.

"정원이 너, 인석아. 네가 어떻게 우리한테 이래, 어?"

평생 누구에게든 쓴소리도, 고약한 호령도 쳐 본 적 없이 살았던 온유한 그였다. 그런 그가 다른 누구도 아닌 가장 사랑하는 딸에게 버럭버럭 소리 지르는 것도 모자라서 발로 바닥을 쾅쾅 굴렀다. 그만큼의 지독한 실망감과 배신감을 그대로 드러냈다.

"내가 그때 널! 너를……!"

민호가 다시 소리치며 정원을 무섭게 노려보았다. 그녀를 바라보는 민호의 눈이 붉었다.

"좋다고 하도 그래서 내버려 뒀더니만 어? 너, 어떻게 됐어? 결혼해서는 1년도 못 살고 폐인 다 돼서 돌아왔어. 그때 네 엄마나 내가 얼마나 자책했는지 알아?"

어린 딸이 철없이 결혼한다고 할 때 말려야 했는데. 어른인 우리가 좀 더 신중하게 굴었어야 했다. 그런데 부모인 우리가 너무 경솔하고 부족한 게 많아서 그걸 못 말렸구나. 결국에 내 딸이 우리 모자란 것 때문에 저런 꼴을 당하고 살았구나, 싶어서 마음이 찢어지고 또 찢어져 너덜너덜한 넝마가 되었다. 아무리 참으려 해도 늘 마음에 피눈물이 흘러 축축 처졌다.

"이눔아, 우리가 너 몰래 얼마나 울었는지 알아? 어? 그런데 뭐? 온 집안 다 헤집어 놓고 부모 마음에 대못 탕탕 박아 넣더니만 이제 와서 뭐가 어째? 우리 몰래 둘이 다시 만나고 있었어? 까맣게 속인 것으로 모자라서 이젠 겁도 없이 나란히 찾아들어 와? 대체 뭐 하자는 거야? 또 무슨 일을 벌여서 사람 말려 죽이려고 들어? 너희가 제정신 가진 인간 맞아?"

정원도 승주도 격앙해서 소리치는 민호 앞에서 더 할 말이 없었다.

하물며 이혼 과정 그때에도 못난 딸 가진 죄로, 잘못했다고 빌어도 시원찮은 사위 승주의 집안으로부터 온갖 수모를 당했던 민호였다.

거친 숨을 몰아쉬며 민호가 눈물만 뚝뚝 흘리고 있는 정원과 그의 팔을 부여잡고 제발 고정하시라 사정하는 승주를 붉은 눈으로 노려보았다. 자신의 팔을 부여잡은 승주의 손을 사납게 뿌리치더니만 정원을 향해 치켜든 그 손으로 자신의 뺨을 철썩철썩 내리쳤다.

"아빠!"

"장인어른!"

순간 승주는 너무 놀라 본능적으로 민호에게 달려들어 그의 양손을 잡아챘다.

정원 역시 너무 놀라 무릎걸음으로 기다시피 다가가 두 팔로 민호의 허리를 부여잡고 엉엉 울면서 소리쳤다.

"아빠, 아빠. 하지 마요. 잘못했어요. 그러니까 이러지 마요. 아빠가 이러면 내가 어떻게 아빨 봐? 안 돼, 제발 이러지 마세요. 아빠. 아빠, 제발!"

그러나 민호는 너무 큰 실망감과 두 사람에 대한 화를 가눌 수가 없어 더 버럭버럭 소리쳤다.

"내가 너, 너! 내 딸이래두 손 한번 안 대고 키웠어. 그렇다고 남의 집 귀한 아들을 때릴 수도 없고! 내가 못난 나라도 때려야 이 분이 풀리겠다!"

"내가 철이 너무 없어서 그랬어, 아빠. 너무 멍청해서 내가 내 인생 하나 건사 못 했어요. 그것 땜에 엄마랑 아빠가 마음고생 많이 하신 거 다 알아요. 아빠, 죄송해요."

정원은 줄줄 울면서 다시 민호를 끌어안고 그의 허리춤에 얼굴을 비비며 간절히 용서를 빌었다.

"그렇게 잘 알면서 이렇게 우릴 실망시켜? 이렇게 배신해?"

민호가 정원의 손을 확 뿌리쳤다. 그러더니만 더 이상 아무 말도 못 하고 있는 승주를 노려보며 다시 버럭 소리쳤다.

"자네, 사람이면 이래선 안 돼! 3년 전에 자네, 어떻게 했어? 그래, 우리 애랑 헤어질 수 있어. 결혼했어도 안 맞으면 이혼할 수도 있어. 그런데 자네도 자네 집안도 말이야, 순서도 절차도 없고, 예의도 없고 배려도 없었지. 한없이 나빴어. 너무 나빴어."

"알고 있습니다. 죄송합니다. 용서해 주십시오."

그 어떤 말을 한들 위로가 될 수 있으랴. 미안하고 또 염치가 없어 차마 낯을 들 수가 없다.

고개를 푹 숙인 승주 앞에서 민호가 3년 넘게 참아 온 속내의 억울함과 원통함, 분노를 절절하고 사무치게 토해 냈다.

"아무것도 모르는 어린 마누라가 세상 물정 모르고 그 먼 데까지 따라갔다가 사는 게 너무 힘들어서 미국에서 혼자 뛰쳐나왔을 때, 자네, 어떻게 했어, 어? 어떻게 했냐고. 변명 한마디 없었고 직접 찾아와서 상황 설명도 안 했어. 기다렸단 듯 변호사나 보내서 이혼 도장 찍었잖아. 그래도 사랑해서 결혼한 사람한테 어떻게 그렇게 잔인하게 굴 수가 있어? 어?"

"아냐! 그거 아냐, 아빠. 이 사람, 그때 못 온 거야. 안 온 게 아니야! 다른 건 몰라도 그건 아냐. 그러니까 이 사람 탓만 하지 마세요. 네?"

정원이 줄줄 울면서 소리쳤다. 이게 뭔 소리야? 하듯이 민호가 흐느끼는 정원과 참담한 표정을 감추지 못하면서 고개를 숙여 버린 승주를 멀거니 번갈아 바라보았다.

정원은 흐느끼며 승주를 위해, 그를 대신해서 민호에게 변명했다.

"아팠어, 이 사람. 아빠, 나랑 헤어지고 너무 힘들어서 많이 아팠대. 병원에 입원할 만큼. 그래서 못 온 거야. 일부러 그런 거 아니니까 아빠, 한 번만 이 사람을 이해하고 용서해 주세요, 네? 제발요."

"그럼 나중에라도 와야지! 인간이 그게 뭐야? 변호사 보내서 사람 잘라 내면 그만이야? 순서가 나쁘고 못됐어. 어떻게 자기 배우자가 걸린 일을 그 따위로 처리하나? 자네 집안에서 우리 애가 쓰레기야? 떼 내 버려야 할 암 덩이였어? 말해 봐."

"죄송합니다. 다 못난 제 잘못이고 불찰입니다. 장인어른, 용서해 주십시오."

지금 이 순간 그가 할 수 있는 말이란 그것밖에 없었다.

승주가 민호 앞에 무릎을 꿇었다. 고개를 숙인 채 간곡하게 말을 이었다.

"어떤 말로 변명한다 해도 안 되는 거 알고 있습니다. 100프로 제가 나빴고 너무 부족했습니다. 많이 미련했습니다. 반년 전에 미국에서 돌아왔을 때 바로 찾아뵀어야 했는데 사실은 겁이 났습니다. 이런 모자란 제가 다시 정원일 찾아 나선다는 게 염치없고 부끄러웠구요."

승주가 고개를 들어 그를 노려보고 있는 민호와 눈을 맞추었다. 마침내 용기를 내 처음으로 자신의 속맘을 완전히 드러냈다.

"하지만 이 사람을 잊을 수가 없었습니다. 저, 정원일 여전히 사랑합니다, 장인어른. 그래서 이렇게 너무 늦게 용기를 냈습니다. 꾸지람은 다 저한테 하시고 정원이는 용서하십시오. 이 사람은 잘못한 게 없잖습니까. 징원인 다시 안 만난다고 도망 다녔어요. 그런데 제가 제발 다시 받아 달라고 매달렸습니다, 아버님."

275

너무 늦은 사죄, 너무 늦은 변명.

무릎을 꿇고 간절히 사죄하며 고백하는 승주 앞에서 무슨 말을 더 할 수 있으랴.

이런 식으로 수모당하고 두들겨 맞더라도 다 감수하고 정원을 찾아 나섰다는 말 앞에서 민호가 더 이상은 화를 낼 수가 없었다. 그만 기력이 끊겨 버려 그가 바닥에 푹 주저앉았다. 후우, 한숨을 쉬며 창밖을 바라보았다.

"제법 솔직하구만, 오늘은."

얼마 후, 민호가 승주 쪽은 바라보지도 않고 나직하게 뇌까렸다.

그가 휙 고개를 돌려 나란히 꿇어앉은 두 사람을 노려보았다.

"그래서 이제 뭘 어쩌자는 거야? 재결합이라도 하겠다는 거야?"

"제 마음은 그렇습니다만, 두 분 마음이 거기까지는 허락하지 못하실 걸 잘 알고 있습니다. 그러니 아버님, 그냥 지금은 정원이를 만날 수 있게만 묵인해 주십시오. 그다음은 저희 둘이 잘 결정하겠습니다. 저희, 이제 조금 더 철이 들었습니다. 어른답게, 신중하게 서로 잘 의논해서 절대로 실망시켜 드리지 않도록 노력하겠습니다."

"⋯⋯철이 들었다, 라. 어른답다, 라. 하!"

민호가 혀를 차면서 시신을 돌려 버렸다.

그러고선 한참 동안 거실 안에는 휑한 침묵만 휘돌았다.

한참 후에 민호가 여전히 무릎을 꿇은 채 나란히 고개를 숙이고 있는 승주와 정원을 힐끗 돌아보았다.

고개를 숙이고 훌쩍이면서도 정원은 승주의 손을 꼭 잡고 있었다.

승주 역시 민호가 결코 곱게 보지 않을 것임을 알면서도 정원의 손을 놓지 않고 있었다.

'하아, 저렇게 버티고 있는데, 이제 와서 반대한들 뭔 소용이 있겠어?'

민호가 다시 깊이 한숨을 쉬었다. 이건 결국 체념이 반인 그의 묵인이었다.

민호는 차마 얼굴을 들지 못하는 정원에게 내뱉었다.

"보아하니, 너희 둘이 죽어도 다시 만나겠다는 거, 이제 와서 내가 어쩌겠니. 둘 다 어른이라 하니, 그래. 너희 인생, 너희들이 알아서 책임져야지."

"죄송합니다, 장인어른. 정말 감사합니다. 이번에는 절대로 실망시켜 드리지 않겠습니다."

"그거야 두고 볼 일이지. 같은 실수 두 번 하면 그게 사내야?"

민호가 승주에게 냉소적으로 되받더니만, 정원에게 말했다.

"정원이는 지금 방에 들어가서 엄마한테도 미안하다고 말해야지."

"네."

"너희 인생이니 둘이 결정한다지만, 그래도 일에 순서가 있고 순리라는 게 있어. 이 서방이 그때 못 나온 이유도 제대로 설명하고, 엄마 마음 다치지 않게 잘. 알았어?"

"네."

정원이 손으로 눈물 콧물을 훔치며 일어섰다.

그럼에도 승주나 정원으로선 엄청 안도감이 든 순간이었다. 민호의 입에서 '이 서방'이란 말이 나왔다는 게 둘의 만남을 내락하는 의미라고 생각했기 때문이다.

정원이 침실로 들어섰을 때, 은정 여사는 한 손을 이마에 댄 채 침대에 옆으로 누워 있었다.

"엄마……."

은정 여사가 휙 돌아누웠다. 완강하게 옹크린 등이 몹시 뿔이 나 있고 노엽다는 뜻을 정원에게 그대로 드러내고 있었다.

"엄마."

"나가! 꼴도 보기 싫어!"

"죄송해요, 엄마. 잘못했어요."

등을 돌린 채 누워 있는 은정 여사의 등에 대고 정원은 무릎을 꿇었다. 고개를 조아린 채 사과하는 정원의 눈 아래로 눈물이 다시 툭 떨어졌다.

"근데 일부러 속인 건 아니고…… 나도 무서워서. 죄송해요, 실망시켜 드려서……."

"도대체가 넌!"

은정 여사가 다시 또 열분이 치밀어 올랐는지, 갑자기 발딱 일어났다.

난생처음 은정 여사가 금이야 옥이야 하던 딸을 향해 삿대질까지 하며 고함을 쳤다.

"자존심도 없니? 어?"

은정 여사가 지금껏 살면서 그 누구에게도 해 보지 않았던 악다구니를 딸에게 해 대며 부들부들 떨었다.

"아무리 멍청하기로서니 그렇게 됐으면 이제 정신 좀 차려야 될 거 아냐? 사람대접 못 받고 산 것만으로도 내가 속이 터져 죽겠는데. 늘 간 졸이며 살았다며? 그런 결혼을 해서는 1년도 채 못 살고 내쫓겨나다시피 이혼한 것도 억울해 죽겠는데. 이제 좀 사람답게 산다 싶어서 안심하니까 뭐가 어째? 누굴 또 만나? 어? 어?"

"쫓겨난 게 아니고…… 내 발로 나왔잖아요. 근데 저 사람이 그때 못 온 건……."

"그만해! 난 귀 없어? 다 들었어. 꼴에 그것도 변명이라고, 하!"

은정 여사가 얼굴을 찡그리며 승주를 대신해서 지절지절 변명해 주려는 정원의 말을 뚝 분질렀다.

"잘못했어요, 엄마. 제가 다 잘못했어요. 근데 내가 그 사람이 너무 좋아. 너무 좋은 걸 어떡해?"

"어이구, 어이구! 저 바보 천치. 저 멍충이!"

무릎 꿇고 앉아서는 다시 눈물만 뚝뚝 흘리고 있는 정원을 바라보다가 은정 여사가 치켜든 그 주먹으로 자신의 가슴을 쿵쿵 쳤다.

"저 미련한 걸 내가 딸이라고 낳아서는 미역국을 먹었네. 바보같이 착해서는 또 말려들었어! 아휴, 내가 지금 대체 뭔 꼴을 보고 산대 그래?"

말을 하다 보니 더 기가 막히고 더 괘씸해져서, 더 미워서 죽을 것만 같다. 은정 여사가 다시 꽥 고함을 질렀다.

"뭐가 그리 좋아? 어? 이 세상에 남자가 저거 하나뿐이야?"

정원이 저 불같은 노여움 앞에서 무슨 말을 할 수가 있을까?

유구무언. 더 깊이 고개 숙이며 눈물만 흘렸다.

"이 꼴 저 꼴 다 봤잖아. 바닥의 바닥까지 보고서는 못 견디겠어서 니가 뛰쳐나온 거야, 이 멍충아. 지 좋다고 난리 쳐서 결혼시켜 놨더니만, 또 지가 싫다고 지 발로 나와 놓고는 뭐가 그리 아쉬워? 어? 뭐가 그리 미련 남아서 돌아봐?"

"미련이 아니고…… 그냥 저 사람이 좋은데, 못 잊겠는데, 그럼 어떡해."

"미친 것아! 사람 눈이 왜 앞에 달렸는지 알어? 뒤돌아보지 말고 앞만 보라고 뒤통수가 아니고 앞에 붙어 있다고, 이 멍충아. 너는 어째 그런 꼴 당하고 살았으면서도 뭐든 제대로 하나도 배우질 못하니? 다 잘린 인연을 왜 또 돌아봐? 또 무슨 꼴을 당하려고!"

"내가, 내가 멍청한 거는 알지만, 그럼 어떡해? 마음이 아려서 못 본 척 지나갈 수가 없는걸 뭐."

"터진 입이라고 말은 잘하지. 그게 니가 엄마 앞에서 할 말이야? 그래, 말이 나온 김에 물어보자. 뭐가 그리 좋아? 뭐가 그리 아려서 몇 년이나 사람 구실도 못 하고 살 만큼 힘들게 하던 저 화상을 다시 만나?"

"……조, 좋은 거도 좋은 거지만, 아, 알면 알수록 부, 불쌍해서 외면이 안 된단 말이야."

훌쩍이며 눈물 콧물 다 쏟으며 정원이 간신히 대답했다.

불쌍해서 다시 만난다는 말에 은정 여사가 기가 막혀서는 정원을 물끄러미 노려보았다. 그러더니만 허공을 바라보면서 깊은 한숨을 푹 내쉬었다.

'안 되겠구나, 이것들은…….'

사람이 불쌍해 보이면 그것으로 끝이다. 이유가 뭐든 다 용서가 된다

하질 않던가.

이전에도 승주에 대하여 콩깍지가 단단히 씌어 있었는데. 은정 여사가 보기에는 이번이 더 지독했다.

단순히 잘생겨서, 멋져서, 가진 게 많아서, 근사해서, 이런 게 아니라 연민과 이해로 가득 차선 좋다고 하는데 어떻게 떼 놓는단 말인가.

하물며 이날 집으로 승주가 찾아왔단 건 막말로 둘을 끝까지 반대하면 손잡고 야반도주라도 하겠다는 의사 표명 같았다.

"엄마, 나 진짜 저 사람이 좋아. 어떡해? 살아도 같이 살고 죽어도 같이 죽고 싶어. 죄송해요."

"어이구, 어이구! 이 미친 걸 어떡해."

"저 사람 다시 만나면서 나도 고민 엄청 했다고요. 그랬는데 그냥 좋은 걸 어떡해? 죄송해요. 내가 진짜 바보고 엄마한테 불효인 건 아는데, 이번에도 엄마, 나 좀 믿고 그냥 놔주세요. 네? 찬성하고 지지해 달라는 말은 차마 못 하겠는데 그래도 저 사람하고 다시 만나는 것만 허락해 주세요. 제가 정말 잘할게요. 엄마 아빠 실망 안 하시게 내가 정말 노력할게."

"니가 뭘 노력해? 니가 뭘 할 수 있다고? 또 울고불고 뛰어 들어와선 엄마 아빠 가슴에 못 박는 거나 잘하겠지."

"아니야. 그렇지 않아."

정원이 다급하게 부인했다. 눈 아래 눈물이 맺혀 금세 떨어질 듯이 달랑거리는데도 제법 당찬 표정으로 다짐했다. 한 번만 믿어 보라고, 자신도 많이 달라졌다고 주장했다.

"설사 저 사람이랑 사귀다가 헤어져도 예전처럼 그렇지 않아. 울고불고 안 하겠다고는 말 못 하겠는데…… 결국 마지막에는 엄마한테 어리광부릴 거지만. 그래도 이번에는 좀 달라. 내가 책임질 거야. 내 감정, 내 인생."

"뭐? 마지막에는 엄마한테 어리광부린다고? 흥. 꼴에 저도 저를 아는구만?"

은정 여사가 있는 대로 눈을 흘겼다. 그녀는 깊이 한숨을 내쉬었다.

처연하게 무릎 꿇고 앉아서는 무조건 잘못했다. 미안하다 빌면서 뚝뚝 눈물만 떨어뜨리고 있는 딸을 차마 때릴 수도 없다. 그렇다고 죽일 년 살릴 년 해 가며 악에 받쳐서는 머리카락 박박 쥐어뜯고 내쫓을 수도 없었다.

내가 전생에 무슨 죄를 지어 이런 꼴을 두 번이나 당하나. 이게 다 부모 된 업보인가 싶으니 이래도 한숨, 저래도 한숨밖에 나오지 않았다.

은정 여사가 한참 동안 정원을 물끄러미 노려보다가 이를 아드득 물었다.

"그래, 좋다! 죽어도 저 인간이 좋다고 하니 네가 개도 소도 아니라서 끈으로 묶어서 방에다 매어 놓을 수도 없고, 그렇다고 머리 박박 밀어서 절에다가 가둘 수도 없고. 다 큰 어른 둘이 사귄다는데 내가 더 이상 뭔 말을 하겠니? 근데."

"네."

"연애만 해라. 알았어?"

은정 여사가 아까보다 훨씬 더 무서운 얼굴을 하고 단단히 오금 박았다.

"둘이 좋아서 죽어도 다시 만나겠다는데 할 수 없지. 그건 내가 어찌 못 하겠는데. 딱 거기까지만 해. 재결합은 절대 안 돼! 이 엄마 눈에 흙이 들어오기 전까지는 내가 저 인간 집안하고 다시 사돈 인연 맺는 일은 없어. 만약 재결합까지 생각하고 있다면 이 자리에서 그냥 엄마랑 인연 끊자. 이 길로 저 화상 따라 나가! 죽든 살든 다시는 니 꼴 안 볼 거야. 알았어?"

"어떻게 그래? 이게 딸한테 할 말이야? 죽든 살든 상관 안 한다니 뭐가 이렇게 극단적이야? 엄마, 진짜 날 버리려는 건 아니지?"

"딸년이란 게 때마다 이 엄마 가슴을 엉망으로 헤집어 놓는데, 내가 왜 널 못 버려? 차라리 너 같은 멍청한 딸은 없는 게 나아!"

은정 여사의 모진 말에 정원이 퉁퉁 부어선 입술을 쭉 내밀며 원망하듯 그녀를 건너다보았다. 그러다가 매서운 은정 여사의 시선과 마주치자 얼른 찔끔해선 다시 고개를 푹 숙였다.

"이걸 어째? 엉? 이 물정 모르는 바부팅이를 어째? 아이고, 내 팔자야……."

간신히 잦아들던 열불이 다시 끓어올랐다. 은정 여사가 또 정원을 때리려는 듯 확 치켜든 손으로 자신의 가슴을 통통 두드렸다.

그때, 은정 여사의 휴대 전화가 울렸다.

은정 여사가 정원을 노려보는 시선을 거두지 않으면서 마지못해 전화를 받았다.

"여보세요?"

—여사님, 일전에 양평에서 뵌 김 실장입니다. 지금 두 분을 모시러 댁으로 출발하는 중인데 약 한 시간 정도 걸릴 예정입니다.

"어머나, 김 실장님. 네. 알았습니다. 감사합니다."

혜성 그룹 오지인 회장 댁에서 오늘 저녁 식사 초대를 위해 두 사람을 모시러 오겠다는 전화였다.

승주의 갑작스러운 방문으로 난리가 난 건 난 거고, 예정된 저녁 초대는 또 다른 문제였다.

마지못해 은정 여사가 억지로 정신을 차렸다. 한 번 더 미운 딸년을 있는 대로 흘겨보다가 자리에서 일어났다.

여전히 고개를 숙인 채 꿇어앉아 있는 정원을 지나쳐 안방 문을 열었다. 소파에 앉아선 아까와 마찬가지로 계속 승주만 노려보고 있는 남편을 불렀다.

"이미 끝나 버린 일에 속 그만 끓여요. 다 부질없어요."

묵묵히 승주와 마주 앉아 있던 민호가 아내를 돌아보았다.

"지금 나갈 준비해야 해요. 지금 오 대표님 댁에서 우릴 태우러 출발했다고 전화 왔어요."

"이런 기분으로 나가도 될까 몰라."

민호가 몸을 일으키며 중얼거렸다.

정원과 승주가 일으킨 태풍에 집안 분위기는 완전히 초토화된 상태였다.

그런데 예정된 저녁 초대를 위한 준비를 해야 한다니, 갑자기 어지러운 격변의 회오리에서 다시금 일상으로 급선회하자니, 방금 전까지의 난리 법석이 마치 없던 일처럼 느껴질 정도였다. 하지만 이게 현실이란 건 눈앞에 확실히 앉아 있는 승주의 존재로 알 수 있었다.

민호가 잠시 망설이자 은정 여사가 톡 쏘았다.

"안 가면요? 모처럼 초대해 주신 분 성의가 있는데. 또 오 대표님이 어디 보통 분이세요? 그 바쁜 양반이 일껏 시간 내서 자택으로 초댈 해 주셨는데 그럼 어떡해요?"

"그렇긴 하지."

민호가 돌아서기 전 마지막으로 다시 승주에게 오금을 박았다.

"자네, 분명히 알아 두게. 내가 아까도 말했지만 만에 하나 둘이 만나는 문제로 자네 집안에서 다시 우리한테 추태를 부리면 그땐 나도 못 참네."

"명심하겠습니다."

민호가 은정 여사가 서 있는 안방으로 들어왔다. 죄인처럼 여전히 꿇어앉아 있는 정원을 일으켜 세웠다.

"정원인 나가 봐라. 우린 이미 충분히 우리 속마음을 다 얘기했으니 그다음은 너희 둘 책임이다."

"네, 아빠. 죄송해요. 엄마, 내가 더 잘할게. 그리고 고마워요."

"고맙기는 뭐가 고마워? 속도 없는 것! 진짜 밸이 없지. 꼴도 보기 싫어. 나갓!"

간신히 진정하고자 하던 은정 여사가 다시 쨍하고 고함을 질렀다. 푹 고개를 숙이고 방에서 나가는 정원의 등에 대고 종주먹을 휘둘렀다.

그러더니만 갑자기 기운이 빠져서는 침대에 푹 주저앉아 버렸다.

"당신은 안 씻어? 옷 갈아입고 나갈 준비 하자며?"

은정 여사가 힘없는 얼굴로 민호를 건너다보았다.

"이게 다 무슨 소용이람? 저 멍청한 걸 내가 딸이라고 낳아선 애지중지했네요. 지난 3년 지랑 같이 울어 주고 같이 애면글면 속 끓였는데, 이제 와 보니 내가 무슨 미친 짓을 했나 싶어요."

"쟤들 당신 마음을 모르겠어? 이 서방이 먼저 찾아와선 매달렸다잖아. 정원이도 처음엔 아니라고 도망 다녔다며?"

"그럼 뭣 해? 일이 이 지경이 된걸. 도로 아미타불이잖아. 근데."

은정 여사가 괜히 민호를 향해 찌릿 눈을 부릅떴다.

"이 서방은 무슨 얼어 죽을 이 서방? 당신, 그새 저 인간에게 또 말려들었어요?"

"말려들긴 뭐가? 그럼 남의 집 아들 두고 개새끼 소 새끼 그래?"

"개새끼보다 못한 화상이지! 지난 시간 동안 우리 정원이 속 터진 걸 생각하면, 아휴! 근데 다시 만나니까 또 좋아 죽겠다니, 저 미친 걸 어째? 아휴, 진짜 죽여 살려?"

다시 은정 여사가 움켜쥔 주먹으로 자신의 가슴을 퉁퉁 쳤다.

"애들 나가나 보네."

그때 민호가 침실 창 너머 정원과 승주가 함께 정원을 가로질러 나가는 걸 바라보며 중얼거렸다.

은정 여사도 민호의 말에 따라 고개를 돌렸다. 정원이 승주의 팔을 꼭 잡고 같이 걸어가며 뭔가를 이야기하는데 하필이면 그를 올려다보며 살짝 웃는 게 딱 눈에 잡혔다.

그 모습을 보는데 다시 화가 치밀어 올라 견딜 수가 없다.

"저거 봐, 저거 봐, 웃는 꼬라지 하곤! 쯧, 좋댄다."

은정 여사가 혀를 차며 내뱉었다.

집을 이렇게 엉망진창으로 만들어 놨으면 말이다, 염치가 있다면 조금이라도 죄책감을 느껴야지, 집을 채 나서기도 전에 저렇게 제 남자 팔을 끌어안고는 생긋거리고 있어? 어디 도망이라도 갈까 봐 무서운 건지 뭔지. 저 못난 것! 싫어 한숨이 절로 나왔다.

"그래도 좀 달라진 것 같지 않아?"

"뭐가요?"

"이 서방 말이야. 정원이 뒤에 숨지 않고 직접 나타나서 분명히 상황을 밝혔잖아. 이제는 제법 어른이 된 거 같아 봬."

"달라지긴 뭐가 달라져? 내 눈에 이전하고 다른 게 하나도 없더만!"

뿔이 나서는 은정 여사가 다시 애꿎은 남편을 상대로 때늦은 화풀이를 해 댔다.

"당신도 그거 안 좋아. 어른이면 좋고 나쁜 거, 옳고 그른 거는 기본적으로다가 분별을 해야지 말이야! 무작정 좋은 쪽으로 해석하고 다 긍정적으로 좋다 옳다 해 주니까 정원이 저게 도통 천지 분간 못 하고 전부 무조건 좋은 쪽으로 생각하고 또 저 인간한테 무작정 말려들었잖아."

"사람을 앞에 두고 어떻게 나쁜 쪽부터 생각하나, 이 사람아?"

민호가 침대에 앉으며 아내의 손을 잡고 도닥였다.

"자네도 그렇게 평생 살았으면서 왜 그래? 그리고 이제 와서 우리 생각이 뭐가 중요해? 돌이 좋다는데. 이혼 그 무렵 온갖 소동 다 겪고도 여전히 좋다는데 어쩔 거야? 이 서방이 그때 그런 행동을 한 이유도 알았구, 이해 못 할 것도 없지 뭐. 상처 입고 난리 나도 둘이 알아서 감당하겠대. 우리가 어떻게 반대한다 해도 절대 못 헤어진대. 그럼 어떡해? 다 끝난 거지."

"어이구, 속 터져. 정말!"

"그만 진정하고 빨리 준비합시다. 간만에 예쁘게 차려입고 나갈 일 생겼잖아. 결혼기념일에 사 준 다이아 반지도 끼고, 제일 좋은 핸드백도 들고 가. 나는 당신이 예쁘게 차려입으면 참 좋더라."

"온통 주름만 자글자글한 아줌마가 찍어 발라 봤자? 차려입어 봤자? 흥."

말은 그리하면서도 은정 여사가 마지못해 몸을 일으켰다.

느닷없이 나타난 승주와 정원이 일으킨 태풍에 얼이 쏙 빠지고 열통 터져서 속이 썩어 나가긴 했지만, 이번 초대를 받고 민호보다 더 설레면서 기대를 하고 있었던 건 은정 여사였다. 일반 서민이 한국에서, 아니, 세계에서도 손꼽히는 대재벌 저택으로 언제 초대를 받아 보겠는가?

"다른 날도 아니고 하필이면 이렇게 좋은 날 갑자기 나타나서 초를 치고 말이야. 눈치 없고 속 터지게 하는 거 하나도 안 변한 거 봐라. 인간이 여하튼 고쳐 쓰는 거 아니랬는데, 정말."

끝까지 입이 튀어나와선 웅얼웅얼하며 은정 여사가 옷장 문을 열었다.

"당신도 얼른 씻어요."

"알았어."

"나갈 때 그 화상이 들고 온 꾸러미라도 한번 걷어차 줘야겠어. 내가 그딴 걸 사위랍시고 애지중지했던 게 너무 분해서 그거라도 걷어차야 화가 풀릴 것 같아."

은정 여사가 넥타이까지 맞춰서 민호의 양복을 꺼내 놓고는 안방 욕실로 들어가며 끝까지 구시렁거렸다.

* * *

논현동 봄봄 공원.

동네 안 공원인지라 제법 많은 사람들이 한가로운 휴일 오후를 즐기고 있었다.

피크닉 매트를 펼쳐 놓고 드러누워 있는 사람. 강아지를 산책시키는 할아버지. 손을 꼭 잡고 나무 그늘 사이를 춤추듯이 걸어가고 있는 연인들.

그 사람들 중에는 집에서 쫓겨나다시피 해 일단 피신한 승주와 정원도 있었다.

"이것 좀 마셔."

승주가 정원에게 근처에서 사 온 카라멜 마끼아또를 내밀었다.

"커피가 아니라 안정제가 필요한 것 같아."

정원이 한숨을 폭 내쉬며 중얼거렸다. 말은 그러면서도 질릴 정도로 다디단 음료를 영혼의 치유약처럼 단숨에 죽 빨아들였다.

"휴우, 단 게 들어가니까 이제 정신이 좀 드네."

그녀 앞에 서서 가만히 지켜보던 승주도 비로소 정원이 앉은 벤치 옆에 앉았다. 그러곤 그녀를 살짝 끌어당겨 자신의 어깨에 기대게 만들었다.

"내가 지금 엄마 아빠한테 엄청 미안은 한데……."

"그래."

"한편으로는 되게 홀가분한 마음도 들어. 솔직히 당신 다시 만나면서부터 늘 마음 한구석에 돌덩이가 쌓인 것같이 답답한 게 있었거든."

"그런데 이제 부모님께 확 밝혀 버리니까 그런 부담감이 사라졌어?"

"응. 그런 거지 뭐. 당신은 어때?"

"나도 똑같지. 근데 아버님은 참 끝까지 좋으신 분이야."

"왜?"

"난 솔직히 한 대 맞을 각오하고 당신 집 문을 넘었거든. 그런데……."

말을 하다 말고 승주가 갑자기 목이 메어서 헛기침을 했다.

정말 괘씸하고 노여운데, 그렇다고 남의 집 귀한 자식을 함부로 막 대할 수가 없어서 마지막 바닥은 보이지 않으려 애쓰던 민호의 모습이 떠올라서였다.

또한 자기 자식 역시 지금껏 한 번도 손대지 않고 곱게 키워서 정원에게도 손찌검을 못 한다 했다.

대신 자신의 뺨을 후려치며 부모 된 스스로를 꾸짖고 화를 내는 민호의 모습 앞에서 승주는 구멍이 있다면 그리로 빨려 들어갔으면 싶었을 정도로 충격을 받았고 동시에 부끄러웠다.

자신이 정원과 다시 만난다고 하자 전화를 통해서 온갖 막말을 내뱉던 어머니 나서희가 아니었던가. 무조건 남 탓, 정원 탓으로 치부하고 온갖 모욕과 화풀이를 서슴지 않던 천박한 반응이 겹쳐져서 너무 부끄러웠다.

처음에 승주를 마주한 민호가 울컥 화를 내고 노여워한 건 승주도 각오한 바, 너무 자연스럽고 당연한 반응이었다.

하지만 처음의 흥분과 격앙이 끝나자 민호는 두 사람을 앞에 앉혀 두고 꾹 참으면서 찬찬히 그들의 이야기를 끝까지 들어 주려 애를 썼다.

이해할 수 없다 해도 딸이기에, 사랑하기에 어찌하든 감싸려 하고 안아 주려 하고 품으려 하던 민호의 그 어른스러운 태도. 승주에겐 민호와 나서희 두 사람의 극과 극 반응이 양가 집안이 가진 격 차이로 느껴졌다. 인간이 가진 기본적인 예의와 품격의 차이 말이다.

"연애는 원래 낭만적이라던데."

그녀의 시선은 저만치 떨어진 곳에서 피크닉 매트를 펼쳐 놓고 서로의 팔을 베고 누워서는 지그시 서로의 얼굴만 바라보고 있는 연인들에게 꽂혀 있었다.

"꿀이 뚝뚝 떨어지네. 아주 그냥……."

정원이 한탄하듯이 중얼거렸다. 은근히 얄미운 감정이 치솟았다.

남들은 저렇게 애틋하고 꿀이 뚝뚝 떨어지고 꽃잎이 흩날리는데 우린 이게 뭐지. 전남편과의 이 연애, 낭만의 척도에서 보자면 괜찮은 걸까.

"우리 연애, 너무 일상 냄새가 많이 나. 그렇지 않아?"

"두 번째라서 그래. 뭔가 내가 미안하네."

"하긴 결혼해서 같이 살면서 온갖 일들에다가 별의별 꼴을 다 겪었으니까……."

나직하게 중얼거리는 정원의 말 속에는 약간의 체념과 한탄이 섞여 있었다. 승주도 동의할 수밖에 없었다.

"그런 우리가 다시 만났으니 아무래도 첫 연애 하는 사람들하고 같을 수는 없겠지."

"그래도 조금 노력해 달라고요."

정원이 입술을 쭉 내밀고 승주에게 투정 부렸다.

"우린 아직 부부가 아니야. 부부여서 겪는 곤란한 문제를 지금부터 같이 해결하고 싶지 않다고. 아직은 그냥 짜릿하고 달콤한 연애만 하고 싶어."

"알았어. 명심하고 노력할게."

"거실에서 아빠랑 둘만 있을 때, 무슨 얘기 했어?"

정원이 궁금해서 승주에게 물었다.

그녀가 침실에서 은정 여사에게 온갖 구박을 받고 있을 때, 거실에 남아 있던 두 남자는 과연 무슨 대화를 나누었을까.

"아빠가 '이 서방'이라고 그랬을 때, 뭐 좀 잘되었구나 생각은 했지만. 아빠가 뭐라셔?"

"당신 만나는 계획 말고 앞으로 뭐 할 작정이냐고 물으셨어."

"그래서?"

"의사로서 살아갈까 한다 말씀드렸어. 이번 달 말까지 페이 닥터 일 끝내고 본격적으로 전공의 공부 시작하려고 한다고 말씀드렸어."

"진짜? 자기, 이제 진로를 정했구나."

"응."

승주가 아득히 머나먼 자신의 미래를 상상하듯이 허공을 바라보았다.

그런 모습을 건너다보던 정원이 나직하게 물었다.

"병원 경영 이어받는다고 와튼 가서 그 어려운 공부를 하고 왔는데. 아깝지 않아요?"

"아까운 걸로 치면 의학 공부가 더 아깝지. 무려 6년인데."

"어머님이 몹시 아쉬워하시겠어? 당신 로스쿨까지 마치게 하고 병원이랑 백화점 다 물려주실 생각이셨을 텐데. 그것만인 줄 알아? 대놓고 당신한테까지는 말을 안 했지만 정계로 보낼 생각도 있으셨다고."

그처럼 전 시어머니 나서희가 잘난 아들 승주에 대하여 품고 있던 미래 계획은 창대한 태양처럼 이글이글 화려했었다. 그게 지금 다 날아가 버린 셈이다. 이걸 알면 그녀는 얼마나 원통해할까.

"내 인생이야. 누가 내 인생을 미리 예단하고 설계해 주는 거 지긋지긋해."

승주가 잘라 말했다. 더 이상의 간섭이나 설계는 절대로 거부한다는 듯 그의 표정은 아주 결연했다.

"근데 결국 의사의 길을 걷기로 결정한 이유 물어봐도 돼?"

"누군가 살아 있고 행복해지는 걸 볼 수 있는 일 같아서."

"하지만 반대로 병이 낫지 않고 회복하지 못해서 결국 죽는 사람도 많이 봐야 할걸, 의사면. 힘들지 않을까?"

"힘든 순간들도 많겠지만 그만큼 살아간다는 일에 대하여 더 큰 소중함을 느낄 수 있을 것 같아."

"그렇게 생각한다면 나쁘지 않아. 당신은 공부도 잘하고 성실하니까 좋은 의사가 될 거야. 난 당신이 어떤 선택을 하든 지지하고 찬성하니까 열심히 하세요, 이승주 씨."

"전문의 따면 결혼할래?"

"뭐래?"

정원이 찰싹 승주의 손등을 내리쳤다.

"전공의도 못 한 사람이 벌써 전문의? 일단 따고 나서 말해. 여하튼 마음만 급해선?"

"당신, 싫다고 안 했다."

승주가 씩 웃으며 정원의 손을 꼭 잡았다.

"근데 아까 우리 집에 올 때 뭘 들고 왔어? 엄청 묵직하던데?"

"내가 잘 몰라서, 처가에 인사드리러 간다고 그랬더니만 백화점 직원이 같이 엄청 고민해 주면서 골라 줬어."

"그래서 뭐?"

"전복이랑 갈비."

"비싼 거 사 왔네. 엄마가 음식 재료를 좋아하시긴 해."

"어머니한테 맛있는 거 해 달라고 그래. 전복갈비찜 같은 거."

그때 두 사람 앞을 지나가는 엄마와 아이의 손에 우산이 들려 있었다.

"비가 오려나……?"

정원이 하늘을 우러러 바라보며 중얼거렸다.

"아침엔 맑더니만 갑자기 왜 이런대?"

"여름이잖아."

"장마 끝난 지 언젠데?"

승주가 먼저 몸을 일으키면서 정원 쪽으로 손을 내밀었다.

"잘못하면 비 맞겠다. 가자."

"어디 가?"

벤치에 앉은 그대로 정원이 승주를 올려다보았다.

"맛있는 거 먹으러 가자. 당신 오늘 너무 얼 빼고 많이 울어서 배고플 거 같아."

"어떻게 알았대? 사실 조금 배고파."

"좀?"

"아니. 많이. 근데 뭐 사 줄 거야?"

"뭐 먹고 싶은데?"

정원이 씩 웃더니 입술 모양으로 '이승주' 하고 말했다.

이에 승주도 싱긋 웃더니만 정원을 내려다보며 '나도' 하고 대답했다.

야하게 뜨거운 사랑을 나누고 싶다는 뜻이 아니었다.

이날 부모님께 승주와의 재회를 밝히는 건 두 사람 모두에게 있어 극심한 감정 소모를 요하는 일이었다.

현재 두 사람은 서로에게 향한 그 마음 하나만으로 온갖 우여곡절을 함께 넘어가고 있다. 승주는 정원에게 있어 연애 중인 전남편이 아니라 악전고투를 함께 치르는 든든한 동지였다.

그저 서로의 팔을 베고 누워 서로 말고는 아무것도 생각지 않고, 둘만의 세상 안에서 편안하게 눕고 싶었다.

"뭘 먹든지, 누굴 먹든지, 일단 일어나자. 진짜 비 올 것 같다."

날씨가 변하는 건 한순간이었다. 10여 분 상관으로 하늘은 어느새 진한 회색으로 변했고 제법 북적거리던 공원 안이 갑자기 적막해지고 있었다.

사람들 대부분이 비가 올 것 같은 예감을 공통적으로 느꼈나 보다.

저만치 떨어진 곳에서 피크닉 매트를 펼쳐 놓고 함께 누워서는 서로의 눈을 바라보며 둘만의 세상에 잠겨 있던 연인들도 재빠르게 철수하는 중이었다.

"아리수 호텔에 갈래요? 거기 지하 중국집 괜찮아."

"그래. 가자."

승주와 정원은 손을 잡고 얼른 공원을 나섰다. 그러나 늦었다. 공원을 나서자마자 한 방울 두 방울 떨어지는가 싶던 빗방울이 갑자기 미친 듯 거세졌다. 쏴아쏴아 퍼붓는 것도 모자라서 콰르르 쾅쾅 천둥 벼락도 쳤다. 삽시간에 세상은 어두운 폭우의 세상으로 변해 버렸다.

"으아! 큰일 났다."

"달리자. 저기 편의점에까지만."

승주가 조금이라도 정원에게 퍼붓는 비를 막아 주고 싶어서 손으로 그녀의 머리 위를 가리면서 소리쳤다.

두 사람뿐만이 아니었다. 우산 없이 나왔다가 갑자기 내리는 폭우에 놀란 사람들이 여기저기서 다급하게 뛰고 있었다. 50여 미터 앞 편의점까지 전속력으로 달려갔지만 이미 두 사람은 흠뻑 다 젖은 후였다.

"괜찮아? 잠깐만."

승주가 우산과 휴지를 사서는 음식 먹는 테이블 쪽에 서 있던 정원에게로 돌아왔다.

"얼굴이라도 닦아. 자."

"당신도 물에 빠진 생쥐 꼴이야, 뭐."

두 사람은 휴지로 급한 대로 얼굴과 머리를 대강 훔쳤다.

"엄마 아빠 보기엔 좀 민망하지만 다시 우리 집으로 가야겠다. 옷이 다 젖어 버려서. 갈아입어야지."

젖은 휴지를 쓰레기통에 버리던 정원이 승주를 돌아보며 실죽 웃었다.

"왜?"

"잘생겨서."

"뭐지? 이 맥락 없고 뜬금없는 멘트는?"

승주가 조금 어이가 없어서 되물었다.

"잘생긴 남자는 젖어도 잘생겼군. 역시 난 이승주 씨 얼빠인가 봐."

마냥 헤헤거리면서 정원이 라면 코너로 걸어가며 그를 돌아보았다.

"일단 엄마 아빠가 집에서 나가셔야 하니까. 여기서 라면 먹으면서 조금만 기다리자고요. 난 통통 우동 먹을래. 당신은?"

"난 다시마 라면."

분명 아까까지만 해도 호텔의 근사한 중식당에서 밥을 먹기로 했는데.

갑작스러운 소나기로 인해 두 사람의 메뉴가 졸지에 편의점 컵라면으로 바뀌었다.

"인생이란, 하. 역시 내 마음대로, 예상대로 이루어지는 게 아닌 거야."

"이것도 낭만적이야. 생각을 바꾸자고. 대신 라면 먹고 우산 샀으니까 비가 와도 괜찮아. 근사한 데 가서 맛있는 빙수 먹고 들어가자."

"콜!"

눈물로 시작해서 빙수로 끝난 고백의 시간이었다.

뭔가 엉망진창이긴 하지만, 기묘하기는 하지만 행복하고 또 조금은 허탈한 그런 날이 끝나 가고 있었다.

마음먹은 대로, 예상한 대로는 하나도 이뤄지지 않았지만 또 나름 나쁘지 않은 결말을 맞은 것 같은 안도감도 있다. 한나절 상관이었지만 온갖 희로애락이 다 겹쳐 흘러갔다. 인생사 축소판 같았다.

라면을 다 먹은 두 사람은 편의점에서 나와 우산을 쓰고 장대비가 오는 서울 골목길을 걸었다. 그저 우산을 쓰고 같이 걷고 있을 뿐인데 그 우산으로 얼굴이 가려져서 그런지 이 세상에 두 사람밖에 없는 듯한 호젓

함이 있었다.

갑자기 승주가 걸음을 멈추었다.

"정원아."

"응?"

"꽃 사 줄까?"

정원도 승주가 바라보고 있는 곳을 같이 바라보았다. 꽃집 유리창 너머에 우중충하게 비가 오는 날을 밝히듯이 온갖 화사한 꽃이 피어 있었다.

승주가 정원의 대답도 듣지 않고 성큼 꽃집에 들어가더니, 푸른빛이 감돌 정도로 진한 보라색 장미 다발을 들고 나왔다.

"블루 문이래, 이 장미 이름."

"예쁘다."

"영원한 사랑."

갑자기 이 무슨 뜬금없는 사랑 고백? 정원은 승주를 올려다보았다.

"이 장미 꽃말."

"아하. 피잇. 괜히 설렜네."

"계속 설레 줘. 내 마음이 그래. 말하긴 쑥스럽지만."

승주가 싱긋 웃더니 정원의 손을 꼭 잡았다.

"지금쯤이면 어머님 아버님도 집에서 나가셨겠지? 옷부터 갈아입고 빙수 먹으러 가자. 가장 큰 관문을 이 정도로 넘어갔으니까 자축해야지."

"근데 당신 옷도 다 젖었잖아. 축축할 텐데 어떡해?"

"그럼 당신만 집에 들어가서 옷 갈아입고 주차장으로 올래? 차를 거기 세워 놨어. 그냥 우리 집으로 가자. 가서 빙수는 배달시켜 먹고."

"응. 알았어. 근데, 우리 집 아니죠. '당신' 집이죠?"

"꼭 그렇게 구분 지어야 할까?"

"응. 나도 이제 2주 후에 당신 집 옆으로 이사 가니까 구분은 정확하게 하자고요."

정원의 말에 우산 안에서 승주가 우뚝 걸음을 멈추었다. 그의 눈이 반짝거렸다.

 "어. 당신, 진짜 우리 아파트 쪽으로 이사 와?"

 "응. 아침에 계약금 넣었어. 당신 집 옆 동."

 "완전 좋다. 이제 더 자주 보자고. 환영해."

 정원을 내려다보는 승주의 얼굴에 햇살처럼 행복한 웃음이 떠올랐다.

13

데이지 백화점 회장실.

전자 결재 서류에 사인을 하면서 나서희는 전화를 받았다.

—엄마, 저예요.

"그래."

나서희는 돋보기를 벗고는 창 쪽으로 자리를 옮겼다.

아침에는 멀쩡하던 하늘에 갑자기 구멍이 났는지 오후 되면서부터 빗줄기가 시작되었다. 회장실 창 너머로 장대비가 흐르고 있었다.

—저기, 해민이한테 아직도 연락 없죠?

윤민의 목소리는 조심스러웠다.

"관심 없다. 어디 호텔에라도 처박혀 잘 지내고 있나 보지."

나서희는 냉랭하게 내쳤다.

'이놈의 계집애. 여전히 고집 피운다 이 말이지?'

해민이 가출이랍시고 집에서 뛰쳐나간 후 벌써 일주일이 넘었다.

뛰어 봤자 벼룩이라고, 건방 좀 떨다가 금세 정신 차리고는 머리를 숙인 채 기어들어 올 것이다 생각했는데 지금껏 감감무소식이었다.

'괘씸한 것 같으니라고.'

해민이 그리도 당당하게 반항하며 이렇게까지 뻗대고 있을 수 있는 이유는 뒤에 버티고 있는 남편 영국 때문이다 싶어 화가 더 났다.

그 지긋지긋한 유리와 다시 만나고 있다고 다시는 방해 말라며 소리치던 승주나, 별 시답잖은 놈과 사랑 운운하며 반항 중인 해민이나, 제멋대로 일방적인 이혼을 선언하고 집을 나가 버린 남편 영국이나, 그들 전부가 목에 걸려서는 뺄 수도, 도통 내려가지도 않는 딱딱한 생선 뼈처럼 그녀를 힘들게 만들고 있었다.

팽팽하게 당겨진 고무줄같이 전혀 말랑해질 기미가 보이지 않는 제 엄마의 반응에 윤민도 난처한지 한숨을 쉬었다.

"그나저나 넌 내가 부탁한 거 알아봤어?"

―저기, 그게…….

"왜, 기억 안 나? 양평에 있다는 그 집엘 가 봤다며? 어딘지만 말해. 엄마가 찾을 테니까."

나서희는 윤민에게 양평 민호의 집이 어딘지 말하라고 다시 채근했다.

유리 그딴 계집애 하나를 상대해서 끝날 문제가 아니었다. 아예 그 집 부모를 만나서 딸년 관리 잘하라고 초반에 작살을 내야 할 것 같았다.

그런데 무슨 이유에서인지 수화기 안에서 윤민이 다소 멈칫거렸다.

―엄마, 이거는 그냥 제 생각인데. 굳이 그분들하고 만날 필요가 있을까요?

며칠 전만 해도 당장 나서희와 함께 달려가서 유리와 그 집안을 박살 낼 것처럼 서슬 퍼렇더니만? 확 달라진 윤민의 목소리에 나서희는 울컥 짜증이 돋았다.

"무슨 소릴 하는 거야? 그럼 우리 승주가 그딴 계집애하고 다시 얽히는 걸 가만 두고 보라는 거니?"

—그런 뜻이 아니라. 저기, 엄마, 아시다시피 제가 지인 씨랑 친하잖아요.

"우리 승주 일하고 네가 오 대표와 친한 게 무슨 상관이라고 그래?"

—지인 씨가 양평 그 양반하고 엄청 가까운 사이라 그렇죠, 뭐.

전 바깥사돈 민호와 혜성 그룹 대표 오지인이 가까운 사이라니.

나서희는 놀랐기도 하거니와 도통 이해를 할 수가 없었다.

전 사돈 민호의 존재는 나서희에게 있어 기껏 냄새나는 고물상 출신에 고졸짜리 사이비 화가 놀음이나 하는 인간에 불과했다. 인척은커녕 같은 자리에 앉는 것도 불쾌하고 말을 섞는 것조차 싫고 부끄러운 존재였다.

—며칠 전에 지인 씨하고 같이 골프를 쳤는데 말예요. 얼마 전에도 태형일 데리고 양평 그 집엘 놀러 갔노라고 자랑하더라고요. 집에까지 초대해서 식사도 같이했대. 인생의 멘토라나, 뭐라나. 엄청 신이 나서 이야기를 하는데, 내가 거기다 대고 그래 봤자 고물상 출신 비주류 화가 아니냐고, 그런 사람이 멘토라니 참 수준 낮다고 비웃고 싶었지만, 내가 지인 씨한테 그런 말을 함부로 할 입장은 아니니까.

"그건 그렇지."

—여하튼. 우리 집안하고 그 집안이 이상하게 얽힌 걸 지인 씨가 알아서 좋을 건 없잖아요. 게다가 만에 하나 엄마가 그 집엘 찾아가서 한바탕하게 되면 소문이 안 날 수가 없단 말이죠. 만에 하나 지인 씨 귀에 그런 말이 흘러 들어가면 우리 모임 안에서 내 이미지가 좀 안 좋아질 거 같아.

생각지 못한 변수였다. 혜성 그룹의 상속녀이자 사교계의 여왕벌 지인의 멘토가 뜬금없이 전 사돈인 민호라니. 나서희의 가치관으로선 도저히 받아들이거나 이해를 할 수가 없었다.

'대체 세상에 얼마나 사람이 없으면? 하!'

기껏 민호 같은 이를 두고 '선생님'으로 모시며 인생 멘토 대접을 하며 찾아가고 같이 어울린다니. 돈만 많다 뿐이지 수준하고는 참! 콧방귀라도 날리고 싶을 정도였다.

"그래서 넌 그냥 가만 두고 보라는 거야?"

—그런 뜻은 아니지만요, 조금은 신중하시란 말씀을 드리는 거예요. 승주가 유리 고것하고 당장 결혼을 하겠다는 것도 아니고 같이 살겠다고 드러누운 것도 아니잖아요. 우리가 먼저 설레발을 치면서 둘을 떼 놓아라 그 집안에 쳐들어가서 난장을 부리는 게 좀 그렇단 말이죠. 이게 소문이 나면 우리 체면만 깎일 듯싶어요. 연준 아빠도 그런 말을 하던데…….

"연준 아비도 그런 말을 해?"

—네. 제가 어제 그이한테 말을 했더니, 그이가 정색을 해요. 나나 엄마가 쓸데없이 너무 오버한대요. 왜 남 일에 자꾸 끼려 하느냐고 한 소리 들었어요.

"우리 승주가 왜 남이야? 송 서방은 말을 왜 그렇게 해? 섭섭하게."

—뭐든 조심해서 나쁠 것 없다는 뜻이겠죠. 시끄러워질 일은 벌이는 게 아니라고 자꾸 그러네요. 벌이 안 보인다고, 함부로 벌집을 쑤셔 대는 건 아니래요.

나서희는 잠시 침묵한 채 가만히 머리를 굴렸다.

사위 현석까지 나서서 벌집을 쑤셔 대지 말라고 했다니 어쩐지 마음이 걸렸다.

그녀의 침묵이 섭섭함의 표현이나 압박으로 느껴졌는지 윤민이 다시금 나서희를 설득하려 애를 썼다.

—제가 송 서방이나 지인 씨 눈칠 보는 건 아니지만 뭐 그렇다고요. 사실 내 입장이 좀 그래요. 만에 하나 엄마가 그 집안하고 한바탕 붙을 일이 생겨도 가능한 한 자존심 안 상하게 하는 쪽으로 부탁해요. 사람이 악에 받치면 무슨 짓을 저지를지 모른단 말이에요. 그 양반이 지인 씨한테 승주 이혼이며 그런 일들, 우리 집하고 얽힌 일들을 제멋대로 각색해서 토설해 버리면 난 지인 씨 앞에서 조금 낮이 없어진다는 말이죠. 엄마도 알다시피 지인 씨부터 해서 우리 모임 사람들 다, 그게 뭐든 체면 잃고 사람들 입에 오르

락내리락하는 일을 제일 꺼려 하거든요.

아무래도 혼자 해결할 수준은 아니었다. 결국 나서희는 일단 영국부터 만나 이 문제에 대한 공동 노선을 정하고 담판을 지어야겠다고 마음먹었다.

나서희로서는 무르고 못난 영국이 승주와 유리가 다시 만나는 것을 묵인하고 인정해 주었기에 오늘의 이 사달이 일어났다고밖에 생각이 들지 않았다.

그러나 나서희가 정말 큰마음 먹고 전화를 걸었지만 영국은 받지 않았다.

'이 인간이 정말?'

일방적 이혼을 선언하고 집을 나간 이후 이제 보란 듯 대놓고 그녀를 무시하고 있었다.

뚜르르르 뚜르르르, 계속 공허하게 울리는 신호를 들으면서 나서희는 너무 같잖고 미워서 이가 갈렸다.

자존심이 상할 대로 상했지만, 어쩔 수 없이 이를 악물면서 나서희는 영국에게 문자를 남겼다.

[승주 문제 때문에 이야기할 게 많아요. 연락 줘요.]

두어 시간이나 지나서 느직이 답장이 날아왔다.

[지금 삿포로야. 돌아가서 연락하지.]

기껏 온 답장이란 게 나서희를 더 열통 터지게 만들었다.

사람 속을 이토록 뒤집어 놓고 자신은 영 무관하다는 듯 유유자적 해외여행?

또 어떤 계집년을 끼고 날아가 저 홀로 신선놀음 중인 건지. 그가 앞에 있다면 얼굴을 확 쥐어뜯어 버리고 싶었다.

'아, 골치 아파.'

자신도 모르게 두통약을 찾게 되는 요즈음의 현실에 나서희는 기가 막혔다.

남 부러울 게 하나 없던 자신이 어쩌다가 이런 처지가 된 건지, 생각을 하다 보니 다시금 이 모든 사달의 원인이 된 전 며느리 유리가 미워서 견딜 수가 없을 지경이었다. 악연이라 치면 세상 이런 지독한 악연도 없는 것 같았다.

'여하튼 두고 봐, 어디!'

일단은 잠시 참자, 조금은 침착하자, 스스로를 달래며 나서희는 지그시 이를 물었다. 여하튼 영국을 만나면 따져 물을 게 한두 가지가 아니었다.

그때 똑똑 노크 소리가 나고 비서가 들어왔다.

"회장님, 오늘 점심 식사는?"

"난 곧 나갈 거야. 차 대기시켜요."

"알겠습니다."

그녀가 막 회장실을 나가려는데 비서가 회장님, 하고 뒤에서 불렀다. 그녀는 책상 위에 놓인 업무용 전화기를 들고 있었다.

"무슨 일이지?"

"연락이 안 된다고 하시네요. 전화 좀 받으시라고 전해 달라고 하십니다."

핸드백에서 꺼내 본 휴대 전화 액정에 희영의 부재중 전화 알림이 몇 건이나 떠 있었다. 다시 책상 앞으로 돌아간 나서희는 비서의 손에서 전화기를 건네받았다.

"죄송해요. 무음이라서 못 들었어요."

─상관없어. 저기, 승주 선본 아가씨 말이야.

"네."

─도통 승주하고 연락이 닿질 않는다고 해. 네 전화번호를 묻는구나.

"그쪽에서요?"

─그래. 아가씨가 제 엄마까지 동원해서 승주하고 연락을 하고 싶어 하네.

"그 정도로 우리 애가 마음에 들었대요?"

─그러게 말이야. 여하간 난 소개해 준 죄가 있으니 중간에서 좀 난처하구나. 다시 만나든지, 아니면 제대로 거절을 해 주든지 해야 서로가 깔끔하지 않을까 싶어서 말이야.

"저도 좀 난처하네요. 아가씨 만난 사람은 승주지 제가 아니니까. 제 마음에 든다고 승주 뜻하고는 상관없이 그 아가씨에게 함부로 연락을 할 수도 없잖아요. 일단 아가씨에게 제 전화번호라도 알려 주세요. 저도 그 아가씨 얼굴을 한번 보고 싶네요."

전화를 끊으면서 나서희의 기분이 조금 풀렸다.

'이렇게 괜찮은 집안 아가씨들이 여기저기서 좋다고 난리들인데, 하필이면 그딴 계집애에게 게 꽂혀선. 아후, 짜증 나.'

잠시 가라앉으려 하던 두통이 다시 시작되었다.

퇴근을 하기 위해 나서희가 회장실을 나와 엘리베이터를 타려는데 어디선가 소란스러운 소음이 들려오고 어수선한 기척이 느껴졌다.

이게 뭐지 하는 표정으로 나서희가 수행 비서를 돌아보았다. 그가 지은 죄도 없는데 자라목이 되면서 보고했다.

"지금 필리퍼 매장 안에서 약간의 소란이 벌어졌다는 보고가 있습니다."

"필리퍼에서? 무슨 일인데?"

필리퍼는 데이지 백화점 8층에 위치한 슈퍼 하이엔드 명품 브랜드이다. 대부분 비서까지 대동하고 나오는 상위 0.1퍼센트 VIP들이 주로 드나드는 최고급 매장 안에서 온 백화점이 떠나갈 듯 큰 소동이 벌어졌다니, 이해가 되질 않았다. 자신도 모르게 나서희는 눈살을 찌푸렸다.

"어떤 VIP님께서 직원들과 매니저를 상대로 난동을 부린다는데요."

"어느 정도야?"

"그게……."

나서희의 차가운 시선 앞에서 비서가 아까보다 더 쩔쩔매며 상황을 설명했다.

"제품이 마음에 들지 않는다고 매니저 뺨을 때리고 얼굴에 침을 뱉었답니다."

"정말이야?"

"네. 결제 카드도 블록이 되어 있어서 더 크게 화를 내시고 있다는데요……."

자신의 결제 카드가 블록 상태인 걸 왜 애꿎은 매장 직원에게 화를 내는지 알다가도 모를 일이었다. 백화점 악성 고객들의 진상 짓거리는 갈수록 해괴해지고 있다고 생각했다.

"아마도 취중 쇼핑 같다고 합니다."

그때 비서의 전화가 울렸고 그가 통화를 한 다음, 다시 보고했다.

"방금 전에 그 VIP를 수행한 운전기사가 와서 사과하고 상황을 정리 중이라고 하네요. 회장님께서 신경 쓰실 정도로 심각한 상황까지는 아닌 것 같습니다."

"심각한 상황이야, 고 과장."

나서희가 미간에 주름을 만들며 비서를 응시했다.

"그 고객 상황 정리는 끝났다지만 같은 시간, 주변에서 쇼핑 중이던 다른 고객들 기분은 어떻겠어? 즐거운 하루를 망친 거나 다름없잖아. 하물며 필리퍼를 드나드시는 고객들은 보통 수준이 아니라고. 이런 안일한 인식, 다른 직원들도 마찬가지야? 그렇다면 큰 문제인데?"

나서희의 냉정한 지적에 비서가 당황한 표정으로 깊이 고개를 숙였다.

"아, 네. 마, 맞습니다, 회장님."

"일단 내일 필리퍼 매니저하고 면담 좀 해. 정확한 상황을 파악해야지."

"알겠습니다."

"세상이 다 미쳐 돌아가는 거야, 뭐야? 요즈음 이런 진상들이 왜 이렇게 많이 출몰하는 거야? VIP 의전팀은 또 뭐 하고 있었대? 고객 응대 관련 교육에 대해서 더 신경 쓰라고 관련 부서에 지시해요."

"알겠습니다, 회장님."

나서희가 밖으로 나가자 대기하고 있던 승용차가 앞에 멈추었다. 차를 타려던 그녀는 백화점 VIP 노상 주차장에서도 아까 매장에서 느꼈던 어수선하고 소란스러운 분위기를 다시 느꼈다.

'저 여잔가?'

차를 타고 주차장을 빠져나가던 나서희는 차창 너머로 연출되고 있는 꼴불견 광경을 목격했다.

제발 진정하고 차에 타시라 애원하는데 안 탄다, 날 내버려 둬라, 화를 내며 실랑이를 하던 여자가 갑자기 우산을 받치고선 배웅 중인 VIP 의전팀 성 차장에게 삿대질을 시작했다.

그것만으로도 도무지 분이 풀리지 않았나 보다. 자신은 비를 맞으면서도 끝까지 우산을 씌워 주려는 성 차장도 모자라서 함께 진정시키려 애를 쓰던 늙은 운전기사 뺨을 망설이지 않고 철썩 올려붙였다. 정말 목불인견이 따로 없었다.

자기 말고는 세상 위에 아무도 없다는 듯 안하무인인 그 젊은 여자를 곁눈으로 흘겨보며 나서희는 속으로 혀를 찼다.

'시장 바닥에서 생선 파는 이도 저런 악다구니는 안 하지. 뭐야, 저게? 저렇게 배워 먹지 못한 짓거리를 백주대낮에 하고 있다니, 저딴 건 출입도 못 하게 막아야 하지 않나? 우리 백화점 수준이 바닥으로 떨어지는 것 같아.'

하지만 최고 매출을 올려 주는 소수의 VVIP는 백화점에서의 왕이다. 아무리 더럽고 치사해도 잘 달래고 얼러서 더 이상의 문제를 만들지 못하게 하고 고이 돌려보내는 것이 VIP 의전팀의 기본적인 의무였다.

'돈도 격에 맞게 쓸 줄 알아야지. 저런 것들이 나돌아 다니니까 사람들이 돈 많은 사람들에 대한 인식이 자꾸 나빠지는 거지. 아휴, 꼴불견이야. 어떤 집 딸인지 정말 꿈에 볼까 겁나네.'

나서희는 조수석에 앉아 있는 수행 비서를 불렀다.

"고 과장."

"네, 회장님."

"아까 그 악성 고객 건 말이야. 조사 끝나면 어떤 조치든 해야지 싶어. 그걸 묵과하다간 직원들 사기에도 영향이 갈 것 같고, 우리 백화점 명성에도 누가 될 것 같아. 신원 파악해서 삼진 아웃 조치 정도는 통보해야지 않나?"

"알겠습니다."

"방금도 보니까 VIP 의전팀 성 차장이 봉변을 당하는 것 같던데. 일 잘하는 그이한테 날벼락 아닌가? 내일 좀 보자고 해."

"네. 연락하겠습니다."

다음 날 아침.

회장의 호출을 받은 VIP 의전팀 성 차장이 회장실로 들어왔다.

"어제 필리퍼 매장 일이며 주차장에서의 일은 대체 뭐야. 뭐가 어떻게 된 거지? 성 차장."

"면목 없습니다, 회장님."

"추궁하고자 부른 게 아니야. 상황을 묻고 있는 거지."

"저희 팀 불찰입니다. 좀 더 용의주도했어야 했습니다. VIP인 걸 미리 인지하지도 못해서 서포트하지 못한 불찰 말입니다."

"성 차장은 블랙 로즈 멤버십, VIP 신상에 대해서 나보다 더 많이 꿰고 있잖아. 그런데 그 고객이 VIP라는 걸 파악 못 했다고? 말이 안 되지."

"그게 저어, 그 VIP분 정보가 저희 회사에 없습니다. VIP이신 모친의 카드를 사용하셨어요."

"그런데 정작 사용하려고 하다 보니 그 카드가 블록 상태였고? 그때부터 폭언이며 난동이 시작되었다?"

"그렇습니다."

"어쨌거나 어제 상황 진정시키느라 고생이 많았다고 들었어요. 힘들었겠어."

"아닙니다."

말로야 아니라 했지만 늘 온유하고 충직한 성 차장의 얼굴에는 어제의 찌든 피로감이 그대로 남아 있었다.

그때 노크 소리가 나고 비서가 들어왔다. 명함이 올려진 트레이와 함께였다.

"뭐지?"

명함에는 대영 그룹 회장 직계와 꽤 가까운 조카 반열이자 얼마 전 승주와 맞선을 보았던 '조영화'의 이름이 적혀 있었다.

그 집 어머니까지 직접 나서서 승주와 다시 연락을 취하려고 안달한다는 말을 미리 전해 들었다. 먼저 그녀에게 연락을 시도할 거라고 생각했는데, 하루 상관으로 곧바로 직접 만나러 올 줄은 어지간한 나서희로서도 예상치 못한 상황이었다.

"안으로 모셔요. 그리고 성 차장은 이만 나가 봐요."

묵례를 한 성 차장이 먼저 회장실을 나가고, 나서희는 몸을 일으켜 소파로 가서 앉았다.

잠시 후 비서의 안내를 받아 조영화가 들어왔다.

"처음 뵙겠습니다."

만만치 않겠어.

나서희가 영화를 본 첫인상은 그랬다.

격식에 맞게 차분해 보이는 베이지색 투피스 차림. 단아한 화장으로 공들여 가꾼 그 얼굴에 미소를 띠고 있었지만 공연 포스터나 공개된 사진 등을 통해서 본 모습보다 훨씬 더 기가 세고 강한 인상이었다.

"어서 와요, 조영화 씨. 이렇게 만나게 돼서 기쁘네요."

나서희가 의례적인 인사말을 건네자 영화가 방긋 웃었다.

"회장님은 절 봐서 기쁘신 것 같은데 저희 둘 사이에 존재하시는 그분은 어떨까 싶네요."

초면이니 어찌하든 격식 차린 인사가 먼저일 것 같은데, 아니었다. 망설임 없이 직격으로 날아온 영화의 답변이 날 선 비수 같았다.

기껏 한마디였지만, 추궁 같기도 했고 앙탈, 또는 꾸지람 같기도 했다.

초면이자 맞선 상대의 어머니에게 그런 감정을 들게 만드는 영화의 당돌함 앞에서 나서희는 어이가 없었다. 단순한 당돌함이 아니라 오만방자함에 가까웠다.

그러나 나서희는 억지로 웃는 얼굴을 풀지 않고 다시 상냥하게 물었다.

"아 참, 우리 승주하고 잘 만났어요? 괜찮았나 모르겠네, 두 사람."

"저는 괜찮았는데, 그쪽은 딱히 그래 보이지 않았어요. 제가 자존심이 좀 상했죠. 호호호."

"우리 애가 사교성이 많이 없죠? 공부만 하던 애라, 속맘도 잘 못 털어놓고 무뚝뚝하고."

"딱히 그렇지 않았어요. 하고 싶은 말은 상대 기분 생각지도 않고 잘도 하시던데요. 그래서 더 매력이 있으시더라고요."

'듣고 있으려니 가관이네? 대체 우리 승주가 만나서 무슨 말을 했기에 이 계집애가 나한테 이래?'

말을 섞을수록 더 무례하고 더 건방진 느낌이었다.

어이가 없어진 나서희가 살짝 미소를 지우며 캐물었다.

"우리 아들이 혹시 영화 씨에게 실례라도 저지른 건 아니죠?"

"이미 아시고 계시겠지만 실례를 저지를 만큼 오래도록 같이 있지 못했어요. 그런데 되게 곤란한 건."

영화가 처음의 느낌 그대로 기묘한 앙탈, 혹은 꾸지람의 분위기를 풀지 않고 정색한 채 나서희를 응시했다.

"저희 부모님께서 계속해서 이승주 씨에게 큰 관심을 보이세요. 이승주 씨에 대한 각종 정보를 요구하시는데 제가 아는 게 거의 없단 말이죠."

그래서 어머니이자 이번 맞선의 집행자인 당신을 찾아왔다. 그 뜻이었다.

나서희는 영화가 자신을 추궁하고 꾸짖기 위해 왔다고 느낀 처음의 직감이 정확했다는 것을 깨달았다.

이 당돌한 년 좀 보게, 싶었지만 나서희는 끝까지 미소 띤 얼굴을 고수했다.

"저런, 우리 승주가 너무 과묵했구나. 하긴 걔가 원래 자기 자신에 대해서 말을 잘하는 애는 아니에요."

"과묵하지 않았다니까요. 자기 이혼 전말이며 전처에 대해서는 말을 잘하던데요?"

망설이지 않고 영화가 다시 톡 쏘았다.

나, 너도 알다시피 천하의 대영 그룹 쪽 연줄이야. 이혼남 주제에 그런 나와 맞선 보러 나온 자리에서 감히 네 아들이 날 기분 더럽게 만들었다고. 그러니까 사과해, 하는 눈빛이었다.

"이승주 씨 이혼, 꽃뱀에게 걸린 사기 결혼이 아니라던데요. 사랑해서 결혼했고 살다 보니 잘 안 맞아서 이혼했다던데. 왜 자기가 처음 보는 사람에게서 자신의 인생과 전처에 대한 악의적 정보를 듣고 있어야 하냐면서 정색하고 화를 내더라고요. 저도 당황했어요. 제가 들은 이야기하고 너무 달라서 제 쪽이 사기당한 기분까지 들더라니까요."

분명히 조영화는 입을 가리고 웃고 있는데 나서희에게 그 웃음소리는 누군가를 찌르는 날카로운 칼날같이 느껴졌다.

"저런, 그런 일이 있었구나. 아무래도 맞선을 주선하는 사람들은 양가 속사정을 깊이 아는 경우가 없으니까. 아는 만큼 말을 전하다 보니 그럴 수도 있겠네. 조영화 씨가 당황했다니 내가 대신 사과할게요."

"어머니이신 회장님 잘못도 아닌데 아들을 대신해서 사과를 하시는 것도 이상하죠. 그래서."

갑자기 영화가 정색한 얼굴을 풀고 사람이 변한 것처럼 활짝 웃었다.

어지간한 나서희조차도 감당하기 힘들 만큼 진한 흑장미 향기가 확 퍼지는 것 같았다. 삽시간에 표정이 변하는 게 너무나 확연한 이중인격 같아서

흠칫 놀라게 만들었다.

"제가 아드님을 만나고 나서, 사전에 얻어들은 것보단 더 관심을 갖게 되었는데요. 이젠 우리 부모님까지 이승주 씨에 대한 관심이 엄청 커졌단 말이죠. 그래서 저도 이승주 씨와 다시 연락을 취하고 싶은데 유감스럽게도 그쪽에서 제 번호를 차단하신 것 같더라고요."

"알았어요. 제가 우리 승주한테 영화 씨에 대해서 물어볼게요."

"제가 직접 물어보는 게 더 빠르지 않을까요?"

"미안한데, 우리 아들이 조영화 씨 번호를 차단한 게 확실한가요?"

"그럴걸요? 제가 지금까지 몇십 통이나 전화와 문자를 보내 봤지만 한 번도 답이 오지 않았거든요."

그 아무리 호감이 생겼다 해도 연락을 받지 않는 맞선 상대에게 무작정 몇십 통의 전화와 문자를 퍼붓는다, 라? 이 여자 뭐지, 스토커 기질 아냐? 싶었다.

하물며 그 연락이 무시당했다고 상대 어머니에게 항의하러 찾아온 건 절대 상식적이지 않았다. 듣고 있는 나서희조차 어떤 기묘한 섬뜩함에 등골이 오싹했다.

"그래요? 그렇담 우리 승주가 전화를 작정하고 안 받는다는 건데. 이건 결국 조영화 씨하고 다시 만날 의사가 없다는 거 아닐까요? 아들이지만 나이 서른 넘은 성인에게 아무리 부모라도 강요할 순 없어요."

그 순간, 나서희는 그때까지 조영화가 억지로 쓰고 있던 가식적인 품위와 이성이라는 가면이 확 벗겨지는 것을 실시간으로 목격했다.

내가 누군지 알잖아? 나 조영화야. 네가 뭔데 감히 나를 이딴 식으로 하찮게 대접해? 그런 뜻일까? 광기조차 품은 듯 눈빛이 새카맣게 변하고 표독하기 이를 데 없는 표정이 되어 그녀가 내뱉었다.

"유감이네요. 이승주 씨는 제가 대영 그룹 쪽 사람이라는 걸 완전히 잊어 버리신 것 같더라고요."

"우리 애가 집안 배경보다는 사람 자체를 더 많이 보는 애라서 그런가 봅니다."

순간 영화의 얼굴에 서린 불쾌함이 사악하게까지 느껴지는 모욕감으로 싹 번졌다. 한 치의 망설임도 없이 나서희에게 대놓고 표독하게 쏘아붙였다.

"거절은 더 예절 바르게 해야 하지 않나요?"

"물론이죠. 거절은 오히려 더 정중해야 하는 거죠. 주선자에게 전화해서 정확하게 본인 의사를 밝히라고 말해 둘게요. 하지만 그 전에 먼저 우리 아들이 굳이 영화 씨에게 연락을 해서 사과해야 할 일을 저지른 건 아니죠?"

"맞선 볼 마음도 없는데 나와서는 제 시간을 낭비하게 하고 쓸데없이 마음 상하게 만들었으니 유죄 아닐까요?"

순간 나서희는 가능하다면 건방지고 오만무도한 영화의 얼굴을 후려쳐 버리고 싶었다.

하지만 그녀는 끝까지 미소를 지우지 않으면서 영화에게 나직하게 되물었다.

"미혼 남녀가 맞선을 본다고 해서, 다 좋은 결과가 나오는 건 아니잖아요? 그것쯤은 서로가 알고 나온 자리 아닌가? 어째서 그 당연한 사실을 유죄라고 따지는 걸까요?"

말만 없을 뿐이지 생각보다 취향이 꽤나 까다로운 승주가 첫 만남 이후 조영화의 전화번호를 당장 차단한 이유를 나서희는 금세 알 것만 같았다.

'괜히 줏대 없이 어름어름 다시 만나 보거나, 쓸데없이 연락하다 잘못 휘말리기보단 애초에 차단하는 게 백배 나아. 이건 현명했다고 칭찬해 줘야겠어.'

그 아무리 재벌가에 대한 속물적인 욕망과 자부심을 가진 나서희라 해도 예순 넘게 살아온 인생이 있고 기본적인 처세 감각이 있다. 그의 안목이며 연륜 또한 영 쓸모없는 맹탕은 아니다.

조영화는 아들 승주하고 절대로 어울리는 상대가 아니었고 인간적으로 조금이나마 엮여서도 안 될 사람이었다. 얼토당토않은 이유로 날벼락 같은 해코지를 당할 수도 있을 만큼 조영화가 풍기는 기운이 나빴다.

"결정된 결혼 계약도 아니고 그냥 맞선이었잖아요. 그렇죠? 거절은 이쪽에서든 저쪽에서든 쌍방에서 다 할 수 있는 거지. 서로 걸맞은 좋은 상대라고 해서 만났지만 각자 느낀 마음은 다를 수 있죠."

네가 아무리 잘난 척하며 대영 그룹이라는 배경을 들이민다 해도, 네 지금 꼬라지가 거절의 이유 그 자체다. 대영이 아니라 대영 그룹 할아버지래도 이 혼담은 없던 일로 해야겠어, 하고 나서희는 생각했다.

그 아무리 재벌가를 추앙하고 아들의 신분 상승에 집착하는 그녀라 해도 수용하고 받아들일 한계 수준이라는 게 있었다.

"우리 아들이 영화 씨가 가진 많은 게 부담스러웠나 봐요. 혼담에 있어 거절의 이유는 수천수만 가지라고 들었어요. 우리 아들이 먼저 거절하는 것 같다고 화내지 말고 영화 씨가 먼저 거절해 주면 되겠어요. 어차피 우리 아들, 나이만 먹은 이혼남인 데다가 무뚝뚝하고 거짓말도 잘 못하고 속세의 권력이나 돈, 그딴 것에는 딱히 흔들리지 않는 선비 같은 애라서요. 심지어 똥고집도 세서 어미 말도 안 듣는답니다. 그래서 제가 영화 씨를 도울 게 없어요. 미안해요."

나서희가 먼저 소파에서 일어섰다.

"찾아와 줘서 고마워요, 조영화 씨. 이삼 일 내로 모친과는 제가 통화를 해 보죠. 당사자가 나눠야 할 이야기도 있고 또 어른들이 나눠야 할 이야기도 있잖아요. 영화 씨 부모님이 우리 승주 때문에 애꿎은 영화 씨를 닦달하는 일은 없도록 제가 중간에서 잘 말해 보겠어요."

엄청난 모욕을 당한 표정으로 영화가 휙 몸을 돌렸다.

전혀 거리낌 없이 제 기분 그대로 화나고 기분 나쁜 표정을 가리지 못하고 나가 버리는 오만불손하고 안하무인인 영화의 뒷모습을 바라보며 나서희는 주먹을 꽉 움켜쥐었다.

처음으로 그녀는 승주의 맞선 상대가 안하무인에다 발칙하기 이를 데 없는 스캔들 메이커라고 영국이 경고했을 때, 조금은 귀담아들었어야 했다고 후회했다.

아까 회장실을 나갔던 성 차장이 들어온 건 그때였다.

"왜, 또 무슨 일 있어요, 성 차장?"

"죄송합니다, 회장님. 아무래도 이 말씀은 올려야 할 것 같아서……."

"응. 무슨 일이야?"

"방금 나가신 그 손님 말입니다."

"뭔데?"

"어제 필리퍼 매장에서의 그 트러블 VIP분이십니다."

순간 나서희는 너무 놀라 입을 딱 벌렸다.

이상하게 영화를 보던 처음부터 뭔가 근질근질 계속 불편하던 그 인상, 그 느낌이 대체 어디서 오는 걸까, 싶었는데 드디어 답을 찾았다.

스치듯이 지나쳤긴 하지만 어제 속으로 혀를 차며 못 볼 꼴이다 싶었던 주차장에서의 그 진상이 바로 조영화였다.

"맙소사."

나서희는 이를 악물고 진정하려고 애를 쓰며 손가락 끝으로 책상을 튕겼다.

'이건 정말 말도 안 되는 거잖아. 진상 수준을 넘었어. 승주 아빠가 상대할 가치도 없는 수준 이하라고 막말을 하더니만 진짜 상상을 뛰어넘는 미친년이었어.'

대박 보증 수표라고 생각한 맞선이 제대로 된 결실을 맺기는커녕 초장부터 엉망진창이 되어 버렸다.

부글부글 속이 끓어올랐지만 나서희는 그것을 풀 수가 없었다. 이따위 맞선을 주선한 희영을 원망하고 싶었지만 솔직히 그녀에게 정식으로 항의할 용기는 나지 않기 때문이다.

'네가 먼저 누구든 좋으니 재벌가 따님이면 좋다, 묻지 말고 소개만 시켜 달라고 성화를 부렸지 않느냐고 되물으면 나서희로선 할 말이 없었다.

'어쩌지? 맞선도 물 건너갔고, 내가 이렇게 손 놓고 우물쭈물하는 사이에 승주가 다시 그 계집애하고 재결합을 하겠다고 나서면? 날 찾아왔던 기세를 보아하니 둘이 몰래 혼인 신고를 다시 하고도 남을 판이었어.'

나서희로선 그게 가장 무서웠다.

하물며 이미 남편 영국마저 유리를 만났고 잘해 보라고 격려까지 했다고 하질 않는가? 숨이 차오르고 피부 아래로 화끈화끈 열이 올라 견딜 수가 없었다.

'그렇다고 방패막이로 저따위 안하무인 망나니 계집애를 들이밀 수도 없고, 나 참.'

이런 걸 두고 진퇴양난이라고 하는 것이었다.

* * *

세린병원.

일주일 만에 병원으로 출근한 영국이 책상 앞에 놓인 두툼한 서류 더미를 젖히며 사인을 계속했다. 그러고는 앞에 선 기획실장을 바라보았다.

"차에서 보니까 병원 결혼식 그거, 얼마 안 남은 거지? 관계자들이 왔다 갔다 하던데, 준비 상황은 어때?"

"잘되어 가나 봅니다."

"다행이군."

"오늘은 방송국 PD랑 같이 왔더라고요. 대표가 이사장님께 인사드린다고 잠시 기다리다가 나갔습니다. 설치 업체 사장하고 시간 약속이 되어 있어서 일단 실사 계측부터 끝내고 다시 인사 오겠다고 했습니다."

"인사는 뭘? 각자 자기 할 일만 제대로 하면 되지 뭐. 열심히 하고 있다니 다행이야."

기획실장이 영국에게 결혼식을 진행하는 업체 대표 정원이 지금껏 병원에 매일같이 드나들며 온갖 자질구레한 것까지 꼼꼼하게 조사하고 면밀히 준비하는 것 같다고 보고했다.

"원래 걔가 그런 걸 잘해."

마치 자신이 칭찬을 듣는 듯 영국이 흐뭇한 표정으로 대답했다.

"믿음직한 친구거든. 그런데 중환자실 환자 상태는 괜찮아? 행사에 참석할 만한 수준이래?"

"오히려 조금이지만 호전되고 있다고 합니다. 서 박사님 말론 조카 결혼식에 참석해야 한다는 것 덕분에 삶의 의지를 불태우는 계기가 된 것 같다구요."

"다행이군. 기적이 생겼으면 좋겠어."

"그러게 말입니다. 중병이래도 환자의 의지가 중요한가 봐요."

"보이진 않지만 마음과 몸이 연결되어 있다지 않아."

"오늘 방송 동선이 정해지면 내일부터 본격적으로 결혼식장을 꾸민다고 합니다."

그때 노크 소리와 함께 서류철을 들고 명신이 들어왔다.

"이사장님, 그동안 잘 지내셨나요? 이러다간 용안도 잊어 먹겠습니다."

명신이 먼저 허물없이 농담을 건네자 영국이 허허 웃었다.

"용안이라니, 이 사람아. 간만에 삿포로 가서 골프 치고 왔다. 역시 거긴 여름이 좋아. 나중에 조 부장도 바깥양반하고 한번 나갔다 와. 기분 전환이 될 거야. 내가 표 끊어 줄게."

"말씀만으로도 고맙습니다. 먼저 결재 부탁드려요. 올해 상반기 회계 자료입니다."

영국이 서류를 펼치며 명신을 힐끗 건너다보았다.

"조 부장도 들었지? 병원 결혼식 그거 우리 병원에서도 예산 지원을 조금 해 주기로 하지 않았어?"

"네. 주차장 이용료와 피로연장으로 사용되는 직원 식당 임대비 50퍼센트를 우리 쪽에서 지원하기로 했습니다."

"시시하게 뭔 50퍼센트. 그냥 다 해 줘."

영국이 시원하게 정리했다.

"기껏 몇백만 원일 텐데 그 정도는 해 줄 수 있잖아. 어차피 방송도 타고 우리 병원 홍보 자료로도 사용될 거 아냐. 이왕 해 줄 거, 크게 쏘라구. 가능하지?"

"굳이 선처하시겠다면 뭐, 홍보비로 지출 가능합니다."

"해 줘. 영 남도 아닌데."

"아, 네……."

계속 웃는 얼굴을 하기는 했지만 영국의 입에서 '남도 아닌데'라는 말이 나오는 순간, 명신은 속으로 헛기침을 삼켰다. 갑자기 온몸의 힘이 쑥 빠지는 기분이었다.

'이 박사 전처가 다시 우리 나현이 앞길을 확실히 가로막았구나.'

얼마 전만 해도 순탄하게 잘 흘러가고 있다고 믿었던 승주와 딸 나현의 관계가 승주의 전처가 등장하자마자 위태롭게 흔들린다고 전해 들었다.

가현으로부터 그런 말을 들었을 때 명신의 실망감은 형언할 수가 없었다.

그러나 영국과 승주, 그리고 유정원이 함께한 식사 자리를 목격한 것부터 해서 또 유정원의 부탁으로 영국이 원칙대로라면 불가능했을 병원 결혼식을 허락하는 모습을 통해 그녀는 자신이 이런 상황을 되돌릴 힘이 없음을 알았다.

오늘 통 크게 예산 지원도 하고 병원 결혼식에 적극 협조해 달라는 이사장의 명령은 그것을 사실로 못 박는 것이나 다름없었다.

30년 넘게 영국의 뜻을 자기 마음처럼 읽어서 출세한 명신으로선 '싫습니다, 전 몰라요' 하고 외면할 계제가 아니었다. 그래서 명신은 속상하고 복잡한 마음과는 달리 환하게 웃었다.

"제가 업체 대표들과 같이 움직일게요. 어디다가 예산 지원을 더 해 줄 수 있을지 잘 살펴보겠습니다."

"그래그래. 어지간하면 잘해 줘. 나도 그 애, 유 대표한테 마음의 빚이 있어서 그래."

그 말의 뜻은 결국, 명신이 정원을 따라다니면서 추진하는 일에 적극 지원하라는 뜻이었다.

"전 나가 볼게요."

"그래. 고생해 줘."

기분 나쁘고 화나는 감정은 감정이고 일은 일. 하늘 같은 이사장이 직접 부탁 내지는 명령한 일이었다.

부대끼는 속맘과는 달리 명신은 끝까지 웃는 얼굴을 하고 이사장실을 나왔다. 이를 악물고 병원 이곳저곳을 휘젓고 다니는 유정원을 찾아 나섰다.

같은 시간.

명신의 큰딸 가현의 차가 세린병원 주차장으로 들어서고 있었다.

"병원 다 왔다."

딸 민서의 허벅지 쪽에 난 작은 뾰루지 하나가 이상하게도 계속 커지고 곪아 들어가서 진료 예약을 해 놓은 상태였다. 민서가 내릴 수 있게 조수석 문을 열어 주고 돌아서던 가현은 순간 눈을 의심했다.

'헉, 저게 무슨 일이람? 저 여자가 왜 여기서 난리야?'

도무지 이해할 수 없고 넘길 수 없는 일이 버젓이 가현의 눈앞에서 벌어지고 있었다.

꼴같잖게 무슨 전문가처럼 수첩과 태블릿 PC를 든 유정원이 몇몇 사람과 함께 병원 주차장 이곳저곳을 왔다 갔다 하고 있었다.

심지어 꼴 보기 싫고 얄미운 그녀는 혼자가 아니었다.

제깟 게 감히 뭐라고 유정원이 말하면 수첩에 기록하고, 뭔가를 지시하면 그대로 고개를 끄덕끄덕, 그녀의 의견을 수용하고 있는 사람이 다름 아닌 명신이라는 데 가현의 격분은 더 커졌다.

"아, 저기 할머니다!"

민서가 천진난만하게 알은척을 하며 반갑게 웃었다. 그러나 가현은 웃을 수가 없었다.

"가지 마! 할머니 일 보시는 중이잖아."

가현은 날카롭게 말하며 명신 쪽으로 뛰어가려는 민서의 팔을 잡아챘다.

"대체 무슨 일이야? 저 여자가 지금 뭐 하는 거야? 지가 뭔데 여길 휘젓고 다녀?"

모든 게 화가 나서 삐뚤어진 가현의 눈에 승주의 전처일 뿐 아무것도 아니었던 그 유정원이 지금은 완전히 세린병원의 주인처럼 보였다.

잠시 후, 가현의 눈앞에서 유정원을 비롯한 사람들이 다시 뭔가 중요한 의논을 하듯 열띤 대화를 나누며 세린병원 안으로 들어갔다. 명신도 굽신굽신까지는 아니었지만, 저자세로 그녀 뒤를 따라 안으로 들어갔다.

"저년이 미쳤나? 여기가 어디라고 감히 나타나서 우리 엄마를 부리고 난리야?"

당장 쫓아 들어가서 유정원을 잡아 세우고는 한판 붙을 판이었다.

네까짓 게 뭔데 새파랗게 나이도 어린 계집애가 우리 엄말 끌고 다니면서 심부름시키느냐고, 이사장 전 며느리면 다냐고 한껏 비아냥거리기라도 해 줘야 속이 시원할 것 같았다.

"보자 보자 하니까 진짜 웃겨. 멍청한 동생 년 하나 잘못 둔 바람에 내가 못 볼 꼴을 참 많이 보는구나."

가현은 날카롭게 웅얼거리며 의아해서 엄마 얼굴만 올려다보고 있는 민서의 팔을 끌고 병원 건물 안으로 빠르게 들어갔다.

한편 결혼식 동선을 위해 병원 주차장 크기와 이용 가능한 면적을 확인한 후, 정원은 공간 구성을 함께하기로 한 '세이 예스' 대표에게 물었다.

"어때요? 서 대표님. 주차장 쪽 공간이 좀 나올 것 같으세요?"

"결혼식 당일, 최소한 주차 공간 열 대는 확보해 주신다고 하셨으니까. 그죠, 조 부장님?"

"네, 웨딩 카하고 작업 차량, 방송사 차량 공간은 확보해 드릴게요."

"감사합니다. 그리고 직원 식당이 피로연 장소로 이용될 거라서 거기도 실사 가야 해요."

중환자실에 누워 있는 숙부의 환갑잔치 겸 박호준 고객의 병실 결혼식은 이제 얼마 남지 않았다.

이날은 방송국 PD와 병원 관계자, 그리고 공간 장식 협업을 하게 된 외주 업체 대표와의 종합 최종 미팅이었다.

"일단 오늘 결혼식이 진행될 주요 공간 동선은 다 확인했으니까 모레 유 대표님이 보내 주실 최종 공간 배치도 보면서 카메라 동선을 다시 잡을게요."

"네. 잘 부탁드리겠습니다. 저희, 진짜 열심히 할게요! 잘 찍어 주세요."

방송국 PD와 명신, 외주 업체 대표와 열심히 결혼식 사전 작업에 관한 대화를 나누며 정원은 엘리베이터에 올라탔다.

화가 잔뜩 머리끝까지 뻗쳐선 잰걸음으로 병원 안으로 들어오던 가현의 눈앞에서 엘리베이터 문이 닫혔다. 간발의 차이로, 유정원 일행이 눈앞에서 신기루처럼 사라졌다.

"아, 이모다. 이모!"

가현과는 다른 쪽을 보고 있던 민서가 천진난만하게 손을 흔들었다. 조카가 이쯤 해서 병원에 도착할 것 같다 싶어서 나현이 잠시 로비로 나온 참이었다.

"언니 왔어? 민서야, 왜 뾰루지가 나고 그래? 이모가 마음 아프게. 우리 애기, 많이 아팠어?"

태평스럽기 이를 데 없는 나현을 보자마자 가현의 분통은 더 격화되었다.

"넌, 봤어?"

"뭐를?"

"유정원 그 여자가 엄말 종처럼 부리고 다니면서 병원 안을 휘젓고 있더라."

"언닌 알지도 못하면서 무슨 말을 그렇게 험하게 해? 유정원 대표, 일하러 온 거야. 엄마가 의전 중이고."

"일? 무슨 일?"

"병원에서 결혼식을 하겠다고 요청한 환자 가족이 있대. 그 결혼식을 유정원 씨 회사가 맡게 되었고 이사장님이 허락하셨어. 엄마께 예산 지원이며 협조를 잘해 주라고 특별히 부탁하셨나 봐."

"의전 같은 소리 하고 자빠졌네!"

가현이 천하태평인 동생을 향해 폭발했다.

"지가 무슨 국빈이야? 야, 육십 다 된 엄마가 언제까지 이놈의 병원 이사장 따까리 노릇을 해야 하니? 평생 종노릇하면서 이용당한 것도 모자라서 이젠 이혼당한 전 며느리 뒷수발까지 해야 해? 기가 막혀서. 야, 이건 너무 모욕적이잖아."

"그만해, 언니. 누가 들어!"

순간 당황한 나현이 질색하며 사방을 살폈다. 일단 조카 민서를 로비의 대기 의자에 앉히고는 당부했다.

"민서야, 아무 데도 가지 말고 여기 잠깐만 앉아 있어. 이모가 엄마하고 이야기 좀 하고 올게."

나현이 가현의 팔을 끌고 로비 바깥쪽 테라스로 나갔다. 그러고는 구석에서 소리 죽여 경고했다.

"왜 쓸데없이 흥분하고 난리야? 언닌 아무 상관도 없잖아. 빨리 민서 진료나 보고 가. 괜히 언니가 헛소리하다가 누가 들으면 나만 곤란해져."

"바보 같은 년."

나현의 만류에도 불구하고 가현이 동생을 노려보며 욕설을 내뱉었다.

"한심해서 한 대 치고 싶어, 정말! 야, 넌 자존심도 없어? 이승주 그 개자식이 줄 듯 말 듯 너랑 엄마한테 희망 고문만 하다가 지 전처 나타났다고 당장 널 물 먹이고 걷어찼는데 말 한마디 제대로 못 하고 물러났으면서 안 억울해? 안 분해? 그것도 모르고 엄마는 어찌하든 이사장님에게 잘 보이려고 유정원한테 따라붙어 이런저런 일 다 도와주는 모양인데, 그런 엄마한테 미안하지도 않아? 정말 이래도 되는 거냐?"

"언니, 진짜 왜 이래? 미쳤어?"

여기가 동생과 엄마가 일하는 직장이라는 것도 망각한 듯 가현이 함부로 막말을 내뱉자 나현이 깜짝 놀라 질색했다. 그러나 가현은 아랑곳없이 자신이 하고 싶은 대로 계속 막말을 퍼부었다.

"정신 차려, 박나현! 내가 지금 누굴 편들어 주고 있니? 널 두 번이나 물 먹인 싸가지 없는 이승주랑 그놈 다시 홀린 유정원 그년, 덤으로 우리 엄마까지 모욕하는 그 연놈들을 욕하는 거잖아. 이해 못 해?"

"이해 못 해. 그만 좀 하라고. 쪽팔려. 아유, 진짜! 무슨 되지도 않는 오지랖이래?"

언니라서, 직장이라서 참고 참으며 부드럽게 말하려던 나현이 드디어 인내의 한계점에 도달했다. 그녀가 가현만큼 짜증 난 얼굴로 되받아쳤다.

"야!"

"형부 쪽 CT 기기 입찰 건이 잘 안돼서 언니가 마음 많이 상했단 건 이해하지만 그렇다고 이렇게 애꿎게 승주 선배며 유정원 씨한테 화를 내고 짜증 부리는 건 아니지. 그 사람하고 무슨 상관있다고? 제발 이성 찾아, 가끔 이렇게 언니가 맥락 없이 혼자 열받고 급발진하는 걸 보면 진짜 미친 것 같아. 민서 진료나 보고 가."

나현이 질렸다는 표정으로 싹 돌아서더니 뒤도 돌아보지 않고 다시 제 진료실로 가 버렸다. 홀로 남은 가현이 기가 차서 씩씩거렸다.

"저게 정말……? 인생, 저따위로 물렁하게 사니 만날 밀리고도 억울한지도 모르지. 하! 아, 열받아. 진짜 미치겠네."

한 시간 후.

"안녕히 가세요, PD님."

"네. 또 봬요."

결혼식 현장을 같이 점검하고, 카메라 동선까지 확인을 끝낸 PD가 먼저 사라지고, 외주 업체 대표도 떠났다.

일단 이사장실에 들러 영국에게 인사를 마친 정원은 다시 영주와 경오가 기다리고 있는 결혼식장 장소인 휴게실로 갔다.

"영주야, 식당 동선 확인했어?"

"어. 여기."

영주가 태블릿 PC에 넣어 놓은 직원 식당 크기와 출입문, 테이블 배치도를 화면 위로 띄웠다.

"생각보다 식당이 그렇게 넓지 않아서 음식 배치에 신경을 써야 할 것 같아."

"응. 여러모로 궁리를 좀 해야겠어."

그때 통화를 하고 있던 경오가 전화를 끊었다.

"연재 어머니."

병원 결혼식이 끝나자마자 준비에 박차를 가해야 할 연희동의 으리으리한 생일 파티 의뢰인의 전화였다.

"방금 참석자 명단을 메일로 보내셨대. 잠깐만. 아, 왔다."

경오가 메일을 확인하고 보고했다.

"그날 참석자 총 스물다섯 명 예정. 아동 열두 명, 보호자 열세 명."

"오케이."

"가족까지 하면 한 서른 명 될 것 같다네. 일단 외가 쪽에서 조부모랑 연재 부모님까지 하면."

"서른 명. 좋아. 근데 연재가 귀한 손녀가 맞나 봐. 애 생일 파티 하나에 온 가족이 출동하네."

"생일 파티 사회자로 통통이를 부르는 수준인데 말 다 했지 뭐. 참, 경오야. 코스튬 의상 리스는 어떻게 됐어?"

"일단 스무 벌 신청해 놨고, 주인공 의상은 우리가 직접 제작 들어가야 해. 은별 언니한테 전화해 놨어."

올댓파티는 연희동 생일 파티에서 통통이를 제일 좋아한다는 주인공 연재를 위해 아예 〈대굴대굴 오락실〉 방송 프로그램을 통째로 재현하기로 했다.

참석 아동들은 각자 〈대굴대굴 오락실〉에 나오는 여러 캐릭터로 분장하거나 카메라맨이 되어서 〈대굴대굴 연재 오락실〉 프로그램을 제작하는 방송국 놀이를 할 예정이었다.

물론 이런 야심 찬 계획을 듣고는 연재 외할머니나 그 엄마는 너무 재미있어했다.

먹고 노는 생일 파티는 많이 해 봤어도 직접 아이들이 PD와 배우가 되어서 카메라를 들거나 연기를 해서 통통이 콘텐츠를 만들게 한다니. 정말 아이디어가 좋다고 칭찬해 주었다.

"다들 알지? 세상의 모든 아이들은 예측 불가능하고 이상하고 상상 이상이며 천방지축인 거? 우리가 그만큼 신경 써야 할 게 많다는 뜻이야."

"알지, 그럼. 그러니까 더 꼼꼼하게 준비해서 만들어 보자고. 근데 지금은 이 결혼식이야. 목전에 닥친 이 일에 최선을 다하자고. 심지어 방송 타잖아, 우리."

"그것도 그렇지만 연희동 행사까지 성공하면 우린 이 바닥에서 완전 탄탄대로. 알지?"

"당근. 어찌하든 돈 되는 행사를 많이 주워 담아 열렬히 벌어 보자, 대박 치고 성공하자."

"팅, 팅, 파이팅!"

이날 병원에서의 할 일은 다 끝났다. 일단 퇴근하면서 꽃 시장에 들러 결혼식에 쓸 꽃 주문을 하고 사무실로 들어가자, 간 김에 우동도 먹고 가자, 그런 의논들을 하며 막 일어서려던 참이었다.

'작업 중-임시 출입 통제'라고 안내문도 붙여 놓았는데, 갑자기 휴게실 문이 턱 열렸다.

"죄송합니다. 여기 휴게실, 사용 못 하……!"

뜨아악! 정원을 비롯한 올댓파티 직원들 모두가 얼어붙었다.

'사모님, 당신이 왜 여기에 서 있죠?'

올댓파티 멤버들로선 꿈에서라도 다시 만날까 두려운 완담동 진상 갑질 사모님, 박나현의 언니이자 똘똘한 아이 민서의 엄마 박가현이었다.

대체 사모님 당신이 왜? 하듯이 얼떨떨해하는 사람들의 시선을 무시하며 가현이 휴게실 안으로 들어왔다. 그녀는 누가 봐도 퇴근 모드로 핸드백을 메고 있는 영주와 경오를 거만하게 건너다보았다.

"동생한테 여기서 일한다고 들었어요. 어차피 회사로 연락하려 했는데, 만난 김에 파티 상담이라도 해 볼까 해서. 퇴근인가요?"

"아닙니다, 사모님. 앉으세요. 저기, 커피 드실래요? 인스턴트이지만요."

오는 고객, 안 막는다.

먼저 찾아 나서야 할 판에 제 발로 걸어오신 고객이신데. 좀 찜찜해도 환영해야지.

허공 중에서 눈짓을 교환한 후, 영주가 어색하게 웃으며 먼저 자리를 권했다. 경오도 정원도 슬그머니 다시 핸드백을 내려놓았다.

"다른 건 없어요? 하루 종일 커피만 마셔서 속이 쓰리네요."

가현이 턱을 치켜들고 뻔뻔하게 차를 주문했다.

"그럼 루이보스 티, 괜찮으실까요? 이거도 티백이지만요."

"그거 좋네."

돌아선 영주가 전기 주전자 스위치를 올리며 입 모양으로만 그녀를 바라보고 있던 정원에게 중얼거렸다.

'진상 오브 진상.'

그 아무리 진상이든 밥상이든 '고객'이시다.

정원과 경오는 늘 백에 넣고 다니는 올댓파티 소개 팸플릿을 챙겨서는 가현이 앉은 테이블 앞으로 다가앉았다.

그러나 가현은 건네받은 팸플릿은 열어 볼 생각도 않고 정원만 바라보며 툭 내뱉었다.

"약혼식도 하죠?"

"그럼요. 그런데 아시다시피 저희 회사가 창업한 지 얼마 되지 않아서요. 솔직히 약혼식이나 결혼식은 많이 진행해 보지 못했습니다. 사모님의 높으신 안목을 만족시켜 드릴 수 있을지 자신이 없습니다만."

"아시다시피 저희는 아무래도 아동 생일 파티 전문이니까요."

"저희야 맡겨만 주시면 감사하죠, 그런데 제 개인적인 생각으로 전문적인 웨딩 플래너가 붙는 대형 업체가 더 나으실 수도 있는데요."

"그쪽으로 특화된 다른 업체를 소개해 드릴 수 있습니다만? 저희 선배님이 하시는 업체인데 엄청 평판이 좋거든요."

입버릇처럼 어찌하든 돈 되는 행사를 많이 주워 담아 열렬히 벌어 보자, 대박 치고 성공하자 결의했던 건 까마득히 잊은 듯, 올댓파티 세 명 이사진은 어찌하든 이놈의 불길한 냄새가 폴폴 나는 약혼식을 맡지 않겠다고 기를 쓰고 사양하는 일이 벌어졌다.

"하지만 맡겨만 주신다면 모든 힘을 다해 전력투구할 것입니다."

"정말입니다. 전심전력할 거예요."

가현이 심술궂게 한쪽 입술 끝을 말아 올리며 피식 웃었다.

"난 또 내 의뢰는 안 맡는다고 하는 줄 알았네. 그건 아니죠?"

"그럼요!"

"됐어요, 그럼. 내 동생이 곧 약혼식을 할 건데."

"네."

"예전에 우리 민서 생일 파티 때 정원 씨를 병원에 데려간 그이, 이 박사하고 우리 동생이 곧 약혼을 해요 그래서 내가 선물로 약혼식을 해 주려고."

"동생분이 이승주 씨와 약혼을 하신다고요?"

듣다 말고 정원이 가현을 똑바로 바라보았다.

"확실한가요?"

"어머, 말하는 게 참 이상하다. 그럼 내가 없는 약혼식을 비싼 돈 주고 하려는 거다, 그 말인가? 짜증 나네. 내가 비싼 밥 먹고 헛소리하려고 여기까지 왔을 거 같아요?"

애초에 정원을 긁으러 나타난 것이니 가현의 입에서 좋은 말이 나올 수가 없다. 너 잘 걸렸다, 하듯이 정원을 향해 표독하게 날을 세웠다.

정원은 들고 있던 태블릿 PC를 내려놓았다.

"죄송하지만, 사모님. 잠깐만요."

가현 앞에서 정원은 지체 없이 전화를 걸었다. 물론 먼저 스피커폰 모드로 바꾸는 것도 잊지 않았다.

—어. 왜?

"승주 씨. 혹시 당신, 약혼해요?"

—출근하는 사람한테 그 무슨 재미없는 농담이야? 끊어 줄래? 지금 운전 중이야. 나중에 전화하자.

어이없다는 승주의 목소리가 휴대 전화에서 선명하게 흘러나왔다.

정원이 가현더러 들으라는 듯 다시 확인 사살을 했다.

"지금 예전 고객분이 약혼 파티를 의뢰하셨는데, 신랑이 당신이래."

—뭐?

"박나현 선생하고 이승주 씨 당신이 조만간 약혼한다고, 언니 되시는 분이 찾아오셔서 가지고 말이지, 당신이 양다리 걸친 줄 알고 나 완전 빡 돌아서 지금 당신 찾아가려고 했거든. 살인 날 뻔했어, 지금."

승주가 전화기 속에서 허탈하게 웃는 소리가 들렸다. 고개를 돌리니 가현이 얼굴이 벌게진 채 찔러 죽일 듯이 정원을 노려보고 있었다.

—삼자대면해 줘?

"그럴 필요는 없을 거 같아요. 앞에 계시는 분 표정을 보아하니 대답을 다 들은 것 같아. 담에 또 전화할게요."

정원은 전화를 끊었다. 새빨갛다가 이내 시퍼렇게 변하는 가현의 얼굴을 정면으로 바라보며 생긋 웃었다.

"약혼식 당사자 한 분이 절대 아니라고 하는데. 이걸 어떻게 할까요?"

"뭐, 뭐야? 이게 누굴 상대로 감히 헛수작질을 하려 해?"

이왕 쪽도 팔리고 무안도 당했다. 체면 염치 다 구긴 채로 대놓고 망신을 당하고 있다는 생각이 들었는지, 억지와 악만 남은 가현이 악다구니를 치려 는 그때, 가현의 핸드백 안에서 휴대 전화가 울렸다. 영주가 얄밉게 권유했다.

"사모님, 전화부터 받으세요."

마지못해 가현이 전화를 받자 수화기 안에서 나현이 소리쳤다.

―언니, 지금 어디야?

"어, 어디긴……."

그때, 영주가 다시 얄밉게 수화기 속의 나현더러 들으라는 듯 간드러지게 인사를 건넸다.

"안녕하세요, 고객님. 10층 휴게실에서 작업 중인 올댓파티 서영주 이사 입니다."

순간 나현이 아무 말도 못 하고 가만히 있었다.

숨 막히는 일이 초가 흐른 후 수화기 안에서 벼락같은 고함 소리가 터졌다.

―미쳤어! 미쳤어, 언니. 당장 나와. 내가 쪽팔려 죽는 꼴 보기 전에! 당 장 거기서 나오라고!

그러고는 일방적으로 전화가 끊겼다.

아까부터 뒤에서 듣고 있던 경오가 다가와서 가현 앞에 놓인 올댓파티 안내 팸플릿을 슬쩍 치웠다. '꺼져 주시죠'라는 뜻이었다.

이제 떠나 주세요, 그런 인사를 할 겨를도 없었다.

누군가가 다다다 병원 복도를 달려오는 소리가 들리더니만, 박나현이 휴게실로 뛰쳐 들어왔다. 인사할 정신머리도 없이, 주변을 살필 여유도 없이 가현에게로 돌진해서는 팔을 잡았다. 무작정 나가자고 끌어당겼다.

"일어나. 가자."

"야!"

"내 말 들어, 좀! 일단 나가자고. 나가서 이야기해! 여기서 대체 뭐 하는 거야?"

"그러게? 무슨 이간질을 하러 여길 찾아오셨나, 그래?"

어이도 없고 속도 뒤집어진 만큼 대체로 늘 무던한 경오가 흔치 않게 대놓고 빈정거렸다.

"가족 단속 좀 잘하셔야겠어요, 박나현 선생님."

정원 역시 딱히 착한 척을 하고 싶지 않았다.

"약혼 당사자라는 승주 씨도 모르는 일이던데요? 없는 약혼식을 의뢰하다니, 우린 이런 장난에 속아 넘어갈 정도로 한가하지도 않고 바보도 아닌데요. 열심히 일하는 사람들, 힘 빠지게 이러심 안 되는 거 아닌가요?"

나현이 얼굴이 새빨갛게 변해서 정원을 바라보았다.

너무 무안하고 민망해서 바라보는 정원으로선 심지어 그녀가 가엾게 느껴질 정도였다.

"사과할게요. 언니가 아무것도 모르고 오핼 했어요."

"괜찮습니다. 언제든 좋은 일로 파티 하실 일 생기시면 찾아 주세요. 거짓말은 말고요."

갑작스레 찾아든 악몽같이 짧고 굵게 가현과 나현이 사라졌다. 사납게 닫히는 출입문 쪽을 바라보며 경오가 중얼거렸다.

"소금 뿌릴래. 확실하게 해 두고 싶어."

"여기, 소금이 어딨어?"

"그럼 설탕이라도 뿌리자. 하얀색이니까 동급이잖아."

경오의 성화 때문은 아니었다. 반 넋이 빠진 듯한 정원의 얼굴을 힐끗 본 영주가 몸을 돌이켰다. 아무 말도 않고 핸드백을 열어 주섬주섬 뒤지더니만 뭔가를 꺼내 경오가 아니라 정원에게 불쑥 내밀었다.

"뿌려."

"어? 어."

정원은 고분고분 일회용 설탕 스틱을 찢어 출입문 앞에 뿌렸다.

"2분 있다가 치워. 이거 그냥 두면 여기 청소 여사님이 욕해."

"응."

정원이 하아 한숨을 내뱉으며 테이블 위에 머리를 박았다.

"대체 뭔 일이야? 우리 앞에 뭐가 왔다 간 거야?"

인생에 있어서 불길한 예감은 언제나 딱 맞는다더니만.

승주와 다시 만나던 그날 이후, 그와 얽히면 정원의 인생은 예상치 못한 혼돈 상태가 될 거라고 되뇌면서 경계했는데 역시나 그 예감은 정확했다. 하나가 해결되었나 싶으면 전혀 예상치 못한 또 다른 혼돈이 덮쳐 왔다.

"아악, 머리 아파. 죽을 거 같아……."

사랑에 목숨 건 10대 사춘기 소녀도 아닌데, 어째서 이승주가 다시 등장했다는 이유만으로 이토록이나 정원 인생이 다시 어지럽게 변하는가? 예측 불가능한 일이 탕탕 터져 버리는가?

한참 동안 고개를 박고 있다가 정원은 고개를 들었다.

"근데 완담동 그 사모님은 왜 갑자기 이딴 미친 짓을 할까? 박나현 선생도 전혀 모르는 눈치였는데."

    *   *   *

휴게실에서 가현을 끌고 나온 나현은 무서운 힘으로 그녀의 팔을 움켜쥔 채 엘리베이터를 탔다.

"야, 이 팔 놓고 이야기해."

가현이 얼굴을 찡그리며 나현의 팔을 억지로 털어 냈다.

그러나 나현은 무서운 얼굴로 가현을 노려보며 이를 악물고서 한마디 내뱉었다.

"제발 그 입 좀 다물어."

엘리베이터가 1층 로비에 도착했다.

그 길로 나현이 가현의 팔을 끌고 주차장 쪽으로 갔다.

민서의 진료도 끝났고, 나현은 반나절 휴무였다. 모처럼 시간이 맞아 자매는 민서가 가고 싶다는 식당으로 맛있는 저녁을 먹으러 나갈 참이었다.

마찬가지로 퇴근 시간이 임박한 엄마 명신도 조금 일찍 사무실을 나와서 자매와 함께 식사를 할 예정이었다.

나현이 약속 장소인 주차장에 나가니 차 앞에 민서와 명신은 서 있는데 가현은 없었다. 10여 분을 기다려도 잠시 어디 갔다는 사람이 돌아오지 않아 이상하다 싶었는데, 그 짧은 시간 사이, 가현이 이따위 상식 이하의 미친 짓을 저지르고 있었을 줄이야.

나현의 차 앞에는 아까처럼 여전히 명신과 민서가 두 사람을 기다리고 있었다.

제 편이 될 거라고 생각한 사람 앞에 오자마자, 가현이 잡힌 팔을 휙 떨쳐 냈다. 그리고 자신을 끌고 나온 나현을 향해 죽일 듯이 눈을 부라리며 제 성질대로 마구 화를 냈다.

"미쳤어? 뭐 하는 짓이야, 너?"

"제발 좀 닥치라고. 당장에라도 언닐 후려갈기고 싶어서 죽을 지경이니까. 내가 진짜 우리 민서가 있어서 더 험한 말은 못 하지만, 언니 진짜 최악이다."

가현이 휙 돌아서서 대체 이게 무슨 영문이냐며 어리둥절한 명신에게 하소연하듯 일러바쳤다.

"엄마, 들었지? 얘가 날 때리겠대. 돌았나 봐."

"그보다 더한 말을 찾고 있는데, 못 찾아서 나도 미치겠어!"

결국 나현도 무섭게 폭발했다.

이곳이 직장인 자신과 엄마 입장을 생각해서, 빤히 어른들 사정을 지켜보고 있는 어린 조카를 생각해서 환장하겠는 걸 꾹 참고자 안간힘을 다했지만 여기까지가 한계였다.

"타기나 해. 일단 여기서 나가자고. 더 망신당하기 전에!"

바락 소리치고는 나현이 자신의 차 운전석에 올라탔다.

영문을 알 수가 없어 어안이 벙벙한 채로 명신이 민서의 손을 잡고 차에 탔다. 가현도 잔뜩 얼굴에 독이 오른 채로 조수석에 올라탔다. 그녀가 차 문을 채 닫기도 전에 나현은 미친 듯이 차를 출발시켰다.

1초라도 빨리, 조금이라도 더 멀리 이곳에서 사라지고 싶었다.

너무 망신스럽고 수치스러워서 가능한 한 빨리 유정원이 없는 공간으로 도망치고 싶었다.

어이가 없다는 표정으로 그녀를 건너다보던 유정원 앞에서 가현을 끌고 나오며 나현은 초인적인 힘으로 이성의 끈을 놓지 않으려고 애를 썼다. 그것이 그녀에게 남은 마지막 자존심이었다.

10분 후, 나현의 차는 그녀의 오피스텔 주차장에 멎었다.

나현의 오피스텔로 들어갈 동안 심상치 않은 분위기에 눌려 어린 민서까지도 무서울 정도로 다들 얼굴이 굳어 있었다.

실내에 들어선 나현은 먼저 명신과 민서에게 최대한 화를 억누른 채 부드럽게 일렀다.

"엄마, 민서하고 방에 좀 들어가 있어."

"무슨 일이야, 왜들 그러니?"

명신이 놀라 물었지만 나현은 그 물음에 답을 할 겨를도 없었다. 자신과 가현을 번갈아 바라보며 어이없어하던 유정원의 표정이 자꾸만 떠올라 견딜 수가 없었다.

"환장하겠네, 진짜! 미치지 않고서야 어떻게 이딴 짓을 저질러? 어? 언니, 진짜 제정신이냐고?"

결국 나현은 두 손으로 자신의 머리를 쥐어뜯으며 바락 소리쳤다.

"구려. 구려도 너무 구려! 언니, 진짜 완전 구려!"

"이모, 무서워."

놀란 민서가 울상이 되어 바라보거나 말거나, 명신이 말리거나 말거나 마구 퍼부었다.

"언니가 뭐라고 유정원 씨를 찾아가? 어? 그것도 모자라서 그 사람한테 내 약혼 파티를 의뢰했다고? 이게 말이나 되니?"

"아니, 뭔 소리야, 그게?"

자매의 격렬한 말싸움 앞에서 잠시 멍해 있던 명신이 소스라치게 놀라면서 날카롭게 물었다. 그러나 자매 중 누구도 그녀의 말에 대답할 정신머리가 없이 다시 격돌했다.

"말이 된다, 왜? 이 계집애야."

난 잘못한 게 없노라, 가현도 지지 않고 나현을 향해 폭풍처럼 쏘아 댔다.

"다 널 위해서 그랬다, 왜? 멍청한 게 이용만 당하다가 걷어차여도 호호호. 밸도 없지, 넌? 그래서 너 대신 그년한테 내가 똥물 좀 튀겨 주려 했다, 왜. 안 돼?"

"뭐가 날 위해서야? 내가 언제 언니더러 이딴 민망한 짓거리를 해 달랬어? 왜 내가 원하지도 않은 짓을 해 놓고 혼자 생색질이야? 지겨워 죽겠네!"

"뭐? 생색질?"

"그래! 난 원치도 않은 일을 해 놓곤 이렇게 잘난 척하는 거, 그걸 안 알아준다고 이렇게 화를 내고 있는 게 생색질 아니면 뭔데?"

"멍청한 것. 넌 어떻게 니 남잘 빼앗기고도 말 한마디 못 하면서 나한테만 큰소리니? 왜 내가 유정원 그년을 못 찾아가? 그렇게라도 속을 긁어 줘야겠더라. 미친 짓이라도 해서 열받은 속 좀 풀어야겠더라. 왜, 그럼 안 돼?"

그러나 가현은 끝까지 자신이 커다란 실수를 저질렀다는 걸 인정하지 않았다. 오히려 나현에게 멍청하다고 되레 퍼부어 댔다.

"몇 번을 말해! 이승주, 내 남자 아니라고!"

그러나 자신이 옳은 일을 했다고 믿는 가현 역시 지지 않았다. 얼굴까지 붉히며 더 날카롭게 따져 물었다.

"그렇게 부인하면 네가 이승주하고 사귄 게 없던 일이 돼? 헤어지는 데도 예의가 있어야 하는 거 아냐?"

"몇 번을 말해? 내 말 좀 들어! 난 승주 선배랑 사귄 적 없다고!"

"이게 아직도 이승주 편을 들고 있지? 말도 안 되는 소리 하지 마. 불과 몇 달 전만 해도 우리 민서 생일 파티에 같이 올 만큼 잘 만나고 있었잖아."

솔직히 가현은 지금 반억지를 부리는 중이었다.

나현의 말대로 동생이 이승주와 연인 관계가 아니라고 인정해 버리면 자신이 저지른 헛발질의 정당성이 사라지고 만다. 오늘 일부터 남편이 이승주에게 부탁한 청탁까지, 모든 부끄러운 짓거리에 대한 책임은 오롯이 그녀가 져야 했기 때문이다.

딱히 내세울 게 없는 친정 사정 때문에 외연적인 출세와 재산 등에 목을 맨 남편과 시댁에 늘 눈치가 보였다. 그런데 의사인 동생이 세린병원 이사장이 될 이승주와 오래도록 친분을 가진 사이라 했다. 어쩌면 나현이 이승주의 부인이 될 수도 있다는 가능성이 생긴 것이다.

당사자 나현보다 오히려 가현 자신이 그 일에 더 강한 욕망을 가지고 있었기에, 그녀 홀로 알차게 쌓아 올린 허상. 어리석은 자기기만에 속아 멍청한 광대 춤을 추고 있다는 사실을 끝까지 인정할 수가 없었다.

차라리 벽을 보고 이야기하는 게 더 나을 것 같다. 말도 안 되는 억지를 부리며 끝까지 굽히지 않는 가현을 물끄러미 바라보다 나현이 다시 폭발했다.

"아니라고. 아냐! 아냐, 아냐!"

비명 지르듯이 소리치는 나현의 눈빛 안에 어른거리는 지독한 수치심을 읽고는 잔뜩 독이 올라 대거리를 하려던 가현은 순간 잠시 할 말을 잃었다.

"당사자인 내가 아니라는데 왜 언니가 난리야? 나랑 이승주가 약혼, 결혼? 죽었다 깨어나도 그런 일 없어. 난 이미 지난 십몇 년 동안 충분히 비참했어. 그런데 지금은 언니 짓거리 때문에 비참을 넘어서 멘붕 상태야. 대체 날 얼마나 망치고 싶니? 내가 이런 일을 당하고 승주 선배 얼굴을 어떻게 보란 말이야!"

"너희들, 대체 무슨 말들을 하는 거야? 지금 나도 좀 알아듣게 말해 주겠니? 대체 무슨 일이 벌어졌길래 너희 둘 다 이렇게까지 화가 난 거야?"

격한 흥분에 사로잡혀 당장 엉켜서는 머리채라도 움켜쥘 것처럼 격한 입씨름을 하는 자매를 지켜보던 명신이 떨리는 목소리로 끼어들었다.

"나랑 승주 선배가 약혼할 거라는 망상으로 언니가 다른 누구도 아닌 유정원 씨를 찾아가서 내 약혼식을 의뢰했대. 이게 말이 된다고 생각해, 엄마?"

"민서 어미, 너……."

명신도 너무 놀라고 기가 막혀서 더 이상 말을 잇지 못했다.

"너 왜 그랬어? 나현이한테 이거는 아무 도움도 안 되잖아."

"왜 나만 갖고 그래? 내가 그렇게 죽을 짓을 했어?"

가현이 이번에는 명신을 휙 돌아보며 화를 냈다.

"몇 달 전만 해도 금세 좋은 소식 있을 거 같다고 나현이가 지 입으로 말했어. 나만 들었어? 불과 몇 달 전만 해도 곧 결혼이라도 할 것처럼 굴어 놓고선! 얼마나 잘나고 애틋했으면 지 전처 나타나자마자 널 걷어찬 놈인데. 그런 것들이 뻔뻔하게 합작이라도 한 듯 너랑 엄마가 일하는 이 병원에까지 나타나서 잘난 척하고 있었잖아. 그런 연놈들한테 내가 이런 작은 복수도 못 해?"

대체 내가 뭘 잘못했다고? 빤히 눈에 보이는 현실을 끝까지 인정하지 못하고 미련하고 뻔뻔하게 구는 가현의 태도 앞에서 시뻘건 얼굴이 된 채 씩씩거리던 나현이 망설이지 않고 소리쳤다.

"언니 일이 아니잖아! 설사 내가 승주 선배와 사귀다가 그 전처 때문에 걷어차였다고 치자. 복수를 해도 내가 해야지 왜 아무 상관이 없는 언니가 끼어들어? 어? 더 최악인 건 나랑 승주 선배가 한 번도 연인인 적이 없었다는 현실이야. 몇 번을 말해야 알아들을래? 어? 근데 왜 언니만의 뇌내망상으로 이런 사고를 치느냐고!"

나현이 비참하다 못해 거의 실성을 한 사람처럼 고함 질렀다.

"진짜 사실을 말해 줘? 그래. 나 승주 선밸 좋아했어. 근데 그것뿐이야. 그 이하도 그 이상도 아니야. 사춘기 시절부터 잘생기고 멋진 선배를 평범하게 좋아했을 뿐인데 왜 그 감정마저 언니나 엄마 인생의 대리 만족 도구가 되어야만 해?"

마침내 진실을 토해 내면서 언니와 엄마를 노려보는 나현의 그 얼굴에는 극도의 비참함이 흘러내리는 눈물처럼 얼룩져 있었다.

"내가 승주 선밸 좋아한 게 왜 갑자기 이승주 부인 자리, 세린병원 이사장 부인 자리를 성취해야 하는 의미가 되어 버렸냐고. 근데 평생 그 자리를 탐내 온 사람은 내가 아니라 사실 엄마잖아. 아냐?"

갑자기 나현의 화살이 명신 쪽으로 돌려졌다.

"나현아, 그게 무슨 소리야? 아냐."

당황해하며 부인하는 명신의 말은 이제 더 이상 나현에게 먹히지 않았다.

저쪽 소파에 붙어 앉아서는 울먹이며 '싸우지 마, 엄마. 싸우지 마, 이모.' 하는 민서의 애원도 들리지 않았다.

"엄만 아니라고 하지만 사실이잖아. 엄만 평생 엄마가 되지 못한 의사가 되고 싶어 했어. 또 이사장님을 선망하고 좋아했지. 그런데 가질 수 없고 감히 탐낼 수도 없는 존재니까 대신 의사 된 날 엄마의 소망 그 자리에다가 끼운 거 맞잖아. 엄마가 나한테 농담처럼 되뇐 그 말이 내겐 억겁의 의무였어. 엄마가 얼마나 날 헌신적으로 지원해 주고 기대를 하는지 잘 알고 있었으니까 난 그걸 뿌리칠 수가 없었고."

나현이 서글프게 웃으며 명신을 건너다보았다. 절대로 이루어질 수 없는 그 소망이 완벽한 실패로 끝났다는 것을 고백했다.

"그런데 어떡하지? 그거, 안 돼. 안 되는 거라고. 난 이미 닭 쫓던 개가 된 지 오래야. 엄마, 언니. 승주 선배가 아무리 이혼남이라 해도 그 정도 조건 좋은 남자는 내 차지가 안 돼. 잘난 그 집 안주인 회장님이 날 좋아하지도 않아. 그런데 언니나 엄만 여전히 희망을 버리지 못하고 있었지."

나현이 다시 가현을 돌아보았다. 그녀를 노려보며 명신이나 가현이 믿고 싶지 않은 비참한 진실을 죄다 털어놓았다.

"그날 승주 선배랑 민서 생일 파티에 간 것, 진실이 듣고 싶니? 내가 몇 달을 귀찮게 해서 겨우 끌고 간 거야. 그것도 모르고 언니가 민서한테 '이모부' 하고 말하게 한 거, 너무 쪽팔렸어. 그런데 그 자리에 유정원이 나타나니까 언니는 나더러 마치 남편을 빼앗긴 멍청이 취급 하며 나무랐지. 차마 말도 못 하고 내가 얼마나 난처했는지 알아? 그것도 최악이었는데, 그날보다 더 최악이 생길 거라곤 미처 상상도 못 했다."

"나현아, 나는……. 그래. 오지랖 부려서 미안하다. 몰랐어."

가현이 잠시 나현의 얼굴을 바라보다 약간 겁을 먹은 표정으로 마지못해 중얼거렸다.

가현은 낯 뜨겁고 부끄러운 진실을 토로하며 비참해하고 힘겨워하는 나현의 모습을 거의 본 적이 없다.

잔뜩 독이 올라 억지가 대부분인 오기로 끝까지 나현과 대적하려던 가현의 투지가 순식간에 팍 사라지게 된 건 바로 그 순간이었다.

"모르긴 뭘 몰라! 알았지만 모른 척했겠지. 이제 언니가 그 여자한테 찾아가기까지 해서 우리 둘 약혼식 준비해 달라는 망언을 해 버렸으니 난 무슨 낯으로 승주 선배 얼굴을 봐?"

나현이 냉소를 머금으며 되물었다. 스스로를 비웃는 그 미소가 처참했다. 그녀가 주먹으로 탁자를 내려치며 소리쳤다.

"날 왜 이렇게 부끄럽게 만들어? 이런 일에 언니가 끼어들면 안 되는 거 잖아! 왜? 그렇지 않아도 거지 같은 내 인생, 얼마나 더 비참해지는 걸 보고 싶니? 언니는 대체 날 어디까지 밀어 버리고 싶은 거야?"

나현이 말도 못 하고 멍하니 지켜보고 있는 명신에게도 다시 쏟아 냈다.

"엄마, 엄마는 나한테 그냥 세상 다른 속물 엄마들처럼 돈 많이 벌고 인정받는 의사가 되라고 말해야 했어. 그건 나도 해낼 수 있으니까. 근데 엄마도 언니도 의사가 된 날 인정 안 했어. 사실이잖아!"

늘 이승주의 아내가 된 박나현, 세린병원 이사장 며느리가 된 그녀를 상상하고, 이루어지지도 않은 그 일로 자랑스러워하고 으스댔다. 나현의 영혼에 무거운 족쇄를 채워 말라붙게 만들었다.

"그런데 그건 내가 아냐. 내가 죽었다 깨어나도 절대로 만들어 낼 수 없는 나야. 지금의 나, 내가 죽도록 노력해서 만든 나, 마취과 닥터 박나현 선생은 대체 어디 있어? 이사장 며느리가 되지 못한 나는 아무런 가치가 없어? 부끄러운 딸이야?"

말을 하다 말고 나현은 결국 두 손으로 얼굴을 가리며 크게 울음을 터뜨리고 말았다.

슬퍼서가 아니라 자존심이 상해서. 자신이 지키려고 그토록 애쓰던 마지막 자존심을 산산조각 낸 사람이 다른 누구도 아닌 가족인 언니이자 엄마라는 걸 인정하려니 진짜 미칠 것만 같았다.

그런 나현 앞에서 명신도, 가현도 감히 달랠 생각도 못 하고 그저 들썩이는 나현의 어깨만 바라보며 서 있었을 뿐이었다.

"이모……."

그때, 우는 일 말고는 지금 할 수 있는 게 아무것도 없어 더 비참한 나현의 손을 잡아 온 건 어린 민서였다.

할머니와 엄마, 이모까지 흥분해서는 마치 미친 사람처럼 싸워 대는 지옥이었다. 그런 광경을 처음 본 어린 민서는 잔뜩 겁에 질려서는 오도 가도 못하고 계속 울먹울먹, 소파에 딱 달라붙어 있었다.

그러다가 늘 밝고 활기찬 이모가 마치 다른 사람이 된 것처럼 무너져서는 흐느끼는 것을 보자 그 자리를 지키고 있을 수만은 없었다. 다다 달려와 울고 있는 제 이모를 작은 팔로 꽉 안아 주며 가현을 노려보았다.

"엄마, 나빠! 이모가 울잖아. 빨리 사과해! 엄마가 잘못했어. 빨리 이모한테 잘못했다고, 다시는 안 그런다고 해."

"넌 방에 들어가 있어! 쪼끄만 게 어디서 어른들 일에 막 끼어들고 그래?"

무안해진 가현이 민서에게 화풀이를 하고 괜히 짜증을 냈다.

"넌 왜 애꿎은 민서한테 화풀이야? 어휴! 어미란 게 애 앞에서 잘하는 짓이다. 애 보기 부끄럽지도 않은지 원?"

명신이 가현에게 화를 내며 민서의 손을 잡아끌었다.

"민서야, 이모가 좀 진정해야 할 것 같아, 민서는 방에 좀 들어가 있을래? 할머니가 이모랑 엄마를 화해시킬게. 응?"

"네. 근데 엄마, 꼭 이모한테 잘못했다고 그래. 울린 사람이 잘못한 거야."

"아휴, 이젠 저것까지 내 속을 뒤집네."

가현이 제 딸을 향해 눈을 흘겼다.

그때 핸드백 안에서 나현의 전화가 울렸다. 격앙된 감정을 추스르지 못해 잠시 신호를 무시하던 나현이 간신히 얼굴을 들었다. 주먹으로 눈물을 훔치며 휴대 전화를 확인하더니 화들짝 놀랐다.

휴대 전화를 바라보면서 잠시 심호흡을 하던 나현이 마침내 전화를 받았다.

"여보세요. 어, 선배."

수화기 안에서 누군가가 말을 했고, 나현은 일그러진 표정을 수습하지 못하며 말꼬리를 흐렸다.

"그래, 알아. 음. 미안해. 내가 할 말이 없네. 응, 응. 알았어."

나현이 전화를 끊자 가현이 다급하게 물었다.

"누구야?"

"……이 선생."

"이 박사가 뭐래? 화 많이 내?"

이번에는 명신이 다급하게 캐물었다.

"어."

건성으로 대답하며 나현이 어쩔 줄 몰라 하는 가현을 물끄러미 바라보았다. 그런 짓을 해 놓고도 상대가 화를 내지 않기를 바라는 게 염치없는 거 아냐, 하고 묻고 싶은 표정이었다.

나현이 잠시 아무 말도 못 하고 가만히 벽만 바라보고 있다가 가현 쪽으로 몸을 휙 돌렸다. 그러더니 명신에게 말했다.

"내일 시간 되면 이사장님 방에서 좀 보자고 하네."

그 말은 명신에게 내일 벌어질 일에 대해서 우리 모두 대차게 각오를 해야 할 것 같아, 하는 뜻을 담은 듯했다.

* * *

다음 날 점심시간.

오전 근무가 끝난 후에 나현은 무거운 마음을 품고 이사장실로 갔다.

"나현아."

걱정이 된 명신이 그 앞을 서성대고 있다가 다가오는 나현의 팔을 잡고는 복도 모퉁이로 갔다.

"엄마가 왜 여기 있어? 모른 척해. 나한테 맡기고 그냥 근무해요."

"무조건 이 박사하고 이사장님께 미안하다고 사과해. 언니가 잘 몰라서 그랬다고, 실수 했다고."

"알았어. 알았으니까 너무 걱정 말고 가 있어, 엄마."

하루 상관인데 나현도 그렇지만 명신의 얼굴 역시 많이 상해 있었다.

경솔한 가현이 저질러 버린 어리석은 짓으로 인해 불어칠 바람이 무슨 색일지, 전혀 짐작도 할 수가 없었다.

기다리고 있었던 듯, 이사장실 비서가 별다른 말도 없이 바로 사무실 문을 열어 주었다.

소파에는 영국과 승주가 나란히 앉아 있었다. 나현이 문 앞에서 묵례를 하자 영국이 자리를 권했다.

"들어와서 앉아요, 박 선생."

"네."

나현이 자리에 앉자, 이내 비서가 차를 들고 들어와서 앞에 놓아 주었다. 나현의 등 뒤로 달칵, 비서가 문을 닫고 나가는 소리가 들렸다.

이제 이사장실에 승주 부자와 나현 세 사람만 남았다.

그때 나현은 갑자기 춥고 외로웠다. 자신이 들을 말이 무엇인지 이미 짐작하고 있기에, 이 모든 난처한 상황과 질책, 또는 원망을 다 자신이 감수하고 견뎌 내야 한다는 것에 힘이 부쳤다.

그러나 멍청한 짓을 함부로 저질러 버린 가현을 원망하는 마음 대신, 지금은 오히려 나현 자신을 비웃는 마음이 더 컸다.

조금만 더 용기를 냈더라면. 조금만 더 자신에게 정직했더라면. 아니, 조금만 더 지혜롭고 슬기롭게 굴었다면.

무엇보다 조금만 더 자신을 사랑하고 존중하고 믿었다면.

그러나 나현은 어리석게도 그녀를 한 번도 염두에 두지 않았던 승주라는 타인에게 인생의 소망을 걸었다. 절대 이뤄지지 않을 그 소망에 사로잡혀 헛발질을 하고 살았다.

'그러지 말았어야 했는데……'

어린 날 철없을 때야 그럴 수 있다 치자. 하지만 어른으로 성장하면서 치열하게 의학 공부를 해내 왔듯이, 그녀 자신의 인생에 대해서도 좀 더 치열하게 고민해 바로잡았어야 했다.

그랬다면 과거 시간의 많은 부분을 절대 손에 닿지 않는 이승주라는 허상만 바라며 쓸데없는 감정 소모와 희망 고문으로 스스로를 비참하게 만들고 괴롭히는 일은 없었을 텐데.

물론 그녀는 쉽사리 모든 것을 언니 가현에게 책임을 떠넘기고 언니와 엄마를 원망할 수도 있었다. 하지만 그건 정답이 아니었다.

결국은 이날의 모든 일은 비겁한 자신의 문제였다. 두 사람이 오판을 하게끔 내버려 두었으니까. 그들이 그러한 오해를 할 수밖에 없도록 은근히 부추기고 스리슬쩍 희망 고문을 시켜 온 건 바로 자신이었으니까. 그 책임의 90퍼센트를 나현 자신이 져야 공평한 것이었다. 새삼 누굴 원망할 것도 없었다.

자신의 오늘은 자신의 어제가 만들어 낸 결과물이라고 한다면, 나현이 앉아 있는 지금의 이 난처한 자리는 자신이 만들어 낸 어리석음과 미련의 민낯이었다.

그런 생각을 하고 있는데, 먼저 말을 꺼내기 어려운 나현의 입장을 생각한 듯 이사장 영국이 입을 열었다.

"박 선생, 일단 그게 뭐든 곡해는 말고 진솔하게 들어 줘요. 내가 왜 자넬 보자고 했냐면 말이야. 어제 내가 우리 승주로부터 이상한 얘길 하나 전해 들었는데."

"네."

"도무지 이해가 되지 않는 이야기여서. 자네에게 직접 확인을 해야 할 것 같아서 그래."

"편하게 말씀하세요. 저도 솔직하게 답변드리겠습니다."

"우리 승주 말로는, 자네 언니 되시는 분이 10층에서 일하고 있는 유정원 대표를 찾아가서 약혼식을 의뢰했는데, 그 약혼식 주인공이 우리 아들하고 박 선생 자네라고 했다는군. 사실이야?"

"네. 그렇다고 합니다."

"조금 황당하군. 어째서 자네 언니가……?"

"저희 언니가 뭔가 오핼 하고서 경솔하게 그런 짓을 한 모양입니다. 이사장님과 이 선배에게 정중하게 사과를 드리겠습니다."

"세상을 살다 보면 왕왕 오해도 할 수 있고 말도 안 되는 억측도 할 수 있지. 내가 뭐 딱히 자네 언닐 대신해서 자넬 탓하고 꾸짖으려는 게 아냐. 궁금한 건 가족인 자네 언니가 그런 말을 할 정도라면 뭔가 우리 승주와 자네 사이에 가족들이 그렇게 오해를 할 만한 일이 있었다는 말도 되니까."

영국이 승주와 나현을 번갈아 바라보더니만 쓰고 있던 안경을 치켜올리며 정색한 채 나현을 응시했다.

"이사장이 아니라 아비로서 묻는 거야. 혹시 두 사람 사이에, 우리 승주가 자네에게 책임질 일을 했나?"

"아닙니다."

나현은 이를 악물며 정확하게 대답했다.

이런 상황에 부딪혀서 구구절절 변명할 일은 아니었다. 깔끔하게 팩트 그 자체만 인정하고 설명한 다음에 책임질 건 책임지고 사과할 건 사과하면 되는 것이었다. 그게 나현 스스로 결정한 자존심을 지키는 마지막 방법이었다.

그녀는 지금 너무 민망하고 부끄러워서 아직 승주와 눈도 마주치지 못했다.

나현의 단호한 대답에 영국이 의아한 표정을 감추지 못했다.

"그런데 왜⋯⋯?"

"저와 승주 선배가 친해 온 세월도 오래다 보니, 언니는 저희가 미래를 약속할 만큼 긴밀한 관계라고 생각했나 봐요. 그런데 유정원 씨가 나타나면서 저와 승주 선배 사이가 멀어진 것 같으니까, 그걸 유정원 씨 때문이라고 생각하고는 화가 났다고 합니다. 승주 선배가 잘 사귀고 있던 절 배신하고 유정원 씨에게로 돌아갔다고 오해해서 그런 어처구니없는 짓을 저지른 거예요. 일단 언니를 대신해서 사과드릴게요. 정말 죄송합니다."

나현은 두 사람 앞에 깊이 고개를 숙였다.

"사과는 우리에게가 아니라 유정원 씨에게 해야 하지 않나? 그야말로 날벼락 같은 일이었을 텐데. 아무 상관도 없는 사람에게서 어처구니없이 기분 나쁜 일을 당한 거 아닌가."

"당연합니다. 여기서 나가면 곧바로 유정원 씨에게 가서 정식으로 사과하겠습니다."

담백하게 사과하고 상황을 설명한 나현에게 영국이 마지막으로 확인했다.

"그렇게 하겠다니 마음이 놓이는군. 그럼 자네하고 우리 아들 사이에 아무 일도 없다는 게 확실한 거지?"

"네. 저흰 같은 학교 선후배로 오래 좋은 사이를 유지한 지인일 뿐입니다. 그 이상도 그 이하도 아닙니다."

"알았어. 그럼 이걸로 이번 일은 마무리해."

"선처해 주셔서 감사합니다. 그리고."

나현은 미리 준비해 온 봉투를 영국 앞에 내려놓았다.

"이사장님. 외람되지만, 사직서입니다."

"사직서?"

"절차로 따지자면 마취과장님이신 홍 교수님께 먼저 말씀드려야 한다는 건 알고 있습니다만, 결국 이사장님께서 아실 사안이라서 제가 결례를 무릅쓰고 이렇게 내놓아 봅니다."

"박 선생, 사적인 문제와 업무는 엄연히 다른 거야. 꼭 이럴 필요가 있을까?"

"아닙니다. 제 마음이 힘들어서 그렇습니다. 승주 선배 보기도 민망하고, 유정원 씨에게도 너무 민폐를 끼쳤고. 제가 이런 불편한 마음으로 일을 계속한다면 본의 아니게 실수하거나 성심으로 업무를 처리하지 못할 것 같아서 두려워서 그렇습니다. 이해해 주세요."

"자넨 우리 병원이 필요로 하는 훌륭한 의사 아닌가. 나나 우리 승주도 자네 사과를 끝으로 이 일을 다시 문제 삼지는 않겠다고 결정했어. 굳이 이런 무리수를 둘 것까진 없는데."

"아닙니다. 너무 염치없지만 저를 한 번만 도와주세요, 이사장님."

나현은 영국 앞에서 깊이 고개를 숙이며 진솔하게 부탁했다.

"사실 지금까지 제가 지나치게 가족들에게 휘둘려 살다 보니 너무 거리가 없어졌어요. 그래서 이런 어처구니 일도 벌어진 것 같구요. 이번 일을 기회로 저도 제 인생을 어른답게 스스로 설계해 보고자 합니다. 세린병원에서 많이 배웠으니, 이번에는 그걸 바탕으로 제가 좀 더 필요한 곳으로 가서더 많은 봉사를 해 보고자 결심했습니다. 의사로서나 인간으로서 저의 성장을 위한 결정이라고 생각하시고 받아 주세요. 부탁드립니다."

나현의 반듯하고 확실한 설명 앞에서 영국도 결국 그녀의 결심을 돌리기힘들다고 판단한 것 같았다. 어쩔 수 없다는 듯 사표를 받아 드는 영국에게마지막 인사를 끝으로 나현은 자리에서 일어났다.

이사장실 문을 닫고 나오면서 나현은 자신만 아는 쓴웃음을 짓고 말았다.

그나마 영국은 빈말로나마 사직서를 반려하는 척은 해 주었지만, 옆에 앉아 있던 승주는 만류조차 하지 않았다.

나현은 그 길로 엄마 명신의 사무실로 갔다.

언제 도착했는지 가현까지 같이 앉아 있었다. 대체 또 무슨 말을 들으려고 이렇게 부르지도 않았는데 쪼르르 달려와서 앉아 있나 싶어서 한숨이나왔다.

"이사장님이 뭐래? 또 이 박사는 뭐라고 그러구? 화 많이 내시던?"

어제오늘 벌어진 일의 원인이 자신이다 보니 초조한 얼굴로 가현이 캐물었다.

"화를 내실 일도 없지. 사실대로 말하고 사과했고, 받아 주셨어. 그걸로 끝."

"정말이야? 사괄 받아 주셨어? 아, 다행이다."

가현의 얼굴이 밝아졌다. 그러나 나현은 그런 언니의 철딱서니 없는 안도감을 무시하고 명신을 건너다보았다.

"오늘도 유정원 씨가 작업하러 병원에 와 있다고 했어. 이사장님이 유정원 씨를 찾아가서 정식으로 사과를 하는 게 좋지 않을까 하셨어."

"그래야지."

"저기, 나도 따라가야 할까?"

가현이 정말 가기 싫다는 표정을 감추지 못하면서도 나현과 명신의 눈치를 살폈다.

"제발 언니가 싼 똥은 언니가 좀 치우지?"

퉁명스럽게 말하면서 나현은 명신에게 말했다.

"엄마, 나 지금 이사장님께 사직서 내고 왔어."

명신이 순간적으로 멍해서는 나현을 바라보았다. 가현도 마찬가지였다.

그러나 일이십 초 정도 나현을 가만히 응시하던 명신이 아무 말도 않고 책상 앞으로 가 핸드백을 챙겼다.

"여기서 이 말 저 말 할 것도 없어. 나가서 같이 점심이나 먹자."

먼저 나가 버리는 명신의 등만 바라보다가 가현이 우물쭈물하면서 나현을 돌아보았다.

"엄마는 또 왜 저러셔?"

"언니 눈엔 안 보여?"

나현은 공감 능력 제로인 데다가 멍청하기까지 한 가현을 노려보며 쏘아붙였다.

"엄마, 나랑 같이 사직서 내실 생각이잖아, 지금."

"뭐?"

"어제 그 낯 뜨거운 꼴, 엄마를 믿고 계시던 이사장님께 다 보여 버렸는데. 이사장님이 바보도 아니고, 일이 어떻게 진행되었는지 모르셨을 것 같아? 언니 그 오지랖 덕분에 나나 엄마의 바닥을 알아 버리신 거지. 그런데 엄마가 무슨 낯으로 계속 이 병원에서 근무를 해? 엄만 뭐 자존심 없어?"

나현은 가현에게서 싹 몸을 돌렸다.

"나도 그렇지만 이 병원에서 평생 봉직한 엄마 커리어를 진짜 볼품없이 만들어 버린 거, 축하해, 언니."

* * *

"이제 속이 좀 풀려? 네가 그린 결말이야?"

나현이 이사장실을 나가고 나서 영국이 승주를 건너다보며 물었다.

"사직서까지는 아닙니다만 그래도 박 선생이 깔끔하게 정리해 주어서 다행입니다. 명민한 사람다워요."

건조한 아들의 대답에 영국이 혀를 찼다.

"네 선에서 박 선생과 둘이서 처리할 수 있는 일을 굳이 나에게까지 가져온 이유가 뭐냐?"

"괜한 오해를 다시 만들기 싫어서요. 제가 아버지께 이런 이야기를 하자마자 당장 아버지께서도 저와 박 선생 사이에 진짜 뭔가 있지 않았느냐고 물으셨잖아요. 다른 사람들은 오죽하겠습니까?"

"그렇긴 하다만."

영국이 나현이 내놓은 사직서를 흘깃 내려다보더니 다시 아들을 응시했다.

이놈 때문에 일 잘하고 있던 의사 하나를 잃었다 싶으니 뭔가 얄밉기도 했지만, 동시에 제 여자 하나를 보호하고 제 마음을 지키기 위해 이전과는 달리 적극적으로 움직이는 승주의 모습이 낯설면서도 대견하기도 했다. 한마디로 설명할 수 없는 이중적인 감정이었다.

"만날 느리고 굼뜨던 놈이 제 마누라 일이니 번개처럼 달려왔구만."

"아직은 정원이가 제 마누라가 아니라서 더 그럽니다."

"아, 그렇지? 너희들, 아직 재결합 안 했지? 근데 왜 난 만날 그걸 잊어버리는지 모르겠다. 걔를 보면 무조건 '새아기'란 말이 바로 나와 버려."

"아버지께서 정원일 그렇게 예뻐해 주시니 정말 든든합니다. 앞으로도 잘부탁드립니다."

"팔불출 같은 녀석."

"감사합니다. 최고의 칭찬이십니다."

살짝 미소를 띠고는 승주가 자리에서 일어났다. 문 쪽으로 걸어가는 아들 등에 대고 영국이 물었다.

"너, 다음 주가 병원 근무 마지막이라며?"

"네."

"후반기엔 예정대로 로스쿨 준비할 생각이야?"

문 앞까지 간 승주가 돌아서서 영국을 건너다보았다.

"아닙니다. 정식으로 전공의 과정 시작할 생각입니다."

"어, 그래?"

승주가 자신의 미래에 대하여 이렇게 명확하게 밝힌 것은 처음이다.

은근히 승주가 자신의 뒤를 이어 의사의 길을 걸어 주었으면, 그래서 선대로부터 시작되어 이렇게 번창해 온 세린병원을 맡아 주었으면 하는 소망을 품고 있던 영국으로선 놀랍고도 반가웠다.

"네 결정을 알게 되면 네 엄만 싫어할 거다. 너에게 품은 꿈이 휘황찬란하잖아."

"상관없습니다. 경영이니, 정계 진출이니 그건 어머니 꿈이고요. 전 그 정도 그릇은 아닙니다. 관심도 없구요. 아버지, 저는 지금껏 공부해 온 대로 병원으로 돌아가서 차근차근 과정 밟고 공부 계속해서 좋은 의사가 되겠습니다."

승주가 이사장실을 나오자 기다리고 있던 비서가 묵직한 종이봉투를 내밀었다. 아까 이사장실을 들어가기 전에 미리 사 달라 부탁해 두었던 간식 꾸러미였다.

그것을 받아 들고 승주는 10층 휴게실로 향하는 엘리베이터를 탔다.

아침 일찍부터 병원에 나와서 결혼식장 설치 작업 중이던 정원이 승주를 맞이했다.

"왔어요?"

"응."

"어서 오세요. 앗, 간식입니까?"

정원과 같이 결혼식장 기초 세팅 작업 중이던 경오가 승주가 내미는 간식 꾸러미를 받아 들며 같이 인사했다.

"안녕하세요. 아침부터 고생이 많으시군요."

"저희가 하는 일이 늘 이렇죠, 뭐. 작업 중이라 좀 어지럽지만 어디든 편하게 앉으세요."

벽면 장식을 꾸미고 있던 영주도 여러 가지 준비물로 어질러진 테이블을 주섬주섬 손으로 대강 치우며 그를 편안하게 대했다.

"역시 돈 많은 남친이 좋구나."

아침부터 일하던 참이니 슬슬 배가 고파지는 시간이었다. 브랜드 커피에다가 맛있는 샌드위치까지, 경오가 승주가 들고 온 간식 꾸러미를 열며 중얼거렸다.

"야아."

영주가 정원과 마주 앉아서 대화를 하고 있는 승주 쪽을 슬그머니 살피면서 경오 옆구리를 푹 찔렀다.

정원과 승주 두 사람이 새롭게 연애를 하는 것은 이제 기정사실이니, 친구 두 사람도 언제까지 승주 앞에서 데면데면 굴 순 없었다.

또한 평소 같았으면 절대 불가능했을 병원 결혼식도 승주의 지원 덕분에 성사되었으며, 올댓파티가 기획한 이 결혼식이 TV에 나온다거나 병원으로부터 예산 지원을 받는다거나 하는 것 역시 대부분 승주 덕분이 아닌가. 솔직히 이번 결혼식 건에 있어서 승주는 올댓파티의 은인이나 다름없었다.

사업에 도움을 주신 귀인을 사적인 감정으로 박대한다?

실리파이자 성공지상주의자인 영주에게는 절대로 있을 수 없는 일이었다. 오히려 팍팍 도와주고 더 큰 도움을 받는 게 훨씬 더 바람직한 일이었다.

"잘 먹을게요. 정원아, 우리도 이참에 잠시 쉴게."

영주가 커피와 샌드위치를 챙겨서는 먼저 두 사람 앞에 놓아 주고는 경오를 끌고 휴게실을 나갔다. 두 사람이 편하게 이야기할 수 있도록 자리를 피해 주려는 것이었다.

휴게실 문이 달칵 닫혔다. 정원은 걱정스럽게 승주를 건너다보았다.

"아침에 퇴근했을 거잖아. 안 졸려요?"

"괜찮아. 집에 가서 자야지."

"이제 얼마 안 남았네. 야간 근무."

"그러니까 마지막까지 잘 일해 주고 나와야지, 뭐."

"저기, 박 교수님은 만났어요?"

"어."

승주가 커피를 한 모금 들이켰다.

"여기 와서 당신에게 정식으로 사과하겠대. 딴말 필요 없고 그냥 딱 사과만 받아 줘. 구구절절 대화를 할 만큼 편한 사이도 아니잖아."

"그건 그렇지만……. 근데 사과는 박 교수님이 할 게 아니라 어처구니없는 짓을 해 버린 그 언니가 해야 하는 거 아냐?"

"사과의 진정성을 시험받은 그쪽이 고민해야 할 문제야. 진짜 미안하다면 그 언니가 직접 와서 당신에게 사과할 거고, 그게 아니라면 박 선생이 대표로 말뿐인 사과로 끝내겠지. 하지만 상관없어. 다시는 그 사람들이 이상한 짓으로 당신을 괴롭히거나 귀찮게는 못 할 거니까."

"당신이 박 교수님을 만난 건 나름 이해가 가지만, 왜 이사장님이랑 같이 만났대?"

아침에 퇴근한 승주가 병원으로 와서 영국과 함께 나현을 만날 거라는 말을 듣고 솔직히 정원은 조금 당황했다.

어제의 그 일로 인해 충분히 기분이 나쁘긴 했지만, 승주가 이렇게 득달같이 해결할 줄은 생각도 못 했다.

물론 승주 입장에서도 존재한 적도 없는 약혼식의 주인공이 된 셈이니 정원만큼 어처구니가 없었을 거다. 이게 무슨 짓이냐고 따질 수는 있겠지만, 영국과 함께 나현을 만난다고 하니 이게 어떤 의미인가 얼떨떨했다.

"아버지 쪽에도 그렇고 박 선생한테도 그렇고, 어떤 면에서든 박 선생과 내가 사적인 섬성이 있었다는 오해를 받기 싫었어."

승주가 딱 잘라서 말했다. 일말의 여지도 주지 않겠다는 의지가 너무 뚜렷했다.

"이건 진짜 너무 웃기잖아. 나랑 박 선생 사이에 아무것도 없는데 그 언니가 우리 약혼식을 추진한다? 모르는 사람들이 보면 나랑 박 선생 사이가 특별했다, 그런 오해를 살 만한 사건이 있었다고 추측할 빌미가 다분하잖아."

"그런데 말이지, 박 교수님이 오래도록 당신을 좋아한 건 사실이잖아, 뭐."

"난 아냐."

승주의 단답이 너무 대쪽 같아서 도무지 발붙일 여지가 없었다.

이런 무심한 단호함으로 인해 그 오랜 시간 동안 옆에서 서성거리면서도 박나현이 차마 고백을 할 수가 없었을 거라는 생각이 들었다.

"그래도 박 교수님이 당신을 좋아하고 있었다는 걸 조금은 알았을 텐데."

"알았다고 해서 달라질 게 뭐가 있어? 난 아닌데. 그리고 그 마음을 받아 줄 게 아니면 그 친구가 먼저 입 밖으로 그 감정을 드러내지 않는 한, 모르는 척해 주는 게 예의라고 생각해."

"뭔가 좀 잔인해."

"누군가를 선택해서 사랑하는 일은 어차피 일대일, 배타성이 룰이야. 절대 그 사람이 아닌 다른 상대에게 관대할 수가 없어. 미안하다고, 불쌍하다고 당신에게로 온 내 마음을 다른 상대에게도 나눠 줄 순 없잖아."

정원으로선 이토록 분명한 의사를 드러내는 승주가 어쩐지 조금 낯설었다.

과거의 그는 대부분 갈등 상황에 직면하거나 곤란한 문제에 부딪히면 침묵하거나 회피하거나 모르는 척 뒷걸음질을 쳤다.

그랬던 그가 이제 자신의 선택과 삶에 대한 문제에 있어 이렇게 제 목소리를 명확하게 내고 있다. 이건 바람직하고 좋은 변화이니 지지해야 한다고 생각했다.

"그건 그렇지만……. 알았어요. 박 교수님이 사과하러 오면 쿨하게 받아줄게. 그것으로 이번 일 끝."

그러나 그건 정원만의 마무리였을 뿐이다. 이어진 승주의 말에 정원은 소스라쳤다.

"박 선생, 사직서 썼어."

"뭐? 진짜?"

전혀 예상치 못한 일이었다. 어째서 일이 이런 식으로 흘러가게 된 건지 정원은 순간 당황했다.

승주와 나현이 얽힌 것 때문에 전혀 상관없는 정원 자신이 별 말 같지도 않은 일에 휘말린 건 사실이지만, 그렇다고 이번 사건으로 인해 나현이 세린병원에서 쫓겨나다니. 이런 결과는 그녀의 예상을 한참 넘어서는 범주였다.

"말도 안 돼. 이사장님이 박 교수님을 압박했어? 아님 당신이? 설마 내가 남의 밥줄을 끊은 거야?"

"그럴 리가 있어? 박 선생이 먼저 사직서를 내놨어."

"왜? 여기 마취과, 편하고 보수도 좋아서 나름 선망하는 자리라던데?"

"새로운 변화를 꾀하고 싶다는데 뭐 어쩌겠어. 여기서 많이 배웠으니 다른 곳에 가서 많이 봉사하고 자신의 능력을 새롭게 증명하고 싶다. 본인의 의사가 그렇다니 아버지도 어쩔 수가 없었겠지. 이번 달까지 출근하는 걸로 했어."

"그래도 한 번은 잡아 줘야 하는 거 아냐? 나가겠다고 하니까 바로 나가라 해 버리면 듣는 사람 마음이 좀 그렇지? 내가 나가기를 기다리고 있었구나, 하고 오핼 하기 딱 좋잖아."

"아버지가 잡았는데, 박 선생 뜻이 강경해 보이기도 했고 놓아주는 게 맞는 거 같았어."

"어째서?"

"그 사직서가 어쩐지 박 선생에게는 마지막 자존심 같아서."

"아."

딱히 더 설명을 듣지 않아도 정원은 승주의 그 말을 이해할 것 같았다.

승주에게만은 절대로 보여 주기 싫었을 바닥과 가족들의 몰염치함을 들키고 나서 얼마나 절망적으로 부끄러웠을까. 하물며 그 방아쇠가 된 건 오래도록 마음속 연적이었을 정원 자신이었는데.

어제 언니를 끌고 나가던 나현의 시뻘게진 얼굴을 봐 버린 이상, 자신의 일이 아닌데도 그녀의 마음이 어떤지 너무 잘 느껴져서 정원의 몸조차 오그라들었을 정도였다.

나현은 사직서를 냄으로써 생각만 해도 얼굴이 붉어지는 부끄러운 과거와 숨 막히는 인간관계에서 벗어나려고 결심한 게 분명했다.

"지인이자 오래된 선배로서 박 선생의 마지막 자존심은 지켜 주고 싶었어. 그게 예의니까."

"그럼 내가 박 교수님께 죄책감 안 느껴도 되지?"

"당신 때문이 아니라니까. 어딜 가든 잘 살기를 빌어 줘. 그게 박 선생한테는 정말 고마운 일이 될 거야."

"알았어요. 만나면 꼭 그 말은 해 줄게."

승주가 자신을 물끄러미 건너다보는 정원을 마주 바라보았다.

"왜?"

"자기, 엄청 쌀쌀맞은데 뭔가 좀 따뜻해."

"뭐지? 따뜻한 아이스 아메리카노 같은 이 말씀은?"

승주가 씩 웃으며 손을 내밀어 정원의 머리카락을 흐트러뜨렸다.

정원은 질색하며 몸을 움츠려 그의 손길을 피했다.

"하지 마아. 바빠 죽겠는데도 아침에 풀메에 드라이 세팅, 짱짱하게 하고 나왔단 말이야."

"누구한테 잘 보이려고 세팅하고 나왔어?"

"그럼 후줄근하게 하고 와? 여긴 나름 전 시아버님의 회사이고 전남편, 현 남친의 관련 일터라고. 두 분 체면 생각해서 엄청 신경 쓰고 있는데."

"어이구, 그랬어요? 우리 유 대표, 장하네."

"쉰 소리 말고 빨리 가요. 가서 자. 다크서클이 눈 아래까지 내려와서는 무슨 짓이래? 얼른 가. 난 일해야 해."

정원이 웃으며 그를 문 쪽으로 밀어 냈다.

"가기 전에 한 번만 해 주라."

승주가 실실 웃으면서 자신의 입술 쪽에다가 정원의 손을 가져다 놓았다. 남몰래 키스 한번 하자는 뜻이었다.

"헛! 신성한 일터에서 이게 무슨? 주접부리지 말고 빨리 가요."

말은 그리 하면서도 유정원은 어쩔 수 없는 사랑의 노예였다. 얼른 그의 입술에 쪽 하고 뽀뽀를 해 주었다.

"저녁에 집에 올래?"

"응. 저녁에 고기 사 줘. 요새 일이 많아서 기운 빠져. 고기 먹어야 해."

"알았어. 퇴근할 때 전화해."

"글구 주말에 자기도 시간 좀 내줘요."

"왜?"

"타투 샵 예약해 뒀거든."

정원이 승주의 팔짱을 꼭 꼈다.

"약혼반지 사는 대신 커플 타투라도 하자. 바로 여기."

정원이 승주 눈앞에 손가락을 내밀었다. 왼손 약지.

승주가 휴게실을 나가고 나서 정원은 복도 끄트머리 벤치에 옹색하게 앉아 있는 두 친구를 바라보았다. 멋쩍게 웃으며 두 팔로 사랑의 하트를 날렸다.

"두 분 이제 그만 들어오세요. 유정원 볼일이 다 끝났어요오옹."

* * *

같은 시간, 나서희는 승주와 맞선을 본 조영화의 모친과 통화를 하고 있었다.

"안녕하세요. 먼저 연락이 늦었던 점, 죄송하다는 말부터 드리겠어요."

어찌 되었건 만만치 않은 상대와 통화 중이다. 나서희는 조영화에 대한 경계심과 뜨악함을 가슴 깊이 집어넣고 최대한의 예의를 지키고자 안간힘을 다했다.

"양가 맞선에 있어 마무리를 지어야겠다 싶어서 실례를 무릅쓰고 전화드렸습니다. 제가 이 전화를 드리기 전, 다시 물어보았는데 아무래도 아들 뜻이 저와 다른 것 같군요."

거절은 확실해야 한다. 승주가 조영화에게 직접 연락을 해서 거절을 할 리가 만무하니 자신이 먼저 나서서 빨리 확실하게 매듭을 지어야만 했다.

정원과 승주의 만남에 대한 분노와는 별개로, 조영화는 나서희에게 있어서도 몹시 기분 나쁜 상대였다. 잠시의 연조차 맺어선 안 되는 대상이었다.

그녀와의 짧은 만남을 통해 느꼈던 불쾌하고 섬뜩한 예감의 인연을 가능한 한 빨리 끊어 내야만 했다.

"여러모로 맞는 구석이 많을 듯싶어서 소개하신 분을 믿고 맞선 자리에 나가긴 했죠. 그런데 제 아들은 아직은 재혼할 마음이 없다고 합니다. 아들입장에서 평생의 반려로 생각하기에 따님이 너무 과분한 존재라고 생각하는 것 같아요. 그런데 어제 말이죠. 따님께서 직접 절 찾아오셨더라고요."

순간, 수화기 너머의 그 모친은 놀라는 기색이 역력했다.

ㅡ우리 애가 회장님을 찾아갔다고요?

순간 나서희는 뜨악해졌다.

어제 조영화는 자신의 부모가 승주에 대한 관심을 적극적으로 표현해 대서 어쩔 수 없이 찾아왔다고 핑계를 댔었다.

그런데 정작 그 모친은 까맣게 모르는 일이었던 게 분명했다. 마음이 급했던지 딸애가 결례를 저지른 것 같다며, 미안하다고 먼저 허둥대며 사과했다.

그 모친의 궁색한 사과를 들으면서 나서희는 속으로 욕을 했다.

'미쳤어. 제 부모한테도 거짓말? 혹시 그 계집애, 중증 허언증 환자 아냐?'

하지만 그런 말을 대놓고 뱉을 수는 없었다.

그런 나서희의 마음을 읽을 수가 없으니, 수화기 안에서 조영화의 모친이 계속해서 사과하고 해명하려 애를 쓰고 있었다.

—맞선 자리 후에 제가 딸에게 전해 들은 이야기가 조금 달라서 이거 참 뭐라고 말을 할 수가 없군요. 저는 두 사람이 좋은 감정을 가지게 되었다고 들었고, 그래서 본격적으로 혼인에 대한 진행을 해야겠구나, 집안 간 의논을 할까 싶어서 언니 되시는 나 이사장님께 나 회장님 연락처를 여쭈었던 것이랍니다. 그런데 아드님 쪽에서 거절이라 하시니…….

"저 역시 따님께 들은 바가 달라서 난처하군요. 전 분명히 그쪽 어르신들이 우리 승주에게 호감이 많아서 맞선을 보신 따님을 압박한다고 들었거든요. 대체 뭐가 진실인지……?"

그러나 상대방은 더 이상 나서희의 말에 반박하거나 화를 내지 않았다. 오히려 깊은 한숨을 내쉬었을 뿐이다. 그 한숨과 이어진 침묵은 '그럼 그렇지' 하는, 익숙하고 오래된 체념 같았다.

이전에도 잦았을 조영화의 맞선이 계속 이런 식으로 파투가 난 게 분명하다고 확신한 순간이었다.

하긴 그 표독함이며 안하무인이던 태도, 모든 사람을 하대하고 제멋대로 구는 천박한 인성을 들킨다면 과연 어느 누가, 어떤 집안이 반겨 줄까? 나서희가 본 조영화는 번쩍거리는 도금칠마저 벗겨져 누구도 집어 가지 않을 싸구려 인형 수준이었다.

'흥, 그따위 망나니를 단지 이혼남이라는 이유로 우리 아들한테 속여서 떠넘기려다가 또 실패한 거로군. 낯이 없나 봐?'

대놓고 미친 거 아니냐고, 이런 식으로 사람을 기만하고도 무사할 줄 알았느냐고 한마디 쏘아붙이고 싶었지만, 이쯤에서 입을 다물 정도의 상식은 나서희도 가지고 있었다.

아무리 방계라 해도 조영화의 배경이 내로라하는 재벌가 대영 측이다 보니, 대놓고 무안 주고 화를 내기에는 껄끄러웠다.

그러나 그 딸도 상식 밖이더니, 그 어머니란 사람 역시 보통 상식으로선 조금 이해하기 힘든 구석이 있었다.

최고 지성인의 표본인 판사라더니, 정작 개망나니 딸 일에는 그 냉철한 이성이 작동되지 않는 모양이었다.

—이야기가 묘하게 얽혀서 서로 민망하게 되어 버린 건 유감이군요. 그나저나 나 회장님.

"네?"

—어차피 이렇게 이야기가 나와서 드리는 말씀입니다만, 우리도 그렇거니와 우리 딸도 아드님을 참 좋게 느끼고 있는 것 같아요. 가능하다면 한번 더 만나게 하는 건 어떨까요? 사람이 어떻게 한 번을 보고 그 속까지 알겠어요? 우리 애를 다시 만날 수 있도록 아드님을 설득해 주시면 안 될까요? 전 우리 딸에게 기회를 한 번 더 주고 싶어요.

이건 또 무슨 귀신 씻나락 까먹는 소리야?

나서희는 자신도 모르게 얼굴을 찡그리고 있었다.

—서로 알다시피 이렇게 두 집안을 연결시켜 주신 분이 바로 나 회장님 언니 되시는 나 이사장님 아닙니까? 그분 낯을 보아서라도 이렇게 한 번 만나고 나서 칼로 자른 듯이 딱 끊는 것이 뭔가 좀 걸리는군요.

순간 듣고 있던 나서희의 미간에 주름이 깊어졌다.

'뭐야, 협박이야?'

희영의 아들 용건우의 재판을 담당하는 주임 판사가 바로 수화기 너머 조영화의 모친이라 했지. 나와 내 딸을 무시하면 너에게도 좋을 게 없다고 돌려서 압박하는 것처럼 들렸다.

'흥. 웃겨, 정말. 어디서 감히? 어림없지.'

그쪽에서 자신의 얼굴이 보일 리 없기에 나서희는 오기 서린 코웃음을 쳤다.

한 다리 건너 천 리라고 했다. 나서희에게 있어서는 조카 건우의 재판 결과보다 아들 승주의 미래가 더 중요했다.

조영화의 모친이 안달할수록 그 딸의 흠결과 모자람이 더 부각되고 있었다.

평생 넘치게 특권층으로 살아서 목이 뻣뻣할 그 어머니가 이런 식으로 비굴하게 사정하는 것도 모자라서 협박 비슷한 것까지 해 가며 억지로 딸을 들이미는 데서 그 딸 영화가 얼마나 그 집안의 골칫거리인지 짐작이 갔다. 당장 눈앞에서 치워 버려야 하는 악성 암 덩어리란 거다.

절대 그따위 너희 딸하고 우리 아들을 엮이게 하지 않을 거다. 나서희의 결심은 굳어지기만 했다.

형편없고 못난 딸자식을 감히 내 아들에게 갖다 붙이려는 네 속셈이 너무 잘 보여서 환멸 난다고 쏴붙이고 싶었다.

"그건 좀 곤란하겠어요. 당사자인 우리 아들이 댁의 따님과 다시 만나는 게 부담스럽다는 의사를 분명히 밝혀서요. 어미인 저도 어찌할 수가 없답니다. 이렇게 두 집안이 서로 혼약은 맺지 못하게 되었지만, 그래도 이것도 인연이겠죠? 다른 자리에서 만날 때는 서로 인사라도 해요. 그럼 이만 전화 끊겠습니다."

나서희는 상대가 무슨 말을 더 하려 하는 것을 모르는 척하며 먼저 전화를 끊어 버렸다.

기껏 전화 한 통인데 하루치, 아니, 일주일 치 기력을 다 써 버린 기분이었다.

잠시 한 손으로 머리를 짚고 있던 나서희가 얼마 후 인터폰을 눌렀다.

—네, 회장님.

"차 대기시켜요. 외출할 거야."

—알겠습니다.

남편 영국과의 약속 시간이 다가오고 있었다.

'어디 만나기만 해 봐, 내가 가만히 있는지.'

이날 나서희는 영국과 끝장을 볼 작정이었다.

잔뜩 공을 들인 아들 승주의 재혼 문제가 이런 식으로 배배 꼬인 것도 다 영국 탓만 같았다.

일방적으로 이혼 선언을 하고 집을 나가 버린 것도 기함할 판에, 영국이 승주와 꼴같잖은 전 며느리 유리와의 재결합을 지지하고 편들어 준다는 사실을 알아 버린 나서희로선 정말 울화통이 치솟아 참을 수가 없었다.

* * *

30분 후, 나서희는 세린병원 이사장실에서 남편 영국과 마주하고 있었다.

그가 일방적으로 이혼을 선언하고 집을 나간 후 처음이었다.

비서가 두 사람 앞에 찻잔을 놓아 주고 방을 나갔다.

그러나 영국은 그 찻잔에 손을 댈 생각도 않고 빤히 나서희를 건너다보며 이죽거렸다.

"바쁜 사람 보러 왔으면 용건부터 처리하시지. 내가 당신처럼 시간 남아도는 한가한 사람으로 보여?"

"차나 마셔요."

"우아하게 차나 마시면서 서로 마주 볼 만큼 우리 사이가 편하지 않을 텐데? 뜸 들이지 말고 본론만 말해."

영국이 퉁명스럽게 되쏘았다. 그 말에 나서희는 찻잔을 놓고 그에게 따져 물었다.

"당신, 예전부터 승주가 그 앨 만나는 걸 알았다면서요?"

"'그 애'가 뭐야, 그 애가? 쯧!"

영국이 혀를 찼다.

"새아기는 이름 없어? 이름을 불러 주기도 부끄러울 만큼 새아기가 모자라고 부족해? 쯧."

나서희를 쳐다보는 그의 눈빛에는 누구라도 알아볼 만큼의 강한 분노와 경멸이 담겨 있었다.

"사람이 어째 그래? 여하간 사람을 두고 층 나누고, 격 따지고, 편 가르는 일은 참 잘해, 나 회장? 나이가 그만해도 당신은 참 안 변해. 그치?"

"그래서 승주가 그 앨 다시 만나는 걸 알고서도 입 벙긋 안 하고 묵인했어요? 아니, 묵인이 뭐야? 잘해 보라고 부추기기까지 했다면서요?"

"부추긴 게 아니라 격려했어, 왜?"

나서희의 강한 추궁에도 영국은 끄덕하지 않았다. 오히려 자신이 잘했다고 주장했다.

"이제 그놈이 정신 차리고 제대로 된 제 길을 찾아간다는데 그럼 잘했다고 박수 쳐 줘야지. 또 쓸데없는 욕심으로 앞길을 막아, 그럼? 부모라면 절대 그러면 안 되지."

"제대로 된 제 길이라니요? 평생 도움 하나 안 될 그딴 앨 다시 만나 목매달고선 부모한테 거역하는 게 제 길 잘 가는 거라고요? 당신 미쳤어요?"

"미친 건 내가 아니라 당신이야. 제발 정신 차리세요, 나서희 회장. 제가 행복한 게 뭔지 이제야 깨달았다는데 그걸 왜 부정해? 그것도 엄마가?"

"행복 같은 소리! 세상을 다 가질 수 있는 녀석이 겨우 사금파리 한쪽 주워 들고 만족해하는 꼴이라니, 기가 차서!"

"승주 행복을 당신이 정하지 말라고 몇 번이나 말해? 이 세상 사람들을 전부 당신 마음대로 주물럭거릴 수 없다는 걸 대체 언제쯤 깨달을 셈이야? 난 승주와 새아기가 같이 있을 때 정말 행복해 보여서 좋았어. 둘이 잘될 수 있도록 도울 생각이야."

"어디 그렇게 될지 한번 두고 봅시다."

"그거야 진짜 두고 볼 일이지. 당신이 이기나 승주가 이기나. 그렇지만 경고하는데, 또 새아기 잡을 생각은 마. 당신 그런 짓 또 하면 진짜 천벌받아. 나도 이번에는 당신의 경거망동을 절대 좌시하지 않을 거야."

아버지의 이름으로 승주와 정원의 재결합에 적극 관여하겠다는 영국의 정식 선언이었다. 그의 경고 앞에서 나서희가 콧방귀를 꼈다.

"흥. 세상만사 심드렁한 당신답지 않게 왜 이래요? 그놈의 새아기! 언제 적 일이야, 그게?"

"당신한테는 그깟 '그 애'일지 몰라도 난 언제나 새아기야. 그렇게 예쁜 애를 어디서 찾아?"

"예쁘긴? 눈앞에서 살살 웃고 알짱거리면 그게 다 예쁜 거야? 남자들은 하나같이 왜 이렇게 멍청한지 모르겠어. 당신이 뭐라건 승주는 내 아들이니까 내 식대로 처리할 거예요. 내 권리니까. 아들 인생 나서서 망치지 말고 그냥 예전처럼 방관만 해요. 알았어요?"

"당신하고 이야기하느니 차라리 벽에 대고 말하는 게 낫겠어."

영국이 한심스럽기 그지없다는 표정이 되어 나서희를 건너다보며 인상을 썼다.

"대체 당신은 결혼을 뭘로 생각하기에 계속 이러는 거야? 둘이 행복하게 잘 살려고 결혼하는 거 아냐? 승주가 새아기랑 다시 만나서 행복해지려 한다는데 왜 반대해? 왜 방해를 하려 하냐고! 당신은 결혼을 거래로만 생각하니 이런 참사가 벌어지지. 아주 그냥 복에 겨워선, 쯧! 제 발로 들어온 복덩이를 걷어차면서도 잘못하는지도 몰라."

"복덩이? 누가? 온갖 좋은 집안 딸들이 좋다고 달려드는데. 하잘것없는 그깟 계집애한테 내 아들을 내줄 것 같아요? 어림없지!"

"온갖 좋은 집안 딸이 달려들어? 어느 누가? 천하의 골칫덩이로 소문난 대영 그룹 망나니 조카딸 따위나 덤벼들 테지. 집안 배경에 눈멀어서 그깟 걸 좋다고 손 내밀고 승주하고 엮으려 들면 당신은 진짜 어미 자격이 없어. 알아?"

망설이지 않고 신랄하게 내뱉는 영국의 말에서 나서희는 영국이 상상 이상으로 나쁘고 섬뜩하던 조영화의 실체에 대하여 상당 부분 인지하고 있음을 깨달았다.

그것을 미리 알고 충분히 경고했음에도 불구하고 굳이 승주를 선 자리에 내보냈던 나서희에게 영국은 비웃음을 감추지 않았다.

"다시 한번 충고, 아니, 경고하는데 승주 일에 당신은 그냥 아무것도 하지 마. 부탁한다."

"웃기지 마요. 내 아들 일에 왜 내가 아무것도 안 해야 해? 당신이 뭐라건 난 내 할 일을 할 테니까 신경 꺼요. 당신이나 방해하지 말라구요."

"인생, 매사 그렇게 살면 좋아? 앞으로 당신 인생이 얼마나 외롭고 황폐해질지 내 눈에는 보이는데 당신만 모르지?"

"자기 아낼 두고 꼭 그렇게 악담을 해야겠어요?"

"아내 같은 소리! 우리가 언제 제대로 된 부부였던 적이 있었어?"

영국이 냉소를 지으며 콧방귀를 뀌었다.

"승주 이야기를 하려고 날 만나러 온 건 아니잖아? 우리 일이나 정리하자고. 그래. 이혼, 당신의 결론이 뭐야?"

"이혼 같은 소리! 당신이 유책 배우자라서 이혼 요구조차 할 수 없단 거 몰라요?"

"그럼 이혼 말고 졸혼해!"

영국이 망설임 없이 내뱉었다.

"지금처럼 별거하자. 서로 보지 말고 따로 살면 돼. 스트레스 안 받고 마음 안 긁고 각자 인생 각자 살면 그만이잖아."

"이럴 때 아버지가 돌아가신 게 정말 원망스럽군요. 아버지 생전에는 이런 말 한마디 벙긋 못 했으면서?"

"했어. 왜 이래? 당신 기억은 당신에게만 유리한 쪽으로만 선택적이군?"

영국이 대놓고 빈정거렸다.

"대가로 난 당신 아버지에게 불려 가서 죽어도 못 잊을 수치스러운 기억을 얻게 되었고 말이지."

그 말이 거짓이 아니라는 듯 영국의 얼굴에는 그림자처럼 드리운 모멸감이 여전히 서려 있었다.

"그러고 보면 장인어른이 말이야, 막내딸을 사랑하신 게 분명해. 만사 바늘로 찔러도 피 한 방울 안 날 만큼 계산 빠르고 냉철한 그 양반이 성질 보통 아니신 장모님의 분노에 맞서면서까지 당신을 낳게 한 걸 보면 말이야."

순간 나서희의 얼굴에도 깊은 모멸감이 어렸다.

본처가 아니라 첩의 소생이라는 원죄는 평생 그녀의 영혼을 갉아먹는 가시, 맹독의 올가미였다. 그것을 남편 영국이 뒤집어 놓자 그 아픔이나 수치심이 배가 되는 기분이었다.

"자식에게까지 무정해서 어지간한 일은 끄덕도 안 하던 그 양반이 날 불러다 놓고 당장에라도 죽일 듯이 호령을 하셨지. 참 감동이었어. 내 딸은 절대로 이혼녀가 되지 않아, 모시고 살아도 모자랄 판에 어디서 감히 이혼이라니? 하고 호통을 쳤다니까. 그러고 보면 당신은 부친 복은 있어. 그렇지 않아?"

"조심해요. 말 삼가요."

"듣자하니 장인어른도 나름 편력이 화려했다는데 말이야. 그런데 그 많은 애인들에게서 자식을 본 건 당신 하나잖아."

영국의 말을 듣고 있던 그때, 갑작스레 나서희는 이 근래 잊고 살던 죽은 부친이 몹시 그리웠다.

누가 뭐라건, 무엇이 어찌 되었건 부친 나 회장이 살아 있을 때는 그녀의 위치나 정체성, 위세는 남편을 위시한 남들 앞에서 늘 굳건했다. 누구도 감히 흔들거나 침범할 수 없을 만큼이었다.

죽은 친정아버지를 생각하자, 자신이 오롯이 혼자라는 외로움의 자각이 강렬해졌다.

무뚝뚝하고 권위적이기는 했지만 그래도 막내딸인 그녀에게는 나름 다정하셨다. 가능하다면 예전처럼 그 아버지에게 달려가서 '애 아빠가 나빠요, 화나요, 억울해요' 하고 잔뜩 하소연하고 무릎에 기대 엉엉 울 수라도 있다면, 얼마나 좋을까.

주변에 마음 터놓고 의논하고 의지가 될 수 있는 사람이 내겐 아무도 없구나, 새삼 가슴이 저리도록 실감되는 순간이었다.

순간적으로 허약해진 자신의 그런 마음이 무서워서 나서희는 더 기를 쓰고 오기를 부렸다. 나는 강하다, 못 할 게 없다, 누가 이기나 두고 보자며 더 억지스러운 주장을 펼쳤다.

"당신이 계속 이런 식으로 나온다면 나도 진짜 가만 안 있어요. 이제 뭐 서로가 볼 장 다 보자는 것 같은데. 다 잃고 빈털터리로 쫓겨나고 싶어요?"

"다 가져가세요. 안 말려요."

영국 역시 지지 않고 강하게 되받아쳤다.

"빈손으로 쫓겨나서 늙은 몸뚱어리로 홀로 떠돌아도 좋으니까 당신하고 안 살고 싶어. 40년째 묶인 올가미에서 벗어나고 싶다고. 그래, 맘대로 해 봐, 어디."

어떤 협박도 먹히지 않고 그 무슨 회유도 필요 없다는 강력한 표현이었다.

그래서 나서희는 문득 몸서리가 쳐졌다. 자신이 어떻게 하든 영국이 품은 이혼에의 결의를 되돌릴 수 없고 자신은 그것을 깨트릴 수 없을 것 같다는 절망 때문이었다.

결국 그녀는 바늘처럼 뾰족하게 날을 세우면서 영국에게 항의했다.

"당신은 아비로서 책임감도 없어요? 아직 우리 해민이, 미혼이야. 그 애가 결혼할 때까지는 절대로 이혼 못 해. 알았어요?"

"하다 하다 이젠 해민이 핑계로군. 해민이가 당신 그런 말을 들으면 참 감사하다고 하겠어."

여전히 지지 않고 영국이 또 비웃었다.

"우리가 쇼윈도 부부인 건 세상이 다 알아. 이제 와서 해민이 혼사가 우리 이혼하고 무슨 상관이 있다고? 그리고 해민이는 좋아하는 사람이 따로 있어. 엉뚱한 놈 가져다가 애 앞에 들이밀면 어지간히도 좋아하겠어? 또 한 번 승주 꼴 나는 거 보고 싶어서 그래?"

"딸애 인생 놓고 아주 악담을 하세요."

"악담이 아니라 진실이에요, 나 회장님. 상대가 원치도 않는 호의를 베푸는 척하면서 세상만사를 당신 뜻대로 움직이는 그 수법에 참 많이도 당했지, 내가."

"어디서 감히? 말 함부로 하지 말라고 내가 몇 번을 말해요?"

"어디서 감히? 쯧, 그 말이 왜 안 나오나 했다. 이렇게 입만 열면 못되게 말하는 남편이 뭐가 아쉬워서 이혼을 안 해 주신대, 나 회장? 미련스럽게 굴지 말고 당신, 계산 잘해 봐. 날 쫓아내고 백화점이고 병원이고 혼자 독차지하는 게 더 낫지 않아?"

"그 나이에 알거지 되어 마누라한테 쫓겨나면 모양새 한번 참 좋겠어요. 당신은 욕심도 없어요? 평생 일군 병원이며 업적을 다 빼앗겨도 그딴 여유를 부릴 수 있나 어디 두고 봅시다."

"이래도 한평생, 저래도 한평생. 길어 봤자 내 인생 20년 남았어요. 그 시간이나마 내 마음대로 편안히 살겠다는데 당신이 무슨 상관이세요?"

영국이 소파에서 몸을 일으켰다.

"세상에서 제일 바쁜 당신이 여기서 이렇게 시간낭비하고 있어도 돼? 결론 안 날 이야기는 무의미하니까 이만 가세요. 당신이 이혼은 죽어도 싫다니까 졸혼으로 결론 내자고. 다른 여자들은 다들 우리 나이쯤 되면 하나같이 독립을 꿈꾸고 졸혼을 원한다는데 당신은 어째 혼자만 조선 시대야? 죽어도 저 싫다는 남편 바짓가랑이를 붙잡고 왜 끝까지 놓아주질 않아?"

마치 대차게 뺨을 한 대 후려 맞은 기분이었다. 그만큼 모욕적이었다.

나서희는 창가에 서 있는 영국의 등만 한참 동안 노려보다가 입술을 깨물고 휙 돌아섰다.

끝장을 보겠다고 작정하고 온 자리였지만, 결국 아무런 수확도 얻지 못하고 빈손으로 물러나야 할 판이었다.

마음만 먹으면 누구든 휘두를 수 있었고 뭐든 처리할 수 있었던 자신은 어디 가고, 이런 식으로 입호령만 하는 종이호랑이 처지가 되었는지, 스스로에게 화가 나고 서글플 뿐이었다.

* * *

그 시간에 정원은 여전히 병원 결혼식 준비로 이리 뛰고 저리 뛰고 있었다.

"안녕하세요!"

정원은 병실로 들어서며 명랑하게 인사를 건넸다.

병원 침상에 누운 전신 마비 환자. 얼마 전 중환자실에서 벗어나 일반 병실로 올라온 주말의 환갑잔치 주인공이 이미 몇 번 본 정원에게 인사 대신 눈을 몇 번 끔뻑해 보였다.

"기분이 좋으시네. 인사를 몇 번이나 하시고?"

24시간 간병을 맡고 있어 환자의 눈 깜빡임을 통해 의사소통을 하는 간병인이 미소 지으며 말했다.

"당연히 기분이 좋으셔야죠. 주말에 좋은 일이 있는데요, 그죠?"

명랑하게 대답하면서 정원은 병상 옆으로 다가가 앉았다.

"오늘 제가 온 건요, 우리 숙부님, 그날 입으실 의상 피팅하러 왔지요."

그리고 정원은 들고 온 가방에서 병상에 누운 주인공이 환갑잔치 때 입을 의상을 짠하고 꺼내 보였다.

"어머나! 멋지다."

간병인은 물론이고 마침 링거를 바꾸러 온 간호사까지도 정원이 내보인 의상에 감탄을 터뜨렸다.

"이거 어떻게 만들었어요? 신기하다!"

"저희가 자체 제작 했어요."

"아, 그래서 일전에 저한테 환자복 한 벌을 빌려 달라고 부탁하셨구나. 그런데 이렇게 근사하게 변할 줄은 생각도 못 했네."

간호사가 신기한지 몇 번이나 정원이 가져온 옷을 이리저리 돌려 보았다.

정원이 가져온 의상은 기존 환자복에 나비넥타이와 검은 턱시도 문양을 프린팅해서 얼핏 보면 병상에 누워 있는 그도 정장을 입은 것처럼 보이게 만든 코스튬 환자복이었다.

사고를 당한 이후, 지금껏 한시도 병상을 벗어난 적 없는 전신 마비 환자. 그러나 곧 있을 조카의 결혼식 겸 본인의 환갑잔치에 입을 특별 의상으로서 이전에도 없었고 이후에도 없을, 세상에서 단 한 벌뿐인 맞춤 환자복이었다.

"숙부님께는 최고의 날이잖아요. 그런데 환자복 차림으로 결혼식에 참석하실 순 없죠."

정원이 상냥하게 말하며 새롭게 만들어 온 환자복을 병자의 눈이 바로 닿을 탁자 옆에 놓아 주었다.

"숙부님, 이번 주말에 이 옷 입으시고 결혼식 보셔야죠. 환갑잔치도 하시구요, 멋지게 머리에 포마드도 바르시고, 아셨죠?"

환자가 눈을 끔뻑였다. 입술로는 벙싯 웃고 있는데, 눈에는 눈물이 고여 가고 있었다.

"그러니까 기운 내셔야 해요. 새 옷 입으시고 좋은 날 맞으시게 절대로 아프지 않기. 약속."

정원은 움직임이 없어 화석이 되어 버린 듯한 그의 손가락에 자신의 손가락을 걸었다.

사람은 눈빛으로도 진실을 말한다는데 그와 눈을 맞추며 정원은 그가 얼마나 그 순간을 기대하며 설레고 있는지, 지금 얼마나 기쁜지, 고마워하는지 생생하게 읽을 수 있었다.

'너무 기분이 좋다. 정말 고맙다.'

그렇게 말하고 있는 환자와 눈 맞춤을 하면서 정원은 자신이 이런 일을 추진할 수 있는 파티 플래너라는 것에 다시 가슴 뻐근하도록 큰 보람을 느꼈다.

일생의 대부분을 좁은 병실 안, 침대에서만 보낸 중년 사내가 처음 맞이하는 특별한 행사. 그가 마지막 순간에 자신의 인생을 떠올릴 때, 가장 환하고 행복한 추억의 순간이 되어 주기를.

반드시 그렇게 만들어 드리겠노라고 정원은 다시금 굳게 다짐했다.

그때 병실로 미리 시간 약속을 해 둔 신랑 신부가 들어왔다. 환자와 인사를 나눈 후 정원과 그들은 곧장 결혼식 리허설에 들어갔다.

"여기가 지난번 메일로 보내 드린 결혼식장입니다."

정원은 10층 휴게실에서 결혼식 준비 사항을 신랑 신부에게 공개했다.

"결혼식 전날, 금요일 저녁이죠? 저희가 여길 다 꾸미면 한 번 더 와 주세요. 그때 최종 리허설 겸 마지막 컨펌 들어갈게요. 그땐 PD님도 오셔서 방송 동선 다시 확인하실 거예요."

"감사합니다."

"대표님, 진짜 너무 꼼꼼하세요. 숙부님 턱시도 환자복까지 준비해 주시고. 감사해요."

"뭘요. 이게 제 일인걸요. 알아주셔서 저희가 오히려 더 감사합니다."

정원의 설명을 듣고 자신들의 눈으로 확인해 가는 결혼식 및 환갑잔치 준비 과정이 무척 만족스러웠던 신랑 신부가 이구동성으로 감사 인사를 건넸다.

 행사를 준비하는 입장에서 이런 인정, 칭찬을 들으면 갑자기 기운이 솟구쳤다. 더 잘해 드리고 싶다는 의욕이 마구마구 샘솟았다.

 "그런데 여기 결혼식장에는요, 신랑 신부랑 부모님, 그리고 주례랑 주치의 교수님만 들어오시는 건 아시죠?"

 "네."

 "일반 하객들은 식당에 마련된 모니터로 결혼식을 시청하시게 돼요. 아시겠지만 숙부님 상태가 워낙 불안정하다 보니, 만에 하나 하객들로 붐비는 좁은 공간에서 감염이라도 되면 큰일이잖아요."

 "일전에 교수님께 전해 들어서 알고 있습니다. 이 정도로 배려해 주셨으니 얼마나 다행인지 모르겠습니다. 저흰 여기서 결혼식을 하게 된 것만으로도 만족합니다. 정말 고맙습니다."

 "감사 인사는 제게 하실 게 아니라 병원 이사장님께 해 주세요. 이사장님께서 특별히 허락해 주셔서 이번 행사가 가능하게 되었거든요. 오늘 출근하셨는데, 혹시 잠시 인사드릴 시간이 있으실까요?"

 "네. 그럼요. 당연히 감사 인사를 드려야죠."

 "그럼 3층 이사장실로 가시면 돼요. 제가 신랑 신부 두 분께서 인사드리러 올지도 모른다고 비서님께 미리 이야기해 두었거든요. 두 분이 방문하신다고 이사장님께서도 알고 계세요."

 "여러모로 신경 써 주셔서 진짜 감사하다는 말밖에는 할 게 없네요."

 "고객님이 기뻐해 주시니 저희도 감사합니다. 저도 지금 결혼식 꽃 장식 때문에 사람을 만나야 하는데, 지금 같이 내려가시죠."

 세 사람은 엘리베이터를 타고 이사장실이 있는 3층으로 내려갔다.

 두 사람이 이사장실로 들어가는 걸 보고, 정원은 기다리고 있을 외부 플로리스트를 만나기 위해 돌아서며 전화를 걸었다.

"양 대표님, 저 유정원인데요. 지금 어디 계세요?"

—아, 유 대표. 나 지금 주차장 도착.

"제가 지금 3층 로비에 있어요. 기다릴게요. 올라오세요."

—알았어.

5분 후에 정원은 이번 결혼식의 또 다른 협업자인 플로리스트 양은소를 만났다.

"언니, 아니, 양 대표님!"

"야, 코맹맹이 소리 내지 마. 징그러. 얼마나 날 파먹으려고 초장부터 애교질이야?"

올댓파티 개업 초기부터 긴밀한 인연을 이어 온 은소다. 그래서 올댓파티 팀들과 두루두루 친한 그녀가 몸서리를 치며 한 발 물러서는 척했다.

두 사람은 하하 웃으며 손을 잡고 인사를 나눴다.

"언니, 저희를 도와주셔서 감사해요. 정말."

"이번 주말, 내 행사가 빠그라진 걸 다행으로 생각해. 나 같은 고급 인력, 막 못 쓰는 거 알지?"

"알지, 그럼. 이번에 도와주셨으니 다음 언니 행사 때 우리도 팍팍 협조할게요."

"오케이. 가 보자고! 행사장이 어디야?"

"어제 메일로 보내 드린 거 보셨을 테니까 아실 테지만 메인 장식 들어갈 곳이 두 군데, 아니, 세 군데…… 엇!"

걸어가면서 은소에게 설명하던 정원이 순간 얼어붙었다.

마찬가지로 화장실 쪽에서 나와 엘리베이터를 향해 걸어오던 상대 역시 깜짝 놀란 표정이 되어 걸음을 멈추었다.

기껏 2, 3초가량의 짧은 시간이었다.

그러나 예기치 못한 순간, 예기치 못한 곳에서 마주친 채, 걸음을 멈추고 서로를 응시하며 서 있던 정원이나 나서희 두 사람에겐 마치 억겁과도 같이 긴 시간이었다. 전신을 물들이던 놀람과 난처함, 당혹함은 두 사람 다 똑같았다.

"안녕하세요? 오랜만에 뵙습니다."

그렇다고 모르는 척, 외면하고 지나쳐 버릴 수도 없다. 결국 정원이 어른 대접을 하는 셈치고 먼저 꾸벅 고개를 숙여 인사했다.

"그래. 오랜만이구나. 넌 여기 웬일이니?"

나서희도 재빨리 마음의 동요를 갈무리하며 쌀쌀맞게 물었다.

나서희 입장에서 정원은 여기 세린병원 로비에 서 있으면 안 되는 사람이었다. 그런데 정원이 이곳을 제집처럼 자유롭게 활보하고 있다니.

방금 전 영국과의 설전으로 상처 입은 마음보다 더 강한 불쾌함과 불안함이 나서희를 물들였다.

그러나 나서희의 가시 돋친 마음과는 달리, 정원은 미치도록 평온한 얼굴로 그녀 앞에 서 있었다. 얄미울 만큼 침착하게 자신이 이곳에 와 있는 상황을 설명했다.

"저희 회사가 여기서 병원 결혼식을 준비하고 있어요. 이사장님께서 특별히 선처해 주셔서 진행하게 되었습니다."

"병원 결혼식? 너, 이런 일을 하고 있니?"

이미 윤민으로부터 정원이 파티 플래너가 되었더라 하는 이야긴 들은 적 있다.

그러나 나서희는 난생처음 알았다는 듯, 정원을 눈 아래로 깔고 보며 거만하게 물었다.

참 하찮고도 보잘것없구나. 하긴 결혼해서도 처녀 시절 못지않게 오만 데를 다 싸돌아다니며 팔랑팔랑 놀기만 좋아하던 네가 할 만한 일이다, 그런 뜻을 담았다.

한편으로는 이사장 영국이 이미 이런 식으로 정원을 물심양면 지원하고 있었단 말이지 싶어서 그가 더 괘씸하게 느껴진 참이었다.

"네. 제가 파티 플래너가 되었습니다. 이혼했다고 젊은 이 나이에 울면서 살 수만은 없잖겠어요?"

나서희가 빤히 정원을 응시하며 속으로 '저 버르장머리, 어떻게 어른 앞에서 어렵게 생각지도 않고 한마디를 안 져?' 하고 흉을 보고 있는 걸 전혀 못 본 척, 정원이 살짝 미소를 지으며 대답했다.

"그래. 이렇게 만난 것도 기회이니 우리, 잠시 이야기나 좀 하자꾸나. 사실 우리 둘, 할 이야기가 좀 있지 않니?"

조만간 정원을 찾아가 한번 제대로 요절을 낼 생각을 하고 있었다. 이왕 이렇게 만나 버린 참이니, 미적거릴 게 뭐 있나 싶었다. 어쩌면 이렇게 우연히 마주친 것도 야무지게 기강을 잡으라는 하늘의 뜻만 같았다.

"그러고 싶은데 지금 제가 근무 중이라서요."

그러나 정원은 눈 하나 깜짝 않았다. 상냥한 어조였으나 딱 부러지게 거절했다.

"앞으로 한 시간, 아니, 넉넉하게 두 시간 정도면 끝날 것 같은데요. 기다려 주신다면 제가 나가겠습니다."

"지금 너, 나더러 기다리라는 거니?"

가소롭기 이를 데 없다는 표정으로 나서희가 되물었다. 그러나 여전히 정원이 침착하게 대답했다.

"회장님, 보시는 바와 같이 저 지금 일하는 중입니다만. 여기 지금 같이 일하시는 분이 기다리고 있잖습니까."

두어 발자국 떨어져 있던 은소가 나 여기 있소 하듯이 살짝 묵례를 했다.

"회장님께서는 근무 시간에 부하 직원을 볼일 있다고 마구 불러내시거나, 사담 나누자고 근무지를 이탈하게 하시나요? 그리고 전 회장님 회사에 근무하는 부하 직원이 아닌데요. 그래도 대화를 하시고 싶으시다면 회장님께서 제가 시간 날 때까지 기다리셔야죠. 대화를 하고 싶은 사람은 제가 아니라 회장님이시잖아요. 그게 제가 배운 사회 예절입니다만?"

목마른 자가 우물 판다는데, 우물 팔 사람은 내가 아니라 당신 아니냐, 그 뜻이었다.

나서희가 픽 웃었다.

"어른이 부르면 하던 일도 멈추고 나와야지."

"진짜 어른은 상대를 곤란하게 하는 일을 하지 않는 사람이라고 배웠습니다."

예나 지금이나 변함없이, 정원은 한마디도 지지 않았다.

문제는 그런 당돌하고도 얄미운 말을 살살 웃으며 상냥하게 하고 있어서 나서희로선 더 약이 올랐다. 속 모르는 남이 보았다면 두 사람이 아주 예절 바르게 서로를 배려하며 즐거운 대화를 나누고 있다고 생각했을 것이다.

"못 본 새에 많이 달라졌구나. 아니, 뻔지르르하게 사람 염장 지르는 건 변하지 않았을까?"

교만한 냉소를 지으며 사람을 무시하고 마음을 짓밟는 말을 잘도 하고 있었다.

그런 나서희에게 '사람은 고쳐 쓰는 게 아니라던데 맞는 말이네요, 회장님은 어찌 그리 하나도 안 변하셨어요?' 되묻고 싶을 정도였다. 그러나 정원은 부글거리는 마음을 꾹 억누르며 끝까지 미소 지었다.

"사람이 옛날하고 똑같으면 어쩌겠어요. 발전이 있어야죠. 제가 학벌도 딸리고 모자란 것도 많지만, 시간이 갈수록 점점 더 나아져야 한다는 건 알고 있습니다. 회장님께서 옛날 저에게 날이면 날마다 귀에 딱지가 앉도록 말씀하신 건데 제가 어떻게 잊겠어요?"

대차게 들이박는 정원의 기세에 순간 나서희도 좀 밀렸다.

이제 그녀는 제 말대로 나서희와 아무 관계가 없는 남이다. 잔소리도 훈계도 할 수 없다. 그런 걸 한다면 꼰대질 한다고 비웃음을 대놓고 당할 판이었다. 아니, 그런 말을 하기만 해라, 제대로 되갚아 주마, 왜 아무 상관없는 저한테 이유 없이 잔소리세요, 하고 되받을 판이었다.

"두 시간 후에 끝난다고? 알았다. 사람을 보내마. 좀 있다 보자꾸나."

결국 나서희가 먼저 한발 물러섰다.

사실 그녀도 정원과의 대치를 위해 마음의 준비를 할 약간의 시간이 필요하긴 했다.

이건 도망인가요, 무시인가요?

정원은 로비를 나가는 나서희의 뒷모습을 바라보다가 하아, 하고 어깨 아래로 한숨을 내쉬었다.

그러고는 두어 걸음 옆에 떨어져서 흥미진진하게 지켜보고 있던 은소에게 어색한 미소를 지어 보였다.

"유 대표, 혹시?"

"아, 네에……. 아마 맞을 거예요."

"어머어머, 진짜? 자기 전 시엄마구나? 그치?"

처음에는 단골손님으로 드나들던 꽃집 주인이자, 이제는 종종 행사에서 협업을 하는 준동업자인 은소이다. 그녀는 정원의 결혼식에도 와 주었다. 그래서 나서희의 얼굴을 기억하고 있었나 보다. 하긴 종종 뉴스 기사에도 나오는 대단한 유명 인사이니 어쩔 수 없겠지만.

"세상에서 가장 불편한 사람을 이렇게 만나 버리는 제 인생이네요."

"자기, 좀 심란하겠어."

"심란하긴요. 이젠 상관없는 사람인데요. 일이나 해요. 어서 올라가시죠."

당장 눈앞에 닥친 일 때문에 내가 바빠 죽겠는데 전 시어머니와의 대화가 무슨 의미가 있나 싶었다.

나서희와의 불편한 일은 나중 가서 처리할 문제이고, 지금은 결혼식장 꽃 장식 문제가 급선무였다.

"결혼식장으로 쓰일 휴게실과 식당, 그리고 신랑 숙부님이 계시는 병실에도 기분 전환 겸 꽃 장식을 좀 했으면 해요."

"그래. 나름 결혼식 혼주에다가 환갑잔치니까."

"주치의 선생님께 여쭤었더니 과하지만 않다면 향기 없는 꽃 몇 송이는 괜찮다고 했어요."

"그래도 만약이란 게 있어, 유 대표. 우리가 모르는 꽃 알러지에다가 향기에 특히 민감한 분도 있거든. 중환자실에서 오래 지낸 환자라면 위험 요소는 피하는 게 맞아. 병실에는 조화가 나을 거 같아."

정원과 은소는 꽃 장식이 들어갈 행사장을 꼼꼼하게 같이 살폈다. 태블릿 PC로 행사장 크기와 소요될 꽃 종류, 작업 시간 등 계산을 마친 은소가 짐짓 삐졌다.

"솔직히 자기가 제시한 예산으로 이거 다 못 해. 알지?"

"알죠, 알죠. 우리 양 대표님, 대인배 은소 언니니까 이런 작업해 주시는 거, 제가 알죠!"

"으이그, 이렇게 애교 떨고 예쁜 짓 하는데, 내가 어떻게 이기니? 내가 만날 웃는 이 얼굴에 진다, 진짜."

은소가 잔뜩 애교를 부리는 정원에게 눈을 흘겼다.

두 시간 후.

딸랑. 종이 울리고 약국의 문이 열리자 카운터 앞에 앉아 있던 약사가 몸을 일으켰다.

"청심환 하나 주세요."

정원은 약사가 건네주는 청심환을 선 채로 단번에 삼켰다.

일하는 내내 그래 봤자 아무것도 아니라고 계속 무시하려 애를 썼지만, 나서희와의 약속 시간이 다가올수록 긴장감이 높아지고 있었다.

아까 병원에서의 일을 마무리하고 주차장에 나가 보니, 나서희가 보낸 운전기사가 기다리고 있었다. 그러나 정원은 알아서 가겠다고 그를 보내 버렸다.

'내가 약속 장소에 찾아가지도 못하는 바보 멍청이도 아니고 말이야. 혹

시 내가 겁나서 도망칠 거라고 얕잡아 본 거 아냐? 뻔하지, 뭐.'

비록 정원이 대비책으로 청심환을 먹기는 했지만, 왜 이러셔? 죄지은 사람도 아니고. 당당하게 내 발로 찾아갈 테니까 기다리셔, 그런 오기가 치솟던 순간이었다.

약국을 빠져나와 그 앞에 잠시 주차한 차에 올라타면서 정원은 다시금 길게 심호흡을 했다.

'어째 내 인생 이거, 승주 씨를 다시 만난 그 순간부터 '도장 깨기 게임'이 되어 버렸어.'

문제를 하나 해결하고 나면 새로운 문제가 나타나고, 그걸 다시 처리하고 나면 다시 또 새로운 문제가 등장한다. 게임에서 계속해서 새로운 몹이 등장하는 것과 똑같다고 해야 하나.

이제 만날 상대는 극성맞고 기승스럽기로 둘째라면 서러울 전 시어머니. 게임으로 치면 최종 보스인 암흑의 군주를 상대하기 위해 던전으로 들어서려는 참이었다.

게임의 용사가 갑옷이며 온갖 무기며 물약으로 무장하고 최종 보스를 사냥하러 가는 것처럼, 그녀도 최소한 휘두를 검 한 자루는 들고 있어야 하지 않나.

'아, 자존심 상해, 예전 시엄마를 만난다고 떨려서 청심환부터 먹고 있는 내가 싫다, 진짜.'

항시 나서희 앞에서 느끼고 살았던 초라함이 다시 정원을 잠식하고 있었다.

자신이 몹시 열등하고 모자라서 상대의 눈치를 살펴 비위를 맞추고 꼬리를 살살 흔들어야 할 것 같은 느낌 앞에서 몹시 기분 나빴다. 아니, 짜증스러웠다.

정신 차리자. 내가 꿀릴 게 뭐가 있어? 어차피 남인데.

이제 그녀는 부당해도 어지간히 참아 주고 감내하며 존중해야 할 시엄마가 아니다.

그녀의 아들과 결혼하고 싶어서 말도 되지 않는 억지에 고개 숙이고 터무니없는 요구에 무조건 예스를 외칠 필요도, 무작정 굴욕스럽게 아양을 떨 필요도 없다.

'쿨하게 가자, 유정원. 영 그분 하는 짓이 마음에 안 들면 그 남자하고 헤어지면 그만이지. 흥!'

승주를 사랑하는 건 맞지만, 그와의 연애가 기쁘고 행복하지만, 딱 그뿐이다.

그와 재혼을 한다는 법적인 미래를 벗어나고 보니, 딱히 정원이 나서희에게 기가 죽거나 머리를 조아려야 할 것도 없었다. 그냥 당신 아들하고 만날 뿐이지 결혼 같은 건 할 생각이 없다는데 당신이 왜 간섭이세요? 이런 마음이랄까.

'역시 결혼보다 연애가 나아. 서로 마음 안 맞으면 그냥 헤어지면 그만이잖아.'

지금은 한번 깨어졌던 승주와의 감정 회복, 새로운 연애에 집중할 시간이지 그 이외의 것에 흔들리거나 새롭게 좋아지는 이 감정을 상처 낼 때가 아니었다.

승주 역시 지금은 서로에게 이끌리고 집중하는 현재의 감정만이 중요하니, 미래라는 오지 않은 시간의 예측으로 미리 골머리를 앓지 말자고 했다.

'쳇. 유리한 고지를 점하시겠다, 이거군? 날 군이 데이지 백화점으로 불러들이시는 걸 보면 의도 한번 참 투명하죠. 젠장.'

정원은 마음속으로 투덜거리면서 나서희가 기다린다는 데이지 백화점 회장실을 향해 차를 몰았다.

14

데이지 백화점 회장실로 정원이 들어서자 비서가 인터폰으로 나서희에게 손님이 도착했음을 알렸다.

"회장님, 유정원 씨가 도착하셨습니다."

―들여보내요.

나서희의 응답에 따라 비서가 가벼운 묵례와 함께 정원에게 문을 열어 주었다.

예정된 약속 시간보다 20분이 더 지나서 도착했다. 어쨌든 어른을 기다리게 만든 것이니 정원은 안으로 들어서며 일단 나서희에게 사과부터 했다.

"기다리게 해서 죄송합니다. 퇴근 시간이라 차가 많이 막혀서요."

"할 수 없지. 아주 중요한 일을 하고 계시는 분이라니. 앉아."

한마디를 해도 남의 속을 북 긁어내리고 이상하게 모욕감을 느끼게 하는 저 교만한 말버릇은 언제 고치시려나. 속으로 생각하면서 정원은 나서희 앞에 앉았다.

두 사람 사이에 잠시 침묵이 흘렀다.

누가 먼저 승기를 잡느냐, 어떤 말로 기선을 제압할 것인지 나서희가 잠시 궁리를 하던 순간이었다.

"주말 행사 때문에 제가 많이 바빠요. 아직 일이 덜 끝나서 회장님을 뵙고 난 후 다시 일하러 가야 하거든요. 왜 절 보자고 하신 건지 말씀하세요. 근데요."

정원이 먼저 나서희를 똑바로 바라보며 먼저 한 방 날렸다.

"저한테 하실 말씀이란 게 혹시 승주 씨 이야기라면 저, 안 들을래요."

입을 열려 하던 나서희의 얼굴이 딱 굳어졌다.

"무슨 말이니?"

"어차피 절 만나서 회장님께서 하실 말씀이란 게 제 사업에 대해서는 아닐 테고 승주 씨 이야기밖에 없잖아요. 전 듣기 싫지만 그래도 꼭 저하고 승주 씨 이야길 하고 싶으시다면 제가 단도직입적으로 결론부터 말씀드릴게요. 시간 아끼세요. 이미 아실 테지만 네, 저희, 다시 만나고 있어요. 하지만 재결합할 생각은 없어요. 그러니까 염려하지 마세요."

"뭐?"

전혀 예상치 못한 정원의 말에 소스라치게 놀란 건 나서희 쪽이었다.

어안이 벙벙해서 그녀를 노려보고 있는 나서희 앞에서 정원이 뭘 그리 놀라나 하는 듯 눈까지 동글 뜨고는 당당하게 그녀를 마주 보았다.

"승주 씨가 벌써 회장님께 말씀드렸다고 들었는데요? 설마 모른다고, 못 들었다고 하실 참은 아니시죠?"

나서희의 표정이 조금 사나워졌다. 정원의 말에 약간의 비아냥이 섞였음을 느낀 모양이다.

이미 다 알고 있는데도 전혀 모르는 척하면서 사람을 간 보는 그 행태에 당한 게 한두 번이 아니다. 내가 다시 당할까 보냐? 정원은 새치름한 표정을 풀지 않고 말을 이었다.

"믿지 못하시겠지만 우린 그냥 연애하고 있어요. 결혼 전제가 아니라. 저 아직 서른 전이에요, 회장님. 가능성 많은 한창나이라구요. 보셨다시피 제 사업 시작해서 재미 붙였구요. 예전처럼 남자 하나에 목매달고 너 아니면 못 살겠다 난리 치던 철없던 시기는 지났죠, 제가. 그리고 이왕 말이 나온 김에 하나 더 말씀드려도 될까요?"

대답 대신 나서희가 팔짱을 끼고 등을 소파에 붙였다. 턱을 치켜들고는 정원을 건너다보는 게 어디 한번 마음대로 까불어 보렴, 그런 표정이었다.

"전 회장님 아드님하고 그냥 사귀는 사이지 집안 허락 필요한 결혼 상대는 아니거든요. 언제든 마음 틀어지면 헤어질 수 있다구요. 근데 왜 이렇게 예민하게 구세요? 생판 남인 절 닦달하지 마시고 아드님을 잡으세요. 딱히 이 연애에 대해서 적극적이지 않은 저에게 굳이 달라붙는 아드님을 못 말려서 이 지경까지 온 것 같은데, 왜 또 애꿏은 저한테만 화풀이를 하시려는지 모르겠어요."

"네 말은 그러니까 넌 아닌데 우리 승주가 매달린다 그 말이야? 어디서 말 같지도 않은 말을 하고 있어? 같잖게."

하지만 비웃음을 띠고 쏘아붙이는 나서희의 말에는 예전만큼의 설득력이 없었다.

그녀도 알고 정원도 아는 억지인 걸 다 알고 있으니까.

"같잖게 들려도 진실인 걸 어째요? 회장님, 제가 이렇게 따박따박 대꾸할 수 있는 이유는요, 제가 싸가지가 없어서가 아니라 딱히 아쉬운 게 없어서 그렇습니다."

"뭐라고?"

어처구니가 없다는 표정으로 그녀를 노려보고 있는 나서희에게 정원은 마음속에 늘 담아 두고 있던 치명타를 다시 내던졌다.

"회장님의 자랑스러운 그 아드님, 이승주 씨 말이죠. 회장님께서 자부하시는 것과는 다르게 남편감으로서는 딱히 큰 매력이 없거든요."

"건방지기는! 어른 앞에서 못 하는 말이 없구나."

"저도 사람인데 자기 생각 말도 못 하게 하세요? 여기가 독재 국가도 아닌데."

속으로는 엄청 떨리는 마음을 허세와 오기로 꾹 덮으며 정원은 끝까지 생글생글 웃었다.

"승주 씨, 솔직히 재미없는 사람이잖아요, 뭐 연애 상대로는 그럭저럭 나쁘지 않은데, 결혼? 일단 회장님 아드님이라 완전 감점이죠. 제가 이미 회장님 며느리 자리를 한번 해 봤잖아요. 엄청 힘들고 인격 모독적인 자리라는 걸 빤히 아는데 그 지옥에 왜 다시 들어가겠어요? 전 안 하려고요."

그리고 정원은 얼른 남겨 둔 마지막 승부구를 내던졌다. 청심환 기운이 다 떨어지기 전에, 아직 간이 배 밖에 나와 있을 때 할 말은 다 해야 했다.

"아 참, 이것도 궁금하시겠다. 혹시나 제가 임신이라도 해서 승주 씨 발목을 잡을까 봐 걱정은 하지 마세요. 저희 열심히 피임하고 있어요."

또다시 강펀치.

본격적으로 핏대를 올리려던 나서희가 다시 기회를 잃고 뒷목을 잡았다.

"이 좋은 나이에 제가 임신을 왜 해요? 저야말로 발목 잡히기 싫거든요."

작정하고 결혼 생활 동안 못다 푼 속마음을 털어 내고, 화풀이 겸 나서희의 오만한 자존심에 스크래치를 내려 온 길이다. 정원은 냉소적으로 내뱉었다.

"회장님 눈에만 멋있지 승주 씨, 지금 저에게는 결혼해서도 못 했던 임신까지 해 가면서 다시 붙잡을 만큼 매력 없다니까요. 솔직히 말하자면 전 회장님 핏줄 이어진 아기는 딱히 낳고 싶지 않거든요."

뭐든 바라는 게 있고 원하는 게 있어야 저자세가 되는 것이지. 근데 정원은 이제 나서희에게 아무것도 바라는 게 없고 아쉬운 것도 없었다.

"마지막으로 한 가지 더 말씀드릴게요. 회장님, 절 경계하지 마세요. 저이젠 며느리 아니구요, 승주 씨하고 재결합할 생각도 없어요. 그러니까 전 회장님하고 완전 남이잖아요. 근데 생판 남인 저한테 왜 이러세요?"

기선을 잡은 정원에게 계속 밀려서 예전처럼 거만하게 깔고 보며 짓밟을 기회를 놓치고 있던 나서희가 드디어 폭발했다.

"몰라서 물어? 그래, 말 잘했다. 네 말대로 생판 남이 됐으면 그냥 그대로 살지, 왜 또 우리 애 앞에 다시 나타나? 네까짓 게 대체 우리 승주한테 무슨 도움이 된다고 이렇게 당당한 거냐고!"

"아이참! 제가 아니라 승주 씨가 먼저 찾아왔다니까요. 몇 번을 말해야 해? 왜 못 믿으세요?"

"웃기지 마. 내가 그 말을 믿을 것 같애? 우리 애가 가진 게 얼마나 많은 앤데? 네 그 시커먼 속을 모를 줄 아니? 가진 것 없고 무식한 집안 양아치 근성이라더니. 조용히 이혼했으면 그걸로 끝내야지, 어디서 감히 다시 발을 뻗어? 약을 쳐도 계속 나타나는 바퀴벌레야, 뭐야? 다시 은근슬쩍 우리 아들에게 달라붙어서 피를 빨려고 나서? 너희 부모가 그리 가르치던? 하긴 그럴 만도 하겠구나. 고물상 출신 무식한 졸부가 뭘 좀 손에 쥐었다 싶으니 눈에 뵈는 게 없지, 그래? 그러니 이런 무도한 욕심을 부리면서도 부끄러운 줄을 모르지."

"이야, 너무 노골적으로 모욕하신다. 사람을 두고 바퀴벌레라니요? 또 제가 흡혈귀도 아닌데 사람 피를 어떻게 빨아요? 그리고 제 앞에서 저희 부모님 모욕까지 하시다니, 이건 너무 나가셨다. 심하신데요?"

듣자 듣자 하니 참 못 들을 말을 내가 듣고 있구나. 울컥 아랫배에서부터 뜨거운 것이 확 치밀어 올랐다.

아무리 그녀를 막 대하고 얕잡아 본다 해도 정원 앞에서 세상에서 가장 존경하는 부모님을 욕하다니, 어지간한 정원의 눈에서도 레이저가 뿜어져 나올 수밖에 없었다.

'하, 이런 식으로 마구 선을 넘으신다? 이 아줌마가 나한테 지금 싸우자는 거?'

슬슬 사그라들려 하던 청심환 약발이 다시금 확 올라오는 것 같았다.

분노인지 울화통인지, 그도 저도 아니면 몇 년을 쌓아 두고 풀지 못한 한 덩어리인지, 여하튼 정체를 알 수 없는 그 모든 것들이 모여서 정원을 활화산처럼 폭발하게 만들었다.

"제가요, 솔직히 여기 올 때 진짜 어지간하면 회장님하고 얽히기 싫어서 승주 씨랑 헤어질 마음도 조금은 있었거든요. 근데 안 되겠어요!"

승주를 다시 만나면서부터 내내 정원으로 하여금 뒷걸음질 치게 만든 건 더도 말고 덜도 말고 바로 눈앞에 있는 이 여인의 터무니없는 괴롭힘과 갑질 때문이었다.

비록 그를 아직도 사랑하고 있고, 그가 무너지기 일보 직전에 다시 만난 그녀에게 마지막 희망을 걸고 안타깝게 자신을 지탱하고 있다는 것은 알았다. 하지만 승주와 다시 만나는 순간, 결혼했을 때 겪었던 일이 똑같이 새로 시작될 거란 두려움은 여전히 정원의 영혼 속에 남아 있었다.

그래서 나서희를 만나러 오면서 정원은 그녀와 대화란 걸 해 보고 끝내 영 아니다 싶으면 그냥 승주와 헤어지는 쪽도 생각해 보자 했다.

그런데 지금 이 순간!

나서희의 악다구니에 밀려 빈정이 팍 상하던 순간, 이게 바로 나서희가 원하는 결말이라는 것을 알아 버렸다. 자신이 승주의 곁에 있는 게 나서희에게 가장 큰 복수가 될 거라는 것도.

사람을 앞에 앉혀 두고 대놓고 별의별 악담과 모욕을 퍼붓는 이유가 뭐겠는가. 그녀의 악다구니와 폭언에 지레 질린 정원이 먼저 포기하게 만들 셈이었다.

정원을 얼마나 물로 봤으면 이따위 얄은수를 압박이라고 해 대나. 이런 것에 휘말릴 줄 알고 몰아붙이는 품이 너무 뻔해서 화가 날 지경이었다.

'흥, 누구 좋으라고?'

아직도 정원의 뇌리에는 들고 있던 소주병을 툭 떨어뜨리며 내가 여기까지 떨어졌다고, 이렇게 무너진 나를 어쩌면 좋겠냐고 물으며 흐느끼던 승주의 절망적인 눈빛이 가시처럼 박혀 있었다.

그렇게 위태로운 승주인데 정원이 다시 떠나면 그는 완전히 망가지고 말 것이다.

그리고 제 아들을 위해서 뭐든 다 한다는 이 여자는 절대로 그 아들 승주에게 도움이 되지 못할 존재였다. 오히려 그를 더 망가지게 만드는 최악의 독이었다.

정원은 나서희처럼 눈에 독기를 담은 채 불을 뿜으며 나서희에게 대적했다.

"못 하겠어요. 회장님 열받아 넘어가시라고 저 승주 씨한테 딱 달라붙어서 계속 피 좀 빨아야겠어요."

"마음대로 해 보렴. 내가 널 가만둘 줄 아니?"

"가만 안 두시면요. 어떡하실 건데요? 회장님께서 가진 많은 돈으로 사람 사서 절 망칠 작정이세요? 그래 봤자 소용없어요. 회장님이 괴롭혀도 저, 쉽게 안 물러나요. 당하고만 있지도 않을 거고요. 계속 이렇게 나오시면 회장님 이하 회장님 가족들 전부를 상대로 접근 금지 신청할 겁니다. 이거 공갈 협박에다가 악질 스토킹인 거 아시죠?"

"어디서 어른 상대로 눈 치켜뜨고 막말이야? 이래서 내가 널 도저히 못 견디는 거다. 배운 데 없이 천박하게 구는 꼴이 목불인견이야."

"천박은 회장님이 갑이시죠. 본인 얘기를 왜 저한테 하세요."

정원도 눈을 부릅뜨며 지지 않고 마주 소리쳤다.

사업하면서 는 거라고는 깡다구와 울거나 떨지 않고 막말 남발하는 인간들에게 당차게 대거리하는 능력이었다.

아직도 당신 눈에 내가 예전의 멍청한 유리로 보이세요, 하고 되묻고 싶었다.

"사람을 앞혀 두고 이런 식으로 짓밟는 인간이 천박하지 않으면 누가 천박하다고 하겠어요? 그리고 어차피 뭘 하든 회장님 보시기에 저나 저희 부모님께서는 보잘것없고 마구 모욕하고 뭉개도 괜찮은 존재인 모양인데요,

저 그거 절대 용서가 안 되거든요. 그래서 회장님이 저 때문에 목 부여잡고 뒤로 넘어가는 꼴을 좀 봐야겠어요. 공평하게요."

지금만큼은 정원은 나서희에게 밀리지 않았다. 밀릴 생각도 없었고 그럴 상황도 아니었다.

"무슨 말을 하신대도, 뭔 짓을 한대도 전 승주 씨 옆에 딱 붙어 있을 거니까 어디 두고 보세요! 회장님 하는 짓을 보니까, 승주 씨가 말라 죽을 것 같아서 안 되겠어요. 저라도 승주 씨를 살려야겠어요."

"네가 무슨 권리로 내 아들을 살리느니 그딴 말을 하고 있어? 내가 내 아들을 죽이는 것으로 보여?"

"저더러 사람 피를 빨고 승주 씨 말려 죽이려 한다고 비난하셨잖아요. 그런데 그건 제가 아니라 회장님이 하는 짓이죠! 제가 그걸 막겠다는 겁니다."

아까보다 더 센 눈빛을 하고는 당차게 쏘아붙이는 정원 앞에서 나서희는 내심 예전과 다른 그녀의 태도에 다시 당황했다.

이 정도로 몰아붙였으면 조금은 풀이 죽어야 정상인데, 전혀 그런 기미가 보이지 않았다.

'하긴 못 배워 먹고 뻔뻔한 천성이 어딜 가겠어?'

나서희는 얼른 마음을 다잡았다. 눈에 날을 세우고 달려들고 있지만 그래 봤자 자신이 쫓아낸 전 며느리였다. 저따위 모자란 물건에게 자신이 밀린다는 사실에 자존심이 상할 지경이었다.

지지 않고 나서희가 냉소를 지으며 되물었다.

"네가 무슨 권리로? 네 입으로 우리가 남이라고 했으면서? 내 아들을 두고 생판 남이라는 네가 무슨 짓을 하겠다는 거야?"

"아직은 제가 승주 씨 연인이거든요."

"지금 너, 나하고 우리 승주 사이를 이간질하러 나서겠다고 선전 포고 하는 거니? 건방지게! 3년 전처럼 또 천륜을 망가뜨리겠다고?"

"그건 아니지만 그리 느끼셨다면 아마 정확할 거예요. 제가 뭔 말을 한다

해도 진실과는 상관없이 회장님은 회장님이 생각한 대로 밀어붙이시잖아요.”

정원 역시 매섭게 웃으며 나서희를 똑바로 건너다보았다. 섬뜩하리만큼 차갑게 쏘아붙였다.

“제 이간질로 두 분 사이가 망가질 정도라면 애초에 그건 딱히 훌륭한 모자 관계는 아니죠?”

“난 이 세상 모든 좋은 것을 다 걔한테 줬어. 너 따위는 죽어도 해 줄 수 없는 걸 다 줬다고. 어디서 감히 나와 우리 아들 사이를 이간질하고 함부로 재단해서 막말해? 그래. 네가 그렇지 뭐. 역시 이런 식으로 그 얕은 밑바닥을 보여 주는구나.”

독침같이 몸을 찔러 오는 말들을 가만히 듣고 있다가 정원이 나서희에게 나지막이 되물었다.

“회장님, 혹시…… 제가 겁나세요?”

“뭐?”

순간적으로 어이가 없어진 모양인지 나서희가 정원을 잠시 멍하니 응시했다. 그러나 정원은 진심이었다.

“많이 약해지셨어요, 회장님.”

이전의 나서희라면 그들이 다시 만난다고 해도 눈 하나 까딱 안 했을 거다.

“너희들이 뭘 어찌한다 해도 내가 다 처리할 수 있다는 자신감이 넘치셨죠. 그래서 저희 둘이 결혼한다고 했을 때 허락해 주셨을 테고요. 겉으로 아들 청 다 들어주면서 속으로는 절 들들 볶아서 결국 쫓아낼 능력이 있으셨으니까요. 그런데 지금은 아니신가 봐요?”

불을 뿜는 무서운 용이라고 생각하고 잔뜩 긴장해서 던전에 들어갔는데, 기다리고 있던 건 다 쪼그라들어 불도 제대로 뿜지 못하는 종이 그림 가짜 용을 만난 기분이었다.

결국 정원은 벼르던 만큼 강력한 펀치를 마지막으로 날렸다.

“제 눈에는 회장님 지금 많이 초조해 보이세요. 엄청 없어 보인다고요.”

결국 나서희 회장도 이제는 알고 있는 거다. 그녀가 아무리 난리를 쳐도, 안간힘을 다해 직접 나선다 해도 두 사람의 문제를 해결할 능력이 없다는 걸 말이다. 그러니 이리도 고귀하신 분이 말로는 바퀴벌레보다 못하다고 막 대하는 전 며느리 정원을 두 시간이나 기다리며 앉아 있는 굴욕을 감수하고 있었겠지.

"감히 어디서? 말이면 다 말인 줄 알아? 너 따위가 뭐라고……!"

나서희가 결국 참지 못하고 바르르 떨며 표독하게 소리쳤다.

"회장님은 이런 상황이 행복하세요? 좋으세요?"

그러거나 말거나 정원은 듣지 못하는 사람처럼 자신이 하고 싶은 말만 계속했다.

나서희와 제대로 된 대화를 할 수 없을 거라고는 미리 각오하고 왔다. 그녀에게 있어 정원은 감히 말 상대조차 될 수 없는 하찮고도 벌레 같은 인간이었다. 그러니 벌레는 벌레답게 벌레의 말만 하면 되는 것이었다. 알아듣거나 말거나 그건 고귀하신 저쪽 분의 사정이었다.

"전 이게 너무 싫습니다. 스트레스가 꽉꽉 쌓여요. 그런데 저만 이럴까요? 아뇨. 회장님 본인께서도 엄청 스트레스받고 화내고 열받은 걸로 보이는데요. 아까 회장님께서 승주 씨에게 좋은 것만 줬다고 자부하셨죠? 문제는 회장님 그 통제하에서 승주 씨는 전혀 안 기쁘고 안 행복했다는 겁니다."

정원은 이미 승주가 무너지는 것을 똑똑히 목격한 바 있다. 그가 심연의 구렁텅이에서 벗어나려 안간힘을 다하고 있다는 것도 알기에 그런 아들의 가여운 노력을, 절망적인 마음 상태를 아느냐고 정말 물어보고 싶었다.

"그거 아세요? 회장님은 블랙홀이세요."

주변 전부를 다 빨아들여서 어둠으로 새카맣게 물들이는 존재. 승주만이 아니라 전 시누 해민이나 전 시부 영국도 마찬가지였다. 나서희 곁에서 그들은 행복하지 않았다.

"그렇게 살면 회장님 본인은 행복하십니까? 난 누구에게든 제일 좋은 걸 주고 있다 자부하시면서 상대를 서서히 죽이고 있어요. 그런데 본인만 모르세요, 그 사실을."

이제는 그 누구든 잔인한 그 사실을 한 번쯤은 나서희에게 알려 줄 필요가 있었다. 그런 기회가 정원에게 마침내 왔을 뿐이었다.

"저도 몇 년 전에 어리석고 철없는 사랑에 눈이 멀어서 아무것도 모르고 회장님이 움직이시는 그 세상에 들어갔다가 죽을 뻔했죠. 그래서 있는 힘을 다해 거기서 빠져나왔고요. 나와서 보니 그땐 차마 안 보이던 게 왜 그리도 잘 보일까요? 전 이제 승주 씨도 그 세상에서 탈출시키려고요. 승주 씨가 회장님의 그 어긋난 자부심만 가득한 잘못된 사랑에 치여서 진짜 폐인 되기 전에 지켜야 할 것 같아서 드리는 말씀입니다."

무섭게 노려보고 있는 나서희를 똑바로 응시하며 정원은 어금니를 악문 채로 선전 포고를 했다. 역시 비싼 청심환의 효과는 대단했다.

"우릴 마구 방해해 주세요. 그건 회장님 자유시니까요. 대신 저는 승주 씨를 열심히 만나서 연애할게요. 그건 제 자유거든요. 어떤 식으로 방해하시든 지금은 저, 승주 씨랑 안 헤어져요, 절대로! 설사 헤어진다 해도 사귀는 우리 둘이 결정할 문제지 남인 회장님께서 이래라 저래라 하실 일이 아니라고 생각합니다."

정원이 손목시계를 내려다봤다.

"제가 드릴 말씀은 이게 다입니다. 회장님께서도 더 하실 말씀 없으시죠? 세 줄로 요약하자면 승주 씨랑 헤어지라는 협박. 넌 우리 승주의 피를 빨아먹는 흡혈귀 바퀴벌레다, 라는 모욕. 절대로 너희 둘 다시 잘되게 놓아두지 않을 거라는 경고까지. 하고 싶으신 말은 다 하셨을 테니 어느 정도 기분이 풀리셨을 걸로 알고 그럼 이만 일어나 보겠습니다."

그때, 짧은 노크 소리가 들리는가 싶더니만 벌컥 문이 열렸다.

나서희가 신경질적으로 소리쳤다.

"방에 아무도 들이지 말라고 했……!"

말을 하다 말고 그녀가 깜짝 놀란 표정이 되어 문 쪽을 바라보기만 했다.

사무실에 들어선 사람은 뜻밖에도 영국이었다.

느닷없는 영국의 등장에 정원도 놀라고 나서희는 더 놀랐다.

"당신이 여길 어떻게?"

"제가 아버지께 전화드렸습니다."

문 앞에 선 영국 옆을 지나쳐 먼저 소파 쪽으로 다가오며 승주가 대신 대답했다.

"어머니께서 정원일 부르셨다고 들어서요. 지금 아니면 기회가 없을 것 같아서 제가 아버질 모셨어요. 저나 아버지가 없는 자리에서 어머니께서 이 따위 비겁한 짓을 하고 있다는 걸 아버지도 아셔야 할 것 같아서요. 앉으세요, 아버지. 당신도 앉아."

승주가 정원의 손을 잡고는 나란히 먼저 소파에 앉았다.

나서희도 영국도 영문을 몰라 조금 불안한 얼굴이 되어 다시 자리에 앉았다.

나서희의 날카로운 눈빛이 정원에게로 향했다. 둘이 알아서 처리할 걸 굳이 승주에게 알렸단 말이지, 교활한 것 같으니. 힐난하는 눈빛이었다.

내가 널 불렀으니 우리 둘이 알아서 문제를 해결해야 그게 예의지, 어디서 감히 앙큼하게 승주를 불러내? 눈으로 욕을 하고 있었다.

그러나 정원은 오히려 더 가슴을 내밀고 당당하게 죽 폈다.

둘의 문제를 거론하는데 그럼 그 '당사자 둘' 중 하나인 승주도 알아야지, 왜 승주를 쏙 빼놓고 나서희와 정원만 대치해야 하는가?

둘의 문제에 있어서 그가 속 시끄러워질까 봐 그녀만 알고 그녀 선에서 해결하려다가 나중에 꼭 그 대목에서 더 큰 문제가 발생한다는 건 지난 결혼 생활에서 지겹도록 경험했던 일이었다.

그리고 정원과 승주는 다시 만나기로 결정한 후 확실하게 그것 한 가지는 약속했었다. 둘의 관계에서 발생하는 문제는 그게 뭐든지 간에 둘이 같이 의논하고 함께 해결하자고.

"대체 이게 무슨 경우야?"

나서희가 정원을 노려보며 적반하장으로 화를 냈다.

"무슨 좋은 일 났다고 동네방네 다 알려서 사람들을 다 불러 모아? 조용히 처리할 일을 이 지경으로 소란스럽게 만들어? 영악하기는. 쯧! 넌 그렇게 내 아들하고 날 이간질하고 싶니?"

"말씀이 심하시네요, 어머니."

승주가 어이가 없다는 듯이 날카롭게 쏘아붙였다.

"이간질은 정원이가 아니라 어머니가 시도하신 거죠. 저도 모르게 정원일 불러내서 우리 둘의 문제를 일방적으로 처리하려 드시는 이게 이간질입니다."

그러고는 그가 정원을 돌아보며 물었다.

"어디 한번 제대로 사람들 있는 데서 들어 보자. 말해 봐, 정원아. 어머니가 당신한테 뭐라고 했어?"

"그게……."

정원은 조금 망설였다.

나서희가 자신에게 한 독설과 저주들을 다 털어놓는 건 쉽다.

그러나 눈에 불을 뿜고 제 어머니를 노려보고 있는 승주의 기세를 보자니, 여기서 자신이 들은 모든 걸 털어놓으면 모자지간에 정말 돌이킬 수 없을 만큼 감정이 상해서 그녀도 예상치 못한 큰일이 생기는 건 아닐까 싶어 망설여졌다.

그 틈을 놓치지 않고 나서희가 말을 가로챘다.

"별말 안 했다. 별일 없었어. 우리가 뭐 그리 친한 사이라고?"

"정말입니까?"

"넌 왜 그렇게 어미 말을 못 믿어? 내가 얠 불러다 놓고 얼마나 잡았을까, 아예 작정하고 오해하러 온 거니? 대체 어밀 어떻게 보고?"

"그런데 당신은 왜 말을 안 해? 혼자 알아 좋은 것만 있었다면 다 같이 있는 자리에서 들어도 좋은 말인 거잖아."

나서희의 말에 승주가 다시 정원을 바라보며 채근했다. 아무 일도 없었다는 나서희의 말을 전혀 믿을 수 없다는 태도를 분명히 했다.

솔직하게 굴어, 약속한 대로!

감추거나 거짓말을 하거나 그런 건 소용없다고, 그의 눈이 경고하고 있었다.

결국 그들 두 사람의 일이고, 승주 때문에 겪은 모욕이다.

그런데 그걸 당사자 승주가 모르면 또다시 그를 비겁한 방관자로 만들게 된다.

승주는 자신 때문에 정원이 아프게 되어서, 정원은 승주 때문에 당해선 안 되는 모욕을 당하게 되어서 결국은 서로를 원망하고 할퀴고 상처를 만들겠지.

그런 일을 반복해서는 안 된다. 둘의 미래를 위해서도 이젠 그 나쁜 고리를 끊어야 한다 결심하며 정원은 입을 열었다.

"우리가 다시 만나는 게 좋지 않다고 하셨어. 이전에도 지금에도 나중에도 나는 당신 짝으로 알맞은 사람이 아니니까, 헤어지라고 하시네. 그게 전부야."

그럼에도 정원은 아까 들은 나서희의 악랄한 폭언을 그대로 전할 순 없었다.

꿈에서라도 다시 들을까 봐 무서운 그 지독한 모욕을 나름대로 순화한 건 승주가 자신의 어머니에게 얼마나 실망하고 있는지 익히 알았기에 더 이상은 그를 부끄럽게 만들지 말아야 한다는 최소한의 배려였다.

"쯧!"

듣고 있던 영국이 혀를 찼고, 나서희는 죽일 듯이 정원을 노려보았다.

"그래서 당신 결정은?"

승주가 침착하게 다시 물었다.

"그건 좀 힘들겠다고, 안 될 것 같다고 말씀드렸어. 우리 마음은 서로가 아직 좋은데 왜 헤어져야 해?"

"당연하지."

"우리가 재결합하는 일은 양가 어르신들의 승낙을 받아야겠지만 지금 우린 그냥 연애하는 중이니까. 나이 서른 줄인 싱글 남녀가 연애하는 것까지 어른들 허락을 받아야 하는 건 아닌 것 같아서."

이번에는 정원이 물었다.

"당신은 어떡할래? 회장님께서 우리가 만나는 걸 이렇게 싫어하시고 꺼려 하시는데."

"난 절대 당신하고 안 헤어져!"

"쟤가 대체 뭘 줄 수 있다고!"

나서희가 갑자기 고함을 쳤다. 승주를 노려보는 눈빛이 이글이글 불타고 있었다.

"넌 얘만 아니면 다 가질 수 있어. 내 말만 들으면 앞으로 더, 더 많이 가질 수 있다고. 그런데 이게 뭐야? 이딴 애가 너한테 무슨 도움이 된다고 이래? 너 바보니? 어떻게 이렇게 세상 물정을 몰라?"

"세상 물정 모르시는 건 그때나 지금이나 어머니세요."

승주가 갑자기 자신의 휴대 전화를 꺼내 번호 하나를 눌렀다. 그리고는 스피커폰 모드를 켠 후 불쑥 그녀에게 내밀었다.

"잘 들으세요. 그리고 제발 좀 제대로 아세요. 잘난 어머니의 잘난 작품, 그 아들 이승주가 어떤 인간인지."

뚜르르르 통화 연결음이 울렸고 이윽고 수화기 안에서 중후한 목소리가 흘러나왔다.

─안녕하세요. 장운기 정신건강 연구소 장운기입니다.

승주가 나서희에게 내밀었던 휴대 전화를 제 쪽으로 돌려 대답했다.

"안녕하세요, 박사님. 제가 요즘음 더 힘들어져서 아무래도 다음 주에 상담을 받아야 할 것 같아요. 예약을 하고 싶습니다."

ㅡ이승주 씨, 또 무슨 일이 있었어요? 혹시 또 술에 손댄 건 아니죠?

"찾아뵙고 이야기하겠습니다."

ㅡ그럼 다음 주 화요일 오전으로 예약 잡을게요.

나서희의 얼굴이 새파랗게 질렸다. 믿을 수 없다는 듯 휴대 전화와 승주의 얼굴을 번갈아 바라보았다. 영국도 마찬가지였다.

"저, 정신건강 연구소라고? 네, 네가 왜……?"

충격을 넘어 경악한 그녀가 말까지 더듬었다.

승주가 피식 웃었다. 자신이 불쌍하고, 어리석은 나서희도 불쌍하다는 서글픈 웃음이었다.

그는 휴대 전화를 끄면서 나직하게 비아냥거렸다.

"어머니 자랑이던 그 아들, 중증 우울증 환자에 알코올 중독 쓰레기란 걸 아직도 눈치 못 채시다니. 우리 나서희 회장님 촉이 많이 무뎌지셨네?"

"아, 알코올 중독……이라니, 네가 왜?"

그러다가 그녀가 다시 외마디 비명을 질렀다.

"아니! 그 전에 너 술 마시면 안 되잖아! 네 체질상 술 마시면 큰일 난다고 얼마나 강조했니? 그런데 왜 술을 마셔? 왜? 대체?"

"죽으려고요."

승주가 몰래 술을 마시고 다닌다는 정도만 알고 있던 영국도, 그것을 전혀 몰랐던 나서희의 입도 동시에 딱 막혔다.

"이제야 말씀드리네요. 이 사람이 떠나고 나서 홀로 남은 제가 아무도 없는 미국 그 집에서 길고 긴 계절 내내 할 게 뭐가 있었겠어요?"

어차피 사랑했던 유일한 사람과 살지 못할 바에야 어떻게 살든, 어떻게 망가지든 무슨 상관이랴. 그는 그때 살아 있는 게 아니라 서서히 죽어 가고 있었다.

"우리가 헤어지고 나서 제가 얼마나 망가져 갔는지 전혀 모르시잖아요.

아니, 관심도 없었죠. 그저 이 사람을 내 곁에서 몰아내고 만족해서 의기양양했을 뿐이지."

"왜 아직도 어밀 원망해?"

나서희가 참을 수 없다는 얼굴로 고함을 쳤다. 승주와 정원의 이혼에 있어서 그 모든 일의 원흉이라고 몰려서 일방적으로 비난받는 그것에 그녀도 이제 신물이 났다.

"너희들이 이혼한 걸 왜 나한테 책임 전가 해? 비겁하게 굴지 마. 몇 번을 말해야 해? 이혼한 건 너희들이야!"

"그래요. 이혼하겠다고 결정한 건 이 사람이고 나죠. 나랑 살면서 이 사람이 얼마나 슬프고 불행해졌는지 제 눈으로 똑똑히 보고 있었으니까요."

하루하루 정원이, 너무 예쁘고 사랑스럽고 착하던 그의 연인이자 아내가 서서히 말라 죽는 걸 보았다. 비 한 방울 받지 못한 꽃나무처럼 정원은 그의 곁에서 나날이 시들어 갔고 부서져 갔다.

멍청하고 비겁한 그의 방관과 어리석음 속에서 오롯이 정원이 그 부당한 결혼의 희생자가 되었다. 단지 그를 사랑한 죄로…….

"그때 내가 무슨 생각을 했는지 아세요? 차라리 제 피를 뽑아 버리고 싶었어요."

그가 자신의 가슴을 쾅쾅 쳤다. 정원도 처음 보는 승주의 분노와 원망이 너무 깊고도 아려서 검은빛이 날 정도로 슬펐다.

"이전에도 말씀드렸잖아요, 몇 번이나! 하필이면 나 같은 비겁한 개새끼를 만나 좋아해서 저 사람이 왜 이렇게 살아야 하나. 더 말라 죽기 전에 놔줘야 한다고 생각했어요. 그래서 이혼해 줄 수밖에 없었다고요. 그런데도 제 인생에 대해서 왜 이렇게 계속 관여하고 간섭을 하고 싶으신 건지 이해를 못 하겠네. 제가 얼마나 어머니 아들로 살면서 불행했는지, 괴로웠는지 전혀 모르시니 그런가? 그러니 미안하지도 않고 이렇게 여전히 망치려 난리 치면서도 전혀 죄책감도 없겠죠. 안 그래요?"

"뭐라고? 승주야, 너, 너······!"

너야말로 비겁하구나, 모든 책임을 나에게 돌리면서 네 마음만 편하자는 거냐, 이런 식으로 나에게 덮어씌우면서 면책을 받으려는 거냐고 나서희가 바들바들 떨면서 항변하려 했다.

지금껏 그녀는 이런 식으로 누군가에게 직접적인 비난, 정면으로 내려치는 항의를 받은 적이 없었다. 충격과 함께 억울함이 솟구쳐서 견딜 수가 없을 지경이었다.

그러나 승주는 끄떡도 하지 않았다. 오히려 더 노골적으로 비아냥거렸다.

"아니면 알면서도 모른 척하신 건가? 늘 마음에 들지 않거나 뜻에 맞지 않으면 어머닌 다 알면서도 없는 일처럼 무시하고 덮으셨잖아요. 10여 년 전에 의대 입학 할 때 제가 우울증 때문에 치료받겠다고 했을 때 어머닌 어떻게 하셨어요? 입원 기록 남는다고, 내 인생에 오점을 남길 순 없다고 병원 치료 받는 일을 앞장서서 막은 분이 왜 새삼 놀란 척하세요. 당황스럽게?"

승주의 말에 영국이 크게 충격받은 얼굴이 되어 나서희를 돌아보았다. 이건 그도 처음 들은 이야기였다.

"당신! 그런 이야기를 왜 나한테는 안 했어?"

"당신은 입 다물어요! 누굴 망신시키려고 이래? 승주가 정신과 들락거린다는 소문이 퍼진다면 그 망신을 어떻게 해? 자기가 먼저 나서서 다 덮으려 했을 거면서?"

나서희가 비난 섞인 영국의 시선을 무시하면서 날카롭게 소리쳤다.

"이 사람이 대체 무슨 소리를 하는 거야? 건강이 우선이지 그깟 체면이 뭐가 중요하다고!"

"그럼 내 아들이 정신 이상자라고 남들 입에 오르락거리게 해야겠어요? 조그만 흠 하나만 보여도 크게 부풀려서 끌어내리는 세상이에요. 나니까 얠 이만큼 보호해 온 거라고!"

지금껏 자신만이 승주를 보호해 왔다는 나서희의 주장에 승주의 눈이 절망에 가까운 분노로 이글거렸다.

자신이 얼마만큼 아들의 인생과 숨통을 조르고 있었는지 전혀 모른 채로 오히려 잘난 척하는 나서희를 향해 승주가 냉소했다. 보호가 아니라 지독히도 나쁜 사육이었다고 그 눈빛이 소리치고 있었다.

"그렇게 애타게 보호하고 가면을 씌워 번드레하게 키운 제가 이 모양이라서 미안합니다, 어머니. 이렇게 살 줄 알았다면 차라리 그때 병원 옥상에서 뛰어내려 버릴 걸 잘못했어요. 그죠?"

승주가 정원과 나서희를 번갈아 바라보며 서글프게 중얼거렸다.

"그렇담 지지리 말도 안 듣는 아들 때문에 어머니가 이렇게 속 끓는 일도 없었을 텐데. 또 나란 놈을 만나 이 사람이 힘들지도 않았을 테고, 그 어린 나이에 이혼녀 딱지 달 일도 없었을 테고 말이죠. 헤어졌는데도 이렇게 불려 와서 날 다시 만난다고 어머니에게 별의별 상욕을 들을 일도 없었을 텐데. 안 그래요?"

아들 입에서 차라리 옥상에서 뛰어내려 버릴 걸 잘못했다는 말을 들은 순간, 일껏 냉정함을 유지하려 애쓰던 나서희의 가면이 마침내 산산조각 났다.

그녀는 무어라 형용할 수 없을 정도로 참혹한 표정이 되어 승주를 멀거니 건너다보았다.

반박하거나 윽박지르거나 아니면 애원하고 사과라도 해야 하는데, 너무 큰 충격에 할 말을 잃어버린 듯했다.

"한국 돌아와서도 술 마셨어요. 정신과 다니고 약을 먹어 가면서도 또 술을 마셨다구요. 그런데 그런 절 포기하지 않고 잡아 준 사람이 정원이에요. 그래서 제가 간신히 벼랑 끝에서 살아남았는데, 그게 안 보이세요? 어머닌 그냥 정원이가 미운 거겠죠. 내가 어머니 손아귀에서 벗어나면 안 되는데 자꾸 그러니까, 그 이유로 찾아낸 게 이 사람이잖아요. 유치하게 이 사람 탓을 해 버리면 어머닌 날 망쳤다는 죄책감에서 자유롭게 되니까?"

승주가 정원의 손을 꽉 잡았다.

"난 절대 안 헤어져요. 몇 번이나 말해야 알아들으시겠어요? 내가 이 사람한테 매달리고 있다고요! 아무리 부인해도 어머니 아들, 아무것도 없는 병든 멍청이일 뿐이고, 그렇게 망가진 날 그럼에도 유일하게 믿어 주고 인정하고 안아 주는 이 사람을 어머니 때문에 내가 왜 포기해야 하느냐구요. 해도 해도 너무하잖아요."

"조금이라도 좋으니까 너의 그 사정, 나한테라도 말하지 그랬어, 승주야."

격앙하다 못해 벌겋게 물기마저 어린 승주의 눈을 바라보며 영국이 안타까워서 중얼거렸다.

"아버지도 마찬가지예요. 방관자였잖아요. 이제 와서 절 진심으로 위해 온 척 위선 부리지 마세요. 두 분 다 저나 우리 남매들에 대하여 진짜 애정을 가진 적이나 있으세요? 다 필요 없고, 상관 마세요!"

늘 아버지로서 존중하고 아들로서 도리를 다하려 했던 승주가 이제는 영국마저 내쳤다.

처음에는 어머니 나서희가 정원과 자신에게 어떤 짓을 하는지 아버지 영국도 제대로 보고 알라는 의미에서 그를 이 자리에 오게 만들었다.

그러나 승주는 이제 어머니 나서희만큼이나 아버지 영국도 그를 망가뜨린 사람이란 걸 알아 버렸다.

아버지 영국은 그를 낳아 준 어머니 나서희를 사랑하지 않았고 무시했다.

너무나 잦아서 자식들이 그 사실을 알아도 더 이상 수치심을 느끼지 못할 정도로 익숙하게 외도를 해 왔다.

그래서 승주를 비롯한 그들 남매 모두가 부모를 무시하게 되고, 그들의 피가 이어진 자신 스스로를 존중하지도 사랑하지도 못하게 만들었다.

자신을 낳아 준 엄마를 부인하고 밀쳐 낸 아버지 아래에서 자라난 자식들이 어떻게 자신의 반려를 존중하고 사랑하는 법을 배울 수 있었겠는가.

나서희나 영국 두 사람 다 부모로서의 그 어떤 역할도 제대로 하지 못했기에 이제 그는 두 사람의 뜻이 어떠하든 자신은 전혀 신경 쓸 생각이 없었다.

"이제 전 비로소 꿈을 꾼다고요. 내가 뭘 하고 살지도 정했고, 앞으로 어떻게 살 건지도 조금씩 배우고 있어요. 그런데 다시 방해 하려 나서시면 안 되죠. 이건 저한테 너무 큰 죄를 지으시는 거 아녜요? 아무것도 필요 없어요. 그러니 제발 두 분 다 우리 둘한테 아무것도 하지 마세요. 제가 몇 번이나 말씀드렸잖아요. 어머니가 손을 대면 댈수록 내 인생은 망가지고 있다고요. 그냥 우리 둘이 사랑하게 내버려 두는 게 그렇게 어려워요? 저에게서 제발 고개 좀 돌리세요. 어머닌 어머니 인생길이나 바라보시라구요!"

구구절절 승주가 내뱉는 말 한 마디 한 마디마다 어떤 사무친 절망과 원망이 시퍼렇게 서려 있었다.

"난 아버지나 어머니가 주려는 그 어떤 것도 필요 없어요. 가식 없이 사랑하는 부부 사이. 편안하고 따뜻한 내 편을 원할 뿐이라고요. 같이 밥 먹고 같이 웃는 진짜 가족을 원했을 뿐이에요. 두 분이 주지 못한 그걸 내가 알아서 찾아가겠다는데 그것마저 방해하면 제가 어떻게 살겠어요? 제발 질투하지 마세요, 아들 인생. 다시 만난 이 사람, 우리 정원이, 제가 간신히 잡은 동아줄을 다시 끊어 버리게 내버려 두지는 않겠어요. 절대로! 계속 저에 대해서 집착하시고 우릴 방해하실 거면 이 자리에서 전 이대로 의절하고 두 분을 다시는 만나지 않겠습니다."

그 말을 마지막으로 승주가 벌떡 일어섰다.

"일어나. 가자, 정원아. 이 자리가 마지막이야. 그동안 낳아 주시고 키워 주셔서 감사했습니다, 어머니 아버지. 앞으로 못 뵙더라도 늘 건강하십시오!"

정원이 무슨 말인가를 하려고 했지만 입만 달싹이다가 너무 거센 승주의 기세에 밀려 아무 말도 못 하고 그대로 그의 손에 이끌려 같이 나갔다.

승주가 정원과 함께 문을 닫고 나간 후, 회장실은 잠시 죽음과도 같은 침묵으로 뒤덮였다.

영국이 쓴웃음을 지으며 넋이 빠진 듯한 나서희를 바라보았다. 그녀는 너무 큰 충격에 정신마저 혼미해진 표정이었다.

하긴 무슨 말로 지금 이 심정을 표현할 수 있겠는가. 방금 그들은 아들에게서 의절을 당한 부모였다.

"이제 속이 시원하겠어."

영국이 시니컬하게 내뱉었다.

"나도 망치고 아들도 망치고 결국 그 아들에게서 버림을 당한 셈이니 어때, 기분 좋아? 결국 당신 손이 닿은 건 이렇게 다 부서지고 말라비틀어지는군."

"닥쳐요! 당신은 정말 아무 책임도 없어요? 지금도 내 탓만 하는데, 승주 말 못 들었어요? 당신은 평생 책임은 안 지면서 좋은 사람 역할만 하는 나쁜 방관자였어!"

"내가 책임이 없다고는 말 안 했어. 걔 말처럼 나도 방관자였고 좋은 아비로서의 모델이 되어 주지 못했으니까. 하지만 난 적어도 지금은 반성하고 그 애 인생을 자신이 스스로 결정하고 살아갈 수 있도록 돕고 싶었고 격려했어. 딱 이 정도면 좋았잖아. 왜 쓸데없이 건드려서 이런 꼴을 자초해?"

"흥, 끝까지 자기만 좋은 아비지?"

"지금까지는 나쁜 아비였어도 나이 들어 가면서 나도 인간 되어야지. 조금은 나은 부모가 되려고 노력 중이야. 내가 뭐랬나, 이 사람아? 승주가 새 아기 다시 만난다고 했을 때, 충고했지? 그게 뭐든 제발 아무것도 하지 말라고. 이것 봐. 그 뭔가를 하는 바람에 이런 꼴 난 거야."

그 '뭔가'를 하기도 전에 잘려 버렸는데 누굴 탓해?

나서희는 억울하고 분하고 원통해서 견딜 수가 없었다. 그러나 그걸 하소연하고 화풀이를 할 수 있는 대상이 그녀에게는 없었다.

일껏 정원을 불러다가 잡도리를 할 참에 오히려 반격을 당하고 야무지게 당한 건 자신이었는데.

승주를 비롯한 세상 사람들의 비난과 원망은 그녀가 다 감당하고 있는 중이었다.

그런데도 누구 하나 그녀를 동정하거나 이해해 주는 사람이 없다. 악역의 낙인은 영원히 지워지지 않는 모양이다.

게다가 다른 누구도 아닌 늘 같잖고 얕잡아 보던 정원 앞에서 제대로 당한 게 뼈가 시렸다. 한마디도 지지 않고 꼬박꼬박 말대꾸하던 얄미운 짓거리 앞에서 기가 찰 대로 찼는데, 그 이상으로 아들에게 당한 셈이라 나서희의 분함은 배가 되었다.

"자기 못난 꼴 보이는 게 뭐가 그리 좋다고 승주 걔는 당신까지 불렀대? 흥. 그딴 앨 다시 만나고 다니는 게 어지간히 자랑스러웠나 봐?"

"몰라서 물어?"

버럭 영국이 역정을 냈다.

"나처럼 승주도 벽을 상대하는 기분이 들었나 보지. 둘이 만나면 당신은 또 제멋대로 당신 식대로 해석하고 곡해해선 이간질하고 앨 잡으려 들 거 아냐? 어떤 사내자식이 제 여잘 어미란 사람이 내리짚고 있다는데 참고 그냥 두나? 내 눈앞에서 당신의 그딴 꼬락서니 제대로 봬 주고 마지막 정리 들어간 거 아직도 모르겠어? 승주가 의절 선언 한 게 당신은 농담으로 들려? 그게 뭐든 한마디도 제대로 안 해서 답답이 소리 들었던 애야. 그런 애가 대놓고 자기 속맘 다 털고 다시는 우릴 안 보겠다고 했어. 이게 어떤 의미인지 아직도 모르겠냐고!"

"아, 왜 소린 지르고 그래요? 내가 귀머거리인 줄 알아요?"

나서희도 지지 않고 팩 신경질을 부렸다.

"승주 말대로 아비가 제대로 된 아비 노릇을 했으면 그 애가 그딴 멍청한 짓을 하고 돌아다니진 않았겠지. 그래, 어디 두고 보자구요. 바보 자식, 의절 좋아하네? 이 세상을 자기 맘대로 살면 어떤 대가를 치르게 될지 쓴맛을 제대로 봐야 정신 차리지."

"끝까지 현실을 인정 안 하는군. 당신 그 허세가 더 초라해 보여. 그만하자. 나도 지친다."

영국이 일어섰다.

"그게 뭐든 넘치게 가진 것 꽉 움켜쥐고, 당신 오기, 똥고집 끝까지 부려 가며 잘 살아 봐, 어디. 저 혼자 스스로 갈 길 잘 찾은 승주 인생 걱정하지 말고. 이젠 곁에 아무도 없는 당신 황폐하고 외로운 인생이나 잘 보살펴. 당신을 위해 절대로 울어 주지 않는 황금 더미며 재벌가부심 끌어안고 잘 살아 보라, 이 말이야."

그런 말을 하며 나서희를 내려다보는 영국의 시선이 말하고 있었다.

그들이 끝내 이혼해야 할 이유가 하나 더 늘었다고.

* * *

데이지 백화점 회장실에서 나온 승주와 정원은 목적지가 어딘지도 모르고 그냥 무작정 어두운 도로를 달리고 있었다.

"우리 어디 가?"

"밥 먹으러."

정원이 손목시계를 내려다보았다. 밤 9시.

"밥 먹으러 가는데 이 시간에 고속도로를 타?"

승주가 차창 앞을 스쳐 흘러가는 경부고속도로 표지판을 보면서 피식 웃었다.

"그러게? 왜 내가 이 도로로 올라탔지?"

"뭐, 서울 근교로 조금 나가면 맛있는 갈빗집이 많긴 해."

"갈비 먹을래?"

"응. 우울할 땐 고기 테라피가 최고야."

이럴 때만 승주가 술을 못 마신다는 게 좀 아쉬웠다. 오늘 같은 날, 대부분은 그냥 술 한잔하자고 말했을 텐데.

"우리 둘 다 위로가 좀 필요한 것 같아."

"그렇지? 그래, 좋아. 갈비 먹자. 엄청 비싸고 맛있는 생갈비 먹자."

정원을 돌아보며 웃는 승주의 얼굴이 어쩐지 슬퍼 보여서 마음이 아렸다. 비록 웃고는 있지만 그의 속이 말이 아닐 것은 정원이 더 잘 알았다. 지금 그녀도 억지로 미소 짓지만 드러내지 못한 마음은 갈기갈기 찢겨 붕괴 직전이듯이.

"우리 뭔가 지금 로미오와 줄리엣 영화 찍고 나온 거 같아."

"미안해."

"뭐가?"

대답 대신 승주가 한 손을 내밀어 조수석에 앉은 정원의 손을 꼭 잡았다.

"한두 번도 아니고 만날 이런 일 당하게 만들어서."

"당하지만은 않았어. 이번에는, 얍!"

마음이 엉망진창이었지만 어쩐지 지금은 의연해야 할 것 같았다. 승주의 마음이 그녀의 것보다 더 너덜거릴 게 뻔해서였다.

"나도 회장님 상대로 할 말은 다 했거든. 절대로 안 헤어지고 당신 옆에 딱 붙어 있을 거라고 말했어. 암만 방해해 봐라. 내가 포기하나? 그랬지. 청심환 먹고 갔는데 약발 좋더라."

"고마워."

"뭐가 또? 처음에는 미안해, 지금은 고마워. 이건 또 무슨 의민데?"

"어머니 앞에서 당신 마음 딱 밝혀 줘서. 그리고 감추지 않고 어머니를 만난다고 나한테 전화해 줘서. 비밀 만들지 말자고 약속한 거 지켰잖아."

"사실은 내가 혼자서 회장님을 만나는 게 무서워서 전화한 건데? 당신이 생각하는 만큼 내가 그렇게 착하진 않아."

천연덕스러운 정원의 말에 순간 승주가 피식 웃었다.

"이런 일을 당할 때 우리가 이전에 결혼을 한 거 맞나 싶을 때가 있어. 이거는 첫 연애 하는 사람들이 겪는 과정 아냐?"

"그렇지? 결혼은 우리 고집대로 제법 쉽게 해치웠는데 어째 헤어지고 난 후 다시 만나서는 제대로 된 고난의 연애를 하는 중이야."

승주가 차를 수원 나들목 쪽으로 돌렸다.

"회장님, 늙으셨더라."

정원이 중얼거렸다.

솔직히 오늘 나서희 회장과의 대화를 통해 정원이 느낀 것은 바로 그 사실이었다.

못 본 그사이, 정원의 세상에서만 시간이 흐른 게 아니었다.

승주의 세상에서도, 나서희 회장의 세상에서도 공평하게 시간이 흘러가고 있었다. 그 시간을 따라 그들의 세상도 변화하고 있었을 텐데, 나서희 회장만 그것을 모르고 있는 것 같았다.

시간을 따라 자신이 상대하는 정원도 많이 변했고 성장하고 있다는 사실을 끝내 인정하지 못하고 여전히 눈 아래로 두고 보며 자신의 자랑스러운 아들 승주를 낚아채 가려는 교활한 살쾡이 취급을 했다. 아니, 끔찍한 바퀴벌레라고 했던가.

그녀는 몇 분 후에 그 아들 승주가 나타나서 그녀의 자부심을 박살 내고 기어코 의절까지 선언하리라고는 꿈에도 생각하지 못했을 것이다.

"그런데 본인만 그걸 모르시지."

승주도 동의했다.

"당신도 느꼈을 테지만 아직도 기운이 펄펄하다고 착각하고 계셔. 세상이든 사람이든 자기 마음대로 움직일 수 있다고 믿는 것도 여전하고 말이지."

"내가 회장님께 할 말 다 한 건 속 시원한데, 너무 대놓고 질러 버린 게 아닐까 조금은 후회하고 있어."

정원이 조금 찔리는 표정으로 승주를 마주 바라보았다.

"어른인데. 당신 어머니이기도 하고."

"괜찮아. 가끔은 어머니도 그런 충격 요법이 필요해. 그래야 제대로 바른 눈 뜨고 세상을 보실 수 있지."

"그렇긴 하지만 그래도 마음이 안 좋기는 해. 사실 누군가를 미워하고 갈등하는 일은 사랑하는 일보다 훨씬 더 많은 에너지를 소모한단 말이야."

"낳아 주신 어머니와 의절까지 선언한 난 그럼 어떻겠어? 고기 열 근을 먹어도 모자랄 판이야."

대답하는 승주의 얼굴은 정말 피로해 보였다. 그가 저 멀리 반짝이는 고깃집 네온사인을 향해 차를 바깥 차선으로 옮겼다.

"그건 맞아. 오늘 자기 말하는 거, 수위가 너무 셌다, 뭐. 듣는 내가 마음이 아팠다구."

"당신 같은 효녀는, 그래, 내 행동을 이해 못 할 수도 있어. 그건 나와 우리 부모님 사이가 딱 그 정도라는 거야. 그래서 난 당신 가족이 좋아. 양평 어머님 아버님이 내겐 더 정겹고 가깝게 느껴지는 이유야."

"자기가 오늘 조금 무서웠어."

갈빗집에 도착해서 차에서 내리며 정원이 중얼거렸다. 그녀가 다가온 승주의 팔을 먼저 잡았다.

"착한 사람이 화를 내면 진짜 무섭다더니, 당신이 그렇게 정색하고 화를 내는 건 처음 봐서 그런가? 내가 그때 할 말이 더 있었는데 당신 때문에 다 잊어버렸지 뭐야."

"고기 먹으면서 하나씩 찬찬히 생각해 내 보자. 당신이 하고 싶은 말이 뭐가 더 남았는지."

승주가 자신의 팔을 감싼 정원의 어깨를 꼭 끌어안았다.

식당은 이제 거의 영업 종료 분위기였다.

아직도 흐드러지게 술잔을 주거니 받거니 하면서 취한 목소리로 떠들고 있는 중년의 주당들 두어 팀 말고는 넓은 가게는 텅 비어 있었다.

"고기 먹을 건데 가능합니까?"

"거기 앉으세요."

싹싹한 인상의 주인이 싫다 하지 않고 선선히 두 사람에게 자리를 권했다.

"생갈비 3인분하고."

승주가 정원을 건너다보았다.

"당신, 뭐 먹을래? 뭐 더 시켜?"

"양념 갈비도 맛있겠다. 먹어 봐요. 그것도 1인분 추가해 주시고요, 차돌박이 된찌도 주세요, 사장님. 공깃밥은 두 개, 아니, 하나만. 나는 뚝배기 누룽지로 주세요."

정원은 욕심껏 잔뜩 시켰다. 지금 정원은 에너지라곤 하나도 없는 상태였다. 비유하자면 바람이 다 빠진 비닐 인형이었다. 얼른 다시 공기를 채워 넣어야만 했다. 그래야만 그녀보다 더 텅 비어 버린 듯한 승주를 잡아 줄 수 있을 테니까.

"엄청 먹을 거야, 뭐. 저녁도 못 먹었는데, 무서운 회장님까지 상대해야 했다고. 배가 등가죽에 붙었어. 내가 살아 있는 게 이상할 정도야."

"그래, 많이 먹어."

누군가에게 분노하면서 갈등하고 싸움을 한다는 건, 상상보다 훨씬 더 많은 에너지를 소모하는 일이라는 걸 승주나 정원 둘 다 새삼 느꼈다.

불판에 얹을 고기 쟁반을 들고 온 주인이 말했다.

"죄송한데, 고기 잡수신 분한테는 실내 카페 이용이 무료거든요. 지금 알바생이 퇴근한다고 해서 말입니다. 미리 주문하시면 커피를 만들어 주고 간다네요."

"어머나, 미안해라. 굳이 안 챙겨 주셔도 되는데. 저는 카라멜 마끼아또. 이 사람은 그냥 밀크티 주세요. 감사합니다!"

공짠데, 거절을 거절한다.

정원이 앞뒤 재지 않고 얼른 주문을 해 버렸다. 승주가 슬그머니 웃었다.

"당신, 은근히 공짜를 좋아해."

"공짜 싫어하는 사람 있나? 아, 얼른 고기부터 불판에 올려요. 뭐 하고 있대? 답답해, 집게 줘 봐요!"

결국 정원이 승주에게서 집게를 빼앗았다. 마블링 죽이는 먹음직스러운 생갈비를 일렬종대로 불판에 척척, 아름답게 올려놓았다.

"히야, 고기 때깔 좀 보소! 고기 냄새 맡으니까 갑자기 인생이 살 만해지기 시작했어. 육향이 이렇게 달콤할 일이야?"

매의 눈으로 고기의 익힘 정도를 살피면서 정원이 감탄사를 내뱉었다.

이날의 모든 소동, 마음 앓으며 안 좋은 기억들은 다 날려 버리고 오롯이 고기에만 집중한 듯 보이는 정원의 모습을 승주가 가만히 응시했다.

'나만 안 만났더라면.'

손끝에 박힌 작은 가시처럼 죄책감이 가슴을 콕콕 찔렀다. 너무 안쓰러워서, 미안해서 죽을 만큼 승주에겐 정원이 그랬다. 그만큼 고맙고 사랑스러웠다. 세상에서 단 한 사람, 그의 편이자 그의 사람이었다. 정원만 곁에 있어 준다면 그는 아무것도 부럽지 않고 무섭지 않았다.

"아, 다 익은 것 같은데? 독이 들었나, 안 들었나 일단 내가 한번 먹어 볼게."

어지간히도 배가 고팠나 보다. 정원이 집게 그대로 불판 위에서 지글거리는 생갈비 한 점을 집어선 입 안에 쏙 넣어 버렸다. 잠시 음미하더니만 헤에, 하고 웃었다.

"아주 그냥 살살 녹는군. 다 익었어. 당신도 먹어요, 얼른!"

정원이 익은 고깃점을 승주의 앞접시에 놓아 주었다. 그러고는 자신은 생갈비 두 점을 한꺼번에 입에 집어넣고는 오물거렸다.

"달아?"

"응, 완전 달아! 이렇게 맛있는 갈비는 처음인 것 같아."

"많이 먹어. 난 당신 먹는 것만 봐도 배가 불러."

승주가 자신의 앞에 놓인 갈빗살까지도 정원 앞으로 옮겼다. 정원이 눈을 동그랗게 뜨고 호들갑스럽게 소리쳤다.

"앗, 고기 주면 '찐사랑'이라던데?"

"나는 진짜 '찐찐사랑'이라니까."

어떤 마음으로 정원이 그의 앞에서 이렇게 밝게, 아무 일도 없는 것처럼 오로지 식사에만 몰두하는 척하는지 알고 있다.

그렇기에 승주는 그녀가 바라는 대로 가능한 한 활짝 웃으려 애를 썼다. 그 역시도 잔뜩 배가 고파서 생갈비에만 집착하는 것처럼 보이려 노력했다.

그러나 사실상 그는 배가 하나도 고프지 않았다. 식사를 못 한 건 정원과 똑같았지만, 그는 육신을 지배하는 공복을 느끼기에는 지나치게 지쳐 있었다.

그는 이날 부모와 의절을 선언했고, 진정한 의미에서 자신을 묶고 있던 탯줄을 끊어 낸 상태였다.

"있지, 자기야."

"응."

정원이 막 날라져 온 누룽지 뚝배기에 숟가락을 담그며 물었다.

"진짜 부모님하고 의절한 거야?"

"가짜 의절도 있어?"

"그래도…… 천륜이라는데. 나 때문에 당신이 그런 결정을 하다니 그건 참 마음이 불편하네."

사실상 나서희와의 대화 전부가 정원을 독침처럼 콕콕 찔러 아프게 만들었고 상처를 냈다.

비록 의연한 척했지만, 그중 가장 아팠던 건 승주와 자신을 이간질해서 천륜을 끊어 놓는다는 비난이었다.

그런 걸 원한 적도 없었고, 그런 것을 시도한 적도 없는데, 그 부당한 비난을 여전히 감내하려니 화가 나던 것 이상으로 그냥 슬펐다.

그녀는 그저 승주와 행복하게 살고 싶어서 결혼을 했다. 새로운 가족의 일원이 되어 그들과도 사이좋게 서로 웃으며 즐겁게 살고 싶었고 그럴 줄로만 알았다.

그런데 정작 결혼을 해서 그들 가족 안에 들어가 보니, 환영받기는커녕 그녀의 존재 자체가 그의 집안에서 불화의 이유가 되어 있었다. 무엇을 하든 비난의 대상이 되었고, 그녀는 언제나 걸어 내고 치워야 할 무가치한 기름 덩이에 불과했다.

그녀의 존재 자체가 승주와 다른 가족들 사이에 벽을 만들고 갈등을 유발한다는 것을 깨닫게 되는 데는 그리 오랜 시간이 필요치 않았다.

"인생 2회 차면 좀 쉬워진다던데, 연애 2회 차에 우리가 겪는 이 모든 과정은 너무 어려워서 멀미가 나. 처음 결혼했을 때도 나 때문에 가족들 사이에서 힘들어했는데, 이번에는 결국 가족들에게서 당신이 완전히 걷어차인 거잖아."

"말은 바로 해. 내가 먼저 걷어찼어."

승주가 단호하게 말을 끊었다.

"나는 당신 없으면 안 되는데. 그런 당신을 끝내 인정 안 하려는 가족 따윈 내가 사양이야. 쓸데없이 죄책감 느끼지 마. 당신 책임이 아니야. 자꾸 그러면 화낼 거야."

그러면서 승주가 정원에게 아까 주인이 들고 온 카라멜 마끼아또 잔을 슬그머니 밀어 주었다.

인생이 늘 달콤할 순 없지만, 가끔은 달아도 돼. 오늘 우린 이만큼의 달콤함을 누릴 만큼 힘들었으니까. 그렇게 말하고 싶었다.

"어쩌다가……. 하."

정원이 한숨과 함께 중얼거렸다. 두 사람의 시선이 마주쳤다.

"우리 둘이 연애하는데 그 끝이 왜 의절이래?"

가족애가 충실한 정원으로선 승주의 의절 선언에 큰 충격을 느낀 게 분명했다. 말을 하지는 않았지만 그 엄청난 결정의 이유가 자신이라는 것에 부담감이 큰 듯싶었다.

"내가 비로소 징검다리를 건넜다고 생각해. 당신 탓이 아냐."

"응?"

"사실은 너무 늦었지. 당신과 결혼했을 그때, 날 옭아매던 부모님의 사랑에서 벗어나 당신에게로 온전히 건너가야 했어. 난 그걸 못 했어. 그런데 이젠 달라. 망설이고 뒤로 물러설 줄만 알던 비겁한 내가 비로소 당신의 사랑을 디딤돌 삼아 당신 옆으로 왔어. 내 인생도 새로운 세상으로 마침내 건너온 거야."

고마워. 날 도와주고 잡아 줘서.

승주의 깊은 응시가 그렇게 말하고 있었다.

한동안 승주를 가만히 건너다보던 정원이 배시시 웃었다. 뜬금없이 그의 이름을 불렀다.

"이승주 씨?"

"응?"

"하트. 쌍하트!"

정원이 양쪽 손가락으로 미니 하트를 만들어 그에게 날려 주었다.

정원 스타일의 작은 위로.

그 하트가 승주에게로 날아와서 심장 안에서 크게 부풀어 올랐다.

헛헛한 가슴이 조금 채워지고 있었다. 이렇게 웃어 주는 정원의 밝은 얼굴이 곁에 있다면, 세상이 어떻게 돌아가든 상관없을 것만 같았다.

* * *

집이 너무 넓었다.

침실에 들어오자마자 나서희는 핸드백을 휙 내던지고 그대로 안락의자에 푹 파묻혔다.

"회장님, 저녁 진지는?"

"와인이나 한 잔 가져와요."

도우미가 나가고 나서 침묵이 그녀를 감쌌다.

짙은 피로가 무거운 회한과 함께 그녀를 꽉 누르고 있어 갑자기 숨쉬기가 힘들어졌다. 조금씩 지워져 가는 얼굴의 화장마저도 견디기 부담스러울 지경이었다.

이대로 질식해서 죽을 것만 같다.

하아, 하아, 답답해진 가슴을 부여잡고 나서희는 몇 번 다급하게 심호흡을 했다.

사각의 벽이 그녀를 짓눌러 한없이 찌그러들게 만들고 있었다.

웬만한 아파트 크기 하나인 넓고도 쾌적한 침실이 마치 감옥과 같이 느껴졌다.

그녀 곁에는 아무도 없었다. 같이 화를 내 줄 사람도, 같이 위로해 줄 사람도, 같이 대화를 나눌 사람도, 울어 줄 사람도 없었다.

결국 나서희는 던져뒀던 핸드백을 다시 끌어당겨 휴대 전화를 꺼냈다.

"여보세요?"

―엄마, 저 지금 친구 생일 파티에 왔어요. 나중에 전화해요.

수화기 안의 윤민의 주변은 떠들썩한 활기로 가득 차 있었다.

지금 그녀는 늦은 이 시간에 전화를 걸어온 친정 엄마의 목소리가 기운이 있거나 말거나, 우울하거나 말거나 전혀 신경 쓰지 않는 것 같았다.

수화기 안에서 누군가가 윤민을 부르는 게 들려왔다.

―알았어. 갈게. 엄마, 끊어요. 지금 게임 중이라서요.

"너 설마 어디 이상한 사람들하고 도박 같은 거 하고 다니는 건 아니지?"

―아휴, 제가 뭐 어린앤가? 걱정도 팔자셔.

잔소리쟁이 엄마는 사절, 윤민이 가볍게 투덜거렸다.

―나도 체면이란 게 있어요. 천박하게 그런 델 내가 왜 껴? 그냥 재미있으라고 생파에서 젠가 게임 하는 거야. 걱정 마요. 그럼 끊어요! 내일 제가 전화할게요.

"연준 어미, 내일 집에 올래? 같이 밥이나 먹고 쇼핑하자꾸나."

다급하게 나서희가 먼저 제안했다.

―미안해요. 안 될 거 같아. 내일 친구들이랑 골프 치러 홋카이도 가요.

"아니, 애 엄마가 며칠씩이나 해외에 놀러 가도 돼? 시어른들께서 흉보신다."

―엄만. 갑자기 왜 안 하던 잔소릴 하세요? 우리 애들한테 다 개인 튜터 딸려 있는 거 아시면서?

되묻는 윤민의 목소리에 귀찮음이 알알 묻어 있었다.

"그래? 그럼 언제 돌아오니?"

―월요일에요. 다음 주 화요일쯤 평창동 들를게요. 그때 봬요.

그녀가 다시 뭐라고 말할 사이도 없이 윤민이 먼저 전화를 끊었다.

하소연은커녕 가슴속에 가득한 말 한마디 제대로 못 하고, 나서희는 휴대전화를 내려놓았다. 갑자기 그나마 믿고 의지해 온 윤민에게서 가혹하게 버림받은 기분이 들었다.

뇌리에서 계속 움직이며 그녀를 괴롭히는 건 망설이지 않고 의절을 선언하던 승주의 표정이었다.

오래전 과거부터 어머니 때문에 자살하고 싶었다고 털어놓는 아들 앞에서 어떤 어미가 제정신일 수 있단 말인가.

"아니야. 아니야. 넌 그러면 안 돼."

나서희는 자신도 모르게 마치 승주가 눈앞에 있는 듯이 중얼거리고 있었다.

"내가 널 위해 할 수 있는 일이 아직은 있을 거야. 난 그냥 네가 행복했으면 해. 내가 가진 콤플렉스, 결핍, 그런 거 하나 없이 넌 금빛으로 빛나게 만들어 주고 싶었어. 지금도 늦지 않아. 그딴 계집애 때문에 날 버리는 건 실수야. 얼마든지 내가 너한테 더 좋은 상대를 찾아 줄 수 있다고. 내가 가진 걸 다 걸고서라도 난 너한테만은 세상 전부를 주려고 그랬어. 그런데 어떻게 네가 나한테 이러니? 어떻게 아들인 네가 날 이렇게 비참하게 만들 수 있어?"

그러나 원망이 반인 나서희의 독백은 그 누구도 듣지 않는, 들을 수도 없는 공허한 울림에 불과했다.

"곁에 아무도 없는 당신 황폐하고 외로운 인생이나 잘 보살펴."

저주 같던 남편 영국의 말 한마디가 독침처럼 뼈에 박혀 빠지지 않았다. 그의 저주처럼 결국 이렇게 넓은 침실에 그녀 혼자 남겨져 있다. 같은 나이 또래의 중년들이 왜 순식간에 무너지는지 알 것만 같았다.

'외로워. 공허해. 다 필요 없어.'

자신이 옳다고 생각해 당당하게 걸어온 지난날의 발자국이 사실은 전부 다 어리석은 헛발질이었다는 것을 인정해야 하는 순간. 그 민망함과 부끄러움은 너무 상처가 되었고 그녀를 허탈하게 만들었다.

그 지독한 외로움과 공허함에 몸부림치던 나서희는 결국 자신이 먼저 내친 해민의 전화번호를 누르고 있었다. 지금 그녀가 전화를 걸 수 있는 사람은 이리 둘러보고 저리 둘러봐도 결국 해민뿐이었다.

"어디니?"

ㅡ알아서 뭐 하게요?

대답하는 목청이 쌀쌀맞기 그지없었다.

예전 같으면 버릇없다고 화가 났을 텐데 지금은 그나마 그녀의 전화를 받아 준 것만으로도 안도감이 들었다. 다 용서할 수 있을 것만 같았다.

"기집애가 멋대로 집 나가서, 연락도 끊고, 그래. 참 잘하는 짓이다, 너."

ㅡ엄마가 먼저 나가라고 그랬잖아요? 내 카드 다 끊고 필라테스 샵 월급도 인출 못 하게 하고. 흥, 뭐 그러면 내가 고개 푹 숙이고 엄마 발치에 무릎 꿇고 기어들어 갈 줄 아셨나 봐? 됐거든요.

"⋯⋯밥은 먹고 다니니?"

ㅡ굶어 죽지는 않으니까, 신경 끄세요. 엄마 도움 없어도 내 힘으로 잘 살고 있다고요.

"이만하면 됐어. 고집 그만 피우고 이제 집에 들어와."

—싫어요. 답답한 집에 내가 왜 들어가?

여전히 해민의 목소리에는 단단히 독이 올라 있었다.

—엄마가 진저리치는 청국장도 마음대로 먹고, 내가 좋아하는 사람만 마음껏 만나면서 한껏 자유롭게 잘 살고 있거든요. 그러니까 방해하지 마세요. 엄마 말이라면 끔뻑 죽는 꼭두각시 언니하고나 노시라고요.

다다다 쏘아붙이는 해민에게서 나서희는 소금을 뿌려도 절대 숨이 죽지 않는 시퍼런 배추처럼 서걱거리는 원망을 제대로 읽었다.

잠시 망설이다가 나서희가 모든 것을 내려놓는 마음으로 내뱉었다.

"지난번에는 엄마가 좀 심했다. 미안하구나."

순간 수화기 안에서 해민이 훅하고 숨을 들이켜는 소리가 들려왔다. 평생 오만한 엄마 나서희 입에서 그런 말이 나올 거라고는 상상도 하지 못했던 게 분명했다.

"들어와서 엄마랑 다시 이야기하자. 네가 그렇게 나간 후에 엄마도 생각 많이 했어."

—어련히요? 제 말이 엄마 귓등에라도 스치던가요?

"해민아, 엄마 지금 힘들어……. 너무 속상해."

기껏 어렵사리 그 한마디를 내뱉는데, 갑자기 눈에서 뜨거운 것이 솟구쳤다. 지금 나서희는 삽시간에 울컥 무너져 버린 자신을 다스릴 기력이 없었다.

"글쎄, 네 오빠가 엄마 다시는 안 보겠대. 의절한대. 어떡하니? 엄마 때문에 뛰어내려 죽고 싶었대."

순간 수화기 안, 해민조차 잠시 멍해졌다. 잠시간 침묵 후에 말까지 더듬으며 되물었다.

—네에? 그, 그게 무슨 소리예요? 오, 오빠가 죽고 싶다고 했다고요?

"그렇다니까. 엄마가 속상해서 지레 죽을 거 같아. 니 오빨 어떡하니? 어떻게 엄마 앞에서 죽는다는 그딴 무서운 소릴 할 수가 있어?"

─오빠가 그냥은 그런 말 하지 않았을 텐데? 엄마가 오빠한테 무슨 짓 했어요?

곧바로 나서희를 몰아붙이는 데에 있어서 해민은 가차 없었다.

─엄마가 뭐 언제 사람 마음을 제대로 헤아려 본 적이 있었어요? 뻔하지 뭐.

해민의 목소리는 여전히 냉랭했다. 승주만큼이나 그녀도 제대로 화가 나서 아직도 배배 꼬인 그 마음이 풀리지 않았기에 그녀 편을 들 수 없노라 명확하게 입장을 밝혔다.

그것도 모자라서 혀까지 차며 야무지게 제 어미를 상대로 듣기 싫은 잔소리를 늘어놓았다.

─내가 엄말 몰라? 유리 불러다 놓고 오빠랑 헤어지라고 별의별 모욕이란 모욕은 다 줬을 게 뻔해. 그걸 알고 오빠가 뒤집어진 거고. 오빠 생각에 엄마 손아귀에서 평생 벗어날 수 없다면 차라리 죽겠다는 이야기까지 나왔을 테고. 아녜요? 엄마, 진짜 오빠한테 의절당해요, 그딴 식으로 계속하면.

"이미 의절 선언하고 자리 박차고 나갔다. 내가 절 어떻게 키웠는데 여자 하나에 눈이 멀어서는!"

─여자 하나에 눈이 멀어서 멀쩡하던 오빠가 그렇게 된 게 아니라니까? 그동안 쌓인 게 유리 일 때문에 다 터진 거지. 엄만 아직도 문제의 핵심을 몰라, 아, 답답해! 끊어요. 나 일하러 가야 해.

나서희가 뭐라고 말하기도 전에 아까 윤민이 그랬던 것처럼 해민도 먼저 전화를 끊어 버렸다. 그러나 해민은 끝내 빈말이라도 '곧 집에 들어가겠다'라든가 '엄마가 힘들었겠네' 하는 입바른 위로 한마디를 해 주지 않았다.

"하, 이것들이 이젠 다 컸단 말이지? 그게 다 누구 덕인데? 다 지들이 잘나서 그리된 줄만 알고 감히 날 무시해? 이 어미를 버려?"

나서희는 아까 도우미가 가져다 놓아둔 와인을 한입에 털어 넣으며 혼잣말을 했다.

누구도 곁에 없는 텅 빈 침실에서, 그 넓디넓은 공허한 공간에서 나서희는 그토록 귀하게 여기던 위신이니 품격도 다 내버리고 손에 닿는 대로, 와인을 병째 들어 마셔 버렸다. 이렇게라도 하지 않는다면 정말 견딜 수가 없을 것 같았다.

"그래도 안 돼, 이 자식아!"

나서희가 마치 승주가 앞에 서 있기라도 한 듯이 소리쳤다.

"내 눈에 흙이 들어와도 절대 앙큼한 살쾡이 새끼 같은 그 계집애하고 넌 안 된다 이 말이야. 널 망치고 나한테서 거역하게 만들고! 그딴 걸 내가 받아들일 거 같아? 어림없지!"

보통 어떤 문제가 생겼을 때 대부분의 사람들은 자신을 탓하기보단 타인을 탓하는 경우가 훨씬 더 많다. 그게 더 편리하고 스스로에게 가하는 자책감을 씻어 낼 수 있으니까.

지금 나서희의 모든 원망은 오롯이 정원에게로 향하는 중이었다.

승주의 의절 선언도, 그의 인생이 자신으로 인해 불행으로 점철되었다고 항의한 그 사실까지, 전부 다 승주를 부추기고 옆에서 살살 이간질을 해 제 부모를 거역하게 만든 유정원 탓이었다.

나서희의 망상 안에서 이미 정원은 다시 평창동 집에 파고들어 와 승주를 손아귀에 넣고는 온갖 데를 다 휘저어 놓는 중이었다.

나서희가 오랜 시간 동안 견고하게 구축한 아름답고 품격 있는 이 세계를 같잖은 반항과 불화로 감염시키고 있는 중이었다. 참을 수가 없고 용납할 수가 없었다.

'고것만 우리 승주 앞에 나타나지 않았다면! 그랬다면 다 괜찮을 텐데! 우리 승주는 제 할 일 제대로 하면서 승승장구하고 있었을 텐데!'

생각하면 할수록 분하고 화가 났다. 억울하고 미웠다.

어떻게 감히 제깟 것이 어미와 아들을 의절시킬 수 있단 말인가?

"죽긴 왜 죽어? 내가 걔를 너무 사랑해서 온실 속 화초처럼 너무 나약하게 키웠던 거야. 그러니 겨우 그깟 보잘것없는 계집애 눈웃음에 속아 넘어가서는 세상모르고 저렇게 미친 짓을 하지. 내가 뭘 어쨌다고 이 어미만 잡도리질 하면서 원망해? 기가 막혀서!"

어느새 와인병이 다 비었다.

짧은 시간 안에 와인 한 병을 홀로 다 마셔 버렸다. 그새 어지간히 취해 버린 나서희는 들고 있던 와인병을 탕 소리 나게 탁자에 내던지듯이 내려놓았다.

"절대 안 돼. 괘씸해서 용서가 안 돼. 어떻게 내 아들이 고물상 따위의 사위가 돼? 우리 애는 은상 그룹 외손자야. 그렇게 내려치기 당하며 살 애가 아니라고!"

부모와 자식 사이를 이간질시키다 못해 끝내 의절까지 시킨 정원이 미워서라도, 기본적인 체면을 위해서라도 그녀는 승주를 어찌하든 타락과 악의 구렁텅이에서 꺼내야만 했다. 무슨 수를 쓰든지 간에.

술에 취하고 분노와 원통함에 취한 나서희는 잠시 이성적인 판단을 지워 버린 상태가 되었다. 남은 건 악에 받친 오기뿐이었다.

'그래. 꿩 대신 닭 한 마리가 아직 남았지.'

재벌가 일원인 조영화와의 맞선 때문에 멀리 뒤로 치워 놓았던 카드 한 장이 있다.

사실은 지금까지 안중에도 두지 않고 늘 무시해 왔던 상대지만, 일이 이 지경까지 되다 보니 남은 해결책은 그것뿐인 것만 같았다. 어쩌면 지금 승주에게 가장 알맞은 상대라는 생각이 들었다.

박나현.

"보란 듯 재벌가 사위로 잘 살 수 있었어. 유리 그딴 것 때문에 다 망쳤으니 적어도 우리 애와 사회적인 신분이라도 맞는 상대를 찾아야지."

뭐니 뭐니 해도 박나현은 남들 보기에 번듯한 의사이다. 승주와도 오래전부터 좋은 선후배 사이가 아니었던가.

숟가락 하나 꽂을 데 없는, 없는 집 출신에다 조명신의 딸이란 건 여전히 마음에 들지 않지만 그래도 골드 미스 초혼 자리 아닌가.

'박나현이라면 나쁘지 않아. 걔가 우리 승주에게 목 매달고 연연해하던 게 어디 하루 이틀이야? 박나현이야 내가 손만 뻗으면 당장 얼씨구나 하며 좋아서 달려들 테지.'

우격다짐이라도 해서 둘을 엮어 보자. 나서희는 새로운 투지로 불타올랐다.

'살다 보면 없던 연애 감정도 생기겠지. 뜨거운 연애 감정? 웃기지 마. 그런 건 석 달이면 다 끝나. 너희 둘이 절대로 잘될 수 없게 어찌하든 훼방 놓고 말테니까.'

술에 취한 채로 나서희는 이를 갈며 허공에 대고 맹세했다.

승주와 정원이 다시 만나고 있다는 사실을 알게 된 후, 그녀는 계속 두 사람 사이를 끊으려고 뭔가를 계속 시도했지만 실제로 성공한 적이 없다.

그녀가 어느새 입호랑이 신세가 되어 버렸다는 걸 정원이 눈치챘기에 감히 그녀더러 자신이 무서우냐고 물을 수 있었겠지. 아닌 척했지만, 사실이라서 너무 자존심이 상했다.

그렇게 그녀가 실패를 거듭하는 사이, 승주는 나서희가 만든 완벽한 세상에서 멀어지고, 정원과 더 밀착하고 있었다.

주변 사람들 다 그녀더러 아무것도 하지 말라고, 그게 상책이라고 충고했지만 들을 생각도 없었다.

그걸 인정하는 순간, 아들 승주가 정말 그녀가 휘두르는 세상 밖으로 떠나 버렸다는 걸 받아들여야만 하고, 스스로의 끔찍한 실패를 자인하는 것이기에.

"절대로 너희들 뜻대로는 안 돼! 어디 두고 보자고!"

텅 빈 침실 안에서 술에 취한 채 중얼거리는 나서희의 독백이 메아리로
똑같이 울려 퍼지고 있었다.

* * *

해민은 전화를 끊고 한숨을 쉬었다.

"결국 벌어졌군."

폭탄을 들고 있으면 터질 게 뻔하다. 참지 못하고 폭탄 덮개를 연 것도
모자라서 심지어 안전핀까지 뽑아 놓고는 이제 와서 그 폭탄이 터졌다고
난리를 피우는 그녀를 이해할 수가 없었다.

밤 10시 반.

해민은 고개를 들어 편의점 창 너머 경기도 남부 한 신도시의 거리를 내
다보았다.

두어 블록 너머, 고층 빌딩이 솟아 있는 시내 중심가 쪽은 강남 유흥가
못지않게 사람들로 북적이고 있을 테지만, 아파트만 즐비한 주거 구역인 이
곳은 슬슬 잠들 차비를 하고 있었다.

'받지 말걸. 괜히 전화를 받아 가지고, 쯧! 짜증 나, 정말.'

엄마와의 통화 때는 세상 쿨한 척, 여전히 화가 난 척 냉랭하게 굴었지만
그렇다고 해민의 마음이 잔잔한 호수처럼 평온한 것은 아니었다.

내 일 아니다, 엄마가 자초한 일이다, 하고 잘라 버렸다.

하지만 그 강하고 오만하던 나서희가 자신이 내쫓은 해민에게 먼저 전화
를 한 것도 모자라서 울먹이며 하소연을 하다니. 그녀가 그토록 무너진 걸
본 것 처음이라 해민으로서도 심란하기 이를 데 없었다.

'오빠에게 전화라도 해 볼까?'

휴대 전화를 만지작거리다가 해민은 고개를 젓고는 다시 트레이닝복 주
머니에 넣어 버렸다.

"아서, 이해민. 내가 낄 자리가 아냐."

나서희는 승주가 의절을 선언했다며, 그가 그런 어머니 때문에 죽겠다고 소리치며 속을 뒤집어 놓았다고 말했다.

이게 다 중간에서 악랄하게 이간질하는 정원 때문이라며 욕을 했지만, 해민은 어이가 없었다.

엄마 나서희가 쓸데없는 집착으로 두 사람 사이에 끼어 간섭하지만 않는다면 무탈하고 무사할 두 사람이었다. 자신이 긁어 부스럼을 만들면서도 여전히 정원만 욕하는 엄마와의 통화 후에 남은 것은 그럼 그렇지, 하는 허탈함뿐이었다.

'흥, 우리 엄마, 매사 남 탓하는 그 버릇은 어디 안 간다니까.'

그때 딸랑 편의점 출입문 종소리가 나더니 사람들이 들어왔다.

"어머, 선생님. 안녕하세요?"

인사를 해 온 사람은 해민이 맡고 있는 필라테스 샵 월·수·금 9시 타임 수강생이었다.

상냥한 성품인 듯, 알게 된 지 며칠 되지도 않은 해민에게 '선생님'이라 불러 주며 다정하게 인사를 건넸다.

"안녕하세요, 회원님. 집이 근처이신가 봐요."

"네, 저기 앞 금송아파트요. 학원에서 애 데려오는 중이에요. 간식 먹는다고 해서요."

"그렇구나, 내일 봬요."

"네, 그럼 저흰 먼저 들어갈게요. 선생님도 살펴 가세요."

해민이 이 신도시의 한 필라테스 샵 강사로 취직을 한 건 지난주부터였다.

나서희나 윤민은 해민이 아마도 시내 고급 호텔이나 제주도 별장쯤에 처박혀서는 어리광이 반인 시위를 하고 있을 거라 생각했을 테지만, 천만의 말씀이었다.

집에서 나온 후 해민은 열받은 김에 몰고 다니던 승용차를 냅다 중고차

센터에 팔아 버리는 걸로 본격적인 혼자살이를 시작했다. 다른 건 몰라도 그 승용차는 해민의 생일 선물로 아버지 영국이 사 준 것이라 그녀의 소유였다.

잠적을 한다 해도 월세 구하고 몇 달 먹고살 돈은 있어야지. 절대 안 돌아간다. 나도 내 힘으로 어디 한번 살아 볼 테다. 엄마가 가출 신고해도 안 잡혀간다. 이를 악물었다.

돈 없고 빽 없는 인생이 얼마나 살기 힘든지 너는 평생 모를걸. 철딱서니 부자 아가씨 연애 놀음에 같이 놀아 줄 생각 없다는 인태의 비아냥에 대한 해민 나름의 복수이기도 했다.

차를 판 돈을 짊어지고 지하철을 탔는데, 하필이면 그 지하철 노선의 종점이 서동탄이었다.

동탄의 호텔에 짐을 풀고 난 후 해민은 잠도 자지 않고 인터넷에서 구직 관련 정보란을 뒤졌다. 이틀 만에 기적적으로 지금 근무하는 필라테스 강사 자리를 잡았다. 지난 주말에는 호텔에서 나와 월세 원룸으로 거처도 옮겼다.

"쳇. 내가 어디서든 밥 굶고 다닐 사람으로 보여? 딸을 너무 무시하시네."

투덜거리며 그녀는 편의점 매대에서 컵라면을 꺼내 더운물을 부었다.

혼자살이를 시작한 해민이 즐기게 된 길티 플레저. 늦은 밤 근무를 마치고 집에 돌아가기 전 한 번씩 누리는 컵라면의 진한 MSG 맛이었다.

'아씨, 전활 괜히 받았지 뭐야?'

바야흐로 이해민의 폼 나는 동탄 생활이 본격적으로 시작될 참인데, 나서희의 전화 때문에 심란해지기 시작했다.

"치. 전화번홀 바꿔야 하나?"

하지만 지금 이 번호를 인태가 알고 있으니, 이거라도 없으면 그와 그녀는 영원히 단절이다. 그건 무서웠다.

'내일 아침 먹게 도시락도 하나 사 갈까? 아님 그냥 계란에 샐러드 먹을까?'

이런저런 생각을 하며 컵라면 뚜껑 위에 휴대 전화를 올려놓고, 해민은 멍하니 건너편 근무지인 5층 필라테스 샵이 입점한 건물 간판을 건너다보았다.

필라테스 샵, 태권도장, 치과, 한의원, 약국, 돈가스 전문점…….

'근데 오빠도 좀 그래. 엄마 앞에서 대놓고 죽느니 사느니 하는 건 너무했지. 의절한 김에 유리랑 외국에 나가 살 생각은 없나? 왜 한국에서 이러고 있대? 안 보고 살면 다 문제가 해결될 텐데?'

딩동, 문자 알림이 울렸다. 해민은 잠시 움찔해서 휴대 전화 화면을 내려다보았다.

혹시나 인태의 문자일까 싶어, 두근거리는 이 마음은 아직도 잘라 내지 못한 해민의 아픈 미련이다. 쓸데없는 광고 문자에 팍 식어 버린 마음, 괜히 해민은 속으로 애꿎은 인태에게 욕을 했다.

'정인태, 너 없어도 난 잘 산다고! 꼴에 가난뱅이부심 따윈 그만 부리라고. 내가 부자로 태어난 게 죄도 아니고 말이야. 너, 나 같은 1등급 상대 걷어찬 거, 완전 실수다. 평생 후회하게 될 거라고. 흥. 알아?'

그때였다.

해민 앞에 떡하니 커피 하나가 놓였다. 해민은 놀라서 고개를 돌렸다.

"마셔요. 독 안 들었으니까."

경오가 무뚝뚝하게 말하며 자신의 커피를 들고 해민 옆에 나란히 섰다.

"아, 뭐예요?"

경오의 시선이 해민이 입고 있는 필라테스 샵 마크가 찍힌 티셔츠로 향했다.

"강남 빌딩 가졌다는 재벌집 아가씨가 이런 동네 필라테스 샵 강사?"

"독립했거든요."

"아하. 대체 무슨 바람이 불었대? 이런 가난뱅이 컨셉질은 또 뭐고?"

"나름 진지하니까 놀리지 마요."

"놀리긴, 인사하는 거지. 저기 있죠?"

경오가 커피를 든 손으로 길 건너편 필라테스 샵 아래층 태권도 도장 간판을 가리켰다.

"우리 집. 근데 그 많고 많은 필라테스 샵 중에서 하필이면 왜 여기에 취직했나, 그래?"

그 말은 정녕 해민이 먼저 하고 싶었다.

그 많고 많은 강사 자리 중 하필이면 껄끄러운 정원의 친구네 위층의 샵을 택할 건 또 뭔가?

"세상은 참 넓고도 좁다더니."

경오가 중얼거렸다. 역시나 해민이 하고 싶은 말이었다.

"정인태 선생 때문에 집 나왔어요?"

"다 알면서 확인 사살은 왜 해요?"

해민의 목청이 저절로 시비조가 되었다.

"유리, 아니, 우리 오빠 엑스와이프하고 절친이니까 내 꼴이 아주 고소하겠어요?"

"에이, 그건 아니지."

경오가 다 마신 커피 캔을 툭하고 쓰레기통에 버렸다.

"혼자 충분히 불행한 사람 등짝을 걷어차는 일은 안 한다, 우린. 그래서 집 나오니까 나름 좋아요?"

"좋아요. 홀가분하고."

"그렇담 다행이네. 인생 살면서 반항은 한번 해 봐야지."

이번에는 해민이 경오를 곁눈질했다.

"전해 듣기로 사업이 엄청 잘돼서 바쁘다면서요, 그 회사?"

"많이 바쁘죠. 지금 올라가서 또 밤새 야근할 판이야."

"그런데 왜?"

평일 야심한 시간에 왜 근무지를 이탈해서 본가에 와 있느냐는 뜻이었다. 경오가 어깨를 으쓱했다.

"울 엄마가 좀 아프셔서요. 별일은 아니라는데 마음이 좀 쓰여서. 퇴근하고 내려와서 엄마 얼굴 좀 보고 집밥 얻어먹고, 그리고 이제 마지막 전철 타고 서울 올라가야지. 그런데 이런 데서 이해민 씨를 만날 줄이야. 아이, 깜놀이지 뭐야."

경오의 사교적인 입담이란 해민의 경계심을 금세 풀게 만들 만큼 대단했다. 해민이 망설이다 내뱉었다.

"저기, 나 봤다는 이야긴 어디 가서 하지도 마요. 쪽팔려."

"남의 돈 떼먹고 도망친 사기꾼도 아닌데 뭐가 쪽팔려?"

경오가 슬그머니 다시 해민을 바라보았다.

"말이 나와서 하는 말인데, 좀 궁금하긴 하네. 왜 쪽팔려? 그 나이에 되지도 않은 이유로 가출한 거? 응답 없는 짝사랑에 지쳐 현실에서 도망친 거? 어느 쪽?"

해민이 한마디 야무지게 받아치고 싶어서 경오를 노려보는데 정작 할 말이 없었다. 그녀로선 꽤 진지한 생각 끝에 시도한 독립인데 이렇게 놀림당할 일인가. 갑자기 서러워서 울컥 올라왔다.

'이게 다 정인태 네놈 탓이야!' 하고 바락 한마디 욕이라도 하고 싶었다.

하지만, 사실 가출의 가장 큰 이유는 엄마 나서희에 대한 반항이지, 인태가 가출하라 엉덩이를 걷어찬 것도 아니질 않나.

갑자기 눈알이 빠개질 듯이 아팠다. 짜증 나게 눈물이라도 흐를 판이었다. 다른 누구도 아니고 그녀의 불행이 몹시 고소할 전 올케의 절친 앞에서 이런 꼬락서니라니, 맥이 탁 풀릴 만큼 모양 빠져 보였다.

그래서 해민은 있는 힘을 다해 눈을 부릅떴다. 울지 않으려고 입술을 깨물며 용을 썼다.

머릿속으로 무슨 생각을 하는지, 홀로 붉으락푸르락하는 해민이 조금 안쓰러워진 경오가 옆에 놓아둔 배낭을 챙기는 척 고개를 돌렸다.

"사정이야 어떻든 뭐, 이왕 독립한 거. 잘해 봐요. 사실 나이 서른이 되어

가면 집에서 나오는 게 맞긴 하지."

"말이라도 고맙네요."

"내가 여기서 이해민 씨를 만났다는 말은 안 할게요. 근데, 진짜 말하지 마, 나?"

"핫 참, 무슨 뜻이래? 말 안 한다면서? 근데 말 안 해도 되느냐고 왜 묻는데?"

"아니, 그냥, 뭐…….'"

경오가 우물거리더니만 입을 다물었다. 그러더니 제 배낭을 열어 뭔가를 꺼내 해민의 앞에 놓았다.

"울 엄마가 만든 계란 장조림. 밥 비벼 먹어요. 필라테스 강사가 라면만 먹으면 쓰겠어? 근데 이해민 씨, 가출에는 명분이 진짜 중요하거든. 사서 고생은 좋은데, 고생 안 하고 살 수 있음 그게 더 좋대. 내 말, 어른답게 잘 생각해 봐요. 그럼 난 갑니다!"

경오가 그대로 뒤도 돌아보지 않고 바람처럼 편의점을 나가 버렸다. 해민이 싫다고 사양할 새도 없었다.

해민 앞에 반갑잖은 충고 한마디와 계란 장조림이 담긴 통 하나가 덩그러니 남았다.

"하, 이 무슨? 내가 거지도 아니고."

해민이 짜증스럽게 중얼거리는데, 그럼에도 그녀의 손가락은 어느새 반찬통 뚜껑을 열고 있었다.

들고 있던 나무젓가락으로 들어 있는 계란 한 알을 눌러 반쯤 떼서 입 안에 집어넣었다. 짭조름하지만 순하고 다정한 맛이었다.

단지 그것뿐이었는데 갑자기 그리움이 왈칵 몰려들었다.

'집밥 먹고 싶다.'

집밥을 먹은 지가 언제인지 까마득하게만 느껴졌다.

목구멍 위로 울컥 치밀어 오르는 어떤 것을 느끼면서 해민은 거친 손길로 계란 장조림 뚜껑을 닫아 버렸다. 애써 고개를 다시 치켜들었다.

'흥, 집밥 같은 소리. 어차피 우리 집 밥은 다 오 여사님이 만든 건데. 내 집에서도 남이 만든 밥 먹고 살았으면서 새삼스레 웬 집밥? 정말 청승맞다, 나.'

해민은 이미 불어 터져 버린 컵라면을 멍하니 내려다보았다.

'그래도 몇 마디 한 게 좀 낫네.'

경오와의 의미 없는 몇 마디가 뭐라고, 이 근래 누구와 제대로 된 대화란 걸 해 보지 못한 외로움이 어쩐지 조금 가셨다. 덤으로 계란 장조림도 얻고 말이다.

동탄으로 내려오면서 해민은 이전에 어울리던 친구들과 연락을 끊었다. 매일같이 소란스럽던 단톡방에서도 나와 버렸고 마찬가지로 전화도 받지 않았다. 오래 운영하던 SNS 페이지도 다 닫는 것으로 그들과 일체 연락을 피하고 있는 중이었다.

매일같이 화려한 색채로 장식된 놀이공원 파트너처럼 가볍게 즐겁게 놀고 다니긴 좋았지만, 정작 마음을 죄다 털어놓고 속내를 이야기할 수 있는 절친은 없다는 사실에 새삼 뼈가 시렸다.

'이런 게 외로움이라면 난 지금 무척 외롭구나.'

서른 살 가까이 살아왔는데도 마음 털어놓을 친구 하나 못 만든 자신이 갑자기 못나 보이고 싫었다.

하지만 해민은 억지로 고개를 치켜들고 편의점 유리창 너머 밤하늘을 도전적으로 쏘아보았다.

'쳇, 못 만든 게 아니고 안 만든 거지. 난 항상 여왕벌이었다고. 친구 따위, 알 게 뭐야?'

해민이 경험한 친구란 어차피 자기가 필요한 사람을 곁에 두는 것이었다.

말만 절친이지, 알고 보면 서로 질투하고 비교하고 이겨 먹으려고 안달이던 사이. 반짝반짝 빛나는 사람을 곁에 둠으로써 그 친분으로 자신이 돋보일 속셈으로 가득 찬 그런 사이.

그러니까 친구란 자신을 장식할 화려한 오브제 그 이상 그 이하도 아니었던 것. 그래서 허무하고 허망한 관계. 그런 모습을 들키기 싫어서 더 많은 불나방 친구들, 화려한 껍데기에 둘러싸여 살았던 것.

그래서인지 언제나 전 올케 정원이 참 부러웠다.

해민의 눈에 비친 정원은 늘 좋은 친구들로 둘러싸인 한 송이 꽃 같았다.

정원만 꽃이 아니었다. 그녀를 둘러싼 친구들 다 각자의 향기와 색을 가진 귀한 꽃송이들이었고 그런 친구들이 서로의 세상 안에 모여 가장 향기로운 꽃다발이 되어 서로를 보듬고 있었다.

그저 친구라는 이유만으로도 친하게 지낼 뿐 아니라 같이 울어 주고 속맘을 털어놓을 수 있다니. 아무런 이해관계 없이 서로의 것을 나누고 제 일처럼 걱정해 주는 그런 관계가 정원의 친구였다.

거기다 같이 미래의 인생을 계획하고 협력할 수 있는 관계. 심지어 정원의 절친 중 한 사람인 경오는 얄미운 타인일 해민에게조차 정원과 관련 있다는 이유만으로 뜬금없는 친절을 투척하고는 사라질 만큼 마음이 넉넉했다.

남은 계란 장조림을 챙기고, 내일 먹을 샐러드 한 팩을 산 해민은 편의점을 나섰다. 트레이닝 바지 주머니에 한 손을 푹 찔러 넣고 터벅터벅 원룸으로 향하는 길에 접어들었다.

기껏 라면 한 젓가락을 먹었을 뿐인데 세게 체한 것 같았다.

걷다가 생각해 보니 계속 가슴이 답답한 건 수화기를 통해 귀에 박혀 버린 울음소리였다.

해민에게 있어서는 낯설디낯선, 하지만 몹시도 시린 엄마 나서희의 울음소리. 외면하고 싶지만 그 존재감이 너무 커서 가슴에 콕 박혀 영 빠지지 않는 불편한 진실 같았다.

'흥. 우리 엄마, 울 줄 아는 사람이었네.'

그게 배신감이든 원통함이든 상실감이든, 무슨 이유에서든 간에 지금껏 그녀가 울거나 흐트러진 것을 본 적이 없다. 늘 단단했고 흔들림 없었으며 그게 무엇이든 자신이 정한 범주를 넘어서는 것에 있어서 가차 없이 쳐 내고 튕겨 내는 사람이었다.

그런 엄마라면 해민에게는 너무 소중한 정인태라도 두말 않고 쳐 내고 쫓아낼 게 뻔했다.

'아니지. 정인태 그 인간이라면 제가 먼저 걷어차고 콧방귀 뀌고도 남아.'

엄마 나서희를 떠올리다가 자연스럽게 상념은 인태에게로 향했다. 두드려도, 또 두드려도 절대 열리지 않는 강철 문 같은 그 남자. 해민이 가진 어떤 것으로도 흔들 수 없고 얻을 수 없는 존재.

"아, 짜증 나!"

큰 소리로 중얼거려 보았지만 답답한 마음은 가시지 않았다.

해민은 원룸 앞 계단에 잠시 쪼그리고 앉아 망설이다가 휴대 전화를 꺼내 번호를 눌렀다.

역시나 받지 않았다.

―지금 전화를 받을 수 없으니 삐 소리가…….

차가운 기계음 뒤로 이어지는 침묵의 공간에게 해민은 나직하게 중얼거렸다.

"뭐 해?"

"날도 더운데 냉방병 조심하고 근무해."

"정인태, 넌 내 생각은 전혀 안 하지?"

"난 네 생각 참 많이 하는데."

"너한테 제대로 걷어차인 건 머리가 아는데 내 마음이 아직 그걸 모르나 봐. 멍청하게 너한테 이렇게 또 전화를 하는 거 보면."

"안 들어도 좋아. 어차피 듣지도 않고 넌 삭제하겠지만. 내가 그냥 전화하는 거야. 이렇게라도 안 하면…… 내가 너무 힘들어서……."

"야, 근데 내가 미친년 같다. 사람들이 날 힐끔힐끔 쳐다보고 가네. 하긴 이렇게 들어 주지도 않는데, 혼자 떠들고 있는 내가 미친년이지, 뭐. 왜 난……."

난 왜 네가 매 시간 더 보고 싶을까. 보고 싶어서 가슴이 찢어질 것 같은데, 이렇게 보고 싶은데도 난 널 볼 수가 없지. 네가 날 보고 싶어 하지 않으니까.

쓸쓸한 자문자답에 다시 목구멍 위로 울컥 무거운 덩어리 하나가 솟구쳤고, 목이 잠겨 갔다.

'안 되는 건 안 된다고 내 머리로는 알면서도 내 마음은 너한테 더 자주, 깊이 날아가. 아직도 너에게 꼭 달라붙어 있어. 이건 내 힘으로는 잘 안 떼어져.'

이 말을 꼭 하고 싶었지만 차마 할 수가 없었다. 자신이 너무 구질구질하고 가엾어서 미칠 것 같아지니까.

차인 것도 서러운데, 그럼에도 싫다는 남자에게 집착해서 마구 매달리고 이렇게 질척거리는 건 더 못 할 짓이다.

화려했던 이해민 인생에 있어서 절대 일어나서는 안 될 재앙. 그런데 그런 운명에 짓눌려 지금 해민의 인생은 잘 달려온 궤도에서 완전히 벗어나 파국으로 가는 중이었다.

'쳇. 이럴 때 보면 나도 은근히 오빠 기질을 닮았다니까? 짜증 나게.'

승주 역시 전처를 잊지 못해 다시 찾아 나섰고 결국 가족과 의절까지 선언한 채로 그녀에게 매달리고 있지 않은가.

말은 없어도 그의 사랑은 속으로 용암처럼 뜨겁게 끓고 있었다. 너무 우직해서 어리석게까지 보이던 그의 마음은 결국 정원의 마음을 움직이는 데 성공해서 지금 재결합을 기대하는 순항의 연애 중이다.

겉으로는 한없이 가벼운 '요즘 것들의 하룻밤 불장난'으로 보였을 테지만, 인태의 존재를 무시하는 가족들에게 반발해서 익숙한 부잣집 아가씨의 삶을 던져 버리고 가출한 해민 자신과 비슷하질 않은가.

언제까지 이렇게 청승을 떨고 있을 수만은 없다.

"정인태, 나쁜 놈아. 잘 먹고 잘 살아라, 나도 잘 먹고 잘 사니까. 날 걷어 찬 너의 꿈자리가 편할 줄 아니? 불면증으로 살이나 쭉쭉 빠져라!"

일방적인 지절거림 이후 야무지게 저주까지 퍼붓고 해민은 전화를 끊었다.

괜히 운동화 끝으로 땅을 툭툭 차다가 해민은 괜히 지하철 시간표를 검색해 보았다.

서울로 올라가는 마지막 전철은 23시 55분이었다.

손목시계가 가리키는 시각은 23시 18분.

서둔다 치면 어쩌면 아슬아슬 탈 수도 있을 것 같았다.

하늘 한 번 쳐다보고, 불이 꺼진 자신의 원룸 쪽을 한 번 쳐다보고, 그리고 해민은 후욱 크게 숨을 들이쉬었다. 몸을 일으켜 저 멀리서부터 달려오는 택시에게 손을 들었다.

"서동탄역이요."

택시를 타는 해민의 손에서 계란 장조림과 샐러드가 든 편의점 봉투가 달랑거렸다.

* * *

새벽 1시 30분.

잠에서 깨어 비몽사몽, 거실로 나온 도우미가 인터폰 화면에 비친 해민을 보고는 깜짝 놀라면서도 잠시 망설였다.

제멋대로 뛰쳐나간 망나니 막내딸이 만약 들어올라치면 절대 대문을 열어 주지 말라는 안주인의 엄명이 있었다.

이걸 어쩌나, 그 명령을 어겨야 하나, 그녀가 갈등하는 동안 화면 안에서 해민이 대문의 비밀번호를 누르는 게 보였다.

"아, 뭐야. 대문 비번 안 바뀐 걸 알았으면 벨을 안 눌렀을 텐데."

괜히 멋쩍어서, 현관을 들어서며 해민은 잠옷 바람으로 멀뚱히 서 있는 도우미에게 얼렁뚱땅 푸념같이 투정같이 말을 건넸다.

"엄마는요?"

"침실에 계세요."

새벽 1시 반인데 당연히 침실이지, 이 철없는 아가씨야. 그런 말을 하고 싶은 표정으로 도우미가 대답했다.

"주무세요?"

"자정쯤에 제가 정리 좀 해 드리려 방에 들어갔는데 주무시는 것 같았어요."

"알았어요. 들어가서 주무세요. 깨워서 미안해요. 참 이거, 냉장고에 좀 넣어 주시고요."

해민이 들고 있던 편의점 비닐 봉투를 건네주고 나서희의 침실로 들어갔다. 도우미가 몸을 돌이켜 주방으로 걸어가며 혼자 중얼거렸다.

"내일은 해가 서쪽으로 뜨려나? 저 싸가지가 나한테 미안하다고도 하고?"

예전의 해민 같으면 술 냄새 폴폴 풍기면서 새벽이고 자정이고 시간 상관없이 제멋대로 들어와선 이걸 가져와라 저걸 가져와라, 옷 다려라, 목욕 물 받아라 등등 별의별 일을 다 시키면서도 당당하기 이를 데 없을 텐데 말이다.

"그나저나 어디 있다가 갑자기 또 나타났대?"

남편인 영국은 집에서 나간 지 오래고, 해민도 질세라 제 엄마하고 유리창이 부서져라 싸워 대더니만 가방을 싸서 가출을 해 버렸지 않는가.

고고하고 품격 높으신 나서희 회장 역시 이즈음에 집안 아랫것들 앞에서는 절대로 보여 주지 않던 추태가 이만저만이 아니었다.

술에 취해 사람들 다 들리도록 흐느끼를 않나, 고래고래 소리치면서 혼자 술에 취해 병나발을 불지 않나. 요즈음 이 집안 돌아가는 꼬라지가 영 해괴했다.

'망조가 들은겨. 이거 참, 나도 다른 집 일을 알아봐야 하나.'

한편 나서희의 침실로 들어간 해민은 한동안 어둠 속에 서서 침대에 웅크리고 누운 엄마를 바라보기만 했다.

"이 사모님, 대체 얼마나 마신 거야?"

꽤 넓은 침실이고, 공기 청정기가 돌아가고 있을 텐데도 침실 안에서는 조금이긴 하지만 여전히 술 냄새가 났다.

침대 옆으로 다가간 해민은 축 늘어진 엄마의 손을 잡았다.

손에 잡힌 나서희의 손은 해민에게 있어 애증의 촉감이었다.

'대체 무슨 짓을 저지른 거야, 엄마?'

이렇게 스스로가 무너질 만큼.

그리고 오빠 승주가 자살하고 싶다는 말을 해 버릴 만큼.

수많은 물음표를 가슴 안에 담은 채 해민은 오래도록 엄마 나서희가 잠든 모습을 바라보며 앉아 있기만 했다.

＊　＊　＊

이른 아침.

"아, 골치 아파."

나서희가 얼굴을 찡그리며 침대에서 몸을 일으켰다. 그러다 말고 깜짝 놀랐다.

해민이 침대 발치에 놓인 의자에 앉아 지그시 자신을 바라보고 있었기 때문이다.

"언제 왔니, 너?"

"새벽에."

그러면서 묻지도 않고 해민이 그녀에게 다가와 냉수 잔을 건네주었다.

"거하게 마셨나 봐, 엄마? 코까지 골면서 주무시던데?"

"내가 언제? 누가 코를 곤다고? 말 함부로 하지 마."

말 한마디라도 곱게 하면 어디 덧나나? 엄마의 자존심을 팍 긁는 해민에게 나서희가 신경질을 냈다.

그런 나서희를 서서 가만히 바라보다가 해민이 한 발자국 더 다가왔다. 그러더니 아무 말 않고 두 팔로 나서희를 꼭 끌어안았다.

"너, 너 왜 이래? 그만해. 숨 막혀, 얘. 그만하라니까?"

"가출했던 딸이 회개하고 돌아와 화해의 표시로 안아 주면 그냥 안겨 있어. 반항하지 말고 받아들여, 엄마."

"진짜 넌……? 아휴, 못 말려, 정말."

이런 게 막내의 존재 가치인가?

그저 안아 주는데 그게 뭐라고 나서희는 내내 꾸깃꾸깃 구겨지고 날카롭게 깨져 있던 마음 모서리가 조금 아무는 것을 느끼며 잠시 해민의 품에 얌전히 안겨 있었다.

'누가 날 이렇게 안아 준 것도 참 오랜만이로구나.'

남편 영국과 신혼 초부터 불화였기에 부부간의 다정한 접촉도 거의 없었지만 아이들과도 마찬가지였다.

상류층의 품격에 걸맞은 태도를 기르기 위해 엄격하게 키웠다. 보통 엄마들처럼 아이들을 같은 방에 재운다거나 안아 준다거나 하는 일은 나서희 스스로가 피했던 일이었다.

다만 해민은 애교 많은 천성이기도 했지만 막내라서 그런지 나서희가 질색하거나 말거나 저 혼자 멋대로 와락 달려들어 안기고는 했다.

하지만 그것도 어릴 때 이야기일 뿐이다. 나이가 들면서 해민 역시 제 언니, 오빠처럼 품격 있게 행동한다는 건 감정을 절제하는 일이라는 걸 깨달았는지 더 이상 그런 철없는 짓은 하지 않았다.

그랬던 해민이 이렇게 스스럼없이 다가와 꼭 안아 주자, 늘 명랑하고 밝던 해민에게서 상상 이상으로 자신이 위로를 받아 왔다는 것을 깨달았고, 갑자기 눈 안이 축축해졌다. 자칫 잘못하면 울어 버릴 것만 같았다.

엄습하는 초라한 감정이 무서워서 얼른 나서희는 해민을 밀어 냈다.

"이제 그만해."

"우리 엄마, 쑥스러우신가 보다. 그치?"

해민이 짓궂게 빤히 제 얼굴을 나서희 얼굴 가까이 갖다 대고는 눈을 맞추었다.

"그만하라니까. 이제 됐어. 충분해. 위로받았어."

나서희가 몸을 일으켜 도우미가 미리 챙겨 놓은 가운을 몸에 걸쳤다.

"넌 어째 나이 먹으면서 철이 들기는커녕 더 짓궂어지니?"

"인생 뭐 있어? 재밌게 즐겁게 살아야지."

나서희가 주방으로 통하는 인터폰을 눌렀다.

"커피 한잔 마시고 싶어. 침실로 가져와요."

—네, 회장님. 그리고 고 과장님이 주차장에서 대기 중이십니다.

"오후에 나갈 거야. 오늘 아침은 좀 피곤하네."

나서희가 통화를 마치고 먼저 발코니에 놓인 탁자 앞에 가서 앉았다. 해민도 쪼르르 따라와 그녀 앞에 앉았다.

"어떻게 지냈느냐 묻지 마요. 난 잘 해내고 있으니까."

해민이 미리 철벽을 쳤다.

"엄만 엄마 자신이나 잘 보살펴. 옆에 다른 식구들도 없는데 이렇게 혼자 무너지고 울면서 나한테 전화하고 그러면 많이 곤란해. 난 아침만 먹고 가야 해요."

나서희가 마치 바늘에 찔린 듯한 얼굴이 되어 해민을 응시했다. 그 표정에는 은은한 배신감마저 어려 있었다.

"가긴 어딜 가? 완전히 들어온 거 아니었니?"

"아니거든요. 엄마 혼자 착각은 노노!"

해민이 단호하게 잘랐다.

"일자리 잡았어. 오후에 출근해야 해요."

"취직을 했다구, 그사이에? 네가?"

가소롭기 그지없어서 나서희가 반문했다. 순간적으로 해민이 울컥해서는 다다다 쏘아붙였다. 아직도 너덜너덜한 나서희의 속맘을 독침으로 푹푹 쏘아 댔다.

"엄마 도움 없어도 밥벌이 정도는 나도 찾을 수 있어요. 제발 그런 표정으로 무시하지 마요. 엄마 손아귀에서 벗어나면 뭐 굶어 죽고 몰락하는 줄 알아? 다 제각기 알아서 잘 살거든요. 그러니 제발 다른 사람 인생에서 손 놓고 엄마 인생이나 잘 돌봐요. 그 집착 못 끊으시면 오빠한테만 의절당할 줄 알아요? 나를 포함, 모든 사람이 다 등 돌릴 거라고."

"네 오빠 얘긴 하지도 마! 괘씸한 그놈, 다시는 안 보고 싶어. 아니, 안 볼 거야!"

"어련히? 엄마의 영원한 사랑 이승주 씨를 버리고 살 수 있겠어?"

해민이 피식 웃으며 되받아쳤다.

어찌한다 해도 아들 승주를 놓지 못하고 집착하고 애면글면, 해바라기 중인 나서희의 약점을 정확하게 지적했다.

"엄마 말대로 오빠한테 집착 안 하시면 오빠가 제일 좋아하지. 엄마가 그 말만 제대로 지키면 오빠랑 안 싸우고 평화롭게 살 수 있다구. 그걸 왜 몰라?"

"넌 대체 누구 편이야? 제 오빠가 어울리지도 않는 애한테 미쳐서는 부모마저 버리고 제 멋대로 살아가겠다는데, 그걸 놔둬? 그냥 인정해?"

"엄마, 1절만 해. 그래 봤자 엄마만 더 속상하고 비참해져, 알아요? 그 이야긴 이미 끝났어. 오빠가 이미 엄마랑 의절했잖아. 자기 인생 간섭하지 말라고 선언했잖아. 그러니까 엄마도 오빠 인생에 대해서 그냥 다 내려놔. 이제 와서 뭘 어쩌겠다는 거야? 엄마가 이제 오빠 인생에 대해서 할 수 있는 건 없어."

해민이 아까보다 더 냉랭한 표정으로 하소연 겸 속풀이를 하려는 나서희의 말을 툭 잘랐다.

더 섭섭해서 나서희가 부르짖다시피 반울음으로 털어놓았다.

"너무 속상해서 이러지! 내가 절 어떻게 키웠는데……."

"진짜 잘 키웠는데 엄마 앞에서 오빠가 죽는다고 그래? 의절을 해? 엄마 혼자 잘 키웠다고 착각한 거야. 이제 그만 받아들이세요, 그 현실."

해민의 말은 나서희에게 너무 아픈 진실이었다. 받아칠 말을 잃게 만들었다.

실상 나서희는 승주가 자신 앞에서 죽어 버릴 걸 잘못했다고 소리친 그 순간의 충격에서 완전히 벗어나지 못한 상태였다.

마침 그때 도우미가 들어와 커피 주전자와 컵이 담긴 쟁반을 내려놓고 나갔다.

해민이 나서희에게 커피를 따라 주며 위로했다.

"설사 잘 키웠다고 해도 그 아들을 엄마 꼭두각시로 만들면 안 되지. 오빠 이미 유리한테 날아갔어. 이왕 날아간 거 잘 살기라도 해라, 빌어 주자고. 지금 우리가 할 건 그것밖에 없다니까. 이제 오빠 얘긴 그만하자, 우리."

"그래, 좋다. 네 오빠 일은 그렇다 치고, 넌 진짜 안 들어와? 엄마 외로워, 해민아."

"새 일을 잡았다고 했잖아요. 아무리 빨리 그만둔다 해도 한 달은 채워야 해. 나에게도 지켜야 하는 사회적 약속이 있다구."

찔러도 피 한 방울 나지 않을 것처럼 단호하고 차갑던 엄마가 세상 전부에게 외면당하고 홀로 된 것같이 무너진 표정으로 앉아 있다. 막막해서는 '외롭다'며 속맘을 드러내고 있었다.

엄마가 진짜 힘들구나, 싶어서 잠시 흔들리던 해민이 그러나 단호하게 거절했다.

그녀가 익히 아는 엄마 나서희는 자신의 외로움이나 고통마저도 상대를 이용하고 흔들기 위한 수단으로 사용할 수 있는 사람이었다. 여기서 명청하게 약해지면 또 그녀는 싸우기도 전에 지는 것이다.

"그러니까 또 엄마 멋대로 생각하고 결정해서 방해하지 마요. 진짜 화낼 겁니다."

"어째 너도 그렇고 승주도 그렇고! 응? 하나같이 편한 길 두고 가시밭길을 돌아가? 너도 제발 튀지 말고 네 언니처럼 편안하게 사는 길을 찾아가면 얼마나 좋아?"

"내 인생은 나의 것. 언니 스타일 인생은 내가 사양해요."

"아유, 정말……!"

손톱 끝도 들어가지 않는다. 나서희가 깊이 한숨을 쉬다가 커피 잔을 내려놓는 해민을 건너다보았다.

"누구랬지? 너의 그……?"

두 사람의 시선이 마주쳤다.

"엄마가 그 사람 이야긴 새삼 왜 물어요? 이미 다 끝났는데."

"언제, 한번 같이 보자."

나서희로선 정말 어마어마한 결심을 하고 내뱉은 말이었다.

가진 것 하나 없는 가난뱅이에 심지어 꼴같잖은 전 며느리 유리의 사돈이라는 더 껄끄러운 조건의 남자라 해도 해민이 그렇게 좋다고 하면 한번 만나는 봐야겠다 싶었다.

해민이 부모를 거역하고 가출을 할 정도로 사랑한다는데, 너무 좋아서 죽을 만큼이라는데, 얼마나 매력적인 놈인가, 호기심도 생겼다. 쓸 만한 놈이면 죽어도 좋다니 잘 구슬려서 해민의 마음을 누그러지게 할 요량도 있었다.

"싫어."

그러나 쌍수를 들고 환영할 줄 알았던 해민이 뜻밖에도 단칼에 거절했다. 오히려 눈에 쌍심지를 돋워 가며 화를 냈다.

"사람 불러다 놓고 이전 새언니한테 한 짓 그대로 할 거 아냐? 내가 엄마 몰라?"

"얘가? 넌 말을 해도 어쩜 그렇게 모질게 하니?"

"아닌 척하지 마요. 그 사람, 그런 대접 받을 사람 아냐. 나를 농락하다가 배신한 놈도 아니고 내가 좋아서 일방적으로 따라다닌 건데, 그 남자를 엄마가 왜 봐? 그 남자가 이 말을 들으면 몸서리칠걸? 우리 집안은 역시 경우 없다고 난리칠 거야. 난 더 이상 쪽팔리기 싫어."

"해민아, 엄마도 마음이 좀 변했어. 너 가출하고 나서 생각 많이 했단 말이야."

해민이 고개를 들어 나서희를 응시했다. 그녀의 진심을 가늠하는 듯한 시선이었다.

"네 오빠 일이 엄마한테 진짜 큰 충격이야. 엄마 인생관이 흔들렸어. 정말이야. 그래서 엄마는 너마저 잃기 싫어. 그래. 엄마가 한발 물러설게. 네가 좋다는 사람을 만나. 그런데 내 딸이 좋다는 남자를 엄마인 내가 보고 싶은 건 당연하지 않니?"

다시 팽팽하게 날을 세우고 노려보고 있던 해민의 표정이 조금 풀렸다.

"……알았어. 생각해 볼게."

"급한 건 아니니까, 네가 마음 풀리면 차차 하나씩 풀자. 엄마도 편견 안 가지고 그 사람을 만나 줄 거라고 약속할게."

나서희가 먼저 자리에서 일어섰다. 평생 그런 적 없던 그녀가 먼저 딸의 팔짱을 꼭 끼었다.

"아침 먹자, 해민아. 엄마가 혼자여서 그동안 밥맛도 없었어."

"우리 엄마가 확실히 약해지셨네. 오빠가 진짜 엄말 제대로 한 방 먹였나 봐?"

비로소 해민도 배시시 웃으며 나서희와 함께 침실을 나섰다.

* * *

그날 오후. 세린병원.

"박나현 교수님, 전화."

간호사가 가운 주머니 안에서 울리는 전화기 소리에 나현을 불렀다.

"잠깐만. 이것만 확인하고."

나현은 오후에 열릴 수술방 스케줄을 체크하고 나서, 비로소 휴대 전화를 받았다.

"여보세요?"

"안녕하세요, 박나현 교수님? 데이지 백화점 회장실입니다. 회장님께서 통화를 하고 싶다고 하셔서요. 잠깐만요."

순간 나현의 머릿속에 떠오른 생각이란 '대체 왜, 무엇 때문에?'였다.

나서희 회장이 지금껏 안중에도 없던 미천한 자신에게 왜 먼저 연락을 취하려 하는지 이해를 할 수가 없었다. 이거야말로 뜬금없다는 표현이 적절할 것이다.

동시에 회장이면 전화도 제 손으로 걸지 않고 비서가 대신 걸어 주는구나, 그런 인생이라 당신은 참 좋겠구나 싶었다.

잠시 후, 들을 때마다 소름 돋던 나서희의 거만한 목소리가 수화기를 통해 들려왔다.

―박나현 선생? 나 좀 만나지.

"네?"

―언제 퇴근이지?

"5시입니다만."

―갑작스러울 테지만, 식사라도 같이해. 긴히 할 얘기도 있고.

나현이 그녀의 청을 거절할 수 있다는 생각을 아예 하지 않는 목소리였다.

"알겠습니다. 하지만 오늘은 힘들 것 같습니다. 선약이 있어요."

―유감이네. 이번 주말에도 서로가 스케줄이 있을 테고. 그럼 다음 주 월요일 저녁쯤 어떨까 하는데.

"저는 괜찮습니다."

ㅡ좋아요. 그럼 내가 퇴근 시간 맞춰서 사람을 보내지. 그때 봐요.

당연하다는 듯, 먼저 전화가 끊겼다.

"나 회장님, 왜 캐릭터가 변했지? 무섭잖아."

나현은 휴대 전화를 가운 주머니에 넣으면서 중얼거렸다.

나현이라면 승주에게 달라붙으려는 귀찮은 진드기 그 이상으로 생각지 않던 나서희 회장이 자신에게 먼저 연락을 해 오다니. 저녁 식사를 같이하자고 먼저 요청하다니.

"설마 내가 사직서를 썼다고 그분이 위로차 저녁을 쏠 건 아닐 테고?"

별처럼 많은 의사 중 풋내기 하나가 사직서를 썼다고 해서 병원 관계자도 아닌 나서희 회장이 직접 연락을 해서 만류할 이유는 없다. 아니, 그녀가 사직서를 냈다는 사실을 알고 있을지도 의심스러웠다.

'이사장님이랑 나 회장님 사이가 파국의 파국에까지 달려가고 있다던데. 설마 나더러 그 일을 막아 달라고 부탁할 것도 아니잖아?'

그래서 그녀가 무슨 말을 하는지 들어 보고는 싶었다.

나 회장과 이사장 사이가 예전보다 더 엉망진창이 된 이유 중 하나가 이승주와 유정원의 재회에서 비롯된 회오리였다고 전해 들었다.

아무런 관련이 없던 가현마저도 유정원이 이사장의 백이 아니었다면 불가능했을 병원 결혼식을 성사시킨 것에 분노하며 뻘짓을 저질렀을 정도인데, 나서희 회장이 느낀 경악과 분노는 오죽하랴 싶었다.

징글징글 싫어해서 쫓아낸 전 며느리를 이사장이 비호한 것도 모자라서, 대놓고 아들과의 재결합을 응원하고 있었다는 데 말이다.

나현이 나서희 회장을 마지막으로 만난 건 몇 달 전 그녀가 승주와 유정원이 다시 만나고 있다고 고자질을 하러 데이지 백화점 회장실로 찾아갔던 때였다.

'만약 그때 나 회장이 내 말을 끊지 않고 내가 고자질하게 내버려 두었다

면 어떻게 되었을까?'

그때만 하더라도 승주나 정원 두 사람의 관계는 재회 초반에 벌어졌을 만한 탐색기나 간 보기 정도였던 것 같은데. 그 순간에 나서희 회장이 두 사람의 재회를 알아챘더라면 일이 이 지경까지 진척될 수 있었을까?

그러다가 나현은 피식 웃고 말았다.

'그러면 뭐? 뭐가 달라졌겠어?'

승주는 계속 유정원만 찾아다니고 있을 텐데. 감추어 두었던 짝사랑을 단념할 생각이 전혀 없었는데.

오히려 자신의 고자질이 성공했는데도, 보람 없이 걷어차였다면 지금보다 백배는 더 비참해지지 않았을까?

그런 생각이 떠오르자 아직도 마음 깊이 남아 있던 어리석은 미련 찌꺼기조차 말끔히 털어지는 기분이 들었다.

무엇을 어떻게 하든 이승주는 박나현의 남자는 될 수가 없다는 것을 절대 잊어선 안 된다.

*　*　*

같은 시간, 나현과의 통화를 끝낸 나서희가 다시 인터폰을 눌렀다.

—네, 회장님.

"오 변호사에게 전화 넣어 줘."

—알겠습니다.

이윽고 수족처럼 부리는 고문 변호사가 전화를 해 왔다.

"오 변호사, 내가 뭐 좀 부탁할 게 있어서 그래. 정인태라고, 한국대 의대 출신이고 지금 어디서 근무하는지는 잘 모르겠는데."

—알아보겠습니다.

"그 친구에 대해 아주 세세하게 알아봐 줬으면 해요. 그이 연락처도 알아

놓고. 아, 이쪽에서 알아보고 있다는 시그널은 줄 필요 없어. 그냥 모르게 해요."

―네.

해민과 대화라는 걸 하려면 일단 가출한다 어쩐다 난리까지 치며 집착하는 그가 어떤 놈인지는 자세히 알아야 할 것 같았다.

어차피 정인태가 그 지긋지긋한 전 며느리 유리의 사돈이자 친밀한 사이라는 데서 점수는 마이너스이고, 절대 접근 불가능이었지만 그래도 해민 앞에서 그를 만나 주는 척, 이해해 주는 척은 해 줘야지. 그래야 한껏 가시를 세운 해민의 마음을 조금은 녹일 수 있을 것 같았다.

승주에게 의절당한 이상, 어떻게 보면 이제 그녀가 기대고 의지할 자식은 해민밖에 없다. 그래도 딸이라고, 길길이 날뛰며 독설을 내뱉고 집에서 뛰쳐나간 건 다 잊은 듯 엄마 속상한 꼴 생각해서 돌아와 주었다 싶어 사실 조금 기뻤다.

'그래, 내가 이만큼 양보한다. 기집애가 나가 보니 고생인 걸 곧 알 테지. 여하튼 철딱서니라곤 없는 것 같으니라고. 이렇게 내가 보살펴 주지 않으면 아무것도 아닌 주제에.'

전화기를 내려놓으며 나서희는 엷게 미소 지었다. 혼자만 아는 차가운 미소였다.

'사낼 골라도 똑 저처럼 멍청한 선택을 하지, 쯧. 어떻게 그딴 조건을 가진 놈에게 반할 수가 있어? 평생 무시당하면서 거지꼴로 살 참인가? 그래, 아직은 시간이 좀 있으니 어디 한번 멋대로 잠시 놀아 봐. 너도 곧 적나라한 현실을 깨닫게 될 테니까.'

* * *

토요일 밤 11시.

―여러분은 병원에 어떨 때 가시나요? 평상시라면 어딘가 아픈 사람들이 찾는 곳이 병원일 텐데요. 이날 이 병원은 다릅니다. 서울 모 병원에서 열린 특별한 행사. 바로 병실 결혼식인데요. 함께 가 보시죠.

"저 VJ, 말을 참 잘해."

"얼굴도 진짜 쪼그맣더라."

"그치? 그래야 연예인 하나 봐. 이목구비가 겁나 자기주장 강하더라."

알바생이 찍은 현장 영상은 몇 번을 돌려 봐도 지루하지 않았다. 못해도 지금까지 50번은 돌려 본 것 같았다.

몇 시간 전, 올댓파티 팀은 병원 결혼식을 무사히 마쳤다.

행사 마무리까지 하고 깔끔하게 현장 철수를 하고 나니 이미 밤이었다. 트럭에서 아직 짐도 내리지 않았지만 이상하게 힘든 것을 느끼지 못했다.

솔직히 말하자면 올댓파티 이사진 세 사람 모두 지금 약간 붕 뜬 기분이었다. 기분 좋게 한잔 걸친 것처럼 그랬다.

너무 많은 일을 한 손이 아직도 달달 떨릴 정도로 피곤한데, 그런데도 정신은 유리알처럼 오히려 맑아져만 갔다. 아까까지만 해도 몸은 만신창이가 될 정도로 힘들어서 머리가 베개에 닿기만 하면 당장 곯아떨어질 것 같았는데 지금은 희한하게 하나도 졸리지 않았다.

결혼식이 끝나고 피로연장에 등장한 신랑 신부가 하객들에게 인사를 마치고는 신혼여행을 떠나자마자, 올댓파티 팀은 머리부터 질끈 묶고 너 나 할 것 없이 대표부터 아르바이트생까지 전부 맹렬하게 철수 작업에 달라붙었다.

병원 근무에 지장이 없도록 현장 설치 전담 외주 업체가 일요일에 출장 와서 휴게실과 직원 식당을 원상 복구 하기로 되어 있었지만, 그 전에 먼저 현장의 장식물이며 구조물 철거가 이루어져야만 했기 때문이다.

언제나 그렇듯이 우아하게 파티를 즐기는 사람은 돈을 지불하시는 고객들이고. 그 파티를 성황리에 마칠 수 있게 만든 올댓파티 팀은 그 즐거움의

대가인 귀찮고 지루한 '모여라, 노동의 숲' 실사판을 찍는 신세였다.

"무사히 끝나서 다행이야. 다들 너무 수고했어."

"그래 우리, 칭찬 좀 하자."

"이리 와. 안아 줄게. 우리 서 이사, 황 이사, 사랑합니다."

"사랑 말고 특별 보너스는 안 되겠니? 유 대표야."

말은 그리하면서도 영주가 먼저 정원을 꼭 안아 주었다. 경오도 마찬가지였다.

"이제 우리, 대박 길로 접어든 듯?"

"그랬으면 얼마나 좋겠어?"

"일단 직원부터 더 뽑아야 해."

"그건 맞아. 언제까지 외주에 의존할 수 없지. 우리 셋이 감당하기에는 지금 진행 중인 프로젝트들이 과포화 상태야."

"오늘도 알바하러 온 고수현은 어때? 너무 성실하잖아. 일머리도 있고."

"수현이가 온다면 우리야 땡큐지. 근데 이번에는 남직원도 하나 뽑아야 하지 않니?"

그런 대화를 나누면서, 셋은 흐뭇하게 자축의 물 잔을 부딪쳤다.

셋이 모여 창업을 했던 초창기만 해도 일이 없어서 사무실에 앉아 회사 SNS 상담 페이지 '새로 고침'만 하던 때도 있었는데.

이젠 그들의 파티가 방송도 타고 직원을 새로 뽑을 고민도 하고 있었다.

직원 세 명으로 단출하게 시작한 회사가 창업 1여 년 만에 직원도 두 배가 될 것이고 매출도 엄청 늘었다. 오롯이 세 동업자의 열정과 성실로만 이뤄 낸 무시무시한 성장세에 그저 감사하고 감격스러웠다.

"일단 내가 월요일 출근해서 구직 공고를 낼게. 빨리 직원 뽑아야지 우리의 두 번째 대형 프로젝트 연희동 생파를 대비할 거 아니니."

"다음 주 일은 다음 주에 맡기고 일단 퇴근하자. 슬슬 졸려."

길게 하품을 하며 영주가 핸드백을 챙겼다.

내일 일요일은 행사가 없다. 꽤 오랜 준비 기간을 거쳐 성사된 병원 결혼식에 진을 다 뺄 게 분명해서 재충전 겸 잠시간 휴식하기로 결정했던 것이다.

"정원이 넌 내일 이사도 하지? 힘들겠다."

"괜찮아. 포장 이사인 데다가 새언니랑 오빠가 정리 도와주기로 했어."

"저녁때면 시간 날 거 같아. 나도 정리 도와주러 갈게."

"고마워. 그때 자장면이랑 탕수육 먹자."

"치맥이 더 좋아. 여름인데."

대답을 하면서 영주가 경오도 바라보았다.

"경오 너도 짐 정리 안 했지?"

경오는 며칠 전 바쁜 중에도 짬을 내서 먼저 이사를 나갔다. 사무실에서 전철로 네 정거장 떨어진 조용한 주택가 투룸 전세였다.

내내 고명딸의 홀로서기 독립을 반대하던 경오의 아버지가 마침내 비장하게 모아 두신 비자금을 털어 딸의 전세 자금으로 투척해 주신 덕분이었다.

"정원이 너 이사 나가면 너네 집, 곧바로 부순대?"

"엄마가 하는 말 들으니까 한두 달 안으로 그렇게 될 거 같아. 건축업자들은 시간이 곧 돈이니까."

"거기서 꽤 오래 살았지? 섭섭은 하겠다."

"나보다 엄마가 더 그렇지. 그래도 이미 지나간 곳이라고 생각해야지, 뭐. 나중에 빌라 완공되면 그 골목에 다시 우리 집이 생기는 거니까."

이런 식으로 지금 이 순간의 시공간이 과거가 되어 다 읽은 책장처럼 접혀 넘어간다.

15

다음 날 이른 아침.

새벽같이 양평에서 올라온 은정 여사가 아직도 침대에서 일어나지 못하는 정원을 흔들어 깨웠다.

"이삿짐센터 사람이 10시에 온다는데 아직도 자고 있어?"

"아 엄마, 왔어? 나 어제 행사 마치고 새벽에 들어와서 그래."

마지못해 일어난 정원이 하품을 하며 은정 여사를 건너다보았다. 일이 힘들어서 퉁퉁 부은 눈을 하고서도 자랑부터 했다.

"엄마, 우리 결혼식 행사한 거, 방송 나올 거야. 알지?"

"니가 얼마나 자랑해 댔는데 그럼 내가 몰라? 잘했어?"

"응. 잘 끝났어. 완벽했대. 엄청 칭찬 들었어."

"장해, 우리 딸. 그런데 너도 인터뷰했어? 방송 나와?"

"아이참, 내가 인터뷰를 왜 해? 신랑 신부하고, 도와주신 병원 홍보 책임자분이 인터뷰했지. 그분들이 나와."

"고생은 네가 제일 많이 했는데 인터뷰도 안 해?"

"방송이 뭐 우리 회사 홍보해 주는 덴가? 우린 그냥 뒤에서 조용히 모든 일이 잘 돌아가도록 서포트만 하는 거야. 잠깐만 이거 봐, 엄마."

정원이 휴대 전화를 꺼내 은정 여사의 턱 밑에 내밀었다.

"우리 알바생이 따로 동영상 찍은 거야. 편집은 달라도 대강 이런 내용이 방송에 나올 거야."

침대에 걸터앉은 은정 여사와 정원이 잠시 머리를 맞대고 휴대 전화 화면에서 재생된 어제 행사의 이모저모를 감상했다.

"멋지지? 근사하지?"

"응. 좋다. 여기 이 환자분이 그 전신 마비라는 숙부님이셔?"

"응. 이것 좀 봐요. 우리가 특별히 턱시도 환자복 만들어서 입혀 드렸어."

"참 마음 아픈 사연이구나. 그런데 또 장하셔. 고아가 된 조카를 양아들로 삼다니. 마음도 좋지? 효도를 다하는 신랑 사연도 갸륵하고. 마음이 찡하네. 이런 좋은 일을 성사시키다니, 우리 딸, 고생 많았어. 참 장해."

은정 여사가 두 손으로 정원의 볼을 감싸서는 오구오구 해 주었다.

승주가 집에 나타나 둘이 사귄다는 말을 한 이후 내내 냉기가 흘렀던 모녀 사이였는데. 그새 시간이 좀 흘렀다고 은정 여사가 많이 누그러져 있었다.

"그래도 일어나. 잠옷 바람으로 이삿짐센터 사람들 맞이할래? 얼른 씻어."

"응. 알았어요. 아함!"

정원이 침대에서 내려서며 있는 대로 하품을 했다.

"하품하다 입 찢어지지. 근데 정리는 좀 했어? 귀중품 같은 건 미리미리 챙겨서 새언니 집에 맡겨 두고."

말을 하면서 무심히 은정 여사가 정원의 화장대 서랍을 열었다.

이 근래 내내 병원 결혼식 행사 때문에 집에 몇 시간 들어오지도 못하고 일에 매달려 있던 정원이었다. 그 사정을 대강 아는지라, 가벼운 서랍 정리도 못 했을 게 뻔했다. 정원이 씻으러 들어간 동안이나마 사람들 손을 타선 안 될 귀중품 같은 건 대강 챙겨서 가방에 담아 줄 작정이었다.

"내 이럴 줄 알았어. 이게 뭐야? 다 어지럽혀 놓고. 이 팔찌, 비싼 거라며? 넌 아직도 엄마가 서랍 정리 안 해 주면 이런 꼬라지……."

말을 하다 말고 은정 여사가 휙 고개를 돌렸다. 그러고는 막 욕실로 들어가려는 딸의 뒤통수를 빤히 노려보았다.

뒤에서 느껴지는 어떤 검은 기운에 등골이 서늘해진 정원이 욕실로 들어가다 말고 고개를 돌렸다.

"이게 뭐야?"

은정 여사의 손에 들린 것을 보고 정원은 아차차 싶었다. 승주에게서 받은 이전 결혼반지 케이스였다.

"그거, 결혼반지."

어차피 승주와 만나는 걸 알고 있는 마당에 모르는 척하는 것도 우습다 싶어서 정원은 뻔뻔하게 아무것도 아니라는 듯 대답했다.

"이게 왜 여기 있어?"

"내가 미국에 그대로 두고 와 버린 걸 그 사람이 돌려줬어. 반지 주인이 난데 그럼 누가 가지고 있어야 해?"

"준다고 순순히 받아? 이게 얼마짜린데?"

"진짜 비싼 반지라서 받았어, 뭐."

"준다고 덥석 받아? 어떻게 넌 밸도 없……. 아니다, 아냐. 그만하자."

말이 길어지면 또 아침부터 딸과 감정싸움 날 것 같아서 지레 겁이 난 은정 여사가 한발 물러섰다.

어차피 승주가 찾아온 날, 죽이니 살리니, 연을 끊니 마니, 있는 대로 욕하고 등짝까지 때려 댔으나 달라진 건 없었다. 어차피 허망할 잔소리를 새삼 되풀이할 필요가 없었다.

"얼른 씻어. 사람들 오기 전에."

좋아지거나 달라질 건 하나 없고 마음만 상할 일은 안 하는 게 지혜로운 일이라고 남편 민호가 말했다. 그 말에 나름 공감하고 옳다 싶어서 목구멍까지 올라온 울화를 삼키며 은정 여사는 방을 나섰다.

1층에 내려온 은정 여사는 식탁에 미리 차려 놓은 정원의 아침 밥상을 노려보았다. 그리고는 먹음직하게 누워 있는 민어조림 접시를 휭하니 거둬 치웠다.

"널 주나 봐라."

한여름에 몸 고생 하는 딸에게 먹이겠노라고, 어제 멀리 구리종합시장에까지 나가서 사다가 만들어 온 민어조림이다.

이 아침, 승주에게서 결혼반지를 다시 받았다고 천연덕스럽게 말하는 딸년이 너무 미련 맞아 보여서 은정 여사는 갑자기 정성 쏟아 만든 민어조림이 아까워졌다.

"세하 어미야, 이거 가져다가 한 끼 먹으렴."

어차피 비워야 할 냉장고이다. 은정 여사는 열받은 김에 막 현관으로 들어서는 효진에게 그 민어조림 접시를 통째로 안겨 주었다.

'내가 이 불더위에 먼 길 마다 않고 큰 시장에까지 나가 사다가, 뜨거운 불 앞에서 만든 귀한 민어조림을 그 미운 인간 입에 넣어 주고 싶은 생각은 추호도 없단 말이지.'

속 모르는 며느리 효진이 하늘에서 떨어진 민어조림 앞에서 좋아라 하며 웃었다.

"어머, 민어조림이네? 이거 세하 아빠가 진짜 좋아하는데."

"그래서 내가 해 왔다. 너도 세하도 좋아하잖니."

"감사합니다. 잘 먹을게요, 어머님. 지금 냉장고 비우실 거면 저희한테 다 주세요. 다 가져갈게요."

"그럴래? 이사 가 봤자, 정원이는 어차피 집에서 잘 먹지도 않을 거구. 어지간한 건 너희가 다 챙겨라."

은정 여사가 열받은 김에 냉장고 안에 알뜰하게 챙겨 두었던 밑반찬이며 냉동고의 여러 가지 식재료들을 다 꺼내 효진에게 건네주었다.

그녀가 공들여 장만한 귀한 반찬들을 정원네 냉장고에 넣어 두면 필시 승주가 먹게 될 거라는 기분 나쁜 예감이 스멀스멀 들었다. 아직은 그런 꼴을 참아 줄 만큼 은정 여사 속이 풀린 게 아니었다.

"아가씨 오늘 이사 가면 나머지 짐은 언제 다 나가요?"

"어차피 지난번에 양평으로 옮길 짐은 다 옮겼으니. 정원이 나가고 나면 나머지 짐들을 마지막으로 정리해서 버릴 건 버리고, 목요일에 말끔히 집을 비우기로 했어."

말을 하다 말고 은정 여사가 괜히 2층 쪽을 바라보며 빽 소리쳤다.

"정원이는 빨리 안 내려와? 새언니랑 오빠도 이미 도착했는데 이사 가는 저만 천하태평이지?"

고개를 돌린 은정 여사가 괜히 며느리 앞에서 딸 흉을 보았다.

"만날 너나 내가 귀찮고 힘든 걸 다 처리해 주니까 저게 저렇게 엉덩이가 무겁다. 아무것도 모르고 물렁해서는 샐샐 웃고만 다니는 게 독립이라고 해서는 잘 살까 몰라, 원."

"아가씨를 믿으세요, 어머님. 아가씨가 어머님 앞에서 어리광을 부리니까 그렇지, 밖에 나가면 얼마나 야무진데? 보통 아니니까 사업 시작한 지 1년 만에 궤도에 올랐죠."

"야무지기는 얼어 죽을? 순진해 갖구 남들이 이용해 먹기 딱 좋잖아. 물가에 내놓은 애 같아서 내가 쟬 생각하면 잠이 안 온다."

그때 이삿짐센터 사람이 도착했다고 현관 인터폰이 울렸다.

"어머님도 새집까지 따라가시죠?"

"아냐, 난 이미 거기 한번 가 봤잖아. 너희 아버지 올라오시면 난 내일 같이 가 볼게."

"알겠어요. 저희가 잘 정리해 주고 갈게요. 걱정 마세요."

"그래. 고마워. 세하 어미가 바쁠 텐데 미안하네."

"휴일인데요, 뭐. 괜찮아요."

* * *

두 시간 후.

정원의 이삿짐을 실은 트럭이 먼저 출발하고, 성운과 효진이 탄 차가 그 뒤를 따랐다. 정원은 이미 한 시간 전에 새집에 도착해 있는 상태였다.

집주인 정원은 젖혀 두고 야무진 효진이 진두지휘하는 가운데, 이삿짐센터 직원들이 짐 정리에 착수했다.

딱히 짐도 많지 않고 포장 이사라서 금세 끝날 줄 알았는데 정리할 것들은 끝이 없었고, 이사 후 청소에도 꽤나 시간이 걸렸다. 그렇게 오전 시간이 훌쩍 지나갔다.

"수고하셨어요. 감사합니다."

정원이 마지막 정리를 끝낸 이삿짐센터 직원에게 잔금을 지불하고 현관문을 닫았다.

"아가씨, 욕실이랑 주방 쪽은 정리 다시 해요. 이건 주인 손이 닿아야 할 것 같아. 혼자 할 수 있겠어?"

"할 수 있어요. 걱정 마세요. 또 저녁때 친구들이 오기로 했거든요. 도와 달라고 할게요. 새언니, 오빠, 고맙습니다."

"자장면 사 줬으니 됐어."

거실 발코니 쪽에서 정원이 애지중지하던 화분을 정리하고 있던 성운이 웃으며 목장갑을 벗었다.

탕수육과 자장면이 기다리고 있는 늦은 점심 식탁 앞으로 사람들이 모였다.

아무리 포장 이사라 해도 짐 옮기는 걸 지켜보고, 자잘한 정리를 하다 보니 다들 배가 고픈 상태였다. 세 사람은 말도 없이 허겁지겁 음식을 먹었다.

어느 정도 배가 찬 모양인지 성운이 젓가락을 내려놓으며 비로소 물었다.

"너희 회사, 이번 병원 결혼식 행사가 굉장했다며? 방송엔 언제 나와?"

"내일. 월요일 오후 6시, NBC '생방송 투데이 팔도강산'."

"가문의 영광이야. 녹화는 꼭 해 둬."

"아이, 난 인터뷰도 없어. 그냥 행사 장면만 나와."

"그래도 요새 시청자들이 귀신같거든. 금세 너희 회사 상담 창이 불타오를 거야."

"그랬으면 좋겠어."

마지막 탕수육을 집어 먹고는 성운이 정원을 건너다보았다.

"근데 왜 안 와? 이럴 때 나타나서 일 좀 도와줘야 하는 거 아냐?"

"응? 누구?"

"너랑 다시 만난 그 남자."

헙. 오빠가 알고 있어?

순간 깜짝 놀라다가 정원은 금세 정신을 차렸다.

승주와의 연애를 올케 효진이 알고 있으니 성운도 당연히 알고 있으리라는 것을 간과했다.

정원이 아는 한 효진과 성운 사이에는 비밀이 없었다. 오빠가 펄펄 뛰면서 먼저 나서서 부모님께 고자질을 하지 않은 게 오히려 이상할 정도였다는 것을 뒤늦게 깨달았다.

"아, 그 사람도 바쁠 테고 또 이사가 뭐 그리 큰일도 아닌데."

"아무리 바빠도 중요한 사람 이사인데. 일손 거들러 와 주는 게 당연한 일 아닌가?"

"내가 오지 말라고 그랬어."

"흠."

성운이 피식 웃었다.

"오빠! 그렇게 웃지 마. 뭔가 무섭다고."

"나랑 만날 게 무서워서 피하는 건 아닐 테고?"

"아니라니까."

정원이 팩 토라졌다.

사실은 그 말이 진짜 같아서 은근히 무서웠다.

평상시 성운은 자기주장이 강하지 않고 말수가 적은 데다 엄마 은정 여사를 닮아서 주변 사람에게 상냥했다. 그러나 생각보다 올곧게 자신의 생각을 지키고, 줏대가 강해서 잘 흔들리지 않는 돌담 같은 사람이었다.

그런 성운이 한번 화가 나면 참 무섭다는 걸 정원을 비롯해서 가족들은 다 알고 있었다. 근래 성운이 가장 화를 낸 상대는 물론 전 매제 승주였다.

"그 남자, 집에 찾아와서 너랑 다시 만나고 있다고 고백했다며? 아버지가 말씀하시더라."

그러나 성운은 정원과 승주의 재회에 대해서 아버지 민호로부터 들었다고 말했다. 정원의 예상과는 완전히 달랐다.

"일전에 병원 가신다고 상경하셔서 전화하셨어. 잠시 짬 내서 같이 아버지랑 점심 먹었거든. 그때 이야기 들었어."

"아, 그랬어?"

"아버지가 엄청 조심하시면서 이야기하시기에 난 큰일 생긴 줄 알고 긴장했어. 그런데 너랑 그 남자가 다시 만나고 있다고 하잖아. 너한테 너무 화내지 말라고 당부하시더라. 아버지는 그 말을 들은 내가 화를 낼 거라고 생각하신 것 같아."

괜히 제 발이 저린 정원은 허공을 한 번 쳐다보며 잠시 망설이다가 물었다.

"오빠, 많이 놀랐어?"

사실은 '화났어?' 하고 묻고 싶었다.

성운이 물 잔을 집어 들며 덤덤하게 대답했다.

"이렇게 다시 만날 걸 그땐 꼭 그렇게 난리 치면서 헤어져야 했나, 그런 생각을 하긴 했지."

"식구들 걱정 안 하게 이번에는 잘해 보려고, 우리 둘 다 엄청 노력하고 있어."

"노력이 나쁜 건 아닌데. 남녀가 연애하는 데 말이야, 노력해도 잘 안되면 가능한 한 빨리 그만두는 것도 현명할 수 있지."

"충고야?"

"그냥 오빠로서 할 수 있는 걱정이자 잔소리라고 생각해. 살다 보니까, 연애는 모르겠는데 결혼만큼은 하늘이 점지해 준 인연이 있는 거 같거든. 너나 그 남자, 어떤 인연인지는 모르겠는데, 이번에는 좀 어른스럽게 책임지는 연앨 했으면 해."

"알겠어."

"다음 주에 아버지 생신인 거 알지?"

"어."

"나랑 세하 엄마가 미역국 끓여서 일요일 새벽에 양평 내려갈 거야. 같이 아침 먹기로 했는데 언제까지 나랑 안 만날 수가 없을 거다. 같이 와."

"꼭 같이 오세요, 아가씨. 아버님이 초대하셨잖아요."

여태 가만히 남매의 대화를 듣고 있던 효진이 거들었다.

정원은 그만 배시시 웃고 말았다.

효진의 말대로 아버지가 성운을 통해 승주를 슬그머니 가족 안으로 한 뼘 정도 다시 초대했음을 알았기 때문이다.

"알았어. 말해 볼게."

효진과 성운이 집에서 떠나자마자 정원은 얼른 전화를 걸었다. 승주에게 이사를 다 끝냈다고 보고하기 위해서였다.

─어. 이사 끝났어?

"응. 다 끝났어. 오빠랑 새언니가 정리 도와주고 가셨어. 자긴 어디?"

―세차하러 왔어. 마치고 갈게. 집들이 선물 뭐 갖고 싶어?

"당연 이승주지."

정원은 일부러 목소리를 낮게 깔고, 밤의 침대 안에서 어울릴 법하게 섹시한 톤으로 속삭였다.

이 근래 그녀가 너무 바빠서, 둘만의 '뜨밤'이 뜸했다. 여름보다 더 핫한 연애 중인 커플로선 이건 굉장히 심각한 직무 유기가 아닐 수 없었다.

정원의 목소리에 담긴 적극적인 붉은 밤의 시그널을 읽었는지, 승주가 하하하 웃었다.

―자극할래? 대낮부터 당신, 좀 과하다.

"자극되라고 말한 건데?"

―어제 엄청 힘들었을 텐데 또 오늘은 이사. 그래도 목소리에 기운이 넘치는 거 보니까 나도 좋네. 좀 있다 갈 테니까 어제 결혼식 이야기해 줘.

"알았어. 얼른 와. 저녁때 친구들도 온다고 했는데, 같이 치콜 할까?"

―좋지. 30분만 기다려. 선물도 가져간다.

"오호! 좋아 좋아."

* * *

명랑한 정원의 웃음소리를 귀에 담으며 승주는 전화를 끊고 돌아섰다.

간만에 전문 세차장에서 세차뿐만 아니라 왁싱까지 끝내고 나니 개운하기 이를 데 없었다.

차든 사람이든 깨끗하면 한 인물 난다더니만, 늘 우중충하게 타고 다니던 차가 갓 출고된 신상 차량처럼 반짝거렸다.

"역시 양 실장님 솜씨! 역시 믿음직하다니까요."

그곳엘 가면 항상 믿고 맡기는 직원에게 감사의 악수와 함께 승주는 넉넉한 팁을 잊지 않았다.

세차장에서 나온 그는 곧바로 근처의 백화점으로 갔다.

"선물 포장 요청하신 제품입니다."

승주는 집들이 선물로 소소하게 준비한 캡슐 커피 머신과 원두 박스를 받아 들고 주차장으로 향했다.

사실 그는 정원의 진짜 이사 선물을 오래전에 따로 주문해 두었다. 거실에 놓을 멋진 소파였다.

과거 결혼 직전, 신혼집 가구를 고를 때 정원이 탐냈지만, 국내에 더 이상 재고가 없어서 구입하지 못한 제품이다. 본사에 직접 연락을 해서 구입할까도 생각해 보았는데, 아쉽게도 본사에서조차 그 제품은 더 이상 생산하지 않는다고 해서 단념할 수밖에 없었다.

그런데 이번에는 운이 좋았다.

혹시나 싶어서 백화점을 들렀다가 이전의 그 가구점에 가서 문의를 했더니만, 뜻밖에도 싱가포르 매장에 딱 한 점 남았다고 했다. 두말 않고 결제를 한 다음, 해외 배송을 요청해 두었다. 소파는 늦어도 수요일까지는 도착하게 될 것이다.

이 소식을 들으면 정원이 얼마나 좋아할까. 그녀가 활짝 웃는 모습을 떠올리며 집으로 향하자 순식간에 도착했다.

아파트 지하 주차장에 차를 세우고는 승주가 차 문을 여는데, 누군가가 건너편에 주차해 놓은 차에서 내려섰다.

그러거나 말거나 아무 생각 없이 조수석에 놓아둔 선물 상자를 꺼내러 돌아서는데, 난생처음 승주는 영문도 모르고 이유도 없이 붙들려 짝짝 따귀를 연속으로 얻어맞았다.

"야 이 새끼야, 니가 뭔데? 니가 뭔데 감히 날 물 먹여?"

마치 평생 자신의 피를 빨아먹다가 배신하고 도망친 남자를 기어코 찾아내서 시퍼렇게 복수를 하는 여자 같았다. 승주는 잠시 얼이 빠진 채로 미친 듯이 악을 쓰는 여자를 멀거니 바라보기만 했다. 너무 기가 막혀서 연거푸 후려 맞은 아픔조차 느끼지 못할 지경이었다.

"건방진 새끼! 내가 우습니? 너 내가 누군지 알지? 나, 조영화야. 네깟 놈이 함부로 무시하고 넘볼 수 없는 여자라고! 알아?"

대낮인데도 마주 선 승주의 콧속에까지 술 냄새가 펄펄 풍기고 있다. 눈 아래까지 짙은 그늘이 내려앉고 화장도 다 뭉개져서 괴기하게까지 느껴지는 그 얼굴에는 도저히 이해할 수 없는 악의와 분노가 가득했다.

이유 없이 날벼락을 맞은 셈. 너무 치욕적일 따귀를 맞고도 승주는 아무런 대응도 하지 않았다.

그저 어이없다는 듯 묵묵히 바라보기만 하는 승주의 태도에 지독한 모욕감을 느낀 것인가. 아니면 몸서리쳐지도록 차가운 무시를 당했음을 느낀 것인지 그 여자, 조영화가 가득 독을 품고 승주를 노려보며 다시 악을 썼다. 사나운 발길질은 덤이었다.

"니가 잘났으면 얼마나 잘났어? 어? 어? 내가 널 픽해 줬다구, 인마. 그랬으면 납작 엎드려서 기어도 시원찮을 판에 감히 어디서 날 무시해?˙거절? 니가 감히 날 거절해? 감히 날 걷어차? 웃기지 마! 니가 뭔데 날 개쪽으로 만들어!"

승주로선 주차장에 차를 세우다가 날벼락을 당한 셈인데 '뭘 어쩌라고?' 하고 되묻고 싶었다. '대체 내가 당신한테 뭘 어쨌다고 따귀를 맞아야 하는데?'라고도 묻고 싶었다.

이 여자는 미친 게 분명했다. 이성적으로 대할 상대가 아니었다.

조영화가 악을 쓰거나 말거나, 승주는 대거리를 하는 대신, 조용히 휴대 전화를 꺼내 112를 눌렀다.

어차피 주차장에 설치된 CCTV에 일방적으로 승주가 빰을 얻어맞는 장면은 다 촬영되어 있을 테고, 지하층 주차장에서의 소동으로 인해 발 빠르게 저 멀리서부터 경비가 다가오고 있었다.

"여기 펠스타운 지하 1층 주차장인데, 제가 일방적으로 모르는 사람에게 폭행을 당했어요. 신고하려고요. 음주 운전인 것 같습니다."

* * *

30분 후.

승주는 파출소 책상에서 간이 진술서를 쓰고 일어섰다.

진술서 마지막에 '법대로 엄정하게 처벌받기 원한다'는 문구를 적는 것도 잊지 않았다.

아직도 술에 취해 횡설수설 경찰을 상대로 패악을 부리면서 온갖 진상질을 하고 있는 조영화의 추태를 그는 멀리서 지켜보았다.

"조금 있으면 저 여자분 보호자께서 온다고 하는데, 만나 보시겠습니까?"

진술서를 갈무리하며 형사가 물었다. 그 말투에는 은근히 지금 여기서 조영화의 보호자와 합의하기를 바라는 느낌이 서려 있었다. 그러나 승주는 단호하게 고개를 저었다.

"일단 진술서를 작성하셨으니까 귀가하셔도 됩니다. 경찰서에서 연락 오면 받아 주세요."

다시는 말도 붙일 수 없게 만드는 승주의 확실한 거절에 조금 멋쩍은 표정으로 형사는 귀가 안내를 했다.

그가 파출소를 나가는 와중에도 계속되고 있는 조영화의 추한 진상질을 바라보는데 골치가 아팠다.

주차장에 세워 둔 차로 돌아가 출발하기 전, 승주는 휴대 전화를 꺼내 큰이모 나희영의 전화번호를 눌렀다.

—네가 갑자기 웬일이니?

나희영의 목소리에는 경계심이 가득 차 있었다. 지난번 승주가 주식을 무기로 대차게 박아 버린 후, 희영은 승주의 목소리만 들어도 긴장이 되는 모양이었다.

하긴 승주가 물려받은 한세미 이사장의 주식 지분이 생각보다 더 엄청난 물량이라는 것을 지금은 더 잘 알게 되었을 테니 당연했다.

"이모님과 제가 관련된 일의 아주 나쁜 결과에 대해 아셔야 할 것 같아서 전화드렸어요."

―무슨 말이야?

"저 지금 파출소예요. 이모님이 제게 맞선 보라 주선하신 그 여자가 갑자기 저에게 달려들더니만 따귀를 날리네요. 감히 자기를 거절했다고요. 원래 맞선을 보면 이런 결과까지도 감수해야 하는 겁니까? 그 맞선 자리, 다 끝난 이야기라고 생각했는데, 아니었나요? 사실은 거절할 자유조차 없던 일이었습니까?"

―맙소사! 정말이니?

나희영의 목소리에는 순수한 경악이 서려 있었다.

이에 승주는 이번 일과 희영은 무관하다고 생각했다.

하긴 지난번 협박으로 충분히 알아듣게 이야기해 두었으니 다시 희영이 조영화와 관련되는 짓에 개입하는 자책골을 넣을 리는 없었다.

"엉망으로 취해선 지하 주차장에서 절 기다리고 있더라고요. 제 거주지는 어떻게 알았으며, 또 너무 당당하게 저에게 애정을 맡겨 둔 사람처럼 난리를 부리는데 전 전혀 이해를 못 하겠어요. 그 여자와 그 집안은 왜 제게 이렇게 무례한 겁니까?"

승주는 자신이 정말 화가 났음을 명확하게 밝혔다.

"계속해서 '대영 그룹 조카'를 강조하면서 저더러 화를 내는데, 그 여자가 내세울 건 그거밖에 없어요? 그렇게 따지면 이모님, 저도 할 말 있어요. 저 역시 은상 그룹 외손자 아닙니까? 자기를 거절했다고 제 따귀를 후려칠 정도로 괘씸해하는데, 왜죠? 제가 왜 범죄자 취급을 당해야 하죠?"

조영화가 '대영 그룹 조카'를 훈장처럼 자랑하며 승주를 압박하고 따귀를 친 일은 어떻게 보면 희영과 나서희가 버텨 선 이쪽 집안을 무시한 처사였다.

나는 뭐 '은상 그룹 외손자' 아니냐고 물은 것은 그 맥락이었다.

네가 재벌가 연줄이면 나도 딱히 밀리지 않는 재벌가 자손인데 왜 니가 날 이토록 함부로 대하고 패악을 부리는지, 알 수가 없다.

그것을 허용하고 내버려 두는 그 집안은 승주뿐만 아니라 승주 집안, 그리고 주선자인 이모 희영의 체면까지 깔고 보고 무시하는 태도라는 것을 에둘러 짚은 것이었다.

"큰이모님 보시기에 제가 그렇게 무시당하고 하대당할 사람입니까? 이혼남인 게 그렇게 죽을죄예요? 이혼남은 맞선 보면 무조건 상대한테 '예스'만 해야 하는 겁니까? 저 정말 황당해서 미치는 줄 알았어요."

─알았다. 일단 전화 끊자. 내가 알아보마.

승주는 희영에게 전화를 함으로써 주선자인 당신이 이 사태를 책임지라는 사인을 보낸 것이었다.

조영화가 이토록 당당하게 추태를 부리는 이유는 뭘까?

거절이나 거부를 받아들이지 못하는 오만방자한 성품, 혹은 비뚤어진 특권 의식에서 비롯된 갑질일 뿐만 아니라, 혹시 어머니 나서희가 승주의 거절 의사를 무시하고 그녀를 며느릿감으로 받아들이려는 오판을 한 탓에 이런 일을 벌인 건 아닌지 의심스러웠다.

그래서 승주는 희영에게 전화를 한 것이었다. 만에 하나 조영화에게 나서희가 내락의 사인을 보내서 이런 짓을 저지를 빌미를 주었다면 이번에는 진짜 제대로 뒤집을 생각이었다.

'어디 한번 두고 보자. 그쪽에서 어떻게 나오는지.'

마른하늘에 날벼락이라더니 정말 예상치도 못한 만행에 휘말렸다.

독한 놈 곁에 있다가 상상도 못 할 나쁜 일에 휘말린다더니만 그 말이 딱 맞았다.

승주는 자신이 맞선 본 날부터 곧바로 그녀의 연락처를 지우고 차단을 박은 게 정녕 현명한 일이었구나 하고 생각했다.

맞선 이후 한 번이라도 개인적인 접촉을 했다면, 당장 그를 무슨 혼인 빙자 사기죄로 몰아붙일 판이었다.

'내 의도와는 전혀 상관없는 일에 휘말려 왜 내가 곤란해져야 되는지 이해를 못 하겠어.'

차를 출발시키기 전에 승주는 따귀를 맞은 자신의 얼굴을 룸 미러로 살폈다.

제법 강하게 맞았다 싶었는데, 역시 조영화의 손이 닿은 부분에 붉은 기가 얼룩져 있었다.

'참 찰지게도 갈겼네, 이 여자. 남의 얼굴을 이 지경으로 만들어 놓고 네가 무사할지 어디 두고 보자구. 나한테는 네가 자랑하는 빽도 돈도 안 통할 테니까.'

이런 승주의 얼굴을 눈치 빠른 정원이 못 알아볼 리 없다. 걱정할 게 뻔하기에 승주는 아파트 앞 편의점에 잠시 들러 차가운 얼음물을 샀다. 그것으로 여전히 속에서부터 얼얼하게 오르는 열기와 분노를 식히며 홀로 이를 갈았다.

＊　＊　＊

예정보다 두 시간이나 늦어서 승주는 비로소 정원의 새집 현관에 들어설 수 있었다.

"당장 올 것처럼 전화하더니만 왜 이렇게 늦었대?"

현관 머리에서 승주를 맞이해 주며 정원이 의아한 얼굴로 물었다.

"오는 길에 일이 좀 생겼어. 일단 선물."

승주는 정원에게 선물 꾸러미를 안겼다.

"당신 커피 좋아하지? 집에서 마음껏 즐기라고."

"어머, 이 센스 만점 남자 같으니! 이렇게 좋은 걸?"

선물 앞에서 싫다는 사람 없다. 정원이 두 팔로 커피 머신 상자를 껴안은 채 활짝 웃었다.

"자기가 설치해 줘."

"어디다?"

"딱 여기. 내가 커피 머신 사면 놓아 볼까 정해 둔 데가 있지."

정원이 주방 싱크대 한쪽을 가리켰다. 승주가 커피 머신을 설치하자, 정원이 얼른 캡슐을 꺼냈다. 큼직한 꽃무늬가 그려진 머그잔도 챙겨 내놓았다.

"감사의 뜻으로 내가 커피를 내려 볼게."

"좋아."

잠시 후. 집 안에 향긋한 커피 냄새가 떠돌기 시작했다.

"내가 처음 독립한 내 집에서 마시는 첫 커피네."

정원이 먼저 승주의 잔에 자신의 잔을 톡 부딪쳤다.

"이 커피를 같이 마시는 사람이 당신이라서 더 좋아. 이런 게 행복이구나 싶어."

이토록 예쁘고 상냥하게 말해 주는 사람이라니, 듣고 있는 승주마저 빙그레 웃게 만들었다.

이렇게 정원과 마주 앉아 햇살 눈부신 창을 내다보며, 시원한 에어컨 아래서 커피를 마시노라니 불과 두 시간 전에 겪었던 조영화와 얽힌 불쾌한 일이 기억 속에서 조금씩 옅어지는 것만 같았다.

"당신 말을 듣고 있으니까 이사 선물로 커피 머신을 가져온 게 세상에서 가장 잘한 일 같다. 좋아."

"비싼 거 줘서 완전 고마워. 난 물질에 약하거든. 당신은 부자니까 부담 안 느낄래."

"어떡하나, 당신한테 부담 한번 줘 보려고 다른 선물도 준비했는데?"

승주가 장난스럽게 대답하자 정원의 눈이 반짝 빛났다.

"뭔데, 뭔데?"

"당신이 신혼 때부터 갖고 싶어 했던 니아소마 벨라 소파."

459

"헉! 진짜? 그때도 품절이었잖아."

정원의 눈동자가 커다랗게 변했다.

"싱가포르 매장에 딱 한 점 남아 있었어. 얼른 곗했지. 지금 날아오고 있어. 수요일쯤 도착한대."

"와우! 그렇지 않아도 담에 소파를 사려고 그랬거든. 그런데 어떻게 알고 소파를 사다 준대? 당신 혹시 점쟁이야? 내 마음에 들어갔다가 나왔나 봐. 이승주 완전 멋쟁이, 너무 좋아! 이러니까 내가 당신을 사랑하지."

신바람이 나서 정원이 잠시 요란스럽게 막춤을 췄다. 바라보고 있는 승주로 하여금 다시 크게 웃도록 만들었다.

"당신이 나한테 간절하게 사 주고 싶어 하니까 뻔뻔하게 받겠어. 오케이?"

"응. 뻔뻔하고 당당하게 받아 줘. 그 소파, 사실은 우리 신혼 그때도 진짜 사 주고 싶었어. 미국 가서 내가 시간만 나면 가구점에 들렀던 건 모르지?"

"말을 안 하는데 당연히 난 모르지. 제발 이젠 뭐든 말해 줘. 다 알고 싶어. 나도 당신한테 다 말하잖아."

"그러니까. 그래서 하는 말인데, 정원아."

승주가 잠시 망설이다가 자신을 응시하고 있는 정원을 마주 바라보며 입을 열었다.

"내가 좀 늦은 이유를 말해 줄게. 내가 영 귀찮은 일에 휘말린 것 같아. 예감이 그래. 근데 그건 당신 책임도 좀 있어."

"이게 무슨 소리래? 갑자기 내게도 책임? 무슨 일이야?"

"일전에 내가 맞선 본다고 했을 때, 내가 나가지 말까 했을 때, 당신이 이미 약속한 거니까 나가 보라고 했잖아."

빤히 그를 바라보고 있던 정원의 얼굴에 어이없다는 빛이 떠올랐다.

"와, 이 남자 답이 없어요. 또 남 탓? 칫, 완전 찌질해. 그래서? 근데 그게 무슨 문제야? 그날 당신은 맞선 상대에게 철벽 거절 했고, 연락처 차단했고, 다시는 안 만났다며? 그걸로 끝 아녔어?"

"아까 파출소 갔다 왔어."

"파출소? 당신이 왜? 무슨 일로?"

정원이 당사자 승주보다 더 황당해하며 캐물었다.

세상에서 파출소란 공간과 가장 어울리지 않는 사람이 있다면 바로 이승주가 아닌가.

"나도 모르겠다. 너무 황당한 일이라서 내가 어떻게 처신을 해야 하는지조차 혼란스러울 정도야."

승주는 마른하늘 아래 날벼락이 떨어진 것처럼 아까 지하 주차장에서 만취한 채 나타난 조영화에게 일방적으로 따귀를 맞고서 경찰에 신고한 일을 정원에게 말해 주었다.

"아니, 무슨 그따위 미친년이 다 있어?"

천하에 순하고 상냥해 빠진 정원도 무척 화가 나서 눈에 불을 담은 채 흔치 않은 쌍욕을 내뱉었다.

다른 사람도 아닌 내 남자 이승주를, 백주 대낮에 쌍따귀를 때려?

자기하고 선을 봤는데, 그가 먼저 거절했다는 이유로? 이거야말로 또라이 중의 개또라이였다.

"대체 어떤 생각을 하고 사는 여자면 그딴 짓을 할 수가 있대? 뭐라고? 심지어 음주 운전? 와, 답도 없는 여자네. 이거 완전 불길하다. 뭔가 당신, 진짜 단단히 잘못 걸린 것 같아. 내 머리끝이 비죽 솟았어. 예감이 안 좋아."

"그렇지. 나도 그래서 섬뜩하더라. 상식 파괴, 말이 전혀 안 통하는 여자야."

"껍질은 재벌가 출신 우아한 첼리스트에 유학파라더니만, 하는 짓은 뭐 그따위래? 정신병자 같으니! 좋아, 그 여자가 담에 또 나타나면 나한테 말해. 내가 상대해 줄게."

안쓰러운 표정으로 승주의 볼을 어루만지고 난 후, 정원이 주먹을 움켜쥐고 비장하게 선언했다.

"당신이 뭐 어떻게 하려고?"

"또라이 짓에는 또라이 짓으로! 한 번만 더 헛수작 하면 머리털을 죄다 쥐어뜯어 놓을 거야!"

정원이 이를 아드득 악물며 선언했다.

"어디서 못 배워 처먹은 게 감히 내 남자한테 질척거려? 겁도 없이 함부로 침을 바르려 들어? 도저히 용서가 안 된다, 이거는!"

잔뜩 흥분해서는 욕을 하던 정원이 갑자기 승주를 획 돌아보았다.

"그런데 당신, 그렇게 어이없이 따귀를 맞았는데 그냥 있었어?"

"어."

"왜?"

승주가 천하의 바보라도 되는 듯 정원이 한 발 더 다가서며 따졌다.

눈에는 눈, 이에는 이. 미친 그 여자가 두 대를 때렸으면 승주는 네 대를 때려 줘야 정의 실현 아닌가.

"내가 그 여자 머리털 하나라도 건드렸어 봐. 바로 쌍방 폭행이야."

"아, 그래?"

"그러면 진짜 귀찮아져. 차라리 한 대 더 맞고 그 여잘 폭행 현행범으로 처넣는 게 낫지. 난 교양 있는 법치 국가 시민이니까 법으로 상대해 주려고."

"그래서 신고했어?"

"응. 그래서 파출소 가서 진술서 쓰고 왔다니까."

"그걸로는 부족했어. 파출소 간 김에 접근 금지 신청도 하지 그랬어?"

"그럴 생각이야. 내가 엄벌에 처해 달라고 했으니까 곧 그쪽에서 합의하자고 연락 오겠지."

"합의할 거야?"

"내 앞에서 그 여자와 부모가 무릎 꿇고 사과하면. 또 그 여자가 정신과 치료를 받는다는 조건으로 합의해 줄까 생각 중이야. 물론 접근 금지 신청도 할 거고. 말이 안 통하면 그대로 검찰에 넘겨야지."

"그래. 그렇게 해. 이런 건 애당초 초장에서부터 싹을 잘라야 해. 그 여자가 지금까지는 지네 집 권력 믿고 제멋대로 굴고 돈으로 무마했을지 모르는데, 상대를 잘못 골랐어. 당신이 어떤 남잔데? 사실 알고 보면 그 여자보다 당신이 더 가진 게 많잖아. 갑질은 당신이 해도 모자랄 판에 어디서 함부로 미친 짓을 해? 절대 용서하지 마."

"당연하지. 절대 물렁하게 넘어갈 생각 없어."

"참 살다 보니 별의별 일이 다 생긴다. 그치, 자기야?"

"그러게 말이야. 그런 의미에서 기분 전환 부탁해."

승주가 두 팔을 활짝 벌렸다.

"당신 좀 안고 있자. 충전이 필요해."

"안는 걸로 되겠어?"

정원이 승주의 품 안에 안겨 들며 턱 아래에서 새빨갛게 도발했다. 먼저 암호랑이처럼 덤벼들어 한여름의 태양같이 핫한 키스를 뿌렸다. 아낌없이 온몸으로 그에게 애정 충전을 해 주었다.

* * *

같은 시간, 나희영은 나서희와 통화 중이었다.

"혹시, 승주하고 맞선 본 그 집 부모하고 통화는 했어?"

—네. 그럼요.

"그럼 네가 혹시 그 집안에다가 그 아가씨를 좋은 며느릿감으로 생각하고 있다거나 그런 뭐 비슷한 언질이라도 줬니?"

—그럴 리가요. 그 집 어머니하고 통화해서 정중히 거절했어요. 언니도 이젠 아시겠지만 그 집 아가씨 성정이 좀…… 그, 뭐랄까……?

"상종 못 할 미친 애라고 말해. 이젠 나도 알아."

희영이 먼저 잘라 내뱉었다.

여러 가지 계산이 얽힌 가운데 조영화의 조건만 보고는 섣부르게 선 자리를 주선했지만, 이게 얼마나 큰 실수였는지 희영은 께름칙하다는 듯 말하는 나서희의 반응을 듣고 다시금 깨달았다.

자신이 거절당했다고, 맞선 본 남자에게 찾아가 따귀를 날린다? 이건 보통 상식으로선 절대 일어날 수가 없는 일이었다.

조카 승주를 얼마나 얕잡아 보았으면 자기가 화가 난다고 앞뒤 가리지 않고 그런 짓을 저지를 수가 있는지 기가 막혔고, 동시에 이건 주선자인 희영을 무시하고 깔고 보는 처사이기도 했다. 이건 상종도 해서는 안 되는 고약하고 몹쓸 인간의 행태였다.

"그 집 어른들은 나름 점잖다고 알고 있는데, 그 딸은 영 아닌 것 같다. 아까 승주가 펄펄 뛰면서 전화를 했어."

―승주가요? 왜?

"그 아가씨가 글쎄……."

희영은 승주에게 들은 대로 간략하나마 그가 당한 어처구니없는 일을 전했다.

―그게 사실이에요? 어떻게 그런 짓을……!

경악을 한 나서희가 차마 말을 잇지 못했다. 이윽고 누가 아들 바보 아니랄까 봐 수화기가 터져라 쏴 댔다.

―우리 아들 뺨을 때렸어요? 미친 거 아냐. 그 계집애! 지가 뭔데? 나도 손 한번 안 대고 키운 내 아들을 감히 지가 뭐라고 따귀를 갈겨? 당장 고소할 거야, 그 미친년!

"그래. 나도 너무 어이가 없어서 말을 못 하겠더라. 그래서 이렇게 너한테 확인 전화 하는 거야. 네가 혹시 그 아가씨가 가진 조건에 홀려서 승주 뜻과 다르게 뭔가 그 집에다 희망적인 언질이라도 주었나 싶어서. 그래서 그 아가씨가 승주에게 일방적으로 무시당했다고 생각하고 열받은 김에 이딴 짓을 저지른 거 아닌가 싶어서 말이야."

―아니라니까요. 이제야 말하지만 얼마 전 그 계집애가 글쎄, 저에게도

직접 찾아왔더라고요. 승주가 자기 연락을 일방적으로 무시한다고, 자기가 모욕감을 느꼈으니 대신 나라도 사과하라며 따지더라고요. 기가 막혀서.

"미쳤구나! 당돌해도 유분수지. 듣자 듣자 하니 진짜 상종해선 안 될 물건이었네."

—그러게 말입니다. 일단 오늘 일만 봐도 정상은 아니잖아요. 어떻게 달라붙어도 그딴 게 달라붙었는지, 내 참! 아, 골치 아파.

나서희의 그 말이 희영에게는 커다란 원망으로 들렸다.

예전 같으면 다 네가 자초한 일 아니냐고 쏘아붙였을 테지만, 희영으로서도 자신의 실수가 너무 명확하니 할 말이 없었다.

"일단 승주가 고소했단다. 조만간 그 집안에서 뭔가 액션을 취해 올 거야."

—화를 잘 안 내는 앤데 엄청 노여웠나 보군요. 하긴 승주가 안 했으면 내가 고소했어요, 지금! 아, 화나.

"당연하지. 걔 입장에선 아무 죄도 없이 대낮에 길 가다가 이상한 여자한테 '묻지 마 폭행'을 당한 거나 다름없잖아. 여하간 그쪽하고는 더 이상 안 엮이는 게 좋겠어. 예감이 너무 안 좋아."

—저도 그렇게 생각해요. 그 아가씨, 진짜 수준이 천박하더라고요. 저도 직접 만나 보고 소름 돋았다니까요.

"이제 나도 알게 되었으니 대책을 세워야지. 일단 그 집에서 연락이 오면 사과는 받아 주되 딸자식 간수 잘하라고 제대로 다짐받는 게 좋겠어. 물론 당사자 승주도 단단히 화가 나서 그 여자가 다시는 자기에게 접근하지 못하도록 뭔가 조치를 취할 것 같긴 한데, 나도 그 맞선을 주선한 방 여사에게 단단히 일러둘게. 다시는 승주를 귀찮게 하지 말라고. 이런 식으로 굴면 두 집안을 엮은 나하고 우리 집까지 무시하는 처사라고 말이야."

—알겠어요. 고마워요, 언니.

희영이 전화를 끊으며 중얼거렸다.

"이거 참 골치 아픈 일에 휘말렸어."

승주의 재혼 상대 맞선 자리를 주선할 때만 하더라도 일이 이런 식으로 고약하게 흘러갈 줄은 전혀 예상치 못했다.

아들 건우의 사면 문제와 관련해서 조카인 자신을 팔아먹어 좋았느냐는 승주의 격한 반발에 한번 제대로 들이받혔다. 그랬는데, 이젠 그것도 모자라서 기껏 소개했던 그 맞선 상대 조영화가 입에 담을 수조차 없는 만행을 저지를 줄이야.

맞선이야 서로 안 맞으면 점잖게 거절하고 다시 안 보면 그뿐. 그 정도로 가볍게 생각했는데 조영화가 상식이 전혀 통하지 않는 사이코라니 할 말이 없었다.

거절당한 분풀이로 직접 승주를 해코지하러 나설 정도로 단단히 고장 난 비정상, 골칫거리 말썽쟁이라니, 생각하면 할수록 한숨만 나왔다.

'이래서 중매는 함부로 서는 거 아니라더니. 잘하면 술 석 잔, 못하면 뺨 석 대라는데 이건 뺨 석 대로 끝날 일이 아닐 것 같은데.'

잠시 생각하다가 희영은 옆에 서서 대기하고 있는 비서를 불렀다.

"네, 이사장님."

"지금 대영 그룹 조 회장님에게 전화 좀 넣어 줘."

"알겠습니다."

조영화의 부모가 자신의 딸을 통제할 수 없다면, 그렇다면 다른 방도를 찾아야지.

조영화 일가의 가장 큰 프라이드가 '대영 그룹'이라는 배경이라면 그 배경으로 통하는 사다리를 걷어차서 무너뜨려 줘야지. 싫어도 제 딸을 승주 앞에서 치울 수밖에 없도록 압력을 행사해야 했다.

＊　＊　＊

저녁 6시.

딩동딩동, 벨이 울렸다. 대문 밖을 비추는 인터폰 화면 안에는 한 아름 휴지와 세제 박스를 들고 있는 경오와 영주가 보였다.

"어서 와."

"벌써 정리 다 했어? 딱히 도와줄 것도 없네, 뭐."

경오나 영주 둘 다 어제 행사를 치르느라 잔뜩 쌓인 피곤을 간만의 늦잠으로 말끔히 씻은 후였다. 영주는 오는 길에 사우나까지 들렀다고 하더니, 얼굴에 윤기가 흐르고 기분까지 보송보송했다.

"사우나 좋지. 일에 치여서 사우나 갔던 게 언젠지도 모르겠어. 까마득해. 나도 저녁에 다녀오든지 해야지."

정원은 휴지와 세제 세트를 갈무리하면서 물었다.

"밥은?"

"네 집에서 빈대 치려고 안 먹었다."

"맥주 마셔? 치킨 시킬까?"

"좋지."

"떡볶이에다 주먹밥도 시켜. 완전 배고프다야."

"그럼 지금 계란 프라이라도 해 줘? 아까 점심때 시킨 탕수육도 조금 남았어."

"새집에서는 새 밥 먹자, 유 대표야."

"넵!"

정원은 얼른 배달 앱으로 치킨과 생맥주, 콜라에다가 떡볶이와 주먹밥, 튀김을 시키고, 동네 주민인 승주가 알려 준 보쌈 맛집에서 특 보쌈 세트도 시켰다.

"가구가 없으니 집이 더 넓어 보이네?"

경오가 주방에 붙박이로 설치된 아일랜드 식탁 앞에 앉아서 거실 쪽을 내다보았다.

"소파랑 탁자는 안 놓을 거야?"

"수요일에 배달 올 거야. 지금 싱가포르에서 날아오고 있지."

"해외 직구? 바쁜데 서치는 언제 했대?"

경오가 중얼거리자 눈치 빠른 영주가 정원을 돌아보았다.

"'그분'의 선물이냐?"

"어."

"돈 많은 남자란."

영주가 중얼거렸다.

"짱이야."

경오도 말을 보탰다.

"이사할 때 도와주러 왔어?"

"아니. 이사 정리는 새언니랑 오빠가 와서 해 줬고 승주 씨는 오후에 잠시 와서 커피 머신 설치해 주고 갔어."

정원이 반짝반짝 빛나는 새 커피 머신에서 맛난 커피를 내려 두 사람에게 가져다주며 대답했다.

"저 커피 머신도 그분의 선물?"

"당연하지."

"진짜 돈 많은 남친이란."

"완전 짱이지."

두 친구가 쌍엄지를 척 내밀었다.

"친구들아, 미안한데 나도 돈 많은 여자야. 남친 선물 안 받아도 소파랑 탁자, 커피 머신 다 살 수 있거든."

"네 돈으로 다 살 수 있는데 그분의 선물을 사양 않고 넙죽 다 받으신 이유는?"

"성의가 고맙잖아, 성의가. 난 남이 주는 선물을 잘 받아 주기로 소문난 사람이라서. 너희들도 알잖아?"

크크 웃고 나서 정원과 두 친구는 커피 잔을 쨍하고 부딪쳤다.

"벌써 8월이다."

"그러게. 시간이 너무 빨리 가."

세 친구는 커피 잔을 손에 든 채로 다 같이 거실 너머 창밖을 바라보았다. 저 멀리 북한산의 푸름 위로 서늘하게 저녁이 내려오고 있었다.

"뭐 딱히 한 것도 없는 것 같은데. 큰 행사 하나 마치니까 한 달이 훌쩍 가 버렸어."

"그래도 틈틈이 할 건 하고 놀 건 다 놀았어."

"맞아. 틈틈이 덕질도 하고."

정원과 영주가 경오를 향해 눈을 흘겼다. 바쁜 와중에 그놈의 '더 원' 팬미팅에 참가하느라고 혼자 쏙 빠져서 일본에 날아가 버린 녀석에게 원망을 그득 담아 매섭게 눈총을 쏘았다.

"돈도 벌었지."

"열받고 힘든 것도 많았지만 가끔 행복도 했고."

"지난 한 달도 우리, 그럭저럭 잘 살았군."

친구 셋은 다시 커피 잔을 부딪쳤다.

"치킨이랑 생맥은 언제 온대? 이럴 땐 커피가 아니라 맥주 잔을 부딪쳐야 하는 거 아냐?"

"곧 올 거야. 일요일이라서 배달이 많이 밀렸나 보다. 그나저나 이제 우리, 연희동 생파 준비에 전력 질주 해야 해."

"어제도 같은 말을 하더니 정원이 너, 은근히 그 생파에 엄청 부담 느끼나 보다."

"그렇게 느꼈어?"

정원은 겸연쩍게 웃으며 커피 잔을 내려놓았다.

"그 생파 기획도 우리가 그동안 한 번도 해 보지 않은 도전이잖아. 예산이 어마어마한 만큼 우리한테 기대하는 서비스도 엄청날 거란 말이지. 이번 결혼식처럼 그 행사도 진짜 잘 해내고 싶어."

"잘할 수 있어. 힘을 모으면."

"어려운 일이 될 테지만 이건 또 우리 회사가 도약할 수 있는 하나의 기회라고 생각해."

"어련하겠어? 잘해 보자."

그때 딩동, 현관 벨이 울렸다. 음식이 배달된 줄 알고 문을 열었는데 배달 기사와 함께 승주도 서 있었다. 저녁 시간에 맞춰 다시 오기로 하고 자신의 집으로 잠시 돌아갔던 터였다.

"왔어요?"

"응."

"안녕하세요? 덕분에 맛있는 커피 마시고 있어요."

영주와 경오도 이전보단 좀 더 편안하게 승주를 맞이해 주었다.

내내 기다리던 치킨과 생맥이 제일 먼저 도착했고, 이어서 줄줄이 분식 세트와 보쌈이 등장했다.

"큰엄마 보쌈이야?"

"응, 자기가 맛있다고 해서 한번 시켜 봤어요."

"잘했어. 이 동네에 은근히 맛집들이 좀 있어."

"그 맛집들과 친해질 예감이 들어. 자, 드십시다. 와 주셔서 감사해요."

시원한 생맥주 대신 콜라를 따르는 승주를 영주가 힐끗 바라보다가 의아해서 물었다.

"치맥이 국룰이죠. 왜 콜라를 드세요?"

"밤에 운전할 일이 생길지도 몰라서요. 저는 콜라로 충분합니다."

승주가 아무 일도 아니라는 듯 덤덤하게 대답했다.

두 사람을 바라보면서 정원은 승주에게 미안해졌다.

알코올을 멀리하려고 애쓰는 그 앞에서 맥주 파티라. 하지만 아무리 친한 친구들이라 해도 승주의 치부인 알코올 홀릭 병력에 대해서 입을 열 수는 없다.

정원은 모르는 척 시선을 돌려 버리다가 마침 자신을 바라보는 승주와 눈이 마주쳤다.

괜찮아.

그가 눈빛으로 말했다. 정원은 앞에 놓인 맥주잔을 슬그머니 밀어 놓고 승주가 따르고 남은 콜라병을 더듬었다.

"나도 콜라 줘."

"왜? 자긴 맥주 마셔."

"술 마시면 더워져서 싫어. 아까 오빠랑도 한잔했어서 밤에는 안 마실래."

"그래. 콜라 여기."

네 개의 잔이 부딪쳤다.

그 후로 약 30분간, 정원의 새집에는 말 한마디 없이 음식을 흡입하는 소리만 들렸다. 완벽한 집들이의 정석 ASMR이었다.

"난 더 이상 못 먹어! 항복."

차례차례 승주와 정원, 경오가 손을 들고 식탁에서 벗어났다.

"아, 배불러."

마지막까지 알뜰하게 먹고 있던 조용하게 강한 영주도 드디어 포기 선언을 하고 식탁에서 물러나, 거실 쪽으로 가 있던 세 사람 앞으로 다가왔다.

"보쌈 고기 많이 남았는데 어떡할 거야?"

"그냥 냉장고에 넣어 둘까 하는데 왜?"

"내가 가져갈게. 저거 양념간장으로 살짝 조려서 내일 점심때 회사에서 덮밥 해 먹자."

"그럴래? 우리 서 이사님이 요리해 주시면 완전 감사지. 차 마셔."

정원이 차 주전자에서 허브티를 따라 주었다. 잔을 들고 영주가 발코니 쪽 통창 앞으로 가 섰다.

"내일 아침부터 또 바쁠 테지만, 이렇게 배불러서 아무 생각도 않고 야경을 내다보고 있으니까 마치 휴가 온 것 같아."

"망중한이란 말도 있잖아."

경오가 정원과 나란히 앉아 있던 승주를 바라보았다.

"병원 근무, 그만하신다면서요?"

"네. 내일까지만 나가고 끝입니다."

"로스쿨 준비하신다고 들었는데 이제 본격적으로 공부 시작하시는 거예요?"

"아닙니다. 병원으로 돌아갑니다. 내년에 의학 과정 제대로 다시 시작할 겁니다."

사람들 앞에서 자신의 뜻을 분명하게 이야기하는 승주를 보는 건 좋았다.

어쩐지 자랑스러워서 정원은 영주와 경오를 상대로 이런저런 이야기를 나누고 있는 승주의 옆얼굴을 가만히 지켜보기만 했다.

"좋아?"

"어?"

갑자기 묻는 영주의 말에 정원은 꿈에서 깬 듯 겸연쩍게 웃었다.

"아주 꿀이 뚝뚝 떨어지는군."

"야아, 너무 그러지 마아."

"승주 씨 집도 여기 아파트라고 그랬죠?"

"정원이네 대각선 옆 동입니다."

"서로가 집에 불 켜진 걸 볼 수 있겠네요."

"그렇죠. 불 켜진 집만 봐도 마음이 따뜻해지겠죠. 우리 정원이가 지금 들어왔구나 확인할 수 있을 테니까."

"이쪽도 뭐 꿀이 뚝뚝 흐르는구만."

경오가 중얼거렸다.

경오나 영주 둘 다, 항상 더 많이 좋아해서 손해 보는 연애를 해 왔던 정원을 알고 있다.

그런 정원의 뜨거운 연애 온도와 달리 상대적으로 냉담해 뵈던 승주가 그동안 정원의 친구로서 섭섭하고 미웠던 두 사람으로선 서로 좋아서 꿀이 뚝뚝 떨어지는 그들의 모습에 뭔가 안심이 되는 것이었다.

허브티 한 모금을 다시 마시고는 경오가 승주를 바라보았다.

"참, 해민 씨. 그쪽 동생분 말이죠. 강남에서도 잘나가는 필라테스 샵 사장님 아니던가요? 근데 왜 그런 샵을 놔두고 동탄 변두리로 옮기셨대?"

뜬금없는 말에 승주가 놀란 기색을 감추지 못하며 경오를 마주 바라보았다.

"그게 무슨 말입니까? 우리 해민이를 동탄에서 보셨다고요?"

"네. 우리 집이 동탄에서 태권도 도장 하거든요. 우리 아버지 하시는 태권도장 위층이 필라테스 샵인데요. 엊그저께 엄마가 좀 편찮으시다고 해서 제가 퇴근 후에 집에 잠시 내려갔어요. 근데 그 앞 편의점에서 만나 버렸네? 물어보니까 거기 필라테스 샵에 나간다고 하더라고요."

"이해를 할 수가 없군요. 해민이가 왜 동탄에 가 있는지."

"뭐, 남의 그 속사정을 내가 완전히 모르지만, 여튼 해민 씨가 거기 취직했다는 사실을 전합니다. 오빠니까 아시고 계셔야 할 것 같아서요. 저기……"

경오가 잠시 망설이다가 말을 이었다.

"표정이 좀 안 좋았거든요. 자기가 거기 있다는 말은 아무한테도 하지 말라고 그랬는데요. 오지랖일 수도 있는데, 많이 외로워 보였어요. 그래서 말씀드려요."

영주와 경오가 먼저 가고 난 후, 문을 닫은 정원이 식탁 앞에 앉아 있는 승주 앞으로 다가왔다.

"무슨 생각 해? 혹시 해민 아가씨 생각 중이야?"

"어."

"궁금하면 전화해 봐. 생각만 하지 말고 행동을 하라고."

"자기가 거기 나와 있는 걸 들키기 싫어하는 눈치였다는데 내가 알은척

473

을 하는 게 맞을까 싶어."

"그런가?"

"걔도 말 못 할 걔만의 사정이 있을 텐데. 그리고 경오 씨한테 자기 만났다는 말을 하지 말라고 했다며? 말 전한 경오 씨 입장도 생각해야지."

"집으로 들어가게 만들건 말건 그건 다음 문제고, 일단 아가씨가 거기에 잘 있는지는 알아봐야지 않아? 솔직히 해민 아가씨는 너무 곱게 자란 사람 아냐. 어머님이 허락한 세상 밖에서 살아 본 적도 없을 텐데."

"당신만큼 어른이야. 알아서 잘하겠지."

"그건 아닌 것 같은데? 자기 문제를 자기가 해결하게 지켜봐 주는 거 하고, 관심 없어서 될 대로 되렴 하고 내치는 건 다르지. 근데 당신의 그 태도, 후자에 가까운 것 같애. 내가 보기에."

날카로운 정원의 지적에 승주가 아무 말도 하지 않고 시선을 돌려 버렸다.

"이번 일도 회피할 거야?"

"그건 아닌데."

"모르면 어쩔 수 없어도 알아 버렸잖아. 솔직히 해민 아가씨가 그렇게 가출한 이유를 우리가 영 짐작하지 못할 것도 아니고."

"역시 그게 이유일까……?"

두 사람의 눈이 마주쳤다.

해민과 사돈 인태의 관계에 대해서 두 사람도 이미 알고 있다.

만나기를 어떻게 그렇게 만나 버렸나 싶어서 뜨악하기도 잠시. 늘 가볍게만, 적당하게 즐기던 해민답지 않게 그 일로 마음에 상처를 입고 어머니 나서희에게 반항하는 것으로도 모자라서 집을 뛰쳐나갈 정도로 절실하고 진심이었다니.

"차라리 둘이 서로 좋아하는데 반대를 해서 도망간 거라면 해답이 쉬울 텐데, 이건 뭐 보답도 받지 못할 짝사랑 때문에 그딴 짓을 하고 있으니. 그런 철딱서니를 위해 내가 뭘 어떻게 해야 할지 모르겠어."

"해결을 못 해 줘도 가서 얼굴 보고 이야긴 들어 줄 수 있지."

정원이 답답하다는 듯 승주의 무릎에 걸터앉더니만, 그의 목을 끌어안고 눈을 응시했다. 이 남자를 내가 얼마나 더 가르쳐야 할까 한숨마저 섞인 눈빛이었다.

"답답하고 마음이 허전할 때, 문제의 답이 나오지 않을 때는 그냥 누구랑 몇 마디만 해도 위안이 될 때가 있다고. 당신, 남도 아니고 해민 아가씨 오빠잖아."

"서로 말 안 한 지 오래됐어. 걔가 영 싸가지가 없는 거 당신도 알잖아?"

"아가씨 탓만 하지 마. 솔직히 당신도 제대로 된 오빠 노릇 한 번도 안 했으면서?"

나직하지만 정확한 정원의 지적이 승주의 뼈를 때렸다.

"사람 사이란 게 상대적인 거 아냐? 상대가 나한테 섭섭하게 한다고 화를 내는 건 쉽지만, 그만큼 그쪽도 나한테 섭섭할 수 있다고."

승주가 정원을 가만히 마주 응시했다. 이건 지나친 개입 아냐? 하는 뜻으로 조금은 고약하게 내뱉었다.

"⋯⋯당신 지금, 조금 위험해. 우리 집 며느리 노릇 하는 중이야."

"며느리 노릇이 아니라 사람 노릇이지, 이거는. 혼자 힘들어하고 있다는데 그냥 혼자 견뎌라 하면서 놔둬? 그러면 안 되는 거야. 특히 오빠인 당신은 더욱더 그러면 안 돼."

"⋯⋯글쎄."

"가족들과 소통이 잘 안돼서 늘 먹먹하고 외롭다고 말한 건 당신이야. 해민 아가씨도 지금 똑같다구. 힘들어하는 동생, 가서 말 한마디 따뜻하게 해 주고 기운 내라 격려해 주고, 뭘 하든 오빠가 여기 뒤에 있다. 그러니까 겁내지 마라, 위로해 주는 게 그렇게 어려워?"

정원이 그의 무릎에서 내려섰다.

"선택은 자기가 하는 거지만, 그냥 내 마음이 그래. 내가 무슨 말을 하고 싶은지 알지?"

"그래. 알아들었어."

식탁 위에 아직도 조금 어질러져 있던 컵과 접시들을 치우고 난 후 정원이 돌아섰다. 기대로 가득 찬 눈빛을 하고는 천연덕스럽게 말했다.

"자기야, 내가 새로 베개를 두 개 샀는데."

승주가 씩 웃었다.

"이건 뭐 '라면 먹고 갈래'의 다른 버전이야?"

"그런 셈."

"고마워."

승주가 일어서서 다가와 정원의 이마에 쪽 하고 뽀뽀했다. 정원이 그의 셔츠 깃을 잡고 다시 물었다.

"아가씨하고 통화할 거야?"

"어."

"언제?"

"내일."

"아니. 할 결심이 섰으면 지금 해."

미적거리고 핑계를 대려는 그의 퇴로를 아예 막아 버리려는 듯 정원이 그의 앞에 버텨 서서 눈빛으로 통화하기를 종용했다. 할 수 없이 승주가 휴대 전화를 꺼내 해민의 전화번호를 눌렀다.

몇 번 신호가 흐르고 이윽고 딱딱한 해민의 목소리가 수화기 안에서 들려왔다.

─여보세요? 왜?

다짜고짜 인사 대신 퉁명스럽게 이유부터 묻는 것이 승주나 정원 둘 다 익히 아는 해민이었다. 그만 두 사람은 마주 보며 피식 웃고 말았다.

"내 번호, 차단은 안 박았네."

─뭐래? 그냥 본론만 말해. 왜 전화했는데?

"잘 지내나 싶어서."

—너무 잘 지내서 피둥피둥 살찌고 있거든. 당황스럽게 왜 전화 하고 그래? 이건 오빠 캐릭터 아니잖아.

"동탄에서는 어때? 혼자 살 만해?"

기습 공격을 당한 듯 해민이 잠시 말이 없었다. 이윽고 화난 아이처럼 톡 쏘았다.

—아후, 진짜! 말 안 한다더니만 고새 말했네, 말을 했어. 친구들이 다 새언니 닮아서 하나같이 오지랖들이 태평양이야, 진짜.

말을 전한 경오에 대한 원망이 분명했다.

—그래, 뭐? 내가 가출했는데 어쩌라고? 나이 서른 다 되어 가는 내가 독립도 못 해?

"이해민, 모레쯤 내가 동탄으로 갈게. 만나서 이야기나 좀 하자."

—오지 마! 내가 뭐 나쁜 짓 하고 도망친 것도 아니고, 가족하고 절연해서 꽉 숨은 것도 아니잖아. 그냥 나 혼자 생각도 좀 하고 독립해서 살 수 있나 실험 중이라고. 오빠가 관여할 일이 아냐.

"관여는 안 할 거야. 그냥 밥 사 줄게. 내일부로 페이 닥터 근무 끝나거든. 이제 시간이 널널해. 동탄으로 너 만나러 갈 만큼 그래. 근처 가서 전화할 테니까 나와라."

—내가 거지야? 밥 사 주러 너무 잘나신 우리 오빠가 동탄까지 내려오게? 아, 몰라. 오든지 말든지. 근데 근무가 6시부터니까 오려면 그 전에 오든지. 짜증 나네. 귀찮게 왜들 이래, 진짜? 흥!

그러고는 먼저 해민이 일방적으로 전화를 툭 끊어 버렸다.

승주가 전화를 끊자 정원이 빙긋이 웃었다.

"해민 아가씨, 기분이 좋은가 봐. 짜증 내는 것 같은데도 목소리가 은근히 방방 뜨더라고."

"그런가?"

"전화하길 잘했죠?"

"응. 뭔가 안심이 되네."

"모레 내려가서 아가씨랑 이야기 많이 하고 와요. 마음이 슬픈 사람은. 그저 속내를 덜어 내는 것만으로도 그 슬픔이 반은 줄어든다고 하니까요."

"알았어."

정원이 다정하게 승주의 팔짱을 꼭 끼었다.

"난 당신이 나에게만 말고 다른 사람에게도 더 따뜻해졌으면 좋겠어. 그래서 당신도 더 행복해졌으면 해."

"그렇게 될 거야. 당신이 이런 식으로 나에게 하나둘씩 따뜻한 일을 가르쳐 주고 있으니까. 이번에는 흘려듣지 않고, 게으르지 않게 잘 따라갈게."

"좋아요. 그래서 말인데, 다음 주 일요일이 아빠 생신이거든. 아침에 미역국 먹으러 양평으로 같이 오래. 아빠가."

그 초대가 어떤 의미인지 알 것만 같다. 순식간에 승주의 얼굴이 환해졌다.

* * *

다음 날, 월요일 저녁 무렵.

병원에서 나온 나현은 나서희 화장과 함께 마주 앉아 있었다. 데이지 백화점 8층 고급 중식당이었다.

"들어요."

"네, 감사합니다."

보기만 해도 과분할 만큼 고급지고 화려한 요리가 줄지어 들어왔다.

젓가락을 들며 나서희가 물은 것은 뜻밖에도 명신의 안부였다.

"나오다가 들었는데, 어머니 되시는 조 부장이 명퇴를 하신다던데?"

"네. 어머니도 나이가 있으니까요."

나현은 속으로 나 회장이 왜 우리 엄마 일에까지 신경을 쓰시지 하고 의아했다.

솔직히 영국과 나서희의 불화가 무르익어 가던 내내 그 중간에서 영국의 심복 노릇을 한 명신이 눈에 보이게, 혹은 보이지 않게 나 회장으로부터 야무지게 무시를 당하거나 갑질을 당한 적이 많았다. 딸인 나현까지 알아챌 정도로 나 회장이 어머니 명신을 유달리 견제하고 아니꼬워하던 일이 한두 번이 아니었다.

그랬던 당신이 갑자기 왜 뜬금없이 우리 엄마 일에 관심을 가지는지 알 수가 없군요, 그렇게 쏘아붙이고 싶은 마음을 꾹 참고 나현은 대답했다.

"세린병원 한곳에서 봉직하신 지가 30년을 훌쩍 넘어가는데, 그사이 몸도 마음도 많이 지치신 것 같아요. 이제는 다 내려놓으시고 건강이나 챙기면서 살고 싶으신가 봐요."

"긴 세월 고생을 하셨지. 그런데도 만년 부장 대접밖에 못 받았잖아. 그게 섭섭해서 사직서를 내신 건 아니고?"

"글쎄요. 어머니 속마음까지 제가 모르겠습니다만, 그건 아닐 겁니다."

"조 부장이 병원을 위해 평생 헌신한 걸 아는데, 이대로 퇴직하게 내버려 두면 내 마음도 편치 않을 것 같아서 고민이야."

무표정인 채 나서희 회장의 말을 들으면서 나현은 이 양반이 갑자기 왜 이렇게 오버하시지 하는 생각밖에 들지 않았다.

그러나 이어지는 나서희 회장의 전혀 의외의 말에 나현도 놀라고 말았다.

"어머니 본인 스스로도 만년 부장으로 명퇴하면 아쉬움이 클 것 같은데 말이야."

"그래도 이미 이사장님께서 어머니의 명퇴를 승인하셨다고 들었습니다. 이제 다 끝난 상태예요."

병원 관계자도 아닌 당신이 새삼스럽게 들춰 봐야 소용없으니 이만하고 싶다는 뜻으로 나현은 대답했다.

솔직히 바쁜 와중에 이렇게 불편한 상대와 비싼 밥을 먹어 가며 이런 뜬금없고 멍청한 대화를 나누고 있는 상황을 도무지 이해할 수가 없어 더 불편했다.

"쯧, 이사장은 참 사람 귀한 줄 몰라. 조 부장이 헌신한 게 얼마인데? 만약 어머니만 괜찮으시다면 분원으로 옮길 수도 있잖아. 송도나 완담 분원 같으면 뭐 어느 정도 내가 영향력을 행사할 수 있으니까. 어때?"

"네?"

무슨 뜻인지 알 수가 없어 나현이 반문했다.

참 말귀도 못 알아듣는군, 그런 표정으로 나서희가 거만하게 말했다.

"조 부장이 원하기만 한다면 완담 병원으로 옮겨서 계속 근무할 수 있도록 해 주겠다는 뜻이야. 이제 이사쯤은 달아야지. 그 정도는 내가 해 줄 수 있어."

"회장님, 말씀은 감사합니다만 그 제안은 저희 어머니께서 딱히 원치 않으실 것 같아요. 명퇴하시고 아버지께서 계시는 시골로 내려가시겠다고 했거든요. 그리고 저희 어머니 거취 문제는 저와 회장님이 이 자리에서 나눌 게 아니라고 봅니다."

나현은 저의가 의심스럽기 이를 데 없는 나서희의 제안에 명백하게 선을 그었다.

익히 경험한바 재벌가 소유주님들의 변덕은 절대 신용할 수 없었다.

"아, 그래? 난 진짜 섭섭해서 그랬지. 알았어요. 그 얘긴 그만하자고."

나서희가 한발 물러났다. 어쩐지 조금 실망한 듯 보였다.

'뭐지? 자기가 마음대로 짓밟고 주물럭거릴 수 있는 대상이 하나 줄어들어서 그런가?'

이런 별 가치도 없는 대화를 나누고자 비싼 시간을 들여 가며 나현 자신을 불러낸 것은 아닐 것이다.

꼬박꼬박 대답은 하고 있지만 나현의 표정에 조금씩 짜증이 서리고 의심

쩌어하는 기색이 드러나는 것을 나서희도 읽었다. 이에 그녀가 조금 몸을 앞으로 내밀며 물었다.

"듣기로 박 선생도 사직서를 냈다던데?"

"그렇게 되었습니다. 제게도 새로운 변화가 필요한 시점 같아서요."

"그렇구나. 아쉽네. 그런데 옮길 데는 정해졌어요?"

"뭐, 아직은요."

"어머. 그렇구나."

어머니 명신의 이직을 도와주겠다고 청하지도 않은 호의를 권유했다가 단칼에 거절당하고서 조금 풀이 죽은 듯해 보이던 나서희의 표정이 다시 밝아졌다.

"박 선생도 알다시피 내가 발이 좀 넓은 편이잖아."

"아 네, 그러시죠? 회장님이야 뭐 어디든 안 통하시는 데가 있겠어요? 저 같은 서민하고는 격이 다르시잖아요."

"혹시 박 선생이 가고 싶은 병원이 있어? 거기가 어디든 내가 소개해 줄 수 있는데. 이왕 세린병원을 벗어났으니 이참에 아예 대학 병원 쪽으로 한 번 알아보는 건 어때? 일은 좀 힘들지라도 교수 될 생각은 없어?"

이 아줌마가 대체 왜 이런대?

나현의 인내심이 이제 거의 바닥을 드러내고 있었다.

지금껏 한 번도 호의로 상대한 적이 없는 사람이 갑자기 자신을 불러들여 자신의 미래를 걱정해 주고 이직할 직장까지 알아봐 준다는 등 이해 못할 설탕을 뿌리고 있다. 대체 이 사람 목적이 뭐지?

"말씀은 감사합니다만, 제 직장은 제가 알아서 구할까 합니다. 이미 반이상 이야기가 진행된 데도 있구요. 솔직히 제 이직과 회장님은 전혀 상관없지 않나요? 이제 이런 이야긴 그만했으면 좋겠습니다. 너무 불편합니다."

나현이 생각 이상으로 단호하게 나오자 아까처럼 나서희 회장의 얼굴이 조금 굳어졌다.

"회장님, 저에게 긴히 하실 말씀이 있어 부르신 것 아니신가요? 솔직히 제 이직이나 어머니 명퇴 같은 건 회장님께 딱히 중요한 용건은 아닌 것 같구요. 본론만 말씀하셔도 되지 않나요?"

"그래요, 그럼."

나서희가 잠시 말을 멈추었다가 다시 나현을 응시했다.

"내가 이렇게 박 선생을 보자고 한 건."

"네."

"우리 승주, 어떻게 생각해? 혹시 아직도 좋아해요?"

순간 나현은 앞에 앉은 나서희 회장이 드디어 미쳤나 싶었다.

자신이 승주를 좋아한 그 일을 진저리 치게 혐오하던 분 아니었나.

사람은 욕심을 낼 걸 내야지, 함부로 탐내선 안 될 걸 탐내면 천벌받는다고 모욕하신 분이 갑자기 왜?

"너무 당황스럽네요. 갑자기 왜 그런 말씀을 하시는지?"

"내가 그동안 계속 생각해 봤는데, 있잖아. 박 선생이 우리 승주를 워낙 좋아했고 그 마음이 아주 오래된 거 알아. 박 선생이 가진 그런 순정이 요즘 세태에 얼마나 귀해? 내가 그걸 너무 늦게 알았어."

"네?"

"솔직히 내가 그동안 박 선생을 경계한 건 사실이야. 오해한 것도 있구, 미안하게 생각해. 그런데 박 선생도 생각해 줘야 될 게 우리 승주가 가진 게 좀 많아? 이어받을 것도 한두 개가 아니고. 그러다 보니 승주 주변에 몰리는 여자들이 다 우리 애 조건에만 욕심내는 속물들뿐이었지. 걔 첫 번째 결혼도 그래서 파투가 난 것이고 말이야. 그러다 보니 내가 예민해질 수밖에 없었어. 박 선생도 그런 내 입장을 이해하지?"

입이 달렸다고 어쩜 그렇게 심중에도 없는 말을 잘도 매끄럽게 하시는지. 본인이 뭔가 이용해 먹어야 할 게 생기니 얼굴 하나 변하지 않고 날 추켜세우는 때도 오는구나.

나현은 어이가 없다 못해 너무 표리부동한 나서희 회장에 대하여 존경심마저 들었다.

'이야, 사회생활은 저렇게 하는 것이로구나.'

필요하다면 거짓말도 진짜로 믿는 것. 자신마저 속일 수 있게 말이다.

지금 그녀를 바라보며 입발림하는 나서희 회장의 눈빛이란, 오래전부터 나현을 승주의 신붓감으로 생각하고 있었고 그 마음이 한 번도 변하지 않았던 것처럼 따뜻하기 이를 데 없었다.

"그래서 나는 지금 박 선생과 우리 승주가 짝을 지어도 괜찮지 않을까 싶어. 일단 박 선생이 우리 승주하고 연을 맺으면 우리 세린병원 미래도 걱정이 없을 것 같고. 우리 승주가 이혼남이라는 흠이 있긴 하지만 박 선생도 익히 알다시피 1년도 못 살고 안 맞아서 헤어진 거 알잖아."

억지로 헤어지게 만드신 분이 그런 말을 하니 참 우습네요.

그리고 이혼하면 뭘 합니까? 그 남자 승주는 여전히 전처 꽁무니만 쫓아다니고 있고 대놓고 공공연히 재결합 수순으로 달려가고 있던데요. 그렇게 말하고 싶었지만 나현은 현명하게 침묵을 지켰다.

"둘이 결혼하면 난 박 선생이 나중에 우리 집안 며느리 자격으로 병원 이사장이 되었으면 좋겠어. 그러면 얼마나 모양새가 좋겠어?"

"어머, 너무 과분하신 말씀인데요."

"과분하긴! 우리 집안 며느리라면 그 정도 위치는 돼야지 격이 맞지."

나서희가 별것 아니라는 듯 거만하게 말을 이어 갔다.

그녀가 보기에 누구보다도 야심 강한 나현이 이 정도의 미끼면 반드시 덥석 물 거라고 추호도 의심치 않는 표정이었다. 기가 찼다.

"우리 승주는 로스쿨 과정 마치게 해서 법조계로 보낼 거야. 박 선생은 가업인 병원을 이어받고, 그러면 정말 더할 나위 없이 완벽한 한 쌍이 되지 않을까? 어떻게 생각해? 박 선생, 아직도 우리 승주를 좋아하는 거 알아. 내가 허락할 테니까 우리 승주하고 같이 가는 미래를 한번 생각해 봐."

"죄송하지만 싫습니다."

"뭐?"

이 말 저 말 할 것도 없다. 단칼에 거절하는 나현 앞에서 나서희가 순간 할 말을 잃고 잠시 멍하니 그녀를 건너다보기만 했다.

이윽고 어이없는 얼굴이 되었다가 다시 몹시도 기분 나쁘고 울컥 화가 난 표정으로 변했다. 시시각각 변하는 여름철 하늘 같았다.

"아니, 왜? 박 선생, 우리 승주를 오래도록 좋아해 온 거 맞……."

"저만 좋아하면 뭣 하나요? 이 선생, 전처였던 유정원 씨와 다시 만나고 있는 걸로 아는데요."

나현은 아까 나서희처럼 표정 하나 변하지 않고 조용히 되받아쳤다.

"절 좋아하지도 않는 남자에게 지금까지 매달릴 만큼 저 그렇게 궁하지 않습니다. 제가 취집에 목숨 건 백수도 아니고요. 저도 자존심이 있습니다. 저를 너무 무시하시네요, 회장님."

"박 선생, 말을 왜 그렇게 해? 조금 불쾌하네."

"불쾌하다고 말할 사람은 회장님이 아니라 저 같은데요? 다른 여자와 연애하는 아드님을 왜 뜬금없이 제게 갖다 대시는지도 모르겠고, 낼모레 서른 넘어 마흔 되는 아드님 결혼에 여전히 초등학생 관리하는 엄마처럼 회장님이 관여하시려는 게 정말 우습다고 느껴져서요."

"엄마가 아들 혼사에 관여하지 않으면 누가 하지? 그렇게 따지면 박 선생 엄마인 조 부장이 오래도록 우리 아들을 욕심내며 박 선생이랑 우리 승주를 연결해 보려고 노력했던 건 뭐야? 부모 욕심은 다 똑같은 거 아냐?"

"저희 어머니가 그런 욕심을 가지고 있었는지 전 모르지만, 적어도 승주 선배를 억지로 불러다 놓고 우리 딸과 결혼하면 얻는 게 많을 테니 무조건 결혼해라, 이런 식의 무도한 일을 하진 않으셨습니다."

"나 참! 기가 막혀서. 박 선생, 그렇게 안 봤는데 사람이 왜 그렇게 꼬였어? 사람의 호의를 이런 식으로 왜곡하고 폄하하면 안 되지."

"왜곡도 아니고 폄하도 아니지 않습니까? 회장님, 얼마 전만 해도 저를 눈 아래로도 쳐다보지 않고 인정도 안 하던 분이셨어요. 그런데 갑자기 절 불러다 놓고 승주 선배하고 결혼을 하라고 하시면 제가 아이고 고맙습니다, 하고 무조건 엎드려야 합니까? 그건 아니죠."

"박 선생, 내가 그전에는 박 선생을 오해하고 있었다고 했잖아."

"오해도 이해도 중요하지 않습니다. 일전에 회장님께서 저에게 하신 말씀을 똑똑히 기억하고 있어요. 사람마다 격이 다 다르다고 하셨죠. 아무리 원해도 안 되는 건 안 되는 거라고도 하셨구요. 그때 저는 아, 승주 선배는 나하고 격이 다른 사람이고 나는 절대로 승주 선배하고 어울리는 사람이 아니구나, 분명히 알았습니다."

"아니야. 그때 그 막말한 건 내가 사과하잖아. 미안하다고."

"사과하실 필요 없으세요. 승주 선배가 저와 격이 안 맞는 남자인 건 사실이잖습니까? 저, 이제 갓 서른 넘은 미혼에다가 여기 서울 벗어나서 천안 정도만 내려가도 연봉 2억은 그냥 찍을 수 있는 전문의입니다. 그런 제가 뭐가 부족해서 이혼남에다가 다른 여자에 마음 팔려 저는 안중에도 없는 남자에게 집착해서 결혼해야 합니까? 손해는 제가 더 큰 것 같은데요."

"박 선생, 말이 심하네. 지금 엄청 모욕적이야. 우리 아들을 무시해도 유분수지."

"전 누굴 모욕하거나 무시할 생각이 없습니다. 그저 사실만을 말씀드렸을 뿐이에요. 승주 선배는 이미 제게서 지나간 사람입니다. 저하고 아무 상관이 없어요. 자랑스럽게 자랑하시던 재벌가 출신 맞선 상대는 어디다 두고 이제 승주 선배하고 아무 상관이 없는 절 갖다 붙이려고 하세요?"

나현은 자신이 이미 나서희 회장의 속내가 어떤지 다 알고 있다는 것을 굳이 감추지 않았다. 또한 마찬가지로 그녀의 천박한 속물성을 경멸하고 있음도 당당하게 드러냈다.

"왜요? 회장님 대신 승주 선배 옆에 있는 유정원 씨를 제가 쫓아내 주기를 바라시며 이러시는 겁니까? 그걸 바라셨다면 잘못 찾아오셨어요. 제가 그래야 할 이유도 없고, 그러고도 싶지 않습니다. 서로 너무 좋아서 결혼 했다가 헤어졌어도 못 잊고 다시 만나서 잘 연애하고 있는 두 사람 사이에 제가 왜 끼어듭니까? 저 그렇게 어리석은 사람 아닙니다. 그리고 하나 더!"

나현은 나서희가 중간에 끼어들어 뭔가를 말하려는 것을 허락하지 않았다.

"기본 상식이 있다면 임자 있는 남자한테 함부로 침 바르는 일은 절대로 하면 안 되는 일이죠. 그리고 일단 회장님 아드님이신 이승주 씨가 별로 매력 없어요. 되게 재미없거든요. 이러한 이유로 승주 선배와의 결혼 제안, 사양합니다. 제가 너무 손해잖아요."

나현은 망설이지 않고 자리에서 발딱 일어섰다.

"회장님, 저녁 잘 얻어먹었습니다. 저는 이번 주말까지 근무하고 사직합니다. 이 식사는 회장님께서 퇴직 기념으로 사 주셨다고 생각할게요. 감사합니다. 그럼 늘 건강하세요."

잡을 새도 없이 나현은 바람처럼 문을 열고 식당에서 나와 버렸다.

한 번쯤은 나현도 나서희 회장이 기분 나쁘게 문을 박차고 무시하면서 나와 버리고 싶었는데 드디어 소원 성취 했다.

'아, 속 시원하다.'

주차장에 세워 둔 차에 오르면서 나현은 피식 웃었다.

그분 얼굴 정면에 대고 하고 싶은 말을 마음껏 다 하고, 통쾌하게 그 집 잘난 아들을 자의로 확 걷어차고 나온 순간이다.

지금 기분 같아서는 어디 한강변에 가서 시원하게 맥주 한 캔 따고 싶었다. '아줌마, 헛수작은 딴 데 가서 알아보시라구요!' 하고 소리치면서 말이다.

다음 주 나현은 멀리 떠난다. 목적지도 없고 찾아볼 이도 없는 홀가분한 사직 여행. 그동안 여러 가지 욕심과 치열하게 살아온 인생과 피곤한 인간 관계에 얽혀 괴로워진 스스로의 마음에 주는 조그만 휴식과 보상이다.

한 달간의 여행에서 돌아오면 나현은 경주에 있는 병원에서 인생 2막을 시작할 것이다.

무거운 족쇄였던 엄마와 언니도 없고, 오래 묵혀 둔 통증 같았던 이승주도 없는 오롯이 혼자만의 새로운 인생을 말이다.

* * *

해민이 약속 장소인 식당으로 들어서며 먼저 도착한 승주를 찾았다. 그와 눈이 마주치자 얼핏 반가운 표정이 되는 듯도 싶었다.

그러다가 금세 표정을 싹 굳힌 채 뿔로 상대를 들이받을 듯 씩씩대는 성난 황소처럼 잔뜩 공격적인 걸음걸이로 다가왔다.

"뭔데? 오지 말라고 그랬잖아. 굳이 왜 왔는데?"

"앉아. 밥 먹자. 먹고 이야기해."

승주가 부드럽게 말했다. 뭐가 그렇게 불만인지 입술이 퉁퉁 나온 해민이 내가 오늘은 특별히 참고 앉아 준다, 그런 얼굴로 승주 앞에 떡하니 앉았다.

주문을 받으러 온 직원이 물러나자 해민이 이리저리 유명 인사들의 사인지가 가득 붙어 있는 벽면을 훑어보더니 승주를 바라보았다.

"이 식당은 어떻게 알고 예약했대?"

"왜? 여기가 그렇게 유명해?"

"우리 사장님이 그러는데 나름 여기선 전국구 맛집이래."

"정원이 친구가 가르쳐 줬어. 어렸을 때부터 단골이라고."

"아, 오지랖 태평양이신 그분 정보?"

승주가 여기까지 온 게 말 안 한다고 해 놓고는 말해 버린 입 싼 경오 탓이다 싶었는지 해민이 냉소적으로 되물었다.

"뭐, 그렇다고 해 두자. 식사해."

"알았어. 일단은 고마워. 사실 요즈음은 밥 사 주는 사람이 제일 고마워.

이런 게 자취생의 비애인지는 몰라도.”

말투는 여전히 퉁명스러웠지만 해민의 표정은 한결 풀어진 게 보였다. 승주는 그런 해민을 바라보며 빙그레 웃기만 했다.

이윽고 주문한 음식이 하나둘 나오기 시작했다.

딱히 별다른 말 없이 식사를 마치고 난 후 두 사람은 식당이 운영하고 있는 야외 카페로 자리를 옮겼다.

한여름의 태양 아래 매미가 요란스럽게 울고 있는 아름드리나무 아래 탁자 앞.

승주와 마주 앉아 있는 해민의 얼굴 위에도 푸른 나무 그늘이 얼룩졌다.

“어때?”

그게 어떤 뜻인지, 물은 승주나 듣고 있는 해민이나 알고 있다.

해민이 승주의 시선을 피하듯이 괜히 음료 잔만 만지작거리면서 대답했다.

“그냥 그래.”

“많이 힘들어?”

해민이 잠시 고개를 들어 승주를 빤히 바라보다가 금세 시선을 돌려 버렸다.

“너무 낯설다. 이런 거.”

처음에는 쩌렁하던 목소리가 점차 잠겨 가고 있었다.

“이런 거 어색해서 미치겠어. 오빠가 언제부터 나한테 이렇게 관심 가졌대?”

“미안하다.”

“으악!”

얼굴까지 빨개진 해민이 부르르 떨더니만 허겁지겁 팔을 털었다. 낯간지러워서 못 살겠다는 뜻이었다.

“하지 마, 하지 마. 오빠가 날 따뜻하게 바라보는 거, 못 견디겠어. 최악이야.”

"미안하다, 해민아."

"하지 말라고! 나한테 왜 이래? 기껏 비싼 밥 먹여 놓고 다시 토하게 만들 셈이야?"

왈칵 신경질을 내던 해민이 갑자기 한 손으로 얼굴을 싸쥐었다.

"지금 나, 현타 세게 왔다고. 미치겠다. 내가 얼마나 지금 초라하고 불쌍해 보였으면 지금껏 나한테는 관심이라곤 하나도 없던 오빠까지 나서서 이럴까 싶어서 눈물 나려 그래."

"……초라하고 불쌍한 걸로 치면 그건 네가 아니라 나지."

승주의 나직한 고백에 해민이 손을 내리고 비로소 그를 정면으로 바라보았다.

"이혼남에다가, 친구들은 다 전문의 과정 들어가서 자리 잡아 가는데 낼모레 마흔인 난 이제 겨우 진로에 대한 고민을 끝낸 참이야. 남들은 스무 살에 하는 고민이라는데. 부모하고는 의절해서 얼굴도 안 보고 살 판이고. 따라다니는 애인은 나하고는 절대 결혼 안 한다고 뻗대서 미칠 지경이고, 동생은 내 말이라면 콧방귀도 안 뀌고. 인생 뭐 하나 제대로 돌아가는 게 없잖아."

순간 해민이 욱해서 화를 냈다.

"뭐야? 새언니가 오빠랑 재결합을 안 하겠대? 그럼 왜 다시 만나? 오빠 단물만 빨고 쏙 빠지겠대? 순진한 남자 마음을 잔뜩 흔들어 놓고, 지는 쏙 빠지고 모르는 척하겠대? 아, 이거는 반칙이지. 뭐 이런 얌체가 다 있어?"

해민이 숨도 쉬지 않고 다다다 승주 대신 정원에게 화를 내자, 가만히 듣고 있던 승주가 빙긋이 웃었다.

"왜 웃는데? 오빠는 이런 상황이 웃겨? 이건 심각한 사태라고!"

해민이 생각이라곤 없어 뵈는 승주에게 잔소리를 다시 시작했다.

착해 빠지고 순진해서, 세상 물정 모른 채로 늘 손해 보는 건 해민이 아니라 오빠 승주였다.

"오빠가 자기 때문에 지금 집에서 어떤 대접을 당하고 있는지 다 알면서 그래도 돼? 내가 사람 그렇게 안 봤는데 새언니가 영 의리가 없네. 나쁘다. 자기도 오빠가 이런 상황인 거에 대해 책임을 져야지 말이야."

"내 걱정 말고 네 걱정부터 해. 우린 잘 지내고 있어. 오지 않는 미래 때문에 화내는 대신, 지금 현재에 충실하면서 서로를 조심스럽게 좋아하고 있어. 그러니까 화내지 마. 네가 상상하는 그런 일은 없을 테니까."

"……오빠가 전화했을 때 진짜 놀랐어."

"그랬어?"

"이렇게 날 찾아 동탄까지 와 줄 거라곤 더 생각 못 했고."

"미안하다."

"아까부터 왜 자꾸 사과해? 오히려 새언니한테 했던 짓 생각하면 오빠랑 새언니한테 내가 먼저 사과해야 마땅하지. 오빠가 이혼한 거 그 이면에 엄마나 언니뿐만 아니라 내가 저지른 짓도 많잖아, 솔직히."

해민이 비로소 오래 담아 둔 묵은 죄책감을 드러냈다.

"그땐 몰랐어. 내가 그런 짓을 하면서도 나쁜 줄 몰랐으니까 그래도 되는 줄 알았거든. 나중에 알고 보니 내가 진짜 멍청하고 못된 시누이 짓을 했더라고. 그런데 오빠가 나한테 미안하다고 하면 내가 뭐가 돼?"

"말만 오빠지 나도 너에게 한 번도 제대로 된 오빠 노릇을 한 적이 없잖아."

해민이 잠시 멍한 얼굴이 되었다가 고개를 푹 숙였다. 승주를 응시하던 해민의 눈시울이 조금 발개지고 있었다.

"너도 나름 힘들고 그랬을 텐데 나 역시 한 번도 널 진지하게 걱정해 주고 네 입장 생각해서 도와주지 못했어. 네가 집을 나와서도 나한테 연락도 안 했잖아. 내가 얼마나 오빠 노릇을 못 했으면 싶어서."

"그렇게 따지면 나도 오빠 동생 노릇 제대로 한 거 없어, 뭐. 오빨 갉아먹기나 하고 이용만 해 먹었지."

해민도 승주도 새삼 서로의 얼굴을 마주 바라보았다.

문득 두 사람은 이렇게 진심을 다해 서로를 정면으로 응시한 적이 없다는 걸 깨달았다. 서른 해 가까이 피를 나눈 남매로 살면서 말이다.

"우리 둘 다 참 서로에게 차가웠다. 그렇지?"

해민이 한 손으로 눈 아래를 훔치면서 고개를 끄덕였다.

"오빠는 나에 비해서 너무 잘났구, 아들이니까 엄마나 아빠나 다 오빠한테만 기대 걸구. 난 만날 곁가지였다구. 뭘 어떻게 노력해도 칭찬도 잘 안 해 주고. 아빠나 엄마는 만날 바쁘시구. 우리 집에서 아무도 나한테는 관심이 없었다구."

"그렇지 않아. 막내라서 제일 귀여움받고 산 건 너야."

"아니거든! 엄마가 입버릇처럼 하는 말, 오빠도 만날 들었잖아. 난 언니처럼 예쁘지도 않고 오빠처럼 머리가 좋은 것도 아니니까 그냥 가만히만 있으면 된다고. 뭐든 엄마가 다 알아서 찾아 주고 정해 줄 테니까 얌전하게 기다리라고. 근데 그건 완전히 나더러 바보 되라는 말 아냐? 내가 세 살 먹은 애도 아니고 만날 어떻게 그렇게 살아?"

"그래서 독립한 거야?"

"어. 나도 곧 서른인데. 나답게 살아 볼 때가 되었다고 생각했어."

"장해. 이해민."

해민이 눈을 둥그렇게 떴다.

승주가 그녀에게 칭찬 비슷한 말이라도 한 적 있던가.

"그 이유가 무엇이든 간에 네 인생을 한번 재정비하려고 나선 것도 그렇고, 이렇게 홀로서기 하는 게 보기엔 쉽지 생각보다 어려운데 넌 과감하게 시작했잖아."

"오빠가 그렇게 말해 주니까 어쩐지 굉장히 기운이 나고 있어."

"솔직히 네가 집 나왔다는 말 들었을 때 이 녀석 또 철딱서니 없는 막내 짓 하네, 그렇게 생각했어. 그런데 역시 와 보길 잘한 것 같아. 인간적으로 성장하는 신호라고 생각해. 기운 잃지 말고 처음 마음 그대로 열심히 해. 응원할게."

"고마워, 오빠. 지금 내가 쫌 키가 커진 거 같아."

해민아 손가락 끝으로 눈 아래를 훔치며 살짝 웃었다.

"힘들다 싶으면 언제든지 연락하고. 알았지?"

"응."

"방해하지는 않아. 그냥 네 마음만 들어 줄게."

"알았어. 가끔 연락할게. 그러니까 너무 걱정하진 마. 그리고 오빠, 내가 지내다가 쫌 어려워지면 돈도 빌려주고 그래라."

현실적인 이익을 공급받을 수 있는 물주는 절대로 놓치지 않는다. 해민이 영악하게 확인하자, 승주가 웃고 말았다. 해민도 헤헤 웃었다.

"인마, 홀로서기 기본이 자력갱생이야."

"쳇! 다 가진 오빠 아냐? 돈 쌓아 두면 뭐 해? 불쌍한 동생한테 좀 나눠 줘, 이 놀부야."

해민이 승주를 향해 있는 대로 눈을 흘기며 냉커피를 주욱 빨았다.

하지만 둘은 끝까지 정인태의 이름만큼은 입 밖으로 꺼내지 않았다.

해민이 덮어 둔 마지막 자존심이자 너무 깊은 상처 같아서 사실은 그걸 확인하고 싶었으나 승주는 차마 그것을 건드릴 수가 없었다.

* * *

승주가 백미러로 내다보자 헤어진 그 자리에 여전히 서 있는 해민이 조그맣게 보였다. 승주가 볼지 안 볼지도 모르는데 열심히 손을 흔들고 있었다.

"그만 들어가, 인마. 더워."

승주는 해민이 듣지 못할 걸 알면서도 중얼거렸다.

차가 모퉁이를 돌면서 해민의 모습이 시야에서 사라졌다.

정원에게 전화를 걸어야지 하는 차에 마치 그 마음을 알아차린 듯 먼저 정원에게서 전화가 왔다.

—아가씨 만났어?

"응. 밥 먹고 집에까지 태워다 주고는 난 지금 서울 올라가는 중이야."

—잘했네. 아가씬 어때? 잘 지내고 있어?

"생각보다 야무지고 씩씩하게 잘 살고 있더라고. 아직 초반이니까 일단은 의욕 충만?"

—다행이야. 역시 거기 가서 얼굴 보니까 뭔가 좀 안심되지?

"그러게. 당신 말 듣기 잘 한 거 같아. 당신은 지금 뭐 해?"

—오전부터 열심히 면접 중. 식사하고 잠시 쉬는 중이야. 오후에 다섯 명 더 면접 봐야 해.

정원네 올댓파티는 이제 완전히 잘나가는 중이었다.

병원 결혼식이 보란 듯 성공한 후 본격적인 사세 확장 중이었다. 이번 주까지 직원도 새로 뽑는다고 했다. 행사 의뢰가 날로 늘고 있는 데다가 그들의 야심만만한 프로젝트 '연희동 생일 파티'가 곧 다가오는 중이라 인력 확충이 시급하다고 했다.

—당신은 오늘 저녁 스케줄?

"난 요양 병원에서 잘 챙겨 주신 교수님과 저녁 식사 약속 있어. 집에 들어가서 옷 갈아입고 나갈 거야."

—알았어요. 난 아마 한 10시쯤 퇴근할 거 같아. 그때 볼 수 있음 보고, 못 보면 낼 아침 먹을 때 잠깐 봐요.

통화를 끝내고 보니 그사이 전화가 다른 곳에서 걸려온 듯 낯선 번호가 찍혀 있었다. 승주와 통화가 되지 않아 답답한 듯 이내 다시 딩동 하고 화면에 문자가 떴다.

[안녕하십니까? 변호사 김재영이라고 합니다. 지난 일요일 조영화 씨 고

소 건과 관련해서 합의하고 싶습니다. 제발 연락 부탁드립니다.]

승주가 합의에 응하지 않은 바람에 일요일에 벌어진 조영화의 폭행 건은 정식으로 경찰서에 넘어갔나 보다.

"똥줄이 타나 보군? 이쪽에서 내건 조건이 받아들이기 상당히 어려웠나 본데? 흠."

승주는 혼잣말을 했다. 조영화라는 인간이 맘에 들지 않고 미우니 그와 관련된 모든 상황에 화가 나고 짜증스러웠다.

조영화의 행패가 벌어진 그날 저녁에, 고등 법원 판사라는 품격 있고 위신 높은 그 모친이 먼저 머리를 숙이면서 합의해 달라고 굴욕적인 전화를 해 왔지만 승주는 단번에 거부했었다.

직접 그 부모가 조영화를 동반하고 나타나서 승주 앞에 무릎을 꿇려 사과를 시키고, 정신과 상담 및 입원이라는 요구 조건은 그쪽에서 도무지 받아들이기 힘들었던 것이리라.

'개차반인 딸이 제멋대로 일을 쳐 놓으면 부모가 가진 돈이니 권력이니 인맥으로 입막음을 다 해 주니까 그 여자가 그딴 식으로 세상천지 분간 못하고 여전히 날뛰는 거지. 대체 사람을 뭐로 보고? 그따위로 살면 큰코다친다는 걸 가르쳐 줄 테니 어디 한번 두고 보자.'

승주는 앞에 나타난 졸음 쉼터에 잠시 차를 세워 두고 답장을 했다.

[이승주입니다. 합의에 관해서 제 변호사에게 일임했으니 그쪽으로 연락 바랍니다. 일단 본인은 처음의 합의 요구 조건에 있어 한 치도 양보할 생각이 없습니다. 이상입니다.]

다시 차를 움직이려 하는데 전화가 왔다. 큰이모 희영이었다.

"네. 접니다, 이모님."

—잠시 통화 가능하니?

"네. 말씀하세요."

—지금 여기, 윤 대표가 와 계셔.

"윤 대표가 누구……?"

—조영화 씨 숙모 되시지. 대영 그룹 조 회장님 안주인이셔.

아하, 드디어 그 여자가 입버릇처럼 내뱉는 뒷배경의 실체가 등장하셨구나. 승주는 속으로 코웃음을 쳤다.

'어지간히 급했군.'

한국 재계 서열 5위 안에 드시는 재벌가의 우아한 사모님이 개망나니 친척 일로 직접 등판하시다니.

—조 회장님 부탁을 받고 어려운 걸음을 하셨구나. 네가 제시한 조건 말고는 절대로 합의를 안 한다고 해서 많이 난처하신 모양이야.

"번지수를 잘못 찾은 거 아닌가요, 그분? 합의할 상대는 전데 왜 이모님을 귀찮게 하는 겁니까? 이 사람이나 저 사람이나 그쪽 집안은 다들 참 경우가 없군요."

승주가 예상한 이상으로 냉정하게 받아치자 희영도 당황한 모양이었다. 어찌하든 그를 달래려고 애를 썼다.

—승주야, 네가 화가 난 거 충분히 이해해. 그래도 여기까지 오신 윤 대표님 입장도 있으니까, 어떻게 달리 생각해 줄 수 없겠니?

"글쎄요. 전 지금 이런 상황이 전혀 탐탁지 않습니다."

—내 말 들어 봐. 일단 이번 일을 조 회장님께서 아시고 격노하셨대. 집안 망신은 물론이고, 잘못하다간 대영 그룹 전체 이미지까지 망칠 판이라고, 조영화 씨 부모를 불러다 놓고 호적에서 파 버린다고 폭언을 하셨을 정도였다는구나.

"그렇게 화가 났음 그 여잘 빨리 제 앞에 데리고 와서 무릎 꿇고 정신병원에 보내야죠. 왜 하라는 일은 안 하고 이렇게 여러 사람 동원해서 어렵게 가려고 하죠? 시간 끌다가 진짜 소문나면 더 난처해지는 건 이쪽이 아니라 그쪽이잖아요?"

　—사실은 내가 조 회장님께 전화 드렸다. 그 집안 들먹이면서 망나니 같은 조카딸이 내 조카에게 이런 짓을 저지르고 다녔다고 말이야. 조 회장님 집안에서부터 단속을 잘해서 다시는 이상한 짓을 저지르지 않게 해 달라고 부탁드렸더니, 조 회장님이 앞으로 특별히 신경 쓰겠다는 뜻으로 이렇게 안주인이신 윤 대표님을 보내신 거야. 그런 뜻을 한 번만 읽어 주면 안 되겠어?

　경위야 어떻든 그쪽 집안의 끝판 보스가 등판했다. 이쪽에서도 그의 체면을 생각해서 적당한 예우를 해 드려라 그런 뜻이었다. 너무 강하게 밀기만 하다가는 오히려 역효과가 날 수도 있다는 뜻을 희영은 에둘러 표현하고 있었다.

　승주는 잠시 침묵하다가 다시 입을 열었다.

　"중간에서 난처하실 이모님 입장을 이해합니다. 좋습니다. 그 여자가 저에게 정식으로 사과하면 이번 한 번은 덮겠습니다. 단 다시는 그 여자가 제 앞에 접근하지 못하도록 그 집안에서 절대 책임지는 걸로요."

〈다음 권에 계속〉